鄧漢儀集校箋

中

鄧漢儀 著
王卓華 校箋

人民文學出版社

青簾詞

青簾詞

武陵春　紀遇

不是銷魂誰肯住，花裏會纏綿。流落天涯更幾年，眉際宛相憐。　那用更歌金縷曲，小語當哀弦。綠酒紅燈雨似烟，拚好不成眠。

浪淘沙　憶昔

遊跡憶羊城，膩雨啼鶯。紅蕉花放綠珠亭。洋燭三條燒不盡，閑與搊箏。　更促譜新聲，城上三更。烏絲細寫懊儂情。只自臨風人欲別，記取春酲。

小重山　金陵〔一〕

淮水横拖〔二〕柳線柔。曾聞簫鼓夜、美人游。一從好事斷香鉤。西窗月，不肯勸梳頭。

黃〔三〕雨更深秋。怎禁桐葉〔四〕下、一更〔五〕愁。寒潮依舊繞城流。無人處，私〔六〕倚闌江樓。

【校記】

〔一〕詞題，嘉慶七年王氏三泖漁莊刻增修本王昶《國朝詞綜》卷九、光緒八年刻本譚獻《篋中詞》今集、康熙十七年刻本佟世南《東白堂詞選》卷六等作『步芝麓先生韻』。

〔二〕『淮水横拖』，《國朝詞綜》作『彔曲闌遮』；『拖』，譚獻《篋中詞》今集作『拕』。

〔三〕『黃』，《國朝詞綜》、譚獻《篋中詞》今集均作『苦』。

〔四〕『葉』，顧貞觀《今詞初集》卷下作『月』。

〔五〕『更』，康熙十七年刻本佟世南《東白堂詞選》卷六作『聲』。

〔六〕『私』，顧貞觀《今詞初集》卷下無。

蝶戀花　金陵

庭樹宮花開遍了。唱徹〔一〕鶯喉，一夜春難曉。繡被牙床香篆〔二〕小。羽書邊馬沈沈杳。

擒虎笑來驚夢覺。如此消魂，天上人間少。脂冷鬟低心事悄。官家自古多煩惱。

【校記】

〔一〕『徹』，清順治十七年刻本鄒祗謨《倚聲初集》卷一一中調作『遍』。

〔二〕『篆』，《倚聲初集》卷一一中調作『夢』。

滿庭芳 弔袁荊州籜庵

茂苑花飛，白門柳斷，才人煞是淒涼。夜烏啼處，檀板剩青霜。憶得袁絲按曲，消魂也、隻字難忘。今朝裏，騎鯨化鶴，人去月茫茫。　當年曾出守，章華夢曉，巫峽雲香。奈叔敖官罷，江海空囊。還更飄零綺席，黃昏後、指點絲簧。誰能料，歌喉尚咽，悄語別吳娘。

【箋注】

袁于令（一五九二—一六七四），《昭代名人尺牘小傳》卷一二：『袁于令，字令昭，又字韞玉，號籜庵，吳縣人，官荊州知府。工度曲，以《西樓記樂府》馳譽於時。守荊州，一日謁觀察使，問曰：「聞貴府有三聲？」蓋諷其耽音律也。籜庵以詘笑語應之。坐是罷黜。』鄧漢儀《詩觀》二集卷六選評其詩。

鳳凰臺上憶吹簫　送孫介夫之石城

燕泊邗堤，蟬嘶江館，送君更上吳舠。擬石城踏月，淮水聽簫。況值秋風將近，正暮雨、咽斷空潮。好登閣，閑招北里，細譜南朝。　蕭蕭君今一去，有誰同載酒，復向紅橋。念經年聚首，一旦魂消。縱説魚箋易達，何如昨、銀燭相邀。還生怕，曹娥廟口，又放歸橈。

【箋注】

孫金礪，字介夫，浙江慈溪人。鄧漢儀曾與孫金礪交遊。陳維崧《祭王西樵先生文》有云：『疇昔之事，百端交集，而其極不能忘者，尤在乎風亭月觀之下，往往酒能一石，而月可三更。史家别宅，韓氏小園，水木清幽，竹梧淡沱，此則先生之寓園也。余猶記夫風微微其卷幔，而月娟娟其在楹。斯時予每偕豹人、伯纘、介夫、善伯、孝威、定九諸子，過先生爲狎讌，第見夫一室之間，蔬笋在旁，香粉在側，風流懶静，幾不知天之欲昃，而河之漸傾。』

八聲甘州　感舊

入華堂孔雀與芙蓉，到眼總迷離。是隴西大姓，關東右族，妝點罘罳。何意狂奴上坐，傾倒碧螺卮。似屬經過地，欲信還疑。　果是貂蟬宅第，曾遊絲花片，繚繞牙旗。奈甘泉發礮，天上竟騎箕。歎烏衣、已非王謝，縱豪華、不似太平時。只剩得、雕梁紫燕，如話相思。

念奴嬌　感舊〔一〕

年來驚看，是揚州戰壘、依然花竹。瑣閣重簾蕉雨度，卻羨〔二〕半溪寒綠。硯匣新移，香奩徐展，占盡今生福。隋家天子，枉誇清夜遊曲。　最是紅粉青螺，解人情緒，蕎地風流熟。薄倖分司殘夢覺，轉煞腸中車轂。齒髮難憑，雲霄總幻，何似花間宿。真無個事，直教打點金屋。

【校記】

〔一〕詞題，《瑤華集》卷一二題作「紅橋宴集」，《清平初選》題作「小春同諸公紅橋宴集，時有魚校書在座」。《同人集》卷七作「紅橋讌集同限一屋韻」。

〔二〕「羨」，《同人集》作「漲」。

永遇樂　新秋康山雨集，送藺次還吳門

二十年前，曾來臺上，看殘歌舞。明月難留，彩霞易散，紅袖都黃土。今秋重到，卻驚亭樹，不似西州舊路。嘆堂前、飛飛燕子，只益江山愁苦。　且同把酒，邗城絶頂，坐瞰六朝烟樹。驀地雲生，風雷大作，龍吼滄江雨。應看鐵甕，新潮灌注，催送離人雙櫓。但不識、此番别後，更逢何處。

夜飛鵲　席上有憶

幾番何遜宅，宴飲連窗〔一〕。劇憐霜市星橋。而今時事翻騰極，秋來著意蕭騷。忍復重發綺席，頻玉巵齊舉，銅斗微敲。漫誇佳勝，甚心情、刻書鸞簫。　想殺堂空人靜，簾子總依然，其奈香消。便待霓裳再試，花容重整，此事迢遥。從今分付，總抹將、剩粉殘翹。向蒼霞深處，漁燈社火，認取鴻毛。

以上據國家圖書館藏闕里孔傳鐸牖民輯《名家詞鈔》鈔本

【校記】

〔一〕『窗』，蔣景祁《瑶華集》（康熙二十五年刻本）卷一五作『宵』。

昭君怨　春情

幾日嬌容全褪。驀地惱人方寸。無計遣東風。繡簾中。　閑制新詞未了。偷看夕陽多少。畢竟是銷魂。月兒痕。

南鄉子　西湖感舊

多感是蕭娘。蘇小墳頭擁畫床。更有柔條風裏見，梳妝。引得吳兒愛夕陽。　誰使訂鴛鴦。一別嚴灘脫繡裳。曾向板扉通姓字，蒼茫。魚磬依稀出粉牆。

蝶戀花　離情

秦淮依舊來桃葉。粉碗詩瓢，送過重陽節。檻外蘆花千點雪。沙棠自載王家妾。　自是鴛盟難妥貼。朔馬并刀，浪把烟花曳。咫尺離愁都未說。燈前空守同心結。

蘇幕遮　桃葉渡，用舊韻

小姑居，江總宅。畫槳蘭橈，有個人香翠。小膽柔腸輕渡水。故故銷魂，郎語烟波外。想風流，添遠思。幾處兒家，穩看鸚哥睡。休把雕闌終日倚。一派秦淮，半是南朝淚。

江南春　追和倪雲林韻

吳苑春深抽玉筍，誰家簾幕重重靜。朝來妝罷更添眉，鏡中悄著吳娘影。試著單衫風尚冷，燕泥銜過鴛鴦井。何須紅淚滴羅巾，阿郎騎馬走京塵。　春草長，春鶯急，鈿樓雨過飛花濕，朱顏一失嗟何及。樓臺枉自誇金碧，不見空閨暗於邑，黄昏獨向花陰立。轉憐閨夢逐浮萍，羡煞弓靴隨老營。阮亭云：仍是孝威歌行本色。

以上據順治十七年刻本鄒祗謨《倚聲初集》卷一九長調五

念奴嬌 廣陵舟中送蘧庵先生還陽羨

邗溝波漲，看紅橋斷絕，簫聲釵影。剩有舊時沽酒路，疏柳寒葭相映。白髮詞人，青衫病客，偏話開元盛。當年此地，曾將弦管私聽。　今日鼓角喧闐，單囊破帽，蹤跡渾難定。還指銅官罨畫好，風月助人佳興。摘蕙山頭，焙茶院裏，清物憑持贈。與君惜别，雙溪兩槳重訂。

以上據《瑶華集》

【箋注】

史可程（一六一一—？），字赤豹，號蘧庵。錦衣衛籍，河南祥符人，史可法弟。明崇禎十六年癸未科進士，授翰林院庶吉士。鄧漢儀《詩觀》二集卷一三著録其有《浮叟詩集》，且評其《廣陵先兄閣部墓下作》詩云：『悲涼蒼渾，血淚裏注而成。』

減字木蘭花 讀憶蕙軒詞稿，奉贈湯夫人萊生四闋

舊家樓閣。流鶯啼過秋千索。好個書生。緑鬢紅妝慣避人。　蠻箋一束。寫就新詞渾漱玉。故故憑欄。小詠東風半面寒。

其二

甓湖如鏡。犀簾不卷花枝映。懶便梳頭。慣理儂家萬種愁。筆尖横掃。字字温柔風格好。傳語夫君。粉汙榴箋休示人。

其三

家聲開府。珠娘夙擅簪花譜。百兩來歸。長寫烏絲静掩扉。雲陽回首。舊日朱門今在否。萬事烟銷。怕聽鄰姬響玉簫。

其四

昭陽諸李。封胡遏末人誰比。司馬家風。公子當年躍錦驄。而今歸隱。蝦菜湖頭鴛夢穩。況復文章。壓倒烏衣翰墨場。

以上據《眾香詞》湯萊詞後附

【箋注】

萊生：湯萊。《清代閨閣詩人徵略》卷二：『萊，字萊生，丹陽人，興化李大來室。有《憶蕙軒詞》。』鄧漢儀《詩觀》二集閨秀别卷選評其詩十題十一首，且記云：『夫人詩篇逸秀而書法精好。近李子大來過我選樓復得其新吟，愛玩不輟，因爲補刻六詩以公海内。』

滿庭芳 己酉上巳小西湖禊飲呈紫翁

金帳情濃，牙籌算熟，那管門外春光。杏花桃葉，都付與漁朗。爲愛城西小築，因水石、造作山堂。垂楊下，扁舟一葉，寫興在滄浪。 難逢惟上巳，蜂蜂蝶蝶，一派花香。卻集西園彥，媲〔一〕美諸王。試看移篷蕩槳，無絲竹、但有文章。如此風流，佳興過後更思量。

以上據《春雨草堂别集》

【校記】

〔一〕『媲』，《慎墨堂詩拾》作『比』。

夢揚州 和巢民先生酬菽翁見懷原韻

莫言愁。正淮南、桂樹香浮。君是詞人，麗藻驚思難休。曾攜酒、尋隋苑，望隔江、暮雨初收。東皋路，重陽節，折教冷落羊求。　仙令剛逢老秋。卻手弄瑶琴，心想高流。聞道支筇，更向金陵遠遊。無能便促籃輿返，借丹青、寫個扁舟。黄蘆裹，蕭蕭瑟瑟，誰唱涼州。

以上據《同人集》卷一〇

【箋注】

是詞作於康熙二十二年癸亥，又見《慎墨堂詩拾》。盧綖，字菽浦，湖廣黄安人。順治丁酉舉人，康熙九年庚戌科二甲十五名進士。康熙二十年至二十四年任如皋知縣。盧綖曾多次向鄧漢儀推薦詩人詩作，鄧漢儀亦選其詩入《詩觀》三集卷一一，且評其《迎春行》詩云：『佳景歡場，卻軫念民之疾苦，婉轉深痛，自是惻隱之心，行于文墨。雉皋十萬户，皆在使君春風中，豈不令一時人士式歌且舞。』評《登狼山》三詩曰：『三首弘闊而兼深警，從來狼山詩以此爲壓卷。』評《元夜步月偶成紀事》三首則謂：『隱諷深慮，皆良牧救時之言，不屑鏤金錯綵。』

過秦樓　題陳迦陵填詞圖戊午小春作於長安客邸

燕作輕身，鶯翻巧舌，庭院總無人到。閑抽湘管，小拂鸞箋，此際心情殊好。正爾仿佛周辛，幾許端詳，巡簷側帽。忽柳邊花下，煞是銷魂，難爲懷抱。　細看他、緑鬢修蛾，亭亭獨立，别有烟姿玉貌。故掩翠袖，斜倚紅欄，微露風前指爪。應把烏絲麗詞，吹入瓊簫，聲聲低叫。只如今、頻喚真真，收拾詞稿。

據《陳檢討填詞圖》，乾隆五十九年陳淮刻本

賀新涼 題汪蛟門錦瑟詞

才子如傾國。果生來，明臚鬘鬋，昭陽誰敵。羨煞汪倫才調勝，風格兼之朗奕。每吟成，金聲玉色。曾值傳柑親入侍，看鼇山、鳳闕龍樓側〔一〕。嗟勝事，君先得。　憶曾北郭觴行客。倚池亭，藕花菱葉，參差如隔。一別故人風雨散，剩得寒蟲唧唧。聞酒市，筑聲猶擊。乞米長安原不惡，苦深閨，裁剪煩刀尺。知遠淚，梧桐碧。

據汪懋麟《錦瑟詞》附《錦瑟酬贈詞》，清康熙刻本

【校記】

〔一〕「側」，底本闕，據《錦瑟詞》補。

意難忘 爲尤西堂悼亡

雪地冰天，忽飛來一騎，苦淚涓涓。低徊如欲語，哽咽更難宣。說伉儷，委金鈿，杳杳化風

烟。誰歸去，嬌兒疋馬，夜渡桑乾。　空誇錦瑟花磚，把鴛鴦隔斷，竟致黄泉。病時誰藥餌，死日恁流連。問信息，總茫然，只夢裏周旋。愁看取，都門碧柳，陣陣吹綿。

據清康熙刻本《西堂詩集·哀絃集》

【箋注】

康熙十七年，鄧漢儀與尤侗等膺薦入京，參加博學宏詞科試。此年十月，尤侗妻曹氏訃至京，尤侗撰《先室曹孺人行述》，鄧漢儀等諸公見而哀之，因有此《意難忘·爲尤西堂悼亡》詞。《漁洋山人精華録訓纂》卷八引《悔庵年譜》云：『康熙十七年，婦曹氏病亡，予驚痛欲絶……滴淚和墨，草文致祭，並撰行述一篇，悼亡詩若干首。輦下諸公見而哀之，皆賦挽章，於今刻入《哀絃集》。』

賀新涼　次韻答贈曹舍人京師見寄之作

名士盈東國。更曹家，賦詩横槊，英豪無敵。珥筆縱隨丞相後，聲價由來赫奕。看落筆，羣公動色。日轉宫槐催貰酒，笑停鞭，大道青樓側。如此事，何人得！　昔年也作燕臺客。到于今，攀龍屠狗，人都間隔。萸水西風黄葉下，落得啾啾唧唧。喜雄篇，蒼鷹怒擊。寄到邗溝明月下，快高吟，紅蠟銷三尺。空遠望，西山碧。

以上據《珂雪詞》題辭

【箋注】

曹舍人，即曹貞吉。曹貞吉（一六三四—一六九八），字升六、迪清，號實庵、珂雪，山東安丘人。康熙三年甲辰進士，官至禮部郎中。有《珂雪集》等。鄧漢儀與曹貞吉有交往。《詩觀》三集卷八曹貞吉詩後，鄧漢儀記云：『實庵先生之從中祕出補新安郡司馬也，朝臣共惜之。抵維揚小泊，瀕行知余在董子祠，肩輿過訪。時落葉滿地，霜雪在眉，念余貧不能振，太息而去。其往來詩筒，相訂以吳子劍宜爲轉遞。今春（約康熙二十五或二十六年春），劍宜果以所郵《珂雪稿》見授。余爲細加評跋，以示劍宜，互相擊節，促之登梨。』

念奴嬌　送陳其年歸陽羡

過江門巷，論班香范豔，寂寥華族。卻喜髯公綺藻盛，真是瀾翻星覆。奮袂文壇，彎弧藝苑，誓逐咸陽鹿。旗亭佳會，新詩有個人讀。　無奈桂楫蘭橈，乘潮欲去，無計留枚叔。黄葉青山雲幾點，現出金焦全幅。罨畫溪邊，銅官嶺畔，剩有藤蘿屋。故園荒盡，不堪認取松菊。

【箋注】

康熙五年初冬，陳維崧自揚州還宜興，鄧漢儀同曹爾堪、王士祿、沈泌、汪楫、季公琦、陳其祥、李以篤等有詞送之。《廣陵倡和詞》所選鄧漢儀此首《念奴嬌·送陳其年歸陽羨》詞即作於此時。《廣陵倡和詞》另有季公琦《念奴嬌·送陳其年歸陽羨，兼索烏絲全集，次學士韻》。陳維崧《迦陵詞全集》（康熙二十八年陳宗石患立堂刻本）卷一七有《念奴嬌·曹顧庵、王西樵、鄧孝威、沈方鄴、汪舟次、季希韓、李雲田、兄散木皆有送予歸陽羨詞，作此留別》。

前調　送朱近修歸海昌，兼懷宋既庭先還吳門

空江烟冷，望銀山鐵甕，潮平浪蹙。一片蒲帆天際遠，恰共雁翎馳逐。紅葉橋頭，青簾渡口，穩繫霜篷宿。越山晴處，渾疑西子膏沐。　已自酒盡船開，夕陽衰柳，怕立平山麓。猶憶前宵人告別，報導宋郎名玉。家住胥門，書成楚些，悄地尋林屋。此情此際，孤吟應對叢菊。

【箋注】

朱一是（一六一〇—一六七一），《清畫家詩史》甲上：『朱一是，字近修，海寧人。崇禎壬午舉人。甲申後避地梅里，嘗問道於釋牧雲，名恒晦，字以養，自署曰林居士、曰灊溪下農、曰梅溪旅人、曰欠庵，謂惟欠一死耳。山水宗元人，流傳絕少。嘗作《江上數峯圖》，極淡遠空闊之致。有《爲可齋集》。』宋實穎（一六二一—一七〇五），嘉慶《揚州府志》卷四五：『宋實穎，字既庭，長洲人，舉人。康熙二十四年授興化教諭。』

前調 贈張稚恭舍人、丁飛濤祠部，兼柬顧庵學士

金門據地，將宦遊心事，久傳高筑。豈識沙場行萬里，慘殺孤臣雙目。雪窖含毫，霜氈弄墨，情苦詩難讀。雞竿肆赦，免吞邊地膻肉。　正爾邗水烟凝，隋堤霜淺，綻盡東籬菊。把酒徵歌天地老，一任賣珠補屋。軾轍能文，珣珉善詠，且啖三餐粥。蕭騷風雨，夜闌休攬湘竹。

【箋注】

張恂（一六二二—？），《清畫家詩史》甲上：『張恂，字稚恭，一字壺山，陝西涇陽人，先世以業鹺家維揚，崇禎癸未進士，官中書舍人，江南推官。』《國朝畫識》卷一謂：張恂：『先世以業鹺家江都，崇禎癸未成進士。』《明代千遺民詩詠》卷九謂：張恂：『詩文雄一時，尤好作畫，晨夕與程邃處士往來，故初年畫與邃相似。自參以己意，尤有雄渾之致。子湛亦能畫，父子自塞外歸，家既破，以賣畫自給，時人高之。』鄧漢儀《詩觀》初集卷六選評其詩四十五題。丁澎（一六二二—一六八五），字飛濤，號藥園，浙江仁和人。爲『西泠十子』之一。順治十二年乙未進士，官禮部郎中。曾坐事謫居塞上五載。明清有《扶荔堂集》、《信美軒詩集》、《藥園集》等。鄧漢儀《詩觀》初集卷一〇、二集卷三均選評其詩。明清兩代俗稱禮部司官爲祠部。曹爾堪（一六一七—一六七九）字子顧，號顧庵，浙江嘉興籍，華亭（今上海市松江）人。順治九年壬辰進士，官至侍講學士。博學多聞，工詩，爲柳州詞派盟主，與宋琬、沈荃、施

閏章、王士祿、王士禛、汪琬、程可則合稱『清八大詩家』。有《南溪詞》。鄧漢儀曾於康熙五年與曹爾堪、王士祿等密集交遊唱酬，《詩觀》初集卷七、二集卷三均選評其詩。

前調　嘲王西樵司勳擁豔女郎阿秀也，雲間人

久辭藤署，羨瓊花輦路，香搖裙幅。密約纖娥移翠步，閉置蕭郎書屋。永夜釵痕，侵晨黛色，贈句毫都秃。平頭對客，翻教進退維谷。　何似命酒招賓，傾城出見，淺把杯兒掬。不礙憑闌深夜雨，瘦盡滿庭花木。烟月揚州，風流阿秀，此事依然獨。九峯三泖，天須送與金犢。

【箋注】

王士祿（一六二六—一六七三），字子底，號西樵，山東新城人。士禛兄。順治九年壬辰進士。投牒改官，選萊州府教授，遷國子監助教，擢吏部主事。康熙二年，以員外郎典試河南，磨勘罣吏議下獄。久之得雪，免歸。居數年，起原官。有《西樵》、《十笏山房》諸集。康熙五年三月，王士祿遊揚州，鄧漢儀在揚州與王士祿等數遊燕於平山堂、紅橋，且刻《紅橋唱和集》。雷士俊《北歸錄别詩序》（《艾陵文鈔》卷六，清康熙間莘樂草堂刻本）云：『西樵先生旅於揚州者十有五月，將告歸，置酒城北之墅前，期徧誡於交遊……其所爲詩者，江南則王式之、白仲調、陳散木、吴野人、鄧孝威……諸君之離合不常，冀其來，以爲深幸也。』此詞當成於康熙五年。

前調　送沈方鄴還宣城，兼寄唐祖命

江山睽絕，賴休文不棄，來過邗曲。幾日名園成雅集，更爾彈絲品竹。霜冷楊堤，烟深瓜步，發興歸春谷。布帆無恙，輕裝早抵茅屋。　還憶耕塢山人，詞壇老友，久向陵陽宿。鮑謝新詩顔柳字，别後相思轉篤。雁翅村遥，桃花潭杳，何處尋高躅。會須重見，快傾美醖千斛。

【箋注】

沈方鄴，即沈泌。《漁洋山人感舊集》卷一六：『泌，字方鄴，江南宣城人。有《雙羊集》。』《詩觀》初集卷九沈泌詩後云：『方鄴篤於聲事，荔裳、愚山、西樵諸公交推之。丙午同客邗上，唱和甚多，惜未留其稿。』此詞當成於康熙五年丙午。

前調　抱琴堂與戴雲極司李夜集，因懷王阮亭祠部，兼柬西樵司勳

衙齋如水，只疏簾短榻，蕭然梧竹。卻遇使君文奏暇，報導官廚酒熟。滿酌叵羅，斜偎屈戍，鎮夜燒銀燭。吾拚沈醉，不歸蕭寺僧屋。　當年天壤王郎，鵾弦雁柱，曾此澆醽醁。走馬燕臺音信斷，剩得紅橋一曲。吏部才人，曲江屢會，此况殊不俗。好因訪戴，剡溪相就同宿。

【箋注】

抱琴堂：王士禛官揚州時居所。清嘉慶《揚州府志》卷三〇：『抱琴堂，國朝王士禛《抱琴堂記》：「余既作孱提齋之二年，復稍葺澹泊寧静之堂東偏亭三楹，以爲退食燕息之所。落成，適有遺余元人唐子華《抱琴圖》者，因以名之。」』康熙五年戴王縉任揚州推官。《嘉慶揚州府志》卷三八：『戴王縉，滄州人，進士，（康熙）五年任揚州府推官，六年缺裁。』康熙五年夏，鄧漢儀受戴王縉招飲於揚州抱琴堂。戴王縉出龔鼎孳送行二詩於鄧漢儀。《慎墨堂筆記》：『久不見龔定山近詩，丙午夏，戴紳黄司李揚州，招飲抱琴堂，出其送行二首見示。』

前調　戴大司農誕日，即席看演邯鄲夢劇

功名極矣，仍朱顔黑髪，溫其如玉。邗署剛逢初度日，喚奏臨川妙曲。古道邯鄲，盧生旅店，一霎關榮辱。到來收拾，黄粱依舊難熟。　卻看瓦枕荒唐，合歡及第，早擅人間福。瓠子功成邊馬捷，還向雲陽市哭。烟瘴重回，恩榮無比，只是青驢獨。尚書笑道，年來吾已知足。

【箋注】

此詞作於康熙五年九月二十二日。《崇禎七年甲戌科進士履歷便覽》一卷（上海圖書館藏）：『戴明說，嚴犖，禮記房。癸丑年九月二十二日生，（河間府）滄州人。』鄧漢儀《定園詩集序》（《定園詩集》卷首，康熙戴氏平山在東閣刻本）記云：『丙午，次公紳黄爲揚州法曹，迎養公於官廨。余與話舊抱琴堂，把苦相勞。』

前調　贈季希韓

吾推季子，是詞場秦柳，文壇潘陸。昨日紅橋揲豔藻，揮盡生綃十幅。濯濯王恭西樵，翩翩子建顧庵，共把新篇讀。麗泉而後，非卿誰建旗纛。　堪笑下里巴人，千人屬和，那解陽春曲。已少袁絲堪長事，君輩聊爲弟畜。佇擬淩雲，至尊發歎，簪筆陪華屋。吾甘衰老，春田只飯黄犢。何麗泉先生名南金，延令人，有《悲華館集》。

【箋注】

季公琦，字希韓，一字方石，江南泰興人。鄧漢儀《詩觀》初集卷一、二集卷一〇均選評其詩。

前調　聽范汝受談崇川近事

海頭江尾，看銀濤直瀉，狼山之麓。當日攢峯多結構，儘是僧龕佛屋。老樹千章，奇葩萬朵，一一雲霞簇。自經烽火，崇川新置都督。　一望細柳軍營，鳴鐃擊鼓，刈盡名園竹。雪酒壚頭吳女髻，浪說蘇州小幅。明月空堤，官梅舊閣，有客傷心獨。閒談絮說，淚珠拋下盈斛。

【箋注】

范國祿（一六二四—一六九六），字汝受，號十山，江南通州人。范遇父。康熙十一年，聘修《通州志》。爲人所構，自削其名，投書而去，十年於外。有《十山樓稿》。鄧漢儀《詩觀》初、二、三集均選評其詩。

前調　龔芝麓尚書過寶應竹溪草堂，追和李過盧廷尉壁間原韻，即事奉寄。竹溪草堂，李素臣别業也

樓船初發，正鼉鼓喧闐，霓旌徵逐。卻望射陽崩浪疊，愛煞魚灣蟹屋。霜夜樽空，月闌鐘定，罷遺絲和竹。清詩賡和，啼烏驚起還宿。　遙憶江漢才人，暫離紫禁，一枕鸜哥綠。留取墨痕莘老宅，一任蛟龍蟠曲。鄭履重來，薛箋無恙，更刻當筵燭。軟塵堆裏，吳綾空有千束。

【箋注】

道光《重修寶應縣志》卷四：『竹溪草堂在射陽湖濱，李孝廉藻先築。』李昌祚（一六一六—一六六七），字文孫，一字劍浦，號來園，又號過盧、過盧，湖廣漢陽籍，江西玉山人。順治九年壬辰進士，選庶吉士，授檢討，官至大理寺卿（俗稱廷尉）。著有《真山人集》。李藻先，字藪臣，一字素臣，江南寶應

縣（今屬江蘇）人，順治丁酉舉人，右通政茂英之子。有《甲申詩》、《湖外吟》、《南遊草》。

前調　吴藺次守吴興，重建先賢祠於峴山，即事有贈

延陵季子，卻出守菰城，在湖之澳。遥望白蘋晴浪闊，想像昔賢高躅。墨妙猶存，音徽難繼，惟指窪樽緑。好憑俎豆，春秋薦獻明牧。　無奈棟宇摧殘，峴山壞道，狐鼠奔騰熟。自掃莓苔安木主，千載英靈如矚。更訂遺函，重標警句，侍女持官燭。風流如許，問知制誥誰屬。

以上據《廣陵倡和詞》

【箋注】

阮元《淮海英靈集》卷二：『峴山舊有三賢祠，祀顏魯公、蘇文忠、黄龜齡。既頹敗，辱爲支釜庖湢之地。藺次修而增祀王右軍、謝太傅、柳文暢、杜樊川、孫莘老及明陳筠塘幼學爲九賢祠。又訪孫莘老墨妙亭，知所立碑石爲前守毁以甃池，出金使老吏購之，不可得，因於其故址作亭而刻石以記。又濬碧浪湖，構峴山諸亭。吴興名勝，皆由藺次著也。』

慎墨堂佚文

慎墨堂佚文

宗梅岑芙蓉集序

久知蕪城有宗子定九也，然僅讀其文，未見其人與詩。讀宗子之詩，則自避兵東陽始。蓋當迭起弦歌、駢羅俎豆，士之負奇雋英能者，類皆窮幽發藻，刻意於文，以故郵函往來，悉皆董帷《繁露》之篇、楊亭《法言》之製。至若烽烟障地，鼙鼓震天，淒愴則月暈孤城，愁慘則霜芬夜幕；河橋夢斷，江山路難，灞陵回首以沾悲，偃師還望而墜涕。況復家遠洛陽，人羈漳水，望鯉書於萬里，盱鴿信以各天。當此之時，登閣而標句清新，懷人而發言哀斷。吟章諷什，於此爲多，豈非詩者所以遣離愁而銷寂寞者哉？宗子望重才奇，固宜賦奏淩雲，文成吐鳳。乃當竹西烟燼、隋宮蒿萊之日，單舸東下，言憩他邦。雖好友如雲，良會不輟，然憶瓊花而太息，夢官閣以徘徊。人固有情，誰能無感！余披其《芙蓉》近刻，或若李陵歧路之吟，或似白傅江州之曲。或山陽聞笛，感歎舊知；或易水悲歌，淒其去國。要知王、謝子弟，一旦別離故巷，漂泊風塵，回想烏衣，正多神愴。流音矢咏，淒惋何窮？而宗子雖流離困頓之餘，飲酒讀《騷》，逸情弗倦。尚搴薜荔而懷公子，結蓀椒而望美人。夜雨秋風，砧聲可聽，我與宗子當日在江潭澤畔、蒹葭白露中也。

吳門鄧漢儀孝威氏拜題。

據宗元鼎《芙蓉集》卷首，康熙元年刻本

東郊草堂集序

憶丙申九月，予客西子湖頭，與張郊青、步青兄弟締交甚愜。別後南北暌阻，魚雁茫然。迨辛丑九月，予與辟疆、其年送客至邗上，則步青已先在，握手論心，流連永夕。計星霜已六易，而我兩人懷抱尚依依如昔也。步青更出其《廣陵遊草》示予。步青以《諫獵》之才，值登樓之會，意有所觸，類皆淋漓染翰，俯仰興歌。而一時相爲倡荅者，若力臣、師六、雲郭、玉少、定九、鶴問諸子，皆吾黨磊異之士。予草土之人，閉戶銜哀，了無撰述，而羡步青之研思掞藻，卓擅名家。且步青已上書金門，擢孝廉上第，而抒懷託嘯，深有惋結者，是其興會，固非他人所可解語也。

陶元藻《全浙詩話》卷四〇，嘉慶元年怡雲閣刻本

【箋注】

張壇（？—一六六七），字步青，浙江錢塘人。孝廉。康熙六年丁未赴京師應試，病卒於京。有《東郊草堂詩》。

積書巖詩序

昔在京師，雲間田子髴淵謂余曰：『河朔詩人，當以申子鳧盟爲獨步。其詩秀樸蒼渾，少陵之嫡派也。』予時未甚讀鳧盟詩，謹心識之而去。既令弟觀仲同訂盟於慈仁松下，觀仲出詩一卷示予，則鳧盟詩也。余時攜韓子聖秋、吳子岱觀輩，踞牀快讀，不覺淋漓讚歎：『甚矣！田子髴淵之言之不我欺也。』然又自疑：以太行、滹沱形勝甲天下，其間林壑奧異，風物廣衍，類必有才人傑棲焉，故能高踞羣流，獨臻勝境。卓哉！先生行當倡道蘇門，講業河間，豈僅風雅一席爲雄霸也哉！又劉子玉少自北歸，謂余曰：『今年鳧盟貢京師，行拂袖歸，有終焉之志。』蓋予雖未識鳧盟，而知鳧盟最深。讀其『論交鳴鏑下，哭廟野雲間』之句，知其胸懷有最苦者。而津逮亦以博學宏才不爲廊廟用，崎嶇轉徙，依人索米於江淮漢海之間，是豈材盡出諸子下，而士各有志不能相强。此真風雅所由出，而世之鹿鹿車塵者，未足與語也。鳧盟亦刻其詩於海陵，又復訂使君索余作序。予忝深知，不敢有卻，因序津逮，並及鳧盟。恨我髴淵不能共賞此也。

康熙壬寅蜡月既望，同學弟鄧漢儀拜書於真州邸中。

輯自河北省博物館藏《申涵光、鄧漢儀、丁浴初行草書冊》

申鳧盟詩選序

余嘗嘆世之爲詩者，每較量於聲音字句之間，而不深考其義藴之所存，是以互相訾議而卒未有定。夫尼父之論詩，極之興觀羣怨，而本之事父事君，以傍及夫鳥獸草木。夫言詩至尼父，則亦可以止矣。乃世之學者，不深原夫性情風教之際，而徒彈射夫歷下、竟陵，追逐夫華亭、婁上，庸知爲大雅之所斥而不見收也哉。予十五遊吴會，稱詩於西郊諸子間，繼而浪跡依人，轉徙於燕、趙、齊、豫、楚、粤之交。嘗徧識天下之詩人，以求所合於尼父論詩之旨者，而卒不多見。迨交廣平申子觀仲，知鳧盟之詩，非今人之所謂詩也。溯源於樂府，取法於少陵，而溫柔敦厚，一皆秉夫《三百》之遺意。故其指敘蒼涼，《小雅》之諷諫也；哀樂中情，《國風》之贈答也；稱引先世，《蓼莪》之微情也；顧瞻宫闕，『率土』之深感也。以至零篇雜著，莫不討核源流，兼通謠俗。鳧盟之詩，詎不岸然爲雄於當代哉！乃鳧盟不以予爲譾劣，眷惠特深。辛丑，劉子玉少自燕京歸，述鳧盟殷勤至意，且索予全詩甚急。今春，劉使君雲麓出一函見授，則鳧盟所寄，兼屬予訂其《聰山詩集》者。夫予生淮南，鳧盟生河北，地方相距二千里，乃鳧盟於予獨愛慕、讚述，有若同堂兄弟，講業論志而晨夕不離者。此亦足以見鳧盟知人取友、伐木和平之誼，而非若世之恃才凌物、馳逐聲名，以求一時之快意者矣。今天下之詩，莫盛於河朔，而皃盟以布衣爲之長。其所交如殷子伯巖、張子覆輿、劉子津逮，皆負卓犖之才，堪與古人相上下。而徵車所至，公卿大夫能文章篤聲氣者，皆願交皃盟，以求縞紵之合。然皃盟業日上、道日隆，而氣益謙下，必欲屢進愈臻，以祈無負夫尼父論詩之旨，而大翊乎性情風教之際。則皃盟之所造，寧有量與？皃盟之詩，向賀宣三爲丹陽令，曾刻之江南，今雲麓使君又爲詳加評跋，授之剞劂。而路子蘇生語予則曰：『皃盟笥中詩甚多，高邁絶倫，類不肯令世人見。』然則皃盟之不可盡有如是夫？

康熙癸卯季夏二日，南陽同學弟鄧漢儀題於虎靜庵。

輯自申涵光《聰山集》卷首，康熙刻本

定園詩集序

滄州戴巖犖先生以讜言直節著於時，兼以詩歌古文辭走宇內，宇內聞而震之。其古文辭，研齋、茶村、果庵諸君已序之矣。先生以《定園詩》屬儀序，儀非能知先生詩者，顧以周旋先生最久莫如儀，誼無所辭。因不即序先生詩，而以所親炙於先生者序先生詩焉。憶壬辰歲，余浪遊燕都，客龔芝麓先生家，與巖犖先生邸相對，時時過從。讀先生詩輒歎折，而先生復貽書相及，有『問讀大什，止窺豹斑，專請全稿，以削柴柵』之語。余益歎先生之道高而心下也。繼先生以少司農出參宛藩，招余同往。余與先生涉洹水，望銅臺，尋荊卿之故居，撫韓陵之片石。爰渡黃河，登廣武，弔楚漢用兵、鴻溝割地處。昆陽戰壘，其尚有白水君臣之舊跡乎？已憩紫山，眺淯水，臥龍遺岡，蘢葱在望，緬思三顧之風流，愾然久之。余與先生經月行陰燐灌莽中，皆不廢詩，而先生詩益峻。南陽兵革之餘，城郭煨燼，先生結又茅廬，日嘯詠其中。每一詩成，必令余和，和則舉酒相樂，率以爲常。時同唱和者，則穰城彭禹峯、長公經碧雲。嗣余別去，乙未再見公於京師，而公已召用爲地官尚書，不復詩。余又別去，公則謝病居里門，不復詩。丙午，次公紳黃爲揚州法曹，迎養公於官廨。余與話舊抱琴堂，把苦相勞。時公方事導引，更不復詩。然則公作詩之年，自京師諸老賡酬而外，所最盛者，莫若謫官南陽與鄧生相周旋之日也。而余因有感焉：歲月如流，萍蹤莫定，試披公集，曩所與酬和京師者，其人已强半不可詰，而菰蘆賤士如儀者，尚從江介，獲侍公遊，不可謂非大幸而已。有作詩不作詩之異焉，然公之標日月而峙天壤者，讜言直節，足邁千秋，不專藉詩以傳，而詩與古文辭已卓然並傳。又公自抱痾來，闡心理學，嚴事蘇門。近渡大江適梁溪，拜顧端文、高忠憲兩先生之祠廟，訪其遺書，求識其子孫，蓋有斯文在茲之任。是讜言直節且不足盡，而況詩歌與古文辭耶！如先生者，允足傳矣。至若儀者，自傷匏落，徒負大君子惠教之意，先生憐我，其又何以勖之哉！

康熙丁未夏五朔日，東吳盟小姪鄧漢儀頓首題於邗上之天寧寺。

輯自戴明說《定園詩集》卷首，康熙刻本

瞿山詩略序

在昔門地之盛、風物之優，莫踰於六代。然考諸史乘，求其文采標映，蟬聯數百載而不歇者，蓋亦稀有。即李、杜稱千古詩宗，而其後寥寂鮮聞。何、李崛興弘、正間，儼與唐匹敵，而子孫且凋落殆盡。惟宣城梅氏，自都官以來，代以詩雄長江左。季豹、禹金諸前輩，其彰彰者。今更有淵公先生，體氣清華，姿制茂異，當山水秀逸之地，騁朝夕晤對之娛，發爲詩歌，既沖遠而雅靜，復高健而英奇，當代詩流未有能過之者。僕於是竊羨淵公際會之美，爲足助發其才思也。夫士或生長單寒，又僻處荒陋，無烟嵐洞壑以暢其觀，無族姓賓朋以長其益，雖稍負通才，粗曉吟事，亦悒悒終矣。而淵公無是數者，獨覃思著作，與古人並驅。當其閉戶幽嵓，則玉軸、牙籤、書箋、畫絹，零亂几案；而駕言出游，則興寄蕭遠，名流勝士雜遝與俱，雅足供倡酬而攄懷抱。雖淵公才藻足以籠蓋當時，而未嘗不歎其有以自適也。今軍旅方興，有志之士或馳驅戎馬間，而非其所樂；巖疆守吏且枕戈擐甲之未休，而尺寸究未有所効。以視淵公動靜之分，不誠天人之别哉。僕託跡邗江，距敬亭且數百里，言念高賢，實切褰裳之願。乃淵公屢惠尺書，且以近日所刪《天延閣詩略》見寄。清秋多暇，謬事品評，因竊歎都官以後詩人如此之盛，而淵公之才爲足繼都官而流暉競爽，是不可以不記也。

吳郡同學弟鄧漢儀孝威氏拜題。

輯自梅清《瞿山詩略》卷首，康熙刻本

櫟園先生南還重遊海陵序

櫟園先生之事白，南還也，葬其太翁、太母，因謝會葬賓客來海陵。維時，公去海陵十有六年矣。人情久則玩，玩則衰。蠢兹兆姓，雖當日者勒碑版者有之，罷市遮留者有之，開禁城環馬首者有之，然時異勢殊，豈可望之十有六年之後。而公之再來遊也，則黄童白叟，有爭望公之顔色者矣；村夫里嫗，特來城瞻拜，而以不及一見爲咨嗟嘆恨者矣；有遥望公之風采，而追敘其年齒容貌，以爲笑樂者矣；有仰天私祝，望公之再臨邗江，以活我百姓者矣。嗟乎！公去海陵已十有六年，而何以得此？曰：『此公之治，所爲永於人心，雖千百年而未有已也。』公之初備兵海陵也，武卒噪於塗，黠吏盤於窟，而又有不逞之徒，時以危疑不白之事震撼夫簪纓世冑之家，人罕有生命者。公至，而緝驕兵、抑悍將、安良善、誅舞文。或有挾私讐以陰中者，公即鋤創之，不爲縱。時撫軍公方以剛武爲事，斬殺日聞，然聞公言，未嘗不稍稍退，既見公所持者正，而人心咸屬公，則又每事必咨公，然後行也。猶記一日，刺史劉公藥生謂儀曰：『今日觀察周公有一事，爲諸君言之：昨撫軍招公云：「泰之東鄉賊起，當急剿。」蓋實有告密者。公曰：「且毋動，某當爲公縛其渠魁來，如妄，彼告密者當立置於法。」公即遣隸往，告以實，令其速來，吾活汝，否則孥戮靡孑遺。彼有名姓者，聞命即遄來，匍匐伏堦下。公笑曰：「汝勿怖，吾當爲撫軍公言之。」公乃白撫軍曰：「世豈有圖王定霸、招軍買馬之人，而一隸能以草索牽致之者乎？」撫軍公亦笑。彼告密者行不得貸矣。又，司繯者方持牒市銅於邗上，而以金散各屬，令措辦。某爲婉轉迎其意，派金獨少。周公曰：「此總民害也，官給之吏，吏給之民，所耗不可勝計，而民採銅以賫送，所費又豈可量。」公即爲檄通行十屬，盡以其金歸之道，而道差干吏採買輸送之。十屬民歡呼，稱大便。』嗟乎！公之惠心實政，筆未易殫。即此刺史一夕所述二事，而四境免兵燹之災，闤闠無追呼之苦，不誠一路福星而爲千百年所尸祝者哉！公治閩爲臬司，爲藩伯，率以此法。而其入爲御史大夫，則又儀浪遊燕市，所目繫而心識之也者。方是時，同掌風紀者爲合肥龔公。晨起詣憲府，日暮方歸沐。蓋批繙大獄，必期日活一二人，或至數人。龔公求其生路而不得，即以屬周公，周公研得之以告龔公。龔公曰：『公無讓。』當即判紙尾。蓋兩公居憲臺相當甚懽，日爲朝廷廣好生之德，甚盛舉也。儀客龔公邸，龔公爲儀言：日坐烏臺如古寺冷廟，與周公商略平反，幾忘腹餒。蓋實錄也。龔公遭風波幾貶謫，周公被讒幾蹈不測，而卒蒙上恩還里閈，時買輕舠來往江上，與諸故人酌酒賦詩，則皆活人一念有以召嘉祥而銷奇禍也。而海陵之民奔走而愛戴之，雖千百年如一日，其又何疑哉？公來海陵，儀適遊淮上，公每以不即見儀爲憾。暨儀歸，而把手歡甚。目睹海陵民人之喧呼聚觀、瞻仰恐後也，因略述其概，以見治邗之績歷久不衰，其載於人心者，固黄童白叟、村夫里嫗之所不能僞、不能奪者也。不與閩士人之擁塞緹騎、樹幡鳴寃、職納槖饘者同一情、同一事邪？ 儀海陵人，悉海陵事，因爲質言，以志衮衣之慕。至射烏樓之跡，因樹屋之吟，蒙恩生還之始末，諸同人敘之已詳，儀不敢贅。

海陵受業門人鄧漢儀拜手敬撰。

輯自清端方《壬寅銷夏録》，稿本

跋周櫟園先生書影後

《因树屋書影》者，櫟園先生昔在請室時所撰述也。其書紀載精覈，辨證明悉。上自經史，下逮聞見，凡可以正人心、翼世教、廣學識、弘風雅者，無不筆而記之。洵五經之流別，四部之菁華矣。昔人有志林、隨筆、紀聞諸書，皆足以備考訂、益神智，豈若是書之博覈而正大邪！ 先生事既白，復官金陵，公子雪客、龍客，爰發舊篋，取曩編而剞劂之，以質當世。儀於丁未十月既望，覲公於秦淮，公飲之酒。酒間，因得是書〔一〕，卒讀之。儀披覽再四〔二〕，不徒歎先生是書之博大〔三〕，而深服先生之天定而道全也。夫人小有利害，則聰明憒亂，舉動率失其常儀，求其從容如平時也實難，至欲其親篇卷、操鉛槧，著盈尺之書，而死生禍福，絲毫不以介於衷者，自非天定而道全，其孰能幾於此！昔先生之獄事，蓋亦急矣，其利害所關，在恒人未有不動於中者。迺坐因樹屋中，泊然守靜，如深山中人，露鈔雪纂於桁楊影中，孳孳不輟，未及浹旬，著書早已成帙。衛士覩公，有太息泣下者。聞候讞之日，鋃鐺被體，尚搦管作送客詩，翌日而流傳都門。嗟乎，此豈勉强而爲之耶！吾有以知先生之〔四〕天定而道全，故患難不足怵，而確然自持其所。是書之成，養之厚也〔五〕。昔坡公爲黨人所構，至遭縲絏，徙瘴鄉，而讀書不倦。渡海之儋耳之夜，星月皎然，公於舟中書賦，不錯一字。非其素守，豈能至斯！以方先生，正復如是。故讀是書者，漫以新都之雜著相況，非知先生者也。即是書之博覈正大，後學指南，端在於是，而自擬以老人讀書秖存影子者，蓋先生之謙而又謙也夫！

吳郡受業鄧漢儀拜撰。

輯自周亮工《書影》，清懷德堂復刊賴古堂本

【校記】

〔一〕『因得是書』，《海陵文徵》作『出是書授儀』。

〔二〕『儀披覽再四』，《海陵文徵》無此句。

〔三〕『不徒』句，《海陵文徵》作『因不徒歎先生是書之博大』。

〔四〕『吾有以知先生之』，《海陵文徵》作『吾益知先生』。

〔五〕『而確然』三句，《海陵文徵》作『而確然有以自持』。

耐軒集序

余選《天下名家詩》竟，而獨喟然歎折於張子桐仙之詩。或曰：『天下大矣，能詩之家衆矣。即以同里論，工爲詩者不下十餘家，而獨歎折於張子桐仙，何與？』曰：是非汝所知也。夫詩道至大，《三百篇》中，列國之治亂繫焉，民生之愉戚關焉。上而揚祖德、箴君過，下而賢士贈貽、僚友諷諫，以至行役征夫、里巷婦女，莫不各言其情，而朝廷採之，被於管弦而不廢，詩顧不大與？近之爲詩者，多爲細瑣柔曼之音，甚而香奩昵褻、曲蘖荒淫，靡不播之篇章，矜爲麗製。詩道之卑，於是乎不可問矣。張子桐仙淡泊寧靜，久以斯道自期許，未嘗亟有求於天下。一切宮室田園、輿服狗馬、歌舞博弈之樂，皆弗與焉，而獨上下千古，專精於讀書。其所爲詩，大抵憂時憫俗、懷古景賢、敦本念先、越國過都之作。諸凡淫哇之詞，皆所不涉。余讀之而不禁流連三復，謂深得《三百篇》之旨者，莫張子若也。張子恂恂，時訪予於委巷之中，樵蘇不爨，劇談終日而不倦，何其懷之虚、念之篤與？天下雖定，而太平之業猶賴有所諮訪焉。即淮揚一隅，水災時告，而堤塘屢築屢壞，費以千萬計。近又飛蝗蔽天，失業者衆，非得夙諳古義、留心民瘼之人，未易知此，而張子非其人與？故即同里而論，而人惟張子最，即詩亦惟張子最也。此予之所以歎折，而舉天下之大，不能不爲張子屈一指也。

輯自夏荃輯《海陵文徵》卷一五，道光二十三年刻本

【箋注】

張琴，字桐仙，號耐峯、耐軒，江南泰州人。康熙十二年癸丑科进士。鄧漢儀《詩觀》初集卷三、二集卷二著録其有《塞外遊草》、《西湖遊草》。

黄雲鄧旭等僊舟圖倡和詩序

學使田公綸霞較士維揚已竣，太守崔公蓮生宴餞。南浦田公遣使邀黄子仙裳、宗子定九舟夜同酌，而兩生船已前發，未赴嘉招。仙裳有『夜半停燈待布衣』之句，且繪爲《僊舟圖》，以志佳話。遠近好事者倚韻和之，得詩一百七十四首，可謂盛矣。仙裳命予採數首附拙選末，俾其事流傳瀰內。予因拔八章，以見大概。其詩有專集梓行，而李廷尉映碧、施侍講愚山爲之序。

輯自《詩觀》二集卷六，清康熙慎墨堂刻本

【箋注】

此序爲《詩觀》二集卷六所選評鄧旭、王掞、韓菼、朱雯、龔翔麟、吴于績、申維翰、黄雲唱和組詩，原

倡爲黄雲《題仙舟圖贈田學憲，兼柬崔郡伯》。此組詩原以標題《題仙舟圖贈田學憲，兼柬崔郡伯，次黄仙裳原韻》領起，此序在標題下。

樂圃集序

憶乙巳歲，予有東郡之遊，於時偕二三同志登少陵之臺，連袂歌呼相樂也。已而入闕里，拜孔廟，覽其車服禮器之盛。更謁孔林，觀輦道之猶存，瞻檜柏之無恙。竊歎讀聖人之書，一旦遊聖人之里，爲不虛此生也。而顔君修來相遇適於是時。修來固復聖之裔，年方俊少，而風格秀遠，與予把酒縱談，丙夜散去。蓋未嘗論及詩，而心知修來深思好古，有過人者。既聞修來掇巍科，官近侍；旋自儀部擢銓曹，聲華滿京洛。而修來顧鋭意著述，思激揚風雅之教，以抗衡於韞退、荔裳、西樵、阮亭諸公之間，曹升六舍人、田子綸戶部實左右之，而東國之詩於斯爲盛。嘉禾曹顧庵學士自京師過維揚，向予稱道不絕。予曰：『是豈當日洙水之濱，所與把酒縱談者乎？』而未敢輕以尺素相問訊。己未秋，予以金門事竣，息軫邗江，而修來惠然訪予於昭明樓畔。觀其氣度儀表，殊不似昔時，而神益沖退，穆乎君子有道之容。與予敘論舊遊如昨日事，豈若今之得志於時者，一朝高劍佩，美騶從，輒視故人爲不足比數者哉！而修來更出其詩集一帙示予，蒼奇渾奥，能自出機軸，而無一字傍人。其刻畫山水而外，每於國計民生、安危利弊之大，沈痛指切，是以屈子之《離騷》，賈生之奏疏，併合而爲詩者，豈復區分年代、摹擬聲調之家所可及乎？夫曲阜之墟，吾夫子删詩地也。修來產於其鄉，而能倡明四始六義之學，以垂後世，吉甫、奚斯豈能遠過？更其家世忠孝，貽謀未遠，以肅雍之範，樹駿偉之業，其又安可量乎！而予深幸東郡之遊爲不虚也矣！

輯自顏光敏《樂圃集》卷首，康熙刻《十子詩略》本

寒碧堂贈詩跋

甲子夏，余來雉皋，下榻無所。巢民先生招余憩跡水繪庵，曰：『但荒穨不堪耳。』余入其徑，見板橋斷拆，滿眼蓬蒿，驚曰：『何爲至此？』徐問先生，乃知二十年來遭歷轗軻，家業愈落，無力可爲修葺，故任鳥鼠蟲蛇寔逼處此。嗟乎！此固昔時畫舫朱欄，美人才子檀板喧闐，綺筵騈集之地，而今一旦至此乎？頗愛寒碧堂澄水淪漪、垂楊映帶，洒掃其階除而止宿焉。風晨雨夕，因漫爲染翰，得詩八章以贈。先生輒歎其佳而未即和答者，知其中有所傷而不能寫之筆墨也。然先生雖處貧窘詬誶之交，而中懷疏豁。時移松選石，内有長齋繡佛之人，解詩工畫外，有家伎品竹調絲，兼與墨客詞人徜徉林壑，飲醇酒而賦新詩。是天雖以貧窘詬誶困先生，而有不能爲之困者，其識定，其神遠也，而先生仍未嘗以此自詡也。《同人集》中有倡必

和，而於此三題秖存下里之音，而先生竟缺其白雪。覽者三復流連，亦足增盛衰得失之感也。

小春上浣，同學弟鄧漢儀跋於寒碧後軒。

跋細林山館夜集送別倩扶女郎

甲子夏杪，同人集飲還樸齋。巢民先生話倩扶女郎舊事，兼出寄書及梅村祭酒詩見示，同人約其共和梅村韻招贈倩扶，亦一時韻事。

舊山梅農鄧漢儀跋。

跋七夕匿峯廬倡和詩

七夕令節，巢民先生預訂於匿峯廬讌集。是日，予忽暴下，臥榻不能起，越二日，稍蘇。予念嘉辰未可虚度，而先生雅意又可負乎？乃呼兒覓紙，潦草成五律四章，奉政大方。而先生則於半日内磨墨揮毫和拙韻四首，又和顧同束排律十五韻，既敏且工，跨越原倡。豈惟老而好學、健筆縱横，亦其精神意興，特使才華騰湧而出，能無令諸子咄咄歎羡！

同學弟鄧漢儀跋於寒碧。

如臯縣九日倡和詩小跋

中秋令節，巢民先生以小極鍵關，余戲柬先生，有『紅妝省侍得宜，自當霍然』之語，且口占四斷句，而先生不謂然，蓋意在友朋之會聚也。至九月，先生體已稍健，余偕同柬諸子各醵金治具，以籃輿奉約登高，不意先生欣然早命次君青若布席於匿峯廬之黄花深處矣。因念合肥先生昔在燕京、白門，賦有《重陽登高》四韻，各爲追和，用志弗忘。是時，余以久客空囊，將歸故里，未知明歲登高更在何處？醉把茱萸，漫題數語。

同學弟鄧漢儀書於寒碧。

以上輯自冒襄《同人集》卷一〇，康熙冒氏水繪庵刻本

吉祥相跋

予讀坦然先生觀宅吉祥書，既卒業，乃復於櫟園夫子曰：甚哉！此書之簡而切，覈而顯，有關於世道人心不小也。今夫食祿之家，高第宅，盛輿從，鐘鼓喧闐，珠珥雜遝。主人貴重，仰若神仙。一二子弟皆走馬鬬雞，翩翩作貴遊態。此非吉祥，乃衰微也。處極盛之時，秉

謙素之德，庭無雜伎，架有良書，日葺先賢格言遺訓，以自勵勵人。此其吉祥，蓋匪祇一世，且將世世。予觀坦然先生膺全福、席盛勢矣，乃其意常抑然有以自下者。作爲此書，警狂呼昧，苦心哉！《詩》曰：『貽厥孫謀，以燕翼子。』又曰：『視民不恌，君子是則是傚。』先生是書之謂夫？櫟園夫子曰：『善，爲我書之卷末。』

輯自夏荃輯《海陵文徵》卷一五，清道光二十三年刻本

慎墨堂名家詩品・彭桂詩序

古來博雅奇偉之彥，非縱覽名山大川及京師宫闕人物之壯麗，則耳目隘而才亦因之以弗揚。故漢唐之時，遊士皆在京國，要人延譽，因以致身天衢，詎不盛與？邇來以帖括取士，士皆伏處下邑，拘攣困頓，遂以終身，心竊悲之。我友瀨上彭子爰琴，天資岸異，盡讀今人未見之書。所著詩歌皆能綜漢魏而埒四唐，江左名流驚歎莫及。顧出而北遊，因之攬奇探祕，五嶽之勝具在奚囊，而一時名公卿無不折節倒屣，願一交歡彭子以爲快者，而其名益大震。乙卯冬盡，聚首白門，時方盛寒，雨雪大作，金觀察使君留飲青對軒，縱觀歌舞。酒闌燈灺，爰琴乃出《初蓉閣集》授余評選。余服其雅麗横逸，邁絕等倫，因錄其若干首置行篋而去。丙辰初夏，余來廣陵，仍憩昭明文選之閣，值梅雨連朝，旅懷蕭寂，乃一展彭子之詩，如江山雲物，耀映萬

狀，是可傳而可愛也。亟授之梓，以廣其傳。

慎墨堂名家詩品・施閏章詩序

乙卯以來，余有《名家詩品》之選，四方同人以集惠教者頗衆，因爲書達之宣城施愚山先生。先生不以儀爲荒劣，貽書報可。乃數年間屢請而稿不至，心竊疑之，謂：『先生意且中變？』而先生曰：『非也。人事雜遝，兼以作應酬文字，日不遑給，須俟耳目稍稍清暇，乃克繙篋衍，錄一冊相寄，草草則未能。訂以丁巳秋杪決寄無失。』乃先生復自新安遊天台、雁蕩，抵歲暮乃歸，遣蒼頭雪中來維揚，謝其不能踐諾，復訂以今春。乃孟夏初旬剞劂人從宛陵來，則果以詩鈔一帙見寄矣。時予以家慈八十稱觴事，急衝風雨，買扁舟遄歸海陵。雖倥偬中，猶把先生一編不輟。迨事畢，乃閉戶息影，詳較而深論之。夫先生以詩學倡東南且數十載，天下人士咸景企而師傚之。夫復奚容讚歎？而儀不能不附一言者，蓋先生之詩深之以至性，本之於躬行，益之以學問，而又參之以時變，故於天倫常變之際、友朋死生之交，以及寡婦孤兒、羈人怨客，其流離於兵火、慘迫於賦稅，一切可驚可愕、欲歌欲泣之狀，無不寫之於詩，而詩遂與三百篇相表裏焉。夫先生平昔所爲詩甚富，此寧足儘先生？而是卷已見其崖略，其增榮益輝於拙選，而可傳於後世無疑也。詩諸體具備，計一百七十六首，凡舊刻《燕臺八子》及吳孟舉

《八家詩選》已刻者，兹皆不載，而詩俱精能，無可揀汰，遂盡梓云。

慎墨堂名家詩品・梁清標詩序

棠邨先生《使粵詩》傳至江東，人矜拱璧。儀先採數十首入《詩觀》二集中，猶未厭羣望。蛟門舍人乃捐貲盡刻之，而屬儀編次，儀因歎先生之於詩學甚勤而且精也。夫先生位列上卿，機務叢集，顧獨於吟詠一道，晨夕不廢。即使粵之役，其間光嶺之迢遙，賓客之雜遝，侯吏之迎送，而輿馬之喧闐亦甚，非撚鬚苦吟時矣。而況羊城返旆之期，正湘江舉燧之日，雖使車邀有呵護，而人情未免倉皇。乃公則倚棹停驂，啣杯把炬，凡嶺南之山川人物、烟雲花鳥，一一繪之於詩，而詩皆奇麗精雄，與火齊木難、翠羽明珠交相暎發，殊若不知有風鶴之警者。於是不獨服先生之詩學勤而且精，而更服先生之整暇爲足定變而禦亂也。獨是丙申冬日，儀曾陪合肥先生之嶺南，而合肥則從兵革豹虎中與儀刻燭聯吟，夜分不寐，各著有《過嶺集》。今合肥已逝，而儀乃評跋棠邨先生使粵之作，亦恨不能從香嚴閣中讀棠邨斯編，共爲歎賞，則平津秋閉，紅粉樓閑，覽斯集者應同泫然矣。

以上輯自《慎墨堂名家詩品》，中國國家圖書館藏清康熙刻本

添油接命金丹大道敘

天地萬物，要以元神、元精、元氣爲立命之至寶，然後歷萬古而不磨。是以古先聖賢培之有道，養之有方，其倚身涉世，應事接物之際，無時不以神思涵泳乎性命之根，而惟恐其有耗散之病也。然情欲易於糾纏，色相易於紛擾，二亦□中無往而非疲吾之精、奪吾之神、耗吾之氣。若不念性命之要，而終日皇皇，散漫無已，奚知生死關頭，不外此先天一點真陽之氣。嗟乎！以易竭之靈虛，而豈能供無已之用耶？是非有培補增添之道也，烏乎可教誨！汪年翁先生雲遊山澤，搜輯奇書，凡四方有道內養之士，無不遍訪而親造其廬，與之參微晰疑，不得性命之奥不止。故其源流獨正，而有益于身心性命者矣。甲寅、乙卯之間，湘楚多風鶴之驚，先生避跡海陵，與予握手論交，因得縱談天地陰陽性命生死之要，真足破千重迷障，而使聞者悚然心目。兼出藏書示予，予捧誦一過，覺置身羲皇之上，而絕塵壒之氣。若能降心勵志，味先生之旨，而體先生之志，雖造物不能繩墨，陰陽不能物擬，翱翔人世，逍遥物外，於千生萬劫之中而能超脱輪迴。斯時也，便如鳳皇翔於千仞氣象。夫豈聲色貨利所能糾纏也耶！譬之曰：如燈之欲滅，若不繼之以油，雖百計培之，欲暫緩其熄而不可得。夫燈非欲自滅以昏黑人世，良因油之不繼故耳。人之元精、元炁、元神一虧，即如無油之燈，其不隨物化者，豈可得乎？夫虧元之人，不得補益之道，而求疾病不生、壽考無虞者，請看無油之燈而能終夜不滅乎？先生曰：『吾有添油接命之術，可以挽狂瀾於既倒，而起涸鮒於再造。』既已條分縷悉，筆之於書，而詞旨口訣另有默契。是誠棒喝迷津，度世慈航，其關乎於人性命者，其功獨鉅，將欲授之梓氏，以廣其傳。先生屬予爲敘，予因樂其傳而敘之。

時康熙辛酉歲孟春月下浣，南陽鄧漢儀孝威。

輯自《添油接命金丹大道》卷首，上海圖書館藏清康熙刻本

畦園詩集序

召埭者，因晉謝太傅而名之者也。謝傅出鎮廣陵，修治陂塘以蓄洩水，民享其利，後世思之，比於甘棠之澤，故名曰召埭。數千年來，舊蹤滅沒，但見估舶之鱗集，官舫之鼓吹，漁灣蟹舍之櫛比，而求有名人能續文靖之風流者，蓋往往而絕。乃今有鍾山先生，實太傅之苗裔，家居埭上，讀書務實學，兼精通六藝，補諸生，試輒冠軍。立身方正，比戶以風。而性好賓客，創建園亭，與諸同人飲酒賦詩其中，日見湖波之澎湃，草樹之迷離，蛟龍魚鳥之出沒，則往往形之於詩。而詩則輕快靈圓，每出奇思異彩，座客嘆嗟，各爲輟筆。竊謂賭墅之遺風，絲竹之雅韻，東山攜妓之勝情，於先生再見之，而先生顧今已矣。然先生雖沒，神氣長存，或與太傅聯袂湖

濱，載雲旗而遊碧落，亦未可知。而余則恨未見先生也。今秋，令嗣青雷、皎臨以《畦園詩集》見示，內有一題，乃同何子御鹿訪予興教禪林不值者，有『世藉風流存砥柱，天留辭賦耀名山』之句，夫余則奚敢當？先生之意則諄諄無已，即謂余與先生曾把酒以對湖雲，吟詩以當夜月，又奚不可？而余終欲往游埭上，拜太傅之祠，而訪畦園之勝跡，則今日之序詩，其嚆矢也夫！

康熙乙丑重陽，吳會年家眷弟鄧漢儀拜題於廣陵之文選樓。

輯自謝良瑜《畦園詩集》，康熙刻本

丘柯村詩序

憶壬辰客京師，與諸城丁野鶴先生寓僅隔垣。先生每於薄暮，拉余入諸貴遊家，登堂大呼，閽者不敢禁。主人聞其聲，輒倒屣迎，命酒雜入座。野鶴縱談詩及里門人物，則亟推丘海石先生，曰：『天下奇士也。』丘先生晚得高要令，弗就，旋捐館。令嗣柯村負異才，於書無所不讀，能取進士第，爲江右撫州推官，將貴盛矣。已而奉裁，循例補黔之施秉縣。縣固在蠻荒瘴癘中，君不鄙其民而教養之，四年有成績，擢水部。忽滇中難作，君移家入山，旋冒風波虎豹之險，間道東歸，則生平壯氣略盡。爰閉門涓上，讀書耕稼以自老。所爲詩，悲歌慷慨，沈鬱頓挫，聽者如聞伍員之簫、雍門之琴、高漸離之筑，爲之裴徊感嘆而不能已。丙寅秋，來訪舊交於淮上，特棹扁舟訪余於鑾江，出詩見示。余讀之驚喜，奇奥險怪，偉麗清深，無所不有，總以發抒其胸中抑塞無聊之氣，蓋得《騷》、杜之深者。然使柯村登樞要，揚揚呵殿於長安，或擁節萬里爲鎮撫重臣，詩雖工，亦不能振拔如是。惟余遭罹兵革，久處困窮，爲詩亦不肯苟且以悦俗，故見君詩，不覺有針芥之合焉。余既登君之作於《詩觀》、《詩品》，而復勒全詩以告當世。君歸東武，攜此冊登超然之臺而讀之，將見雲山晦冥，海濤怒立，其亦可以自豪，而無羨乎當世之富貴利達，則南陽生之識賞，良不誣也！

輯自夏荃輯《海陵文徵》卷一五，道光二十三年刻本

尊道堂集序

司空孫屺瞻先生，以臚傳第二人官翰苑，洊登亞卿，特簡司空。嘗侍讌清宮，扈蹕南苑，極詩歌賡酬之榮。所著《尊道堂詩》，朝宁陵廟，邊關方嶽，河海林泉，以及家庭之哀樂，友朋之宴遊，情無不周，詩亦具備，而皆體宏格正，調高識尊，流麗而沈雄，縱宕而藴蓄。以是網羅羣美，籠罩百家，奚疑乎？

輯自阮元《兩浙輶軒録》卷五，嘉慶刻本

南堂詩鈔序

海陵使君施溽江先生涖郡三載，爰裒其近作，屬余爲之序。余讀之卒業，歎曰：公之不可及也！公以五等諸侯之苗裔，不愛茅土之封、玩好之物、衣租食税之樂，乃退而修文人之業，對策大廷，爲天子所深獎，特授知泰州。泰固名邦，漢時封親藩子弟，曾鑿茱萸灣，置倉海陵，以儲紅粟，而今稍敝。公至，不以貴淩人，一切迎送期會如常儀。又時時循井里，察問父老民間諸疾苦，廉以律身而正以率物，剛以制暴而慈以恤孱。期月之餘，催科不煩，而蒲鞭示意，鄰邑之人咸質虞芮之訟，可不謂教化大行哉？公顧產乎廷禮、子羽之鄉，夙諳風雅，而又久遊京洛，與諸名流折衷歷代之正變，商酌六義之指歸，今雖服官臨民、理繁治劇，而筆墨未有廢焉。凡登臨、羈旅、宴飲、酬贈，以及憫俗憂時，具有韋蘇州、元春陵之遺意。其質處皆華，淡處皆古，高處皆秀，愷切而深中人之心。公自有天然入妙，而非粉繪靡曼家所可望者。諸文學託乘於後車，宜無能讚一詞也。余也懶慢迂疏，不通人事，家雖乏擔石，而衡門晝掩，高臥自如。賴州大夫之賢，實叨庇蔭，且賦詩見贈，獎飾逾涯，而今更命余序其新集。草茅愚見，詎足上測高深，亦足見公之厚道誠心，而非世路形跡之可擬者矣。嗟乎！富厚崇高雖足矜炫，而惟卓然樹立，垂天壤而光日月者，斯堪不朽。今觀公之政事，再觀於文章，余雖欲不歎爲不可及，豈可得哉。鄧漢儀孝威。

輯自施世綸《南堂詩鈔》卷首，雍正施廷翰刻本

【箋注】

此文爲鄧漢儀爲施世綸《南堂詩鈔》所作序。施世綸（一六五八—一七二二），乾隆《江南通志》卷一百十二《職官・名宦》：『施世綸，字潯江，晉江籍鑲黃旗人。靖海侯、謚襄壯琅仲子。以廕知泰州，會歲饑，請修築范公堤，以濟饑民，歷揚州守，移江寧。所至，豪右屏跡，疑獄悉平，丁艱去，攀留者數萬人。建雙亭於府署，號一文亭，累擢淮徐道、安藩司。總督漕運，革羨金，劾貪弁，除蠹役，號稱嚴明。』因施世綸在泰州、揚州及江寧經歷，鄧漢儀此期與施世綸交遊。《退庵筆記》卷九（清鈔本）有『望海樓』條，記施世綸於康熙二十年作泰州牧時修望海樓事，此時鄧漢儀有三律寫望海樓。孫在豐爲《南堂詩鈔》所作序云：『海陵之長於詩者亦自不乏，試於聽政之暇與孝威、仙裳諸子覽其山川風物，以托諸詠歌，互相酬唱，所著日多，詩格亦日進。』

湖海集序

《湖海詩》數卷，乃國子先生孔君東塘奉使淮揚之所作也。先生以疏濬海口之役，渡黃河、越射陽、下萸灣、入海陵，繼移昭陽，駐草堰，遍歷諸場亭。是皆魚龍噴薄之區，荆榛荒穢之

域。先生以王事靡盬，晨夕奔馳，疑其無暇於詩，乃憂國思親，感時閔俗，每於雨雪綿延、風潮激射、禽鳥呼嘯之日，援筆以思，愀然長望，蓋與古大夫奉命出疆，《四牡》《北山》之什，義有同符。而況東南道誼之儔，江山文藻之彥，既聞聲而景附，復命駕以來遊，有不把酒臨風、聯吟寫志者乎？而先生顧以詩授余，余讀之，溫柔雅麗，慷慨紛綸，允合古裁，兼抽新祕，其斯爲聖人之後，明始義而叶管弦者與？而以『湖海』名其篇，豈曰元龍豪氣之足尚。當東漢時，元龍守廣陵，築塘瀦畝，爲萬世利。揚人至今思之，名爲『愛敬陂』。今先生身乘橇檋，上下川原，俾淮、黄順流，功績殆與相等，則其以『湖海』名其集也固宜。而元龍苦無詩，先生獨洋洋纚纚，含經吐雅，不又高元龍一籌哉？

康熙丁卯中秋，南陽同學弟鄧漢儀題於慎墨堂中。

輯自孔尚任《湖海集》卷首，康熙介安堂刻本

跋曹溶徐器之出所藏宋硯爲長歌壽我有眉畫春山之句戲答

昔在嶺南與秋岳先生論詩，於七言古必以突兀頓挫爲長。此集敘置，殊有蒼虬夭矯之勢，固與時手平衍者不同。

東吴後學鄧漢儀孝威敬題。

輯自曹溶《静惕堂詩集》卷一三，雍正三年李維鈞刻本

與袁籜庵

承示諸箋，得吴梅村太史奉贈四詩，風流婉約，真如張緒當年，又如商女隔江唱六朝新曲，可妒亦可憐也。至讀曹秋岳先生『老淚沾歌板，歸裝儉秫田』之句，又爲黯然。世有一代才人如袁令，而竟乏司業酒錢之贈乎？可爲世道嘆，并可爲遊人戒矣。

與劉津逮

弟與申子覺盟素未謀面，乃覺盟寄江南友人書屢屢稱弟不置，弟豈忘情於覺盟者哉？覺盟寄托高遠，所爲詩蒼渾之中乃復秀潤，此正河朔所少。蓋太行、滹沱之間，風氣剛勁，詩不難於壯，而微患莽。若覺盟者，真矯然獨出者矣。弟夙昔爲詩，怕落齊梁人聲口，累年北遊，諸作頗雄健，絶無綺羅花草氣。其得之山川之助邪？恨未繕寫，不能呈足下并寄覺盟讀之。

與孫豹人

竟陵詩派，誠爲亂雅，所不必言。然近日宗華亭者，流於膚𣪊，無一字真切；學婁上者，習爲輕靡，無一語樸落。矯之者陽奪兩家之幟，而陰堅竟陵之壘，其詩面目稍換，而胎氣逼真，是仍鍾、譚之嫡派真傳也。先生主持風雅者，其將何以正之？

以上輯自周亮工《賴古堂名賢尺牘新鈔》二選《藏弆集》卷七，康熙刻本

致瞿山

弟之寤寐於瞿山先生者也至矣。近得其詩，復得其畫，而恨未獲見其人。然詩畫中具有先生真性情、真標格，則又何必接聲音笑貌，始爲得見先生也？前癸丑所寄佳稿，弟已同耦長兄諸位同時授梓，今印寄覽。後吳門所寄一帙，則尚珍諸篋笥，畫則時時不離愚袖耳。蔡玉老古詩，在陶、謝間，爲近今所少，弟亦錄數篇，借光拙選矣。兹有旌邑王如成兄，攜弟所選《詩觀初集》來遊珂里，意圖覓利，望先生推分薦揚，俾其稍有所得，則不虛弟一番説項。而先生爲拙選廣通，則感又在弟，不獨王生也，切切！邇來弟又有《詩品》之選，每位一冊，而詩有去取，

務於精當，不似松陵之一味糊涂。已刻有梁司農、王宗伯、司馬及王給諫北山之集。而阮亭公祖《蜀道集》，先曹升老有寄者，阮老又有改本，云付先生寄與蛟門，今蛟門已於六月六日北上，或竟寄至弟處亦可。蓋蛟老欲刻其詩入《詩品》也，附請。不盡所言，惟餘神往。

弟名單肅，季夏上浣文選樓，冲，維揚鄧孝威寄。

輯自《小莽蒼蒼齋藏清代學者書札》，人民文學出版社二〇一三年版

十六家詞序

詞學至今日，可謂盛矣，顧理與體有不能不深講者。夫詞而謂之詩餘，則猶未離乎詩，而非下等於優伶之雜曲也。感舊、思離、追歡、贈别、懷古、憂時，昔人皆一一寓之於詞。而今人顧習山谷之空語，倣屯田之靡音，滿紙淫哇，總乖正始，此其理未辨，而傷於世道人心者一也。溫、李厥倡風格，周、辛各極才情。頓挫淋漓，原同樂府；纏綿婉惻，何殊國風？而摭拾浮華，讀之了無生氣；强填澀語，按之幾欲晝眠，此其體未明，而有戾於《花間》、《草堂》之遺法者一也。今者婁東、淝水、棠村諸公，首建旌旄，而齊魯、吳越、秦楚之間，名流挺出，相與播芳風而恢古烈，猗與盛哉！顧人各一編，咸矜祕帳，流通都市，裒集爲難。黄山孫子無言，以窮巷布衣，留心雅事，每有佳製，務極搜羅，如飢渴之於飲食，甚至命舟車、裹糧糗，不憚冒犯霜

露，跋涉山川以求之。故此十六家之詞，皆其浮家泛宅、殫力疲思而後得之者。予久憩維揚之蕭樓，無言時相過從，每出同人詞稿，互相商略，一語之妙，必共嗟稱；一字之譌，必相較訂。故其十六家詞之成也，謬以相屬，爲題數言以行之。顧今日域中作者林立，十六家之外，寧無岸然傑異、堪樹詞場之赤幟者？而無言曰：『吾方以鳴始也。』十六家倡之於前，自此而數十家而百家，茲不其先聲也與？而無言之於詞學之理與體也，信可謂勞苦而功高者矣。

時康熙丁巳六月六日。

輯自孫默《十六家詞》卷首，康熙留松閣刻本

【箋注】

孫默（一六一七—一六七八），字無言，江南休寧人（今屬安徽），著有《留松閣集》。默所編清初人詞集，根據成書先後，有《四家詩餘》、《六家詩餘》、《十六家詞》、《國朝名家詩餘》（收十七家詞）之屬。至乾隆間因龔鼎孳書遭禁，在《十六家詞》基礎上删其《香嚴詞》，成《十五家詞》。《十五家詞》共三十七卷，《四庫全書總目提要》以爲是書：『凡閱十四年，始匯成之。雖標榜聲氣，尚沿明末積習，而一時倚聲佳製實略備於此。存之可以見國初諸人文采風流之盛。』

慎墨堂筆記

慎墨堂筆記

序

夏　荃

吾鄉孝威鄧先生，生平所爲詩極多，其刻《慎墨堂》、《過嶺》諸集版燬於火，遂無傳本。丁亥長夏寡營，有《慎墨堂詩拾》之輯。聞韓君粹生藏手鈔鄧詩數卷。韓君瞽廢謝客，因就其弟慶門借鈔。慶門精岐黄，吐屬類儒者，爲余言：其曾王母爲鄧先生女孫，其家嚮藏鄧先生撰著及國初諸老詩文、制藝最夥，大率多得之外家云。後因嚴書禁，倉卒一炬，拉雜摧燒，僅有存者。自其兄瞽廢後，又取前煨燼之餘，凡蟲蝕鼠齧、斷爛灰敗者，盡焚之，今殆無遺孑矣。余聞之悵然，重有所失。有間，慶門復詣余，述其兄粹生之言曰：『嚮所藏手鈔鄧詩，凡二本，均爲友人借去，皆久假不歸矣。無以，則有鄧先生所著《説話》百餘則，以報命，可乎？』余受而讀之。所記多國初遺聞軼事，足資談噱，間有見於《硯雲甲乙編》、《寄園寄所寄》諸書者。國初著述家與鄧先生爲同時，各據耳目所及書之，故爾脗合，非務勦襲也。顧其書多記四方交遊聞見之事，與《庭聞》、《今世説》臚列桑梓文獻有異。蓋紫玄太史盛年肥遯，戢影草堂，且得於中憲庭論者居多，故於桑梓獨詳。鄧先生蚤歲讀書吳下，晚年司選揚州，中間或蔡州，或嶺南，或京師，足跡幾遍天下。其居里閈之日蓋寡，故其書略於桑梓，而詳於交遊，時勢然也。其書纔數十葉，無篇目，疑非完本。余略加芟節，其不合時宜者去之，名曰《慎墨堂筆記》。筆記之名，亦非余杜撰也。先生所刻《慎墨堂詩品》中自述《鄧孝威筆記》云云，殆指此書而言與？《詩品》亦慶門贈余者，其書亦不全。余嘗謂：凡人祖父著作，子孫寶之，當甚於良田美宅。有力者梓之，無力者須手鈔數副本藏之，以待後起者，勿輕假人。苟其人素有學識而篤信者，可將副本假觀。其人必能悉心尋繹，一有心得必採摘鈔撮而去，或可附其人所著之書以傳。凡弟子爲子孫者，宜知此義。若其子孫弗克世守，則拾遺補闕存什一於千百，又鄉後學之責也。近余采輯鄉先生著述若干種，鈔錄成帙，各自爲集。鄧先生著撰稱極富，惜皆散逸，兹《記》特全豹一班耳。然非慶門數世藏庋，以及余窮力爬羅剔抉，而出其不歸諸煨燼也者幾希。今幸此書得傳，爰志其顛末，且謀授梓，與吾鄉嗜古敦舊之士共珍之。

道光戊子，同里後學夏荃謹序。

（一）汪汝謙《西湖豔事》〔一〕云：戊寅春間，朱雲來冏卿攜女劇四十餘人來湖上，下榻片石居。每日午後宴會，客訪如雲，主人不倦。吳門徐清之中祕亦攜歌姬四十餘人來遊湖上，下榻沈莊。余與馮雲將長在豔場，因作撮合山手，使兩家大會吳門。教師亦畢集湖頭，擇場卜日，羣聚寄園，從柳堤逐隊而入。其夜擬戲二十四齣，皆深求情種絕世風流。每家四齣一換，各盡所長。終場合演《吳王遊姑蘇臺》，歌聲振林，備極豔異。朱家最麗者名壽姊，是夜演《浣紗》，風神秀豔，聲韻繞梁，其手書絕句，皆深於情者。楊龍友豔慕，因補雲間廣文，多方得之，後失於亂兵。徐家最稱者倩生，其夜演《畫中人》，曲盡想像神情，後歸陳寒山大令，大兵之後不知所終。

【校記】

〔一〕《西湖豔事》：當作《西湖韻事》。

【箋注】

清康熙三十八年刊本《徽州府志》卷十五《風雅》：「汪汝謙，字然明。歙叢睦人，與董其昌、文徵明、陳繼儒、錢謙益諸公相友善。明末避地武林，置舟西湖，題曰『不繫園』。縱情詩酒，爲風雅領袖。

所著有《春星堂》、《夢草齋》諸刻。』汪汝謙有《西湖韻事》一卷，清錢塘丁氏八千卷樓《武林掌故叢編》將《西湖韻事》、《隨喜庵集》、《不繫園集》三種合刻。《西湖韻事》有《西湖紀游》云：『女樂之最盛者，惟茸城朱雲來冏卿，吳門徐清之中祕，兩公所攜，莫可比擬。輕謳緩舞，絶代風流，共數晨夕。』吳慶坻《蕉廊脞錄》（中華書局《清代史料筆記叢刊》本，一九九〇年三月版）卷三『杭州詩社』條云：『吾杭自明季張右民與龍門諸子創登樓社，而西湖八社、西泠十子繼之。其後有孤山五老會，則汪然明、李太虛、馮雲將、張卿子、顧林調也。』馮雲將，馮家禎子。馮家禎，字吉人。長於度曲，明清亂離之際在杭州結爲歌社。

（二）余於辛巳小春，遇眉史於半塘，後歸白門，中阻亂離，不得書問者七年矣。庚寅楓林之遊，於虞山幾倖得見，而竟不獲面，怨恨之情形於顔色，因成此詩。無何扁舟來訪，重過横塘。其豐神筆墨，事事絶人，而擇木未棲，不無薄命之感，遂書此冊贈之。山梅將放，余别去問道靈巖，眼見落英如雨，不知飄墜何處，忽生惆悵。不能就黄蘗老人了此綺語機緣也。

（三）卞生，字雲裝，名噪吳下。侍兒柔條，亦善解人意。雲裝後歸鄭民部應皋。癸巳冬日，僕同趙編修玉森，飲汪然明之不繫園。編修云：『雲裝近以柔條與鄭君，且出千金奩物爲贈。扁舟獨影，已去之吳門，掩關學佛，不復作人世想矣。』然明尚未之信。甲午春，僕同錢宗伯牧齋訪之鄭三山家，果然終不出見賓客。

（四）虞山宗伯詩序：『往歲吳門歌者入燕，過余言別，有龜年湖湘之歎，爲書斷句十四首。龔孝升在長安倚而和焉，傳寫至濟上，盧德水酒間曼聲諷詠，泣下沾襟，坐客皆淒然掩淚。』梅農云：『合肥詩「香韉紫絡度烟霄，金管瑤笙起碧寥。誰唱涼州新樂府，舊人彈淚覓紅桃。」「長恨飄零入雒身，相看憔悴掩羅巾。後庭花落腸應斷，同是陳隋失路人。」皆其可感可泣者也。』熊侍郎文舉亦有詩云：『金臺玉峽總滄桑，細雨梨花枉斷腸。惆悵虞山老宗伯，浪垂清淚送王郎。』「人間幽夢幾曾醒，玉茗檀痕字字靈。彈動琵琶天欲老，傷心寧爲牡丹亭。」戴司農明說詩云：『瑤箏紫轂大房西，久別寧王譜未迷。莫向五雲深處唱，年來太液草萋萋。』俱悽惋可誦。

（五）戴司農明說有《題李五絃少司馬陳姬遺像詩》四首，屬范吏部士楫點定。吏部僅錄其一：『菡萏餘香鸜鵒身，瓊簫聲落鏡中春。何年留得霓裳曲，痛煞開元未死人。』詩真蘊藉，吏部亦可謂具眼。又有《題徽宗鷹》詩：『雪後天高雙羽輕，金睛斜瞬暮雲平。誰知艮嶽山頭雁，風雨年年罵蔡京。』合肥每喜向座客誦之。

【箋注】

戴明說與范士楫長期交遊，曾同選《歷代詩家初集》五十六卷、《二集》八十六卷，今有順治十四年刻本。范士楫，字箕生，號放樵，直隸定興（今屬河北）人。明崇禎十年進士，官山西陽曲、洪洞知縣，入清後，官至文選司郎中。范士楫與鄧漢儀、吳偉業、杜濬、王鐸、陳名夏、金之俊、胡世安、龔鼎孳、吳偉業、孫承澤、韓詩、王士祿、孫金礪等同爲戴明説《定園詩集》作序。

（六）廣平申涵光序：『張蓋，字覆輿，吾永之東橋人，介士也，然其初以狂著。少負制舉名，非所好，好詩。時郡人無稱詩者，聞詠哦聲，則增飾傅會以爲笑，蓋獨好之。所爲詩輕脱自喜，往往不中繩尺。家固窶，竭貲力爲服飾綦履，佩玉、飄長帶，如貴介甚都。時人狹邪，流連竟日夜。城頭水次，則洞簫出諸袖中，嗚嗚自得。善草書，所遇無不書，或求之，乃遂不書。故舊每欲得書，輒匿楮紈，不令見，已自尋得之，便索筆急書，惟恐奪去。故遠近傳蓋狂士。狂士甲申後忽自摧折，以次當貢太學，不受，自脱諸生籍。閉門獨坐，讀杜詩，歲常五六過。詩亦精進，得少陵神韻。對客竟日不一語，曰：「無所當語者。」以母夫人饘粥不繼，間授徒自給，性不耐，未幾輒罷。好獨行曠莽林薄間，自作手語，時人莫測也。故人仕官者招置幕中，敬禮之，偶一語不合，遂拂袖去。未幾得狂疾，築土室於村外，蔽塞絶人跡，穴而進飲食，歲時一出拜母，雖妻子不見也。人潛聽之，時有泣聲，或朗誦五經，自後不復作詩。申子曰：跡蓋所爲，前後若兩人，類有所感發者，古獨行之流與？詩在前不復論，錄其甲申以後諸作，語不馴雅者又削去。嗚呼！其足見蓋者幾何哉？』

（七）丁未客茗山，羅霆章鏡庵以《從征美人燈詩》見示，凡九十首。余同戴尚書巖犖坐茅氏之聚星堂，共爲點定，得詩三首。萊陽宋荔裳琬：『瘦削腰支似沈郎，若爲烽燧向沙場。夫人城外木蘭戍，太乙宫中韎韐妝。衫映猩紅天不夜，劍横鵝練雪生光。更闌可怕金吾問，新佩銅符出上陽。』杜子濂澳：『明璫抹額兩相宜，疑是吳宫夜獵時。碎錦裲襠星歷亂，團花衫袖玉參差。雲中旌旆遊龍賦，馬上琵琶火鳳詞。坐封烟花裁露布，功成先拜小姑祠。』丁素涵瀠：『不須脂粉自容輝，束素腰身挂鐵衣。豈是烏孫初款塞，何來神女突重圍。鳳尖紅印桃花色，犀帶香吹柳葉飛。悄竊銅符行海上，鮫宫新捧夜珠歸。』他如王玉映端淑：『比月每煩歌吹引，如花偏稱錦貂妝。』宋荔裳又一首：『未到關山愁雨雪，爲防火伴斂容光。』曹顧庵爾堪：『翠鈿不夜珠生暈，錦袖迴風劍有光。』徐咸池叔夏：『還擬鏡臺妝盡改，教人終夜辨雄雌。』周子俶肇：『銀樹花間呈小隊，碧油幢裏倚新妝。』馮幼將肇杞：『夜闌旭日紅昇海，莫憾軍中氣不揚。』雖非全錦，亦自可誦。

（八）僕幼時讀書吳門之西郊。一日過林若撫，适邵僧彌攜所畫《梅花草堂圖》相訪，因共坐香月窗。僕出近詩數首相質，僧彌於窗下微吟細哦，深加賞味，實僕此時於詩道毫未有窺也，距今三十年矣。丁未冬仲，偶讀吳宫詹梅村所撰僧彌墓志，歎其後裔凋零，一子覆舟身殞，一子跛，今在玄墓爲僧，怊悵久之。同時更有清鬯道人胡梅，字白叔，目雙瞽，賣藥爲生，工於詩，僕時過其家，必小飲留飯而去。曾遊虞山，錢宗伯牧齋贈以三十金，一夕爲盜攫去，僅存襆被，尚對客朗吟云：『盜廉猶捨蘆花被，妻老原無杏子衫。』其興致如此，然亦無嗣云。

（九）庚辰訪朱隗雲子於鹿城旅次，雲子時有《詩家平論》之選，極談詩指，深爲隽上。迨丁酉余過吴門，則雲子化去久矣。其弟陖望子，收拾所遺詩文，手錄成帙，索余爲序。余以匆匆去廣陵，未之能應。今望子亦歿，不知其稿尚存否？葉襄，字聖野，曾刻《紅藥堂詩》行世，與余論詩極合。丙戌訪余吴趨，語余云：『元微之《連昌宫詞》、白樂天《長恨歌》，皆唐人極有關係詩，而鍾、譚不錄，所以爲舛。』今亦棄世，其遺稿尚多，付之斷烟荒草，不問可知也。

（一〇）己卯，余應試白門，過李如穀吴滋憲副園，因留余飲，出扇作詩贈行，文不加點，詩云：『挾策將爲破浪遊，青雲片片起清秋。壯懷已試天香手，逸興何妨桃葉舟。應有莫愁爲捧硯，如逢孫楚且登樓。恨余昔日先歸棹，不及君今聽鹿呦。』前輩之待後生，殷勤如此，甚可感也。

（一一）甲戌冬，余訪尹子求伸先生於胥門舟中，先生出《東遊草》見贈。因云昔作承天府倅，試諸生，曾取鍾伯敬爲第九，歲月既多，亦忘之矣。比庚戌，伯敬登第，聲名噪長安，忽一日挾門生刺來謁，君訝甚。及入見，下拜執弟子禮，亟詢以故，鍾曰『昔爲景陵諸生，曾蒙錄取第九名也。』尹曰：『以君之才而置第九，且重得罪，何敢認師生？』鍾曰：『惺作諸生，從未有考置第九者，此知遇之始，其曷敢忘！』前人厚道盛事，特爲存之。

【箋注】

尹伸（一五七八—一六四六），字子求，宜賓人。萬曆戊戌進士，授承天府推官，屢遷南京兵部郎中、陝西西安府知府，復爲陝西提學使副使、蘇松兵備參政。後因爲人耿直性剛，罷官居家。天啟時起故官，復任分守貴州威清道。起河南左布政，蒞任甫三月，解官。《列朝詩集小傳》丁集下云：『崇禎甲戌，買舟下瞿塘，抵金陵，遊吳中、浙西，與余輩飲酒賦詩，留連不忍去。』

（一二）張詞臣幼學云：『余僻處海陬，不知江山之間有偉人也。因龔半千而知王自牧，又因自牧而知韓畊良、經正昆季。自知二韓而知以琴名者，有李季寅、謝千里；知以圖篆術數名而有慷慨烈士風者，有吳燦生；知以詩文名而高臥山中者，有楊爾成；知博交而多才者，有爾成之兄爾寧；知不學而能詩且多奇節者，有劉儀光；知坐隱者，有張文延、夏中之。』

（一三）林古度茂之曰：『往者東南倭寇之亂，戚大將軍繼光擁重兵開府海上。一日置酒城樓，大會客。酒半，大將軍慷慨大言曰：「今者一孝廉將之燕，一將軍之秦，諸先生有能爲文以送之者，文成，當出千金及他物爲先生壽。」坐客逡巡莫敢應。先府君初文先生年甚少，適在末座，援筆立成數萬言。大將軍讀之，且讀且喜，立贈黃金二十鎰、白金二百鎰、貂襜十、名馬二，他瑇瑁、火齊、明珠、珊瑚悉稱是。當是時，城頭白月如晝，一軍驩呼。』

【箋注】

林古度（一五八〇—一六六六），字茂之，號那子，別號乳山道士，福建福清人。有《茂之詩選》等。

林古度之父林章，原名春元，字初文、敘寅，號寅伯，爲明末著名詩人和戲曲家，傳説七歲能詩。明萬曆元年以春秋舉於鄉，累上不第，曾爲戚繼光帳下幕僚，後全家遷居金陵。

（一四）侯方域朝宗云：『吴延仲伯允少年時就燕京廷對，猝遇老中貴延请，置之上坐，求爲作《兔山》、《五龍亭》、《梳粧樓》諸記，天壇《迎神》諸歌。既畢，酬之金五百鎰，願奏天子。延仲辭。余己卯下第歸，嘗過延仲飲，見有伎武氏者在側，是時山東劉大將軍方擬青、齊侯王，請以金屋貯伎，伎曰：「顧得終身操㮚爨，侍吴仲子文筆足矣。」其爲人所傾慕如此。』〔一〕

【校記】

〔一〕此條又見清順治增修本侯方域《壯悔堂文集》卷九《書吴延仲集後》。

（一五）吴橋范文貞公爲留京大司馬，雅畜聲伎，其裝旦者名秋水。己丑，余與同人集飲市隱園，見秋水當場演劇，杜于皇指示之曰：『此吴橋昔所珍愛者也。』即席因同龔芝麓奉常賦斷句數首以贈。比乙未，飲戴巖犖司農京邸，見有侍史在側。司農曰：『此子姓胡名昌，吴下人。昔在吴橋相公家，秋水裝旦、胡昌裝生，頗稱媲美。相國騎箕後，昌遂依余，余家焉。』衆欷歔久之。李學士坦園時在座，曰：『天寶舊人，亟宜贈之縑帛。』

【箋注】

范景文（一五八七—一六四四），字夢章，河間府吴橋人。萬曆四十一年進士，授東昌推官。崇禎十七年官工部尚書兼東閣大學士，入參機務。錢謙益《列朝詩集小傳》丁集中本傳云：『受命四十日，而都城陷，詣朝房，拒門自經。閽吏抱持解之，入僧舍，草遺疏，賦絕命詩，赴演象所，投井而死，年四十□。弘光詔贈太傅，謚文貞。』

（一六）乙巳春日，偶遊東村，見壁間有沈〔一〕復曾林公《夢成簡庵》詩一首，詩云：『極目干戈悲歲華，別來處處問雲槎。黃金有價詩名薄，白壁誰投客路賒。飛蓋不忘京雒夜，芳蘭猶怨楚江花。林青月黑關河遠，夢裏霜風滿碧紗。』時林公化去已八年矣，余題其後云：『我友八年歿，飛花野冢春。何期村墅路，猶見墨痕真。舊夢搖滄海，殘樽哭故人。谿南無恙在，應與共酸辛。』是年初夏，余過商丘，則簡庵於是春已歿，溪南之訪竟爲虛語，能無泫然？

【校記】

〔一〕『沈』，中國國家圖書館鈔本作『曾』。

【箋注】

陳希稷，字育民，一字蓮生，號簡庵，河南夏邑人。明末諸生。入清後絕意科名，肆力於古文詩詞。曾傲遊東南山水，周櫟園、劉公戩、鄧孝威等尤爲知賞。後結廬堤水之南，人謂之溪南先生。

（一七）延令伎張生香，余曾與之共飲，雖不炫才而詩句妍秀。其《依韻答雪園見贈》云：『風塵牢落且隨聲，不道名流物色慇。敢擬宓妃波上影，虛瞻神女嶺頭雲。傷心芳草愁難繫，望斷王孫夢已分。只恐東風無定準，相思僅見酒微醺。』又《和寒食見懷》一首：『頗知寥落殢蕭齋，況復相牽志肯乖。好夢未回依枕簟，癡魂欲斷怯環釵。方悲柳絮沾難脱，敢擬琴心遽可偕。珍重青衫休更濕，恐嫌清範重優俳。』其和章如此類者甚多，後竟杳然不知所往。

（一八）辛卯，余驅車河北，見驛亭旅舍女郎之題壁，如葉子眉、宋惠湘、陳秀蘭輩，不可勝數。雖真贋不可知，然喪亂以來，紅妝豔質流落於風塵兵馬間者多矣，其怨而留題或有也。龔芝麓曰：『宜彙爲一編，以志閨恨而傳芳名。』

（一九）閩中黄明立先生爲南雍丞，居金陵，老而好學不倦，人士宗之。余曾有詩寄懷云：『屐聲秋欲冷，各各見無緣。遠望長干道，頻思叔度賢。江深寒到夢，春淺樹如烟。曾有青溪約，因風欲放船。』蓋庚辰年作也。今其令嗣虞稷俞邰，博覽能世其家學。余曾向宛陵沈泌方鄴言，欲訪之金陵，尚未果。

（二〇）吴纘姬孝廉，沈毅負才略。預知登州之變，即移家還海陵。甲申在維揚，與黄中丞家瑞、馬兵憲鳴騄，倡義社，以扁舟邀余共事。余有詩答之云：『門前楊柳繫輕舠，尺素披來念我勞。西地清魂縈故闕，一天細雨濕征袍。中原門户江淮重，藩鎮軍容節制高。消息朝廷遲北伐，新亭置酒莫牢騷。』竟不赴其約，後纘姬亦避地吳中。江南平，田居，不復上公車，鬱鬱以死。

（二一）黄岡王一翥子雲，舉庚午孝廉，性孤迴不輕與俗合。庚辰上公車，半道而返。龔孝升時爲蘄水令，訝問之，曰：『今韓城作會試主考，我可爲其門下士耶？』丁酉春，孝升奉使嶺南，還舟泊南康，時子雲攜家住廬山，昏夜過訪，酒半談及黄州寇變，及樊夫人殉節事，欷歔流涕。孝升厚贈之而去。今復返巴河，劉孟孚佑、徐亦史大令，君皆與相好。一日飲劉大令署齋，天寒索衣，大令以紅氊服與之，子雲直加諸闊袖苧袍上，人共驚叱，子雲弗顧也。每見徐大令，無父母稱，但呼曰『亦史、亦史』云。

【箋注】

王一翥（一五九二—一六六八），章學誠《湖北通志檢存稿》卷二《復社名士傳》：『王一翥，字子雲，黄岡人。天啟時，負才遊京師，魏璫屬趙鳴陽邀爲記室，一翥棄其僕，從間道歸。後登賢書，隱廬山智林十餘載，晚歸黄岡卒。』

（一二二）通州邵山人潛夫，是李本寧、鄒彦吉兩先生座上客，年八十餘，余曾見之雉皋。爲人謙冲和雅。世傳其善罵人，不知山人所詆訶者，大抵屠沽販傭及縉紳而市行者也。寓雉皋時，偶派肩（戶）役，同人言之令，請蠲之，令不可。司李王公士禛適行部至縣，欽山人名，首匹馬走訪，且招與飲、與賦詩。令咋舌，亟免役，更足恭於山人，山人臥弗應。

【箋注】

清嘉慶十三年刊本《如皋縣志》卷一七：『邵潛，字潛夫，通州人。慕如皋風土而卜居焉。博極羣書，工詩，精篆隸，持氣節，不屑下人。貧甚，無妻子僮僕，賣文爲活。著有《詩集》、《循吏傳》、《友誼錄》、《引年錄》、《志幻錄》、《州乘資》等書行於世。邑令王蚪生式其廬，署其門爲寓公廬，寓中有產芝之瑞。年八十有五同濟南王司李阮亭修禊於冒辟疆水繪園。』

（二三）熊公雪堂文舉以天官郎主陝西鄉試，自矜所拔名士殆盡。一日，其門生韓詩聖秋過謁曰：『公誠得士，然不能收劉客生，士論以爲憾。』公曰：『吾亦知其人，奈何遺之？』亟向方伯索其落卷，則爲經房一廣文抹去，公未之寓目也。公作一詩，亟命駕詣其廬，謝冬烘之罪。時秦士傾動，客生之門乃更光耀。

（二四）癸未闈中，多物色知名之士，然無以賄賂通者。一日，場中偏覓鄭元勳卷不得，意在詞林劉湛、陸理房。劉介甚，不肯與他房搜卷。諸同考請曰：『今所索者，乃揚州名士鄭元勳之卷。其人負經濟，當此中原鼎沸之時，亟欲收之爲世用，非有所私。且今搜得之，亦不敢以强公，與他房作門生可也。』劉始與之搜，竟得之。

【箋注】

清張佩芳等纂乾隆《歙縣志》卷十一《節概》云：『鄭元勳，字超宗，長齡橋人。家江都，占儀徵籍。崇禎癸未進士。性倜儻，抱偉略，好策天下事。甲申聞變，練鄉勇爲保揚州計，復遺書當道，謂：「固江南宜守江北，守江北當拒黃河。」議格不行，各藩鎮挾兵遊掠儀、揚，上下數百里民無廬。高傑尤剽悍難制。會當分藩，傑欲得揚州。至揚，民疑，扃關不得入，傑怒，將攻之。人情洶洶，莫知所措。元勛曰：「傑非叛也，且梟猛不可敵，當開以大義。」乃往白巡撫黄家瑞，單騎入傑營説之。傑已許罷兵休舍，有兵備使者激傑怒，因肆焚殺。眾謂元勳實致之也。俄而譁焉，遂害元勳於市。三日後有兵部職方司之命，而元勳已死。閣部史可法白其冤，請卹，斬倡亂者三人。所著有《文娱》等集若干卷。』

(二五)丁未冬，雪後至南山寺寂香庵，見堂前有《秋日南山寺訪季公孟》詩，乃河南右布政春所龔大器作也，詩云：『古寺依南郭，禪房苔蘚封。寒雲棲白石，靈籟動青松。客思驚秋笛，梵音下瞑鐘。故人天北至，良夜喜重逢。』詩甚渢渢有王、孟之致。

【箋注】

龔大器(一五一三—一五九六)，字容卿，号春所，明代公安人。嘉靖三十四年舉人，嘉靖三十五年進士，授官刑部主事，後歷官广西、江西、浙江、直隶藩臬，升河南布政使。

(二六)孫鍾元先生名奇逢，容城孝廉，尚氣節，曾悉心以捍廊園諸君子之難。近居夏峯，密邇蘇門，以道學自任，遠近人士咸宗之。張簡臣以武夫，皆掃地、烹茗，服僕役之勞。有滄州諸生趙時泰，字來吉，一字果夫，奉教夏峯之門墻，沈篤之士也。有姑母臨沒而無嗣，以所蓄重貲付之，果夫謝不受，曰：『此自伊夫家物，我雖親姪，係外姓，受之不義。』卒卻之。甘淡薄，授徒自給如初。父死於兵難，果夫絕意仕進，終身不復應科舉。此一端者，貞誼皎然，真夏峯之徒哉！

（二七）久不見龔定山近詩，丙午夏，戴紳黄司李揚州，招飲抱琴堂，出其送行二首見示，詩云：『隋苑風花杜牧詩，錦驄蹀躞好春時。潮從瓜步帆前落，簫向紅橋月下吹。謝氏一庭能夢草，王家累葉總臨池。遥知文選樓開處，無數芸籤待玉蕤。』『文紀丰稜起惠文，登車春色早絪縕。遺民一下丹書淚，横海全消鐵甲軍。何遜官梅香似雪，戴顒園草碧如雲。停杯爲唱驪駒曲，花事三分已二分。』聞其爲即席次韻之作，清圓秀令，猶似當年共研脱手彈丸時也。

（二八）三十年前讀書吳門，遇閩中林六長銓，索余爲《括蒼除夕買硯》詩，今乃見其姓氏於《東日堂集》中。

（二九）雲間董宗伯玄宰，與陳仲醇善，構一樓以待之，題曰『來仲樓』； 張納言玄箸，與林若撫善，亦構樓以待，題曰『望若樓』，一時吳中傳爲佳話。

【箋注】

董其昌（一五五五—一六三六），字玄宰，號思白、香光居士，松江華亭人，明代書畫家。萬曆十七年進士，授翰林院編修，官至南京禮部尚書，卒後謚『文敏』。張煌言（一六二〇—一六六四）字玄箸，號蒼水。浙江鄞縣人。明崇禎十五年中舉人。清順治二年，與錢肅樂起兵邑中，奉魯王至紹興監國，任翰林院編修、兵科給事中。順治七年，任兵部左侍郎。南明永曆時，任大學士兼兵部尚書。康熙三年於杭州就義，葬西湖南屏山下。

（三〇）項仲昭煜雖官詞林，頗爲名賢所薄。文宮詹震孟欲以京察處之，項微覺。時方爲南司業，乃疏薦張異度孝廉。異度名世偉，清介有品望，吳士所奉爲典型者也。東林諸公聞之，乃躊躇未即黜退項。

【箋注】

《明季北略》：『項煜，字仲昭，號水心，南直吳縣人。天啟乙丑進士，官少詹兼侍讀，爲太常寺丞。賊黨黎志陞，其甲戌所取士也。《國難錄》云：時京師傳言黎爲賊腹心，薦煜大拜，煜即昌言於衆曰：大丈夫名節既不全，當立蓋世功名，如魏徵、管仲可也。及授太常，意氣沮喪，奉僞命祀泰山，驛馳過山東，始變服遁，逕走南都，欲入班，被逐。煜素巨宦，初在魏黨，旋媚東林求脱，遂復故物，家起華門，驟致奇富。所居爲假山，徐氏名產，捐萬二千金得之。以詞林清修之席，而一居之侈已如此，其品可知。種怨里閈，化爲煨燼，哀哉！』《靜志居詩話》卷一九：『張世偉，字異度，吳縣人。萬曆壬子舉順天鄉試。尋以賢良方正薦，不就。崇禎甲申贈翰林待詔。有《自廣齋集》。』

（三一）徐波元歎云：『憶己卯秋，靖江令陳木叔膺入闈之選。時四方多警，兵聲日棘。余適往訪，將歸，餞送城隅，酒酣放舟中流，迴顧雉堞，慨然歎曰：「此地江水遶城，海濤春激，形勢不劣，宜有健者生其間。今求一墨客不可得，倘有宦遊於此者，或足以當之乎？」蓋以自況也。相與大笑，朗誦謝康樂「本是江海人」，解維各去。』

（三二）戊午秋，陳古白元素病痢，不能畢場事。張賓王榜趣之入，代爲草表。古白寶而藏之，跋其後。以見友誼之重如此。

【箋注】

《無聲詩史》卷七：『陳元素，字古白，長洲人。以文學知名於時。書法清勁，類歐率更，寫墨蘭，有楚畹清芬之致。』龔立本《烟艇永懷》卷二：『張榜，字賓王，句曲人，家於南都。其文宏中肆外，遠近傾慕……迨丙辰大比，闈中代人屬草，方孟旋痛罵之。予笑曰：「此賓王故態，公豈今日始知耶？」竟落魄，旋歿。』

（三三）乙酉，大兵至姑蘇，徐宫詹汧於六月初六日繞行尹樹堂中，惟曰：『三百年綱常，一身名節。』既而曰：『綱常名節，總不必言，只此心難昧耳。』又六日，自沈於虎丘新塘橋河而死。翼日出屍，方盛暑，顔色如生，有笑容。子枋字昭法，壬午孝廉，隱鄧尉山中，貧極不能謀饘粥，終不入城市。同時死難者更有諸生顧東湖，名所受，作詩，死縣泮之前湖。

【箋注】

徐汧（一五九七—一六四五），字九一，長洲人，崇禎元年進士，改庶吉士，授檢討，後遷右庶子，充日講官。南明福王時官至少詹事，南都失陷後投水殉國。

（三四）梅花氣候，南北甚懸。庚辰臘月，余冒雨入陽山，宿箭闕僧寮。山塢梅開，横斜可愛，爲之徘徊不能去。癸巳十月，余同汪汝爲遊毘陵之青山莊，則梅蕊早破。誠所謂『十月先開嶺上梅』也。十一月抵武林，信宿呂正始之署齋，墻角官梅淩寒欲綻。丙申十一月余同龔定山之粵東，抵萬安之百嘉邨，則梅花爛熳已極；度庾嶺，桃花片片落地；至羊城度歲，榴桂競發，風氣與中國大殊。而京師臘月盆梅盡開，則從大炕中鬱蒸而出，雖盛而根株不永。聞鄧尉梅花至上元復往看，乃爲盡致，而江北梅花必遲至仲春乃放，固一江之所限與？

（三五）子美評同時諸子詩，於孟襄陽曰『清』，於王右丞曰『秀』，於岑嘉州曰『多新語』，於高常侍曰『法如何』，於畢曜曰『舊小詩』，於李太白曰『清新俊逸』。古人之不妄許可也如此。

（三六）子美《贈嚴武》詩曰：『新詩句句好，應任老夫傳。』儼然以詞壇前輩自待。

（三七）嘗與山東王西樵士祿論詩云：『今人盛詆歷下，不知于鱗自中原、萬里、黄金、白雪而外，有一種雄秀高鍊之作，迴非時賢可及，必另評細賞，乃見力量。今人不多讀書，不深心詩格，逐隊罵人，恐終爲識者所嗤笑耳。』西樵歎以爲知言。

（三八）周忠介公王父，故廣文也，有屋一區，至贈公，以授人。忠介益貴顯，屋主以公祖業，持原契歸公，且曰：『公貧，倘值未辦，姑遲以歲月。』公曰：『「復祖」二字名甚美，實甚惡。主欲棄而歸焉，人亡之，人得之也。稍事勉强，與勢奪威劫何異？且子孫繼志述事，豈在雕梁畫棟乎？』固謝之，并書契尾以爲子孫戒。今人一得志，則崇大宫室以爲壯觀，於鄰屋則百計圖得之，尚不及半值。稍不如意，則陰謀嫁禍，又何況祖業之當復者也。然貴人身没未幾，而他人入室，何似忠介留清白之節於天壤耶！

【箋注】

周順昌（一五八四—一六二六年）字景文，號蓼洲，南直隸蘇州吴縣人。明萬曆四十一年進士。歷官福州推官、文選員外郎，爲魏忠賢黨所害，死獄中。崇禎元年得昭雪，謚忠介。

（三九）文相國嘗言：　王雅宜先生爲郡侯胡可泉纘宗所器，深相得也。可泉公暇，泛艇出胥門，隨一小奚，造雅宜所，笑談久之，飯脱粟而去，臨行以銀五錢貯硯下。古人儉率如此！雅宜有一租戶，歷年負租，或勸直之郡公，雅宜曰：『郡公下士，可遽干以刑名乎？』

【箋注】

文震孟（一五七四—一六三六），初名從鼎，字文起，號湘南，别號湛持，一作湛村，明南直隸長洲人。文徵明曾孫。天啟壬戌進士，崇禎初拜禮部左侍郎，兼東閣大學士。崇禎九年卒，南明福王追謚『文肅』。胡纘宗（一四八〇—一五六〇），字孝思，又字世甫，號可泉，别號鳥鼠山人。明鞏昌府秦州秦安（今甘肅秦安縣）人。明武宗正德三年進士，任翰林院檢討。歷官嘉定州判官，安慶、蘇州知府，山東、河南巡撫。纘宗爲官愛民禮士，撫綏安輯，廉潔辯治，著稱大江南北。後罷官歸里，遂開閣著書，有《鳥鼠山人集》等。王寵（一四九四—一五三三），字履仁、履吉，號雅宜山人，吴縣人。爲邑諸生，貢入太學。寵博學多才，工篆刻，善山水、花鳥，尤以書名當世，著有《雅宜山人集》。

（四〇）郡侯陳默庵洪謐爲政寬簡，而持己狷介。文毅方拜相，不隨俗行賀。歲時候問，惟果物入盒。

【箋注】

《復社姓氏傳略》卷七：『陳洪謐，字龍甫，號默庵，崇禎辛未進士，授南京戶部主事，遷員外郎，擢蘇州知府。時郡多逋賦，考成嚴切，人勸其亟催科。洪謐笑曰：「百姓有餘力自樂輸將，吾豈以民命博一官哉？」東南旱蝗頻仍，洪謐悉蠲一切煩苛，吳民安之。流寇犯安慶，督撫檄，撤閶門傍城民居爲防禦計，洪謐曰：「撤恐擾民。如蘇有變，願以百口保。」卒不奉檄。在任九年，癸未陞登萊道，旋陞太僕寺少卿。』

（四一）陸貞山畜女伎十人娛親，親歿即日罷散。楊南峯年八十折松枝爲籌，記讀書功課。文衡山以孫不與丁祭，怒擲粥碗而卒。

【箋注】

陸粲（一四九四—一五五一），字子餘，一字浚明，號貞山，蘇州府長洲人。明嘉靖五年進士。补官工科給事中。敢直言，以爭張福獄，下詔獄廷杖，尋上疏論張璁、桂萼專擅朝事，謫貴州都鎮驛丞，遷永新知縣，以念母乞歸。母沒，未終喪而卒，有《陸貞山集》。楊南峯事蹟不詳。文衡山，即文徵明，因先世衡山人，故號衡山居士，世稱『文衡山』。

（四二）申大司馬元渚，燈下必朗誦古文二葉至熟記乃已，年七十無間。是日體偶疲，亦必背燈莊坐，候至二鼓乃息，五鼓即肅衣冠而起。云：『文定家法也。』

【箋注】

申用懋（一五六〇—一六三八），號元渚。張廷玉《明史》列傳第一百六：『用懋，字敬中，舉進士。累官兵部職方郎中。神宗擢太僕少卿，仍視職方事。再遷右僉都御史，巡撫順天。崇禎初，歷兵部左、右侍郎，拜尚書，致仕歸。卒，贈太子太保。』

（四三）東陽張玉笥撫吳，試諸生。吳令閱卷，擬以文相國次子應符爲首，相國怒曰：『子弟藉父兄勢穰秕，試場莫大之醜！豈徒有損父兄，亦大辱子弟也！』力辭卻之。

【箋注】

張國維（一五九五—一六四六），字玉笥，浙江東陽人。明天啟二年進士，授番禺知縣。崇禎七年，升右僉都御史，巡撫應天、安慶等十府。後官至兵部尚書。清兵入關，寧死不降，投園池死。

（四四）里中有不平事，周吏部忠介公默爲直其事於縣。其人知之感甚，念公廉，無可報者，因市粉餅百枚餉公。公不欲受，又恐逆其意，因就中取一啖客，復取一自啖，曰：『承美意，不獨身受，兼借請客。』笑以所餘還之。

【箋注】

周吏部忠介公，即周順昌。

（四五）歲癸亥，西蜀孫公督學三吳，文、姚諸子試，俱不利，甚或居殿。時三先生官清要，品節卓然，爲督學言士風所當因革，無不舉行。而諸子考第最劣，曾不以銜學憲，學憲亦忘之。嗚呼！相去十年，風俗大謬矣。

（四六）周公瑕讀書石湖山寺，文休承家居停雲，相去不下二十里。一日偶烹茗而佳，輒思與公瑕同啜，因挈壺至横塘，足疲憩亭子，陶然而寐。茶亦失於地，彭隆池適過此，呼之覺，詢其故，一笑而歸。昔人風流坦夷，奚止山陰之棹也。

【箋注】

周天球（一五一四—一五九五），字公瑕，號幻海，又號六止居士、羣玉山人、俠香亭長等。南直隸太倉人。明諸生，隨父遷居蘇州吳縣，從文徵明遊，得承其書法，聞名吳中。文嘉（一五〇一—一五八三），長洲人，文徵明次子，字休承，號文水。初爲烏程訓導，後爲和州學正。專長山水，著有《鈐山堂書畫記》。

（四七）張異度孝廉厲節不干府縣，與文毅、文肅齊名。縣令某將入，計欲得先生一言爲重。伺先生病瘧，需蕿甚急，乃篋千金貯醫所，期乘間即語，先生揣其意，亟以他言易之。數日醫，卒不得言而止。

（四八）趙開雍五紘，解兗州司李任已數載，後以南安丞齎捧過兗屬之單縣。諸生貧者，爭歛館穀數金爲贈。明經劉則久亘之策蹇行數十里送之黄河口，見扁舟已渡河，乃去。猶見古風。

【箋注】

民國《寶應縣志》卷一六《人物·文苑》：『趙開雍，字五紘，順治丙戌舉人，授兗州推官，遷南安同知，再遷慶遠知府，致仕。開雍長於政事，所至皆有聲……歸田後築深柳堂，環以清流，蔭以茂樹。徵歌鼓枻，灑然有隱退之趣。』

（四九）河東君柳氏，放誕風流。既歸錢宗伯，築絳雲樓以居，畧如李易安在趙德卿家故事。乙酉五月之變，力勸宗伯死，奮身自沈池水中，侍兒持之不得入。其奮身池上也，長洲明經沈明掄館宗伯署中，親見之。其勸宗伯死，則宗伯以語兵科都給事中王之晉者也。甲辰，宗伯捐館，族人要挾求金。君自經死，葬靈巖。

（五〇）錢牧齋宗伯每出，愛乘小艇，艙中僅容几榻。丙申冬，余宿半塘人家，牧翁泊舟塘下，時冰霜滿眼，淩晨早遣蒼頭邀至舟中，則牧翁已盥罷，方據案作小楷題一山僧畫冊，題畢同余啜粥。啜已，出笥中詩帙相示，則錄余燕市詩數首在上，手自丹黄，細加評跋，且作一序文見贈。余謝不敏。牧翁曰：『子詩良佳，僕非輕諛人者。』因謂余曰：『昨自雲間來，以詩刻投者可盈數尺許，閲罷竟無一字。』余驚問故。牧翁曰：『非無一字，只是中間無一意思耳。』因登虎丘，置酒清歌，極歡而散。

（五一）弇州於宣城舟中閲東坡《烟江叠嶂》卷，歎其藏鋒而秀氣不可遏。謂九子九派，諸江山各出所有，齊來爭勝。余遊苕中，吴菌次見示坡公《與胡祠部遊法華山》石搨，即弇山堂舊本，雙鈎者字畫超逸，時見斌媚，因爲賞玩彌旬。非若他處所勒坡書，徒肥滿，而乏風雋者也。

（五二）資福寺爲弁山幽麗處，綠筠堂一碧無際，翠欲侵衣。秋日，余來遊此，適值連雨，因止宿山齋。萬峯飛瀑，吹來檐宇，夢魂殊爲清絶。寺僧霞允，工詩且好客，剪蔬烹茗，了無倦色。壁間有前太守吴文企白雪題詩云：『行到寺邊寺，坐看山外山。』講堂分戶牖，野雪對溪灣。暗水香廚引，高雲絶頂還。僧茶亦宦味，空跡問潺湲。』余次其韻，凡得八章。雨三日始霽，登輿向龍華寺去。一路行樹、山泉引人著勝，彌令人情深丘壑也。

（五三）婁東張受先過吴門，集徐九一齋中，慕吴四生名，欲招之侑酒。九一云：『此生負盛名，非豫訂恐難必其姍姍來也。』受先强之，九一乃遣力往，屬曰：『吴不在舍，覓一他姬以來可。』力往，吴果他適，因如主命，載一姬至。受先誤以爲吴生，相與飲酒極歡。臨別，謂九一曰：『吴生果佳，名下固無虚士。』徐爲匿笑。

【箋注】

張采（一五九六—一六四八），字受先，號南郭，江蘇太倉人。

（五四）龔大司寇芝麓給假歸廬州，道拜大司馬。至維揚，賓客既多，讌會復盛，公甚疲於應接。乘隙，有友拉之遊紅橋，看芙蓉。晚赴戴大司農巖犖之酌，時座客張祖明問曰：『公熱鬧人，何乃看秋江寂寞芙蓉？』公曰：『僕外邊熱鬧，胸中原自寂寞。』

（五五）龔公芝麓爲總憲，周公櫟園副之，每晨入公署批閲爰書，務有所平反，至日晡乃出。時方春日，周謂龔曰：『我兩人坐此，如入深山古廟，餒憊殊甚，何似乘肩輿出聚寶門，詣高座寺，噉漚藍菜薄餅爲大快事耶。』相與撫掌大笑。

（五六）徐亦史籀罷黄岡歸，卜居靖江縣，特過吴門，步訪舊時諸同社，相與話，闊袖出餅金爲贈。

（五七）劉吏部公㦷出郊，攜諸姬春遊，過故人王君墓。其善操琴者也。劉命姬人之能琴者登其墳彈一闋而後乃去。

（五八）劉公㦷爲孝廉時出遊，囊金頗厚。過白門訪亡友王穆如家（諱亦臨，己卯舉人），聞其一女未嫁，劉傾囊備妝奩嫁之。杜于皇一女，許字婁東葉生矣，踰期未能婚，龔芝麓在京師貽三十金爲合巹費，竟致浮沈。後龔過金陵，柳敬亭言之於龔公，聲情慷慨，龔大感動，以屬之薛君爲完其姻。薛固豪俠，善奔走公卿間。

【箋注】

此條，天津師範大學圖書館藏鈔本原有案語：『退庵案：孝威先生所稱杜于皇壻葉生者，名□□，字桐初，太倉人，工文詞。龔端毅亟稱之。于皇愛其才，妻以女，遂移居白下。李客山贈桐初詩有「少日遭戎馬，丁年寄內家」之句。晚歸沙溪，依祖父墓側，後客山左，沒於新城。見《江蘇詩徵》卷一百六十桐初小傳。』此案語不見中國國家圖書館鈔本。卓再按：葉生，即江南太仓人葉藩，鄧漢儀《詩觀》初集、二集均選評其詩。柳敬亭，明末清初南直隸通州人，一說泰州人。本姓曹，原名永昌，字葵宇，因亡命避禍，改名敬亭。與明復社人員往來緊密，後曾爲左良玉幕僚，入清後在南京、廬江等地說書，且以善說書而知名當世。後終不得志而卒。吳偉業有《柳敬亭傳》。

（五九）柳敬亭素爲寧南座上客，善說書，名噪一時。然柳雅自負，不輕爲人奏技。人益傾慕之。一日遇友人有喪，貧不能舉，柳乃徧曉金陵人，當以何日開場說書。至期，傾城奔赴，柳說畢，羣情歡悅，贈金帛如山，悉以歸之友人，助其襄事。

（六〇）王雪蕉云（名相業）：『詩忌底語，禪無死句。「月到上方諸品淨」，底語也；

「心持半偈萬緣空」，死句也。若「日色冷青松，長廊春雨響」，則不可思議耳。』

（六一）姜給事如農埰詩，身没後始出，其格體老秀，似出其弟如須垓吏部上。

（六二）今詩專尚宋派，自錢虞山倡之，王貽上和之，從而汎濫其教者，有孫豹人枝蔚，汪季用懋麟，曹頌嘉禾，汪苕文琬，吴孟舉之振。而與余商略，不苟同其説者，則有施尚白閏章，李屺瞻念慈，申孚孟涵光，朱錫鬯彝尊，徐原一乾學，曾青藜燦，李子德因篤，屈翁山大均等人。

（六三）錢虞山選歷朝詩，極詆李空同。龔孝升曰：『空同詩自宏、正傳來二百餘年，到老先生眼中，似未可輕罵。』

（六四）陳溧陽居相府，以題獎人物爲己任。龔孝升太常雖導揚聲氣，而權位不敵，且與陳方有郄。三原韓聖秋詩日造龔所談讌，而每通候陳，或謂龔曰：『公與聖秋密，豈知其磬折溧陽之門耶？此時洛蜀相攻，恐有不便耳。』龔曰：『此英雄失路，無可奈何之所爲也。我既不能薦達天下士，而又阻其他往耶？』言者慚而退，其遇韓如初，聞者服其量。

（六五）韓聖秋罷庫部郎，卧疾死京師。龔孝升少君顧横波亦在彌留之際，呼謂龔曰：『聞聖秋且卒，後事定未辦，君盍圖之。』龔辭以窘，顧從枕畔出金百二十兩，付龔曰：『我死有君在，可無慮。君曷擕金往治庫部之喪耶？』龔亟往，果未有以斂，乃出金買槥櫝，且以其餘戕喪車載之歸秦。韓有妾名蛾雪，曲中人，髮長委地，今守節在賓應爲尼。

（六六）梁公狄初與豫章王于一交，兩人相論詩，每篇成，不即示草，率相攜至荒臺古寺、車馬不經處，始出詩共讀，狂呼驚拜，或至痛哭而後返。每在酒座，主客獻酬，公狄獨據席出袖中白板扇字，高聲三讀，不覺四座有人。其所讀必王豫章詩。

（六七）錢虞山之箋杜，胡孝轅之抹杜，申凫盟之駁杜，方爾止、顧修遠諸家之注杜，均屬支蔓。而尤可笑，則新安張黄嶽之改杜。余笑謂張曰：『僕自今讀古人詩文，頗覺有胆。』張名習孔，曾爲山左提學，家饒，治盐鐵于維揚。

（六八）魏伯子（際瑞）嘗從大帥畧地東粤。有遊宦者將就戮，伯子力請釋之，其後於江右爲方面大吏。伯子適鄉試，事畢不通謁，知者咸歎其高。伯子曰：『高則吾何敢，夫吾有恩於人，吾豈能忘之哉？是固知吾籍里者也。不忘當求我，不求我而我往，其將不見，德或以漸而怒乎？』

（六九）魏叔子禧客維揚，寓張九度家。夜大月，衢巷如水，思與故人談何之，九度曰：『非山尊不可。』則相與步叩其門。山尊見，大喜，命出醇醪，就地下共酌，曰：『吾藏此十年矣。』已更持杯謂叔子曰：『古人言人生如寄，豈不然哉？吾三人對寒月、飲酒論詩，世所謂樂事，何有哉？吾不能斷棄世名，然非吾所急，吾終當放情山水，以詩酒自娱樂耳。』

座客曰：『我今閱新名士詩。』濃圈極讚，且遍爲遊揚，汪遂大噪。泰州處士吳賓賢嘉紀居東淘鹵澤中，善病，工詩。與汪舟次密，言之於周，且代贄其詩。周急欲一見，曰：『使賓賢病且死，而吾終不得識面，豈非生平一大缺事？』比相見，乃極歡，且選梓其詩以行。二君由是知名當世。

（七〇）周櫟園司農好提拔士類。揚州諸生汪舟次楫以詩造謁，公大稱賞，磨墨數升，謂其

（七一）櫟下老人座上必置一簿，聞客所說一技一能之士，必親書其姓氏、籍里於簿上。凡出遊，客有以詩文投者，無論已刻、未刻，短箋、大帙，臨行時必彙集封好，上書曰：『某年、某地、同人所賜教。』

（七二）櫟園周公爲詩，縱橫涂改，盡紙之全幅，不一字苟下。秋岳曹公爲詩，先寫古人詩一首於壁間，務使己詩與之相敵而後已。禹峯彭公全以氣勝，酒酣放筆，儵時間可得數十首。

（七三）曹秋岳溶喜爲排律，每稱關中李子德因篤爲足接踵少陵。余在京師叩之，李曰：『此不過詩之一體，非所貴。曹昔在大同，以此體屬和，故謬爲曹所獎賞耳。詩必以古體爲主，今人不會做古詩，只算得半個詩人也。』

（七四）曹秋岳每不喜粵東屈翁山大均之詩，謂其學李青蓮。夫青蓮詩豈易到，曹之評鑒偏矣！然屈晚年詩，實不逮前，固有公論。

（七五）李太虛宗伯明睿問余曰：『王于一詩何如？』余應曰：『好。』宗伯曰：『不過翦綵爲花耳。』蓋于一詩學孟津，頗傷於氣耳。

【箋注】

李明睿（一五八五—一六七一），字太虛，江西南昌人。天啟二年壬戌科進士，因呂大器等薦，任左中允。崇禎十七年正月初三，李明睿勸崇禎放棄京南遷，不允。明亡後不仕，康熙十年卒。

（七六）王覺斯鐸在京師，隔日必過戴巖犖明說邸中，索其兩日所爲詩。戴辭以無有，王曰：『士大夫鹿鹿車馬酒食間，不親文墨，豈惟塵俗而已？』自此戴雖酬應忽冗，必預爲一兩詩以待。

（七七）戴巖犖自少司農左遷南陽參政，余在幕中。每於夕置酒談讌，夜分不輟。隔垣聞諸姬笙簫箏笛，婉轉撩人，歌聲徹雲際，戴固不入內。

（七八）徐元歎波、顧與治夢遊，皆一時名士。然徐暱於馬士英，顧暱於阮大鋮，遂爲士林所詬厲。白仲調夢鼐云：『與治有母喪，大鋮躬爲經理後事，含殮畢，始還家。』可見若輩亦大有籠絡機權在。

（七九）阮大鋮製《燕子箋》劇，極工麗。自教歌兒扚度，聲伎冠江南。東林諸名士宴會，招其曲部供事，阮即敕以往，諸名士閱之，且贊且罵。

（八〇）劉東平遣姚部將詣貴陽相國白事。貴陽方出朝，弛冠解帶，左右即捧畫冊進。貴陽從容展閱移日，姚遂不得談。

【箋注】

福王朱由崧即南明弘光帝，開設四藩。封高傑興平伯，鎮守徐州、泗州；封總兵官劉澤清爲東平伯，防守淮安、揚州；劉良佐爲廣昌伯，鎮守鳳陽、壽州；而黃得功晉爲侯爵，鎮守滁州、和州。劉澤清因封東平伯，稱『劉東平』。南明馬士英，字瑤草，南明弘光王朝首輔。因爲馬爲貴州貴陽人，或稱『貴陽相國』。

（八一）宣城唐祖命允甲，南渡時爲誥敕中翰，每被酒，輒罵阮懷寧。阮不能平，言於貴陽，欲中以法。貴陽曰：『渠善書法，閣中不可少此人。』阮曰：『何不用王式之？』馬不得已，乃罷唐職，勒歸。

【箋注】

在南明朝廷中官至兵部尚書、右副都御史、東閣大學士之阮大鋮本爲南直隸安慶府桐城（今安徽省樅陽縣）人，但阮大鋮自稱『阮懷寧』，《明史》本傳亦稱其爲『懷寧人』，蓋指其祖望地爲懷寧。

（八二）崇禎登極媢璫爰書，乃長山相公劉鴻訓所手定。宏光時，阮大鋮用事，相國長君孔中爲中翰，畏阮之威，登門伏階下請罪。阮大聲曰：『若父在時，斷不能免於斧鑕，似汝可免。』

（八三）楊龍友監軍，風流俊雅，而能死縉雲之難。錢虞山題其畫冊，極稱之。合肥和韻，輒多微辭，蓋龔甚怨貴陽，故並不滿龍友。

【箋注】

《明史》卷二百七十七列傳第一百六十五：『楊文驄，字龍友，貴陽人。浙江參政師孔子。萬曆末，舉於鄉。崇禎時，官江寧知縣。御史詹兆恒劾其貪污，奪官候訊。事未竟，福王立于南京，文驄戚馬士英當國，起兵部主事，歷員外郎、郎中，皆監軍京口。以金山踞大江中，控制南北，請築城以資守禦，從之。文驄善書，有文藻，好交遊，干士英者多緣以進。其爲人豪俠自喜，頗推獎名士，士亦以此附之。』唐王監國後，『明年（一六四六），衢州告急。誠意侯劉孔昭亦駐處州，王令文驄與共援衢。七月，大清兵至，文驄不能禦，退至浦城，爲追騎所獲，與監紀孫臨（武公）俱不降被戮。』

（八四）龔孝升以三月十三日出詔獄，十九日賊陷京師。因《縉紳便覽》無名，龔遂匿民舍，惟方密之（以智）知其所在。時方已受刑，拷逼其招供同事之人，方乃密擕關西猙獰賊漢伏墻外，而已入戶誘龔出，即鋃鐺以往。見僞將軍，亦被夾。方謂龔曰：『汝有劍當刃我，我今日君臣、朋友之道盡矣。』後余以此事對方爾止言，爾止述之於密之。密之曰：『有之，吾父孔炤昔爲湖廣巡撫，龔爲蘄水縣令，提挈不遺餘力。後吾父被繫，龔爲給諫，畧無所加意。吾銜之，故以是報之。然龔於今日爲尊官，勢可洩前怨，而龔不然，吾是以滋愧。』密之時稱藥地和尚。

【箋注】

方文（一六一二—一六六九），字爾止，號嵞山，原名孔文，字爾識，江南桐城人，明末諸生。方以智爲方文侄，二人明末在學林即有聲名。甲申後，方文不仕，更名一耒，别號淮西山人、明農、忍冬。由於父執瞿式耜引薦，方以智一度任南明永曆帝左中允，少詹事，翰林院侍講學士，拜禮部侍郎、東閣大學士，後披緇爲僧，改名弘智，字無可，别號大智、藥地、愚者大師。

（八五）楊宛叔既歸茅止生，密與宋其武之繩善。茅沒後，宛叔入田戚畹家。京城陷，宛叔復爲宋所得，張天石若麒爭之。龔孝升曰：『宛叔雖名倡，而年齒頗大，且與宋素昵，可勿爭也。』宛叔後歸溧陽，值里中兵亂，宛叔仍濃妝炫服，爲亂兵所殺。事與錢牧齋《歷朝詩選》中所記載微異，蓋余得之合肥所言耳。

【箋注】

《列朝詩集小傳》閏集『香奩下三十人』：『楊宛，字宛叔，金陵名妓也。能詩，有麗句。善草書。歸苕上茅止生。止生重其才，以殊禮遇之。宛多外遇，心叛止生，止生以豪傑自命，知之而弗禁也。止生歿，國戚田弘遇奉詔進香普陀還京，道白門，謀取宛而篡其貲，宛欲背茅氏他適，以爲國戚可假道也，盡橐裝奔焉。戚以老婢子畜之，俾教其幼女。戚死，復謀奔劉東平，將行而城陷，乃爲丐婦裝，間行還金陵，盜殺之於野。』

（八六）影園黃牡丹盛開，鄭超宗大集名士數十人賦詩，製一金卮，擬壽詩狀元。乃糊名易書，馳使數百里，請定於錢虞山。虞山甲乙回，拆視之，狀頭乃嶺南黎美周遂球也。美周至吳中謁謝錢，如門生見座主禮。

【箋注】

黎遂球（一六〇二—一六四六），字美周，廣東番禺人。明天啟七年舉人，應會試不第。崇禎中，陳子壯薦爲經濟名儒，以母老不赴。南明隆武朝官兵部職方司主事，提督廣東兵援贛州，城破殉難，謚忠愍。

（八七）濟南先代舊家如李于鱗、邊廷實、殷正甫輩，子孫存者絕少。殷氏諸生一二，邊氏無讀書者，于鱗之後止一童子李瀠。提學施尚白爲青其衿且碑于鱗之墓，爲文以祭。祭之先一夕，夢五丈夫皆古衣冠，偉然見過，若言謝者。而以黃紗籠其面，未通姓名。及造其墓，則五塚。蓋自其先三世及李駒墓皆在焉，則五丈夫也。許殿卿、謝茂秦後俱泯滅少存者。于鱗侍兒蔡姬聰慧不減朝雲，于鱗沒後，老而貧，在西郊賣餅。王季木（象春）訪之，爲之泣下，周之。

【箋注】

李攀龍，字于鱗，號滄溟。明『後七子』領袖之一，其影響及於清初。邊貢，字廷實，自號華泉子，邊貢以詩著稱於弘治、正德年間，與李夢陽、何景明、徐禎卿並稱『弘治四傑』，合康海、王九思、王廷相，稱爲明『前七子』。殷士儋，字正甫，又字棠川，官至内閣大學士。殷士儋在明代詩壇亦頗負盛名。三人均爲濟南歷下人。明代嘉靖年間，歷下詩人號稱『邊（貢）、李（攀龍）、殷（士儋）、許（邦才）』。

（八八）文太青翔鳳官南光禄，署國子、鴻臚、京兆三篆，風雅之士趨之如歸。秣陵諸生傳遠度有『紗帽山人文太青』之句，當時豔傳之。吴介兹曰：『金陵人即束一把菜，縛一把柴，亦有六朝風致。』

【箋注】

文翔鳳，字天瑞，號太青，生卒年均不詳，陝西三水人。萬曆三十八年進士。歷官萊陽令，終太僕寺少卿。傅汝舟，字遠度，晚明秣陵（今江蘇南京）人。與李維楨、茅元儀、文翔鳳等交善。吴晉，字介兹，一字介受，又字受兹，江南江寧人。鄧漢儀云其與周亮工交遊。《詩觀》二集卷七吴晉詩後，鄧云：『介兹久從櫟園先生遊，所爲詩清麗秀迥，與白門山水相爲映發，而品復高潔，羞與時伍，蓋野王、仲蔚一流。』

（八九）劉公戢嘗言中州有二寶：何大復詩集、侯朝宗文集是也。余遊兩河間，歸德、汝寧兩郡守以此二種見贈，余載之驢背以歸。

（九〇）梁大司徒大集賓客。酒間，有言吴伯成興祚好客非真。當爲縣令時，客至款留，贈貽極厚，三四過不厭。此不過欲諸生延譽，故勉爲結納。今在閩中作巡撫，雖名士親舊至，俱落落。豈權勢不及，只已得大位無須客，不妨置之耳。

【箋注】

戶部尚書別稱大司徒。梁清標（一六二〇—一六九一）字玉立，一字蒼岩，號棠村，一號蕉林，直隸真定人。明崇禎十六年進士，清順治元年補翰林院庶吉士，授編修。官至戶部尚書、保和殿大學士。

（九一）王大司馬言：『當今作外官者，霑潤固不敢輕言，何以儀文都缺。余弟過京口，持余札訪江鎮道高君，高不納書，亦不會面，真咄咄怪事。』

（九二）宋荔裳、羅約齋先後爲浙江臬司。羅將赴任，問宋曰：『舊令尹何以教我待遊客法？』宋曰：『只少接書，稀會面。需之既久，待其辭行，以薄贐投之，客自裹足。』羅沈吟曰：『此法行之如何？』宋曰：『古之人有行之者，羅約齋是也。』相與一笑，羅在揚州頗慢客，故宋微譏之。

（九三）王藉茅無咎任江南藩司，王于一訪之。藩伯云：『君無須他求，只捉刀代作金陵懷古詩，當有厚贈。』藩伯命數十題，于一草畢，大加歎賞，解囊三百金。藩伯係孟津尚書子，有詩名。

（九四）保定呂翕如，本朝初年爲户部主事。権滸墅關時，江南新定，力請於大部，謂：『商賈不通，乞減其額。』部允其請。其實商船因兵亂停泊各處，至是輻輳。呂入私囊，計二十萬。余在京詢之伊同官龔之遂，龔云確有此數。時龔亦権杭之北新，所得頗亞於呂，以滸墅解額少，則北新亦援例少解也。呂後任杭嚴道，患惡瘡死於官，有一子殀殞，貲財蕩爲灰燼矣。龔僑居維揚，雙目瞽，亦無嗣。可知作官而多財，原屬無益。

（九五）黄大癡畫專倣虞山，有《浮嵐暖翠圖》，尤爲冠絶，後爲宋荔裳所得。曾攜至湖州愛山臺上，張以示諸客，後宋入京獻之朝貴。

（九六）武塘沈延年好畫，曾言病瘧不療，得見王摩詰《江天雪霽圖》，霍然而愈。今此畫藏蔣彦亭家，祕不示人。

（九七）趙文敏家藏北宋板兩漢書，前有畫像。錢牧齋以千金購之，新安大賈今售之四明謝象三太僕。

（九八）管夫人臨李伯時《九歌》，精妙無匹，爲相國嚴文靖公之舊物。

【箋注】

李公麟（一〇四九—一一〇六），字伯時，宋代山水畫家。嚴訥（一五一一—一五八四），字敏卿，號養齋，常熟人。明嘉靖二十年進士，授編修，歷太常少卿、禮部尚書、吏部尚書、武英殿大學士，歿，贈少保，謚文靖。有《嚴文靖公集》。

（九九）李二哇獻賊孌童也。美而奇勇，戰必突陣先出，鋒不可當，後爲黃大將軍生擒，百方說之不從而死。定南有小婢玉兒，甚寵。及桂林將破，定南盡殺諸妃嬪美人，玉兒婉轉藏匿不肯死，定南終搜得殺之。

（一〇〇）崑山馮姬以不應馬帥之召，遣健將縛至麾下。將加刃，先以酒困之，立應一斗，復令理妝按歌，聲愈嘹亮，遂得釋。

（一〇一）江南固多收藏家。趙文敏沁雪石，今在牧齋宗伯舊宅中。稼軒瞿公耕石軒多藏沈石田畫，中有《帶礪圖》甚奇。嚴子張駕部家有商代大雞罇。

（一〇二）劉公𢧐嘗言：『今人百不及古人，所差勝者品茶、度曲、圍棋耳。』又云：『明朝有兩事必傳於後：崑腔曲子、八股時文。』

（一〇三）閻古古爾梅於合肥宗伯座上賦詩，有『螳螂誤入琴工指，鸜鵒虛傳鼓吏名』之句，一時名流咸爲閣筆。

（一〇四）會稽朱敬身言：『河神今已姓王，生河南偃師縣鄉，乃農家子。初不殊常人，忽一日言河事，竟驗，人自是叩之輒驗。有指畫數百千里外，某船當覆，某以某德當免，某何罪不救矣。已而偵之，果然。於是入河者莫不奔走奉訊。總河楊公芳興惡之，托以他事召來，神豫駕一艀艋衝黄濤飄去，都無帆楫。楊公益敬異之，凡治河必遣吏造請。神往往口呼某將某將，人不之見，但彷彿若有龍也。先是偃令亦嘗怪其誕，呼杖之，則磬然俛首受曰：「吾宿過應爾。」神貌白髮蒼髯，有妻有子，今尚存。』

（一〇五）昔唐伯虎學畫於周東村，而大過焉。或問之，曰：『彼欠我胸中數卷書耳。』董思伯稱李長蘅詩騷子史博通淹貫，一一發之於畫，故爾超超逸品。觀此可知不讀書人必不善畫，縱窮工極緻，只匠筆耳。史遷作《史》而不免於疏，少陵作詩而不免於拙，亦足本色勝。

（一〇六）空同自序《宏德集》，有曰：『余之詩，非真也，文人學士韻言耳。出之情寡，而工之詞多，每欲改之，以求其真，然今老矣。』空同晚年，其有悔心乎？弇州既老，日手淵明詩不置，服膺東坡之文，知其悔之也深矣。臨川湯義仍始爲文，務學六朝。晚讀鄉先正書，有志曾、王之學，而歎年已往，學之未就，亦皆與空同、弇州同其悔者也。

詩觀詩人小傳

詩觀初集

詩觀序

鄧漢儀

《十五國名家詩觀》之選成，予反覆讀之，作而歎曰：嗟乎！此真一代之書也已。當夫前朝末葉，銅馬縱横，中原盡爲荊榛，黎庶悉遭虜戮。於是乎，神京不守，而廟社遂移，有志之士爲之哀板蕩、痛仳離焉，此其時之一變。繼而狂寇鼠竄於秦中，列鎮鴟張於淮甸，馴至甌閩黔蜀之間，兵戈罔靖而烽燧時聞，此其時爲再變。若乃乾坤肇造，版宇咸歸，使仕者得委蛇結綬於清時，而農人亦秉耒耕田，相與歌太平而詠勤苦，此其時又爲一變。夫惟變之之極，故其人之心力才智亦百出而未有窮。其歷乎興革理亂、安危順逆之交，中有所藏，類不能默然而已。以故憂生憫俗、感遇頌德之篇，雜然而作。一時公卿以迄韋布，其號爲能詩，沈雄、古麗、安雅、柔澹，以幾於漢魏四唐之盛者，蓋指不勝屈。而世之選者，顧乃遺大取小，專採夫一二花草風雲、釐祝飲讌、閨幃臺閣之辭，以是諛說時人之耳目，而於鋪陳家國、流連君父之指，蓋或闕焉，烏在追《國雅》而紹詩史也？予生也晚，然適當極亂極治之會，目擊夫時之屢變，而又舟車萬里，北抵燕并，南遊楚粤，中客齊魯宋趙宛洛之墟，其與時之賢人君子論説詩學最詳，而猥蒙不棄，其以專稿賜教者日盈箱笥。爰因家居寡營，乃發舊簏，取諸名家之詩，芟繁就簡，彙次成書。不意此選之遂足紀時變之極，而臻一代之偉觀也。昔吳公子札來聘宗邦，請觀周樂，其論斷古帝王以及列國之聲詩得失升降，錙黍弗爽，故龍門氏稱其閎覽博物焉。予才萬不逮吳公子，而幸值鼎新之運，俾草茅跧伏之士優遊鉛槧，以勿負歲時，亦一樂也。而今天子且博學好古，進諸文學侍從之臣，臨軒賦詩，以繼夫柏梁、昆明之盛事。然則太師陳詩以觀民風，是編也，其亦可以備咨諏而佐紀載也矣。

南陽鄧漢儀序，時康熙壬子季秋望日。

詩觀初集凡例　十三則

鄧漢儀

詩道至今日，亦極變矣。首此竟陵，矯七子之偏而流爲細弱，華亭出而以壯麗矯之。然近觀吳越之間，作者林立，不無衣冠盛而性情衰。循覽盈尺之書，略無精警之句。以是叶應宫商、導揚休美，可乎？或又矯之以長慶、以劍南、以眉山，甚者起而噓竟陵已熸之焰，矯枉失正，無乃偏乎？夫《三百》爲詩之祖，而漢魏、四唐人之詩昭昭具在，取裁於古而緯以己之性情，何患其不卓越而沾沾是趨逐爲？故僕於是選，首戒幽細，而並斥浮濫之習，所以云救。

僕歷年來浪遊四方，同人以詩惠教者甚衆，藏之笥篋，不敢有遺。庚戌家居寡營，乃發舊簏，取諸同人之詩，略爲評次，蓋閱兩寒暑而始竣厥事。

是選秖就篋中所存論次行世，未敢廣布徵檄，迺同里諸子惠而好我，傾囊見賜。辛亥久駐維揚，諸公過存，辱以專稿見餉，兼以南北郵筒繹絡相望，遂成鉅觀。

同人不分仕隱，詩到者即爲登選。乃有交誼夙敦而篇章難覓者，僕亦聽之。至郵筒遠寄，或致浮沈，實非僕咎。

選數多寡，實非有意，皆因其卷之繁簡、地之遠近。然『楓落吴江』，一語足傳；何必連篇累牘，乃足垂世？

照《國雅》例，概不稱先生、夫子；照《詩志》例，不書官爵。詩隨到隨梓，不序前後。釋子詩雜同人之中。閨秀詩另爲一帙，尤嚴贋本，已登《翠樓》諸集者不載。圈點略標眉目，評語俱極短簡，不敢濃圈密讚，亦不敢引經據史。僕至邗，同人即貽以公書，戒以『寧嚴毋濫』。僕始終守此盟，一人不敢妄入。

温柔敦厚，詩教也；罵坐非，傷時尤非。故僕以『慎墨』名其堂，芟除不遺餘力。淮揚當事主持斯事者，則轉運何公雲壑林、李公星河景麟、明府孫公樹百蕙，功爲甚鉅。

是編謀始，則宫子紫陽偉鏐、丁子謙龍日乾、陳子念其忠靖、宗子梅岑元鼎、張子桐仙琴；讚襄者則黄子仙裳雲、宗子鶴問觀、桑子楚執豸、許子師六承家、江子辰六闓、季子希韓公琦、范子汝受國祿、華子龍眉袞、許子元錫納陛；其客邗面訂是選者，則杜子于皇濬、張子稚恭恂、孫子豹人枝蔚、計子甫草東、趙子山子澐、宋子既庭實穎、彭子中郎始奮、魏子冰叔禧、朱子錫鬯彝尊、諸子駿男九鼎；而捐貲最多者，則黄子天濤九河、顧子臨邗九錫、范子獻重廷瓚，功不可泯。是編行後，即謀二集。鴻章賜教，祈寄至泰州寒舍，或寄至揚州新城夾剪橋程子穆倩、大東門外彌陀寺巷華子龍眉宅上。其京師則付汪子蛟門，白門則付周子雪客。郵寄最便。

壬子仲冬，鄧漢儀書於慎墨堂。

以上輯自《詩觀》初集卷首，清康熙慎墨堂刻本

錢謙益〔一〕

受之、牧齋、蒙叟，江南常熟人。《秋槐》、《高會》、《夏五》諸集。〔二〕◎憶丙申冬，予宿半塘舫軒，虞山則舟泊橋下。侵曉招予入舟，以手評拙稿相示，因謂予曰：『昨東遊，友人贈詩盈數尺，總無一字。』予問故，虞山曰：『只是中間無一意思爾，固知近日學大樽者均坐此病。』因評虞山稿，故附及之。虞山詩始而輕婉秀麗，晚年則進於典重深老。

【校記】

〔一〕以下輯自《詩觀》初集卷一，原署『東吳鄧漢儀孝威評選，同學李文胤鄴嗣參閱』。

〔二〕乾隆重輯本《詩觀》作『受之，號蒙叟。江南常熟人』。

王　鐸

覺斯，河南孟津人。《孟津詩》。◎孟津與戴滄州論詩曰：『不奇不古，不深不厚，不創不難。故曰：勿驟學其易，恐草率爛熟也；勿驟冀其甘，恐淺薄套襲也。』此深於救今之論也。而侯朝宗則曰：『孟津材極博厚，氣極雄拔，求之章法，不能無間然。』此又深於視孟津者。宮子宗袞從覃懷歸，以大愚所刻《孟津詩》見示，因爲選較付梓，皆奇創而又軌於法者，請爲世之學孟津者取則焉。

高　珩

璁佩、念東，山東淄川人。

吴偉業

駿公、梅村，江南太倉人。《梅村詩集》。◎錢牧齋曰：『捧持大集，坐臥吟嘯，如渡大海，久而得其津涉。清詞麗句，層見疊出；鴻章縟繡，富有日新。有事採剟者，或能望洋而歎。若其攢簇化工，陶冶今古，陽施陰設，移步换形，或歌或哭，欲死欲生，或半夜而啼，或當餐而歎，則非精求於韓、杜二家，吸取其神髓，而佽助之以眉山、劍南，斷斷乎不能窺其籬落、識其阡陌也。』

孫廷銓

枚先、道相、沚亭，山東益都人。

周亮工

減齋、櫟園，河南祥符籍，江西金溪人。《賴古》、《偶遂》、《恕老》諸集。◎錢牧齋序云：『或曰：子之推許櫟園也，其指要可得聞乎？余告之曰：有本。古之爲詩者有本焉。《國風》之好色、《小雅》之怨誹、《離騷》之疾痛叫呼，結轖於君臣、夫婦、朋友之間，而發作於身世逼側、時命連蹇之會，夢而噩，病而吟，春歌而溺笑，皆是物也，故曰有本。唐之李、杜，光焰萬丈，人皆知之。放而爲昌黎，達而爲樂天，麗而爲義山，譎而爲長吉，窮而爲昭諫，詭恢奡兀而爲盧仝、劉乂，莫不有物焉。魁壘耿介，槎牙於肺腑，擊撞於胸臆，故其言之也不慚，而其流傳也至於歷劫而不朽。今之爲詩，本之則無，徒以詞章聲病比量於尺幅之間，如春花之爛發，如秋水之時至，風怒霜殺，索然不見其所有，而舉世咸以此相誇相命，豈不末哉！』

杜　濬

于皇、茶村，湖廣黄岡人。《變雅堂詩集》。◎茶村自記曰：『愚嘗論詩，諸妙皆生於活，諸響皆出於老。至極之地，曰玄曰穆，而根柢在於聞道。不然，見識一卑，即潘江陸海，圈牢中物耳。每與二三同志言之，不敢以告他人也。』此茶村自言其得力處。辛亥冬，同客廣陵，因出其篋中稿三百餘首見示。予特拔其尤者，與世共珍之。

孫枝蔚

豹人，陝西三原人。《溉堂集》。

范鳳翼

異羽、太蒙，江南通州人。《超逍遥草》。

季振宜

詵兮、滄葦，江南泰興人。◎憶丙午秋，與宋荔裳把晤於福緣僧舍，荔裳極口滄葦詩不置。稍從諸選得見數篇，未免有嘗鼎一臠之恨。及方石盡以全帙見寄，乃得縱横觀之。其詩專務創闢，而又無處不法古人，真令我歎賞不置，知荔裳之言不我欺也。

季公琦

希韓、方石，江南泰興人。◎方石填詞工麗，擅名江左，黄六、柳七未足擬也。惜寄詩甚少，不能多載爲恨。

陳台孫

階六、越庵，江南山陽人。

李天馥

湘北、容齋，江南合肥籍，河南永城人。《容齋新舊稿》。◎容齋太史才既英奇，詞復警麗。當其承明珥筆之餘，匹馬歸邸舍，屏絕塵事，日披閲古人書，以爲娱快。而吟詠日多，歲輒成帙，無不沈雄卓鍊，堪與漢魏四唐共馳驅者。僕得覽其諸集，因爲評較授梓。許子竹隱云：『容齋虚懷延納，於聲氣風雅尤有振興之功。』然則把酒論文，正自有日，當不必望燕雲而發河山之慨也。

黄九河

天濤，江南泰州人。《深柳堂詩集》。◎天濤挾策遊京師，交遊甚盛，一時薦紳先生莫不推許。所撰詩歌，伯紫、繹堂諸君已序而行之，顧惓惓下問於僕，似以僕爲足把臂入林者。敬採新詩，以質瀨内，當知著作日富，益歎『汪汪千頃陂』耳。

釋大健

蒲庵，江南江寧人。《花笑軒集》。

龔鼎孳〔一〕

孝升、芝麓、定山，江南合肥人。《尊拙》、《香巖》、《春帆》諸集。◎公詩篇卷浩繁，博麗罕匹。僕尤録其深警樸老之作，以所重在氣格識力，不僅才調也。辛亥寒食，風雨杜門，因點筆成此。顧子臨邛見而賞愛，趣付諸梓，傳示寓内同人，不知以爲當否。公賦詩有三異：每與同人酒闌刻燭，一夕可得二十餘首，篇皆精警，語無拙易，此一異也； 當華筵雜遝之會，絲竹滿堂，或金鼓震地，而公構思苦吟，寂若面壁，俄頃詩就，美妙絕倫，此二異也； 他人次韻，每苦棘手，而公運置天然，即逢險韻，愈以偏師勝人，此三異也。 昔客京師，及過庾嶺，以至萸灣、桃渡之間，僕莫不奉鞭弭以從，故爲識其略如此。

【校記】

〔一〕以下輯自《詩觀》初集卷二，原署『東吳鄧漢儀孝威評選，同學杜濬于皇參閱』。

紀映鍾

伯紫，戇叟，江南江寧人。《真冷堂詩稿》。◎詩必宗唐乃爲合調，而摹擬皮毛者又失之。伯紫始由巉峭，繼乃雍和，所以去膚面得其神，卓然爲詩家之冠。◎伯紫京師寄僕近稿，自言詩格較進。僕從九日風雨獨寓蕭寺時讀之，英矯而兼雅正，固云： 文章千古事，得失寸心知耳。 亟付梓以公當世。

黄　雲

仙裳，舊樵，江南泰州人。《悠然堂》、《桐引樓》諸集。◎仙裳二十年前屏跡村舍，於漢魏四唐之詩，靡不窮討源流，綜其至變。已而從孟貞、與治、伯紫諸君子論詩，益復臻於醇備。姜真源侍御刻有《悠然堂詩》，李奎瞻大令近刻其《桐引樓集》，澥內亦既見之，而以予謬司選政，乃屬其嚴爲簡汰。予客蕪城，楗戶了此。蓋當代作者如林，而求如仙裳之風神秀上、格法婉愜者，目中實罕其儔也。仙裳行將策馬金臺，與十五國人士揚榷風雅，當必許南陽生爲不阿所好乎？

顧九錫

臨邛，思濬，江南江都人。《春江草堂集》。◎臨邛博綜今古，所葺《經濟約編》一書，合肥已序而行之；而伯紫、梅岑、玉少諸子，復盛稱其有韻之言，爲能婉轉秀貼，獨臻佳境。僕客邗江，特爲點定，俾知萸灣、竹西間，固不乏俊人也。

劉滐嵩

玉少、次山，江南江都籍，河津人。《次山樓集》。玉少家世龍門，往往從數騎出入故關、井陘間，故能言之確切。◎玉少在吾黨諸子中，詩格特爲英迅。近年歷遊邊郡，其詩益爲雄渾。《天險閣》以下五律，是其燕京郵寄新篇也，輒爲歎絕。

白夢鼐

仲調、蝶庵，江南江寧人。《燕都近稿》。

張陛

登子，浙江山陰人。《靜遠居詩選》。

釋滯挺

佷亭，浙江錢塘人。《雲溪近稿》。

釋宗蓮

達旨，湖廣鍾祥人。《南詢草》。

許承欽

欽哉、漱雪，湖廣漢陽人。《詩意》。◎農部詩近數千首，皆遊覽山川、紀敘時事之作，瑰奇奥麗，得未曾有。以僕有詩選之役，傾囊見示，恨幅隘不能多載也。洋洋江漢，風格漸入卑靡，突起勁師，與三湘七澤爭勝，舍農部其誰與歸？

王　熙

子雍、胥庭，直隸宛平人。

鄧　旭

元昭，江南壽州籍，吳縣人。

鄧廷羅

叔奇、偶樵，江南江寧人。

申涵光〔一〕

孚孟、鳧盟，直隸永年人。《聰山詩集》。

【校記】

〔一〕以下輯自《詩觀》初集卷三，原署『東吳鄧漢儀孝威評選，同學宮偉鏐紫陽參閲』。

王崇簡

敬哉，直隸宛平人。《青箱堂詩》。

梁清標

玉立、蒼巖，直隸真定人。

楊思聖

猶龍，直隸鉅鹿人。

魏裔介

石生、貞庵，直隸柏鄉人。《嶼舫集》。

李　霨

坦園，直隸高陽人。

梁清寬

敷五，直隸真定人。

傅維麟

掌雷，直隸靈壽人。◎掌雷詩多創辟，如《看竹》『烟鎖閒亭暮，蕉分曲徑風』；《冬月》『疏林凝野色，一雁叫離羣』、『雨急寒燈暗，鵁啼古木高』、『氣咽陵園暗，風回海嶽青』；《偶作》『春色驕青燕，和風散緑楊』；《朝行》『林疏葉落千山雨，寒重鐘沈萬堞風』；《過襄陽》『鸛下沙汀秋欲老，烏啼木葉夜初涼』，皆其造意寫象，盡態極妍者也。

王　鑨

子陶、大愚，河南孟津人。《大愚集》。

張文光

譙明，河南祥符人。《斗齋詩選》。

趙　賓

錦帆，河南陽武人。《學易庵詩選》。◎北方詩氣格極高，聲調亦壯，然必須有精實之意行于其間，乃不涉於粗莽。故僕選譙明、錦帆、大愚詩，賞其雄闊，而尤登其深傑者。若吳音柔緩，又須以北氣調之，乃爲高健，此僕十年來與同學諸子論詩之旨也。

宋　琬

玉叔、荔裳，山東萊陽人。《安雅堂詩集》。

施閏章

尚白、愚山，江南宣城人。《越遊》、《觀海》諸集。

嚴　沆

子餐、顥亭，浙江仁和人。

陳祚明

胤倩，浙江仁和人。《采菽堂詩選》。

胡承諾

君信，湖廣景陵人。《青玉軒詩》。◎君信五言近體，多典雅深創，不爲寬套之言。摘其警句，皆堪珍愛。如《陷襄陽》『陣虛雲自壞，軍敗鼓先愁』；《雨後》『翠鳥銜魚疾，秋瓜上架低』；《寒夜》『雲水皆疑雪，風嵐共翳燈』；《晚望》『陽崖留落日，陰嶺泄微雲。淡烟涂遠岫，疏塢匿寒林』；《正月十五夜》『苣火驅山鬼，膏糜享社神』；《春日訪友》『岸曲風難正，沙虛日更閒』；《新鄭懷古》『烟銷禪竈火，壑變淯淵龍』；《宿西塔寺》『湖冷高甍月，林殘舊井霜』：皆一字一珠者也。◎君信七言近體，如《羊棧嶺》『清泉北注茹溪水，徑路南連歙郡城』；《送李語齋之錢塘》『吳地江分三道入，越郊人上兩高時』；《舟中望徐仲霞所居》『别浦漁樵常共壑，一家烟火自爲村』；《答吳既閒》『舟藏凍浦人行少，葉落平岡樹影寒』；《春日鄰飲》『數聲去雁孤村雨，一縷晴霞二月花』；《雨中尋毛翰如莊居》『層雲曉覆溪流上，布穀春啼雨點中』：皆警卓之句，惜未全璧，附錄於此。◎自竟陵説行而風雅之道微，君信生於其鄉，乃能矯然不從乎其説，是真豪傑之士，卓立於波流者。世即欲强奉鍾、譚，以伸獨見，恐不足當有識之一噱也。

余　懷

澹心、無懷，江南江寧人。《味外軒稿》。

釋空昰

劍叟，湖廣蘄水人。《天外遊》。

張　琴

桐仙、耐峯，江南泰州人。《塞外遊草》。◎五言絶全以含蓄不盡、耐人思索爲佳。少陵雖老手，恐此處猶遜太白、摩詰諸公也。桐仙直造勝境，豈不令人歎絶。

萬斯備

允誠，浙江鄞縣人。

韋人鳳

六象，浙江武康人。

韓魏

式靈、醉白，江南江都人。

桑豸

楚執、雪薌，江南江都人。◎楚執夙以風雅擅聲淮南，而主持壇坫尤嚴正不阿。近僕謬司選事，楚執極意周旋，而惓惓致書，以濫收爲戒，則固同人所共佩也。

季開生

天中、冠月，江南泰興人。《出關草》。◎昔客金臺，與諸名流唱酬甚盛，蓋無不傾心黄門者。地望既高，才華丕著，而又虚懷延納，以聯布衣之歡，能無聲譽飈起乎？直言獲罪，徙居窮邊，而詩益精勁。與古人敵，可愛可傳，詩不其一端與？

曹貞吉

升六、實庵，山東安丘人。《珂雪集》。

朱淑熹

艾人，江南泰州人。◎客秋遇敬亭於維揚，淚滿襟袖，蓋爲懿誦出關故也。讀艾人二詩，沈痛慨激，益使人彷徨不能已。

陳志紀

雁羣、懿誦，江南泰州籍，江西吉水人。《塞外吟》。

孫　觚

道讓，山東益都人。

章耿光

子覲，江南江陰人。

汪士裕

左嚴，江南江都籍，歙縣人。

彭爾述〔一〕

子籛，禹峯，河南鄧州人。《滇黔詩》。

【校記】

〔一〕以下輯自《詩觀》初集卷四，原署『東吳鄧漢儀孝威評選，同學劉體仁公㦷參閱』。

彭始奮

中郎，海翼，河南鄧州人。《娛紅堂詩草》。

彭始摶

直上，河南鄧州人。

戴明說

道默，巖犖，直隸滄州人。《定園詩集》。

李因篤

天生，陝西富平人。◎興象雄偉而貫之以識，風調整逸而行之以氣，遂能踵少陵而軼空同。曹侍郎秋岳、張舍人稚恭、計孝廉甫草咸稱許不置，有以也。

胡國柱

擎天，奉天遼陽人。

佟鳳彩

高岡，奉天遼陽人。

孫宗彝

孝則、虞橋，江南高郵人。《愛日堂存稿》。

孫光祀

怍庭，山東平陰人。

徐元文

公肅、立齋，江南崑山人。

趙開雍

五弦、韋齋，江南寶應人。《東魯》、《嶺北》、《粤西》諸草。

郭士璟

飲霞、梅書，陝西涇原人，江都籍。

丁象煇

原道，河南鄧州人。

丁日乾

謙龍、漢公，江南泰州人。《漁園詩》。◎謙龍于宅畔構漁園，池亭竹石俱勝，客至則引與賦詩，所著甚富。

張玉裁

禮存，江南丹徒人。

張玉書

素存，江南丹徒人。

羅承祚

景有，江南丹徒人。《枝閣詩集》。

何　林

喬子、雲壑，浙江山陰人，順天籍。《彌年集》、《犵山蕪言》。

李呈祥

吉津，山東沾化人。《曲江》、《唐城》二稿。

杜　漺

子濂、湄村，山東濱州人。

李國璉

連城，陝西韓城人。

李化麟

澮河，陝西韓城人。

李景麟

星河，陝西韓城人。

冒　襄

辟疆、巢民，江南如皋人。《水繪庵詩存》。

王廣心

伊人、農山，江南松江人。

顧大申

震雉、見山，江南華亭人。《鶴巢集》。

柯　聳

素培、岸初，浙江嘉善人。

許　珌

天玉、鐵堂，福建侯官人。

嚴曾榘

方貽、柱峯，浙江餘姚人。

曹鼎望

冠五、澹齋，直隸豐潤人。《楚遊》、《新安》二集。

劉　佑

孟孚、雲麓，直隸曲周人。《尋遠樓詩》。

宫家璧

百朋，奉天遼陽人。

嵇永仁

留山，江南無錫人。

許承宣

力臣，江南江都人。《宿影亭稿》。

許承家

師六，江南江都人。《獵微閣詩稿》。

劉懋贄

質公、僅三，江南泰州人。《雪村草》。

劉胤祚

永錫、達庵，江南泰州人。

徐倬

方虎，浙江德清人。

趙進美〔一〕

嶷叔、韞退，山東益都人。《清止閣集》。

【校記】

〔一〕以下輯自《詩觀》初集卷五，原署『東吳鄧漢儀孝威評選，同學丁日乾謙龍參閲』。

熊文舉

公遠、雪堂，江西新建人。《雪堂選集》。

曹溶

鑒躬、秋岳，浙江秀水人。《倦圃詩稿》。

李文胤

鄴嗣、杲堂，浙江鄞縣人。《笑讀齋詩稿》。

李念慈

屺瞻、劬庵，陝西涇陽人。《谷口山房詩集》。

陳維崧

其年，江南宜興人。《湖海樓詩稿》。

徐　緘

伯調，浙江山陰人。《歲星堂詩集》。

姜廷梧

桐音，浙江山陰人。《芳樹齋詩草》。

謝天樞

爾玄、星源，福建侯官人。《嶺外詩集》。

陳忠靖

念共、曉堂，江南泰州人。《曉樓詩集》。

薛　耳

仔鉉、固庵，江南武進人。《毘陵十二家詩選》。

談允謙

長益，江南丹徒人。《樹蕿草堂集》。

費　密

此度，四川成都人。《燕峯集》。

喬　鉢

文衣，直隸內丘人。《名家定本》。

辛　民

先民、嚴公，直隸順天人。《辛子詩集》。

黄與堅

庭表，江南太倉人。《忍庵集》。

賀　宿

天士，江南丹陽人。

釋今釋

澹歸，浙江仁和人。

徐　芳

仲光、拙庵，江西南城人。《行腳篇》。

胡文蔚

豹生、約庵，浙江錢塘人。《嶺南集》。

沈　寬

碩庵，浙江仁和人。《燕市偶吟》。

釋圓生

梵伊，江西南康人。《疊華齋稿》。

黄稼

稚曾，江南溧陽人。《菊園集》。

房廷禎

興公、慎庵，陝西三原人。

王祚昌

天葉，陝西涇陽人。《漁古堂近詩》。◎天葉《厚俗編》一書，僕甚愛之，以爲扶植人心不小。比從豫章歸，以近稿見示，兼津津房慎庵、任嘯庵二公不置。蓋留心風雅，與乍得詩名而閉門自高者，相去遠矣。故特表之。

任璣

嘯庵，陝西涇陽人。

柯崇樸

寓匏，浙江嘉善人。《鼓應編》、《紀遊草》。

柯弘本

聿修，浙江嘉善人。

柯維楨

翰周，浙江嘉善人。

黎士弘

愧曾，福建汀州人。《託素齋詩集》。

黎士毅

道存，福建汀州人。

戴本孝

務旃，江南和州人。

戴遂孝

無忝，江南和州人。

林古度

茂之、那子，福建福清人。《新柳篇》、《新燕篇》◎二詩，林那子和曹能始作。時與曹未有交也，因見和篇而異之，則始以忘年，終成白首，交情所自始矣。二首是四子風調，卻情致環生，無臃腫堆塞之病，所以爲佳。

顧夢遊

與治，江南吳江人，江寧籍。

沈復曾

大復、林公，江南泰州人。《旦園詩集》。◎啓、禎之間，海陵風雅一派幾於響歇。林公起而聿倡正聲，後乃彬彬蔚起，扶衰振雅之功不可沒也。

何煜

寤明，江南青陽人。《雙柑園詩》。

陳素

亟白、澹仙，浙江桐鄉人。

釋函可

祖心、剩人，廣東南海人。

邢昉

孟貞，江南高淳人。《石臼集》。

方文

爾止，江南桐城人。《嵞山集》。◎爾止詩專學長慶，僕昔與之論詩蕭寺，頗有箴規，爾止弗善也。要汰其俚率，存其蒼老，斯爾止爲足傳矣。

李盤

小有、根大，江南句容人。

趙而忭

友沂、在趙，湖廣長沙人。《虎鼠齋稿》。

王無咎

藉茅，河南孟津人。《續孟津詩》。

曹申吉〔一〕

澹餘，山東安丘人。《南行日記》。

【校記】

〔一〕以下輯自《詩觀》初集卷六，原署『東吳鄧漢儀孝威評選，同學孫枝蔚豹人參閱』。

周茂源

宿來、釜山，江南華亭人。

黄　永

雲孫，江南太倉人。

史樹駿

光庭、庸庵，江南武進人。

毛重倬

卓人，江南武進人。

龔百藥

介眉、瑯琊，江南武進人。

陳玉堪

賡明、椒峯，江南武進人。

張纘孫

宗緒，浙江錢塘人。《粤遊草》。

龔雲從

仲震，江南武進人。

周綸

鷹垂，江南華亭人。《石樓刪稿》。

錢朝鼎

禹九、黍谷，江南常熟人。

董黄

得仲、律始，江南華亭人。《高詠樓稿》。

許旭

九日，江南太倉人。《秋水集》。

錢鼎瑞

寶汾，江南華亭人。《東溟集》。

王　昊

維夏，江南太倉人。《碩園集》。

毛　甡

大可，浙[一]江蕭山人。

【校記】

[一]『浙』，底本作『湘』，誤，徑改。

張　埈

效青，浙江錢塘人。

陸　坣

左城，浙江錢塘人。

蔣玉章

篆鴻，浙江嘉善人。

魏允枏

交讓，浙江嘉善人。

陳大成

集生，江南無錫人。

葉舒崇

元禮，江南吴江人。

顧震省

明曾，江南崑山人。

顧有孝

茂倫，江南吴江人。

徐乾學

原一，江南崑山人。

韓　裴

晉度，浙江歸安人。

彭孫遹

駿孫、羡門，浙江海鹽人。《柏悦堂集》。

倪　粲

闇公，浙江錢塘人。

蔣玉立

亭彥，浙江嘉興人。

顧　宸

修遠，江南無錫人。

項景襄

眉山，浙江錢塘人。

嚴正矩

方公、絜庵，湖廣孝感人。

米漢雯

紫來，直隸宛平人。

白夢鼎

孟新，江南江寧人。

戴王綸

經碧、彣極，直隸滄州人。

戴王縉

紳黄、雲極，直隸滄州人。《蕭雲齋集》。

張　謙

牧公，陝西狄道人。《得樹齋詩》。◎每與豹人言秦地多才，然後來之秀咄咄逼人者，必首推牧公：此固汗血之駒，不日千里者也。

查繼佐

伊璜、釣史，浙江海寧人。

卓天寅

火傳、亮庵，浙江武康人。

卓胤域

永瞻，浙江武康人。《思齊詩集》。

吳　鏘

聞瑋，江南吳江人。

閔麟嗣

賓連、鑄塵，江南歙縣人。《悟雪草堂詩集》。

王又旦

幼華、黃湄，陝西郃陽人。《山中集》。

嵇宗孟

淑子、子震，江南山陽人。

吴雯清

方漣，浙江仁和人。《雪嘯軒詩》。

吴山濤

岱觀、寒松，浙江仁和籍，歙縣人。

孫　蕙

樹百，山東淄川人。《笠陽詩草》。◎集中五言律，如《涑川》『斷岸飛春雨，空樓入野雲』；《勁竹敲》『殘瓦蒼藤印，古苔高郵兒』；《魚環岸腳》『雛雁抱蘆根，靈隱日憾金』；《銀闕》『雲盤鶴鹿場，猿啼升嶺月』；《松抱》『過溪雲吴門，客途聽越語』；《鹿跈問吴宫秦皇》『關山虚霸國，風雨覆荒陵』；《清明》『禁烟寒食路，霽雨杜陵春』：皆奇警，特爲錄出。◎七言律則《野渡》『浪息灘頭雙鷺立，雲邀渡口一龍浮』；《天竺》『雙乳峯搖蒼樹夕，一虹澗鎖白雲深』；《晉遊》『幾灣涑水環裴嶺，一騎龍門弔史遷』；《秋思》『千峯晝閉梧桐雨，一雁霜清薜荔花』；《秦川》『上蔡獵場金勒滿，阿城妝閣酒車通』：皆爲名句。

李　瀅

鏡月、劬庵，江南高郵人。《敦好堂集》。

吕祚德

錫馨，江南金壇人。《大坏詩選》。

姚文熊

非庵，江南桐城人。《紅雨軒集》。

陳豐陛

元葢，福建晉江人。

宗　觀

鶴問、民表，江南江都人。《咸園》、《山響》諸集。

張　恂

稚恭，陝西涇陽人。《西松館詩集》。

張載緒

鄜裔，原名湛儒，字水若，陝西涇陽人。

錢中諧

宫聲，江南吴縣人。

熊　僎

匪莪，江西臨江人。有全稿見寄未到。

吴崇先

式武、鶴山，江南泰州人。《世綸堂稿》。

于　涴

穎士，原名大儀，江南江都人。《山舍詩》。◎穎士稿有新舊二種，壬子新秋始爲郵寄。其已登《詩志》諸選者，此不再錄。詩篇始尚清婉，近益遒拔。更上層樓，其進未可量也。

史逸孫

耳翁，江南金壇人。

謝楙樹

震生，江南泗州人。《肩山堂集》。

蔡爾趾

子構，江南山陽人。

呂振之

大律，陝西臨潼人。

石　璜

夏宗，江南如皋人。《匏庵集》。

汪文孫

孝猷，浙江錢塘人。《羈音》。◎孝猷與雯遠，然明翁之文孫也。與可以稿遠郵，錄之以志連璧。

陳　寅

靖共，直隸大興人。《主一堂集》。

陳聯

捷三，直隸大興人。◎余友茶村盛稱使君之慷慨英犖，而輟耕近過草堂，以詩稿見示，讀之高逸不羣；且言其倡會秦淮，聿振風雅，真近今所罕遘哉。令嗣翩翩，足繼家學，尤可羡也。

陳誠

孚薦，江南江寧人。《喦山詩集》。

萬鍾

石君，江南江寧人。

王廷璧

昆良、蒼嵐，河南祥符人。

法若真

黃石，山東膠州人。

佟世南

梅岑，奉天遼陽人。

徐旭旦

浴咸、西泠，浙江錢塘人。《世經堂近稿》。

王士祿〔一〕

子底、西樵，山東新城人。《司勳五種集》。

【校記】

〔一〕以下輯自《詩觀》初集卷七，原署『東吴鄧漢儀孝威評選，同學陳維崧其年參閲』。

王士祜

子側、東亭，山東新城人。

王士禛

貽上、阮亭，山東新城人。《漁洋山人新稿》。◎琅琊諸王，以詩名當代久矣。西樵詩，半出宗子定九手訂，而僕略爲點次；阮亭則全錄其近稿，而已登《國雅》、《詩志》者不載；東亭詩篇原少，略採數首，已見一斑。要一門之盛，前掩張、陸，後壓軾、轍者也。辛亥寒食，坐慎墨堂，援筆偶記，能無千里停雲之憶耶？

宗元鼎

定九、梅岑，江南揚州人。《芙蓉集》。◎戊申秋杪客苕上，與薗次有《唐詩永》之選。閲溫、李全集，乃知古人詞雖穠麗，而魄力之大、意識之高，迥非時流可望。後人徒用粉飾，遂而比擬西崑，其實去之甚遠。定九喜尚兩家，而機清格老，正與涂脂抹黛者大别，宜琅琊諸王亟爲推許不置也。庚戌嘉平，從雉臯雪中歸，因呵凍書此數句。不知考功、儀曹論詩京邸，以僕言爲何如？

程可則

周量、石臞，廣東南海人。《遙集樓集》。

汪 琬

苕文、鈍庵，江南長洲人。《駢拇集》。

曹爾堪

子顧、顧庵，浙江嘉善人。《杜鵑亭稿》。

沈 荃

貞蕤、繹堂，江南華亭人。《南帆雜詠》。

譚 篆

玉章、灌湘，湖廣景陵人。《賜書堂詩集》。◎歷下、公安，其敝已極。故鍾、譚出而以清空矯之。然其流也，展轉規摹，愈乖正始，不有大雅，誰能救乎？灌村產竟陵，而親承家學，乃其詩和雅蒼雋，無一字學竟陵者。世奈何復舉寒河之幟，而思易天下之風尚也！

劉體仁

公㦷，江南潁州人。《蒲庵集》。

劉懋勛

膚公、堯叟，江南泰州人。《簣山園選稿》。

周迪吉

子俶，江南太倉人。《東岡集》。

錢陸燦

爾弢、湘靈，江南常熟人。《圓硯居詩集》。

徐延壽

存永，福建閩縣人。《尺木堂集》。

孫鉥

古喤，浙江嘉善人。《芷庵集》。

張一鵠

友鴻、忍齋，江南華亭人。《滇黔詩》。

釋行悅

梅谷，江南太倉人。

林嗣環

鐵崖，福建晉江人。《燕來詩》。◎鐵崖罷瓊海觀察歸，僑居西湖，自號徹呆子，爲風流人士所宗。其詩多奧異，不可可讀，僕則録其稍近人者。

項玉筍

嵋雪，浙江嘉興人。《懶真堂詩集》。

范廷瓚

獻重，江南如皋人。《吴吟》、《竹西詠》、《漚莊集》。◎獻重廣陵人而家世東吴，所著《吴吟》及

《竹西詠》極爲藝林傳寫。予特拔其尤者，爲拙選增重。要獻重古心雅道不讓前賢，而跌宕風騷尤爲獨絕，固吾黨所共矜式也。

李如泌

鄴臣、廉水，四川井研人。《胎仙集》。

馮愷章

潔士，浙江慈溪人。《寧澹齋草》。

饒宇朴

蔚宗，江西進賢人。《寸草軒詩》。

顔堯揆

紫崖，福建晉江人。

王　巖

平格、築夫，陝西長安人。

羊　璘

長玉，河南汝陽人。

李士端

無頗、慕庵，河南汝陽人。

錢　霍

去病，浙江上虞人。

汪鶴孫

雯遠、梅坡，浙江錢塘人。《春星堂近詠》。

秦定遠

以御，江南泰州人。《快雪居詩草》。

席居中

允叔，遼東錦州人。

釋行潤

王田、濮崖，四川合州人。

周在浚

雪客，河南祥符人，家金陵。《藏密庵》、《秋水軒》二稿。◎雪客賦才既高，夙秉家教，而又經歷艱險，故其詩往往造微而入變。拙選所登，未足盡雪客之萬一也。

朱文心

雕龍、拙庵，江南通州籍，吳縣人。《燕臺》、《鳳嘯軒》、《愹園》諸集。

計　東〔一〕

甫草，江南吳江人。《名家英華》。

【校記】

〔一〕以下輯自《詩觀》初集卷八，原署「東吳鄧漢儀孝威評選，同學冒襄辟疆參閱」。

曾　畹

楚田、庭聞，陝西寧夏籍，寧都人。

曾傳燦

青藜，江西寧都人。

魏學渠

子存，浙江嘉善人。

張新標

鞠存，江南山陽人。《淮山詩選》。

宮偉鏐

紫陽、組弦，江南泰州人。《采山外紀》、《前入燕詩》。

朱鳳台

慎人，江南靖江人。《退思堂集》。

張綱孫

祖望，浙江錢塘人。《西陵二子詩集》。

張賁孫

祖明，浙江錢塘人。《西陵二子詩集》。

鄭　重

山公，福建建安人。《霞園草》。

袁　元

北海，江南天長人。《忞庵草》。

宋之繩

其武、柴雪，江南溧陽人。

鄭日奎

次公、靜庵，江西貴溪人。《靜庵》、《虎皁》諸集。

盧　紘

澹巖，湖廣蘄州人。

胡在恪

念蒿，湖廣江陵人。《梁宋遊草》。

錢光繡

聖月、蟄庵，浙江鄞縣人。《歸來閣集》。

嚴　熊

武伯，江南常熟人。

吳　綺

薗次、豐南，江南江都人。《亭皋集》。

史大成

及超、立庵，浙江鄞縣人。

嚴胤肇

修人，浙江歸安人。《宜雅堂集》。

陳允衡

伯璣，江西建昌人。《愛琴館集》。

李文純

一之、戒庵，浙江鄞縣人。《耕石近業》。

戚　藩

价人，江南江陰人。《名山隨筆》。

董道權

秦雄、巽子，浙江鄞縣人。《缶堂詩集》。

蔣　墉

寅升，江南武進人。◎寅升《秋懷》詩，極爲都下傳寫，僕從友人蔣瞻武處得之。今聞其人已長往，然不敢不出以公世也。

趙三麒

乾符、石渠，山西武鄉人。《似園集》。

李夏器

不器，浙江烏程人。

張　蓋

覆輿，直隸永年人。《張子詩選》。◎覆輿自甲申後，久脱諸生籍，以母夫人饘粥不繼，間授徒自給。或爲故人招致幕中，旋皆棄去。近聞築土室于村外，絶不與世人往還，雖妻子亦不見，其殆古袁閎之流與？梟盟郵致其詩，因録數首於此。

殷　岳

伯巖，直隸雞澤人。《留耕堂詩稿》。

劉逢源

資深、津逮，直隸曲周人。《積書巖詩選》。

王俞巽

乃繹，直隸廣平人。

趙　湛

秋水、石鷗，直隸永年人。

釋戒顯

愿雲、晦山，江南太倉人。《匡廬集》。◎愿公廬山詩幽奇古麗，讀過如置身崇巖邃壑間。惜未能全載也，僅登近體數首，以當臥遊。

屈大均

翁山，廣東南海人。

釋方璿

睿石，江南太倉人。

吴振宗

興公，浙江錢塘人。

王相業

子亮、雪蕉，陝西三原人。《泗濱草》。

侯　性

月鷺、若孩，河南商丘人。

王猷定

于一、軫石，江西南昌人。

胡　介

彥遠，浙江錢塘人。

韓　畕

經正、石耕，直隸大興人。

姚永昌

茂孳，浙江慈溪人。

徐　籀

亦史，江南吳縣人。《吾丘集》。

吳景凱

舜舉，浙江烏程人。

朱　釴

君爽、柳堂，浙江鄞縣人。

王余高

自牧，浙江蕭山人。《退庵詩稿》。

釋序樞

立勝，江南如皋人。《樹庵偶存》。◎久別立勝，庚戌秋杪乃晤於東皋之洗鉢池。行將問道堯峯，把玩新詩，殊令我惆悵白雲黄葉也。

梁以柟

仲木，直隸清苑人。

梁以樟

公狄、鷦民，直隸清苑人。

楊樹聲

無聲，福建漳州人。

談震德

青令、雪山，江南江都人。

程康莊

坦如、崑崙，山西武鄉人。

陳祺芳

子壽，江南常熟人。

惲于邁

含萬，江南武進人。《退耕堂詩草》。

許宸

菊溪，河南内鄉人。

王載寧

玄思，江南吳江人。

羅坤

弘載，浙江會稽人。

釋超潭

淼粟，江南歙縣人。《躡霜草》。

李世恪

共人，湖廣江陵人。《謀笑軒詩稿》。

莫與先

大岸，湖廣潛江人。

易東

田授，江南泰州人。

馮雲驤

訥生，山西振武衛人。

曹釗

靖遠，直隸豐潤人。《鶴龕集》。

王　戬

孟穀，湖廣漢陽人。《突星閣詩》。◎此懷人令嗣，亦世小阮，楚地奇雋也。亦世以刻稿見示，録此以見一斑。

宫夢仁

宗衮、定庵，直隸靜海籍，泰州人。

王錫琯

玉叔、又興，浙江永嘉人。

李拔卿

枚及，江南泰州人。

王無逸

河南孟津人。《續孟津詩》。

王無荒

河南孟津人。《續孟津詩》。

王無回

緣督，河南孟津人。《續孟津詩》。

杜世捷

武功，湖廣黄岡人。

宫鴻晉

東表，易庵，江南泰州人。

王　揆[一]

端士，江南太倉人。《芝廛集》。

【校記】

〔一〕以下輯自《詩觀》初集卷九，原署『東吴鄧漢儀孝威評選，同學黄雲仙裳參閲』。

侯方巖

叔岱，河南商丘人。

徐作肅

恭士，河南商丘人。

侯方岳

仲衡，河南商丘人。

林逢震

存悔，青湄，福建晉江人。《瀫上草》。

華　衮

龍眉，江南江都人。《愛鼎堂詩略》。◎憶十年前，杜子于皇、龔子半千曾爲予嘖嘖龍眉不置。兹來邗江，屬有選事，龍眉出手鈔近詩四百首相質。予讀之，歎其雅正秀逸，能追步前人，而復矯然獨上，是詩家之傑出者。僕既不敢濫登，而又不能割愛，因簡其什之一，以公當世，且以見黄岡、谷水二子之知人也。

金 敞

廓明，江南武進人。《夢餘存稿》。◎廓明行己高潔，徐黄岡曾爲僕言之，而朱慎人司馬復稱道不置，且以新舊二稿見示。其詩堅蒼深峭，一字不近時人，而復軌於古法，是特立於羣流者。

楊 岱

東予，四川彭縣人。

江 闓

辰六、雒荀，貴州新貴人。《蚩泠集》。

沈 泌

方鄴，江南宣城人。《雙羊集》。◎方鄴篤於聲事，荔裳、愚山、西樵諸公交推之。丙午同客邗上，唱和甚多，惜未留其稿。辛亥夏初，有事選政，以道遠爲艱。僅從俞邰選本錄得數作，真缺事也。

王 賓

仔園，江南江都人。《又一草亭稿》。◎仔園鍵關讀書，罕接塵事，而篤於友誼，親切不浮。其所著詩歌，皆清韶雅茂，不逾繩尺，而自著風流。僕與之披襟對談，如逢王、謝，安得不以渡江第一流目之。

金　鎮

又鑣、長真，浙江山陰人。《清美堂稿》。

鄭熼新

鞠思、闇齋，福建閩縣人。《汝南集》。

謝爲霖

孝輔、念蓼，浙江鄞縣人。《月湖詩集》。◎孝輔乃象三太僕之文孫，忠節公之令嗣也，閉門月湖之上，抱膝著書；而延接同聲，有若飢渴。與余唱酬憧憧橋畔，雅愜襟情，洵一時烏衣之雋也。

趙有成

子淑、柳江，江南江都人。弟溶，岷江。子綸掌、文綺、用友。以畫篆名家。《浮湘集》附《三山集》。◎曹厚庵云：『詩也者，吟歎性情、鋪陳事實之具也；自性情化爲徵逐，事實紛爲應酬，求一無姓字詩題，且不可得。』旨哉言乎！觀子淑浮湘詩，山川景物，歷歷在眼，遂覺一切贈送諸詩膚冗可厭，宜顧庵、愚山、天襄諸公交口推之。

陶成瑜

石長，奉天遼陽人。《懷茲堂稿》。

嚴　津

子問、陶庵，浙江餘杭人。《瞜城寓言》。

徐　梅

碩林，江南吳縣人。

劉孔中

藥生、嶧巃，山東長山人。

韓　詩

聖秋、固庵，陝西三原人。

郭維寧

懷德，陝西蒲城人。《邗上草》。

鄭　廉

介夫、石廊，河南商丘人。《睡餘編》。

劉孔和

節之，山東長山人。《日損堂詩存》。

田作澤

小宛、雪龕，河南商丘人。《青罕齋稿》。

張幼學

詞臣、曉庵，江南泰州人。《雙虹堂稿》。

馬之驦

旻徠，直隸雄縣人。

葉有馨

予聞，江南華亭人。

顧萬祺

庶其，江南吳江人。

冒嘉穗

穀梁，江南如皋人。《寒碧堂稿》。

冒丹書

青若，江南如皋人。《枕烟堂集》。

姚諲昉

舒恭，江南江都人。《康山草堂集》。

吳參成

石葉，江南太倉籍，江都人。《蘭隱齋稿》。

石 洢

月川，江南如皋人。

吴　麐

仁趾，江南歙縣人。《樵谷近詩》。

黄之翰

大宗，江南山陽人。《止園詩集》。

魯　瀾

紫漪、桐門，江南江都人。《南徐住山集》。◎遊山詩正以胸次高超、耳目曠異，乃能領略山之性情。讀紫漪《南徐住山詩》，秀傑罕儷，所云『清旦索幽異，乘月弄潺湲』者，當移以相擬。

羅世珍

以獻、魯峯，湖廣漢陽人。《紀行詩》。

曹偉謨

次典，浙江嘉興人。

張　芳

菊人、鹿牀，江南句容人。

高　阜

康生，江南江寧人。

馮肇杞

幼將，浙江會稽人。

黄虞稷

俞邰，福建晉江人。

周在浚

雪客，河南祥符人。

周在延

津客，河南祥符人。

吳　晉

介茲，江南江寧人。

周蓼卹

貞萋，湖廣江夏人。

王　楫

汾仲，江南徽州人。

孫汧如

阿匯，江南六合人。

王　概

安節，浙江嘉興人。

李　郊

董自，江南江寧人。

杜紹凱

蒼略，湖廣黄岡人。

董　含

榕庵，江南華亭人。

張彦之

洮侯、峭巖，江南華亭人。

徐　奇

東來，江南長洲人。

洪嘉植

秋士，江南江寧人。◎辛亥初夏，偶客邗江，王子仙濬授予《秦淮竹枝詞》一帙，篝燈細詠，情緒堪憐。蓋石城兵火之餘，實切烏衣王、謝之感。因爲簡擇，爰播風流，固是水調新聲，豈屬巴渝舊響？

蔡孕環

公梅，江南泰州人。

張元嘉

象閶，江南江都人。《浮山堂詩草》。

楊通睿

聖喻，山東濟寧人。

楊通俊

聖企，山東濟寧人。

楊通俶

聖美，山東濟寧人。

胡餘祿

吉修，山東濟寧人。

汪黃贊

搢斯，直隸易州籍，歙縣人。《目耕堂集》。

徐　章

石霞，江南江陰人。《山止閣集》。

黃士瑋

函石，順天籍，山陰人。

釋銘起〔一〕

墨庵，浙江嘉興人。

【校記】

〔一〕『起』，底本作『超』，誤，徑改。沈起，字仲方，嘉興諸生，晚爲僧，名銘起，字墨庵。

越　珃

山公，貴州新貴人。

王與襄

龍師，山東新城人。

錢　岳

五長、循陔，江南通州人。

周斯盛

屺公，浙江鄞縣人。

張　英

仲張，浙江海寧人。

釋大依

南庵，福建莆田人。

閔　鵬

扶蒼，江南歙縣人，揚州籍。《古硯齋詩草》。

陳　鈫

雲銘，浙江嘉善人。

曹延懿

九咸，江南太倉人。

呂師濂

黍字，浙江山陰人。

曹　鈖

賓及，直隸豐潤人。《瘦庵草》、《黄山續草》。◎都下人士一時競稱『三曹』。三曹者，冠五太史及長公靖遠、次公賓及也。太史高雅，靖遠英犖，賓及秀沖，皆擅詩家之勝。昔人共推魏氏父子横槊賦詩、西園飛蓋爲一時盛事，以較浭陽，能無遠遜乎？

顧　彩

天石，江南無錫人。

張華錫

與瞻，江南蕪湖人。

淩元鼒

蔚侯，陝西蘭州人。《存園詩集》。

李嘉胤

爾孚、孟齋，江南泰州人。《草樓詩》。◎邢州既沒，令嗣廷標翩翩負俊才，過予草廬，肅拜再四，以邢州遺稿見屬，兼出此詩相示。念其意之誠而克繼家學也，因並刻此。

蔡元翼

右宣，江南崑山人。

蔡元粹

右純，江南崑山人。

唐允甲〔一〕

祖命、山茨，江南宣城人。《耕塢山人詩集》。

【校記】

〔一〕以下輯自《詩觀》初集卷一〇，原署『東吳鄧漢儀孝威評選，同學余懷澹心參閱』。

陸　舜

玄升、吳州，江南蘇州人，泰州籍。《四遊草》。

閻爾梅

用卿、古古，江南沛縣人。

丁　澿

素涵，浙江仁和人。

朱潮遠

卓月，雲南曲靖人。《恍然亭草》。

李希膺

又元，奉天遼陽人。

胡延年

蒼恒，河南光州人。

譚弘憲

慎公，直隸大興人。

吴雯

天章，山西太原人。《蓮洋詩》。

王抃

懌民，江南太倉人。《健庵集》。

王曜升

次谷，江南太倉人。

顧湄

伊人，江南太倉人。《水鄉集》。

王攄

虹友，江南太倉人。《步簷集》。

魏禮

和公，江西寧都人。

王道新

介公，山東濟寧人。

張天植

次先、蘧林，浙江秀水人。

吴興祚

伯成，遼東清河人。

吴光

長庚，浙江歸安人。

孫自成

物皆、介庵，江南江都人。《霽園詩選》。

李良年

武曾，浙江嘉興人。

吴學炯

星若，江西南城人。《秋雨堂集》。

鍾淵映

廣漢，浙江嘉興人。

計南陽

子山，江南華亭人。

孫默

無言、桴庵，江南休寧人。

趙吉士

天羽、恒庵，浙江錢塘人。

王觳

椒卻、墨舟，江南江都人。《枕綠堂草》。

胡映日

心仲，江西南昌人。

喻指

非指，江西南昌人。

杜世農

輟耕，湖廣黄岡人。

郭礎

石公、橫山，陜西涇陽人，江都籍。《瓊花草堂集》。

吴璉

馨聞、似庵，山西襄陵人，揚州籍。《瑕瑜稿》。

尤侗

展成、悔庵，江南吴縣人。

王宗蔚

峽文，江南華亭人。《蓉壄樓稿》。

甘京

楗齋，江西南豐人。《軸園不焚詩》。

王撰

異公，江南太倉人。《三餘集》。

楊晟

御李，江西寧都人。

卞汾陽

雲郭，江南江都人。

趙　潛

雙白，福建漳州人。《冷鷗堂集》。

汪耀麟

叔定，江南江都人。《見山樓詩稿》。

汪懋麟

季角、蛟門，江南江都人。《百尺梧桐閣集》。

陸求可

咸一、密庵，江南山陽人。《方城》、《閩中》諸集。

劉廷傳

惟中，河南潁川衛籍，潁州人。《來新亭稿》。

謝良琦

仲韓、獻庵，廣西全州人。《醉白堂集》。

周體觀

伯衡，直隸遵化人。《晴鶴堂詩》。

何元英

蕤音，浙江嘉興人。

吳汝亮

海嶠，山東沾化人。《偶存詩》。

田茂遇

髯淵，江南華亭人。

佘垒

默庵，江南如皋人。《柳圍堂詩選》。

張養重

虞山、椰冠，江南山陽人。

李國宋

湯孫，江南興化人。《螺隱居詩稿》。

王仲儒

景州，江南興化人。《夢華山齋詩草》。

王熹儒

歙州，江南興化人。《勿齋偶存》。

高　晫

玄中、蒼巖，山西襄陵人。《滇遊草》。

陶　澂

季深，江南寶應人。

龔　賢

半千、柴丈，江南崑山人。《半畝園詩草》。

黃周星

九烟，湖廣湘潭籍，江寧人。《夏爲堂詩》。

彭士望

躬庵，江西南昌人。《遊山詩》。

蔡方炳

九霞，江南崑山人。◎仙裳爲予極稱九霞道氣深篤，而令嗣右宣、右純皆儁才軼出。金昌亭畔，幾時得遂夢思也。

吳　穎

見末、繭雪，江南溧陽人。

丁　澎

飛濤、藥園，浙江錢塘人。《信美軒詩選》。

張宸

青雕，江南華亭人。

沈胤範

康臣、肯齋，浙江山陰人。《采山堂詩選》。

孫一致

惟一，江南鹽城人。

諸九鼎

駿男、惕安，浙江錢塘人。

宋實穎

既庭、湘尹，江南長洲人。《過江集》。

趙澐

山子，江南吳江人。《雅言堂詩》。

毛騤

馳黃，浙江錢塘人。

許之漸

儀吉、青嶼，江南武進人。

周令樹

計百，河南延津人。

宋　曹

彬臣，射陵，江南鹽城人。《會秋堂詩》。

程　封

伯建，石門，湖廣江夏人。

吳懋謙

六益，江南華亭人。

佘　峚（再見）

◎予遊雉皋，得交默庵，知爲有道仁人，不僅以詞章名世。近乃奄化，臨終有詩云：『七十三年一夢中，癡愚不悟總成空。牙籤數卷煩收拾，莫負生前一片功。』足以知其寄託矣。其令嗣再以遺稿見寄，予因續刻數首，以寄人琴之慟云。

吳樹誠

芋生，難三，江南歙縣人。《宛鳩居詩》。

梅　清

淵公，瞿山，江南宣城人。

宫象宗

友逵，江南泰州人。

馬振飛

星卿、杏飚，江南通州人。

李　基

公密，江南通州人。《潔庵草》。

沙鍾珍

彦弢，江南如皋人。《燕遊草》。

迮　俊

旦庵，江南山陽人。《映春堂詩》。

沈奕琛

石友，貴州普安籍，高郵人。

許納陛

元錫、雪庵，江南如皋人。《思亭集》。

徐鼎鉉

梅生、質舫，江南通州人。《江南詩》。

佘儀曾

來儀、羽尊，福建莆田人。

釋成德

友松，江南江都人。

喬可聘〔一〕

聖任、陶庵，江南寶應人。

【校記】

〔一〕以下輯自《詩觀》初集卷一一，原署『東吳鄧漢儀孝威評選，同學紀映鍾伯紫参閲』。

喬　邁

子卓、鈍天，江南寶應人。

呂大器

東川，四川遂寧人。

呂　潛

半隱，四川遂寧人。《懷歸草堂詩集》。

余　⿱木品

生生、鈍庵，四川青神人。《增益軒草》。

陳　瑚

言夏、確庵，江南太倉人。

陳恭尹

元孝，廣東南海人。

朱彝尊

錫鬯，浙江嘉興人。《潛采堂詩》。

魏　禧

叔子、冰叔，江西寧都人。《勺庭詩鈔》。

劉祚遠

子延、石水，山東安丘人。《鶴林集》。

王　清

冰壺，山東海豐人。

趙錫胤

玉譜，陝西膚施人。

王曰高

登孺、北山，山東茌平人。《槐軒詩集》。

梁　鋐

子遠、仲琳，陝西三原人。

秦松齡

留仙、對巖，江南無錫人。

朱廷燦

山輝，陝西富平人。

蔣　超

虎臣，江南金壇人。

婁鎮遠

君藩，奉天遼陽人。《鏡亭集》。

王無忝

爾迪、夙夜，河南孟津人。《續孟津詩》。

馬　駿

圖求、西樵，江南山陽人。《聽山堂詩集》。

江　皋

在湄，江南桐城人。《越閩遊草》。

徐旭齡

敬庵，浙江錢塘人。

李文秀

奎瞻，直隸易州人。《楚吳偶吟》。

歸　莊

元公，江南崑山人。《山遊詩》。

王傚通

龍門、塞寺，江南〔一〕通州人。《越遊草》。

【校記】

〔一〕『江南』，底本無，據卷首目錄『王傚通江南』及全書小傳格式補。

何　絜

雍南，江南丹徒人。

程世英

千一，江南丹徒人。

孫自式

衣月、風山，江南武進人。《四詩集》。

丘象升

曙戒，楚州，江南山陽人。

丘象隨

季貞，西軒，江南山陽人。

傅爲霖

石漪，福建南安人。《暘谷詩鈔》。

黄若庸

仲丹，福建閩縣人。《岸園集》。

魏　憲

惟度，福建晉江人。《枕江堂集》。

朱克生

周禎，秋崖，江南寶應人。《環溪詩集》。

陳　鈺

其相，冰壑，江南寶應人。《巢園詩鈔》。

劉中柱

砥瀾，雨峯，江南寶應人。《漁山園詩集》。

李　沂

壺公、艾山，江南興化人。《鸞嘯堂集》。

陸廷掄

縣圃，江南興化人。

宗元豫

子發，江南興化人。《澤畔稿》。

李　淦

季子、若金，江南興化人。《礪園稿》。

陳世祥

善百、散木，江南通州人。

陶開虞

月嶠、飈庵，江南通州人。

程　謙

山尊，江南歙縣人。《一石山房稿》。

黃　霖

雨相、南巖，江南休寧人，江都籍。《西亭詩》。

程　邃

穆倩、垢區，江南歙縣人。《蕭然吟》。

廖文英

崑湖，廣東連州人。《石林堂集》。◎越子辰六遊廬山歸，極稱南康太守廖公爲風雅宗；而黄子天濤客燕時，得交其令嗣仲玉、季玉，兩君正如謝庭瑤樹。較讀《石林堂詩》，能無欣企？

吴嘉紀

賓賢、野人，江南泰州人。《陋軒詩》。

劉康祚

長康，江南丹徒人。《樵巖集》。

范國禄

汝受、十山，江南通州人。《江湖遊草》。

毛師柱

亦史，江南太倉人。

陳維岳

緯雲，江南宜興人。

阮旻錫

疇生，福建晉江人。

龔士薦

彦吉，江南武進人。

趙貞

松一，江南太倉人。《蘭懷堂詩草》。◎婁東詩集，如亦史、翼微、台臣、東堂、倬雲、弘導、憲尹、修闇、雪洲、尹衡、舜光，皆天濤所授者，松一稿爲極備，故多採之。

曹禾

頌嘉，峨眉，江南江陰人。

周鼕

翼微，江南太倉人。

沙張白

定峯，江南江陰人。

彭師度

古晉，江南華亭人。

張圯授

孺子，江南如皋人。《茗柯軒集》。

郁植

東堂，江南太倉人。

許嗣隆

山濤，江南如皋人。《孟晉齋集》。

葉　藩

桐初、南屏，江南太倉人。

沈受宏

台臣，江南太倉人。《述齋詩草》。

曹　繡

文虎，江南如皋人。《盱眙遊草》。

王吉武

憲尹，江南太倉人。

王曾斌

弘導，江南太倉人。

李　葉

倚江，江南崑山人，興化籍。

周廷徵

修闇，江南太倉人。

許　焜
舜光，江南太倉人。
馮官揆
端臣，浙江慈溪人。
曹　漢
倬雲，江南太倉人。
黄　層
雨峯，福建同安人。
吕　楠
雪洲，江南太倉人。
鄭吉士
有章，浙江仁和人。
許朝礎
雲石，福建漳州人。
沈　藻
劭六，江南華亭人。

徐　深

合素，江南華亭人。

鄒　翊

儀吉，江南丹陽人。

賁　琮

黄禮，江南如皋人。《文餘集》。

陳甡成

捷公，江南江寧人。

李　敕

天敘，江南興化人。《寶華堂集》。

吴觀垣

六平，浙江錢塘人。

杜世廈

柏梁，湖廣黄岡人。

鄭一鳴

淩蒼，江南江都人。

郁　江

尹衡，江南太倉人。

龐　鴻

逵公，江南嘉定人。

田　鋐

太虛，江南泰州人。

朱　璐

式玉、石城，江南泰州人。

蔣斯行

存恕，江南揚州人。

釋野楫

梅岑，江南江寧人。

王雍鎬

京式、山漁，江南泰州人。《懷新堂稿》。

黄　鍾

長音，江南泰州人。《浮居草》。

黄沆

公言，江南泰州人。《烟鬟小草》。

黄德溢

沛四，江南泰州人。《臥吟》。◎公言、沛四皆江夏之秀，而沛四爲聞遠令嗣，仙裳尤爲予極稱其孝友，乃溘先朝露。天濤示我遺詩，附録於此。

黄陽生

屺懷、月舫，江南泰州人。《念祖》、《郁李》、《吴越》諸集。

黄泰來

交三，江南泰州人。《蓮浦集》。◎交三乃吾友仙裳令嗣，宗子定九之快婿也，年方韶秀，雅嫻詞賦，兼工畫篆諸技。與阿兄月舫稱二難，當時重之。

薛開

木庵，江南如皋人。

何鐵

龍若，江南丹徒人。《秋墳集》。

繆尊

黄目，江南泰州人。《逵園稿》。

錢　覲

目天、波齋，浙江錢塘人。《粟園詩》。

顧九銘

斯敬，江南江都人。《怡園集》。

姚　曼

東只，江南歙縣人。《即盧草》。

王孫驂

參馬、受軒，江南泰州人。

韓　肅

聞西，浙江山陰人。

魯東錡

載馨、蒙崖，江南江都人。《偶然草堂詩集》。

王奇遇

闇依，江南通州人。

袁　衡

帝簡，江西豐城人。

釋行如

雪庵，江南合肥人。《詩存》。

釋宗炳

慧謙，江南泰興人。《竹院集》。

江允汭

石粼、曲江，江南婺源人，通州籍。《即園集》。

謝天錦

漢襄，陝西蘭州人。

吴維翰

五玉，江南如臯人。《菊隱園稿》。◎五玉四齡失怙，事母夫人以孝聞，蓋至性有過人者，所著有《讀莪草》，點點是淚，恨幅隘不能載也。

鮑夔生

子韶，江南歙縣人，家贛州。《江上集》。

李　湘

涪源，江南江都人。《於斯堂草》。

王　簡

心遠、野鷗，江南泰州人。

錢　點

鑒濤，浙江嘉善人。《百可堂詩選》。

丁龍受

田來，江南泰州人。

丁行乾

自公、路嬰，江南泰州人。◎路嬰乃謙龍之令季也，清慧絶倫而澹於世味，頗似桓子野、張思曼一流人，而中道夭折。謙龍每向余輩言，輒爲涕泣。所存詩不多，予刻其二律，以志人琴之痛。

丁元會

天敘，江南泰州人。《淇園集》。◎謙龍序《淇園詩》有云：『吾家天敘篤學深思，爲文清刻，間寄情於詩，則又閎肆可喜，洵謝庭之雋哉。』亦以奄化可歎。

釋德孚

允生、澹庵，江南如皋人。

黄兆隆

永思、其先，江南泰州人。

黄　衍

杜若，江南泰州人。

黄師憲

汪若，江南泰州人。

黄　藻

公采，江南泰州人。

程　毓

育先，江南休寧人。《文草堂詩集》。

程端德

午公、古莊，江南休寧人。《槐水山房近稿》。

程　奇

公望，江南休寧人。

張李鼎

吾鼎、慢庵，江南如皋人。《半紫野樵稿》。

李仙原

延公，江南如皋人。《可畫樓稿》。

郜瑞麟

昭伯，江南如皋人。

汪徵遠

扶晨，江南歙縣人。《滄螺集》。

孫自益

友三，江南休寧人。《歸來吟》。

黄　琯

臥山，福建莆田人，泰州籍。

鄧勖采

扶風，江南泰州籍，長洲人。《慎墨堂學詩》。

鄧劭棨

若雍，江南泰州籍，吴縣人。《慎墨堂學詩》。

鄧勷相

方回，江南泰州人。《慎墨堂學詩》。◎予年遲暮，吟詩送老，固也。諸兒見予苦吟，輒復邯鄲學步。黄口孺子，豈敢竊附大方？亦曰聊爲就正之資云爾。

吴　琪〔二〕

字蕊仙，别字佛眉，江南長洲人。乃方伯挺庵公之孫女，孝廉康侯公女也，世居姑蘇之花岸。◎蕊仙生而穎悟，五歲時輒過目成誦。父母見其慧性過人，爲延師教讀。髫齡而工詩，及笄而能文章，益晝夜攻苦不輟。父母見其善病，屢止之，不得也。尤精於繪事，一時女郎脱簪解佩，求其片紙者日相望。許字管君，名勳，字予嘉者。管固貴公子，且時彦也。定情之夕，輿僕喧闐，冠蓋繹絡道左，而兩壁人掩映鏡光奩影間，見者竊歎爲神仙下世。嗣是翻書賭茗，掃黛添香，二十年如一日也。無何，夫死於官，室家了不可問。蕊仙以一女子，支離困頓於荊榛豺虎之交，然時與二三閨友撫絲桐而弄筆墨，意殊慷慨，不作兒女態也。慕錢塘山水之勝，乃與才女周羽步爲六橋三竺之遊。晤慧燈禪師，爲故大夫若青公季女，蕊仙遂洗心皈命於大張蘭若。慧燈令之薙髮，命名上鑒，號輝宗，蓋不復問人間事云。河南太守朱公聞其名，迎致之，蕊仙終以不樂喧雜，拂衣歸。將結廬於錫山二泉間，弗克就。近又駐如臯之洗鉢池，爲棲禪計，而遊倦無枝。或有貽之書者，議婚旅館，將挈之而奔。蕊仙則大書札尾曰：『自許空門降虎豹，豈容弱水置鴛鴦。』致書者慚而退。蓋勵志堅決如此。詩有新舊二種，予遴其尤者行於世。

【校記】

〔一〕以下輯自《詩觀》初集卷一二，原署『東吳鄧漢儀孝威評選，同學范廷瓚獻重參閲』。此卷目録後，列初集『較訂姓氏』：『滄州門人戴晏丹敬、泰興門人朱慧曉裴東、泰州門人喬承璜特簡，子婿：沈壽焆賓承、姚諲昉舒恭，男：勛采扶風、劭棨若雍、勵相方回、勵秀七友』。

周瓊

字羽步，江南吳江人。◎少警悟，工詩，曾爲某大老側室，繼又適士人。士人爲一縉紳所中，陷囹圄，自度不能脱，乃命羽步往江北避其鋒。託所知，棲一大姓者廡下經年，篋中金蕩盡。所居陋甚，破窗頹壁，幾不蔽風雨。然羽步意致翛然，略無怨尤意。喜縱觀古史書，愛吹彈，時作數弄以遺興。郡中人士有以詩寄贈者，羽步即依韻和答。詩俱慷慨英俊，無閨幃脂粉態，推獨絕也。久居江北，鬱鬱不得志，歸吳中。或傳往依吳梅村，是其西園舊主。或又云，閨友吳蕊仙夙聯文墨之好，將與之爲五湖遊。近從雉皋得信，曰羽步已有所歸矣，其言似實。然羽步雖得委身豪士，而意興寥落，詩篇較昔頓減。予蓋憐其才而重憫其遇云。

范姝

字洛仙，江南如皋人，詩人范獻重之侄女。◎早失怙，夙慧性成，九歲時輒能詠《新月》。祖盟鷗公極愛之，爲擇配以李君延公，名家子，且善屬文，將許婚焉。時有尼之者，祖不聽，遂賦于歸，琴瑟諧甚。閨門倡和，極筆墨之樂，然祕不示人，人亦鮮有知者。亡何，嬰家難，洛仙則布衣椎髻，長齋繡佛前，與延公風雨相慰，勞不少輟。集中所云『埋名驅薄俗，把卷臥衡門』，其實錄也。然性既好文，喜與名媛之能詩者相結。周羽步、吳蕊仙先後客雉皋，皆與洛仙稱莫逆交，詩筒贈答不絕。所著有《貫月舫集》。壬子寒食，獻重攜其詩卷過吳陵，予夜雨篝燈，細爲評定，因得若干首，以爲閨秀之冠云。

蔣葵

字冰心，江南泰州人。予受業門人蔣照之女弟也。照字麗天，爲秀才，早卒。◎冰心生而聰慧，甫識字即能解大意，爲詩無師承，輒工。年及笄，遠近聞其名者，咸思以金屋貯之。父爲擇配，徘徊未有所就。迨父棄世，而歸陳。冰心自于歸後，一切內外家政，咸委之婢媵，專以讀書爲事。每午夜蘭房，一燈熒熒，與青鬟相照，咿唔之聲不絕也。家人咸以女書生目之。每製一詩，輒臨風自詠，或時爲女伴書箋，字畫婉媚。內庭讌集，冰心飲酒高論，殊有名士風，而閨幃間尤爲得體。其《贈小星》詩有『嬌癡我見猶憐爾』之句，足以知其德量矣。壬子春暮，天濤傳其詩卷至，予因採數章付諸梓。

吳山

字巖子，江南當塗人，適同里儒家子卞琳字楚玉。◎巖子幼攻筆墨，嗜詩書，自歸楚玉，頻遭患難，轉徙他鄉者七年。戊寅冬，始卜居於石城青溪間，爲棲隱計。無何江東亂，幾致覆巢。丁亥春，乃攜詩囊書篋，附龔奉常孝升舟出關，與徐夫人智珠登金、焦，遊虎阜，已乃之明聖湖，縱覽孤山、葛嶺之勝，詩篇日益富焉。錢塘、仁和兩令君聞其名，爲分俸見存，湖上傳爲佳話。吳梅村太史有《西泠閨詠》四章，一時賡和甚盛，蓋爲巖子故也。楚玉中道即世，無後，有長女玄文，工詩詞；次女德基，善畫，先後嫁劉孝廉峻度。峻度迎巖子於家，事如母。自海內喪亂，耆舊凋零，巖子以詩名當世垂四十年，古文詞皆秀雅絕俗，書法亦遒逸。年六十餘，白髮朱顏，有丹砂之色，望者如對高流逸士，蓋甚享才媛之福云。予昔與楚玉交，辛亥客維揚，巖子以《青山集》見貽。予成四截句題其上，巖子覽之喜甚，因論次其詩，付之剞氏。

卞氏

字玄文，江南江寧人，吳巖子之長女。◎幼穎慧，當六七齡時，即信口成五七言句。巖子教以文史，靡不博通。及隨至西湖，見其母含毫濡墨，時時吟眺于青峯遠樹間，玄文亦依韻輒和。詩篇流吳越間最多。母愛之甚，謂必得貴且才者字之始稱快，而擇配維艱，玄文用是賦《摽梅》。年益長矣，迨父奄逝，母子俱客廣陵，劉孝廉峻度乃納聘焉。峻度性磊落，喜與天下之賢豪長者相結，贈貽宴會滋繁，而玄文慮能猝辦，用是弗復肆志詩書，即間一吟詠輒輟筆。未幾稱疾，年三十四而卒。所著有《繡閣詩集》。峻度慟之，爲梓其遺稿以傳。予因擇其尤者，附其母《青山集》之後。

黃媛介

字皆令，浙江嘉興人，楊世功之配也。◎産自清門，兄姊皆好文墨，皆令遂嫻詩詞，且工畫。吳祭酒梅村曾製《鴛湖閨詠》四章贈之。乙酉遭亂，轉徙吳閶，羈白下。後入金沙，閉跡牆東，張無放及夫人于氏資給之。常鎮觀察李筠圃、金壇令胡蒼恒、丹陽令許菊溪，咸有饋遺。所著《離隱歌》詳其事。後時時往來虞山宗伯家，與柳夫人爲文字交。其兄開平弗善也，然皆令實貧甚，時鬻詩畫以自給。後僦寓西陵，所居一樓，與兩高峯相對，隃糜側理。是其經營，終不免賣珠補屋之歎。地主汪然明，時招至不繫園，與閨人輩飲集，每周急焉。繼從風雪中渡西興，入梅市，與商夫人諸閨秀唱和，所著有《越遊草》。予客湖上，世功攜皆令詩及畫見贈，珍之笥篋，弗敢佚也。壬子刻諸名媛詩，爲採數章，登諸梓。

商景蘭

浙江山陰人。商等軒先生女，祁忠敏公之配也。◎有二媳四女，咸工詩。夫人每暇日登臨，則命媳、女輩載筆牀硯匣以隨，角韻分題，一時傳爲勝事。閨秀黃皆令入梅市訪之，贈送倡和甚盛。予覽其詩冊，畫法遒婉，皆可愛。因採附《越遊草》之後，俾人知祁氏一門之盛，今古罕儷焉。

祁德淵

字弢英，姜桐音配。

祁德瓊

字修嫣，王鼉叔配。

祁德茝

字湘君，沈子合配。

張德蕙

字楚纕，祁奕慶配。

朱德蓉

字趙璧，祁奕喜配。

胡應佳

字季貞，張登子夫人。

鄭莊範

字予敬，蕭山李兼汝配。

徐橫波

字眉生，一字智珠，江南江寧人。◎憶己丑秋，予同吳子薗次下榻龔芝麓奉常之寓園，園名市隱，距秦淮甚近。奉常每從他處飲，則夫人緘題屬予與薗次同賦。是日坐中林堂，雨聲淅瀝，予與芝麓、薗次銜杯剪燭，而和是詩（按：指《海月樓坐雨》）。自今思之，猶夢繞寒潭落葉、小亭危磴間也。夫人有《柳花閣全集》，容續徵授梓。

李因

字是庵，號龕山亦史，浙江錢塘人。◎資性警敏，耽讀書，恥事鉛粉。時時作韻語，人未有知者。

海昌葛公介龕諱徵奇，偶得其《梅》詩，有『一枝留待晚春開』之句，遂異而納之。乃偕與溯太湖，渡金、焦，涉黄河，泛濟水，達幽、燕，從遊宦者十五載。每遇林木孤清，雲日輝映，是庵即奮臂振衣，磨墨汁升許，劈箋作花卉數本，介龕每加以題跋焉。或花朝月夕，及嵐色晴好、雨聲滴瀝之辰，是庵則與介龕分鬮角韻，互相丹黄以爲樂，而扼腕時事，義憤激烈，恒爲鬚眉所不逮云。一日道經宿州，嘩兵變起，舟中錯愕不相顧。是庵獨越數舟，跡介龕所在。時被賊椎擊，叢矢創胸，且貫其掌，血淋淋爲之下。是庵不自覺痛，相見且訊且慰，猶手抱一編，曰：『簪珥罄矣，幸青氈無恙！』其俠烈如此。後介龕以憂憤卒，四壁蕭然，至不能舉火。是庵矢柏舟弗變，躬親紡績，或時寫丹青以自給；暇則讀書嘯詠如平時，尤人情所難者。所著有《竹笑軒吟草》，而吳公本泰爲之序。

陳結璘

字蘭修，江南常熟人，孝廉瞿曇谷諱玄錫之配也。◎田園雜興，宋范石湖倡之於前，月泉吟社和之於後。今又得蘭修賦詩四十首，備極田家情趣，惜未能全録也。

袁九嫕

字君淑，江南通州人。方伯袁隨女，諸生錢良胤字王孫之配也。◎王孫固舊家，梵閣書堂，極其邃麗，而伉儷咸工文詞，稱絕善矣。然天妒良緣，君淑于歸甫一載竟卒，年方十八，人爭悼之。所著有《伽音草》，錢牧齋採其詩於《歷朝詩選》中。同里范子汝受更手授數首，皆錢選所未有者。予特表之，蓋重惜其才而愍其年云。

張昊

字槎雲，浙江錢塘人，孝廉張步青諱壇之長女也。◎孝廉苦貧，以授經糊口四方。母陳氏，僅責以女紅，而槎雲喜讀書，覽典籍輒知其文理，所著詩詞及稗官小説皆工。從兄祖望，偶見槎雲詩有『殘風殘雪段橋邊』之句，悄然歎曰：『是妹必以詩傳，但福薄耳。』癸卯年十九，歸胡生名大瀠字文漪者，倡和極諧。丁未，步青赴春官試，卒於京師。訃音至，槎雲痛悼欲絶，有『孤山何太苦，變作我親丘』之句，讀者憐之。逾年，槎雲方晨起，與文漪論詩，語及關盼盼絶句曰：『詩至此得無傳乎？』既而曉妝畢，整衣臨窗，徘徊久之，凝眺雲際，忽曰：『吾腸斷矣！』侍兒扶至牀，目已瞑。先是槎雲夢白鶴振翮於庭，人言謂槎雲曰：『盍乘吾以歸乎？若夫婦七年之緣已盡矣。』槎雲跨鶴背，憑空而起，有若神仙。及其卒，人始知爲兆云。槎雲有集名《趨庭詠》，兄祖望詳爲論次，而夫文漪爲梓之以傳。

張昂

字玉霄，張步青次女，槎雲妹。

陳契

字無垢，江南通州人，少司寇堯曾孫，大司馬大科孫也。◎幼而穎慧，好讀書。適同里孫太學安石，家饒裕，不善持籌，遂中落。以契無子，不相得，挈妾婢異居。契乃歸母家，久之落髮，即司馬舊業所謂鴻寶堂者，事焚修，然不廢吟詠。所著甚富，范光祿嘗序其《茹蕙編》四卷行世。晚而益貧，至併日食，不以告人，隱忍而病。病數月不起，起數日，覆水窗前，脱手墜樓而死，人咸惜之。

王璐卿

字繡君，一字仙嵋，江南通州人，孝廉馬杏飈諱振飛之配也。◎天資穎異，讀書過目成誦，所繪禽魚花鳥極工。自歸杏飈後，時勵夫子以讀書，脱釵典衣，以佐膏火；有不足，則篝燈刺繡以繼之。每遇花晨月夕，輒貰酒爲歡，間製小詩，則彼此酬和。所著《鴛鴦社》、《錦香堂》諸集，珍諸祕笥，人或不得見焉。杏飈文戰偶北，則繡君慰之曰：『丈夫補衮作霖，乃分内事，渥水神駒，寧終阨轅下哉。』其勸勉有如此者。更時時自念平生，謂杏飈曰：『吾輩閨閣中人，稍通詩史，往往紅顔薄命，非有白頭之吟，即或憔悴飄零，下作賣菜傭之配，一字匪流，千古遺恨。吾與爾伉儷數十年，此倡彼和，雖爲夫婦，實則良友。視彼金屋珠房，猶塵土耳。待名成日，白雲紅樹間，偕君作海上三山之想，是吾願也。』蓋生平雅好仙佛云。生二子，皆教以成名。一日，感小恙，遂卒。杏飈每對客，談及曩時閨闈中茗香筆硯之樂，輒淚下沾襟。座客爲欷歔罷去。繡君有女弟名兆淑，字仙琬，亦能詩。

王端淑

字玉映，浙江山陰人，王季重先生之季女，宛平丁睿子配也。◎先生有八子，惟玉映能讀父書。爲人倜儻不羣，負才工詩。初得徐文長青藤書屋居之，繼又寓武林之吳山。與四方名流相倡和，對客揮毫，同堂角麈，所不吝也。著有《吟紅集》，爲藝林所賞。予偶得其二詩，授諸梓，擬過江索其全帙焉。

陸幽光

字孟珠，一字娥鬘，吳門銓部之女也。◎奔於義興，值義興敗，幽光遂轉徙江湖，時時向酒間花下爲人賦詩。後陷囹圄，又入侯門，又鄰北里，又託跡空門。總之蹤跡怪異，所至人輒嬰禍，洵亡國之妖也。然每述半閒堂裹事，天寶舊人，聞之往往太息。予向從邗溝甓社攬其吟章，多忽忽散去，僅從《江山集》得其二絶，非侈紅妝筆墨之麗，實深青衫涕淚之情。

湘揚女子

甲午嘉平月，予宿新城三家店，見壁間有女郎詩。其自序云：『兒家本維揚，系出湘楚，幼弄章句，長嫻詩辭。感公子之情重，矢白首以同歸。憾彼婦之肆讒，竄綠衣於異域。茹荼嘗蘗，曾刺血寫經，願結來世之緣；歷暑徂寒，惟孤雁征鴻，共續中宵之怨。宛其心碧，死亦冥然；時見葉紅，生則徒爾。乃幸鶬羹之汁，化彼閨中；豸使之章，得專閫外。殷勤驛使，正值折梅；瘁瘏僕夫，欣如御李。偕予父母，骨肉而三；及彼朋從，男婦共七。盼都門在即，慰此悸魂；感往事關心，深予紫淚。但得安小星之常數，即已荷夫人之深恩。遠非託小青氏之荒唐，近竊羞會稽女之怨懟。庶幾君子憐我，不知穢陋之章；風人有心，採入金閨之秀云爾。不留姓名，但呼我爲湘揚女子；燭盡不能細書，時老母嗔呼弗顧也。』

鄧氏

虹縣人，久居金陵，寧河王之裔，文太青光祿之繼室也，其詳載《歷朝詩選》閏集中。◎壬辰予客燕京，華州孝廉東雲雛謂予曰：當逆闖據秦時，聞鄧名，掠爲女師；繼大兵至，載之入京。其驛亭旅舍，往往有題，志可感也，都不記憶。憶其《過華陰題壁》一詩，則錢選所未見，情詞淒惋，有動人者，予爲採之。

宋蕙湘

金陵人。◎其題衛州旅壁云：『被難而來，野店露宿，即欲效新嘉故事，稍留翰跡，以告君子，不可得也。偶居邸舍，輒題四章，以期萬一之遇。命薄如此，恐亦無望矣。』

趙雪華

吳中羈婦也。◎孫枝先太常過沐水李家莊旗亭，見其題壁詩，曾採入《南徵紀略》中。

葉子眉

廣陵人。◎其自序云：『妾祖籍廣陵，從事宮中。俄遭大變，剪卻霓裳，弓袖革靴，抱琵琶而北。道靈璧，睹虞姬石碣，感而且愧，書此以志。時庚寅七夕也。』

徐淑秀

自號昭陽遺孑，前朝南渡時宮人也。◎鼎革後流落燕都，劉學士肇國見其詩，惜之，用餅金贖回，以贈武人邵某，歸而棲泰州之沈村。爲詩多抑鬱哀憤之音，予曾睹其全帙，恨未及手錄。今淑秀已玉殞香銷，遺稿亦零落，僅從友人處得其一律，殘膏剩粉，伊可憐也。又有『昭陽遺孑聽漁歌，爾樂波濤我爲何』及『入畫無人知是我，倚欄看蝶認爲花』之句，皆可愛，惜其不全。

王芝玉

真州女子。

張　氏

亦廣陵人。◎其自序云：『乙酉六月二日，遇難於西溝寶林莊居。彷徨無地，灑淚口占五絕，以爲訪詢之據。揮筆淚成，愧不工也。』

汪氏

廣陵人。◎自序云：『乙酉八月廿三日，偶得張氏淚筆，暗持讀之，聲韻淒絕，恨不一見其人。深歎予亦同此命薄，因磨淚和成五首。庶幾張氏見之，賜以筆削爲幸。』◎此廣陵兩女郎詩，余子澹心、周子江左、何子寤明、朱子漢生、劉子旅皇，皆爲屬和。其詩如峽猿蜀鳥、楚些越吟，不可卒讀，誠騷怨之宗也。黃子眉房刻之白下，更爲《女兒行》以紀其事，其詞云：『廣陵四月烟水綠，月映垂楊飄綺縠。漁陽鼙鼓一朝來，畫樓歌笑成哀哭。馬上娉婷十七餘，辛苦風霜向誰宿。可憐斗帳强爲歡，淚珠吹濕湘江竹。當年嬌小鬬芳妍，豈識紅妝是妖服。一曲淒清欲斷腸，猿鳴鶴唳和哀玉。更指江干盼落鴻，三山碧瘦千峯巔。夢斷秦淮悄夜寒，天南葉墮秋風肅。』壬子夏五，天濤以舊刻見寄，因録附此。

章有湘

號橘隱居士，雲間人，孫振公之配。

林文貞

宣城人，以字行。

吳綃

字素公，一字冰仙，茂苑人，進士許瑤蘭之配也。◎幼敏慧好書，丹黃不去手；善繪事，每經點綴，靈動如生。吳中閨秀雅擅詩畫者，昔推徐小淑、文端容，兼之者惟冰仙云。性至孝，二尊常有疾，刺血書禱，輒愈。蘭陵多内寵，冰仙撫愛如同生，時稱有鵲巢之德焉。家有古琴，閒夜好風月時，撫弄終夕不倦。尤工絲竹管弦諸雜技，性耽弈，聞者有『賭卻釵頭玉步搖』之句，誠閨閫之絶才也。已而好仙，翩翩有淩雲出世之想。所著有《嘯雪庵詩集》，多題詠花鳥之作；而自其從官河朔來，則進於蒼涼沈壯，無復玉臺綺麗之習，冰仙於是乎不可測矣！

張　粲

字疏影，金陵鐵作坊人，農部許承欽漱雪之少君也。◎秀眉目，鬢髮玉膚，性慧而靜，喜讀書。年十五歸於農部，攜歸武林，處玉壺水軒中，窗外皆雜花繞闌。姬爇香烹茗，日宴坐其中，案頭唐詩一函、《蘭亭記》一卷，周覽臨摹不倦。會農部買舟北上，挈姬從。時土寇充斥，自嶧山湖迤邐泊頭諸村鎮，雷駭箭激，常凜凜蹈不測。姬獨以義命相感發，卒幸無他。及抵燕，僦居弊屋，塵沙雜遝，姬怡然自安，茶瓜蔬酌，賴以永日。姬初不解詩，農部暇即誨以音律，旬日遂能中程度，所著有《適燕吟》。庚寅十月，感痰嗽，醫藥罔效。比歲除，姬知是日必逝，戒農部無他往。抵三更，謂農部曰：『吾行歸矣，所不能割者，老母遠在江南，及君三年相愛之情耳。』因寄聲武林諸姬，誦佛號數聲而卒，時年十八。

邵　笠

字澹庵，吳陵人。◎詩媛徐淑秀爲其庶母，故澹庵遂工於吟詠。適黄杜若秀才，中更家難，四壁蕭然，澹庵惟爐香茗碗，靜坐讀書。後不幸而卒，病中悉焚其全稿。僅搜得數章，斷璣寸璧，爲足寶云。

湘中女子

湘潭人，失其姓名。◎湖南兵亂，爲遊騎所掠，欲犯之，女子以死自勵。兵子憐之，弗加害。至漢口，乘夜無人，躍入江中以死。衣帶間遺詩十首，藝林傳誦，共惋惜焉。

吳　娟

字麋仙，石城人。◎本名家後裔，流落不偶。卜居金陵之蔣園，與林茂之諸詞客相酬和。性好遊覽，曾歷牛首、祖堂諸勝，各有題詠。崇禎庚午遊崇川，登狼五，俯視大江，有憑虚之志。善作畫，工小楷尺牘，著《萍居草》行世。

錢令暉

字亞芬，通州人，詩人錢五長之女，湘靈夫人袁九淑之從女孫也。與妹令嫻倡和，著有《紉蘭草》。

錢令嫻

字幼靚，錢五長之季女，著《珠唾》。

徐　氏

字幼芬，廣陵人，工部徐葆初石鍾之女，孝廉李淦季子之配也。與叔姑季靜姎夫人疊有倡和，不幸早逝。

夏　沚

字湘友，江南無錫人，薛既央之繼室也，與吳蕊仙爲中表戚。◎壬子季春，值蕊仙初度，湘友手製水田衣相贈。畫便面蕭疏有逸氣。且致書與吳，以浪遊江北爲戒，吳果悁忿抱病歸。吳其卒也，一切後事皆湘友讚之，是真不負蕊仙者。

詩觀二集序

鄧漢儀

甲寅春，予復至廣陵，選《詩觀》之二集。於時藩兵弗戢，烽達沅湘，山藪羣盜，罔知國紀，並事草竊。諸大吏嚴重封疆，羽檄四出。廣陵士女，奔竄江上，爨烟爲之不舉。予時坐昭明文選樓，日披四方所郵詩稾，雖困餒不倦。客有過之者曰：『時事孔棘，子何爲者？』予曰：『不然。夫亂固暫耳，俆當自定。鉛槧吾業，敢自廢乎？』乃未幾而關隴平，未幾而閩越靖，未幾而豫章、横浦、珠崖、象郡捷書且日聞也。七國雖强，豈能越殽澠尺寸？唐時河北諸將雖跋扈，敢終失臣節乎？此予所以當人情騷動時，而選事未嘗或輟也。迨戊午，是選告竣。值天子下明詔，命公卿諸大臣各舉宏詞博學之士，齊集闕下，以待策問。若是書之成，敷揚德化，以助流政教，有適合者。顧予實衰庸淺陋，伏在草莽，惟百里負米，以養八十之慈親。而羣下過舉，郡縣敦迫，敢不奔趨以赴盛會？賴國恩浩蕩，終放之江湖，以哀集一代之風雅。兼得勉將菽水，以遂烏鳥之私情，予也不重有慶幸哉？

時康熙戊午孟秋下浣，南陽鄧漢儀書於古文選樓。

詩觀二集凡例 十四則

鄧漢儀

一、選詩之指已見初集，兹不更贅。

一、前輩若牧齋、梅村、芝麓、巖犖、雪堂、櫟園諸先生詩，初集選載甚多，此不更録。

一、同人詩已見前集者，兹亦不更採録；惟以新篇賜教者，更爲點定付梓。

一、詩篇隨到隨刻，並不因爵位之崇卑、人物之新舊。借是修隙，豈屬同心？

一、荔裳、西樵、繹堂、顧庵、說巖諸公詩，皆採自吳孟舉選本；阮亭先生則獨登其西山游詩；王敬哉、子雍兩先生詩，高陽、柏鄉兩相國詩，甲寅夏已郵到；益都相國稿無從覓，僅登其一，殊爲歉然。

一、都門諸公稿郵寄獨後，編次參差，幸惟見諒。

一、廣平申鳧盟、遵化周伯衡、松陵計甫草、寧都曾庭聞、潁川劉公㦤諸公，皆與僕交稱莫逆，遺稿在笥，悉爲採登。

一、京師詩得之汪子季用，蜀中詩得之費子此度，黔中詩得之江子辰六，八閩詩得之黄子俞邰，粤東詩得之李子鏡月，關中詩得之李子屺瞻。

一、諸君郵詩，浮沈者大半。屬有挂漏，非僕之愆。

一、諸公詩皆照原本發梓，惟音韻欠諧、字句重複者則略爲更竄。

一、是編始自甲寅，成於戊午，閲五載而竣事，則以刻貲維艱之故。觀察金公長真首任其事，而轉運薛公淄林、何公雲壑，别駕卞公謙之、俞公彙嘉，大令許公石園及太史徐公健庵，皆捐貲相助，故克有成。

一、《名家詩品》已刻十餘家，皆極精嚴，無敢濫入。

一、是選之後，將謀三集，名流鉅篇，望即惠教。

一、予將遊都門，擬有《京華澄觀録》之選，以揚盛事。

戊午七夕，慎墨堂自述。

以上輯自《詩觀》二集卷首，清康熙慎墨堂刻本

詩觀二集詩人小傳

姜　埰〔一〕

如農、卿墅，山東萊陽人。《敬亭集》。

【校記】

〔一〕以下輯自《詩觀》二集卷一，原署『東吳鄧漢儀孝威評選，同學李念慈屺瞻參閲』。

姜　垓

如須、箕篙，山東萊陽人。《佇石山人稿》。

萬壽祺

年少，江南徐州人。《隰西草堂詩》。

梁以樟

公狄、鶴民，直隸清苑人。《印否集》。

申涵光

孚孟、凫盟，直隸永年人。《聰山集》。

徐　汧

九一、勿斋，江南長洲人。

胡　介

彥遠，浙江仁和人。《旅堂集》。

杜　濬

于皇、茶村，湖廣黄岡人。《變雅堂集》。

紀映鍾

伯紫、檗子、戇叟，江南江寧人。《檗堂詩鈔》。◎伯紫自京師歸，以《檗堂詩鈔》見示。其氣極雄渾，識極超卓，而運置天然，自合尺度。誠非老宿，未易臻此。

孫枝蔚

豹人，陝西三原人。《溉堂集》。

葉　襄

聖野，江南吴江籍，吴縣人。《紅藥堂詩》。

梁以柟

仲木，直隸清苑人。《澹軒遺詩》。

曹　溶

鑒躬、秋岳，浙江秀水人。《倦圃詩稿》。

王　岱

山長、九青，湖廣湘潭人。《了庵集》。

王永吉

修之、鐵山，江南高郵人。《丙申稿》。◎高郵幹濟之略、奏記之才，實不能自埋沒；而詩則英爽，獵獵風生。

馮之圖

密庵，湖廣興國州人。《易老堂集》。

傅振商

君雨、星垣，河南汝寧人。《愛鼎堂集》。

王一翥

子雲，湖廣黃岡人。《長跡園稿》。

閻爾梅（再見）

用卿、古古，江南沛縣人。《汧罝草堂詩》。

屈大均

翁山，廣東南海人。

王猷定

于一、軫石，江西南昌人。《黃葉吟》。

徐　波

元歎，江南吳縣人。《浪齋新舊詩》。

陸君弼

無從，江南江都人。《正始堂詩集》。

王　醇

先民，江南江都人。《雲籟》。◎先民集，向在陽山四飛山房所得；無從稿，則唐子雲翎所贈者。二公年代稍遠，然惜其後裔凋殘，稿亦零落，因採數首附此。

姚孫棐

純甫、戊生，江南桐城人。《亦園詩集》。

馮明期

熙宇，山西振武衛人。

曾　畹

庭聞，陝西寧夏籍，江西寧都人。◎庭聞詩以五言近體爲擅場。今春把晤邗關，倏爾長往。攬其遺編，可勝傷悼。

雷士俊

伯籲，陝西涇陽人。《艾陵詩集》。

王　巖

平格、築夫，陝西長安人。◎伯籲、築夫其所著古文，人皆知購之，而不知其詩學也，予特表之。

釋讀徹

蒼雪，雲南人。

于奕正

司直，直隸宛平人。《樸草》。◎司直先生與鵠灣同人諸君共執騷壇牛耳，其詩清真澹雅，迥絕塵俗，品格在竟陵數子上。敬哉宗伯篤念故舊，乃遠道貽書，屬予表章遺集。而家君慧男公近作楚州司馬，今蒙其緘詩遥寄，因爲論次付梓。交情子職，並美一時，固當播爲佳話。

孫奇逢

啟泰，鍾元，直隸容城人。《歲寒居集》。

王相業

子亮，雪蕉，陝西三原人。《泗濱遺稿》。◎雪蕉與茶村交敦古處，相視如兄弟，藏其詩稿於行簏，幾二十年，祕不示人。甲寅冬，乃手授於予，予因論次若干首行世。其詩蒼健渾雅，卓矣可傳。恨幅隘，尚未能盡登也。

許元方

季通，江南崑山人。

劉體仁

公㦷，江南潁州籍，河南永城人。《七頌堂詩集》。◎公㦷爲予三十年來八拜之交，丙辰冬倏爾長逝。點次遺集，不勝泫然。

姜希轍

定庵，浙江會稽人。《雨水亭餘稿》。◎先生天才卓絕，更有若耶、雲門之山水爲詩助，秦亭、大可諸君子爲詩友，故其詩皆沈鬱而高華，允推哲匠。

郝　浴

復陽，雪海，直隸定州人。◎頃與環極魏先生論詩京邸，先生以『老』之一字爲詩家極境，然非讀書多、研理邃，而更參之以時變，閲之以山川，未易臻斯境也。復陽先生博極經史，精探濂洛，而以直節讜言，涉歷乎憂患，流覽乎邊隅，故其詩英奇曠奧，迥絕恒區，而又按之古人尺度，莫不吻合，詎摘詞家所可望其萬一者？適紀子伯紫以全稿見郵，因爲詳加評跋，以標示寓内。蔚州公見之，應爲擊節賞歎，兼三南陽生可稱知詩者。

喻成龍

武功，遼東金州人。《洗心齋詩稿》。◎壬戌春，田綸霞學使來維揚，雨中招予往郭外之寓園看花。酒間談及池陽太守之韻，云曾坐其艇子渡江，石尤大作，舟中寂寥殊甚，而太守貯書盈複壁間，爐硯壺觴畢具，賴是以送晨夕。繼讀其詩，高雅不可及，蓋是最上一流人。予久心識之。今秋復至邗，乃得吾友宗鶴問所寄喻公洗心近作，更老健深秀，蓋天資敏妙而又沈酣古籍，故屢進益工。其於杜家堂奥，何難直造乎？予故細爲品評，以公海内。至其潔己奉公之操，愛士養民之績，聲滿江東，僕不更贅。

梁清標〔一〕

玉立，蒼巖，直隸真定人。《使粤近詩》。◎汪懋麟曰：『吾師生長京國，早登上卿，凡所撰著，皆廟堂雅頌之音，山川登陟之作蓋少也。頃奉使萬里，往來半歲，得詩四百餘首，探幽抉奥，競秀爭妍，如康樂之遊江東，少陵之入西蜀，山川勝攬，盡在斯矣。因與孝威亟登卷首，用布雞林，俾天下文士不得專以遊跡傲我夔龍也。惜限於選帙，不能盡載。尚謀專梓，以顯全豹。』◎憶同龔定山尚書遊嶺南，距今十九載矣。甲寅秋日，汪蛟門舍人以梁蒼巖大司農使粤詩，屬予選次，因題其上。

【校記】

〔一〕以下輯自《詩觀》二集卷二，原署『東吴鄧漢儀孝威評選，同學宋實穎既庭參閱』。

王崇簡

敬哉，直隸宛平人。《青箱堂未刻詩》。◎宗伯寄予《青箱堂稿》凡三種，其已刻者收不勝收，謹將未刻新詩選次登梓，與寓内人士共遵典式焉。戴滄洲每向予言：宗伯自爲諸生、孝廉時，望隆顧俊，一時公卿咸爲倒屣。今位極崇隆，而虚懷下士，有若饑渴。予雖别公二十年，在三千里外，猶寄書惓惓不忘，豈不令人有君宗之歎。

李　霨

臺書、坦園，直隸高陽人。《心遠堂詩集》。◎相國燮理之餘，吟詠不輟，而深自韜藏；即受業梓其《心遠堂集》，而祕不示人也。許子竹隱客京師，乃請其刻稿郵寄。而相國亦曰：『此當年滄州座上客，曾共杯酒，可與論詩者也。』予謬爲選次，俾學者得見臺閣之宏篇，豈不盛與？

馮　溥

孔博、易齋，山東益都人。《閫中倡和詩》。

魏裔介

石生、崑林、貞庵，直隸柏鄉人。《嶼舫集》。◎乙未客京師，柏鄉相國時掌諫垣，得從杯酒，獲聆緒論。別近二十年，未敢輕以尺素相候。辛亥有《詩觀》之役，僅從友人選本採十餘首登梓。今蛟門汪舍人乃出其《嶼舫全集》見示，因遴次若干首，以光兹選。其詩傲岸蒼渾，足救靡曼之習，洵有如皛盟所云。

趙開心

洞門、簹筤，湖廣長沙人。◎中丞東華一疏，驚動瀰内，不屑屑以詩傳；而與予輩流連竹西、桃葉之間，輒多倡和。惜稿多零落，可勝人琴之感。

金　鎮

又鑣、長真，順天宛平籍，浙江山陰人。《清美堂詩集》。◎使君向守汝南，有《清美堂初集》之刻，更選定何大復詩集行世，蓋風雅一道，痼瘵以之。兹移守揚州，值時事倥傯，情懷少減，而遇景輒賦，莫不標勝探幽，詞流斂手。因合其北徵諸作選跋登梓，與世共賞焉。

汪懋麟

季角、蛟門，江南江都人。《百尺梧桐閣近詩》。

徐乾學

原一、健庵，江南崑山人。《歷遊草》。◎予嘗論健庵詩以漢魏四唐爲主，不雜宋人一筆，是能主持風氣、不爲他説所移者。把晤維揚，盡傾笥中所藏，授余點定。因歎吾道不孤，亟須臺閣諸公力追正始耳。

何天寵

昭侯、素園，直隸宛平籍，浙江山陰人。《紫來閣集》。◎昭侯爲如須姜公首拔士，弢光二十載，復奪幟南宫。其詩深穩和厚，詩家正則也。予强出之笥中，乃録其數首以行世。令嗣嘉琳，奇才早歿，詩載别卷。

張　琴

桐仙、耐軒，江南泰州人。《西湖遊草》。

魏　勷

亮采，直隸柏鄉人。《玉樹軒詩草》。

宋德宜

右之，蓼天，江南長洲人。

葉映榴

蒼巖，江南華亭人。

繆　彤

歌起、念齋，江南吴縣人。

胡在恪

念蒿，湖廣江陵人。《真懶園稿》。◎甲寅冬杪，使君有章門之役，時烽火戒途，人情危懼，使君則擊楫長徵，嘯詠不輟。歸而以遊草示予，皆極奇情異致。謹採其尤者數章，以光拙選，使今世知尚有祖士稚、劉越石一流人也。

董　含

閬石、榕庵，江南華亭人。《闵离草》、《藝葵草堂稿》。◎榕庵驚豔之才，獨步江左，而樂府尤爲矯出，故特録之。〔一〕

【校記】

〔一〕『◎』號後文字，據《詩觀》書林道盛堂本補入。

黄　雲

仙裳、舊樵，江南泰州人。《悠然堂近稿》。◎仙裳詩，南音和雅，北音高壯，美擅諸家矣，乃屬予論次最切。予與仙裳童稚情親，論文輒合，固非僅縞帶之跡也。

程　守

非二、蝕庵，江南歙縣人。《省靜堂集》。

黄傳祖

心甫，江南無錫人。◎心甫首倡選事，所宗尚不一，而爲風雅功臣。

王　清

冰壺，山東海豐人。《留餘堂詩》。◎白孟新曰：『先生振筆直書，開拓心胸，推倒知勇，有司馬子長之風。居平不甚作詩，每一落筆，驚心動魄，不作細響；而興會所至，又何夐然而高、杳然而深也。予和世兄偶攜數首過廣陵，出示孝威，歎爲獨上。因採入《詩觀》，與世共賞。』◎嘗與王西樵論詩廣陵，言滄溟詩典麗深渾，得中原之正氣，標詩人之雅宗，絕非後輩浮響套語可幾其萬一。今更趨而益下，靡濫何自收拾乎？讀冰壺先生諸作，格法既遒，識議復邁，初、盛風軌，賴以復存。但以白雪相擬，猶爲皮相耳。

王爾梅

子和，山東海豐人。《南遊草》。◎白孟新曰：『予於江都明府席上，衆客喧鬨時，忽子和聞予笑語，隔座大呼曰：「此其白仲調昆仲耶？何其聲之相似也！」予驚問子和，因悉世誼。翌日以詩見示，予歎其情真語樸，絕無支飾。而吾友鄧子孝威更採其風秀入格者，附於少宰公之後，傳示竹巖令君，應共歎賞。』

趙嶷

國子，江西廬陵人。

崔華

蓮生，直隸平山人。《公餘詠》。◎己未出都，抵里門，值水旱頻仍，支吾萬狀。會有文章太守如公者來涖邗江，亦未遑修謁。壬戌春，始得覯慈顔；而公歡然倒屣，有如舊識。吾友黄仙裳亦出其《公餘詩》見示，蒼古秀雅，獨造峯巔；且忠愛悱惻之意，具形毫楮。其六一芳風，再見今日乎？宜金長真、田綸霞兩公爲我稱道不置。

程端德

午公，鼎庵，江南休寧人。《文山堂詩集》。

程瑞禴

孚夏，雲峯，江南上元籍，休寧人。《羅浮近草》。◎鼎庵篤嗜風雅，壬子春蒙折節下問，僕謝不敏，且告之曰：『此間黄子仙裳深於詩學，僕之畏友，子曷就而商千秋之業？』自此兩君氣誼符洽，談詩數晝夜不倦。今年夏，仙裳忽偕一客來，則曰程君孚夏者，乃鼎庵令似，作詩有家法，聲滿吴越間者也。予覽其詩，始而雕華，繼乃進於清樸秀雅，逼真嘉州、右丞一派。因喜而付諸梓。然非仙裳，予不知孚夏樂道人善，固如是耶。

薛所藴〔一〕

子展，行屋，河南孟縣人。《桴庵集》。◎王覺斯云：『行屋約談詩三十年，中間世局澒洞，兵戈寇盗，星蝕日赤，山坼河涸，狼虎在牢，崩奔駭怪，於是乎極而變矣。其詩律體修潔，七古挾風霆之氣，又似水石砰訇，風沙翳肆，金刀鐵馬，出没荒榛斷崖之間。時而老健陡峭，時而覆五嶽、翻滄海。天龍人鬼，變相蟠屈。雖苦學茹持有年乎，亦其磨琢於世局之變者深矣。』◎昔客京師，承宗伯屢招，談詩弗倦。僕曾製近體四章奉贈，宗伯喜甚；而衛公給諫時時相從於酒壚吟社之間，蓋世好也。邇者淄林薛公臨揚，以《桴庵全集》見示。因爲選次若干首，登《詩觀》二集。其詩渾健蒼雅，全體少陵，固濟源、王屋特産異人，爲世之表儀者。

【校記】

〔一〕以下輯自《詩觀》二集卷三，原署『東吳鄧漢儀舊山評選，同學徐乾學原一參閱』。

程正揆

端伯，青溪，湖廣孝感人。◎青溪公詩篇寥寥，屢覓之不得。垢道人偶以冊子見示，乃獲睹其數首。詩中有畫，洵令我作十日盤桓。

宋琬

玉叔，荔裳，山東萊陽人。《安雅堂稿》。

王熙

子雍，胥庭，直隸宛平人。《寶翰堂詩集》。◎聞司馬公曾出其詩集，與申子鳧盟論次，知其品評必有精當過人者。僕越在江淮，無從得其聰山選本，謹臆爲採擇。鳧盟見之，或以爲不謬；抑別有未盡，需商榷者乎？

丁澎

飛濤、藥園，浙江仁和人。《扶荔堂三集》。◎蔣馭閎曰：『遼左南臨渤海，東際三韓。漢之元菟、樂浪，介在其間。風物遒麗，異於西北二邊。近代以還，登臨絕跡。丁祠部藥園爲遷客，於茲者六七年，瀏覽山川，興懷感慨。自蘇、李河梁之後，塞垣物色未有盛於斯者。』

曹爾堪

子顧、顧庵，浙江嘉善人。《南溪詩集》。

施閏章

尚白、愚山，江南宣城人。《黃海遊草》。◎此係愚山自宣城緘寄，云此黃山遊詩十二首之外，凡應酬詩勿入一字。意何嚴哉！今人買菜求益，殊愧我愚山矣。

沈　荃

貞蕤、繹堂，江南華亭人。《充齋集》。

王士祿

子底、西樵，山東新城人。《十笏草堂集》。

程可則

周量、湟榛，廣東南海人。《海日堂集》。

王士禛

貽上、阮亭，山東新城人。《遊西山寺》。◎民部壬子入蜀詩，聞極奇勝，未即索到。蛟門舍人以西山近作見示，因爲錄此。

陳廷敬

子端、說巖，山西澤州人。《參野集》。

佟鳳彩

高岡，奉天遼陽人。《名家詩鈔》。

李呈祥

吉津、木齋，山東沾化人。《乙卯南遊稿》。

高道素

玄期，浙江嘉興人。

高晫

蒼巖，山西襄陵人。《新安近詠》。

姜垚

蒼崖，浙江山陰人。《遊覽詩》。

蔣守大

魯策，江南華亭人。

孫蕙

樹百，山東淄川人。《玉雞堂詩》。

喬萊

子靜、石林，江南寶應人。《南歸詩》。◎尊人陶庵先生評其稿曰：『風值水而漪生，日薄山而嵐出：貴自然也。爾胸中有自然，詩信筆寫來，去道頗近，久之可以成一家言。』蓋不獨衡鑒之精，而即其家人一堂，相賞在文字之間。此種古道，詎今所易有也？

釋銘起

墨庵，浙江嘉興人。

查　昇

漢中，浙江海寧人。

于王庭

伯揚、實庭，江南江都人。《滋蘭稿》。◎昔王于一僑寄邗上，每嚴於論詩，不輕許可，時向予屈指實庭，曰：『淮南之秀，無逾此者。』今于一墓木已拱，而此度適以實庭詩見示。因爲評跋授梓，蓋不敢委亡友之言於草莽也。

吳秉謙

鳴貞、蕺山，遼東清河人。《尊聞堂詩鈔》。◎蕺山水部家學淵源，而資力英邁。其於風雅，直造古人之堂奧，而出以清麗高雄。蓋兼總諸家而斷制在我，非隨時俗以爲步趨者，宜其應制柏梁而特被淩雲之賞也。厥由薇省洊移粉署，而篤嗜友聲，肝腸如雪。大阮留村制府而後，君其嗣響。

江羽青

霞子，浙江仁和籍、江南歙縣人。

魏　鞏

庭堅，江南江都人。《養親園詩集》。

何負圖

祖文，貴州貴陽人。《伴山集》。

丘履程

鴻漸、一庵，四川成都人。《劍閣芳華集》。◎黔、蜀迢遞，而費、江二子能盡出其藏詩示我，快甚！

彭桂

爰琴，江南溧陽人。《初蓉閣詩》。◎爰琴詩集，僕已選入《詩品》中，海内亦即見之矣。茲遇維揚，以新篇見示。愛其詩格屢上，特更錄之。

彭極

則翀、建初，江南溧陽人。《冶雲堂集》。◎久知瀨上二彭擅『雙丁兩到』之目，而爰琴近示我則翀諸作，逸妙絕倫。採其英篇，足跨時彥。

毛際可

會侯、鶴舫，浙江遂安人。◎鶴舫以詩領袖東南久矣，頃同被徵書，握手都下，因得讀其近製，精警之中，更饒深婉。輒拔其尤，以光拙選，固藝苑之瑰寶也。

黄蓰若

石笥，直隸元城人。《留笏草堂集》。

黄任

志伊、遜庵，直隸元城人。

譚弘憲

愼伯，直隸文安人。

葛一龍〔一〕

震甫，江南吳縣人。

【校記】

〔一〕以下輯自《詩觀》二集卷四，原署『東吳鄧漢儀孝威評選，同學吳綺薗次參閲』。

王相説

懋弼、鞠劬，江南泰州人。《趣園詩》。

宫繼蘭

貞吉、鶯鄰，江南泰州籍，直隸靜海人。

黄輔

長孺、棄公，江南如皋人。《恕庵集》。

蔣宸

古心，江南鳳陽人。

錢邦芑

開少，江南丹徒人。

顧苓

云美，江南吳縣人。《塔影園稿》。

李雯

舒章，江南華亭人。

錢穀

子璧、後江，江南華亭人。

沈會霖

時沛，湖廣孝感人。

傅山

青主，山西陽曲人。

陳之遴

彥升、素庵，浙江海寧人。

朱隗

雲子，江南長洲人。

俞南史

無殊，江南吳江人。

朱士稚

朗詣，浙江山陰人。

林雲鳳

若撫，江南吳縣人。

史玄

弱翁，江南吳江人。

東蔭商

雲雛，陝西華陰人。

潘陸

江如，江南吳江人。

王潢

元倬，江南江寧人。

王光承

玠右，江南華亭人。

王烈

名世，江南華亭人。

朱鶴齡

長孺，江南吴江人。

宋之普

今礎，山東沂州人。◎二首雜之張、王集中，不可復辨。

查繼佐

伊璜，浙江海寧人。《彭城詠古》。

趙　琳

石寅，山東萊州人。《彭城詠古》。

馮如京

秋水，山西振武衛人。

孫　晉

魯山，江南桐城人。《曹溪詩草》。

吕大器

東川，四川遂寧人。《塞上草》。

包爾庚

長明、宜壑，江南松江人。《直木居詩集》。

張綱孫

祖望，浙江錢塘人。《紀遊草》。◎祖望北遊五言古，可頡頏少陵入蜀諸作，惜未得多載。

雷斑

笏山，四川井研人。

卞三元

月華、桂林，□□□□〔一〕人。《苑署公餘詩草》。

【校記】

〔一〕四字原缺，卞三元爲漢軍鑲紅旗奉天蓋平人。

韓純玉

子蘧，浙江歸安人。

釋南潛

月函，浙江烏程人。

孫觚

道讓、他山，山東益都人。

汪徵遠

扶晨，江南歙縣人。《穀玉堂近詩》。

吴之騄

耳公，達庵，江南儀真籍，歙縣人。《芝瑞堂詩》。

蔡　垚

鉉升，江南江寧人。

吴　晉

介茲、介受，江南江寧人。《一硯齋近詩》。◎介茲久從櫟園先生遊，所爲詩清麗秀迥，與白門山水相爲映發，而品復高潔，羞與時伍，蓋野王、仲蔚一流。

魏際瑞

一名祥，善伯，江西寧都人。

淩元鼒

蔚侯，陝西蘭州人。◎僕嘗謂孫子豹人曰：『關中詩家後起者，當推張牧公。』豹人深以僕言爲然。今又得蔚侯，才力開壯，文藻飛揚，數寄詩篇，風氣日上。當與豹人更詠子美句，云：『新詩句句好，應任老夫傳。』知稚恭、劬庵諸公聞之，有同賞也。

陳　誠

孚薦，江南江寧人。《喦山詩》。

蔣　易

前民，江南江都人。《石閭集》。

濮陽錦

無著，江南宣城人。《誰家園詩集》。◎無著以楚中遊草示予，詩皆雄整，足儷古人。僕尤拔其最沈鍊者，飛書草檄，豈不賴有是人。〔一〕

【校記】

〔一〕「◎」後文字，據《詩觀》乾隆重輯本，不見康熙本、書林道盛堂本。

盛符升〔一〕

珍示，江南太倉人。《南芝堂集》。

【校記】

〔一〕盛符升及此下王庭、毛甡、卓天寅，據《詩觀》康熙本、書林道盛堂本，不見乾隆重輯本。

王　庭

言遠，邁人，浙江嘉興人。

毛　甡

大可，浙江蕭山人。

卓天寅

火傳，亮庵，浙江仁和人。《傳經堂集》。◎火傳爲風雅領袖，詩宗盛唐，不落卑靡近習，且以西陵諸同聲詩屬予論定。恨幅隘，不能廣登。知火傳諒予，不我督也。

左維垣〔一〕

衆堅，江南江都人。《薜牀詩集》。

【校記】

〔一〕左維垣小傳，據《詩觀》乾隆重輯本。

王仲儒

景州，江南興化人。《夢華山房詩》。

王熹儒

歙州，江南興化人。《勿齋癸丑詩》。◎歙州樂府，的是王建、張籍正傳，與他人摹古而失其性情者迥別。寒夜坐文選樓，點定諸篇，亟爲浮數大白。◎昔濟南考功、農部兩公論詩邗上，謂僕曰：『予家景州、歙州風格遒上，足儷前賢。』及今冬，同客文選樓，出其近稿相示。景州英邁而多風，歙州疏快而矯逸，均詩壇中罕遘者。考功已赴玉樓，異時平山堂畔，當與農部快讀兩王子詩也。

李國宋

湯孫，大村，江南興化人。《螺隱居詩稿》。◎昭陽詩格極正，而苦其平易，如程不識之用兵，不肯稍稍用奇，以收出險之效。閱湯孫詩，風秀之中，每露警拔。其遊陽羨諸作，尤爲絕倫。觀其年既苕華，才復俊逸，誠令人歎爲難及也。

解　謙

志林，江南興化人。

閻兆鳳

聖來，江南江都人。《濯錦堂集》。

費經虞

仲若、鮮民，四川新繁人。《荷衣集》。

孔胤樾

心一，山東至聖裔。

陳瓊仙

蕊宫，江西臨川人。《雪鴻堂詩》。

張問達

天民，江南江都人。《北徵稿》。

劉梁楨

玉粟，山西河津人，江南江都籍。《柳緡集》、《稱言齋稿》。

周在建

榕客，江西金溪人，河南祥符籍。

鄭爲光

次嚴，江南歙縣人，江都籍。

王日藻

印周，江南華亭人。

杜　濙

子濂、湄村，山東濱州人。

郭　棻

芝仙、快圃，直隸清苑人。《快圃詩鈔》。

金世鑑

萬含，遼東鐵嶺人。

任　璣

齊七、訒庵，陝西涇陽人。《大樹軒稿》。

王遵訓

信初，河南西華人。

宋　炘

子昭，河南商丘人。《玉尺堂詩》。

劉德新

裕公，遼東開原人。《浮丘山房稿》。◎憶客京師，許生洲、錢宮聲諄諄以濬縣稿屬予論次。其詩工雅，在嶠、頙之間，詠物、詠史，兩臻其勝，僕所心折。

汪如龍

原名燦，發若、健川，江南宣城人。《陽坡詩稿》。

顧　樵

樵水，江南吳江人。

茅　麐

天石，浙江歸安人。

李因篤

天生、子德，陝西富平人。

丁　煒

澹汝、雁水，福建德化籍，晉江人。《問山集》。◎詩道喧雜已極，高者飛揚叫號，卑者俚俗淺滑。有如雁水先生，雍容藴藉，力還大雅者乎？長干蕭寺，展讀爲之忘寐。

李　鎧

公凱、惺庵，江南山陽人。《山海集》。

方仲舒

董次，江南桐城人。《瞻雲堂集》。◎董次名家俊才，而至性醇謹，於交遊之前輩極謙退，修子弟之職，茶村每稱道之。固不獨其詩秀拔，而思致更超也。

孔衍樾（再見）

◎古體詩，須以雄變奡兀爲主。先生獨力遒拔，鞭風霆而叱鬼神，洵碧海掣鯨之手也。翡翠蘭苕，邈乎小矣。

陳祖法

湘殷，浙江餘姚人。《古處齋集》。

姚思孝

永言，江南江都籍，歙縣人。《康山草堂集》。◎廷尉章奏，天下共傳其風采，而詩篇多藏弆篋中。令嗣心繩，爲予兒女姻戚，因得索其數章，以播寓內。其詩新琢秀逸，亦絕非近今所有。〔一〕

【校記】

〔一〕以下輯自《詩觀》二集卷五，原署『東吳鄧漢儀舊山評選，同學顧有孝茂倫參閱』。

陳瑚

言夏、確庵，江南太倉人。

顧夢麟

麟士，江南太倉人。

吳懋謙

六益，江南華亭人。⊙六益之詩，以淹博擅場。此獨清矯健拔，能出己之性情，與古人相敵，宜一時雲間推爲絕作。

戴迻孝

無忝，江南和州人。◎《別觀莊一兄》：　滿紙皆是血痕，讀之令我欲歌欲泣。至頓挫歷落，風格逼古，則非沈酣樂府古詩，安能有此。

方中履

素伯，江南桐城人。◎諸詩蒼警雄邁，全體少陵。讀之如置身黃沙斷磧間，當屬必傳之作。

錢　澄

飲光，江南桐城人。《重遊武水詩》。

李念慈

屺瞻，劬庵，陝西涇陽人。《過嶺吟》。◎王西樵曰：『嶺南之地，於山有羅有浮，於海爲扶胥之口，於動、植有孔雀、鸚鵡，冬榮、側生之樹，於珍產有明珠、翠羽、車渠、玳瑁、丹砂、虎魄之屬。其英華之氣，皆足與文心相浚發。顧從來士大夫之過嶺者，不一其人；過嶺而稱詩者，亦不一其人。然百年來卓然可稱者蓋寡。向獨今司馬龔公奉使其地，與海陵鄧生漢儀偕，各以「過嶺」名其詩；其詩並耀豔深華，足以獻酬嶺南之風物。今明府詩，後出而與之匹美，若華岳三峯削成並峙者，夫亦愈知曠代文人各有其心眼才筆，而不得徒侈爲山川之助也。』

吳嘉紀

賓賢、野人，江南泰州人。《陋軒詩》。

汪　楫

舟次，江南休寧人，揚州籍。《山聞集》。◎舟次與予訂交有年，論詩亦最合。辛亥予客廣陵，經始《詩觀》初集，舟次盡以同人稿見屬，而其所自製《悔庵詩》，時不欲予刻其一字。今春乃以《山聞集》見寄，樸老之中，益進雄渾，真有如顥亭所云『龍攫虎搏，易其平常』者。然則舟次之不輕刻其詩，意良足畏，吾安能測其所至也。

王又旦

幼華、黄湄，陝西郃陽人。《蔚庵詩》。

彭　椅

原名桂，爰琴，江南溧陽人。《谷音集》。《舊院行，爲閻容庵先生題姜姬畫蘭作》：青溪舊聞，寫得拉雜委婉，如見其人，如夢其事。緣其胸中實有感會，遇題輒發，故雖繁豔，不逐淫靡。覽者庶幾一唱三歎，毋徒視爲紅板橋頭、青漆樓中之佳話可也。

顧　岱

輿山、止庵，江南無錫人。《青霞草堂集》。

許　虬

竹隱，江南崑山人。《萬山樓詩集》。◎竹隱爲風雅宗匠，主持壇坫久矣。近過維揚，以未刻稿見示，因得縱觀其盛，固久宦南荒，益得江山之助耶？

徐旭齡

敬庵，浙江仁和人。

宋實穎

既庭、湘尹，江南長洲人。《老易軒詩集》。

吴 度

叔子，江南歙縣人。《北徵集》。◎叔子沈酣康樂，下筆便自神采過人。其於諸家，雖有企擬，而神韻較謝爲多。甲寅獻歲五日，於慎墨堂雪中呵凍閱之，賞其清英秀拔，殊令我作山陰道上想也。

余 垚

生生、鈍庵，四川青神人。《增益軒草》。

王逢禧

履將、招隱，江南長洲人。《鄴遊草》。

許 楚

芳城、旅亭，江南歙縣人。《偶影閣草》。

趙吉士

天羽，浙江錢塘人。

梅枝鳳

子翔，江南宣城人。《石軒詩集》。

李　珪

公執、鶴汀，四川渠縣人。《説劍齋集》。

羅　坤

弘載，浙江山陰人。《半山園集》。

姚夢熊

襄周，江南太倉人。《西墅集》。

吳　周

後莊，江南歙縣人。《豐溪詩集》。

何　絜

雍南，江南丹徒人。《湑湑閣詩集》。

程世英

千一，江南丹徒籍，歙縣人。《曉山詩集》。

李　煒

赤茂、格齋，浙江嘉善人。《物外軒稿》。◎格齋令嗣環瀛，曾同墨庵棹扁舟訪予於海陵，許以《格齋稿》見寄，久之不至。予友謙龍自越中歸，乃以《物外軒詩》屬予點次付梓。其詩高視闊步，類有太原公子氣概，而仙裳尤亟稱五古在阮、陶之間，洵不誣也。

張注慶

元長、曲山，四川保寧人。

梅　素

素五，江南宣城人。《楚山集》。

金敬敷

在五，浙江山陰人。◎乙巳秋客汝南，同在五策馬南歸，距今十載矣。咫尺郡樓，未由扳晤，乃忽接其近稿，清雋遙深。輒歎其肆力風騷，克承家學，固過江名彦所共推也。

許維祚

石園，遼東籍，順天人。《六雪齋詩草》。◎石園先生高才雅量，迥絕時流。其涖真州也，一往澹靜，公府蕭然如無人，而庶務畢舉。以其餘閒，讀書賦詩，大有元次山、韋蘇州之風烈。予友杜茶村客白沙，以其詩郵寄。予愛其俊潔而超胜，良吏之懷、詩人之旨也。亟爲遴次，以廣其傳。

陳志諶

君三，江南泰州籍，江西吉水人。《嶧桐園詩稿》。◎君三乃茶庵觀察之令嗣，懿誦太史之難弟也。年方韶秀，閉戸讀書，而愛與賢豪長者相結，此豈紫囊紈扇中人哉？甲寅獻歲，風雪杜門，而君三以近詩見寄。讀之歎其高秀風華，每進益上。因爲評定如此，以志緇衣之慕云。

金憲孫

邵度，直隸清苑人。《塒園稿》。

陈　僖

藹公，直隸清苑人。《燕山草堂集》。

黄　儀

吉羽，直隸元城人。

黄之琮

堃瑞，直隸元城人。《自娱草》。

黄之裳

坤五，直隸元城人。

吴崇先

式武、鶴山，江南泰州籍，歙縣人。《桂籍軒稿》。

田　庶

牧園，直隸大興人。

王而强

乾庵，江南泰州人。

林銘璜

祖夏，福建莆田人。

邵　潛〔一〕

潛夫，江南通州人。《寄公廬詩集》。

【校記】

〔一〕以下輯自《詩觀》二集卷六，原署『東吴鄧漢儀孝威評選，同學汪楙麟季甪參閲』。

劉道開

非眼、了庵，四川巴縣人。《各夢草》。

彭士望

躬庵，江西南昌人。《遊山詩》。

靳應昇

茶坡，江南山陽人。《渡河集》。

李　沛

平庵，江南興化人。

王光魯

漢恭，江南江都人。《碧漸堂詩草》。

費　密

此度，四川成都人。《燕峯集》。◎此度流離夔、閬、秦、隴，近從蘇門訪道以歸。吾友于子潁士築茅堂迎之講學，固盛舉也。

吕　潛

半隱，四川遂寧人。《懷歸堂集》。

梅　清

淵公、瞿山，江南宣城人。《天延閣近詩》。

梅　庚

耦長，江南宣城人。《山棲近詩》。

卞永吉

謙之，□□□□〔一〕人。《來遠堂集》。◎尊君大司馬月華公，勳庸卓絶而垂情風雅，時與賓客將吏酬唱於丹山綠水之間。庾公南樓、羊傅峴山，無以過也。使君以韶年佐郡，政事之暇，掩關讀書，而吟詠日富，幾奪唐人之席。平山、謝墅風流，其一振乎？

【校記】

〔一〕四字原缺，卞永吉爲奉天蓋平人。

何嘉頣

亦明、葛民，浙江山陰人。《梅音草》。◎詩忌應酬，以其膚襲諂諛，無有性情，亦不關經濟，一望冠蓋姓字，喧闐滿紙，真可嗤也。讀亦明《行路》諸篇，雅鍊深切，是不肯爲時樣詩者，能無敬服？

鄧廷羅

叔奇、偶樵，江南江寧籍，鳳陽人。《二遠堂詩稿》。

湯寅

谷賓，江南丹陽人。《高詠堂集》。

閔麟嗣

賓連、鑄塵，江南歙縣人，揚州籍。《植學草堂詩存》。◎賓連遊廬山詩卓絕當代，僕已採入詩選初集中。癸丑經始二集，賓連復出近稿見示。時雨雪載途，舟行白塔河，因呵凍選若干首，付諸剞劂。『一卷冰雪文，避俗以自攜』，真令人吟賞忘倦。戴王縉紳黃、雲極，直隸滄州人。《蕭雲閣詩草》。

梁允植

承篤、冶湄，直隸真定人。《南遊近草》。

徐釚

電發，江南吳江人。《菊莊稿》。

張壇

步青，浙江錢塘人。《孤山草堂詩》。

曹貞吉

升六、實庵，山東安丘人。《珂雪二集》。

計東

甫草，江南吳江人。

姜宸英

西溟，浙江慈溪人。

吳綺

園次、豐南，江南歙縣人，江都籍。《亭皋集》。

江闓

辰六、雒荀，貴州貴陽人。《二草集》。

吳參成

石葉，江南太倉籍，歙縣人。

吳壽潛

靈本，江南歙縣人。◎薗次天才英麗，軼庾、徐而駕溫、李，江左詞人於茲企仰。其令嗣石葉、靈本，才華穎發，足繼父風，而阿坦辰六縱觀瀟湘、貴筑之奇，詩篇屢進益上。羲、獻、樂、衛之間，各以驚才相敵，增長風流，洵樂事也。

陳玉璂

賡明、椒峯，江南武進人。《學文堂詩集》。

周在浚

雪客，江西金溪人，河南祥符籍。《遺谷集》。

趙弼

子匡、芙溪，四川彭縣人。《半山草堂集》。

黃元治

自先，江南黟縣人。

俞森

彙嘉，浙江仁和人。《時令詩》。◎頃王敬哉宗伯貽書云：『邗上有俞使君，竹西風流，藉以不墜。』而使君以瓠子未輯，鞅掌河干，尚未獲披雲一晤。偶得其《時令詩》數章，輒爲授梓。寸金斷璧，皆足寶也。

顧自俊

秀升、愚庵，浙江錢塘人。《時升堂集》。◎西陵諸子，雅切嚶鳴，而皆嘖嘖愚庵，稱其主持騷雅，不遺餘力，蓋不獨風藻襲人，爲藝苑之標準也。較讀佳篇，能無湖山雲樹之想慕乎？

葉燮

星期，江南吳江人，浙江嘉興籍。

楊崑

中洲，四川成都人。《三樹堂詩》。

葉　桊

澹生、樗叟，江南歙縣人。《廬山遊草》。

嚴繩孫

蓀友，江南無錫人。《秋水集》。

錢肅圖

退山，浙江鄞縣人。

彭　年

鴻叟，江南無錫人。《九烟亭集》。

于王臣

及五，江南江都人。《采芳堂稿》。◎壬子冬日，燕峯枉顧廣陵僧舍，亟稱于子及五詩清麗絕倫，予嚮往久之。比燕峯有河北之役，未及以稿見寄。癸丑秋歸自百泉，乃手授其近作。亟爲登梓，固同人所共嗟賞也。〇燕峯更爲予稱道近日詩人，如蘇子武功及其令嗣易門、致開，于子俊生、上叔昆仲，陸子菊村、沙村及巨門上人，皆工於吟詠者。當次第徵收，以成盛事。

閔　崧

于天，江南歙縣人，揚州籍。《冷硯齋集》。

李　淳

涵生、雲柯，直隸灤縣人，江南宜興籍。《片雨亭集》。

李　潤

朗玉，江南興化籍，句容人。《芝嵋吟》。

張天中

與參、漢騫，遼東海州人。《懷山集》。

何嘉琳

玉林，浙江山陰人。◎閻古古曰：『吾友何昭侯之子玉林，天才靈警，至性絕人，英年棄置舉子業，覃思好古，發而爲詩，殊有阮步兵《詠懷》遺意，而風格遒疏，光澤妍秀，則不啻鮑明遠之梅花、謝康樂之春草也。無何，以母艱哀毀過傷，賫志早歿，僅二十有四歲，惜哉！』

釋弘仁

無智，漸江，江南歙縣人。

袁于令

令昭，籜庵，江南吳縣人。《留硯齋稿》。

王　咸

與公，江南長洲人。

于王棟

上叔，谷饒，江南江都人。《雙樓稿》。◎近燕峯移居水村，閉門注《易》，人士多從之遊，故文采彬彬，一時照耀。觀上叔諸作，益信鍾嶸詩源風雅有自來矣。

趙　潛

雙白、蒓客，福建漳浦人。

釋行弘

正法，浙江烏程人。

吴統持

巨手，浙江秀水人。

金德嘉

會公，湖廣廣濟人。

陳志襄

陶思，江南泰州人。《謙忍居稿》。◎陶思擁書青城亭子，吟嘯不休，詩骨清遙，落紙都韻。予賞愛特深，比於蘭芳玉潔。

夏羽儀

仲蜚，江南休寧人。《喬木山房稿》。

李澄中

渭清、雷田，山東諸城人。

吴　雯

天章，山西蒲州人。

程瑞社

次郊，江南休寧人。《孝友堂近草》。

程瑞礽

宗衍，江南休寧人。《文山堂新草》。

程　禕

允文，江南休寧人。《尚友堂近草》。

高層雲

二鮑、諼園，江南華亭人。

葉奕苞

九來，江南崑山人。

許自俊

子位，江南嘉定人。

張大年

彭子，江南休寧人。《硯庵集》。

朱　笏

書思，福建莆田人。

林華昌

兼實，福建晉江人。

釋大雲

獨任，江南江寧人。《莆莊吟》。

曹鳴遠

文季、篁峙，江南婺源人。

鄧　旭

元昭，江南壽州籍，吳縣人。

王　掞

藻儒，江南太倉人。

韓　菼

元少，江南長洲人。

朱　雯

裔三，浙江石門人。

龔翔麟

蘅圃，浙〔一〕江錢塘人。

【校記】

〔一〕『浙』，底本作『湘』，誤，徑改。

吴于繽

繡巖，江西南昌人。

申維翰

周伯，江南江都人。

黄　雲

◎學使田公綸霞較士維揚已竣，太守崔公蓮生宴餞南浦。田公遣使邀黄子仙裳、宗子定九舟夜同酌，而兩生船已前發，未赴嘉招。仙裳有『夜半停燈待布衣』之句，且繪爲《仙舟圖》，以志佳話。遠近好事者倚韻和之，得詩一百七十四首，可謂盛矣。仙裳命予採數首附拙選末，俾其事流傳瀨内。予因拔八章，以見大概。其詩有專集梓行，而李廷尉映碧、施侍講愚山爲之序。

程一中

聖傳、執庵，江南休寧人。《藏密閣詩》。

陳志縡

衛公，江南泰州人。《自怡堂集》。

丁德明

在三、蘭皋，江南繁昌人。《培柏堂詩》。◎蘭皋爲揚郡學博，以風雅自任，築培柏堂於署中，日治樽酒，召賓客，忘乎官之獨冷。所爲詩秀警高脱，似鄰中、晚，而實具盛唐之神格，與松陵朱天飲稱一時二妙。余抵揚，必就二公爲文酒之會，月色簫聲，賴以不孤云。

侯方域〔一〕

朝宗，河南商丘人。《四憶堂詩集》。◎朝宗所製《壯悔堂文集》雄視一時，獨其詩世罕推之。要其闊思壯采，皆規模杜家而出者，但未免陰襲華亭之聲貌。故予選朝宗詩，必取其闊而能穩、壯而入細者，以與世共見之。

【校記】

〔一〕以下輯自《詩觀》二集卷七，原署『東吳鄧漢儀舊山評選，同學費密此度參閱』。

魏　禧

叔子、冰叔，江西寧都人。《勺庭詩鈔》。

魏　禮

季子、和公，江西寧都人。《翠微山房稿》。

朱彝尊

錫鬯，浙江嘉興人。《竹垞詩略》。◎錫鬯詩氣格本於少陵，而兼以太白之風韻，故獨爲秀出。秋岳侍郎每向予稱之，寄稿甚多，惜未能廣登耳。

薛信辰

國符，江南武進人。

羅承祚

景有，江南丹徒人。《枝閣近草》。

白夢鼎

孟新，江南江寧人。◎孟新近溯漢江，登大别，其詩益雄偉。歸憩白門，著書等身，洵樂事也。

方殿元

蒙章，廣東番禺人。《古今二體詩》。

劉逢源

資深、津逮，直隸曲周人。《學迂軒稿》。

劉　佑

孟孚、雲麓，直隸曲周人。《悦柳軒近詩》。

何　林

雲壑，浙江山陰人。《犵山集》。

余國楷

郇長、雲樵，湖廣大冶人。

張玉裁

禮存，江南丹徒人。

張玉書

素存，江南丹徒人。《力行齋稿》。

楊　岱

東子，四川彭縣人。《村山詩鈔》。

魏麟徵

蒼石，江南溧陽人。《藾庵集》。

高士奇

澹人，浙江錢塘人。《蔬香集》。

顔光敏

修來、德園，山東曲阜人。

越　珃

山公，貴州貴陽人。《澹峙軒集》。

曾孫灝

公望，福建侯官人。《紀遊草》。

彭　焱

然石，湖廣孝感人。《留質堂詩》。

高以位

素其、逸齋，江南江都人。

俞　森（再見）

◎使君詩，前已得數章付梓矣，兹從甓湖寄予《燕遊草》，因復遴次如左。聞其祕篋自酬贈讌集而外，尚多名構，未盡出以示人也。

王穀韋

鄂叔，浙江山陰人。

畢際有

載積，山東淄川人。《存吾草》。

朱鳳台

慎人，江南靖江人。《退思堂草》。

程　謙

山尊，江南歙縣人。《春帆集》。

孫繼登

汲山，江南江都人。《山嘯集》。

周金然

廣庵，江南上海人。《西山紀遊》。◎《度九龍山》：王敬哉云：『嶔崎歷落中，又具瀏灕頓挫之妙。』○起伏頓挫，皆極自然，而興發神王，則復似憑高御風，飄飄有出世之想。

于　佶

吉人，江南金壇人。《雪晴齋稿》。

潘　耒

次耕、力田，江南吳江人。

殳丹生

山夫，浙江嘉善人。

潘廷章

美含，浙江海寧人。

方中德

田伯，江南桐城人。《傳經樓集》。

宋思玉

楚鴻，江南華亭人。

曾餘周

孑民，福建晉江人。《豈庵餘草》。

張秀璧

東圖，江南蕪湖人。《峯頭詩》。

吴　非

山賓，江南貴池人。《耕餘堂詩》。

吴孟堅

子班，江南貴池人。《湘潭行吟》。

劉漢系

王孫，江南貴池人。《江左詩集》。

方中通

位伯，江南桐城人。《遠遊草》。

王體健

廣生，直隸曲周人。《讀騷齋詩》。

王履同

茀來、秋潭，江南無爲州人。《西湖遊草》。

林九棘

伯逸，福建莆田人。《十詠堂集》。

佟世思

儼若，奉天遼陽人。

李聖芝

秋森，江南嘉定人。

韓　魏

醉白，江南江都籍，山西臨汾人。《獨存堂詩》、《日删集》、《湖上吟》。◎醉白尊人文適先生，合家死揚州之難，而醉白以複壁僅存，乃能鋭意古業。詩歌秀宕之中，復兼英邁，爲一時同人所共推。天之所以報有道仁人者，固不爽。而醉白之克紹家風，不尤稱卓絶哉！予友汪子季用，服其性情淵篤，允合風騷，固爲月旦定衡，非同浮獎。

夏九敘

次功，江南江都人。《緑雪堂詩》。◎萬曆間有孝廉夏二酉先生，以風雅倡起江淮間。今夏子次功，其嫡孫也，十歲即應聲能成詩，耆舊嗟歎。阮亭王公理維揚，欲振之青雲，未即如願。今豈無韓、歐其人者乎？詩集最多，皆極高邁，惜不能多梓爲悵耳。

饒　眉

白眉，江南江都人。《芝山集》。◎白眉與夏子次功、徐子辰玉，皆阮亭民部所特賞者，不獨工制義，而兼擅風雅之長，固一時之秀傑。詩篇甚富，祕不示人，予從蛟門處得其數章，亟爲付梓。

范國祿

汝受、十山，江南通州人。

徐無爲

初鄰，浙江山陰人。

孫宗元

鼎孚、柳下，山東淄川人。《南遊草》。

湯彭年

石臣，江南江都人。《長松閣稿》。

徐　善

敬可，浙江嘉興人。

李良年

武曾，浙江秀水人。

徐弘炯

長旭，浙江嘉興人。

席居中

允叔，遼東錦州人。《臥石山房稿》。◎允叔家有藏書，門無雜客，賦詩盈尺，美備諸家。戊午以全稿示予，因採其尤異者公之瀣內，實未足盡允叔也。

李　傑

若士，奉天遼陽人。

吳聞啓

旦門，江南無爲州人。

范　遇

廉夫，江南通州人。

方　熊

望子，江南歙縣人。《清和堂詩》。

方兆瑋

原名夏，寶臣，江南歙縣人。《岫園詩稿》。

徐元夢

善長、蝶園，順天籍，滿洲人。

博爾都

大文、問亭，滿洲人。《恭壽堂集》。

鄧勷相

方回、冠城，係舊山第三子。《文選樓稿》。

戴文柱

景韓，江南休寧人。

羅教善

臨思，江南歙縣人。《咫聞齋詩草》。◎臨思泛宅浮家，而喜客愛吟，神味最遠。把其近詩，風月在抱，自是君章一流人。僕與晚交，愛慕無斁。

方挺

恂如、孺庵，江南江都籍，歙縣人。《碧山堂近草》。◎恂如神致沖澹，如雪如蘭，而篤嗜友聲，在一切畦徑之外。詩情高雅，似倪迂山水，難以跡求，固爲超勝。

王鐸〔一〕

覺斯，河南孟津人。《孟津詩》。

【校記】

〔一〕以下輯自《詩觀》二集卷八，原署「東吳鄧漢儀舊山評選，同學尤侗展成參閲」。

王鑨

子陶、大愚，河南孟津人。《孟津詩》。

劉正宗

可宗、憲石，山東安丘人。《逋齋西徵詩》。◎逋齋詩極多，不能盡選；而秦中諸詩奇古雄創，則大異昔時手筆，是一代異寶也。有此，足存逋齋矣，奚必多？

張縉彥

坦公，大隱，河南新鄉人。《歸雲軒稿》。

彭而述

子籛，禹峯，河南鄧州人。

范文焱

仲闇，兩石，四川内江人。《石鼓山房集》。◎范文愍公在金陵時，刻有《石鼓山房集》。近訪之，吾友費燕峯云：『還蜀之後，詩文雜著亦復不少；其長君沒，一孫尚幼，又累經兵火，亦皆散失。』僅錄此一詩，可勝慨歎。

雷起劍

雨津，四川井研人。《瑞芝堂集》。

冒起宗

宗起，嵩少，江南如皋人。《拙存堂稿》。◎徐元歎曰：『憶甲申歲之暮秋，金陵鉅公廣坐中，客有持冒先生詩扇，人競奪玩，以爲不下王長公。余曰：「是髣髴《劍南集》之上腴耳。」鉅公以爲知言。』

許鼎臣

定于，江南武進人。《汾上吟》。

馬　頎

人表、蓼龕，河南杞縣人。

張若麒

振公、天石，山東膠州人。《止足軒草》。◎錢牧齋云：『膠西張公，初與伯兄宿松同時以進士宰燕趙，宿松治河間以寬，天石以果，並茂循績。别幾二十年，各備歷艱虞。余歸田匿影，公躋華膴，爲納言名卿，令子俱以文噪世，次公登館局，取士最得人，直聲震天下。公年未艾，忽請告歸，有牢溟渤之奇，徜徉笑傲，宜爽籟發而雅風存，洋洋乎東海雄矣！』

王貴一

象山、槐翁，江南興化人。《檀園詩》。◎槐翁賦性高嚴，交遊不苟，日以詩卷自娱，然亦不輕以示人，所謂『家有賜書，門無雜賓』，庶幾近之矣。令嗣景州、歙州，負高才，聲名籍甚，尚困諸生間。而槐翁勉之云：『長安馬上，不如驢背之穩。』此其定識，豈世俗所可同日語哉？

石　申

仲生，直隸灤州人。

顧九錫

臨邛、思澹，江南江都人。《春江草堂稿》。◎杜于皇曰：『顧子下帷深坐，與作竟日歡。晤言之間，使人意消，如與韋左司、賈司倉相對。示予近詩一卷，諸體錯出，如彈丸脱手，非獨吟詠贈答，更以怡懌性情。讀顧子之詩，如睹顧子其人矣。』

李　沂

壺公、艾山，江南興化籍，句容人。《鸞嘯堂集》。

周　安

安節，江南吳江人。

吳興祚

伯成，遼東清河人。

洪　琮

瑞玉、谷一，江南歙縣人。

惲本初

一名向，道生、香山，江南武進人。《汝陰詩》。

惲于邁

涵萬，江南武進人。《退耕堂草》。

馮雲驤

訥生，山西振武衛人。《曠嘯》。◎遍覓訥生稿未得，偶過劉彥度書齋，因快得之；且知彥度屬門下受業士，更歎針芥之合。

侯　性

若孩，河南商丘人。

蔣平階

大鴻，江南華亭人。

侯　汸

記原，江南嘉定人。《秬園集》。

陳肇曾

昌箕，福建侯官人。

王孫晉

左公、亦退，江南寶應人。《小山草堂集》。

張象樞

四木，四川安岳人。《雪浪齋集》。

冷時中

心芬、梅庵，四川内江人。《雪椀集》。

程正萃

除只，湖廣孝感人。《薖園草》。

潘　高

孟升、鶴江，江南金壇人。《南村詩稿》。

宫夢仁

宗袞、定庵，直隸靜海籍，江南泰州人。《齊魯詩》。

董俞

蒼水，江南華亭人。

葉方恒

嵋初、學亭，江南崑山人。

錢芳標

葆馚，江南華亭人。

龔士薦

彥吉，江南武進人。《石月草堂詩》。

張養重

虞山，江南山陽人。《幽燕集》。

徐枋

昭法，江南吳縣人。

湯燕生

巖夫，江南蕪湖人。

張　琪

興公，江南江寧人。《翠微庵詩存》。

彭士右

譽侯，江南儀真人。《北轅》、《南歸》二稿。◎譽侯風期古處，於聲事亦最篤。所爲詩類深創，不襲恒貌，於詩壇又爲屈一指。

周而衍

東會，江南金壇人。

陳晉明

康侯，浙江錢塘人。

吳康侯

定遠，江南嘉定人。

秦保寅

樂天，江南無錫人。

鮑忠勑

畏簡，江南歙縣人。《瑤篸集》。

高文涵

森萬，山西襄陵人。

宗元豫

子發，江南興化人。《澤畔稿》。

陸　御

東來，江南丹徒人。《自偏堂詩》。

張　梧

雛隱，浙江山陰人。

陳增新

子更、除庵，浙江嘉善人。《高俶堂詩集》。

陳大成

集生，江南無錫人。

時　炳

用咸，江南嘉定人。

姜廷幹

綺季，浙江紹興人。

方式玉

玉如，江南歙縣人。《醉翁亭詩》。

杨岐

周子，四川成都人。《碧蘿亭稿》。

瞿鉉錫

伯申、曇谷，江南常熟人。

沈聃開

亦季，江南泰州人。《汲古堂詩存》。

鄧子儀

伯鴻，四川巴縣人。《劍閣芳華集》。

金俊明

孝章，江南吴縣人。

蘇震

長侯，江南嘉定人。

趙而忭

友沂、在趙，湖廣長沙人。《中酒吟》。

韓玉房

寶雲，江南吴縣人。《息丁草》。

熊維熊

偉男，江南江都人。《綠雪軒集》。

諸葛麒

走聖，浙江蘭溪人。《騷屑吟》。

李　巖

子潛、聖石，山東萊陽人。《峨山集》。

姚啟聖

熙之、憂庵，遼東杏山人。《放歌》。◎熙翁首領鄉薦，筮仕香山，覯閔遭讒，遂以放廢。其詩哀怨蕭騷，大有屈子行吟江潭之意，應向月明猿嘯、風寒葉落時讀之。

姚子莊

六康，廣東歸善人。

阮述芳

岸夫、鍾南，山東威海衛人。

王　昜

羲文，陝西涇陽人。

鍾　岱

泰青、東樵，遼東錦州人，江南江都籍。

鍾　嵋

山眉，遼東錦州人，江南江都籍。《思園稿》。

汪文楨

周士，江南休寧人，寓桐鄉。《緪林集》。

汪　森

晉賢、玉峯，江南休寧人，山東萊蕪籍，寓桐鄉。◎客冬周士自燕京歸，訪予於邗上。今秋承晉賢遣使惠問，貽我佳篇，洵盛心矣！晉賢詩超然絕俗，全體陶、韋，讀之如在葭蒼露白之際。而來函所寄，周士僅詩一章，殊未快我臆也。

傅　奇

碞平、耘圃，浙江仁和人。

釋今釋

澹歸，浙江仁和人。

釋正巖

豁堂，浙江餘杭人。

林賓王

穆之，福建莆田人。《春草堂集》。

湯思孝

次魯，江南宜興人。

彭熙棟

宇上，湖廣孝感人。

蔡景定

靜子，江西新建人。

霍映琇

耳公，直隸曲周人。

釋興正

雪山，湖廣靖州人。

姚　曼

東只，江南歙縣人。《焚餘集》。

曹應鵬

僧白、烟翁，江南歙縣人。《虎墩稿》。

劉之湛

湛公、錦江，江南江都人。《德榮堂詩稿》。

張德盛

玉書，浙江杭州人。

葉舒胤

學山，江南吳江人。

釋上旨

衍宗，福建長汀人。

王者塏

殿臣，江南籍，山西人。《授經堂稿》。

李思訓〔一〕

于庭，江南興化籍，句容人。《晚好齋詩存》。

【校記】

〔一〕以下輯自《詩觀》二集卷九，原署『東吳鄧漢儀孝威評選，同學許虬竹隱參閱』。

杜　濬（再見）

《變雅堂近詩》。

魏裔介（再見）

《嶼舫辛亥以後詩》。

魏象樞

環極，山西蔚州人。《望雲》、《病夫》二稿。

王曰高

登孺、北山，山東茌平人。《槐軒詩》。◎汪懋麟曰：『槐軒詩古文詞不下數十卷，海內傳誦久矣。兹獨採其登臨興會之作，表著藝林。使天下知吾師避人焚草，許身稷契，復有江湖魏闕之思，足以追蹤謝、柳。其事業文章，誠未易及也。』◎往歲與賡明、天士、桐仙諸子，談及北〔一〕山黃門，其主持騷壇、汲引羣彥之意，真有令人望風引領者。邇來客邗，與蛟門時共文酒，屢以黃門詩稿未至爲言。適以御自京師歸，以新舊二稿見示。因採其遊草之最警逸者，用光拙選焉。

【校記】

〔一〕『北』，底本作『茌』，誤。

李贊元

匡侯、素園，福建龍溪人。《師白堂詩集》。◎杜于皇曰：『今之爲詩者，力飾其外則內乏神情，刳心於內則外無氣象，所以兩失。而素園先生獨內外兼勝，所以卓然推爲詩伯。亟寄吾友孝威，選登二集，與世共寶。』

葉封

井叔、晉原、慕廬，湖廣黃陂籍，浙江嘉興人。《遊嵩山詩》。◎於愚山，僅登其黃山詩；於阮亭，僅登其西山詩；而於慕廬，則惟録其嵩山遊稿。山水之間，詩尤奇秀，固當不誣。

汪　琬

苕文、鈍庵，江南長洲人。

曹國柄

鑿山、無山，順天大興人。《有此廬詩集》。

艾元徵

長人，山東濟陽人。

成克鞏

子固、青壇，直隸大名人。

劉　達

未齋，北直濬縣人。

陳　協

念蓋，北直文安人。◎久覓四公詩不得，忽從少司馬無山公郵本中得此四作，亟爲附梓。所望以全帙見寄，庶慰予懷。

柯　聳

素培、岸初，浙江嘉善人。

李天馥

湘北，江南合肥籍，河南永城人。《容齋詩》。

王澤弘

涓來、昊廬，湖廣黄岡人。

項景襄

眉山，浙江秀水籍，錢塘人。

徐　惺

子星、籥園，江南江寧人。《雨梧堂詩》。

陳　襄

若水、思庵，直隸文安人。《有容堂詩》。

戴王綸

經碧、彣極，直隸滄州人。

葉方靄

子吉、訒庵，江南崑山人。

嚴　沆

子餐、顥亭，浙江餘杭人。

陸求可

咸一、密庵，江南山陽人。

嚴我斯

就思、存庵，浙江歸安人。

許之漸

儀吉、青嶼，江南武進人。《槐榮堂詩鈔》。

吴雯清

方漣，浙江錢塘人。《雪嘯軒稿》。

田雯

綸霞、漪亭，山東德州人。《亦政堂詩集》。◎綸霞詩精偉警卓，氣象雄偉，卻中有精義，不輕下一筆，故能俯視羣流。僕深愛重其詩，爲屈第一指。

孟亮揆

端士、繹來，江南長洲人。《檀園詩》。

張英

敦復，江南桐城人。

王檗

子下，山東淄川人。《息軒草》。

許孫荃

生洲、四山，江南合肥人。《祖香庵詩》。

謝重輝

方山，山東德州人。

徐倬

方虎，浙江德清人。《道貴堂稿》。◎方虎下合淝之榻，與僕雖未謀面，而實切同岑之好。向者初選，僅從鹵均冊子採得一章，深以爲憾。今乃從伯紫、蛟門得其諸作，閱之卓爾空羣，不只如巽子所推『獨步苕水』也。

蔣弘道

裕庵，直隸大興人。《來仲軒詩草》。

李夢庚

仙庵，奉天杏山人。

張烈

武承，直隸大興人。

程邃

穆倩，垢區，江南歙縣人。《會心吟》。

曹廣憲

思原、梅峯，順天大興人。《石倉集》。

曹廣端

正子，順天大興人。《初暘集》。

周龍舒

紫海，廣西桂林人。

高承埏

寓公、鴻一，浙江秀水人。《稽古堂集》。

崔干城

兔牀，河南寧陵人。

秦定遠

以御，江南泰州人。《快雪堂稿》。◎以御才既清韶，詞復淵雅，洵足鼓吹休明。遊京師詩篇極富，予採其最妍美者，愛賞不置，因以登梨。世有賀監、昌黎其人，當不惜極口推轝，以成大名也。

釋正玉

慧璋，浙江餘姚人。《寄庵集》。

釋海祿

定夫、敬修，江南上元人。《醉茶草》。

釋超際

衍燈、月舫，江南通州人。《烟波集》。

釋晉因

雨慈，浙江臨海人。

盧元昌

文子，江南華亭人。

張淵懿

硯銘，江南松江人。

孔暹

晉永、鐵庵，河南汝陽人。《意園草》。

釋宏幬

綠天，浙江桐鄉人。

孫嶠

雲嘯，河南商丘人。

張汧

壺陽，山西高平人。◎先生詩奇麗精工，而予尤愛其高老沈鍊之作。蓋其氣完，則詩品自卓，截斷衆流，固爲獨上。

田　雯（再見）

◎甲寅客自燕京來，攜《亦政堂律體》一册見示，予極賞愛，推爲詩壇宗匠，恨未得讀其古體詩。今乃從《八子詩略》中見之，五言逼真謝、鮑，七言全仿杜、韓，雄視詞場，予固非阿其所好。

邵長蘅

子湘，江南武進人。《青門集》。

洪　昇

昉思，浙江錢塘人。《嘯月樓集》。

魏力仁

山公，直隸南樂人。

陳維崧

其年，江南宜興人。《授簡集》。〔一〕

【校記】

〔一〕以下輯自《詩觀》二集卷一〇，原署『東吳鄧漢儀孝威評選，同學戴王綸經碧參閱』。

陶　澄

季深，一字季，江南寶應人。《湖邊草堂集》。

姜　梗

鐵夫，浙江會稽人。《曹山草堂詩》。

尤　侗

展成、悔庵，江南長洲人。

徐　崧

松之、臞庵，江南吳江人。《繽林集》。

錢肅潤

礎日，江南無錫人。《十峯詩》。

陸　進

藎思，浙江餘杭人。《巢青閣集》。

陸　雋

升釁，浙江仁和人。《延芳堂詩》。

王嗣槐

仲昭，浙江仁和人。《澹成堂詩》。

王　晫

丹麓，浙江錢塘人。《澹成堂詩》。

董訥

默庵，山東平原人。《華琯山房詩集》。

許承家

師六，江南江都人。《宿影亭稿》。

陳維岳

緯雲，江南宜興人。《蠟鳳》、《吹簫》二集。

淩元鼎

禹州，陝西蘭州人。《愧古堂稿》。

梁舟

木天、西楂，陝西略陽籍，安塞人。《徜徉小草》。

郭士璟

飲霞、眉樞，陝西涇陽人，揚州籍。《北遊近稿》。

鍾淵映

廣漢，浙江嘉興人。

賀宿

天士，江南丹陽人。《仙舟集》。

張　鷺

又陶，補堂，浙江鄞縣人。《寶學堂詩》。

周斯盛

屺公，浙江鄞縣人。《證山堂詩》。

馮俞昌

雪螺，湖廣興國州人。《德園詩草》。

高緝睿

愚谷，堯臣，直隸靜海人。《鏡山閣偶存》。

桑　豸

楚執，雪薌，江南江都人。《殖學園稿》。

孫　默

無言，桴庵，江南休寧人。《留松閣詩》。

李攀鱗

書，山東武定人。

龔百朋

升璐，江南武進人。

歸允肅

孝儀、惺崖，江南常熟人。

程正聞

淳叔，陝西三原人。

喬　邁

子卓、鈍庵，江南寶應人。《東瀼堂稿》。◎鈍庵淳氣高情，當代所罕。辛亥冬始於白田相晤，把手欣然，恨相見晚。而倏捐館舍，念之惻然。甲寅冬仲，令嗣崇禮以遺稿屬予選訂，真樸高亮，全體少陵，固今日稱傑出者。

丁啟相

山來，河南永城人。

朮翼宗

石髮，山東章丘人。

李枝翹

條侯，江南睢寧人。《商芝館集》。

王祚昌

天葉，陝西涇陽人。《漁古堂詩》。

王　賓

仔園，江南江都籍。《又一草亭詩》。

李時燦

坦石，陝西寶雞人。《邘江草》。

盧廷簡

子閒，江南江都人。《學古堂稿》。

丁　倬

彼雲，江南桐城人。《西江草》。◎頃客邘上，丁子彼雲以《西江草》見示。予歎其諸體皆勝，而古詩尤爲絶倫軼羣，曾爲文序其《髻山堂全集》。而更採其數章入《詩觀》二選，覽者正可因一斑而知全豹也。

喬出塵

雲漸、疑庵，江南寶應人。《留雲堂稿》。◎汪蛟門曰：『疑庵自號箕山狷者，閉户三十年，好圖書，有潔癖。不妄交一人，其意所許可，雖贈千金不惜也。今且家無四壁，口不言貧，讀書養道，沈靜如僧。平生撰著，祕不示人。甲寅冬，余造訪留雲堂，得其詩一卷，亟攜歸，與孝威共賞之，真詩中逸品也。』◎辛亥冬，從朔風急霰中過白田，與孫樹百大令、秋崖、冰壑、雨峯諸君子，痛飲三日而别，竟未及訪雲漸。甲寅客廣陵，風鶴頻驚，時時向穆倩索醉，穆倩不以爲倦。詢之，乃知爲雲漸所贈酒，穆倩一歲所得，凡數十大甕也，予爲作長歌紀其事。雲漸高懷雅致，不僅以詩名；即其詩，亦已超絶塵埃，獨標霞上。予與蛟門互相評次，如飲醇醪，正不須白衣，固已傾倒於雲漸至矣。◎疑庵閉門守靜。詩瓢畫卷、酒鐺茗椀之外，澹然無事，而篤好友聲，風雨罔輟。雖限一甓湖而如對同堂，歡情遥接。其詩風旨深雋，屏棄喧繁，固陶、韋之流，不可以世境索之者。〔一〕

【校記】

〔一〕第三段評語不見於《詩觀》康熙本，據書林道盛堂本、乾隆重輯本補。

李　穎

箕山，江南泰州人。《羅浮草堂集》。

鄭惟颺

元弢，浙江縉雲人。

張大復

敦夫、予村，河南夏邑人。《近古堂稿》。

郭永豐

受之，山西臨汾人。《晏如堂詩草》。

程　兼

抑若、樵髯，江南歙縣人。《樵吟》。

柳　文

長在、旗山，四川遂寧人。

季公琦

希韓、方石，江南泰興人。◎曩時西樵、顧庵、荔裳諸公聚維揚，皆極口方石。實方石騷雅之才，足以獻酬羣哲，正不得以謠詠而掩其生平也。僕雖遭詬厲，且安之。

曹　銓

冲谷，直隸豐潤人。《雪窗詩集》。

毛鳴岐

文山、蓼庵，福建閩縣籍，福清人。《萍遊草》。

謝天錦

漢襄、蘭嵋，陝西蘭州人。《間一詠》。

黄九河

天清、浮螺，江南泰州人。《玉照堂稿》。◎前選天濤詩登諸卷首，江左諸選家咸以僕爲衡鑒不爽，遴採亦極富。今乙卯秋，天濤始以新篇見寄，即爲評跋，登諸拙選。其詩清矯蒼健，傳示大江南北，擊節嘉歎，又當何如耶？

徐　衡

辰玉、青嶽，江南江都人。《玉峯詩稿》。◎辰玉英年博學，予耳其名最久。繼於阮亭署中見《歷試草》，天才飈發，屢戰先登，愈爲折服。而吳梅村復稱其家學淵源，何玉山之秀，獨種於一族乎？其詩俊逸清新，出其餘事，亦復有絕倫之歎。

瞿時行

見可，江南江都人。《止園草》。◎見可知名最久，向惲香山、王于一諸君屢稱道之。近與豹人、天葉、鶴問、仔園倡和甚盛。而聚散存亡，輒復不一，每見予，有月落杯空之感。予披其讌飲答贈諸作，藻豔驚人。知爾時風流跌宕，有過人者。爲錄而行之，以志一時聲氣之雅。

沈思倫

契堂，江南石埭人。

丁日乾〔一〕

漢公、謙龍，江南泰州人。《漁園詩》。

【校記】

〔一〕以下輯自《詩觀》二集卷一一，原署「東吳鄧漢儀舊山評選，同學戴王縉紳黄參閲」。

余懷

澹心，江南江寧籍，福建莆田人。《研山草堂詩様》。

任楓

木庵，河南汝州人。《硇莊詩》。

龐塏

霽公、雪崖，直隸任丘人。《叢碧山堂詩》。

方象瑛

渭仁，浙江遂安人。《健松齋集》。

祁文友

蘭尚、珊洲，廣東東莞人。《出門》、《秋署》二稿。

洪圖光

暉吉、月槎，浙江鄞縣人。《師儉堂集》。

崔徵璧

祀功，直隸長垣人。

林堯光

涑亭，福建莆田人。

林堯英

蜚伯、澹亭，福建莆田人。

林麟焻

石來，福建莆田人。

毛天麒

如石，江南太倉人。

蔣景祁

次京，江南宜興人。《梧月山房詩》。

鄭　茂

子勉、紫沔，直隸永年人。《竹邊樓詩集》。

譚　宗

公子，浙江餘姚人。

周　篔

青士、篔谷，浙江嘉興人。

路澤農

吾徵，直隸曲周人。

朱爾邁

人遠，浙江金華人。《玉山堂稿》。

崔　嵸

小霍、五竺，福建福州人。《瑤光堂集》。

宋　犖

牧仲，河南商丘人。《柳湖草》。

李　驎

西駿，江南興化人。

趙　澐

山子，江南吳江人。《雅言堂集》。

顔伯珣

季相，山東曲阜人。

閻若琛

紫琳，山西太原人。

范承斌

允公，奉天瀋陽人。《大鳳堂初集》。

范承烈

彦公，奉天瀋陽人。《大鳳堂初集》。

鄧林尹

虞山，直隸宛平人。《雪江草》。

鄒之璜

爾佩、惕庵，江南寶應人。

楊雍建

自西、以齋，浙江海鹽人。

趙士麟

玉峯，雲南河陽人。《金客詩》。

柯崇樸

寓匏，浙江嘉善人。《紀遊草》。

柯維楨

翰周，浙江嘉善人。《紀遊草》。

曹鑑平

掌公，浙江嘉善人。

曹鑑章

達夫，浙江嘉善人。

毛　逵

錦來，江西新昌人。《西粵行》。

孫　郁

雪崖，直隸元城人。

魏　憲

惟度，福建晉江人。

沈胤範

康臣、肯齋，浙江山陰人。

謝橿齡

健行，山西安邑人。《甓齋詩集》。

汪耀麟

叔定，江南江都人。《北皐集》。

陳　璜

琪園，浙江臨海人。《良詩》。

蘇　瑋

韋玉，貴州大定人。《客存近草》。

李贊元

望石，山東大嵩衛人。

衛既齊

爾錫，山西猗氏人。

張　惣

僧持、南村，江南江寧人。《江上詩》。

吴之紀

小修、慊庵，江南吴江人。

董允瑫

在中，浙江鄞縣人。

畢三復

右萬，江南歙縣人。《樅亭近稿》。

張辰樞

石紘，浙江錢塘人。《楚遊稿》。

吴　甲

公令、鶴村，江南吴縣人。《筍香樓集》。

吴　鉅

蒼符，江南常熟人。《北遊詩》。

蔣　楛

荊名，江南長洲人。

吴之振
孟舉，浙江石門人。
呼　谷
德下，江南崑山人。
黄礽緒
繼武、晴筠，江南長洲人。
沈蕙纕
馨聞，浙江嘉興人。
金肖孫
瑞枝、虬亭，直隸清苑人。
曹　禾
頌嘉、峨嵋，江南江陰人。
沈　攀
雲步，江南吴江人。
錢光繡
聖月，浙江鄞縣人。

譚吉璁

舟石，浙江嘉興人。

潘　江

蜀藻，江南桐城人。《徐兗草》。

湯　格

天若，江南金壇人。《南榮山房集》。

秦　鉽

克繩、補念，江南長洲籍，無錫人。

鄧林梓

肯堂，江南常熟人。

葉舒崇

元禮，江南吳江人。

王九徵

明侯，福建侯官人。

陳檀禧

延喜，江南丹徒人。

曾王孫

道扶，浙江秀水人。《清風堂集》。

蔣日成

庶來，江南長洲人。

顧景文

景行，江南無錫人。《楚遊詩》。

陳鈺

其相、冰壑，江南寶應人。《巢園詩鈔》。

董文驥

玉虬、易農，江南武進人。

沈世奕

韓倬、青城，江南長洲人。

楊自牧

預齋，直隸昌平人。◎謙六沈酣風雅，尤篤聲氣。南遊而訪余於選樓，意良殷矣。詩俱英剴，無凡近氣，當與寓內見之。

闞鱗如

河南夏邑人。《冶雲莊稿》。

陸慶臻

集生，江南華亭人。

顧有孝

茂倫，江南吳江人。

徐　增

子能、而庵，江南吳江人。

練貞吉

石林，河南永城人。

黄之翰

大宗，江南山陽人。《曉岫閣詩》。

董元愷

舜民，江南武進人。

劉中柱

砥瀾、雨峯，江南寶應人。《燕遊集》。

迮　俊

旦庵，河南祥符人，家揚州。《頑鐵手錄》。

陸元泓

秋玉，江南常熟人。《水墨廬稿》。

湯傳楹

卿謀，江南吳縣人。《湘中草》。

陳希稷

育民、簡庵，河南夏邑人。

鄒祗謨

訏士、程村，江南武進人。

董以寧

文友，江南武進人。

魏世傑

典士，江西寧都人。

王　潔

汲公，直隸大興人。《幽居山房稿》。

吳肅公

晴巖，江南宣城人。《街南稿》。

柳　葵

靖公，浙江杭州人。《餘清堂稿》。

陳　琅

石房，福建莆田人。

王　翃

翰臣，江南嘉定人。

周榮起

仲榮，江南江陰人。

何龍文

信周，福建晉江人。《石鼓傳音》。

夏洪基

元開、嶼山，江南高郵人。

車萬育

與三，湖廣龍陽人。

沈奕琛

石友，貴州普安籍，江南高郵人。

沈　謙

去矜，浙江仁和人。

王鴻緒

儼齋，江南華亭人。

于覺世

子先，山東新城人。

蔣　伊

謂公、莘田，江南常熟人。

曾　燦

青藜，江西寧都人。

劉　書

清隱，江南江寧人。《蘆渡吟》。

劉元徵

夢闌，直隸大名人。

張鴻儀

企麓，直隸元城人。

李振世

章鹿，直隸長垣人。《裕昆堂集》。

蔣玢

絢臣，福建侯官人。《紀遊草》。

紀炅

仲霽，直隸文安人。《朏庵詩集》。

徐士芝

恒吉，江南吳縣人。

程瑞初

旦伯，江南休寧人。

胥庭清

永公，江南江寧人。◎永公以《梅花書屋詩稿》見寄，忽赴召玉樓。予未忍負我友之意也，爲錄以志人琴。

鄒溶

可遠，江南無錫人。《時保堂詩》。

李蘭

馨逸，江南興化人。

任西邑

幼瞻，江南宜興人。

鄒顯吉

黎眉，江南無錫人。《湖北草堂詩》。

沈希亮

信英，江南吳縣人。

鄺曰晉

無傲，廣東南海人。

諸嗣郢

乾一、勿齋，江南青浦人。

張麐

九草，江南泰州人。《知拙堂稿》。

夏駰

宛來，浙江嘉興人。《冷然堂集》。

張吉

王士，浙江仁和人。

陳　浣

伯熊，福建長樂人。《陶園集》。

黄　霖

雨相，江南休寧人，江都籍。

丁耀亢

西生、野鶴，山東諸城人。《逍遥遊》。

劉懋賢

愚公，江南泰州人。《檗庵詩》。

鄭元志

詩言、勁節，江南歙縣人。

程　祐

叔子，江南休寧人。《文園近草》。

程瑞褕

孚夏，江南休寧人。《文山堂集》。

白　眉

子常，江南休寧人。

陳　治

山農，江南華亭人。《梅華源集》。

鮑鼎銓

讓侯，江南無錫人。《心遠堂詩》。

姚克家

秋瀑，浙江秀水人。

吴　琦

魏公，山西襄陵籍，江南江都人。◎魏公性孝友，風期簡澹，讀書南郊，以古人自期，而傍及陰陽術數，及琴弈篆籀翰墨諸技，而不以之驕人，延陵之矯然傑出者也。乃年二十八而逝，人咸悼之。伯氏馨聞每爲予輩道其生平，輒涕泗横出。及予有《詩觀》二集之役，因以魏公遺詩一帙見示，曰：『稍録數章，亦所以存吾弟也。』予因採擇而付諸梓，俾茂陵有書不致遺落，則馨聞之念其弟，於是爲至矣。

謝　淳

樸先，浙江杭州人。《東來草》。

徐旭旦

浴咸，浙江錢塘人。《牧雲堂集》。

羅自觀

上極，江南山陽人。《代雉》。

熊一藻

美先，江西南昌人。《亦園詩草》。

姚景詹

心繩，江南江都人。《康山詩存》。

姚景明

仲潛，江南江都人。《分鷗閣近稿》。

陳啟源

長發，江南吳江人。

申涵煜

觀仲，直隸永年人。《江航詩》。

程毓

育先，江南休寧人。《遙香集》。

程應騏

子德，江南休寧人，育先之子。

吳卜雄

震一，浙江德清人。

釋本月

旅庵，浙江寧波人。《隨悔稿》。

釋大燈

同岑，浙江嘉興人。

何金驤

御六，江南丹徒人。

繆永謀

天自，浙江嘉興人。

鄭培

文溪，浙江海鹽人。

汪楷

雲憑，江南嘉定人。

高詠

阮懷，江南宣城人。◎阮懷詩清麗高雅，矯然出塵。晚得其《遺山》刻稿，惜不能多載。

陸輅

次公、載商，江南常熟人。《鬱蒼樓稿》。

趙其隆

今至，浙江山陰人。《紀遊草》。

沈純中

穆如，浙江錢塘人。《梅軒偶刻》。

胡玉昆

元潤，江南江寧人。《栗園稿》。

顧自惺

友星，江南江寧人。

喻全昜

可歇，江西南昌人。

趙陞

孟遷，浙江山陰人。

朱曙

復旦，江南休寧人。《喬木山房稿》。

官純胤

嗣長，湖廣蘄水人。

夏州梁

斗巖，江南鹽城人。

翁　磊

岱瞻，江南泰州人。

葉　藩

桐初，江南太倉人。《惜樹齋稿》。

卓人臯

有枚，浙江仁和人。

顧　兼

玕山，江南無錫人。

許心宸

紫臣，江南長洲人。

劉應麟

兆聖，江南江都人。《耕堂集》。

浦　舟

鴻盟，江南太倉人。

徐國顯

公佑，江南合肥人。《寒梅草》。

吴　沛〔一〕

宗一、海若，江南全椒人。《西墅草堂集》。◎海若先生至性篤行，當世師之，不專以經師見推，而諸鳳毛皆拔起。默巖太史與僕訂交京師二十餘年，情至渥也，甲寅遇於邗上，出西墅遺詩見示。會拙選將竣，特爲錄梓，以識高山。

【校記】

〔一〕以下輯自《詩觀》二集卷一二，原署『東吴鄧漢儀孝威評選，同學朱彝尊錫鬯參閱』。

錢士馨

稚拙，浙江平湖人。

蔣之翹

石林，浙江秀水人。

劉　侗

同人，湖廣麻城人。

彭孫貽

仲謀，浙江海鹽人。

梁于涘

湛至、飲光，江南江都人。

鄭元勳

超宗，江南江都籍，歙縣人。

金俊明

孝章、耿庵，江南吳縣人。

金　侃

亦陶，江南吳縣人。

黄周星

九烟，湖廣湘潭籍，江南江寧人。

陳名夏

百史，江南溧陽人。

姚永昌

茂孳，浙江慈溪人，家固始縣。《壺中吟》。

劉佐臨

與襄，江南潁州籍，河南永城人。

徐宗健

仲乾、翁洲，江南江都人。《恬庵詩集》。

何士震

修吉，江南江陰籍，武進人。

許喬衡

杜鄰、蒼巖，江南合肥人。《二樓集》。

釋大健

蒲庵，江南江寧人。《花笑軒集》。

董德偁

天鑑、銘存，浙江鄞縣人。《實藉軒詩鈔》。

褚　篆

蒼書，江南長洲人。

米漢雯

紫來，直隸宛平人。《漫園詩集》。

周　肇

子俶，江南太倉人。《東岡集》。◎子俶《燕臺雜興》詩凡二十章，多紀鼎湖之事，余尤採其英麗而典雅者，用備詩史。

莊振徽

世慎、恥五，福建福清人。《容園詩》。

李 瀅

鏡石，江南興化人。《敦好堂近詩》。

梁佩蘭

芝五、藥亭，廣東南海人。

汪徵遠（再見）

《穀玉堂甲寅乙卯詩》。◎新安兵革初定，而高蘇州使君訂之入吳，往來皆取道邗上。予與之把手敘闊，談烽火事，歷歷如在夢中。因出其新詩見示，高老雄秀，不減少陵《彭衙》、梓、閬諸篇。固非亂離，不能有此傑作。

瞿有仲

有仲、健谷，江南常熟人。《紅曉樓集》。

何 讓

允恭、石江，江南六合人。《雪香樓詩草》。

王奪標

赤城，山東單縣人。《南疑集》。

李　漁

笠翁，浙江蘭溪人。《李子新編》。

孫　治

宇台，浙江仁和人。《北徵草》。

金　鍔

秋水、朗西，江南長洲人。

計　東（再見）

《關塞集》。◎甫草間關負米，歷盧龍、蜚狐之塞，久不得其音耗。乙卯夏五，上谷太守沈國望緘其新詩見寄，云抵足易州，屬其郵筒者。乃未幾而甫草竟召玉樓矣。因選梓其雄警之篇，登諸卷軸，蓋不忍忘我良友也。

蔡　瑤

玉及、曉原，江南宣城人。《餘閒堂集》。

劉儀恕

喻人、推庵，陝西涇陽人。《琅函近稿》。

魯　瀾

紫漪、桐門，江南江都人。《濯月草堂詩》。

倪之煌

天章，山東臨清人。《一草亭稿》。

胡暹

近埜，江南江寧人。《無行所悔齋稿》。

馬之輅

吉人、果庵，江南宣城人。《焚餘草》。

王僩

无竞，山東膠州人。《太古園詩集》。

潘岵

孝瞻，江南蕪湖人。《嘯堂集》。

程煥

堯章、石雷，江南休寧人。《御風草》。

湯帝臣

在簡，江南旌德人。

申紘祚

維久，江南長洲人。

李長順

天助，江南高郵人。

王弘祚

玉銘、思齋，雲南保山籍，陝西三原人。《願庵詩集》。

譚貞默

梁生、埽庵，浙江嘉興人。

李良年（再見）

《秋錦堂集》。

董俞

蒼水，江南華亭人。《浮湘》、《度嶺》二稿。

高佑釲

念祖，浙江秀水人。《懷寓堂詩》。

卞善述

耐庵，江南江都人。《澹寧堂稿》。

鄧廷羅（再見）

《楚遊稿》。

劉壯國

幼功，江南潁州籍，河南永城人。《縣居詩》。

季　靜

仁山，江南泰興人。

田作澤

小宛、雪龕，河南商丘人。《松巢吟》。

林鼎復

天友，福建閩縣籍，長樂人。

謝良琦

仲韓、獻庵，廣西全州人。《醉白堂集》。

王元度

尊素，江南歙縣人。《軒轅閣稿》。

卓胤域

永瞻，浙江仁和人。

卓胤基

次厚，浙江武康籍，仁和人。

袁啟旭

士旦，江南宣城人。

許納陛

元錫、雪庵，江南如皋人。《思亭集》。

孫汧如

阿滙，江南六合人。

唐念祖

髯孫，江南宣城人。

侯方通

通侯，河南商丘人。

許世昌

乾若，直隸曲陽人。

周宗儒

自珍，廣東崖州人。

許獻科

十夫，江南興化人。

徐　熺

玉蟠、映如，江南興化人。◎丁酉春予客嶺南，日與徐符嵎觀察爲文酒歡。其情文爾雅，風格敦厚，真豈弟君子也。而難兄映如公，以明經高第，擬授專城，乃拂衣歸，矢志終養。迨雙親既逝，身亦旋隕，若相從于地下者。鄉黨咸以純孝推之。令嗣振麟，以同人諸詠歌見示。

白夢鼐

仲調，江南江寧人。

張大賡

颺父，江南潁州人。

李　楷

叔則，陝西朝邑人。

張　嵋

月坡，江南無錫人。《蕭雲閣草》。

王如琮

寶臣，湖廣黄岡人。

是　名

凡夫，江南常州人。

王　蔚

昌之、文徵，直隸邢臺人。《韋庵集》。

張礽煒

雲子，江南山陽人。

杜首昌

湘草，江南山陽人。

郝士儀

羽吉，江南歙縣人。

劉彥初

元凱，江南江都人。《冰心集》。

魏敏祺

用熙，河南夏邑人。《來智堂稿》。

張玉藻

孺懷，浙江仁和人。

朱　珏

二玉、邗樵，江南江都籍，山東臨清人。《寶翰堂詩》。

釋琛大

芥庵，湖廣湘潭人。《半山詩略》。

袁懋年

士祺、仙客，江南吳縣人，泰州籍。《竹窗吟稿》。◎仙客烏衣妙族，髫齒博通，與僕酒社詩壇，歡相得也。竟以攻苦早世，遺稿多散佚。令嗣拔公，羅得數章見示。讀之古豔絕倫，即付剞劂，以存吾友。

袁爾萃

拔公、瞻蓼，江南吳縣人，泰州籍。《蓼庵集》。

孫　益

友三，江南休寧人。《歸來吟》。

陸　棻

義山，浙江平湖人。

釋楚琛

青璧，江南華亭人。

釋宗渭

筠士，江南太倉人。

佘儀曾

來儀、羽尊，福建莆田人。《放香亭詩》。

閻若璩

百詩，江南山陽籍，山西太原人。

董用楫

曇友、蟄庵，江南華亭人。

姚謹昉

舒恭，江南江都人。《康山草堂稿》。

白采

子受、祇六，江南江寧人。

白英

子雲、象五，湖廣江夏籍，江南江寧人。◎子雲爲吾友孟新之令嗣，才思如烟，風期似玉，而竟遭隕落，爲之歎恨。

李彥瑁

華西，陝西三原人。

孟九銀

百聚，山東鄒縣人。

許茹

子柔，江南歙縣人。

董孫符

漢竹，浙江鄞縣人。巽子令嗣。

王國璽

介玉、海印，福建閩縣人。《月將堂草》。

孫錫蕃

棐臣，湖廣黄岡人。《復庵詩》。

張陳鼎

梅巖，浙江嘉興人。

王九寧

采侯，福建閩縣人。

鄭吉士

有章，浙江錢塘人。《鹿苔山房稿》。

宋　琦

受谷、玉山，浙江仁和人。

釋常岫

蒼林，浙江黄巖人。《寒濤閣詩》。

釋宗炳

慧謙，江南泰興人。《樹下稿》。

王俞巽

乃繹，直隸廣平人。

程樹德

季豐，江南休寧人。

釋本晝

天岳，湖廣蘄水人。

釋今無

阿字，廣東南海人。

何嘉廸

惠開、耀真，浙江山陰人。◎書臺先生節烈足垂霄壤，而惠開克承堂構，高嘯湖山，不復與人間事，意良苦矣。年未五十，遽爾云亡，識者咸爲傷悼。令季奕美以遺詩示予，讀之深憫其志，蓋不獨歎其詩篇之矯麗英愷也。乙卯歲盡，從白門棹雪以歸，坐文選樓，因呵凍書此。

何嘉延

奕美、五園，浙江山陰人。

徐　惺（再見）

《來鹿軒集》。

耿願魯

又樸、韋齋，山東館陶人。《種松軒詩》。

邵錫申

天自，浙江餘杭人。《遠齋草》。

釋佛暘

旭曇，江南江都人。

張懋京

元標，江南如皋人。《蓮徑集》。◎元標雅情逸致，一見知爲風雅中人。羽尊示我三詩，恬暢幽諧，聲中金石，其指授良有不同者與？乃其尊君以豪俠著聲，薦紳先生咸爲欽企。所有贈什，元標不忍委諸草莽，出而求予表章，尤徵孝思之篤。

房廷禎

興公、慎庵，陝西三原人。

許孫荃

生洲、四山，江南合肥人。

周斯盛

屺公、證山，浙江鄞縣人。◎三君氣誼卓邁，不僅以詞章著名，而贈言亦不苟。其推許如此，固知季布、朱家，自爾聲馳京洛。

顧道含

同束，江南通州人。

李　曉

寅清，直隸宛平人。《梧臺集》。

劉長發

存永，江南江都人。◎玉少、玉栗以詩才掉鞅詞壇最久，而小阮存永鋭志風雅之業，每一振筆，藻耀非常，以之應詔答箋，沈、宋奚讓？固中壘之多才、龍門之蔚起者也。

成　光

仲謙，直隸大名人。

鄭熙績

懋嘉，江南江都籍，歙縣人。《含英閣詩草》。◎僕與贊可、士介、詩言諸公，遊處甚昵，而次嚴侍御則乙未春始相見於京師。後次嚴貴盛，音問稍稍斷絶。今懋嘉孝廉挺出，與都人士論詩，詩皆工麗高健，而與僕飲酒休園，賦詩爲樂，又一時矣。僕有句云：『招邀偏有異，三世愛清任。』其殆實録。

江　湘

郢上，江南歙縣人。

程　洪

丹問，江南歙縣人。

周棐臣

篤生，廣東順德人。

江世棟

右李，江南歙縣人。

方兆兗

乘六，原字瞻魯，江南歙縣人。

方拱乾〔一〕

坦庵，甦翁，江南桐城人。《何陋居草》。

【校記】

〔一〕以下輯自《詩觀》二集卷一三，原署『東吴鄧漢儀孝威評選，同學黄周星九烟參閲』。

方亨咸

吉偶，邵村，江南桐城人。

李鄴嗣

杲堂，浙江鄞縣人。《棟塘集》。

李元鼎

梅公，江西吉水人。《石園詩集》。

李振裕

維饒、醒齋，江西吉水人。

戴　重

敬夫，江南和州人。《河村集》。

戴本孝

務旃，江南和州人。《鷹阿山人集》。

史可程

赤豹、蘧庵，直隸大興人。《浮叟詩集》。

申涵盼

隨叔，直隸永年人。《定舫詩草》。

黃天嗣

孝昭，江南江都人。《澹山集》。

金祖誠

對揚，江南吴江人。

錢　霍

去病、荊山，浙江山陰人。

趙文昞

玉藻、鐵源，山東膠州人。《粤遊草》。

潘問奇

雲客，浙江錢塘人。《雪帆集》。◎雲客南下，訪予吴陵，其事如王屋山人之訪太白，而僕未敢當也。出其篋中諸作，皆警秀絶倫。僕因採其尤者，選置二集，當世固自有特賞耳。

施彦恪

少恭，江南宣城人。《雙溪草堂稿》。

路金聲

聞遠，江南華亭人。

喬出塵（再見）

◎疑庵俠腸豪氣，使黄金如糞土。今一旦囊空，顧視世人較量金錢，不差毫髮，始而憤，終而平。睹其《逼仄》數章，知其觀世熟、入道深也。故亟録而梓之。

萬斯備

允誠，浙江鄞縣人。《深省堂詩》。

張陛

登子，浙江山陰人。《南華山房稿》。

曹寅

子清、雪樵，奉天遼陽人。《野鶴堂草》。

胡德邁

卓人、鹿亭，浙江鄞縣人。

蔡珮

子佩，浙江蕭山人。

熊釗

勉茲，江西豐城人。《時敏堂詩稿》。

彭瓏

雲客，江南長洲人。《抽簪雜詠》。

彭定求

疑祉、訪濂、省軒，江南長洲人。《南鳩鳴和》。

朱　瞻

二慎，舊名陵，字月石，江南吳縣人。《中露集》。

咼重望

拙庵，湖廣公安人。《致遠堂集》。

咼正儀

又生、寧山，江南寧國籍，湖廣公安人。《四桂亭集》。◎寧山俠腸古道，絶不類仕宦中人。一别選樓，音塵斷絶，把此極爲相憶。

周體觀

伯衡，直隸遵化人，家濬縣。《晴鶴堂楚吟》。

唐賡堯

載歌、寓庵，浙江山陰人。《城山園歷遊集》。

釋原志

碩揆，江南鹽城人。《借巢》、《正續堂》諸集。

江天一

文石，江南歙縣人。《寒江集》。

郝　璧

仲趙，陝西蘭州人。《崑岑集》。

劉文炤

雪舫，直隸宛平人。《攬蕙堂偶存》。

蔡德烈

懋成，江南吳縣人。《長松堂倦吟稿》。

馬　翀

雲翎，江南無錫人。《蝶園詩》。

袁　藩

宣四、松籬，山東淄川人。《敦好堂集》。

釋鐙溥

指新，江南盱眙人。《鐵甕》、《五蘿庵》諸集。

范宣詮

道文，江南休寧人。

馮蕃大

孟庶，江南興化人。

張　潮

山來，江南歙縣人。《聊復集》。◎黄岳先生學窮濂洛，而詩則一準杜、韓。丁巳冬日，予嘗得其全稿論次之。而山來世其家學，詩復磊砢而英多，能無嘖嘖嘉歎？

陳宗石

子萬，江南宜興人。

金敬致

正夏，浙江山陰人。

黃　律

鳴六，江南歙縣人。《存古樓詩》。

汪　弼

無襄、真谷，江南歙縣人。

田于邠

光西，河南商丘人。《坦步園詩》。

田于隆

抱南，河南商丘人。

田于郤

颸西，河南商丘人。《十四松園詩》。

徐斆

湘陰，江南通州人。《迎芳閣集》。

孫叔詒

燕叔、裕仍，山東歷城人。◎吾友紀伯紫極推燕叔英年好學，詩格尤爲遒上。惜惠稿之甚少也，故僅登其二。

黄陽生

屺懷，江南泰州人。《月舫集》。

黄泰來

交三，江南泰州人。《鹿臺集》。

姜　梗

鐵夫、桐柏，浙江會稽人。《曹山草堂》、《飯犢居》諸集。

魏　坤

禹平，浙江嘉善人。

姜　諫

問忠，浙江會稽人。◎予極賞歎問忠詩，而不知爲鐵夫令嗣也。其年最韶，其詩才最妙，要不肯作猶人語，而又入格。掉鞅詞苑，非君其誰？

孫　延

公賞，江南休寧人。《白石集》。

吴紹熹

聖輔，江南吴縣人。《劍吼堂集》。

吴炯

初明、阿蒙，江南上元籍，吴縣人。《雪篷集》。

吴燭

調玉，江南上元籍，吴縣人。《橘圃集》。

沈傳弓

武功，浙江〔一〕嘉興人。

【校記】

〔一〕『浙江』，底本作『江南』。沈傳弓，傳見《兩浙輶軒錄》卷八。

戚懋

稺含、枋齋，江南宣城人。《荻授堂稿》。

王澤孚

子年，江南興化人。

汪曾

師魯，江南休寧人。《薜蘿草堂稿》。

左維垣

眾堅，江南江都人。《蘚牀詩集》。

李　暾

寅伯，浙江鄞縣人，杲堂令嗣。

黄　對

書思，江南儀真籍，歙縣人。

黄　時

禹曆，江南歙縣人。

陸引年

爾仲，陝西蘭州人。

顧紹美

景先，江南泰州人。

蔡孕環

公梅，江南泰州人。

袁　佑

杜少，直隸東明人。

釋性本

野夫，江南丹徒人。

釋通問

白旃，江南合肥人。

朱 璽

晉公，浙江歸安人。

高必達

上公，直隸大興人。

繆肇甲

墨書，江南泰州人。《問月樓詩》。

方淳

樸士，江南歙縣人。《環翠軒稿》。

程允生

信庵，江南歙縣人。《東山草堂稿》。

宗 觀〔一〕

鶴問，江南江寧籍，江都人。《咸園近稿》。

【校記】

〔一〕以下輯自《詩觀》二集卷一四，原署『東吴鄧漢儀孝威評選，同學周在浚雪客參閲』。

汪　度

千頃、山圖，江南歙縣人。《藏山閣集》。

程化龍

禹門、念蒿，江南休寧人，青浦籍。

賈良璧

子瑜，江南高郵人。《揖石庵詩》。

朱　紘

阜公，江南黟縣人。

釋大汕

石濂，江西南昌人。《秋江草》。

釋興源

楚雲，湖廣長沙人。《梅檀閣稿》。

董道權

巽子，浙江鄞縣人。

陸嘉淑

冰修，浙江海寧人。

俞楷

陳芳，江南泰州人。◎俞氏多才而以詩崛起者，則有陳芳。北徵甚急，不及序其刻稿，爲錄二詩，以志景仰。

劉元勳

介庵，陝西長安人。

彭翼宸

襄五、雪崖，河南南陽人。《雪巘山坊稿》。

朱綬

安公，江南黟縣人，家六合縣。《簡庵詩存》。◎安公往矣，而令弟阜公以遺稿屬予選次，至再至三，可謂情深友于，爲不忍死其兄者也，予安能靳此筆墨耶？春雨自鑾江歸，因洗研評跋，亟登梨棗。

朱弦（再見）

《嶽青堂詩存》。◎阜公詩不可得而讀，然時時在余胸臆間。己未自燕京還，阜公忽以刻本見寄，狂喜之甚。因選錄授梓，亟爲浮數大白。

傅鸞祥

雲凝，河南汝陽人。

張鴻漸

九逵，直隸元城人。《蘿庵稿》。

程羽豐

培公，江南休寧人。

周　藩

价人，江南江都籍，山西霍州人。《藉園草》。◎宗鶴問曰：藉園詩，遠之丁卯、近之四溟一流。頃東亭座間，出次韻詩屬和，藉園運置天然，别有杼軸，雅稱擅場。◎价人之詩，整麗流逸，在樊川、賓客間，而近攬秋浦之勝，挹九子之奇，詩益警秀。頃吴湖州倡社竹西，价人扶將極力風雅，功臣舍君奚屬？

周以忠

端臣，江南江都籍，山西蒲坂人。《劬園草》。◎自京師驅車回，水旱頻仍，無一佳況。乃今憩邗水，得讀周子端臣詩，珠玉交飛，絲肉競響，不禁爲之心醉。因攜至紅橋，荷淨竹涼，遍與楚執、鶴問、玉栗諸君共賞之。蓋詩人之俊，無逾此者。

孫志喬

松仞，江南休寧人。《懷硯齋稿》。

冒丹書

青若，江南如皋人。《枕烟堂》、《卯君》、《西堂》諸集。◎嵩少憲副易簀時，呼青若至榻前，手付十字曰：『汝父天生孝子，不可不學。』蓋其許巢民先生者爲有素，而其勵青若者亦已至矣。故青若始終孺慕弗倦，於尊慈之歿，友人爲賦《廢花朝》詩，蓋重憫之也。今年同室變作，青若以身翼蔽嚴親，遂被重創，而終不死，知冥冥之默佑非偶然也。青若大節如此，其詩之警逸，又豈足盡之耶？

汪　達

中和，江南歙縣人。《友竹齋詩集》。

孫　綏

文侯，江南休寧人。《棲鳳閣詩》。

閔　恭

恭先，江南歙縣人。《深翠山房詩草》。◎《江上春雨雜詠》：六詩秀鍊蒼渾，卓然可傳。中和、文侯與于天交稱莫逆，而恭先則其胞兄也。今皆下世，于天惻然憫之，以遺稿屬予選梓。其古人之風烈哉！足愧世之生死易面者矣。

閔　寬

大臨，江南歙縣人。《飲桂樓詩草》。

佘　瓚

文賓，江南如皋人。《亦園詩草》。

江　益

旡方，江南歙縣人。《梁園》、《投湘》二稿。

江　斌

全子，江南歙縣人。《滌露集》。◎醴陵詩才蔚起，而辰六束裝宦楚，以无方、全子兩君稿屬予選次。其詩高邁秀上，濯濯能新，允堪騰聲藝苑。

孫錫蕃（再見）

《復庵》前後二稿。◎李吉津太史曾見示復庵詩數章，已登其一；而聶祥符復以全稿，請再爲登選，以伸友誼。因復拔數章，以公海內。

劉芳蔭

震蕃、瞻岵，福建莆田人。《孝友堂集》。◎震蕃躬行醇篤，未肯以詩名，沒而令嗣始梓之。茶村曰：『非登選本，未可以傳遠而垂後也。』因屬予論次，得如干首，以報茶村。

胡其毅

靜夫，江南江寧人。《靜拙齋詩選》。◎靜夫詩，雅潔蒼貴，獨立塵表。江左詞家，自邢、顧凋謝，克紹古學，舍君其誰？

黄虞稷

俞邰，江南江寧籍，福建晉江人。《我貴軒集》。◎己卯予應南闈試，尊人海鶴先生爲國子助教，曾登龍御李，距今四十餘年矣。今乃交其令嗣俞邰，且爲評跋俞邰之詩，爲之喜甚。

徐廷翰

藎臣，江南江寧人。《怡雲堂集》。◎藎臣清遠絶俗，慎於交遊。茶村序其詩，謂可接武與治。余讀其稿，良然。一卷冰雪，良可十日對。

馬禹錫

洛文，江南江寧人。

彭始奮

中郎、海翼，河南鄧州人。《娱紅堂集》。

彭始摶

直上，河南鄧州人。《方洲近草》。

朱虹

亶初，江南吴江人。《清遠堂詩》。

孫暘

赤崖，江南常熟人。

曾明新

錫侯，江南江寧人。《楠陂存稿》。◎錫侯閉戶讀書，兼精詩畫，同人交推之。庚申余客白門，乃通縞苧，樽酒之外，别有會心。詩固蒼妍，獨持風格。

舒逢吉

康伯，湖廣廣濟人。

鄒震謙

乾一，江南太倉人。

李贊元（再見）

《悔齋》及未刻詩。◎先生詩已選登九卷，兹遊白門，與先生晨夕飲眺。見其悔齋新稿，警拔蒼老，復補登十四卷，付之剞劂，固曰多多益善耳。

李孚良

右起，福建龍溪人。◎素園先生急流勇退，早解河北之綬，寓居白下，惟事嘯詠登臨。令嗣右起，日相隨於杖履筆硯間。其詩高雅妍麗，固堪繼美。

文　果

園公，江南長洲人。《雪泥集》。

宋　炌

介山，河南商丘人。《西湄草堂集》。

陳寶鑰

綠崖，福建晉江人。◎先生詩立議布格，皆自辟蠶叢，讀之心眼頓换；而高雅蒼潤之作，亦復矯出衆流。『語不驚人死〔一〕不休』，杜老語固可持贈。

【校記】

〔一〕『死』，底本作『思』，據杜詩改。

李基和

梅崖，奉天廣寧人。

趙廷錫

玉譜，陝西膚施人。

李　鴻

青立，河南鄧州人。《紅香閣集》。

許夢麒

佛摩，江南合肥人。◎佛摩爲生洲先生長公，髫年負異才。見諸公賦雙松，拈筆即成一首，格既安雅，氣復高健，一時長安競傳之。濟北五龍，豈能媲美。

柳　焴

公韓，江南江寧人。◎愚谷家居長干，門巷清絕，詩畫皆臻佳妙，與曾楠陂友善。六朝風調，令我移情。

葉灼棠

雨公，江南吳縣人。

徐之駿

筠皋，浙江永康人。

曹垂璨

綠巖，江南松江人。《片玉齋集》。

趙　湛

秋水，直隸永年人。《玉暉堂稿》。

金　炯

子弢，浙江山陰人。

王士祜

子側、東亭，山東新城人。

吳　愉

敬生，江南長洲人。

喬　寅

孚五、東湖，山西平陽人。

王　待

季守，江南興化人。

牛　奂

潛子，河南林縣籍，山西長治人。

毛會建

子霞、客仙，江南武進人。

朱廷鉉

玉汝，江南江陰人。

顧符稹

瑟如，江南興化人。

陸　韜

虎侯，浙江山陰人。

釋弘修

梵林，浙江山陰人。

釋興杲

暉空，河南鄧州人。

釋理昇

潛入，河南鄧州人。

鄧勖采〔一〕

扶風、次德，係舊山長子。《我笑軒稿》。

【校記】

〔一〕此下錄自《慎墨堂學詩偶存》，載中國國家圖書館藏乾隆重輯本《詩觀》二集卷一四卷末。

鄧劭榮

若雍、顧亭，係舊山次子。《鄧尉山人稿》。

鄧勱相

方回、冠城，係舊山第三子。《文選樓稿》。

鄧勱秀

七友，舊山季子。

李　蓰〔一〕

天章，江南崑山人。明經葉崙生配。

【校記】

〔一〕此卷輯自《詩觀》二集『閨秀別卷』即卷一五，原署『東吳鄧漢儀孝威評選，同學黃九河天濤參閲』。

侯懷風

若英，江南嘉定人。納言侯廣成先生諱峒曾女。

朱中楣

遠山，南昌宗室女，少司馬李梅公配，詞林李維饒尊慈。

柳因

一名隱，字蘼蕪，更字如是。生出未詳。虞山錢牧齋宗伯之妾。◎河東君放誕風流，不可繩以常格。然乙酉之變，勸宗伯以死及奮身自沈池水中，此爲巾幗知大義處。宗伯薨，自經以殉，其結局更善。靈巖抔土，應歲歲以巵酒澆之。

吴坤元

無字，江南桐城人。詩人潘蜀藻之母。《松聲閣集》。

吴吴

不名，江南江都人。吴菌次太守女，江辰六孝廉配。《香臺集》。

白氏

語生，江南江寧人。白仲調廷評女，婁東吴石葉配。《紫石吟》。◎菌次嫂夫人江夏君讀書愛文。當兵戈饑窘之日，獨與菌次以詩篇相慰勞。僕每過其幽居，款留備至，必出牀頭斗酒談讌竟日。合淝先生客邗，爲予二姓講秦晉之好，而掌珠忽隕。菌次至燕京，贈余詩有『兩家兒女一花殤』之句。今菌次罷吴興守以歸，宦橐蕭然。世情冷暖，寧無雲雨翻覆之歎？而予兩人懷抱，依依如故也。爲點次其愛女及令媳詩附此，以志我輩交誼，並告辰六、石葉兩君子。

方　琬

宛玉，福建莆田人。諸生林樹聲妻。

陳　瓊

仲瑛，福建莆田人。諸生林藻玉妻。

俞　氏

若耶，福建莆田人。

王淑卿

仙琬，江南通州人。《嵐墅吟》。

湯　萊

萊生，江南丹陽人。李大來配。《憶蕙軒稿》。◎夫人詩篇逸秀而書法精好。近李子大來過我選樓，復得其新吟，愛玩不輟。因爲補刻六詩，以公海內。

范　姝

洛仙，江南如皋人。諸生李延公配。《貫月舫集》。

湯淑英

畹素，江南吳縣人。吳嘯雯配。《繡餘軒稿》。

平陽女子

◎彭禹峯記云：女因姜帥之變沒於兵，自縊定州北唐城村，炭書四絕。此壁改作餘，土人不能全記。予乙未八月至其地，尋墓弔焉。秋樹蕭摵，香骨澤畔，封不及尺，蓮房在左。有一諸生云：『女年可二十許，豔甚。兵兒鼾睡，雉經樹枝。』馬蹄既遠，居人埋玉十餘日後，乃見文昌閣壁字痕。所書日月，是營屯所至，女子死期也。女不書姓，噫！傷已。

張　潮

廣東番禺人。◎方蒙章跋云：『乙未過河南郊，路見殘壁，上字縱斜數百行，立馬觀之，書法婉姸，如有顰笑。其下和者數十輩，不復讀也。誰堪見此，矧我同鄉，悵然和之：「東風吹恨數行西，古驛荒牆舊燕泥。蔡琰拍成秋慘慘，王嬙曲半草萋萋。天生薄命供狼狼，春斷芳紅逐馬蹄。爲拾愁心歸故國，粵王臺上夜烏啼。」』

蔣　蕙

玉潔，江南泰州人。

林文貞

韞林，福建莆田人。宣城王安又配。《韞林偶集》。

程　淑

江南丹陽人。

許心澧

阿芬，江南崑山人。詩人許竹隱女。

龐蕙纕

紉芳，小畹，江南吳江人。詩人吳聞瑋配。

彭孫婧

孌如，浙江海鹽人。錦縣令陳龍孫配，詩人彭駿孫姊。《盤城遊草》。

宋氏

浙江鄞縣宋僉憲儒女，仁和陳輔配。

蔣葵

冰心，江南泰州人。《鏡奩十詠》。

余子玉

江寧人。湖南觀察鄧偶樵配。

胡介妻

錢塘人。詩載《旅堂詩選》。

范滿珠

勆淑，江南休寧人。戴邵虞配。《繡餘草》。

棨氏

失字，江西南城人。

朱雪英

《妾雪英朱氏，古吳人也。先君起家墨綬，進秩黃門，誤事權姦，驟登清要。不意冰山難恃，玉石俱焚。因之弱質含冤，空有緹縈之志；明廷按法，難逃正卯之誅。其時旅櫬南歸，煢煢母女，堂虛飛燕，門可張羅。又以伯氏梟獍，橫加慘變。始也，假當道之虎威，貽讒閶閈；繼也，肆中山之狼狽，造禍蕭牆。遂致五旬孀母，抱恨黃泉；及字孤兒，失身翠館。嗟乎！白楊衰草，難呼怙恃於九原；路柳牆花，空伴王孫於錦帳。此情此境，苦矣慘矣！兼之假母好貪，取償無厭，逼嫁武弁之手，時遭妒婦之拳。喜則卮酒片肉，不解吟風弄月之才；怒則嗔目揚鞭，安有惜玉憐香之事。日以奉詔南徵，途由涿鹿。軍中起塞外之聲，閨閣譜曲中之恨。斷梗飄萍，又不知何所歸耳。薄賦短章，詩成淚續，此閨人寫恨之辭，非騷客尋芳之韻也》：此婦飄零極矣，詩亦悲惋欲絕。

袁鑾

自署古循薄命妾。

朱中楣（再見）

《石園隨草》、《文江倡和》、《鏡閣新聲》諸集。◎錢牧齋謙益序曰：『盤根仙李，長庚新謫於人間；積慶璇源，張星舊駐於天上。媲兹嘉耦，嗣以徽音。思美人兮西方，降帝子兮北渚。陽律六，陰律六，吹鳳管以參差；前唱于，後唱喁，拊鸞歌而叶應。珊瑚筆格，綠沈之管交揮；玳瑁書籤，錦水之箋雙劈。花深網戶，每刻燭以分題；燕乳綺疏，或攤書而徵事。芙蓉秋水，筆花與臉際爭妍；楊柳春山，烟黛並眉間俱嫵。東吳才子，金閨傳內史之篇；南國佳人，玉臺寫令嫺之什。珠林琪樹，洵彤管之美譚；金柯玉枝，實天潢之盛事。丹樓烟熠，朱邸灰飛。交語而腸斷白衣，登車則淚沾紅袖。猗與燕婉，變彼鴻休。在御之琴瑟依然，中庭之蘭玉滋長。雕軒文駟，驂玉馬以北朝；翟茀鞠衣，伴角巾而東下。水精簾幕，鎮日焚香；雲母丹黃，千年辟蠹。輪依桂樹，無復月孤；矢激蓮花，惟應天笑。豈若敬通見抵，但對孺人；子美漂流，長隨妻子。又況衡陽飛雁，空約刀環；蘭渚鯉魚，難傳錦字。望曰歸於六詔，怨其雨於三春者哉？伊余生梯之年，爰有齊牢之遇。絳雲東閣，綠窗署禁扁之新題；紅雨西泠，紫陌誦夭桃之舊句。勞勞頳尾，依依白頭。茗椀熏籠，雜居烟爨；縹囊緗帙，夾注米鹽。笑十指於懸錐，嗟滿頭之蓬葆。憐茲顧頷，睹此芳華。托副墨以歸詒，俾殺青而傳寫。願借光明於東壁，敢希嚬蹙於西家。沈香小像，庶幾得染妙熏；刻玉芳名，抑亦附垂墨會云爾。』〔一〕◎遠山夫人清才妙詠，久矣聲馳京洛，名滿江淮。范子汝受曾以數章見示，即爲點次付梓。頃者令嗣庶常相遇維揚，乃惠我數帙。披覽之餘，瓊瑤溢目，因採其尤者再爲續刻。熊少宰有云：『觚棱金爵，想見沈思；殘月曉風，輸其偉調。』嗚呼！盡之矣。

【校記】

〔一〕此序原載朱中楣詩之首，又見《牧齋有學集》卷二〇，題爲《李梅公唱和初集序》。

秦昭奴

奴燕人也，育於表兄李中官，因被選掖庭，倏以疹暴作被出，遂爲豫章黃孝廉取充側室，雖愛有所鍾，而分制於嫡，夏日冬夜，徒有歸室之感，驅南千里，不如無生，偶成二絕句，秦昭奴洎墨自書》其一『無端燈盡空村夜，臥聽霜天犬吠聲』：寫荒涼之景，卻自楚楚亭亭。其二：妒亦常情，何爲銜恨至此。

白挩月

姑蘇女子。

范满珠（再見）

《繡餘二集》。

戴璽

閨韞，江南休寧人。《荊山小草》。◎劬淑范夫人詩，向孫桴庵持以相示，已錄數章付梓。兹戴景韓更以《繡餘二集》見貽。其詩多哀悼感傷之作，而皆本之性情，有畀人倫，非同鏡奩花鳥之什。此爲不乖《二南》之義，爲可述傳，故續載之。愛女閨韞，才諸詠雪，因附錄焉。

詩觀三集

詩觀三集序

鄧漢儀

《詩觀》初、二集之選，行世已久，余擬築室羅浮，優遊暮年，以養親爲志。適朝廷有徵辟盛典，當事謬舉衰朽。力辭不獲，乃買舟北上。於時魁奇俊偉之士，鴻才博學之儒，雲集京師，飛詞振采，皆極一時之盛。獨余留滯都門，深知衰朽之質，不足以揚休盛代，日望還山，得遂養親之志。而四方之士辱蒙不棄，咸以詩稿見投，充盈篋笥。間爲披閲，不禁望洋而歎曰：文章之道，上關國運，今聖天子右文好士，敦尚風雅，共慶人才輩出。其發於詩者，或雄拔岸異，凜乎如虎豹蛟龍之騰集也；或清和閒雅，穆乎如琴瑟鐘鼓之諧聲也；或高華典貴，皇乎如鼎彝球圖之隆重也；或老健蒼深，挺乎如虬松怪柏之堅凝也。諷詠之餘，諸美畢集，誠足以鼓吹休明而爲不朽盛事。夫漢魏、四唐之詩雄視百代，而我朝人才蔚起，詩學大興，較之曩時，何多讓焉。余也不敏，親提鉛槧來京，又值天下名家聚會之日，投詩滿案，無異取琅玕於閬風之苑，探奇珍於罔象之淵，不誠一代之巨觀哉！暨余還山，寓居維揚，擬有《京華澄觀錄》之選，而同人見余囊詩甚富，投贈愈多，競勸復選三集。曰：『子之初、二兩集，廣搜博採，極廿餘年之精神命脈，成此大部，心力可謂竭矣。獨是天地之儲才無窮，愈出而愈新，幸遭遇盛時，《長楊》《羽獵》之篇，『清廟』、『明堂』之什，與夫里巷謳歌、山林嘯詠之詞，皆思獻之彤廷，遠嗣雅頌之遺音者，是非有《詩觀》三集之選也不可。』余深然其言，遂彙集天下名家詩稿，細加評訂，既慎且嚴，歷五載始告厥成。余也雖未獲登天祿石渠，從諸臣後珥筆承明，著爲詩歌，以揚扢熙朝，尚得遂厥初愿，於萱庭承顔之暇，而選一代詩詞。俾天下魁奇俊偉之士，鴻才博學之儒，咸登是選，以見聖天子右文好士、敦尚風雅，有此人才輩出之盛，即繼漢魏、四唐而起，亦庶乎可也。余不藉此仰報聖恩於萬一哉！

康熙己巳春杪，南陽鄧漢儀自序於慎墨堂。

輯自《詩觀》三集卷首，清康熙慎墨堂刻本

詩觀三集序

張　潮

鄧子孝威有《詩觀》之選，初集甫出，不脛而走，天下繼而有二集之選。今三集且復成書矣，或問於予曰：『是三選也，則皆同乎？』予曰：『不同。』夫鄧子選詩之初，固非有意於問世也。投贈既多，涉獵難徧，於是拔其言尤雅者，録而珍之，大都棄瑕取瑜，排砂見寶，故其爲書，皆精金美玉，陸離奪目。其選也，鄧子之自爲政也，然耳目之所及有限，天地之生才無窮，滄海遺珠，其不及收者，蓋亦多矣。二集之選，雖世與鄧子互相爲政，亦出於事勢之所不得不然，然已不能如初集之去取唯意矣。至三集之成，若迫於所不得已，郵筒竿牘日陳於前，欲婉則違於己，欲直則忤於人，與其忤於人也，寧違於己，則是人自爲政，有非鄧子之所得而操焉者矣。此其故鄧子知之而未嘗敢以告人。顧以予有參訂之責，獨私爲予言之。予謂鄧子：『東坡有言：「凡物皆有可觀，苟有可觀，皆有可樂。」今日之詩，豈遂無可觀乎？是役也，寧少毋多，寧嚴毋濫，則是子仍可自爲政也，其何嗛之有哉？』予因思夫天地之化，日出而不窮，而唯文人之心爲甚。譬之春花秋月，古未嘗或異於今，今未嘗或殊於古。然每當花晨月夕，則人必留連玩賞於其間而不能去，從未聞有習而生厭者。則是三集也，亦猶今春之花、今秋之月，自足以供世人之留連玩賞，其不脛而走天下也，固將與初集、二集有同觀焉耳。惜乎選事未竣，而鄧子忽有騎鯨之變。其令嗣方回，欲與予踵其志而成之。夫予於鄧子存日，尚不欲越俎而代庖，顧於其歿而遂爲蛇足乎？是以仍其舊貫，不復有所增益，而識其大略如此。

時康熙庚午冬月，新安張潮題於詒清堂。

【箋注】

張潮（一六五〇—一七〇七？），字山來，號心齋、三在道人，又别署心齋居士。江都（今江蘇扬州）人，歙縣（今屬安徽）籍。康熙初歲貢，入貲授翰林院孔目。好學能文，交遊甚廣，所著有《檀几叢書》、《昭代叢書》、《虞初新志》、《古文尤雅》、《四書會意解》、《心齋詩鈔》、《聊復集》、《友聲集》、《尺牘偶存》、《筌詩補辭》、《詠物詩》、《心齋雜俎》、《奚囊寸錦》等等。張潮之父張習孔爲鄧漢儀好友。鄧漢儀晚年生活困頓，經常得到張潮周濟，二人爲忘年之交。張潮全面參與了三集的校訂和參閲工作。《詩觀》三集卷六杜濬詩後，鄧漢儀曰：『茶村以是冊授余點定，精選得七章，藏之篋衍，未付剞劂。乙丑初冬，與張子山來共商選事。山來見而愛賞，亟命登之棗梨，曰：此詩壇老將，時流即工辭采，其識力高邁，誰能及之？』類似的商量選事，是經常的。《詩觀》三集共十三卷，經張潮校訂和參閲的就有九卷。三集未竣工，鄧漢儀即辭世。張潮不僅在鄧漢儀去世後爲《詩觀》三集作序，而且對其最後成書與刊刻作出了很大貢獻，正如序云：『其令嗣方回，欲與余踵其志而成之。』

詩觀三集詩人小傳

黄淳耀〔一〕

蘊生、陶庵，江南嘉定人。◎陶庵先生理學、史論皆踞上流，而制舉義兼注疏先正之長，至今學者把誦。所爲詩，諸體咸精，風格獨老，而豎議皆英偉，鍊氣悉渾淪，學士家舉無能望其項臂。牧齋、梅村兩公極口推重，有以也。運際滄桑，身騎箕尾，高風峻節，尤堪俎豆千秋。

【校記】

〔一〕以下輯自《詩觀》三集卷一，原署『吳郡鄧漢儀孝威評選，同學張潮山來參閱』。

李永茂

孝源，河南鄧州人。◎孝源先生起家濬令，爲名給諫。當召對時，上親移御燭審視，風采大著。潼關之役，孫督師治兵關中，方欲養鋭，以圖大舉。秦士大夫之在京者，促戰甚力。先生掌諫垣，屢駁之，遂拂執政意，奉差出。迨郟縣師創，大廈難支。先生跋涉蠻荒，嬰疾而卒。所遺詩一帙，乃令弟鑑湖攜之蓬蒿兵火中，而禹峯方伯爲之選梓者。詩剛猛而高伉，而余更拔其整雅深厚者以行。

申涵光

和孟、凫盟，直隸永年人。《聰山續集》。◎凫盟静參理學，閲十年不作詩，近復拈筆爲之。令弟隨叔太史緘以遥寄，因録數首。

吴　甡

鹿友，江南興化人。《柴庵稿》。

吴應箕

次尾，江南貴池人。《樓山堂集》。◎樓山先生捐軀殉節，事已四十餘年。值國朝修史，許爲忠義吐氣。於是令嗣子班，重趼三千餘里，上書史館，爲樓山乞登列傳。事乃大白，而遺書亦漸布國門。因得攬其詩篇，授之剞劂。

劉文炤

雪舫，直隸宛平人。《攬蕙堂偶存》。◎甲申之變，新樂全家殉難，雪舫以藐兹孤流落江表，竟死高郵，後嗣斬絶。憶癸亥客秦淮時，曾以近稿見示，兼以錢虞山《燕譽堂》二首屬和。余爲選其詩，並步錢韻，固不禁淚涔涔下也。

柳寅東

鳳瞻，四川梓潼人。《來鶴堂詩》。◎鳳瞻先生遭亂解職，僑居維揚，與諸大老及名士輩相倡和。詩在眉山、劍南間，而造意命格，有遊於盛唐閫域處。令嗣長在，以遺稿示余。因拔其精奇之篇，爲後進式。

李鄴嗣

杲堂，浙江鄞縣人。《笑讀齋集》。◎己酉與杲堂别於甬上，迨丁巳始復以書來，寄詩累累，不謂遽爾奄逝。杜茶村哭之曰：『吾當東行，以志其墓。』豈期茶村亦客死維揚。戊辰編詩，取杲堂寄帙，選登二十六首。白頭衰老，僅留殘喘，以發故人之幽光，是可歎也。

楊廷麟

伯祥，機部，江西清江人。◎此曾庭聞授余稿也。愛其雄警深華，當屬初唐茂製，江西體爲之一變。

閻爾梅

用卿，古古，江南沛縣人。

沈士柱

崑銅，惕庵，江南蕪湖人。《土音集》。◎惕庵先生殉節已多歲年，《土音集》乃圜中所製者。令弟天士以鐫本授余。丁卯歲除，一爲批誦。揀其音旨稍就和雅者，附諸選集，辭固不必太戇也。

馮明期

熙宇，山西振武衛人。

馮如京

秋水，山西振武衛人。◎君家三世以詩名其家，而壯武蕭涼，均有出塞入塞之概，固山川之異，抑才分之雄。

王猷定

于一，軫石，江西南昌人。《四照堂稿》。◎軫石先生沒於武林，其詩多散佚。令嗣漢卓，乃能搜羅遺稿，藏之行笥；別駕王公嵩伊慨然捐貲，付諸剞劂，皆可傳之事，而軫石含笑於九原者也。因選其詩入《詩觀》中，附識數語。

姚思孝

永言，江南江都籍，歙縣人。《遊笥》。◎永言先生騎箕以後，詩稿盡散失。聞孫恭士，爲余子婿，忽從小市敗簏中，得其遊草一冊，購歸示余。因採其幽靈奇闢之作，思登選帙。而朱子藥圃乃慨然捐貲，付之剞劂。嗟乎！古道照人，豈不可重可感哉？

陳之遴

彥升，素庵，浙江海寧人。《浮雲集》。◎倦圃問塞翁曰：『江南有三大家，吾浙屬誰？』塞翁曰：『海寧相國其一。』倦圃深以爲然。其詩雄渾清壯，固堪建幟詞壇。

胡兆龍

予袞，宛委，直隸宛平籍，浙江山陰人。《息遊堂詩集》。◎己未客京師，智修水部託竹垞來言，云將以少宰詩稿屬余選刻。余匆匆南旋，不及待也。後許默公以鐫集見寄，而智修無有片刺。予終以竹垞，選而行之。

李元鼎

梅公，江西吉水人。《石園詩集》。◎石園先生詩，余既勒成《詩品》，茲營《詩觀》三集，復念老成典型，眷戀不釋。採登數首，正如廬嶽青嵐，紛來眉際。

黄與堅

庭表，江南太倉人。《忍齋集》。

高　詠

阮懷，江南宣城人。《遺山集》。◎阮懷授徒京師，行將得縣令，忽擢詞林，修《明史》，稱榮顯矣。以資斧不繼，抱病南還，遂爾窮死，吾深惜之。

余　懷

廣霞，澹心，福建莆田人。《曼翁稿》。

宋實穎

既庭，湘尹，江南長洲人。《老易軒稿》。

宗　觀

鶴問，遺山，江南江都人。《韋村集》。◎鶴問夙推詞壇弁冕，而近攬秋浦九子之勝，詩益奇麗，與山水相爲映發。惜其道遠，未能郵致。容盡裒其全集，勒爲《詩品》。〔一〕

【校記】

〔一〕此條『◎』號後文字據乾隆重輯本補入。

徐乾學

原一，健庵，江南崑山人。

韓　菼

元少、慕廬，江南長洲人。

翁叔元

宝林、铁庵，直隶昌平人。◎三公皆負著作之才，而遠在天祿石渠之間，詩徵索不易。僅從郵筒得此三作，謹登首卷，以重國門。〔一〕

【校記】

〔一〕此條『◎』號後文字據乾隆重輯本補入。

孫在豐

屺瞻，浙江歸安人。《尊道堂詩集》。◎司空先生以治河之節開府泰州，予與之論詩，因得請其稿，勒爲《詩品》。兹有《詩觀》之役，復蒙傾篋見授。凡紀恩、扈從、倡和、贈答、遊覽之詩，約略具備。余受而讀之，典重高華，深婉秀拔，跨燕、許而兼李、杜，真盛世之完音、偉人之傑製乎！以之敷揚國體、砥柱狂瀾，其端在是。

徐　倬

方虎，浙江德清人。《蘋村詩稿》。◎蘋村司業從端州越大庾嶺，復來海陵，出遊草見示，屬有門牆，願任剞劂者。久之音信茫然，余乃捐貲，登之梨棗，篇篇皆珠玉也。或有議其少者，余曰：『楓落吳江』傳以句，先生之風傳以字，夫何傷？

丘象升

曙戒、南齋，江南山陽人。《嶺海集》。◎南齋太史以講幄名臣一麾海外，無幾微芥蒂，翻以登山臨水、飲酒賦詩爲快。子厚之柳永、東坡之儋耳，頗爲似之。而詩絕靈奇險邃，若龍蛇蛟蜃，珠玉犀貝之光，出沒篇卷之内。《西清》、《入燕》諸稿雖警策，以此爲頡頏少陵、北地間。

徐秉義

彦和、果亭，江南崑山人。◎健庵先生云：『吾家二弟詩學甚深，擬傾笥遠寄，而魚雁茫然。』忽從卷子得四詩，雋妙絕倫，急錄入。

汪　楫

舟次、梅齋，江南儀真籍，休寧人。

許承家

師六、耒庵，江南江都人。《獵微草堂稿》。

徐起霖

傅巖、巖叟，江南通州人。◎先生歷任名區，政聲丕著，授簪歸里，高臥東山，日與我友十山、子驤輩把杯嘯詠，固宜形神超越，筆墨殊奇。合之遊歷諸篇，亟登數作，以公海内。

劉天閒

子驤，江南通州人。

梁清標〔一〕

玉立、蒼巖，直隸真定人。《蕉林二集》。

施閏章

尚白、愚山，江南宣城人。《寄雲樓集》。

【校記】

〔一〕以下輯自《詩觀》三集卷二，原署『東吳鄧漢儀孝威評選，新安張潮山來參閲』。

王士禛

貽上、阮亭，山東新城人。《漁洋續稿》。◎漁洋先生以宫詹奉使南海，與豹人遇於匡廬之麓，索其嶺南之詩，不肯出。而曹司馬實庵向余極稱嶺外之作，然苦不得見也。於司馬行笥中搜得《漁洋續稿》，亟爲選入三集；　餘當俟其郵寄，再爲丹黄。丙寅，舊農識。

王又旦

幼華、黄湄，陝西郃陽人。◎余三選黄湄詩，詩凡屢進。昨由嶺外過邗江，特解囊救孫豹人之困、治吳野人之喪，蓋行事有過人者。今忽淪喪，可勝悼歎。

吳兆騫

漢槎，江南吳江人。《秋笳集》。◎漢槎徙遠塞，爲詩益精麗雄渾。吾友徐健庵先生每對酒，輒忽忽不樂，以漢槎未得入關故。今蒙殊恩赦歸，乃一朝奄逝，豈命運之窮，抑憂能傷人，終不得永其年耶？爲之歎恨。

馮雲驤

訥生，山西振武衛人。《蜀遊稿》。◎馮公邊塞詩奇情曠致，有沙礫飛揚之勢；而入蜀諸吟則又險奥蒼古，與雪嶺棧閣爭勝。總之，胸有異書，遇題輒發，故皆能横絶一世。

張九徵

公選、湘曉，江南丹徒人。

張玉書

素存，江南丹徒人。

屈大均

翁山，廣東番禺人。

彭而述

子籛、禹峯，河南鄧州人。《讀史亭稿》。◎己未，彭子直上在京師，以禹峯先生諸刻稿見授，不下數千首，皆切近時務、關係軍旅之作。而以幅隘不能廣收，僅録《四戰歌》以紀滇黔之事。

楊素藴

筠湄，陜西宜君人。《見山樓詩選》。◎筠湄先生舊官侍御，曾糾彈吴逆跋扈，曲突徙薪之慮甚深。繼果弄戈楚蜀，關陜皆震。朝廷思公，用之禦寇於襄樊，掄才於汾晋，皆有殊績。今秉鉞江南，一路福星，聲望愈重矣。其詩老健沈雄，結體建安而追蹤老杜。由延州之地山川壯武、風氣高凉，而公又飽閲軍鋒、幾羅虎吻，得失治亂之故，熟籌於胸中；險阻憂患之情，細嘗夫局内，故能筆墨迥絶儔等如此也。太原閻子復申，爲公門下士，以《見山樓詩集》寄余，因爲點次，漫附數語。令嗣立三，詩有家法，採登別卷。丁卯九月朔日，舊山漢儀書。

申涵盼

隨叔，直隸永年人。《定舫詩草》。◎陳說巖曰：「樂府古詩，氣格風神在漢魏前，時取道少陵，得其精髓。即使空同、西崖、廉夫輩復出，亦應趨下風。眼中之人，未見其比也。」

吴興祚

伯成，留村，遼東清河人。《巡海詩》。◎辛亥冬杪，余以輕舟訪留村公於錫山，是夜即蒙招飲。余以天寒，解維急去。而公期以明春再至，余以他羈，未得踐約。嗣是公擢閩臬，又擢撫軍，又擢兩粤總制，道里遙遠，造謁維艱。丁卯春，公之小阮莪山水部，奉命來海陵督河，與余論交極洽，因出公《巡海詩》見示。高渾英奇，珠玉照耀。即點次而付諸梓，兼製俚言六章，用志景仰。薗次、椒峯冊子而外，此爲寄詩者三，總未足揄揚萬一也。

孔尚任

季重，東塘，曲阜至聖裔。《鱣堂》、《湖海》諸集。◎東塘先生異質宏才，素擅東魯；而於故事遺文，尤及周晰。甲子歲，駕幸曲阜孔廟，諮詢舊章。東塘詳悉以對，無不中旨，遂蒙恩召用。丙寅秋，宸衷注切狂瀾，將疏海口，以洩水勢。東塘遂膺命南來，佐少司空以底厥績。訪余維揚，因出詩見示。圓秀若珠玉，矯健如虬龍。俯仰遺蹤，流連胥溺，皆有深心，發爲茂製。經國大業，孰謂不於風雅中見之。

李鴻霆

季霖、厚餘，山東長山人。《歷遊草》、《觀海集》。◎厚餘比〔一〕部留心經國大業，不屑屑以吟詠見長，而詩則清雄老健，一洗時流粉澤。同里王詹事阮亭深知之，而祕不使見。丙寅勘視下河，偶有題壁四絕句。同官孔東塘見之，極爲歎折，因搜其行笥諸稿，授余選刻。雖非厚餘意，而同人之愛重如此。

【校記】

〔一〕『比』，底本作『北』，誤，徑改。李鴻霆官刑部員外郎。

吴秉謙

鳴貞、蕺山，遼東清河人。《尊聞堂詩鈔》。◎蕺山水部以彤廷上選，來治下河，疏理之餘，吟詠不輟。余訪之昭陽，見其雙扉靜掩，庭無雜賓。招予飲其水亭，出新詩見示，秀雅出羣，復出粤遊詩相質。其興懷古昔，情旨益長。蓋其大阮留村公制府兼治兩粤，蕺山東裝省覲，途中吟嘯之作也。奇篇甚多，予更欲索之，以爲囊中瓌寶。

曹　溶〔一〕

鑒躬、潔躬、秋岳。浙江嘉興人。《倦圃稿》。◎秋岳先生詩以深老生硬爲主，不屑入時趨一字，而與汪子扶晨倡和甚多。近僕在蕭樓，扶晨出其諸篇見示。因即點訂付梓，蓋無暇盡徵其囊稿也，然讀者亦足見倦圃之一斑矣。

【校記】

〔一〕以下輯自《詩觀》三集卷三，原署『東吳鄧漢儀孝威評選，同學汪楫舟次參閱』。

汪士鋐

原名徵遠，扶晨、栗亭，江南歙縣人。《稽古堂稿》。◎汪子扶晨才擅古今，聲馳南北，鉅公名輩，聞聲願交，倡和最盛。忽更名諱，遐陬未知。甲子聞大駕東巡，乃自新安詣維揚，伏謁獻賦。蒙皇上召至御舟，給札賜韻，作《平山堂應制詩》。雖未遽邀爵秩之榮，而咫尺天顔，仰叨恩睞，不可謂非儒生一日之殊遇也。乙丑夏月，余經始《詩觀》三集，扶晨惠稿甚富。因爲點定，以付梓人，兼述其近事如此。

沈士尊

天士，江南蕪湖人。《顧庵集》。

程　守

非二、蝕庵，江南歙縣人。《省靜堂詩》。

楊時化

季雨、沁涓，山西陽城人。◎黄門負性貞介，而遇事敢言，惜未大其用。庸齋魏先生手著墓表，所謂發潛德之幽光也。偶得其一詩，即爲登選，以志企慕。

李天爵

二允、須麓，江西吉安人。《自删詩》。◎弟醒齋曰：『家須麓伯氏，少負雋才，下筆爲文章有奇氣。十年以來，宦遊於大江南北間。每所之，輒訪其風土，採其謳謡，與其地之騷人俠客、賢士大夫相交遊。牢騷激發之餘，偶有所託，必寓於詩，故其詩獨多。』

顧景星

赤方、黄公，湖廣蘄州人。

史弱翁

以字行，江南吴江人。◎弱翁松陵尊宿，守道高嚴，不輕爲去就，貧而無子，僅餘弱息。其易簀也，盡以生平著作託之徐子松之。乙丑余有《詩觀》三集之役，松之以其遺詩一帙，屬余評選，捐貲授梓，蓋圖所以不朽弱翁者。余高徐君之誼，因力疾丹黄，蓋深歎松之於友朋生死之際爲不草草也。

徐崧

松之、臞庵，江南吴江人。◎臞庵詞場名宿，而遊屐每在吴越間，揚子萸溝，實罕問渡。邇年來往揚、潤之交，余乃得披襟快晤。因出其古、排二體詩，屬余點定登梓。當廣陵風雅寥落之會，而臞庵以老布衣力爲倡導，諸子亦努力奮興，操蝥弧以從事，余因藉力成《詩觀》三集之舉。是真一時之盛，而不可不紀者也。

李晲

書城，湖廣潛江人。《三山吟》。◎李公郢中白雪，久推擅場，來令三山，正當軍書旁午之際。雖江山滿眼，蠟屐無由。兹以别累解官，正堪縱情遊詠。乃得徐子臞庵杖笠至此，詩懷酒興，助發爲高，旬月以來，吟囊遽溢。余披其佳什，如踏蛟鼉、呼鸛鶴，恍然置身於青蒼萬頃間，能無叫絕？

張習孔

黄嶽，江南歙縣人。《詒清堂集》。

張　潮

山來，黄嶽先生令嗣。《心齋詩集》。◎黄嶽先生詩，余十年前曾披閱一過，筆削頗嚴，而先生不以爲罪，曰：『知吾詩者，子也。』乙丑重過維揚，而先生已捐館舍。令嗣山來，出其舊本相示，紙墨宛然，不勝人琴之感。因採其最勝，並山來《心齋稿》點定行世。先生詩高堅奡兀，如蒼篆喬松；山來詩清貴安閒，如遠峯別壑：爲體不同，而皆爲詞家上乘。至山來能以讀書之餘，聯絡友聲，匡讚風雅，尤爲善承家學。◎同一詩集，經選者心眼一爲洗發，頓使作者之精神另開生面，此不可學而能者也。樓雨，閱山來詩畢，覺別有幽光，静氣相引。惟山來自知個中，傍人那得領會？

潘　耒

次耕、稼山，江南吴江人。

王頊齡

顓士、瑁湖，江南婁縣人。

吴農祥

慶伯、星叟，浙江仁和人。

林　鴻

大文，本姓徐，浙江錢塘人。

楊還吉

六謙，山東即墨人。

王孫蔚

茂衍，陝西臨潼人。

嚴繩孫

蓀友，江南無錫人。

方　熊

望子，江南歙縣人。

方淇藎

原名兆瑋，寶臣，江南徽州人。《岫園集》。◎錢牧齋曰：『詩之道，清和而已矣。孤桐片玉，自有天律，清也；朱弦清氾，一唱三歎，和也。今之爲詩者，望車塵，乞冷炙，有市心焉，其詩以俗氣應之，如商女賫高，不復能唱渭城也；競錐刀，飾竿牘，有爭心焉，其詩以沴氣應之，猶心在捕蟬，殺氣著於弦上也。望子、寶臣之詩，無流辟，無噍殺，漻漻乎其音也，溫溫乎其德也。庶幾詩人之清和，可以語溫柔敦厚之教也與。』

趙廷錫

玉譜，陝西膚施人。

紀　炅

仲霽，直隸文安人。

周起辛

次修，浙江蕭山人。

高層雲

二鮑、謖園，江南華亭人。

丘象隨

季貞、西軒，江南山陽人。

毛會建

子霞、客山，江南武進人，流寓武昌。

陳玉璂

賡明、椒峯，江南武進人。《學文堂集》。

程瑞禴

孚夏、雲峯，江南休寧人。《北園詩選》。◎詩貴於澹，恐澹而不真；詩貴於秀，恐秀而不警。孚夏沈摯而矯健，數年進步如此，殆未可量。予爲歎賞累日。

孫叔詒

彥叔、裕仍，山東歷城人。◎久懷彥叔在明湖峼山間，不意於維揚得接謦咳。索其詩，攜載不多，僅以數篇見示。清微幽麗，足抗王、岑。朱門裘馬之場，乃有此塵外客，吾爲深敬。

羅 俊

西叔、蓼懷，湖廣漢陽人。《信古堂詩鈔》。◎楚江風雅，推魯峯領袖。蓼懷出，而秀思壯采，與之相敵。峨峨大別，湯湯漢水，固英才之藪耶？

茅兆儒

雪鴻，浙江錢塘人。《遊黄海詩》。◎予與李子德論詩京師，每以古詩不振爲憂。適靳鐵壁明府以茅君雪鴻古體見寄，上宗晉魏，下兼三唐，極高峻蒼嚴，而無一字落俗蹊者。滿擬多採入集，因方幅有限，容再爲表章，何如？

祖應世

夢巖，奉天范陽人。

佟 藹

怡公、雁湄，滿洲人。

呂 皤

大風，奉天遼陽人。

傅澤洪

育庵，奉天遼陽人。《潭上偶吟》。◎梅岑嚴於論詩，不輕許人。戊辰春自北平歸，訪余董子祠。余曰：『子足跡遍天下，擅場風雅者爲誰？』梅岑首舉呂子大風、祖子夢巖、傅子育庵，余神往者久之。

予時值三集將竣，梅岑始持三君詩見示。清真秀逸，出入韋、陶。因登卷末，與世共賞。

田　雯〔一〕

綸霞、漪亭，山東德州人。《山薑書屋詩稿》。◎綸霞先生南遊諸詩，久爲江東傳誦。壬戌春日，駐維揚北郭，園亭酒次，更以笥中祕稿見示。先生詩學唐而不襲乎唐，學宋而不囿於宋，古雅奇鬱，正變皆踞上流。非識曠才高，安能幾此。

【校記】

〔一〕以下輯自《詩觀》三集卷四，原署『東吳鄧漢儀孝威評選，同學張潮山來參閲』。

李良年

武曾，浙江嘉興人。《秋錦堂稿》。◎武曾同余待詔金馬門，興殊落落，無干榮冒進之意。迨出都門，授余《秋錦堂未刻稿》二帙。廣陵花夜，出示田漪亭先生，展玩極爲賞愛，稱其諸體皆妙。余因錄數章，與世共寶。

吳　雯

天章，山西平陽人。◎天章挾其著作遊京師，王昊廬宮詹客之，王阮亭侍讀爲序其詩稿以行，聲名大振。卒未被凌雲之賞，何也？然家居濁河之濱，負米養親，以琴酒自適，即何必騎款段，僕僕東華道上，而後爲得意耶？

李念慈

屺瞻、劬庵，陝西涇陽人。

秦松齡

留仙、對巖，江南無錫人。

董　俞

蒼水，江南華亭人。

李猶龍

紫函，陝西洵陽籍，江西吉水人。《强善堂詩》。

李振裕

維饒、醒齋，江西吉水人。《白石山房稿》。◎醒齋先生京師手授詩稿，予久刻之《名家詩品》中。而維揚朱天飲、丁蘭皋兩學博謂余曰：『今天子聿隆文教，首重風雅。適侍講吉水李公來此地爲文宗，詩又卓犖超拔如是，不登之《詩觀》三集，何以廣布郡國，而令學者知所適從也？』余曰：『子言誠然。』遂登之梨棗。

胡會恩

孟綸，浙江德清人。《烟帆草》。◎憶戊申客苕上，窮巷秋雨，而孟綸攜老教師馬舜甫見過，酒間一彈再唱，音韻感人，蓋開元、天寶之遺調也。此事最爲可憶。今孟綸身列蘭臺，而僕爲江潭病客，丁廣文蘭皋持孟綸札子來，謂僕可能記憶疇昔。太史不遺故人，予敢頓忘舊雨哉？

汪文楨

周士、六州，江南休寧人，家桐鄉。《噴飯集》。

汪　森

晉賢、玉峯，江南休寧人，家桐鄉。《裘杼樓詩稿》。

汪文柏

季青、蒖溪，周士、晉賢弟。《摛藻堂詩》。◎周士、晉賢當山水絕勝之地，葺宇讀書，而愛好詞章。四方同人，拏舟往會，相與彈絲揮斝，刻燭飛箋，於青峯綠樹間，洵可樂也。兩君皆獲於維揚把晤，而近得季青，藻思芊綿，足與兄敵。雖未接其聲塵，而知其風度有過人者。夫富貴非難，而文采意氣鼓動當世爲難。觀於三汪，宜吾友青藜、已畦、稼山、竹垞諸君稱道不置也。

朱　虹

天飲，江南吳縣人。《廣陵雜詠》。◎昔人論詩曰：『新詩如彈丸。』又云：『如初出芙蓉，自然可愛。』蓋風神色澤，爲詩家第一。徒以粗莽蹇晦爲高，詎風雅之正則？天飲詩典貴風華，飄逸俊令，業已登右丞之堂而躋賓客之席。披誦之餘，愛玩無斁。迨秉鐸廣陵，其教士子必兼比興之業，蓋以尊功令，崇藝文，黼黻休明，行將允賴之矣。

丁德明

蘭皋，江南繁昌人。《培柏堂詩》。◎凡詩逞才則易傷格律，而守法則遂少勝場，惟遊神矩度之中，而又有卓論精思相爲映發，斯爲難幾之業。蘭皋詩步武唐人，而當其清才獨出，妙緒天成，真有驪珠首探、雲錦自爛者。以訓邗士，一時風雅蔚興，厥功甚偉，爲之嘉歎。

謝開寵

晉侯，江南壽州人。《花隱軒集》。◎己丑余遊壽春，觀長淮之蕩潏、八公山之雄奇，而識是中有異人，顧忽忽别去。迨其後謝晉侯先生闈墨出，英偉縱宕，讀之心目開張，因歎曰：『硤石咄泉之靈秀，當在於是。』然猶未見其詩與古文辭。乙丑，余來邗江，復有《名家詩觀》三集之選。適觀察崔公枉顧蕭寺，曰晉侯方在署。余急索其詩，得惠教《花隱軒》一帙。讀其詩，既樸老如杉松，復深邃若金石，於時流奔趨之外，另開心眼，獨闢乾坤。因登若干首，以志企尚。時覺桐柏之波聲、叢桂之嵐岫，隱隱几案間也。

閔麟嗣

賓連，檀林。江南揚州籍，歙縣人。《南郭草堂詩》。◎賓連論詩最嚴，而己所撰著亦一字不肯苟下。諸作既高嚴而華秀，復蒼樸而清真，蓋伐毛洗髓之後者。

吴　嶽

符五，湖廣江夏人。《淳發堂詩稿》。◎閔子賓連夙稱吴子符五之詩和雅秀健，得詩家之正派。及符五以近稿見示，果然。夫黄海奇變、邗江雅麗、晴川黄鶴之高雄，採其勝概，彙而爲詩，自足高視藝苑。

汪文雄

彝仲，湖廣保康人。《月江樓詩草》。

王廷璧

崑良、蒼嵐，河南祥符人。

方　淳

樸士，江南歙縣人。《環翠軒詩》。◎樸士愛古嗜潔，所居斗室，自書冊彝鼎、茗香琴硯之外，未嘗移懷。每至佳辰令節，素友相過，觴酌數行，繼以刻燭，蓋一代之韻人、吾黨之高士也。爲詩率胸而吟，類皆獨造，清微靈迥，讀之輒令人作數日思。至其按弦入拍，又使極意揣摩家所不能及。故樸士詩當於筆墨無痕處另有賞會，未可草草。

顧　彩

天石，江南無錫人。

王嗣槐

仲昭，浙江仁和人。

俞　瑒

犀月，江南長洲人。

黄　瀚

以容、勺泉，江南歙縣人。《遺餘草》。

黄朝美

蓋臣、清持，江南歙縣人。《拳石居詩集》。◎竦塘黄氏爲新安右族，勺泉先生負奇才異行。曾與友共事，友被雠陷，當戍邊，先生慨然代之，遂遨遊燕代齊趙之墟。所過山川城郭，指畫多勝算。爲詩磊落有氣，想其人當在馬文淵、班定遠之間，而時不能用。聞孫清持翁，僅拾其殘章零句以傳，可歎也。清持翁雖居闤□而愛靜讀書，晚年學道參禪，有蕭然物外意。教諸子，以文武成大名。喜爲詩，清秀閒遠。年雖七十餘，而詞鍊氣足，正使少俊家有所不能及。杜茶村、魏叔子爲序而行之。丙寅余客邗，樓居岑寂，因選其詩，與勺泉公並垂。

來集之

元成，浙江蕭山人。

李　敬

聖一，江南江寧人。◎凡詩流轉則易率，雕琢又傷氣。四詩於虛實之間，法力具備，恨未得其全稿讀之。

湯燕生

玄翼、巖夫，江南太平人。◎巖夫先生真情古貌，遠近共推，而賓連、右湘兩君子尤稱譽不置。詩特森秀堅奧，冰霜在指，無一字猶人。何時於湖，一爲訪晤。

汪　祉

膺繁、退齋，江南歙縣人。《用餘堂稿》。◎汪子膺繁爲右湘小阮，年少負異才，詩亦古宕雅秀，不幸早世。右湘與吳子雲逸搜其遺集，郵致選梓。而予友閔子檀林書來促之，足徵盛世。

陸　鴻

仲羽，江南興化人。◎陸子元圃以古文詞名淮南，惜其年命之早殞。有子清朗，翩翩絕俗，而更能詩，可謂元圃不死。

汪允讓

禮常，江南歙縣人。《半舫齋稿》。◎沈子天士三年前以禮常詩來，求予登之選本，予未之應。今吴子雲逸又惓惓見屬，具見友道之篤，而詩亦清俊。

錢光繡

聖月、蟄庵，浙江鄞縣人。

廖騰煃

占五、蓮山，福建將樂人。《浴雲樓詩集》。◎程孚夏曰：『廖氏爲將樂名家，自唐迄宋，代有文人，蓮山先生以詩賦擅名久矣。甲寅之變，先生挈其老稚避跡潭溪，皭然不汙，視漢之費貽、任永諸君子，何多讓焉？既而狂且就戮，咸稱先生節行爲閩之高士。己巳之春，自薇省出莅吾邑，廉潔仁慈，民懷其德，士誦其文。臨政之暇，出疇昔所著《浴雲樓詩稿》見貽。掄受而讀之，甚愛其曲雅高曠，並駕三唐，而惜其未遍傳於世，乃緘寄鄧孝威先生，刻之《詩觀》，以見南風之盛。敝邑何幸，得此大賢，以成弦歌之俗也。若其父子兄弟科第綿綿，則薄海文人咸能道之，固不俟掄爲之稱述云。』◎蓮山先生操行素高，偶值風鶴之警，遂潛蹤潭溪，超然塵外，洵頹波中之砥柱者，而性復嗜吟詠。己巳秋，雲峯緘寄詩篇三十餘章，屬予點訂。特録其性情貞潔、詞調雅正者若干首，以見先生之詩因人而傳，而雲峯與先生尤有針芥之合云。舊山。

李因篤〔一〕

子德、天生，陝西富平人。

【校記】

〔一〕以下輯自《詩觀》三集卷五，原署『東吳鄧漢儀孝威評選，同學張潮山來參閱』。

陳維崧

其年，江南宜興人。

宋徵輿

轅文、直方、林屋，江南華亭人。

喬萊

子靜、石林，江南寶應人。◎石林性不喜飲酒，每夕陽騎款段歸邸舍，則開閣翻書，漏數下不輟。而搦管爲詩文，則蔥錦英麗，袞袞如流泉，安得不動淩雲之賞歎哉？趙子子淑自京師歸，以其應制諸篇見示，儷沈、宋而軼王、岑。以之鼓吹休明，敷揚美盛，洵非小儒輩所可測其涯涘也。

曹禾

頌嘉、峨嵋，江南江陰人。

洪宮諧

謂韶，江南歙縣人。《香祖集》。◎義山之詩原本少陵。但以涂脂抹粉爲玉溪，祇益醜耳。謂韶溫詞密彩，而識議自高，固爲冠絕。

羅　坤

弘載，浙江山陰人。◎弘載《竹枝詞》凡數十章，原本樂府，比擬賓客，皆可聯袂而歌。此僅錄其二。

范必英

龍仙、伏庵，江南長洲人。

卓爾堪

子任，江南江都籍，遼東廣寧人。◎子任恂恂謙退，絕無擊劍横槊之風，然下筆英矯偉麗，一往見其沈雄，固具萬夫之勇。

張彥之

洮侯，江南華亭人。

倪　燦

闇公，江南江寧人。

徐嘉炎

勝力，浙江嘉興人。

謝良瑜

穀似，鍾山，江南江都人。《畦園詩稿》。◎《畦園全集》僕已序而行之，茲特拔其尤者，用登拙選。

思不可掩也。湖珠之光，見者知寶；法雲之檜，老而益鮮。惜其韜藏，未即問世。今乃顯其名於天下，則皎臨之孝

鄭晉德

蕃修，江南歙縣人。《韻閣詩稿》。◎譙郡牡丹甲天下，顧距揚甚遠。蕃修策款段，不遠千里訪之。歸而談花王之勝，眉端皆有喜氣。花興如此，則詩興可知。而蕃修授予《韻閣詩》，皆幽情曠致，屏絶塵俗，如坐我衆香國中，落葉空庭，讀之稱快。

毛奇齡

大可，浙江蕭山人。

尤　侗

展成、悔庵，江南吴縣人。

崔岱齊

青峙，直隸平山人。《坐嘯軒瑣言》，客維揚作。◎青峙翩翩王、謝，而屏去裘馬之習，閉戶讀書，宜其空冀北之羣也。所爲詩，古風則蒼堅英拔，近體於《麗則》之中，饒有逸宕之氣，絶句居然龍標、嘉州矣。振袂登壇，應令騷流拱服。

李　傑

若士，奉天遼陽人。

閻興邦

梅公，山西大同人。

劉德新

裕公，遼東開原人。◎孔心一先生觀察天雄，極稱劉公風雅絶倫，標題大伾崖壁皆滿。而近聞其過維揚，論詩以平庸爲戒。觀其詩，典麗深雄，固挺然其卓出者。

金之麟

漢白，江南歙縣人。《三餘齋稿》。◎漢白英年妙才，居山水絶勝之地，而能讀等身書，且愛與高流前輩相結，其志尚殊超迥矣。詩能處處入格，層層出新。觀其材力，不直躋古人地分不止。秋雨初晴，余將拉檀林，踏金、焦，訪鶴林、北顧諸勝。此時當得與漢白對榻聯吟，成千秋快事。

王岱

山長、九青，湖廣湘潭人。

顧圖河

書先，江南江都人。《甲子乙丑近詩》。◎尊君臨邗，築草堂於大江之上，博攬往籍，著作等身。而爲詩和雅端麗，純得唐人三昧。正與之商榷古今，期有成業，而倏焉朝露。喜令嗣書先英年負異姿，以讀書交友爲務。所爲詩，矯然自出，蓋將日上而不能自已者。暮齡頽廢之人，得見此通家俊少，克纘前休，爲之喜而不寐。

張　韻

諧石，江南績溪人。《雪巢詩稿》。◎諧石卜築邗城之外，雜蒔花樹，惟事讀書。家雖屢空，而未嘗以干時。然喜結賢豪，每見義形於色。與余交最久，而近始讀其詩，調適處見法，英邁處見才，蓋規矩唐人而又能獨出其意識者。亟馳語君家大阮山來曰：『此竹林青雲器，日當把臂，謀唱和之樂者也。』

張鴻烈

毅文，江南山陽人。

趙進美

嶷叔、韞退，山東益都人。

戴王綸

經碧，直隸滄州人。

王　昊

維夏，江南太倉人。◎戊午弓旌之役，維夏僅授中翰，非其志也。乃銓部疏未上而維夏死，部遂除其名：才士之不幸有如是。

朱　觀

自觀、古愚，江南歙縣人。《松蔭堂草》。◎自唐以來，師古公之後，代有名人，而風雅尤勝。《朱氏風合》一編，自觀所由徵集，以揚厥祖之休聲者也。而自觀詩懷舊諷今，語皆淳切，其得之家授者與？

洪　鉽

孝儀，江南歙縣人。《嘯吟草》。◎壬辰與谷一聚京師，酬唱甚盛。今見孝儀諸什，覺春草池塘，風規未遠。

程士光

用寰、國賓，江南休寧人。《晚宜堂稿》。

張　奇

正甫，江南江都人，流寓金陵。

蕭　說

繹之，江南江都人。《立雲軒集》。◎繹之思不忘鄉國，日徜徉於竹西、梅嶺之間，尋蕃釐之遺蹤，弔隋皇之舊址，發爲詩歌，藻思雲湧，雅與唐人相合。而入秉孝友，出結朋儕，尤與吾友張子山來衡宇相望，講習風雅之業，可謂極人生之樂事矣。乙丑秋，余有《詩觀》三集之役，以稿授余選定。余合諸選家所收及其近作，嚴存若干首，以標諸藝林。『俊逸鮑參軍』，君其允洽斯語。

王　易

羲文、靜齋，陝西涇陽人，江南揚州籍。◎羲文爲紀檗子快婿，爲詩蕭疏勁挺，無近人時氣，固得真冷堂之傳。

鄭從諫

聖臣、西亭，江南儀真人。《棲梧集》。◎西亭席阿大、中郎之盛，本風流氣節之遺，而能韶年勵志聲詩，落筆有雋上之氣。君家『鷓鴣』，又爲嗣響。

黄澂之

波民，福建福州人。

沈　琰

凝峙，江南華亭人。

袁　佑

杜少，直隸東明人。

羅教善

臨思，江南歙縣人。《咫聞齋近草》。◎臨思柴門流水，擁書自娱，意無外求，惟工吟詠。所爲詩直取胸懷，罕填經籍，只事雅適，不尚雕鏤。所爲『人澹如菊』，詩亦似之矣。然則塵世浮榮，亦何必紛紛馳逐。而如臨思者，正使貧病相侵，不損其達懷高致也。

錢中諧

宮聲，庸亭，直隸昌平籍，江南吳縣人。

錢　岳

藴生，十青，江南吳縣人。《錦樹堂集》。◎宮聲以詩擅名久矣，今其小阮藴生翩翩英秀，搖筆伸紙，皆有雲霞錦繡之氣。攬其諸篇，自知珍愛。

程化龍

禹門、念蒿，江南青浦籍，休寧人。《開卷樓近什》。◎己未，余待詔京師，與程禹門中翰爲荊、高飲酒歡，忽爲族人所累，遂至謫官，閉門不揖客。余亦忽忽南轅，兩人不通音問者八載。丙寅初秋，禹門過海陵，訪令季孚夏，乃與余相遇於維揚，酒興詩懷如故。而念湟榛職方死於亂，青立李丞死於貧，感慨唏嘘不置。今孚夏以其《閩粤遊草》並新詩數章囑余論次，余時舟下茱萸灣，涼雨初過，因拔其尤者，登諸拙選。而禹門約自雲間還，與余輩論詩平山堂畔，正當有日也。

程瑞初

旦伯、訥庵、松軒，江南休寧人。《正誠堂偶鈔》。◎范十山曰：『疇昔結社山茨，得鼎庵先生爲領袖。其時謝石夫旗鼓相當，諸同人瞠乎其後。自狼山觀海，舊社久虚。回憶先生執耳，已如隔世。不圖今日復見長君旦伯此編，令我歎慕不已也。清新俊逸，自是本領，而筆下無一點塵，胸中有徑寸珠。信非家學有原，不能如此。』◎啟、禎之末，淮南得璽卿范先生倡社，一時名輩景從。而十山克繼前武，其篤風雅，敦聲氣，正與璽卿同。今休陽程氏昆仲亦復如是，由鼎庵明府樹幟於前，故旦伯、孚夏諸君皆以詩文朋友爲急務，能不與十山有苔岑之合耶？新秋點次旦伯詩，因識數言於此。其詩清婉真摯，純以性情往來，固與孚夏有塤篪之應。梅農書於小秦淮客樓。

程　禄

子天、在夫，江南休寧人。《樂志堂稿》。◎癸亥，江南有《通志》之役，余與兩江制府于公周旋者三閱月，見其守己之嚴，自奉之儉，待士之謙，蓋近今一賢士大夫也。而其幕客往往以不耐淡泊，紛紛各去。子天相依最久，終始弗渝，可謂秉心至誠者；詩之工，特其一端耳。而余所錄數章，皆整鍊秀逸。世有明眼，當自見之。丙寅七夕雨後跋。

黄　對

書思、雪田，江南儀真籍，歙縣人。《望石樓詩集》。

黄　時

禹曆、雨笠，江南歙縣人。《藏心閣詩集》。◎黄氏昆仲，彬彬蔚起，而雪田、雨笠爲尤著。雪田閉戶讀書，精研古今之業，爲一時鉅公所激賞，行將馳驟天衢。所爲詩疏朗高邁，盡脱時蹊；而於人倫時務，極爲關切，豈可僅以詞人目之。雨笠苕年，早有叔寶、思曼之譽，每一晤接，形神俱超而天才秀發。爲詩閒雅超卓，不減『初日芙蓉』。杜茶村、余生生二老，來客維揚。窘約之中，周旋倍至，有爲人所難爲者。予在旁觀，竊爲三歎，蓋非若世之才士飛騰而自喜者，良可敬也。

李　杰（再見）

◎丁卯殘臘，崇川王汶江見過邗樓。予有書寄范子廉夫，託覓李君若士詩稿。謂可速至，必無洪喬之失，豈意竟至浮沈。今乃次第得其佳篇，伏枕中，亟爲點次，付之剞劂，尚以全稿未至爲憾也。

釋自安

我怡、浮村，江南江都人。

杜　濬〔一〕

于皇、茶村，湖廣黄岡人。《春日遣心近詩》。◎茶村以是冊授余點定，精選得七章，藏之篋衍，未付剞劂。乙丑初冬，與張子山來共商選事。山來見而愛賞，亟命登之棗梨曰：『此詩壇老將，時流即工辭采，其識力高邁，誰能及之？』

【校記】

〔一〕以下輯自《詩觀》三集卷六，原署『東吴鄧漢儀孝威評選，同學曹貞吉升六參閲』。

吴之振

孟舉，浙江石門人。

陸次雲

雲士，浙江錢塘人。《見山亭微吟》。◎雲士《詩平》一選，簡嚴精當，都下諸公競推之。僕選萬不能及，而雲士輒有『功侔神禹』之讚，能無汗顔？憶出都時，雲士以詩三種見授，皆清真老確之作，藏之篋囊。今壽梨棗，固稱大快。

吴苑

楞香，鹿園，江南歙縣人。◎楞香爲吾友戴紳黄所得士，故定交最久。其性情醇篤，有過人者。詩特超逸出羣，而五言古尤出入漢魏。黄山諸作，能爲天都開生面；送野人、栗亭詩，則得胎河梁，絕遠凡境。

吴荃

劍宜，歙縣人。《花嶼堂存稿》。◎劍宜風旨高潔，而飲人以醇。所爲詩，原本靖節，而出以摩詰之秀雅、襄陽之曠逸，法安而體密，是謂踞詩之上流者。

吳　菘

綺園，歙縣人。

吳瞻泰

東巖，歙縣人。◎每見高門大族，多裘馬歌鐘酒食之氣。而延陵乃以風雅顯，宏詞秀筆，卓立雞壇，良可敬畏。

吳懋謙

六益、苧庵，江南華亭人。

鄭熙績

懋嘉，江南江都人。《漱芳軒詩草》。◎文章聲氣，固有淵源。鄭氏自職方、水部兩公爲邗江領袖，至今談影園舊事，輒流連不已。懋嘉承其後，所交多舊德名流。作爲詩篇，醇雅英特，其發聲王、謝奚疑。以語師六，定首肯予言。

佟世思

儼若、葭沚，奉天遼陽人。《與梅堂詩》。

謝家樹

皎臨、笠庵，江南江都人。《春草堂詩集》。

高天佑

書量、莽萊，浙江嘉興人。《山曙堂稿》。

蘇良嗣

小眉、肖公，奉天遼陽人。《山水音》。◎冒巢民曰：『楚黄始於黄國邾城，襟帶江淮，爲功烈重鎮。自蘇公賦赤壁、記雪堂，詠「長江繞郭」、「好竹連山」之句，地以人著，垂六七百年矣。余幼侍先祖令虔蜀，繼先君三秉憲湖南北，監三十萬樊城軍，捍防百萬鄖襄礦賊，余奔走行間，往來於極天烽火之黄，無復遊覽吟詠之事。今又閲四十餘年，老卧蝸牛廬中。老友鄧孝威襆被攜詩卷，過訪湫幽，首出黄守蘇公小眉詩集，評閲丹黄，擊揚讚歎。姓既相同，地與字合，豈夙世前身，再來舊地耶？次兒丹書，昔荷深交，每向余稱公之胸懷識量、經濟文章，爲當今第一。惜予老而未得褰裳往就也。附識以志景仰。』◎雉皋大令盧公菽浦，屢爲予稱其黄州太守蘇公小眉，世家華胄而澹於宦情，惟積書萬卷，晨夕披誦；且篤嗜友聲，意氣有過人者。近五馬蒞黄，清風善政，流播雪堂、竹樓間。而公餘則吟嘯不輟，赤壁清泉，藉以生色。余心儀久之。甲子初夏，彭君然石託王君雋山，以《鏡烟山房詩》郵寄盧公，屬余拔其尤者，載之《詩觀》三集。徐索其新篇，另登《詩品》。其詩蒼老似杜，而委婉深麗，兼擅諸家，誠有如梅村吴祭酒、繹堂沈詹事所稱許者，余安得不斂衽讚服？

色冷

滿洲人。

孫志喬

崧仞，江南休寧人。《懷硯齋稿》。◎憶十年前，孫君無言攜詩一冊見示，余極賞其英邁。無言曰：『此余猶子崧仞作也。』繼乃訂交，則翩翩華秀，不減張緒、王恭；而深沈讀書，交遊不濫，有過人者。今乙丑冬，乃得見其近什，益進而蒼拔，不肯走入畦徑，此道中將來能拔幟者。選以示通國，當知漸江又有此俊。

許嵎

暘谷，江南常熟人。《焦風集》。

張鴻佑

右君、念麓，直隸元城人。《晉遊草》。◎憶客六峯，與黄石笥先生坐羲風亭談讌，不知念麓爲先生東牀客也。詩特高警，有雄視中原之氣，吾深喜之。

汪舟

虚中，江南歙縣人。《岸舫齋詩》。◎吴子野人數言虚中之爲人，質直多古誼；詩篇清矯，如喬松直上，如澄潭絶塵。非楷士以詩來，幾失此詩老。

姜希轍

定庵，浙江紹興人。《雨水亭稿》。

周燦

澹園，陝西渭南人。《石甕山房集》。

王紀昭

憲一，河南祥符人。

段維袞

雪庵、用巖，河南濟源人。《第一洞天集》、《雪山草堂集》。◎濟水發源王屋，或伏或見，而流合於河淮，爲天下之絶奇，故名人往往生焉。玉川段公來牧海陵，惠澤敷施而創興文教。頃以令嗣雪庵明府詩集見示，樸雅秀麗，擅有諸長，其鍾山水之靈祕者與？覃懷詩，自薛行屋侍郎後，今又屈一指。

胡文學

道南，浙江鄞縣人。《適可軒集》。

李　載

子谷，湖廣黄州人。◎子谷係冢宰嫡系，能讀等身書，慷慨負大略。嘗欲挺身仗劍，效班定遠立功名萬里外。制府于公、撫軍余公許爲國士，不虚也。詩篇精偉奇卓，貫串經史，而緯以絶識，掣鯨搏兕，其孰能過之哉？予嘗遊黄，觀樊山之聳峙、江漢之奔流，曰是中有奇人，得子谷爲屈第一指。〇子谷在雉臯，見予近作『演劇』、『大會』二歌行，極爲稱許。『白也詩無敵』矣，予敢步後塵乎？

梅　鋮

澹克，湖廣麻城人。《桐下小集》。

王　言

無擇，湖廣麻城人。《黄葉村詩草》。◎澹克詩清新矯異，無擇詩曠達雄奇。二子皆足備楚風之大觀，亟標示以成快事。

汪沅

右湘、秋水，江南歙縣人。《梅麓詩存》、《霞山草堂近詩》。◎右湘爲叔度先生令子，性好藏書，家有名園，時與賓客觴詠其中。詩文沖澹如其人，新安諸大姓子弟遜莫及也，茲乃窺豹一斑。余年來猶有黄山之興，何時過阮溪，索其全稿讀之。

吴山

西爽，江南江都人。《恒社僅存稿》。◎吴西爽先生事母孝，有刲股奇節。爲文多逸氣，而詩則恬澹蕭遠如其人。令嗣祖剛，以遺稿示余，因遴數首付諸梓。元配陸貞人，當廣陵城破時，能慷慨投淵以殉，不辱其身，人共高之。有《孝烈合編》行於世。

譚宗

公子，浙江餘姚人。《嬰姍草》。

陳上年

祺公，直隸清苑人。

朱慎

其恭，浙江武義人。《松軒詩集》。◎武義在萬山蒼翠中，名人疊出。而朱子其恭生多聰穎，雅負才名。其論詩專主唐人，屏絕宋派，可謂卓然有定識者矣。夫虞山極詆滄浪、須溪，阿斥濟南、北地。今諸公之名譽，自赫灼在天地間。固知文人好癖，是一病也。

王材任

擔人，湖廣黄州人。

范大士

兩奇，江南如皋人。《墨莊存稿》。◎兩奇年齒英茂而鍵户讀書，於風雅一道，大有研究。其詩筆高氣爽，才横思超，諸體悉工，吐詞皆韻，固卓然獨秀詞壇者。君家伏庵太史，秉長倩先生之遺訓，以文章聲氣領袖東南。將來昌大文正公之業，又在兩奇矣。

盧　績

設叟，湖廣黄安人。◎余客東皋，晤楚黄王子嶲山，每稱盧子設叟年不滿三秩而詩集充棟。恨行笥所攜甚少，僅出數章見示。然丰骨崚嶒，意調超遠，具見一斑。

李天馥〔一〕

湘北、容齋，河南永城籍，江南合肥人。《編年詩》。

【校記】

〔一〕以下輯自《詩觀》三集卷七，原署『東吴鄧漢儀孝威評選，同學秦定遠以御參閲』。

陳廷敬

子端、説巖，山西澤州人。《奉使詩》。

李基和

梅崖，遼東廣寧人。

顏光敏

修來，山東曲阜人。《樂圃詩鈔》。

許孫荃

生洲、四山，江南合肥人。《使晉詩》。

宋犖

牧仲，河南商丘人。《古竹圃詩》。

宋炘

子昭，河南商丘人。《玉尺堂詩》。

宋炌

介山，河南商丘人。《西湄草堂詩》。

趙吉士

天羽、恒夫，浙江錢塘人。

高士奇

澹人，浙江錢塘人。《蔬香集》。

曹廣端

正子、玉淵，直隸大興人。《有此廬集》。

浦　舟

鷗盟，江南太倉人。《秋崖詩》。

許夢麒

仁長，江南合肥人。

李孚青

丹壑，河南永城人。

于覺世

子先，山東新城人。

龐　塏

霽公，直隸任丘人。

胡介祉

智修，直隸宛平籍，浙江山陰人。《谷園集》。

謝重輝

千仞、方山，山東德州人。

邊汝元

善長、愚谷，直隸任丘人。《桂巖草堂詩》。

龐克慎

仲從，直隸河間人。《裕德堂稿》。

高以永

子修，浙江嘉興人。

宋李顒

武葵、嵋庵，浙江湖州人。《涉江草》。

李　符

分虎，浙江嘉興人。

李更生

南枝，浙江烏程人。

殷四端

擴四，直隸任丘人。《靜遠居稿》。

朱光嵒

魯詹、藥圃，江南泰州人。《古香亭詩草》。◎海陵朱艾人先生，以名孝廉端居著述，不妄交遊，鄉里服其道氣淳風。與予訂交五十年如一日，魯詹其令季也，恂恂恭謹，遵過庭之訓，篤志下帷，恥爲紈綺車馬之習。其爲詩古文詞，皆獨抒性靈，力矯時弊。予久錄其詩初集、二集中。今春北上，別予選樓，手出新篇見示，益進而高健深雅，莫能測其涯涘。予亟呼兒子勖采，謂之曰：『汝宜敦世誼，同努力，以商千古之業，則兩姓箕裘有光矣。』

姚諲昉

恭士、舒恭，江南江都人。《康山草堂近詩》。◎恭士乃永言廷尉之孫，鄭超宗職方之甥，而余之婿。家世陵替，惟有囊詩，可勝太息！

朱光鑾

青嶽、竹村，江南泰州人。《牧鶴軒近詩》。◎海陵朱子青嶽神致如蘭，閉門古處，日與二三同志觴詠自如，共事風雅之業，吾嘗愛而慕之。向於選二集時，久賞其風秀。丙寅秋，予客廣陵之董樓，復以新篇見寄，既爾婉麗，更極高超，斯真得漢唐之遺法者矣。因錄數章，以公海內。青嶽爲吾友艾人先生子，劉君玉少婿。羲、獻、樂、衛，其源流固自不爽。

周　質

青士、篔谷，浙江嘉興人。

周　岳

魯望，浙江嘉興人。

徐　亭

卓崙，浙江嘉興人。

戴文柱

景韓，江南休寧人。《借竹樓稿》。

程邦彩

采臣，江南休寧人。《採月樓稿》。◎采臣經術湛深，所爲制義已擅時名，而詩復圓秀清微，朱弦自彈，纖塵不染。余在鑾江一爲披誦時，隔江山色，飛來菁蔥萬狀，吾輒以擬采臣之詩。

楊自牧

下人，直隸昌平州人。《潛籟軒稿》。◎下人詩，英悍得邊塞之氣居多，而今往雲間事峨松矣。此地多名彥，起而唱和於機山泖水間，知不孤也。

程世經

天有，鶴林，江南休寧人。《梧棲近草》。◎天有家白嶽而僑居紫琅。其地濱東海，潮汐之澎湃，島嶼之縈回，固有開人懷抱、助人吟興者。而天有以清深雅健之才，與諸君相酬和，應獨步一時。予向君家大阮雲峯座上識之，因以近什見示，予固不能蔽美也。

朱絲

以陶，浙江海鹽人。《幽谷草》。◎余初未識以陶也，而滄浮以其詩來。讀之蒼遙秀麗，如入古洞觀異草名花，爲之神移目奪。既見其人，道氣幽情，大有縹緲三山意，詩與人殆有同符者乎？吾能不結霞外之契？

程元善

長人，江南婁縣籍，休寧人。《吐鳳軒詩草》。◎長人詩率胸而言，皆極剴切。其《真娘墓》一篇，則絶調也。禹門以其稿見寄，孚夏愛而梓之。其伉儷金氏，能詩，合歡五年，竟爾殀逝，有《長别詩》，至爲酸楚。時余亦有斷弦之戚，因爲附選，以志同恨。

杜光先

海樹，江南泰州人。

團　鴻

雲蔚，江南儀真人。◎海樹、雲蔚二君制義高超古傑，司文衡者屢以國士相賞，將來即破壁飛去。而詩篇清俊，得王、岑風味，洵屬兼才。

程世統

又梁，江南休寧人。《行餘近草》。◎初夏復客董祠，見樓前新桐始發，翠色欲沾衣袂，心誠愛之。適披又梁諸詩，竊以此似，雲峯以爲然否？

孫秉銓

枚吉，江南蕪湖籍，休寧人。

胥時夔

一臣，江南江寧人。《吴遊草》。

施清

廉侯，浙江仁和人。

戴世敞

扶升，江南休寧人。

石爲崧

五中，江南如皋人。《翠娛園集》。◎五中英少之年，而布筆運思如花明泉發，不假雕飾，便自朗逸清韶，高唱詞壇，允堪獨步。

方挺

恂如、孺庵，江南江都籍，歙縣人。《碧山堂近草》。◎恂如詩向推澹秀，今更進而高蒼。春日楚遊，貽余數詩。坐梅雨中，爲之點次，塵懷爲之一洗。

陳翼

羽聖、鶴山，江南長洲人。《樹下草堂稿》。◎初於朱天飲學舍得晤鶴山，繼又於孔東塘邸中獲觀丰采，神清如水而藻思若泉，詩壇中俊品也。數章豈足以盡之？

錢程煥

達人，江南溧陽人。《夢江集》。◎達人有軒軒霞舉之概，爲詩豪邁，殊越平流。

戴文敏

穎生，江南休寧人。《行餘草》。

方象瑛〔一〕

渭仁，浙江遂安人。《錦官集》、《健松齋稿》。◎壬子，王公阮亭使蜀，著有《蜀道集》；癸亥，方公渭仁亦使蜀，而《錦官》之集成。兩公同屬典試，其入蜀也，同由秦隴；及其歸也，同自荆巫；爲詩之數，亦略相當。顧王公在未亂之先，方公在亂定之後；一則多綢繆陰雨之防，一則多哀憫瘡痍之什。詩皆高秀古奥，罕有等倫。《蜀道集》余久評次，成《詩品》行世；而《錦官集》則乙丑冬方公請假東還，過訪邗上，始以相授。時已板行，公受業孝廉鄭君懋嘉與余商略，請入之《名家詩觀》三集中。余因風雪篝燈，點次得若干首付梓，蓋大觀云。至《健松齋》之集，計凡六種，益以《都門懷古詩》選附其後，並公當世。嘉平上浣，舊山漢儀跋于董祠。

【校記】

〔一〕以下輯自《詩觀》三集卷八，原署『東吳鄧漢儀孝威評選，同學張潮山來參閲』。

李鎧

公凱，江南山陽人。

曹貞吉

升六、實庵，山東安丘人。《珂雪詩集》。◎實庵先生之從中祕出補新安郡司馬也，朝臣共惜之。其往抵維揚小泊，瀕行知余在董子祠，肩輿過訪。時落葉滿地，霜雪在眉，念余貧不能振，太息而去。其往來詩筒，相訂以吳子劍宜爲轉遞。今春，劍宜果以所郵《珂雪稿》見授。余爲細加評跋，以示劍宜，互相擊節，促之登梨。其詩高秀蒼老，七古尤爲出色。張子山來亦爲捧手讚歎，固爲世寶。

施世綸

文白，福建晉江人。《潯江詩草》。◎徐健庵曰：『君之尊人有大功於國家，侯封萬里；君以貴公子而能戴星長民，起家州縣，其去流俗也遠矣！君晉水人而治於泰。閩中山川絶勝，生其地者往往能詩；泰州枕江臂淮，有天目、羅浮之山，太子港、七星丹諸跡，有曾肇、趙抃以文章政事顯。君之宰也，循覽山川，考古賢哲，詩之不墜和平忠厚之意，益可知也已。』

靳治荆

熊封，奉天遼陽人。《紫蓋山樓詩》。◎每與吳子劍宜談新安近事，曰：『山城烽燹之餘，賴有靳侯以慈靜撫民，庶克保聚。』及從其弟綺園處，得讀《紫蓋山樓詩》，歎其剸割之餘，乃爾遊神風雅。且其詩出入韓、歐、蘇、陸間，尤與風尚允協，豈羊、任風流再見今日乎？丙寅寒食，積雨初晴，坐董子祠樓，乃爲精遴，得若干首，用光拙選。張子山來把誦其詩，不禁仰溯惠風，有返轍烏聊、託蔭仙梟之意。

姚士塈

注若，魯齋，江南桐城人。《出塞吟》。◎壬辰遊京師，時端恪姚公掌諫垣，予屢叨其教愛。今成均徐懿公以京兆姚注若《出關吟》見示，蓋其嗣君。而詩高健雄麗，其指示山川、興懷今昔，尤確有關係。讀賜書、諳邊事，自無一切悠泛之語。

曹　純

靖庵，江南松江人。《鑾江雜草》。◎雲間詩咸以大樽爲宗，靖庵諸作氣華色麗，而筆墨之餘，別有清思遠韻，固玉笛橫吹，聽者忘倦。

翁介眉

武原，浙江錢塘人。

徐芳霖

雨新，江南揚州人。《通介堂集》。◎與権部趙使君論詩邗水之上，謂余曰：『竹西後來之秀，擅聲風雅者無逾徐子雨新。』今觀其詩，和雅秀韻，而古詩尤磊落不羣。當爲此道勁將，亟採以示海內。

陸引年

爾伸，江南揚州籍，陜西蘭州人。《寒山集》。◎猶記韓聖秋與僕論詩京師，曰：秦詩有兩派，其一爲文太青光祿，意主僻奥；一爲東雲雛孝廉，格取醇雅。然近日西京詩家多師法雲雛。及觀陸子爾伸之作，詞必典貴，議必端莊，是亦雲雛之派。僕採其詩，標諸通國，知服膺者衆。

鮑開宗

又昭，江南江都人。《遠村集》。◎詩有胎性，不可强而能。觀又昭諸作，俱能脱去纖柔，臻乎雅健，是遊刃於古而不屑爲時趨者。大雅不作，吾衰誰陳？端賴英流，聿振芳軌。

潘銑

霜鳴，性長，浙江餘姚籍，江南江都人。《桃軒稿》。◎霜鳴英韶之年而鋭意學詩，其筆力勁峭，不逐浮華，固矯矯出羣者。予近移寓董祠，與霜鳴望衡對宇，時拉迮君旦庵相過。論詩娓娓，出近作相示，愛而録其數章。

唐廷伯

秩臣，江南和州人。

程　禕

允文、郁庵，江南休寧人。

陳祖法

湘殷，浙江餘姚人。《古處齋集》。

朱爾邁

人遠，浙江海寧人。◎癸巳冬，校文呂僉事署中，極賞人遠作。近日徐健庵稱其詩，許生洲稱其四六，固屬兼才。

朱　澐

天綺，江南江都人。《倚青軒稿》。◎天綺制舉義，曾受知於田綸霞先生，而其詩復自秀鍊。蓋風氣日上，足散人懷，兼古今業而有之，端在俊士。

華　黄

中湄，江南無錫人。

包　斌

二允，江南丹徒人。

錢　嵾

韋亭，江南崑山人。

鄭　濂

蓮水，江南江寧人。

王爾綱

紹李，江南建德人。《砌玉軒集》。

蘇應穟

克岐，江南石埭人。《古雪堂草》。

馮鼎延

聖調，浙江烏程人。

俞星留

掌天、潔堂，浙江錢塘人。

黄士塤

伯和、瀛山，江南歙縣人。

沙鍾珍

彦竡、席公，江南如皋人。《挹泓堂稿》。◎彦竡萬里從軍，論兵悉中窾要，僅得佐郡，復爾遭讒，今已昭雪，則奇才終大顯也。囊詩甚富，拔其高篇以行。

吳宗渭

飛瑢、姜綸，江南上元籍，休寧人。《豹隱堂詩草》並《語錄》行世。◎天都吳姜綸先生絕意科舉，闡明朱、陸異同，鵝湖、鹿洞間應置一席。乃講學之餘，抒寫吟嘯，類皆清新俊逸，兼開府、參軍之長。所謂『仁義之人，其言藹如』者非耶？戊辰仲冬，倪子永清相晤間，以先生舊作數首見示。予亟爲丹黃，載之《詩觀》。惜未睹全稿，殊爲恨事。夫先生少有神童才子之目，今負真儒大隱之望。前輩湯惕庵、黃九烟極爲推重，余深仰止久矣。仙裳亦語余曰：『天都吳子才逾屈、宋，學擬周、程，德義風流，冠絕一代。』噫！何時得瞻有道光霽，慰我平生耶！〔一〕

【校記】

〔一〕吳宗渭詩不見《詩觀》康熙本，據乾隆重輯本補。

李中黄

子石、逸樓，湖廣麻城人。◎子石力學砥行，詩歌古文辭皆卓犖不羣。癸卯闈中擬元，因索後場弗得，竟致放廢。子石孤憤，遂焚棄生平著作，片字不存。令弟子谷相晤雉皋，力搜其行笥，僅得詩五首，奇崛渾雄，允爲詩家領袖。亟爲梓行，惜當日秦灰之莫救也。

李澄中〔二〕

渭清、雷田。山東諸城人。

孟亮揆

端士，繹來。江南長洲人。

彭孫遹

駿孫，羨門。浙江海鹽人。

朱彝尊

錫鬯，竹垞。浙江嘉興人。

曹貞吉（再見）

曹申吉

澹餘，山東安丘人。《黔行》、《黔寄》二集。◎張山來曰：『詞賦之盛，首推西清，而山左尤擅。其最如田公綸霞、顔公修來、謝公方山，皆矯然獨出者。而實庵曹公則深沈博麗，衆美悉兼，近復剷華，全以識勝。《朝天》諸作，得之車塵馬足間，而精詣如許，真不可及。至中丞公，宿爲詞場領袖，《黔行》、《黔寄》二集久埋塵土，今一出而光彩射人。王西樵先生評云：「深思老筆，揉以清蒼。」嗚呼，其盡之矣！』◎吴劍宜曰：『昔人云，青山緑水中作二千石是第一快事。新安山水佳勝，而近得中翰曹公來治吾郡，詩才文筆，照耀巖巒，固爲人地兩絕。而甫蒞漸江，旋承輯端。往來燕齊道上，著《朝天集》。

【校記】

〔一〕以下輯自《詩觀》三集卷九，原署『東吴鄧漢儀孝威評選，同學張潮山來參閲』。

集》，河聲岱色，盡貯奚囊。他時搜勝天都，發爲詩歌，靈奧當復奚似。及讀中丞公《黔行》、《黔寄》二種，抉怪武溪，闡奇貴竹，直與康樂、柳州同垂不朽，宜孝威、山來之亟爲欣賞也。』◎實庵曹公到任四十日，既代覲北上。維時冰雪載途，車煩馬殆，公則據軾朗吟。所過名城大都、荒墟古寨、窮簷廢井，一一譜之於詩。比至邗，出詩見示，余爲三歎，復爲點次授梓。因問君家開府詩，公爲揮涕曰：『吾弟《黔行》、《黔寄》二詩久苦散失。』余曰：『昔壬子歲，江孝廉闓在貴陽上謁開府，開府曾以二稿手授江君轉寄，今尚在篋衍中。』公喜甚，曰：『能爲表章，則亡弟感深泉壤。』因爲附刻《朝天集》之後。

魏善長

與同，念廬，江南繁昌人。《浮樵近草》。◎與同孝思敦切，四方名流歌詠之，有《念廬集》。而丁蘭皋廣文樂道其鄉之風雅，手授與同近詩。余覽之嘉歎，真如姑射仙姿，迥立塵表，固爲一快。

鄭　昂

若千，湘漁，江南歙縣人。《山水閒詩草》。◎若千曾浮家京口，攬江山之勝，故其詩清婉秀拔，螺光練影，掩映行間。徐松之、閔賓連屢稱詡不置。

吴從殷

尚木，江南歙縣人。《閩遊》、《松鱗》二集。◎嚴滄浪云：『徵戍行旅，唐人多好詩。』觀吴子身歷戰地，吟嘯之聲與金鼓相答，宜其盛矣。《松鱗堂詩》亦自崎嶔歷落。

陳娗章

觀齋，福建晉江人。《北行草》。◎觀齋先生讀書抱經世之略，而撰著直逼史遷。區區檄書箋記之長，非其所擬；詩亦英毅而蕭騷，獨見崖略。

林世俊

唐侯，福建莆田人。

陳秉樞

叔霞，福建莆田人。《篋中剩草》。◎叔霞先生時而論兵，時而學佛，時而酒社詩壇，蓋異人也。年已遲暮，事業無成，類避地之田疇，託登樓之王粲。相逢江上，感慨爲多，出其吟篇，光焰奪目。昌黎所云『詩窮後工』，殆君之謂耶？余兀坐董樓，蕭然絶爨，把君詩似飽閩地之海錯山珍，能無欣快累日？

尤珍

慧珠，謹庸，江南長洲人。《京邸偶吟》。

許維梴

松年，點山，江南武進人。◎昔與侍御許青嶼先生，飲梁溪令吴留村署齋，又同集雉皋冒巢民邸次，作海陵大會，詩心禪味，種種宜人。江都廣文許點山，則其令嗣也，道情沖穆而風度凝和，對之移日不能去。以近詩示余，典雅流麗，入之《丁卯集》中，幾不可復辨，固家學淵源，亦資學並茂。力爲騷壇鼓吹，以訓邘士，宜其勃然興起也。

錢鍈

鍊百，江南吴縣人。

笪重光

在辛、江上，江南句容人。

黄　生

黄生、黄白山樵，江南歙縣人。《一木堂詩稿》。◎一木老人負介性，曾勸蔣太史虎臣挂冠歸山，而朱子古愚則其忘年之友。詩皆落落違俗而風格自尊，余爲特賞。

吴　鏘

聞瑋、玉川，江南吴江人。◎聞瑋才調擅乎松陵，倡和兼之伉儷，固騷壇之老宿，洵藝苑之干城。三十年前曾訪余於虎丘，論詩千人石畔。今再遇於維揚，以近作示余。愛其風麗，亟爲登梓。

任紹爌

仲暄，山西河津人。

程先澤

予乘，江南歙縣人。

吴　寅

秩三，江南歙縣人。

吴啟鵬

雲逸，江南歙縣人。◎蔣子前民攜三君詩至，余讀之清而健、細而圓，絕去塵氛，獨存澹致，其傚法陋軒之高調者耶？炎暑蒸人，褦襶罕過。把此一卷，如坐短壑青松中，鬚眉盡冷。

沈　白

賁園，江南華亭人。

楊嗣漢

部山，江西安福人。

劉芳洪

虎臣、鍾洛，直隸宛平人。◎鍾洛官新安，吟詠頗富。沒後篇卷散盡，令嗣德柔拾其殘章寄我。因爲點次，以志弗忘。

查嗣瑮

德伊，浙江海寧人。

吳德照

惟鄰，江南貴池人。◎惟鄰英年好學，所著四六詞賦，充篋盈囊，而詩特穩修，予樂爲稱之。

李　德

若谷，江南祁門人。《枕流集》。◎徐方虎太史來遊雉皋，於文士中喜得若谷，曰：『其詩清如磬，溫如玉，是鍾漸江之秀者。』予覽其近作良然，亟爲登之梨棗。

盧　勷

磊庵，江南宜興人。《名山草》。

危映壁

仲昭，東原，江南貴池人。《梳山草堂集》。◎東原雖登賢書，而門風蕭澹，築梳山草堂，讀書其中。愛典衣沽酒，與客吟嘯。詩多俊遠明秀，有謫仙、小杜之遺。

曹繼參

鄴升，江南石埭人。

曹有爲

亦若，江南石埭人。◎鄴升詞壇尊宿，而臥疾茂陵。令嗣亦若，早工詞賦，爲諸侯所禮重；詩並淹秀超遠，卓冠池陽。◎宗鶴問曰：『余一氈秋浦，頗爲蕭寂，賴有劉子王孫、馮子聖調、曹子亦若，時相過從，賴以不孤。而亦若尤雅靜冲恬，吾友孝威極爲賞歎。』

宮鴻曆

友鹿，江南泰州人。《棣園稿》。◎余與紫陽先生以文事相切劘者五十年，而聯聲氣、倡風雅，則於海陵有手辟蠶叢之功焉。令嗣友鹿，篤切嚶鳴，奮懷古業，爲吾黨匡讚不細。錄詩數章，未足盡友鹿也。

金德嘉

會公，湖廣廣濟人。

胡繩祖

斯祐，勁齋，江南休寧人。《有秋堂近什》。

汪　穎

鈍予，湖廣漢陽人。《漪堂偶詠》。

吴宗烈

北持，江南休寧人。《五陵遊藝》。

汪光祥

旋士、覺庵，江南歙縣人。《彭城》、《越遊》諸集。◎余與君家大阮栗亭結契霞上，每歲寄我紫霞山之茶，香清色潔，沁我詩腸。今梅雨已過，遥望練江，寄茶之使，杳然天末。忽丁君蘭皋示我覺庵諸詩，清真雅秀，絶去塵土，不減啜阮公溪畔仙芽也。

白良琯

韞生、羲和，陝西安邊人。《日唯齋集》。◎茅州爲仙靈窟宅，陶、葛諸真人之所棲遊。而白公來結綬於此，殆超然有塵外之思乎？詩復清微朗雋，高睨霞表，真令香山再見矣。

李　楠

紫巖、敬可，奉天遼陽人。◎敬可於若士爲金昆玉友，而皆有扶持風雅之力，范廉夫極稱之。惜其詩少，不能多録。

范國禄

汝受、十山，江南通州人。《十山樓詩年》。◎十山十年避地，今始還家，閉門不出。然賓客訪之者，輒傾倒不厭，不以家貧爲解。爲詩益豪邁，有振動三山之力。令嗣廉夫，遠遊京國，與大人君子李若士輩，有文章性命之交，將來未可量。

范　遇

濂敷、廉夫，江南通州人。《衍塵集》、《月因篇》。

釋慧覺

幻空，江西太和人。◎幻公駐錫維揚之旌忠禪院，自號青原老人，年八十勤苦學佛，工畫花鳥，能作蠅頭楷書，詩高健入格。愛與文士遊，芘蒭中之矯然獨出者。

王日講

學臣，江南通州人。《錦江吟》。

吴　濤

又山，江南泰州籍，歙縣人。《芙蓉閣詩集》。◎與又山同里而未相識，一日渡衣帶訪之而又不遇。予次仙裳韻，贈之詩云：『春風吹浪急，鼓棹一尋君。舊宅魚龍渡，高天雁鶩羣。雪花還大舞，琴響更難聞。那得官梅路，開樽坐夜分。』觀僕此什，可知又山之人、知又山之詩。○每聞鶴山極稱『予家小陸，詩才清俊而不妄交遊，然一與符契，便夢寐弗離』。觀諸作，益信鶴山非浪許阿季者。

釋上思

雪悟，江南泰州人。◎雪公頓悟，遂臻無上法門，結茅廬山。今乃駐錫邗水，莊嚴佛土，大眾皈依。甲子冬聖駕南來，駐蹕天寧禪寺，於雪公重加獎拂。其詩深靜靈微，而又動合矩度。讀過覺林風山月，襲人衣履，非惠休、寶月所能髣髴也。◎迮旦庵曰：『雪公賦性穎異，大闡梵音，洵曹溪之滴派也。禪誦稍暇，間從事聲詩，清微淡遠之致，對之塵襟盡釋。』

程應鵬

翼天，江南休寧人。《綠蔭園詩集》。◎翼天工制義，由諸生登上舍，而爲詩清秀圓美，全學中唐，戴子景韓每向余亟推之。時已解維，將去之廣陵，而翼天以其稿見寄。黄葉蕭蕭，秋風滿渡，把此佳詠，能無擊節歎賞。

李贊元〔一〕

匡侯，素園。福建漳州人。《遁園草》。◎素園先生觀察河北三郡，遽解組歸，流寓白門。癸亥築園清涼山麓，俯仰江山，惟以詩篇自適。近寄我新吟，雄奇高老，益臻杜境。長夏鍵戶，因拔其尤，以光拙選。諷詠之次，如與我友共坐臺城烟雨中，欣快累日。

【校記】

〔一〕以下輯自《詩觀》三集卷一〇，原署『東吳鄧漢儀孝威評選，同學張潮山來參閲』。

杜　濬（再見）

半翁，茶星。《推枕吟》。◎開府余公佺廬，爲茶村經理買山之資，古道可感。兼金陵有林下諸公相與，日夕倡酬，差堪送老。而一跌傷足，遂致經年弗瘳，乃詞客山僧攜樽過訪者相望。因多篇什，用破旅愁，緘以寄余，謹錄數章，綴素園觀察詩之後。素園乃茶村晚年第一好友也。舊農識于董祠。

釋聞潭

練江，金陵僧。

釋德基

南枝，金陵僧。◎茶村先生僑居雞鳴山之麓，有酒有花有書，兼有山僧晨夕倡和，可謂不孤。《送秋》之什，亦先生郵寄者，故附於《推枕吟》之後。

蘇嵋

依巖，直隸大興籍，福建莆田人。《圯上吟》。◎圯上爲子房遇老人進履之地。李太白詩云：『但見碧水流，曾無黄石公。』風流概可想見。余曾驅馬過其處，行路匆匆，未獲瀏覽其勝。依巖蘇使君以行河駐此，山川在眼，古事填胸，輒爲揮毫，動見名卓。如與秦漢古名人將相，悲歌慷慨於風沙灌莽間，可謂河嶽情高、星斗氣壯者矣。

蘇峒

瞻極，直隸大興人。

蘇溥

龍如，直隸大興人。

吴敬儀

平一，直隸慶都籍，福建莆田人。

馮庭楷

端士，直隸涿州人。

汪獻文

西巖，江南歙縣人。

錢　蝦

梅仙，江南太倉人。

王　璋

赤玉、禮南，山西陽城人。

王　環

子如、石農，江南休寧人。《高雪堂詩稿》。◎石農先生負才驚異而所遭衰末，遂侘傺以終老。其於人倫關係處，纏綿固結，若有不可解者。著書等身，皆藏崖屋。爲詩絕去依傍，骨巉而氣剛，意别而識老。然按之古法，無不吻合。令嗣又簡，授經維揚，以遺詩屬余點次。余嘉又簡之純孝，雖貧而不忘其親。因爲評跋，付之剞氏。

傅　山

青主，山西太原人。

杜　越

君異、紫峯，直隸定興人。

王方穀

金粟，直隸新城人。

丁　煒

澹汝、雁水，福建晉江人。《問山詩集》。◎雁水先生詩，余既選登二集矣，茲有三集之役，而虔中道遠，莫能徵索，再取《問山集》選録二十首付梓。要先生詩珠璣錯落，收不勝收。則此借光梨棗者，仍不足盡厥美也。

梅枝鳳

子翔、東治，江南宣城人。《滿聽樓稿》。

梅　清

淵公、瞿山，江南宣城人。《天延閣後集》。

迮　俊

旦庵、逑夫，河南開封籍，江南江都人。《映春堂存稿》、《是陶草》。◎旦庵爲人真樸，而詩則於恬澹之中，自露簡遠。蕭然閉門，與余結世外之契，南村北渚，並此風流。

余賓碩

鴻客，福建莆田人。

余蘭碩

香祖，福建莆田人。

李亦文

江衣，江南泰州人。

端　揆

敘百，江南當塗人。《臥虹軒詩》。

何一化

生伯，江南南陵人。《瑟齋詩選》。

朱鍾仁

本姓丘，近夫，江南崑山人。

余　讜

漢班、宸箴，江南崑山人。

吴雯清

魚山、方漣，浙江仁和籍，江南歙縣人。《雪嘯軒詩》。

吴秋士

在湄、西村，方漣先生子。◎方漣爲侍御，以直聲蒙降謫，退處散秩，吟嘯自如。令嗣在湄，負儁才，克繼風雅之業。朱古愚以詩來，因並登梓。

丘元武

慎清、柯村，山東諸城人。《烟鬟草亭集》。◎柯村先生之詩，意險識高，才雄氣健，具九仙渤海之勝於毫楮間，真吞吐日月、揮斥雲霞矣。由其結綬以後，閱歷蠻荒，遭罹兵火，如少陵之奔走梓、益、夔、闤闠，故能奮鬱挺拔，以自見其奇。時人望之，莫能名其寶也。丙寅冬日，柯村以扁舟訪我於白沙道上，出詩見示。余爲爬搜品識，劍光珠氣，出土沖天，當爲快事。

臧振榮

君仁、岱青，山東諸城人。《太古園詩》。◎壬辰余客都門，同丁子野鶴二百餘人，於慈仁寺結觀文大社，則臧君岱青與焉，別來不知其動定。丙寅丘君柯村來邗江，以岱青稿屬選。余睹其姓字甚熟，久而憶其爲三十餘年前結雞壇牛耳之盟者。余喜岱青登上第、莅方州，且深心古業，是能卓立簪紳中而克繼前武者。然非柯村，余亦竟失之。

劉　凡

元歎，江南潁州人。《卓崖詩集》。◎此公戫考功之冢君也。余與公戫爲異姓兄弟，元歎雖掇巍科，而惓惓作牀下之拜，余心重之。詩諸體兼優，渾雅而復英鍊。僅錄數章，不足盡元歎也。

吳崇光

式武、鶴山，江南泰州籍，歙縣人。《桂籍軒詩》。◎閉戶海隅，二三同輩罕有過而商風雅之業者，竊恐年逼桑榆，零落將盡。鶴山先生與余三十餘年之交，投契每在風塵外。其爲詩，苦心淘汰，字不虛下；近作則格力益遒，復爾姿態流逸，而每向余有杯酒論文之雅。然則香山竹林，捨君誰屬？

蔣　鑨

馭鹿、玉淵，江南武進人。《淮海詩鈔》。◎鍵關結夏，而李厚餘比部以書來，云蔣玉淵先生且至。久切停雲，仲秋忽駕扁舟詣海陵，叩門垂訪，樂數晨夕。因以《淮海詩鈔》見示，讀之藻麗而高超，深毅而典切。其領袖吴楚之騷壇，無疑也。採其數章，登諸梨棗，並識班荆之幸。

徐　章

石霞，江南江陰人。《山止閣集》。◎庚戌，與石霞客雉皋，蕭然彈鋏而氣誼殊殷。近以書來，兼惠近作。評次之餘，望春申山色，輒爲神往。

蘇　卓

立原，江南蘇州人，如皋籍。《筊鳳軒偶吟》。

朱　奭

天錦，江南吴縣人。《素濤詩集》。◎天錦家本王、謝，才擅庾、徐，落筆成花，舉體都韻。曾於楓葉初黄之日，爲江樓談讌之歡，出其新吟，爭共披賞。自非俊流，無此高唱。

温養度

荊岑，陝西富平人。《百可堂詩集》。◎關中詞賦之客，與僕班荊唱和者最多。至富平，則李子子德，其論詩最洽者也。温君學書不成，去而學劍，遂登武甲科。然性好吟詠，擊鉢揮毫，落紙成韻，其羊、杜之流亞與？丁君蘭皋自瀨上來，持其詩坐我江樓，披卷共讀，極爲神暢。恨客金馬門時，子德不以荊岑告我。

劉芳猷

巨卿，陝西寧夏衛人。◎維揚道上，見有長身赤面、跨青驄而過我者，疑爲關西大俠。及坐定與談，乃靈州名宿，與吾友王山史、曾庭聞諸君稱莫逆者也。載披其詩，伉爽磊落，而不乏吴越秀雅之致，其特鍾賀蘭之靈氣者與？乃一官弗振，撫劍悲歌如君者，豈長淹草澤者乎？

劉首拔

坦庵，江西廬陵人。《滴露吟》。◎公爲名孝廉，閉門著述，倏然自遠。及爲宰繁昌，政令如春風及物，士民允懷；而吟詠之聲，與燕磯、牛渚相爲響答。讀《滴露吟》，歎其詩心不減隨州須兩公也。余亟謂丁君蘭皋曰：螺川、鷺洲之勝，胥在於是，能不令人引領遐慕乎？

彭禎源

之凝、培和、放呆，江南溧陽人。《瀨水彭氏詩存》。◎彭子爰琴、則翀昆季，刻其尊君培和先生詩見寄。適予有《詩觀》三集之選，登梓數章，以志哲人遺範。

鄭　燾

溥如，江南儀真籍，歙縣人。《攬茝軒詩存》。◎溥如先生少與李本寧、王遂東諸公遊。末年懷抱蕭瑟，悉發於詩。今嗣在辛刻之，而余更拔其精警秀逸之作以傳。

沈廣輿

騶士、瑤田，浙江烏程人。《菰廬集》。

吳元麟

南林、竹溪，江南婁縣人。《三松草堂詩》。◎錢子十青遊雲間，輕舟遄返。余搜其行笥，得沈騶士、吳南林二稿，曰：『是既兩君所寄也。』又重以張洮侯先生之命，極爲說項。新秋涼雨中讀之，覺清圓秀逸之氣霏亹來集，如坐我茸城霅水間。

程瑞社

次郊，澮園，江南休寧人。《餐勝樓稿》。

程瑞祊

宗衍，碧川，江南休寧人。《文山堂近稿》。◎自鼎庵先生得詩之嫡傳，而孚夏紹其家學，一洗鉛華，獨標正始。令弟次郊、宗衍拈筆吟詠，秀骨妍思，一時駢集，其殆王恭、柳惲差可方擬。

王　巒

巂山，湖廣黄安人。《習隱齋集》。◎余休夏水繪，雖蓬蒿没人，而樹色波光可愛。適楚黄王子巂山以近詩見示，清深雅健，不趨時尚，而神骨蒼然。寂坐水堂，細爲評跋，是客中一快。

楊瑚璉

古存，聖與，江南泰州人。《破帆吟》、《寄餘園稿》。◎古存家居羅浮山麓，閉户讀書，不屑奔馳以邀時譽。而闕里、桓臺、霅水諸君子，乃從藪澤中物色之。其詩能自立崖岸，而僕更喜其錘鍊入格處，爲獨進於醇雅。其遊西江，瞻眺古跡，流覽烟霞，纇多勝作，容再爲表章之。

盧　綖〔一〕

菽浦，湖廣黄安人。《艋莊近集》。

【校記】

〔一〕以下輯自《詩觀》三集卷一一，原署『東吴鄧漢儀孝威評選，同學李良年武曾參閲』。

王　玑

蒿伊，江南桐城人。◎蒿伊先生令欒城，以循卓特薦；旋通守越州，復有殊績著聞。而近以濬海重任膺茲特簡，經濟既擅其長，而詩篇更能挺出。龍眠靈秀，應產是人。其捐貲刊王于一先生《四照堂全集》，尤爲郡縣牧守所不能行之事，余極重之。

王孫茂

漢卓，江西南昌人。《楓林草堂稿》。◎曩時尊君于一先生僑居廣陵，與梁仲木、公狄、李小有、惲道生、杜于皇諸君，交情極洽，而余亦竊附嚶鳴之好。迨于一客死武林，而令嗣漢卓依人入蜀，久不得其消息。丙寅來海陵，把晤甚歡。出其詩篇見示，沈毅有家法。且聞其擔簦遠遊，而周旋骨肉，罄囊不厭，豈惟工文，而至行非人可及，能無敬羡？

徐豫貞

德宜、逃庵，浙江海監人。《滄浮子詩鈔》。◎滄浮先生居秦溪，觀日月潮汐、蛟龍草樹之變幻，胸有奇書，門無雜賓，一異人也。而雅抱用世之志，曾一遊京師，登昭王之臺，入酒人之市，磊砢難合。杖策東歸，爲將母計。所著詩篇，堅奧奇警，全得漢魏盛唐之精髓，而不屑與時流角門戶。余心重之，選其詩二集、三集中。蓋珠光劍氣，照耀四壁，不可掩也。惜未删定一全稿以行世。

俞　楷

陳芳，江南泰州人。《第一書》、《第二書》、《後丁卯集》。◎俞子陳芳，門第清華，姿才茂異，乃能從綺麗紛綸中，擁書萬卷，日事披閱，澹然如入定老僧。此再來人也，而又絕去名心，從未肯以片刺爲通謁。然當世讀其所著書，皆愛慕不能置。蓋由陳芳學據其實而心處於虛，故能屢進而不窮，日新而善變。即其詩，始而縱横奇譎，不名一家；而近時所作，則更法嚴而格正，神遠而識超。非讀書具靜力，安能詣此？宜見者有天人之歎也。余與天木、錦泉暨陳芳同里閈，稱三世交，詎敢一字浮譽？故論其詩而爲説如此。

楊　綱

立三、石村，陝西宜君人。

劉克坒

仲雅，陝西中部人。

林堯光

覲伯，福建莆田人。《涑亭詩略》。◎莆田詩藪，而林氏昆玉尤森奇莫敵。涑亭詩工麗典秀，一往有寶光射人，惜所登之甚少。

趙有成

子淑、柳江，江南江都人。《竹西草亭稿》。◎太史公以遠遊而成《史記》，少陵奔走楚蜀而詩益奇。子淑曾涉洞庭，登星巖，縱覽溪山草樹之勝。故《浮湘》一集，久爲施宣城、曹檇李諸公所深賞。今自北道歸，示我以歷遊諸作，皆高亮雄偉，格調純似唐人。亟掃竹西亭子，與二三知己把酒論詩，是一樂也。

冒　褒

無譽，江南如皋人。◎冒子無譽，乃嵩少憲副之次君，巢民法曹之弱弟，而婦翁則又紫陽，内兄則維定庵，門第清華，姻黨貴盛，世無與比。乃閉門撰述，益振前徽。所著詩詞，皆臻英麗，而錦囊韜祕，不輕示人。余至雉皋，始傾篋見授。因坐寒碧，特事丹鉛，拔其數章，足徵全璧。

張圯授

孺子，江南如皋人。《茗柯堂詩稿》。◎孺子門戶蕭然，庭滿梧竹，茗香詩畫，日共周旋，與疇昔素交久而彌篤。近詩蒼樸勁秀，一洗時氛，則得於禪悦者深。

丁其锡

天予、殊齋，江南如皋人。《聽松軒詩藁》。◎詩貴雍和靜正，然想路必須深警，乃爲傑邁。天予從王、岑得手，然使人撫卷尋味，佳思益出，洵爲雅流。

方象璜

雪岷，浙江遂安人。《衛遊》、《觀濤》二稿。◎方君樸士，古道照人，不屑通剌冠蓋。而雪岷明府雖門地鼎盛，才譽飆馳，澹然如寒素，與樸士正有針芥之合。丁卯登余客樓，促余選梓雪岷之詩。時積雪滿山，照人帷幕，披覽詩卷，同其潔超，是一則快事。

閻若璩

百詩、潛丘，山西太原人。《眷西堂詩集》。◎百詩久爲騷壇勁敵，惜寄詩甚少，然二詩以窺半豹。

在陽，湖廣黄安人。◎詩走熟路，便少進境，故須以生創爲佳，而又須嫺于矩步。讀在陽詩，吾畏其詩心之猛。

盧　洽

及之，湖廣黄安人。

耿興行

競庵，浙江錢塘人。

周　疆

浴咸、西泠，浙江錢塘人。《世經堂近稿》。◎浴咸清才風發，藻思雲湧。所爲詩歌，皆不假思索，援筆立就，而並臻醇雅。余詩選一集、二集皆採登卷軸。今秋訪余董祠，出其近詩見示。和麗之中，更見警策，益令人把誦不倦，而浴咸尤慨然以經濟自許。余之知浴咸，正未有罄也。

徐旭旦

鶴山、懶翁，江南興化人。《來鶴堂稿》。◎鶴山先生年屆八旬，而纏綿風雅，有若饑渴。東塘孔先生南來治河，深相結契。屬余操選事，惓惓囑其表章，且捐俸付之剞劂，皆今人所未有者。擁金如山，視貧士著作不一回顧，真可歎也。

朱國琦

次京，江南宜興人。

蔣景祁

孔尚恪

敬思，秉虔，至聖裔。《友古齋詩》。◎兄東塘曰：『屈指王謝子弟，非獵酒漁色，則闘五陵之裘馬。敬思年沖才老，骨傲眼白，盡屏紈綺之習，而以詩文自豪。寥寥鄒魯，空谷足音，吾將與訂千古之業。』◎《雜詠》詩依上下平聲，凡得詩三十章，皆閉門尊己、守分謝俗之言。讀之，知爲有道君子也。東塘先生出以相示，余拔其八章，登之拙選。時一諷誦，有若箴銘。

卞元彪

孺蔚，江南江都人。《百四齋稿》。◎孺蔚閉門讀書，交遊不苟。然開徑延三益，則有耐庵先生之家風。詩特整雅和令，得風雅之正傳。

余　雯

文舒，陝西藍田人。《更洲詩草》。◎文舒殊姿雅度，不減衛玠、王恭，而爲詩則韶秀絕倫，了無塵氛。徐臞庵每向余嘉歎，固爲不誣。◎倪永清於維揚操選政，交遊最廣，而後來之秀，則首推文舒，曾作七律八章贈之，諒非輕許也。僕特標出，爲文舒幸。

閔　思

左來，蒲人，江南歙縣人。《西墅園詩集》。◎閔氏多逸才，兼工比興之業。而左來能挺出，以吟詠自豪。然行將振鐸，以詩教其弟子，致足快也。

陳大謨

聖洋，山西保德州人。《耐寒堂遺稿》。◎謝晉侯曰：『陳子聖洋，芭邊世族也。戊子舉孝廉，授上黨學博，遷蜀之慶符令。慶屬敘州轄，與余爲同郡同寅，稱莫逆交。陳子博學，善書工詩賦，知名當世。慶荒瘠，乃下川南最僻邑。陳子抱經濟才，無所施，牢騷不平之感，每託之於詩。貧病交攻，形日憔悴。一日，監司黃公初蒞任，陳子扶病詣永寧謁。抵永之夕，疾益劇，遂下世。孤身遠宦，僅一癡僕隨。卒之日，囊篋蕭然。余稱貸僚友，爲之殮，買舟載歸慶，遺書其弟若子；又代之區槖裝，得扶櫬返里第。慶土雜蠻獠，號難治，咸視爲畏途，篆久虛無人攝。太守張公性躁切，然亦不能强人以所不欲。余與陳子平素以廉介相砥礪，慶人德陳子，知余與陳子同志，因合詞上郡守，請攝慶篆。太守正苦無人往，見詞喜甚，正言謂余曰：「余固知附郭無兼攝例，然輿論所歸，不可違也；攝慶之役，非子而誰？」余義不可辭，勉强就道。甫如慶，夜夢陳子來言：死後無他戀，惟舊日詩篇湮沒不傳，殊恨恨耳。因囑余代之刻，余夢中心許之。詎意變起滄桑，宦途淪落，瀕死歸里，而家徒四壁，息壤之盟，竟不獲踐。每一念及，未嘗不拊膺搔首。戊辰春，攜陳子詩稿過維揚，值孝威鄧先生選《詩觀》三集將竣，謹繕其遺草數篇，冀一表彰之，志延陵挂劍之初志云。』〔一〕◎聖洋負才失意，蜀徼之一官，抑鬱而卒，見夢於晉侯明府，以遺詩爲託。可見才人名心，至死不泯。而晉侯間關蜀道，從兵馬荊棘中攜其詩歸，以授余選刻。其心誠，其意苦也，余故感歎而登之梨棗。

【校記】

〔一〕此文底本在陳大謨名後，陳大謨詩選之前，今依體例移於此。

茆薦馨

楚畹、一峯，浙江長興籍，江南宣城人。《畫溪草堂遺稿》。◎一峯傳臚得上第，忽爾捐館，曰：

『吾將赴東嶽曹官任也。』然否？ 昔曾設帳於吳太守薗次家，今爲刻其詩，良屬古誼。

黄師憲

當湖，湖廣應山人。《夢澤堂稿》。◎當湖先生吟詠甚富，令嗣洪山，已刻其稿以行。余爲錄其宏偉奇麗及有關名教之作，用以張楚。

黄　瑧

雪茵，江南武進人。《甦庵稿》。◎甦庵風期高邁，好潔嗜茶，遨遊遍南北，以疏財仗義聞朋黨間。同里所善，惟薛堆山、巢兼山、許青嶼、毛卓人及君家雲孫諸君子。爲詩清迥幽麗。令嗣文巖，旅食江淮，能捐貲刻其遺稿，時稱其孝。

陸　珂

佩玉，江南興化人。《懶漁子稿》。

昝　章

開先，侗庵，山西大同〔一〕人。◎侗庵無嗣，詩稿亦零落罕存。王子羲文以夙昔門牆之誼，屬余登選。其詩固風豔，胡以僅留此片羽耶？

【校記】

〔一〕『大同』，底本闕，據陶煊、張璨輯《國朝詩的》『山西』卷一補。

曹光昇

賓曙，江南華亭人。◎賓曙素負奇氣，遭際不偶，抑鬱而亡。其詩激昂淒楚，如聽雍門之琴、漸離之筑，令人潸然泣下。因採四章，以志不朽。

釋行溗

遠峯，江南長洲人。◎遠公法輩既尊，道行彌苦，駐錫維揚之建隆。此寺爲宋祖御榻所在，今荒穨不堪。遠公力欲修復之，志願堅矣。詩錄數章，以志法門龍象，蒼深宏闊，兼而有之。

黄龍官

羲臣，江南歙縣人。◎羲臣敦尚友誼，與朱子自觀尤稱莫逆。今讀其『寄懷』一作，情意藹然。特選付梓，以志企慕。

釋超普

萍寄、融峯，江南興化人。《禪餘草》。◎詩與禪原爲兩道，凡談宗説偈、一切棒喝語，寫入詩中，便有咫尺萬里之别。融峯只做詩，不説禪。詩到清微澹老之境，即禪也。此惟大智慧，能解此旨。

吴宗湇

方弘、滄度，江南休寧人。《枕霞閣詩》。

朱　欽

天心，江南蕭縣人。《斐齋詩集》。

黄　雲〔一〕

仙裳，江南泰州人。◎戊辰夏日，仙老以詩見投，促余評次。豈知余病經秋，困憊已極。每思搦管，輒又罷去。蓋老友詩篇不敢苟且，此意惟仙老諒之。重陽抵維揚，人事筆墨，紛不可了。秋盡冬歸，舟中無一雜人，無一雜事，乃能恣意丹黄。白雲黄葉、斜陽遠水中，閲此一卷妙詩，真屬旅途一樂。霜降之夕，舊山叟書於舟中。

【校記】

〔一〕以下輯自《詩觀》三集卷一二，原署『東吴鄧漢儀孝威評選，同學張潮山來參閲』。

黄陽生

月舫，江南泰州人。《桐花草閣集》。

黄泰來

文三、石間，江南泰州人。《浮香閣集》。◎余與仙老髫齒訂交，距今幾六十年，詩酒論心，洵快事也。今似屺懷、交三，克紹家學，揚風扢雅，久已聲著雞林。今復採其近作，選入《詩觀》三集。其調益清、格益老，雖王、孟何以過焉。因命長子勖采共相砥礪，且以敦世好云。

劉中柱

雨峯，江南寶應人。◎憶昔客遊八寶，與雨峯把酒聯吟，清燈話舊，興致極爲纏綿。今致身清華，而詩愈臻高老。亟登數首，慰我停雲。

繆肇甲

墨書、補山，江南泰州人。《問月樓詩》。◎墨書髫年穎異，所爲制義皆警秀絶倫。每試輒拔其鳌弧以先登，而尤耽精於風雅。邇來每進，益工古體，一洗塵氛，獨臻淵雅；而近體則風神秀脱，辭旨妍和，幾於錢、劉、許、杜之間遇之；絶句殊得風人諷歎之遺。吾爲評次，殆無間然。宜葷轂鉅公相見折服，爭欲吹噓送上天耳。

吴景鄺

赤一，浙江歸安人。《燕臺倡和詩》。

陸　愚

大丘，江南興化人。

潘　澂

鏡如、冰壺，浙江新昌人。《看弈堂草》。◎君家曾王父水簾相國，以和平持重爲神廟所知。後文郊公散萬金以賑施，里人感德。而尊君以武先生，抱奇略遭變，鬱鬱無所施。鏡如破家後，以詩畫走江淮間。今年遇於雉皋，解其囊，爲選其詩。詩多得天姥、沃洲之勝，亟爲傳之。

楊廷鎮

爾玜、岷樵，浙江紹興人。《集艫堂》《岷山堂》諸集。◎爾玜僑寓邗上，以甲子歲薦授廣文，讀書樂道。於宅傍構别業，每遇佳辰，與同志分題採韻，一時傳誦焉。

金懋禧

受宣，浙江紹興人。《用拙堂詩草》。◎枚亭六友，金子遠水其一，余曾作長歌紀之。聞今遠遊，而令嗣受宣以詩來，雅秀絶倫。余愛而登梓，竊爲手額。

呂泗洲

漢鄰，江南宣城人。《來爽堂稿》。◎宣城諸名家，余盡讀其詩，而獨未見漢鄰之作。沈子培元來廣陵，以篇什見示，余乃披讀。其秀致雅情，盡攬敬亭、柏梘之勝，不禁爲之神賞。

馬之驊

飛穆，奉天遼陽人。《片綠園詩集》。○公宰萬安，能使猛虎荊棘之場，化爲樂土，而詩有仙氣，令人按捉不住。

丘同升

守常，江南山陽人。《箓蔭軒集》。◎曙戒、季貞兩太史書來，稱其愛弟守常年最少，而潛心風雅，且悁悁欲晤僕，以結縞帶之歡。及接其人，溫文謙慎，而詩多靜秀之氣。烏衣子弟，似此洵堪敬愛。

史伸

淑時、蕉飲，江南江都人。《才冶樓集》。◎豹人、舟次、季用三君以書來，皆極口淑時。余披其集，出入六朝而驅駕三唐，其才果傑出也。許示新篇，竟未郵到，登此以志賞慕。

陶爾穟

穎儒，江南青浦人。《息廬詩》。

沈季友

客子，浙江嘉興人。《南疑集》。

戴劉淙

稼梅，江南常熟人。《過雲集》。

葉　燮

星期，浙江嘉善人。《已畦西南行草》。◎星期詩以險怪爲工，余則錄其條和中節者。

吴孟堅

子班，江南貴池人。《偶存草》。◎子班以尊甫樓山先生死節事，重趼至國門，上書史館，遂蒙立傳，其志苦矣。數篇慷烈，有易水擊筑之風。

黄啟祚

洪山，湖廣應山人。

梅文鼎

定九，江南宣城人。《勿庵詩集》。◎耦長語我：『定九精曆象、工算法，當今有用才也。工詩，特其一斑。』

孫又玠

六良、懷濱，江南休寧人。《觀遠堂集》。◎戊辰小春，與孫君六良飲茗上司空署館，竟夕不知其爲詩人。明日，以《觀遠堂詩》一冊來，屬余評次，因貯之敝篋。舟行宜陵道中，寂寥無事，爲一披閱。其幽秀閒遠，絶去埃塵，頗令人神移心賞。◎戊辰冬日，六良送司空孫先生渡河北上，抵淮而返，晤於邗樓，出送行四詩見示，不獨風藻連翩，而情旨更爲深穩，是華實並茂之作。余深喜之，特錄附此。

王元弼

良輔，山東琅琊人。《慎餘堂稿》。

張思任

鈞五，奉天襄平人。

張思信

鈍五，奉天襄平人。《廉泉集》。

閻中寬

公度，直隸蠡縣人。

張　禎

延嘏，直隸蠡縣人。《焚餘草》。

陳于王

健夫，直隸宛平人。◎客冬陳子健夫過我，以數詩見授，皆深青古奥，極慷慨悲歌之氣，余甚爲擊節不置。尚有數作，值余病臥，未能披覽付梓。

蔣繼軾

淑瞻、小坡，江南江都人。《雙梧集》。◎蔣玉淵向余云：『吾家淑瞻年甚少，而耽吟詠、喜賓客，綽有魏晉風。』余交其人，良然。東塘孔國博倡社邗水，淑瞻獨高懷雅致，一往而深，固不愧俊人之目。

胡其毅

靜夫、致果，江南江寧人。《靜拙齋集》。

魏壽期

偶亭，江南繁昌人。《後浙遊草》。

彭希周

宗姬，江南當塗人。《紀遊草》。

張儼

若思，江南當塗人。《寄庵集》。◎尊君中嚴孝廉、大阮青庵觀察，皆與僕爲異姓兄弟。今兩君已亡，家亦中落，而若思詩才傑出，深爲眉喜。

孔毓禎

惺箴，江南當塗人。《江上近草》。

奚藩

公昭，江南蕪湖人。

奚自

公石，江南蕪湖人。

何良球

與圖，江南徽州人。

汪元暉

遙光、扶桑，江南歙縣人。《鞶溪詩稿》。

方山

聖乳，江南歙縣人。《何有集》。◎南庵釋大依曰：『松雪畫馬，幾於馬矣。因而畫佛，遂爲衆香國裏人。古名下士爭以筆墨作佛事，有以也夫。紫巖居士唱雪羅漢，從空色中放大寶光，豈其詩耶？即以詩言，淡描空影，似睹鏡花，筆力所至，精渾遒老。袁二堂云「詠物長如畫遠山」，紫巖之謂歟？快讀之下，爲題數語，以志他日捉手於香國也。』◎聖乳年少負異才，試輒冠軍，客死嶺南，詩多散失。從兄寶臣僅收拾其《雪羅漢詩》，而從叔樸士緘以寄余。詩固清麗超脱，不墮塵氛，惜全稿之零落。

劉清玫

赤符、默齋，山西大同靈丘人。《清嘯集》。◎赤符尊君守保寧，死吳逆之難，而能不避雲棧之險，冒兵戈以迎其父之喪，忠孝萃於一門，可謂爭光日月矣。余從邗上晤赤符，見其神情軒舉，有烈丈夫氣。而更出其詩示我，英爽豪邁，掃盡浮靡。殆雲中地險而風高，故人物傑卓如此。

閻詠

復申、左汾，山西太原人。◎再彭、百詩兩先生，皆與僕誼聯縞苧；而復申近班荊情好，復篤交蓋三世矣。復申早歲登賢書，著作皆英麗，宜楊公筠湄開府亟推之。

卓允基

次厚，浙江杭州人。《履齋詩鈔》。◎予與亮庵交深三十餘載，次君次厚於苕水採芹，解衣纔三尺。

今其詩雄放開闊，遂霸浙壇，吾爲敬畏。

王鴻藻

日山、鶴沙，江南泰州人。《鷗吟集》。

劉家珍

鹿沙，江南寶應人。《漁山園詩鈔》。

錢柏齡

立山，江南華亭人。《鹿窗草》。

楊廷顯

偉臣、學萊，江南華亭人。《飯犢偶吟》。◎靳公嚴於論詩，而亦不苟於揖客，故幕中多俊偉之士，振筆皆成異彩。予何時得遂西園之遊宴也。

唐麟翔

石郊，江南泰州人。

杜逢春

大生，江南丹徒人。

潘　鼎

君粲、在新，江南江陰人。《餘吟草》。

沈嘉植

子厚，桓雙，江南泰州人。《山雨樓集》。◎林公、芝山兩先生，適開海陵風雅之先。而子厚能世家學，搖必多雅音，振步無繁響，足繼兩先生之後矣。

張　昭

曉巖，江南丹徒人。《紀遊集》。

王拱辰

星維，江南江都人。

孫　暨

杏莊，江南休寧人。

王　待

季守，江南興化人。《東皋集》、《醉娛集》。◎季守幼而穎慧，長而博綜。所爲詩輕妍而秀妙，復華鍊而英多，詞家之勝在是矣，宜子發、冰叔有神駿之賞。

汪岱實

柱東，西巖，江南嘉定人。《見山集》。◎疁城詩名，推李長蘅先生冠冕。汪君柱東其所自出也，詩宏闊而深穩，藻雅而清貼。當踞騷壇，以標赤幟。

趙鳴鸞

翔九，雪村，江南江陰人。《蓉江集》。◎雪村賦性高邁而纏綿，於風雅友朋之間，有同饑渴。所爲詩，雅麗而蒼健。性好苦吟，彌徵風骨。江山明秀，乃產是賢。

鄧鶴在

皋聞，江南江陰人。《自怡集》。◎余宗克生、于王兩先生，以詞賦爲東南倡，皋聞其裔孫也。詩特清鍊而神韻自高，洵足振起前武，余爲眉飛色喜。

程鴻鼎

六飛、勁齋，湖廣廣濟籍，江南休寧人。《餐勝樓集》。◎黄九烟先生選唐詩，有『驚天』、『泣鬼』、『移人』之目，似可不必也。如此安雅清和，一歸正則，吾推六飛子。

文師伋

賓門，湖廣漢陽人。

許大儒

董傳，江南如皋人。

余　昂

宛駒、寧愚。江南如皋人。《綠筠軒詩稿》。◎寧愚以詩世其家，所爲詩清健圓美，詞格兼到，允推正則。

黄九洛

姬定，江南泰州人。《古雪草堂詩集》。◎姬定承尊君眉房之後，續風雅一燈。天濤若在，火功不免。吾愛其詩，過堰口定披帷索晤。

程　鼎

耳臣，江南休寧人，流寓蘇州。《寄園詩草》。◎耳臣浮家姑蘇，喜吟詠，愛賓客。所著《寄園詩草》，曾子青藜序而行之。丁卯小雪，程君禹門郵其詩至海陵。讀之清拔韶令，風骨自超。孚夏促余選次，且授之梓。其均有揚美之意乎？

劉小雅

无涯，浙江山陰人。《紀遊草》。◎无涯負經世之略，所歷燕、吴、楚、豫、黔、粤之區，詩篇皆瑰麗奇邁。有如此才，自當遇之新豐酒家，豈終老菰蘆者？

戴元琛

楚白，江南休寧人。《琴臺小草》。◎清如澄潭皓月，秀如遠黛青峯。愛其爽氣逼人，急欲與之同堂揮麈，何剡溪戴氏之多才。

范　韓

平木，江南如皋人。《逸齋吟》。◎義山之詩，原本少陵。固知繁麗之章，須有骨力。平木正不以錦繡爲工。

釋祖琴

古音，江南安東人。◎古公精佛事、通風雅，論者方之遠公、皎然。汪君扶晨最爲結契，以詩示予，清永澹妙，已浣盡俗塵矣。

李　遴

瑶田，江南通州人。《小山遺稿》。◎崇川三李素擅才名，而瑶田意氣豪上，詩詞英秀，尤予所夙契，不幸遽赴玉樓。難弟瑶氿撿其遺稿，屬予點次以傳，爲可感云。

陶元運

蒼柱、柳圃，江南通州人。

張奎鶚

曙光、曉亭，浙江德清人。◎苕霅山水明秀，人文最盛。曙光又生長名門，才學兼優，故往來大江南北，所著詩歌皆極工秀不凡，予因樂爲傳之。

李　堂

心構、草廬，江南通州人。《吴越吟》。◎心構英年妙才，試輒冠軍，近益下帷深山，自見乘風直上。向侍尊人南遊，著《西湖紀勝》二編及《吴越吟》，繡織湖山，蒐羅殆盡。不及全登，集中僅採數章，皆極蒼秀壯闊。崇川多才，余爲君屈一指。

喜　越

太素、顧阿，江南丹徒人。《寓寓草》。

吴維翰

五玉、周遺，江南如皋人。《菊隱園草》。

李振裕（再見）〔一〕

《白石山房近稿》。◎戊辰春雨不輟，醒齋先生招飲署齋，出新詩一卷見示，乃督學江南時所作者。其詩較前一變，渾樸蒼老，迥絶時蹊，正非劍南所能望其壁壘。

【校記】

〔一〕以下輯自《詩觀》三集卷一三，原署『東吳鄧漢儀孝威評選，同學張潮山來參閲』。

許孫荃（再見）

《華嶽集》。◎四山先生督學秦中，數載不得其音問。戊辰從郵筒兩得其《華嶽集》。時選事已竣，採其高篇，復爲附入。較士方亢，乃能吟詠如許之多，而且高華沈鬱，俯罩詞壇，其胸次何如也。

靳治荆（再見）

《問政山堂集》。◎鐵壁先生治歙，風教潔清，政事備舉，洵哉東漢良吏之選矣。而性喜吟詠，夜静堂空，讀書之聲，達於戶外。爲詩和雅深雋，逼似左司、儀曹，蓋綽有道骨仙風者。汪子扶晨以數章緘寄，披覽不忍釋。會拙選已竣，輒爲附登。何不盡惠瑤篇，勒爲《詩品》？

汪士鋐（再見）

◎今夏汪子扶晨以曹、靳兩公及己作長歌寄我，留滯維揚，未之見也。重九抵邗，乃得披閲。曹公詩健拔，靳公詩超雅，俱稱絶倫。而扶晨二章得胎韓、蘇，較前益進，因並續梓。新安風雅藪窟，乃有二公提唱在前，諸子愈奮厲。正如金石互宣，錦繡各出，能無欣羡？

閻爾梅（再見）

《白岙山人詩集》。

閔麟嗣（再見）

◎詩以空清樸老爲上，艱僻與俚滑俱失之。賓連自歸新安，洗盡鉛華，獨標本質；而靈秀澹遠之氣，霏霏自露行間。此水落石出，其境候未易造也。

趙吉士（再見）

《萬青閣歸隱詩》。◎恒夫先生昔晤邗江，詩酒甚盛，臨去猶以未盡地主之歡爲言。一别數載，先生身已登諫垣。今以河議，與時齟齬，遂束裝南下。道中所著有《歸隱詩》，忠厚悱惻，詎遠古《三百篇》義？余再樂爲傳之，嗟其遇、鳴其志也。

方　淳（再見）

《環翠軒新舊稿》。◎樸士論詩頗與時别，而每有著作，必過質於余。曾錄其新舊詩一冊授余，余久藏之篋衍。戊辰九日，以尊慈在新安病篤，踉蹌急歸，瀕行囑余曰：『倘有續刻之例，幸勿遺忘。』余感其意，因載此數首。

許夢麒（再見）

《茁齋集》。◎仁長生而穎異，宗伯有佛摩之稱，長安著雙松之譽。近張稚恭、李子德評其《茁齋集》以行。余因採數首，以志丁卯之才日臻美備。

釋上寧

雲庵，江南興化人。

徐　章（再見）

《山止閣近詩》。◎與石霞别二十年，丙寅郵其詩來，爲拔其尤者，登諸選集。戊辰予以訪舊來江上，石霞拉我宿其高齋，晨夕聚首。因更以新舊詩示予，不能割此珠玉。乃更丹鉛，公諸同志。

程先達

質夫、東廬，湖廣景陵籍，江南休寧人。《天香閣新舊詩集》。◎東廬先生幼時浮家景陵，遂登楚之賢書。繼遭寇亂，家業盡落，不得已，司鐸隨州，蕭然難給。幸直指聶公有特達之知，薦拔國博，歷轉部曹，竟榮登晉陽五馬。性不好榮，飄然歸里。今年已八十有五，著述不倦，所吟詠最多。程君禹門索其稿見寄，值余三集之選將竣，敬採數章，載諸卷帙，並示孚夏，用共欣賞。令嗣茂湘，詩有家風，濯濯如春月柳，愛不忍釋，因並付梓。

程士芷

茂湘、芳沅，江南休寧人。《聽松樓新舊詩集》。

佘儀曾

羽尊，福建莆田人，揚州籍。《瞿瞿草》。◎羽尊名家後裔，而流轉江淮，風期落落，惟事讀書。詩多清貴巉巖，自闢堂奥。如雲中白鶴，又如雪後青山，余甚愛之。

釋元奭

自恬，江南興化人。◎森公大師建幢說法，而上首自恬於參悟外，獨工吟詠。其清矯絕俗處，如落葉空江、疏鐘靜夜，而又不落禪梵一語，所以稱絕。

顧鳳彩

霞儀、羽皇，江南如皋人。《蘇門集》。◎霞儀讀書多靜氣，即之溫然。其爲詩密麗精工，而妙有生動之致，東園諸詠尤爲匠心，故特錄之。

程瑞禴（再見）

◎昔陳琳工於詞業，曹瞞每愈頭風；元章四印奇古，東坡覽之病霍。余臥病今春，書卷未觸，忽案頭得程子孚夏詩一冊，驚喜徘徊，存若新展。久之，乃知爲孚夏所定《詩品》，愈展愈不能釋。因思此冊必編入《詩觀》三集中，始可通行宇內。爲呼梓人，急削梨棗。而令弟次郊、宗衍暨令侄天有輩，復滾滾以詩見示，亦併附孚夏之後，以見新安程氏之多才也。

程瑞社（再見）

◎次郊不到廣陵數載，余渴思良深。令兄孚夏，以其近稿見示。余急披攬，滿紙烟霞，寫出佳山佳水。正如聯轡而登、同舟而放，不必見次郊，而如與之周旋數載也。抱病北窗，爲之頓減。

程瑞礿（再見）

《北山草堂近詩》。◎濮無著曰：『黃山白嶽，逶迤蜿蜒，橫亙千里。其敦龐清淑之氣，獨鍾於哲匠名賢，甲東南，耀寰宇，非一日矣。余嘗三至新安，望而知爲神仙窟宅，但未獲暢遊，至今成一恨事。

程子宗衍，海陽右族也，冲襟雅量，迥出塵表，弱冠攻制舉藝，今稱名壇坫。吐其餘緒，發爲歌詠。居恒與令兄孚夏、次郊酬倡盈帙，清微秀折，調叶塤篪。較近日之縟麗雕鏤、學步效顰者，相去徑庭，豈非得諸山靈之助哉？』◎丁卯夏酷熱異常，余閉戶不能見一客，筆墨都廢，因之百病交作。七夕後，天忽風雨，涼氣襲人，而孚夏攜其令弟宗衍新詩至。讀之清新雅上，如松濤萬頃，謖謖吹人，尤一服清涼散也。

冒　綸

彌若，江南如皋人。《芸室稿》。◎尊君公履先生博洽，工詩賦，隱居窮巷，時賣文爲活，里人高其風。令嗣彌若，英年閉戶，著作如林，是能繼公履之家學者。三詩見其一斑。

黄喬年

梟仙，江南泰州人。《靜香樓稿》。

程世經（再見）

◎昔與天有别於選樓，不勝佩蘭採艾之想。繼於海陵以新詩見寄，登山臨水，倍多勝概；芳情俊致，挹取不窮。復採十餘首，登之梨棗。每一披覽，如坐春風。

繆肇祺

介兹，江南泰州人。◎昔人以應詔達策、彈琴賦詩爲難兼之事；而介兹既登高第，復善雅流。羣兄從弟，唱酬甚多；名山巨川，與爲日習。觀其北道南遊之作，既步武渾、滄，復原本開、寶，見者無不愛詠流連。余故削梨，廣爲流播。

戴文柱（再見）

◎景韓詩，清而有骨，秀而有神，把誦已見情長，三復更覺意遠。由其脱洗風塵、獨標情性，故能於王、岑、錢、劉間高置一座，覽者自當有物外之賞也。雨歇風微，扁舟悄坐書此。◎黄儀逋曰：『景韓與余稱莫逆交，每逢花晨月夕，過訪寓樓，必命酒談詩。今讀其再見數章，益臻清老，爲之歎服不已。』

冒起霞

赤城，江南如皋人。《十二樓草》。

冒起英

千子、笠庵，江南如皋人。《鶴渚軒草》。◎詩學盛於雉皋，而巢民先生爲之長。乃向余亟稱其大阮赤城、千子兩先生詩篇之秀卓，因爲點次付梓。時余將放棹歸吴陵，獲此二寶，嗟賞不復去。

黄　溹

漱石，江南祁門人。《光啟堂稿》。◎程禹門曰：『甲子歲，余詣粤東，訪家兄消息，寓羊城之新安會館，晤黄子漱石。詢之，爲吾郡祁邑人也，善畫工書法。余見其翩翩風雅，知爲奇士，乃索其五溪百蠻紀遊之作，以開旅懷。漱石曰無之。問曷以無，曰以未嘗學詩故。余曰：「有是哉？詩所以道性情，觀子之性情，騷人逸士之林也，特未知所吐露耳，試强爲之。昔高達夫五十學詩，詩重天下。子年三十，未晚也。」因邀之度嶺而歸，同行四千餘里，分題限韻，朝夕無間。迄今歲餘，富而成帙。丙寅秋，又同遊廣陵，遇鄧孝威、黄仙裳、儀逋、家弟孚夏諸宗匠，爲之訂正命梓。吾知海内之人，必讀漱石之詩而喜；但粤東山川，不遇漱石於學詩之後題其奥異，必含怒於瘴烟毒霧中耳。』

王　讓

子謙，江南泰州人。《菊村詩集》。◎子謙爲吾外甥，從事聲詩，頗有警卓之句。聊採一首，以示鼓舞。

施震鐸

千里，江南泰州人。◎千里工制藝，試輒冠軍，尤喜談風雅。每於登臨憑弔之際，發爲詩歌，如鶴唳晴空、猿啼斷峽，何一往情深耶？三復斯編，彌覺雋永。

戴　珩

玉子，江南休寧人。《松溪草》。◎作詩雖貴恬靜和雅，而要有勝情異概，乃稱警策。如登筵席，山肴野蔌非不適口，而珍錯之味自不可少。吾選玉子詩，特標其沈雋而英犖者。把讀煥然，自有殊尤之目。

黄淑貞〔一〕

四三，江西星子縣人，侍衛胡季韶配。《繡閒小草》。

【校記】

〔一〕以下輯自《詩觀》三集『閨秀別卷』即卷一四，原署『吳郡鄧漢儀孝威評選，同學吳綺薗次參閲』。

李季嫻

靜妜，江南泰興人，觀察李雨商尊慈。《雨泉龕集》。◎靜妜夫人有德有言，亦儒亦釋，殫極微奥，獨綜雅南，洵女士之楷模、貴盛之儀表也。採其數詩，用垂藝苑，奚足以盡之？

李　妍

安侣，江南興化人，靜妜夫人之女，解受茲配。《綠窗偶存》。

黄之柔

靜宜。江南江都人，吴興太守吴薗次配。《玉琴齋集》。

龔靜照

鵑紅，江南無錫人，中翰龔佩潛之女。《永愁人集》。◎鵑紅產名閨，工詩畫，而抱天壤王郎之怨，故詩多淒斷；尤以尊君中翰懷沙之恨，每寓詩歌。遭時轗軻，無若鵑紅者。

彭　氏

河南鄧州人，禹峯先生女，李青立配。《長林》、《蝶龕》諸集。◎龔孝升曰：『閨閣之詩，輕華弱采，秀外惠中，是其本色。長林一洗香奩金粉之結習，而發爲沈鬱高闊之言，於風雅中涵泳有得，别具手眼。旃檀扶疏，蔽日夏雲，微風動搖，香聞四遠，非幽花小草所能髣髴其影似也。昔人云：「不服丈夫勝婦人。」迴環吟咀，端欲下玉臺之拜矣。』◎王貽上曰：『宋葉石林先生每晨起，集諸女子婦爲説《春秋》。近武林黄夫人顧氏若璞，好講河渠、屯田、邊防諸大政。予讀其書，未嘗不自慚鬚眉也。青立見示蝶龕近詩，如種桑、問織諸篇，仿佛《豳風》遺意；而哭母、憶妹、課兒之作，尤有《河廣》、《載馳》風人之志焉。因歎禹峯先生之教，其被于閨閣者如此，殆不減石林；而夫人之才，亦詎出黄夫人下耶？』◎昔與禹峯先生痛飲龍岡，倡和甚盛。而令嗣海翼、直上，復叨世好，時以詩文往來。不知其閨閣中，驚才絶調有長林君，直似雄奇丈夫，潑墨淋漓，而騁抉電呑霞之勝。非青立以稿授我，幾于失之。

尹氏

蘇州人。

冒德娟

嫵婉，江南如皋人，冒無譽之女。◎予與無譽誼切葭莩，稔知其閨閣貞静勤敏，而書史獨嫻。左芬、謝藴，自爾一往風秀。採其數章，允爲林下傳誦。

彭淑

江南華亭人，彭燕又孝廉女，沈友聖配。

吕氏

浙江餘姚人，張永淥配。《旅夢集》。

王正

端人，江南江都人，李若谷配。《硯廬草》。◎端人大家幼攻書史，長嫻詩畫，爲閨閣上流。一時貴遊爭委禽不得，而歸吾友李子若谷，琴瑟相調。每月白風清，倡酬不輟。然秉性澹泊，其婦德尤爲過人，予曾爲八斷句贈之。

周貞媛

瑤石，江南泰州人，施千里配。《關關集》。◎瑤石詩篇姸雅，夙推閨房之秀。于歸施子千里，極有倡予和汝之樂。倪永清每向予擊節，故採登拙選，用志聯芳云。

秦　曇

曇筠，江南無錫人，觀察卞公側室。《友梅齋剩藁》。◎自昔閨媛負麗姿殊質者，莫不蕉萃飄零，有薄命之感，而況嫻書史、擅歌吟，唾語成珠、摛詞若錦者乎？其能享長年、膺厚福，殆必無之事矣。秦氏好女，曰嬪觀察，其訂連理之歡成、白頭之約固。然而綺歲華年，倏乘鸞背，洵彼蒼之善妒，果好物之難堅。生平賦詠，凋落罕存，迨其殞身，始爲收輯。其斷慊殘扇、剩句遺篇，與碎粉零香，同雜亂于奩篋，可念也。令公先生遠以相寄，予因重其才而傷其福命之薄，採錄數章，用垂彤管。

鄧漢儀集校箋

下

鄧漢儀 著
王卓華 校箋

人民文學出版社

藎心錄

蓋心錄

葉兊

兊，字良仲，寧海人，以經濟自負。元末知天運有歸，以布衣獻書太祖，列一綱三目，言天下大計。

劉基

基，字伯溫，青田人，官至御史中丞，封誠意伯，謚文成。初太祖以韩林兒稱宋後遙封，三歲首，中書省設御座行禮，基獨不拜，曰：『牧童豎耳！』因見太祖諫天命所在，太祖問取計。

李善長

善長，字百室，定遠人，官太師、中書左丞相，以黨胡惟庸誅。太祖略地滁陽，善長迎謁，留掌書記。太祖常從容問曰：『四方戰鬭何時定乎？』

蔡學英

學英，永寧人，至正進士，累官行省參政。元亡，入南山。太祖繪形，求得之，至江邊逸去，變姓名，爲人傭舂。後被獲，太祖命脫械，以禮遇之，授以官。不受，退而上書：

陛下乘時應運，削平羣雄，薄海內外莫不賓負，臣鼎魚漏網，假息南山，曩者見獲，復得脫亡。七年之久，重煩有司追跡。而陛下以萬乘之尊，全匹夫之節，不降天誅，反療其疾，易冠裳，賜酒饌，授以官爵，陛下之量包乎天地矣！臣感恩無極，非不欲自竭犬馬，但名義所存，不敢輒渝初志。自惟身本韋布，知識淺陋，過蒙主將知薦，仕至七命，躍馬食肉十有五年，愧無尺寸以報國士之遇。及國家破亡，又復失節，何面目見天下士？管子曰：『禮義廉恥，國之四維。』今陛下創業垂統，正當挈持大經大法，垂示子孫臣民。奈何欲以無禮義廉恥之俘囚，而厠諸維新之朝、賢士大夫列哉？臣日夜思維，咎往昔之不死，至於今日，宜自裁。陛下待臣以恩禮，臣固不敢賣死立名，亦不敢偷生苟禄。若察臣之愚、全臣之志，禁錮海南，畢其餘命，則雖死之日猶生之年。昔王蠋閉戶以自縊，李芾闔門以自屠，彼非惡榮利而樂死亡，顧義之所在，雖湯鑊有不得避也。渺弱之軀，上愧古人，死有餘恨。

方國珍

國珍，黄巖人，據慶元、溫、台之地。元累晉國珍官至江浙行省左丞相、衢國公。吳元年，太祖克杭州，謀航海遁。太祖數使人示以順逆，國珍乃遣子關，奉表立降。

宋訥

訥，字仲敏，滑人，洪武二年被徵編禮樂書，官至祭酒，謚文恪，嘗應詔諫邊事。

崔亮

亮，字宗明，藁城人，官禮部尚書。太祖問亮曰：『朕郊祀天地位正中，而百官朝參則班列左右，何也？』

程　徐

徐，字仲能，鄞人，以元臣事明，官至刑部尚書。洪武貳年，詔孔廟春禮設奠，止行之曲阜，天下不必通祀。徐上疏。

葉伯臣

伯臣，字居升，寧海人，以國子生授平遙訓導。洪武九年，因星變下詔，求直言。先是伯臣將上書，語其友曰：『今天下惟三事可患耳，其二事易見而患遲，其一事難見而患速。縱無明詔，吾猶將言之，況求言乎？』其意蓋謂分封也，故上書《因星變進直言疏》。

鄭士利

鄭士利，字好義，寧海人，時郡縣官以空印事，觸太祖，怒曰：『爲欺罔。』主印者論死，佐貳以下戍遠方。丞相、御史明知爲冤不敢言。士利曰：『上不知，以空印爲大罪。誠得人言之，上聖明，寧有不悟？』會星變求言，乃上書。

周敬心

周敬心，山東人，爲太學生。洪武二十五年詔求曉曆數者，敬心上書《諫時政書》。

解　縉

解縉，字大紳，吉水人，官至翰林學士，以譖死獄中。洪武時甚見寵愛，一日，帝在大庖西室諭縉曰：『朕與爾義則君臣，恩猶父子，當知無不言。』縉即日上封事《大庖西室上封事》。

帖木兒

帖木兒，洪武二十七年八月，撒馬兒罕國王帖木兒貢馬二百，進表《進貢表》。

卓敬

卓敬，字惟恭，瑞安人，官戶部侍郎。建文初密疏，請徙封燕。

高巍

高巍，遼州人。建文時用事者方議削諸王，獨巍與御史韓郁先後請加恩，上疏。

王直

王直，字行儉，泰和人，官吏部尚書，謚文端。正統時帝將親征也，先直率廷臣疏諫《諫親征書》。

徐有貞

徐有貞，字元玉，初名珵，吳縣人。以奪門功官大學士，封武功伯，謫戍金齒，釋歸。當景泰三年，河決沙灣，前後治者皆無功，廷臣共舉有貞擢左僉都御史，至沙灣相度水勢，條上三策。

周洪謨

周洪謨，字堯弼，長寧人，官禮部尚書。弘治元年，禮科張九功等請釐正祀典。帝下其章，洪謨因奏。《釐正祀典疏》

楊守陳

楊守陳，字維新，鄞人，官吏部右侍郎，弘治元年正月上疏《請御經筵並接見廷臣疏》。

王　恕

王恕，字宗貫，號石渠，三原人，官至吏部尚書，謚端毅。弘治初大學士劉吉惡之，凡所推舉必陰撓之，恕推河南布政使蕭禎爲陝西巡撫，吉票旨別推，恕執奏《乞罷疏》。疏云：

陛下不以臣不肖，任臣銓部，倘所舉不效，臣罪也。今陛下安知禎不才而拒之，是必左右近臣，意有所屬。臣不能承望風旨，以固祿位，且陛下既以禎爲不可用，是臣不可用也，願乞骸骨。

楊守隨

楊守隨，字維貞，鄞人，侍郎守陳從弟也，官至工部尚書，謚康簡。成化時官御史，上書諫六事。

劉大夏

劉大夏，字時雍，號東山，華容人，官兵部尚書，謚忠宣。是時，孝宗方銳意太平，而劉健爲首輔，馬文升以師臣長六卿，一時正人充布列位。帝察知大夏方嚴，且練事，數召見。大夏亦隨事納忠，每被召跪御榻前，帝左右顧，近臣輒引避，故莫得而聞也。時大同小警，帝用中官苗逵，言將出師，內閣劉健等力諫，帝猶疑之，召問大夏曰：『卿在廣，知苗逵延綏搗巢功乎？』大夏以所俘婦稚十數封對。又問曰：『太宗頻出塞，今何不可？』對云，上《諫止出師大同奏》。

徐　溥

徐溥，字時用，宜興人，官至大學士，謚文靖。當弘治四年，給事中涂旦，以累科不選庶吉士，請循祖制行之。上疏。

丘　濬

丘濬，字仲深，瓊州人，官至大學士，謚文莊。弘治五年上疏《論哭異可畏》。

馬文升

馬文升，字負圖，鈞州人，官至吏部尚書加少師，謚端肅。弘治五年立太子，文升上疏《請諭教東宫疏》、《諫民困疏》。

倪　岳

倪岳，字舜諮，上元人，官至吏部尚書，謚文毅。岳前後諫請百餘事，軍國弊政剔抉無遺，疏出，人多傳録之。論西北用兵害，尤切。

吴世忠

吴世忠，字懋貞，金溪人，官至巡撫，弘治十一年延綏、大同有警，世忠上《六足憂疏》。

王　鏊

王鏊，字濟之，號守溪，吴縣人，官至大學士，謚文恪。弘治時嘗諫《邊計疏》。

謝　遷

謝遷，字于喬，號木齋，餘姚人，官至大學士，謚文正。弘治時尚書馬文升以大同邊警餉饋不足，請加南方兩税折銀。遷不可，因上《論南方兩税折銀疏》。

傅　瀚

傅瀚，字曰川，新喻人，官至禮部尚書，謚文穆。弘治十三年，鄠縣民毛志學於泥河濱得玉璽，其文曰：『受命于天，既壽永昌。』陝西巡撫熊翀奉表獻之。瀚上《卻奉璽疏》。

劉　健

劉健，字希賢，洛陽人，官至大學士，謚文靖。弘治十四年，孝宗以軍興缺餉，屬下廷臣議。健合同列，上《請躬行節儉疏》。

席　書

席書，字文同，遂寧人，號元山，官至禮部尚書，謚文襄。弘治十六年，雲南晝晦地震，命侍郎樊瑩巡視，奏黜監司以下三百餘人。嘗爲員外郎，上《論災異在朝廷不在雲南疏》。

李東陽

李東陽，字賓之，茶陵人，官至大學士，謚文正。弘治十七年，重建闕里，廟成，奉命往祭。還，上《沿途目擊疏》。

張敷華

張敷華，字公實，安福人，官至左都御史，謚簡肅。正德初，言官請去劉瑾等八閹，帝猶豫。敷華上書《劾八閹疏》。

韓　文

韓文，字貫道，洪洞人，宋宰相琦後也，官至戶部尚書，謚忠定。正德初，劉瑾、谷大用等同導帝爲遊，猶號八虎。每退朝，對僚屬輒泣下。郎中李夢陽謂：『內閣方持諫官疏甚力，宜率大臣，公疏爭之，庶可去。』文毅然往之，曰：『老臣以死報國。』乃上《劾八閹疏》。疏云：

人主辨奸爲明，人臣犯顔爲忠，況羣小作朋，逼近君側，安危治亂，胥此焉關。臣等伏覩近歲朝政日非，號令失當。自入秋來，視朝漸晚，仰窺聖容，日漸晴削。皆言太監馬永成、谷大用、張永、羅祥、魏彬、丘聚、劉瑾、高鳳等，造作巧僞，淫蕩上心，擊毬走馬，放鷹逐犬，俳優雜劇，錯陳於前。導萬乘與外人交易，狎暱媟褻，無復禮體，日遊不足，夜以繼之。勞耗精神，虧損志德，遂使天道失序，地氣靡寧，雷異星變，桃李秋華，考厥占候，咸非吉徵。此輩細小，惟知蠱惑君上，以便己私，而不思赫赫天命，皇皇帝業，在陛下一身。今大婚雖畢，儲嗣未建，萬一遊宴損神，起居失節，雖齏粉若輩，何補於事。高皇帝艱難百戰，取有四海，列聖繼承，以至陛下。先帝臨崩，顧命之語，陛下所聞也？奈何姑息羣小，置之左右，以累聖德。竊觀前古閹宦誤國，爲禍尤烈，漢十常侍、唐甘露之變，其明驗也。今永成等罪惡既著，若縱不治，將來益無忌憚，必患在社稷。伏望陛下奮乾剛，割私愛，上告兩宫，下諭百僚，明正典型，以回天地之變，泄神人之憤，潛消禍亂之階，永保靈長世業。

納蘭常評：讀應德劾魏忠賢疏不嫌其繁；讀洪洞劾劉瑾疏不嫌其簡。

胡世寧

胡世寧，字永清，仁和人，官至兵部尚書，謚端敏。爲江西副使時，寧王宸濠驕横有異志，莫敢言。世寧憤甚，正德九年三月上疏：

江西之盜，剿、撫二説相持。臣患以爲尤難決也。已撫者不誅，再叛者無赦。初起在亟剿，如是而已。顧江西患，非盜賊。寧府威日張，不逞之徒，羣聚而導以非法，上下諸司承奉太過，數假火災奪民廛地，採辦擾旁郡，蹂藉遍家鄉。臣恐良民不安，皆起爲盜。臣下畏禍，多懷貳心，禮樂刑政漸不自朝廷出矣。請于都御史俞諫、任漢中專委一人，或别選公忠大臣鎮撫，敕王止治其國，毋撓有司，以靖亂源，銷意外變。

徐文華

徐文華，字用光，嘉定州人，官至大理寺右少卿。正德時副使胡世寧坐論寧王宸濠，繫詔獄。文華爲御史，抗疏救之：

> 世寧上爲聖朝，下爲宗室，竭誠發憤，言甫脱口，而禍患隨之，亦可哀也。寧王威焰日以張，隱患日以甚，失今不戢，容有紀極。顧又置世寧重法，杜天下之口，奪忠鯁之氣，弱朝廷之勢，啟宗藩之心，招意外之變，皆自今日始矣。

納蘭評：語最生辣，徵薑桂之性。

王　思

王思，字宜學，太保直曾孫，官編修，以議禮伏闕哭爭，杖死。初正德九年春，乾清宮災，思應詔上疏。

王守仁

王守仁，字伯安，餘姚人，官兵部尚書，封新建伯，謚文成。當討宸濠時，伍文定等倡議，當事者以嫉守仁故，痛裁抑之，或賞或否，又往往借考功法逐之。守仁再疏辭爵，爲諸人訟。

楊一清

楊一清，字應寧，號邃庵，寄籍巴陵，官大學士，謚文襄。正德時，一清總制延綏、寧夏、甘肅三邊軍務，遂建議修邊，上疏。

王瓊

王瓊，字德華，號晉溪，太原人，官吏部尚書，謚恭襄。正德時四方盜起，將士以首功進秩，瓊上《論將士平盜不當以首功進秩疏》：

嬴秦弊政，行之邊方猶可，未有内地而論首功者。今江西、四川妄殺平民千萬，縱賊貽禍皆此議所致。自今内地征討，惟以蕩平爲功，不計首級。

程啟充

程啟充，字以道，嘉定州人，爲御史。嬖倖子弟家人，冒濫軍功，有玉都督賜蟒玉者，啟充上疏。

梁儲

梁儲，字叔厚，號厚安，廣東順德人，官至大學士，謚文康。正德十年，帝惑近習，言烏思藏僧有能知三生者，命中官劉允乘傳往迎。儲上疏諫。

蔣冕

蔣冕，字敬之，全州人，官至大學士，謚文定。（武宗）自稱威武大將軍行邊，冕病在告，上疏。

毛澄

毛澄，字憲清，崑山人，官至禮部尚書，謚文簡。正德十三年七月，武宗自稱威武大將軍朱壽，巡邊。遂復幸宣府，抵大同，歷山西至榆林，至十二月。澄復偕廷臣上《請回鑾疏》。

楊廷和

楊廷和，字介夫，新都人，官至大學士，以議禮削籍，追謚文忠。嘉靖初，廷和有擁立功。大禮議起，廷和定議：尊孝宗曰『皇考』；慈聖太后爲母；稱興獻王曰『皇叔考興國大王』；母妃爲『皇叔母興國太妃』；自稱『姪皇帝』，別立益王次子崇仁王爲興王，奉獻王妃。有異議者即姦邪，當斬。進士張璁與侍郎王瓚言：『帝入繼大統，非爲人後。』廷和俱出諸南京。議上，世宗不以爲然，詔廷臣再議。廷和偕蔣冕、毛紀疏奏。

毛紀

毛紀，字維之，掖縣人，官至大學士，謚文簡。璁、萼之議既伸，楊廷和、蔣冕相繼去國。朝臣伏闕哭爭者俱逮繫，紀具疏乞原。帝怒，傳旨責紀要結奸、背君、報私，紀疏辭歸。

石珤

石珤，字邦彥，藁城人，官至大學士，謚文介。大禮已定，毛紀復繼楊、蔣去位，珤復疏諫。

鄒守益

鄒守益，字謙之，號東廓，安福人，官至祭酒，謚文莊。嘉靖三年二月，帝欲去興獻王本生之稱，守益爲編修，諫忤旨，踰月復上疏。

崔銑

崔銑，字子鍾，號後渠，安陽人，官至禮部右侍郎，謚文敏。嘉靖時張璁、桂萼以議禮驟貴顯，用事。

銑時爲祭酒，上疏劾之。

何孟春

何孟春，字子元，號燕泉，郴州人，官吏部右侍郎，以創伏闕哭爭，削奪，追謚文簡。嘉靖初大禮議起，孟春巡撫雲南，聞之上疏。

安　磐

安磐，字公石，嘉定州人，官兵科給事中。以議禮伏闕哭爭兩受杖，削籍。世宗踐阼，手詔欲加興獻帝皇號，磐上疏。

張　璁

張璁，字秉用，號羅鋒，永嘉人，官至大學士，謚文忠。世宗初踐阼，議追崇所生父興獻王，廷臣持之議，三上三卻。璁在部觀政，以是年七月朔上疏。

桂　萼

桂萼，字子實，安仁人，官至大學士，謚文襄。爲南京主事時，世宗欲崇所生，廷臣力持己稱興獻王爲帝，妃爲興國太后，頒詔天下二年矣。張璁調南京與之同官，乃以二年十一月上疏。

方獻夫

方獻夫，字叔賢，南海人，官至大學士，謚文襄。嘉靖元年，起吏部員外郎，還朝，道聞大禮議未定，草疏欲上，見廷臣方擾異論，懼不敢發。桂萼見之，喜其同已，與席書疏，益表上之。

黃　綰

黃綰，字宗賢，黃岩人，官至禮部尚書。嘉靖初爲都察院經歷，三年二月因議禮上疏。

黃宗明

黃宗明，字誠甫，鄞人，官至禮部左侍郎。嘉靖初爲刑部郎中，三年四月與璁、萼、綰聯疏以奏。

霍　韜

韜，字渭先，號兀崖，南海人，官至禮部尚書，謚文敏。嘉靖初爲職方主事，大禮議起，韜持論果鋭，一空諫宿。與座主毛澄相駁難，知澄意不可回，上疏。

唐　胄

胄，字平侯，瓊山人，官戶部侍郎。嘉靖十七年六月，帝惑揚州同知豐坊言，欲加皇考興獻皇帝稱宗，以配上帝，令羣臣會議，胄上疏。

趙時春

時春，字景仁，號浚谷，平涼人，累官山西巡撫。爲兵部主事時上疏，抵獻瑞諸臣罔上欺君，帝責其妄言，且令獻讜言善策，於是，時春上《最大最急疏》。

郭　楠

楠字世重，晉江人，官御史巡按雲南，聞諸臣伏闕爭大禮，皆重得罪，因馳上疏：

人臣事君，阿意者未必忠，犯顏者未必悖。今羣臣伏闕呼號，或榜掠殞身，或間關謫戍，不意聖明之朝而忠良獲罪。若此，乞復生者之職，恤死者之家，庶以收納人心，全君臣之義。

納蘭評：自是至公至平之論，而施之世宗，未有不拂，以君臣之間各有所激也。嗟呼！激之爲禍烈矣哉！楠亦逮下鎮撫司掠治，復廷杖之，削其籍。

張　鶚

鶚官太僕寺丞致仕。嘉靖九年禮官請廣求博訪，如宋胡瑗、李照者以名聞，授之太常，考定雅樂。夏言以鶚應詔，既至上疏。

唐　樞

樞，字惟中，號一庵，歸安人，爲刑部主事。言官以李福達獄交劾郭勳，然獄詞不得要領，樞乃上疏。

田汝成

汝成，字叔禾，錢塘人，官至參議，以博洽著述見稱。嘉靖十年十二月，汝成爲禮部主事上疏。

馮　恩

恩，字子仁，華亭人，官至大理寺丞。嘉靖中爲御史。

馮行可

行可，恩子。父恩下獄，論死。行可年十二，伏闕訟冤，日復匍匐長安街，見冠蓋者輒攀輿號呼乞救，終無敢言者。明年上書請代父死，不許。其冬事益迫，乃刺臂血書疏，自縛闕下。

周　怡

怡，字順之，太平縣人，官至太常少卿，謚恭節。嘉靖二十三年六月，吏部尚書許贊與大學士翟鑾、嚴嵩相訐。怡爲吏科給事中，上疏劾翟鑾、嚴嵩。

沈鍊

鍊，字純甫，會稽人，謚忠愍，官錦衣衛經歷。憤嚴嵩所爲，上疏劾之。

楊繼盛

繼盛，字仲芳，號椒山，容城人，謚忠愍。爲兵部員外郎時，俺答躪京師，仇鸞恇怯無策，請開互市。繼盛惡其辱國，乃上疏《諫馬市疏》、《彈嚴嵩十大罪疏》。

鄒應龍

應龍，字雲卿，長安人，官至雲南巡撫。當爲御史時，值嚴嵩擅政，廷臣攻之者輒得禍，相戒莫敢言，而應龍上疏《劾嚴嵩父子》。

湛若水

若水，字元明，號甘泉，增城人，官至吏部尚書。嘉靖時爲侍讀，上疏廣聖學。

鄔景和

景和，崑山人，尚孝宗女永福公主。嘉靖時奉旨直西苑，撰元文，以不諳元理辭，帝不悅。會諸臣行釐祝禮於清馥殿，景和不俟禮成而出。已而賞賚諸臣，景和與焉，景和以無功受賞力辭。帝摘其疏中有『馬革裹屍』語，謂詛咒，失人臣禮，削職歸原籍。時主已薨，景和因入賀聖誕畢，上疏《請寄籍原衛》：

臣自五世祖寄籍錦衣衛，世居此地。今被禍南徙，不勝犬馬戀主之私，扶服入賀，退而私省公主墳墓，丘封翳然，荊棘不剪。臣故自念狐死尚正首丘，臣託命貴主，獨與逝者魂魄相弔於數千里外，不得春秋祭掃，拊心傷悔，五内崩裂。臣之罪重，不敢祈恩，惟陛下幸哀故主，使得寄籍原衛，長與相依，死無所恨。

納蘭評：黯楚婉折，悽惻動人。明文中以情勝者，惜不多覯。

翁萬達

萬達，字仁夫，揭陽人，官兵部尚書，謚襄毅。其總督宣大、山西、保定軍務時，會宣大、山西鎮巡官，上《邊防修守事宜疏》。

海　瑞

瑞，字汝賢，號剛峰，瓊山人，官至右都御史，謚忠介。世宗享國日，久不視朝，修元西苑，大吏爭上符瑞。廷臣自楊最、楊爵得罪後，無敢言時政者。瑞時爲户部主事，嘉靖四十五年二月上疏《諫無益疏》。

沈束妻

束以請恤總兵官周尚文觸帝怒，繫詔獄十八年始得釋，先二年其妻沈氏上書：

臣夫家有老親，年八十有九，衰痛侵尋，朝不計夕。往臣因束無子，爲置妾潘氏。比至京師，束已繫獄，潘矢志不他適。乃相與寄居旅舍，紡織以供夫衣食。歲月積深，悽楚萬狀，欲歸奉舅，則夫之饘粥無資；欲留養夫，則舅又旦暮待盡。輾轉思維，進退無策，臣願代夫繫獄，令夫得送父終年，仍還赴繫，實陛下莫大之德也。

納蘭評：與椒山張夫人疏同稱不朽，而語更婉摯。其妾潘氏矢志不他適，比束出獄，猶處子也。有司棹楔旌之曰『一門風節』。

楊繼盛妻

繼盛劾嚴嵩下獄論死，妻張氏上疏：

臣夫繼盛誤聞市井之言，尚狃書生之見，遂發狂論。聖明不即加戮，俾從吏議，兩經奏讞，俱荷寬恩。今忽入張經疏尾，奉旨處決。臣仰惟聖德，昆蟲草木皆欲得所，豈惜一迴宸顧，下垂覆盆。倘以罪重，必不可赦，願即斬臣妾首以代夫誅，夫雖遠御魑魅，必能疆場效死，以報君父。

評：悽楚懇切，立言有體。或曰弇州代爲之。

戚繼光

戚繼光，字元敬，號南塘，登州衛人。隆慶初，譚綸督師遼、薊，集步兵三萬，徵浙兵三千，請專屬繼光訓練。二年五月，命以都督同知總理薊州、昌平、保定三鎮練兵事，總兵官以下悉受節制。至鎮，繼光上疏。

歐陽一敬

一敬，字司直，彭澤人，官至太常少卿。隆慶初，一敬爲給事中，極言鎮撫司緝事之害，上疏。

魏時亮

時亮，字工甫，南昌人，官至刑部尚書，謚莊靖，隆慶二年六月，時亮爲戶科給事中，上《三大患疏》。

三患：藩祿不給也，邊餉不支也，公私交困也。

鄭履淳

履淳，字叔初，刑部尚書曉子也，官尚寶丞，隆慶三年冬上《災異疏》。

梁夢龍

夢龍，字乾吉，真定人，官至吏部尚書，謚貞敏。隆慶四年巡撫山東時上疏，請通海運。

王宗沐

宗沐，字新甫，臨海人，官至刑部左侍郎，謚襄裕。隆慶五年總督漕運，時以河決無常、運道終梗，欲復海運，因上疏。

汪文輝

文輝，字德充，婺源人，官至尚寶卿。文輝爲高拱門生，拱勢力張，其門生韓楫、宋之韓、程文、塗夢桂等並居言路，專務搏擊，文輝心非之。隆慶五年二月疏諫言官四弊。

劉奮庸

奮庸，維陽人，官至提學副使。疾大學士高拱專恣，隆慶六年三月，上《條五事疏》。

劉　臺

臺，字子畏，安福人，官御史，謫戍死，贈光祿少卿，謚毅思。萬曆四年正月，上疏劾輔臣張居正。

施天麟

天麟，太平人，官工部郎中。萬曆時淮水爲河所迫徙而南，議治法者所見不一，天麟上《論治河疏》。

潘季馴

季馴，字時良，烏程人，官至工部尚書。萬曆五年河決崔鎮，全淮南徙，淮、揚、高、寶間爲巨浸，河漕尚書吴桂芳議復老黄河故道，甫受命而卒，季馴代之，以右御史兼工部侍郎總河務，因上疏貳次。

傅應禎

傅應禎，字公善，安福人，以御史謫戍，後復官，擢南京大理寺丞。張居正當國，應禎其門生也，有所感憤，諫重君德、蘇民困、開言路三事疏。

吴中行

中行，字子道，武進人，官至侍講學士、翰林掌院。内閣張居正其座主也。萬曆五年，居正父喪，奪情視事，適彗出西南長竟天，中行乃上疏論其失。

鄒元標

元標，字爾瞻，號南皋，吉水人，官至左都御史，謚忠介。江陵奪情，元標觀政刑部，憤而抗疏。

趙用賢

用賢，字汝師，常熟人，官至吏部左侍郎，謚文毅。嘗抗疏劾張居正奪情。

艾　穆

穆，字和父，平江人，官至巡撫。初爲刑部員外郎，與主事沈思孝抗疏劾張居正不當奪情視事。

王用汲

用汲，字明受，晉江人，官至刑部尚書，謚恭質。萬曆六年，張居正歸葬其親，湖廣巡按趙應元獨不會葬，爲居正所嗛，任滿以病告歸。都御史陳炌劾其規避，除名。汲不勝憤，乃疏劾炌。

方逢時

逢時，字行之，嘉魚人，官兵部尚書。親行塞外，自龍門盤道墩以東至靖湖堡山梁一百餘里，形勢聯絡。歎曰：『此山天險。若修鑿，北可達獨石，南可援南山，誠陵京一藩籬也。』及赴陽和、道居庸，出關見邊務修舉，欲並遂前計，乃上疏。

張學顔

學顔，字子愚，肥鄉人，官兵部尚書。萬曆十一年選内豎二千人，雜廝養訓練。學顔諫，不聽。其秋，車駕自山陵還，學顔復上疏。

丘　橓

橓，字茂實，諸城人，官至吏部尚書，謚簡肅。萬曆十一年秋以副御史入朝，諫吏治積弊八事。

余懋學

懋學，字行之，婺源人，官至戶部侍郎，謚恭穆。萬曆十三年，御史李植、江東之言事忤執政。同官蔡係周、孫愈賢希執政指，紛然攻訐，懋學上疏《十蠹疏》。

李懋檜

懋檜，字克蒼，安溪人，官至太僕少卿。萬曆十五年，給事中邵庶，因論誠意伯劉世廷，刺建言諸臣，懋檜上《論言路不宜遏抑疏》。

雒于仁

于仁，字少涇，涇陽人，官大理評事。萬曆十七年，獻《四箴疏》。

萬國欽

國欽，字二愚，新建人，官至刑部郎中。萬曆十八年夏，火落赤諸部頻犯臨洮、鞏昌，神宗諮閣臣申時行等方略，時行以款貢足恃爲對。鄭洛爲經略，實授之意。國欽抗疏劾時行《劾申時行主款誤國疏》。

湯顯祖

顯祖，字若士，臨川人，官禮部主事。萬曆十八年，帝以星變嚴責言官欺蔽，併停俸一年，顯祖上疏。

譚綸

綸，字子理，宜黃人，官至兵部尚書，謚襄敏。隆慶初總督薊、遼、保定軍務，上《練兵事宜疏》。

陳于陛

于陛，字元忠，以勤子，父子相繼爲大學士，謚文憲。于陛少從父習國家故實，爲史官益究經世學。以前代皆修國史，因上《請修本朝正史疏》。

孟一脈

一脈，字淑孔，東阿人，官至巡撫。萬曆時以御史忤張居正，削籍。居正死，復官。《諫五事疏》。

王家屏

家屏，字忠伯，大同之山陰人，官至大學士，謚文端。家屏既以疏救評事雒于仁，拂帝意，萬曆十八年以久旱乞罷，又上《引疾乞罷疏》。

王錫爵

錫爵，字元馭，太倉人，官至大學士，謚文肅。先是以擬上《三王並封諭》，爲舉朝所譁，乃自劾三誤，乞追寢前諭。復上疏，請早定國本。帝諭：『每奏必及鄭貴妃何也？』錫爵上《建儲疏》。

錢一本

一本，字國瑞，號啟新，武進人，爲御史。内閣申時行外示博大而中實褊窄，仇言者。一本上《論相疏》。

劉應秋

應秋，字士和，吉水人，官至祭酒，謚文節。萬曆十八年冬，應秋爲司業，疏論首輔時行《劾申時行疏》。

馮從吾

從吾，字仲好，號少墟，長安人，官至工部尚書，謚恭定。萬曆二十年正月，從吾爲御史，上《勵精之效怠斁之患疏》。

史孟麟

孟麟，字際明，宜興人，官太僕寺少卿。萬曆二十年内閣趙志皋、張位議：凡會議推，並令廷臣類奏，取自上裁，用杜專權。孟麟上《論閣臣不得侵六部疏》。

于玉立

玉立，字中甫，金壇人，官至光禄丞。萬曆二十年七月，玉立爲刑部員外郎，（上）《諫時政闕失疏》。

納蘭評：浙黨彈射東林，首攻者顧憲成、李三才，其次則丁元薦與于玉立。且謂玉立雖退逸，制朝權。

安希範

希範，字小範，無錫人，官吏部主事。萬曆二十一年，行人高攀龍以趙用賢去疏詆閣臣，謫揭陽典史。吴宏濟爭之，亦被黜。希範上《衆正屏黜疏》。

王如堅

如堅，字介石，安福人，官刑科給事中。抗疏爭《三王並封疏》。

顧憲成

憲成，字叔時，號涇陽，無錫人，吏部考功主事，歷員外郎，謚端文。萬曆二十一年有三王並封議，憲成偕同官上疏。

顧允成

允成，字季時，憲成弟也，歷任南康、保定，入爲國子監博士，遷禮部主事。三王並封制下，允成偕同官張納陛、工部主事岳元聲上疏。

朱載堉

載堉，鄭世子。萬曆二十三年，進《聖壽萬年曆》、《律曆融通》二書。

馬經綸

經綸，字主一，順天通州人，官御史，以直諫斥爲民。萬曆二十三年冬，考選軍政，神宗詔有副千戶不宜擅署四品，部臣科道盡被嚴譴。閣臣論救，帝怒改降級爲雜職。部臣論救，帝益怒，改雜職爲編氓。經綸乃抗疏。

張養蒙

養蒙，字泰亨，澤州人，官至戶部右侍郎，謚毅敏。都御史潘季馴奏報河工，養蒙爲工科給事中，上《河工宜久任疏》。

戴士衡

士衡，字章尹，莆田人，官吏科給事中，以言事遘禍，戍廉州，卒戍所。萬曆二十五年正月，(上)《極陳天下大計疏》。

王就學

就學，字所敬，武進人，官吏部員外郎。萬曆二十四年，孝安太后梓宮發引，帝嫡母也。以有疾遣官代行。吏部侍郎孫繼皋言之，帝怒，抵其疏於地。就學抗疏。

吕　坤

坤，字叔簡，號新吾，寧陵人，官至刑部侍郎。萬曆二十五年五月，疏陳天下安危。

劉綱

綱，邛州人，官庶吉士。萬曆二十五年七月，以災異上疏。

馮琦

琦，字用韞，臨朐人，官至禮部尚書，謚文敏。萬曆二十七年九月，太白、太陰同見於午，又狄道山崩，平山湧大小山五。琦上《災異修省疏》。

魏允貞

允貞，字懋忠，南樂人，官兵部右侍郎，謚介肅。萬曆二十八年春，疏陳時政缺失。

田大益

大益，字博真，四川定遠人，官至太常少卿。萬曆二十八年十月，大益爲戶科給事中，再疏極陳礦稅六害。

李戴

戴，字仁夫，延津人，官至吏部尚書。萬曆二十七年上疏論礦稅之害。

朱國祚

國祚，字兆隆，秀水人，官至大學士，謚文恪。萬曆二十九年，爲禮部侍郎攝部事。時大西洋人利瑪竇入京師，中官馬堂以其方物進獻，國祚上疏二次：《請遣還大西洋國人利瑪竇疏》。

謝廷諒

廷諒，字友可，金谿人。爲刑部主事時，帝命李廷機入閣，又召王錫爵。廷諒以廷機才弱而闇，錫爵氣高而揚，均不宜用，上《五始疏》：

儲君之立爲王也，自錫爵始；舉人之有考察也，自廷機始；巡按之久任也，自趙世卿始；章疏之留中也，自申時行始；年例之不舉，考察之不下也，自沈一貫始。此皆亂人國者也。

溫　純

純，字景文，三原人，官至都御史。萬曆三十年七月，奸人閻應龍、張嶷言呂宋國機易山素產金銀，採之歲可得金十萬、銀三十萬，詣闕奏聞，神宗納之，舉朝駭異。純上疏。

李三才

三才，字道甫，通州人，官右僉都御史。時礦稅使四出，三才上疏。

何士晉

士晉，字武峩，宜興人，官工科給事中。萬曆四十三年，梃擊變起，中外皆擬謀出鄭國泰，無敢直犯其鋒者。郎中張大受稍及之，國泰出揭辨，士晉抗疏。

陸大受

大受，字凝遠，武進人，官至郎中。當王之寀發張差事，大受乃抗疏。

張　庭

庭，蒲州人，爲戶部主事。上《論梃擊疏》。

葉向高

向高，字進卿，號臺山，福清人，官至大學士，謚文忠。時神宗在位，日久倦勤，朝事多廢弛，上下乖隔甚，黨漸成。而中官開礦榷關，大爲民害。向高上疏。

王德完

德完，字子醇，廣安人，官至戶部右侍郎。爲工科給事時，中允黃輝從內侍微探中宮見疏狀語，德完屬輝具草上疏。

姜志禮

志禮，字亦之，丹陽人，官至太常少卿。爲山東參政時，福王封國河南，賜田二百萬畝，跨山東、湖廣境。既之國，遣中人徐進督山東賦，勢甚張，志禮上疏。

李　樸

朴，字繼白，朝邑人，官至參議。萬曆時，齊、楚、浙三黨勢盛，稍持議論者，羣譟逐之。樸性戇，積憤不平，上疏。

夏嘉遇

嘉遇，字正甫，松江人，官至文選司員外郎。萬曆時齊、楚、浙三黨鼎峙，而齊人亓詩教把持朝局，爲諸黨人魁，趙興邦助之，而內閣方從哲、吏部尚書趙煥實爲之主，嘉遇五疏攻之。其第五疏〔一〕。

【校記】

〔一〕底本如此，似有省略。

趙南星

南星，字夢白，號儕鶴，高邑人，官至吏部尚書，謚忠毅。萬曆時爲文選員外郎，疏陳天下四大害。

楊時喬

時喬，字宜遷，上饒人，官至吏部尚書，謚端潔。時喬受業永豐呂懷，最不喜王守仁之學，闢之甚力，尤惡羅汝芳。官通政時，具疏斥之。

孫如遊

如游，字景文，餘姚人，都御史燧昌曾孫也，累官大學士，謚文恭。光宗初，欲遵遺旨封鄭貴妃爲皇太后，如遊因上疏。

王　紀

紀，字維理，芮城人，官至刑部尚書，謚莊毅。天啟二年，紀劾徐大化，疏中有『大臣結交權璫，誅鋤正士，如宋蔡京者』語，御史楊維垣素黨沈漼〔一〕，詆紀所劾大臣無主名，紀遂直攻沈漼。

【校記】

〔一〕『沈漼』，當爲『沈紘』之誤。

左光斗

光斗，字遺直，桐城人，官至僉都御史，謚忠毅。光宗崩，李選侍據乾清宮，光斗疏請移宮。

黃克纘

克纘，字紹夫，晉江人，官至吏部尚書。克纘持議與爭三案者異，故攻擊紛起。御史焦源溥謂：『羣豎竊貲百萬，借安選侍爲名，妄希脫罪，克纘墮其術而不覺。』克纘奏辨，因乞罷。

孫慎行

慎行，字聞斯，號淇澳，武進人，官至禮部尚書，謚文介。光宗(疾)大漸，李可灼以紅丸鉛丸進，俄而帝崩。大學士方從哲票旨賚以金幣，慎行首攻其罪，上疏。

韓爌

爌，字象雲，蒲州人，官大學士。天啟二年，禮部尚書孫慎行劾閣臣方從哲用李可灼紅丸，罪同殺逆，廷議紛然。爌特疏白其事。

張問達

問達，字德允，涇陽人，官至吏部尚書。天啟初，孫慎行、鄒元標追論紅丸，力攻方從哲。詔廷臣集議，與議者百十餘人，問達乃會同衆官上疏。

張慎言

張慎言，字金銘，陽城人，官至吏部尚書。天啟初爲御史，時方議三案，慎言上疏。

孫承宗

承宗，字稚繩，高陽人，官至大學士，督師關外，後殉節死，謚文忠。天啟初，承宗上疏。

文震孟

震孟，字文起，號湛持，吴縣人，官至大學士，謚文肅。天啟二年，魏忠賢漸用事，屢斥逐大臣，震孟憤上《勤政講學疏》。

孫　瑋

孫瑋，字純玉，渭南人，官至吏部尚書，謚莊毅。天啟二年，疾篤，上疏。

李希孔

希孔，字子鑄，三水人，官至御史。天啟三年，上《折邪議以定兩朝實錄疏》。

王允成

允成，字述文，澤州人，以工科徵南京御史。時中遺劉朝、魏進忠與乳媪客氏相倚爲奸，允成抗疏歷數其罪。

周宗建

宗建，字季僕，吳江人，官御史，追謚忠毅。宗建與魏忠賢私人郭鞏相訐。時忠賢勢益張，宗建内外合謀，於天啟三年二月抗疏，直攻忠賢。

萬　燝

燝，字闇夫，南昌人，官工部屯田郎中，追謚忠貞。當天啟時，抗疏劾魏忠賢。

楊　漣

漣，字文孺，别字大洪，應山人，官左副御史，追謚忠烈。天啟四年六月，漣因魏忠賢用事，將興羅織獄，陷正人，勢日危，乃抗疏之。

蔡毅中

毅中，字宏甫，光山人，官禮部侍郎，領國子祭酒事。楊漣二十四罪疏上，得嚴旨，毅中不平，率其屬上疏。

魏大中

大中，字孔時，嘉善人，官吏科給事中，追謚忠節。楊漣疏參魏忠賢，大中亦率同官上疏。

袁化中

化中，字民諧，武定人，官御史，掌河南道，追謚忠愍。當楊漣劾魏忠賢，化中亦率同官上疏劾之。

李應昇

應昇，字仲達，江陰人，官御史，追謚忠毅。應昇知忠賢必禍國，密章草疏，列其十六罪。將上，爲兄所知，攘其疏毁之，怏怏而止。及楊漣劾忠賢，得嚴旨，應昇憤甚，即抗疏。

鄒維璉

維璉字德輝，江西新昌人，官至兵部右侍郎。楊漣劾魏忠賢，被旨切責，維璉復抗疏。

黄尊素

尊素，字真長，餘姚人，官至御史，追謚忠端。當楊漣將上疏，尊素勸其慎重，又諷亟去位，漣不從，卒及於禍。漣被旨譙讓，尊素憤，抗疏繼之。

程紹

紹，字公業，德州人，官至工部右侍郎。天啟四年，巡撫河南，臨漳民得玉璽以獻，紹奉聞，上《在德不在璽疏》。

江秉謙

秉謙，字兆豫，歙人，官至御史。熊廷弼之再起也，兵部張鶴鳴力拒之，而庇王化貞，朝士多附會之。熹宗以經撫不和，詔羣臣議，秉謙上疏。

李倧

朝鮮國王。天啟六年十月，朝鮮國王李倧《陳海外情事疏》。

倪元璐

元璐，字玉汝，號鴻寶，上虞人，官至戶部尚書，死甲申之難，謚文正。崇禎改元，楊維垣益詆東林、崔、魏，元璐爲編修，上《辨東林邪黨疏》。

徐光啟

光啟，字子先，上海人，號元扈，官至大學士，謚文定。崇禎二年五月乙酉朔日食，光啟依西法預測，較大統曆、回回曆獨驗，於是禮部奏聞開局修改，乃命光啟以尚書督修曆法，光啟乃上疏用西曆與大統法會同歸一：

近世言曆諸家，大都宗郭守敬法，至若歲差環轉、歲實參差，天有緯度，地有經度，列宿有本行，月、五星有本輪，日月有真會、視會，皆古所未聞，惟西曆有之，而舍此數法，則交食淩犯，終無密合之理。宜取其法，參互考訂，使與大統法會同歸一。

評云：文定於曆法，農田最井井而褆躬庸潔，家無泳財。（此疏從曆志錄出）

李天經

天經，官山東參政。崇禎六年冬十月，内閣徐光啟以病辭曆務，薦以自代。九年正月十五日辛酉望月食，天經、《大統》、《回回》、東局同推，而天經以西法測驗獨合。帝以十五日爲雨水，而天經以十三日爲雨水，令再奏，天經乃上疏《論氣節》。

朱燮元

燮元，字懋和，號衡嶽，浙江山陰人，官至少師，追謚襄毅。崇禎二年八月，安邦彦、奢崇明皆授首，安位率四十八目乞降，燮元受之水西。既靖，遂上善後疏。

范景文

景文，字夢章，吴橋人，官至大學士，死甲申之難，謚文忠。當崇禎三年，景文爲兵部侍郎守通州，上《論衛所積弊疏》。

劉宗周

宗周，字起東，號念臺，山陰人，官至左都御史，殉國變死，謚忠正。崇禎初，念臺爲順天府尹，上《建中立極疏》。

黄道周

道周，字幼平，漳浦人，官至大學士。殉難死，謚忠烈。崇禎五年遘疾，求去，瀕行，上《學易疏》。

解學龍

學龍，字石帆，揚州興化人，官至刑部尚書。天啟二年，學龍爲刑科給事中，上《籌兵食疏》。

祁彪佳

彪佳，字宏吉，又字虎子，浙江山陰人，官至巡撫。殉節，謚忠敏。當崇禎四年爲御史時，上四疏。

淩義渠

義渠，字駿甫，烏程人，官至大理寺卿，死甲申之難，謚忠介。宜興、溧陽及遂安、壽昌民亂，焚掠巨室。義渠時爲給事中，上《論上下之分不可亂》。

錢士升

士升，字抑之，嘉善人，官大學士。時武生李璡請括江南富戶，報名輸官，行首實籍沒之法。士升惡之，曰：『此亂本也，當以去就爭之。』上疏。

金　聲

聲，字正希，休寧人，官至兵部右侍郎。殉節，謚文毅。當烈皇鋭于圖治，視廷臣無可滿意。聲時爲庶吉士，上疏《請不時召見羣臣疏》。

吳甘來

甘來，字和受，江西新昌人，官戶科都給事中，死甲申之難，謚莊介。崇禎七年，甘來任刑科，上《論賞罰失宜疏》。

盧象昇

象昇，字建斗，宜興人，官至兵部尚書，追謚忠烈。爲總理，毅然以不留一賊貽君父憂自任。崇禎九年正月，大會諸將於鳳陽，上《剿賊疏》。

張　采

采，字受先，太倉人，官至禮部員外郎。同里張溥聯復社，四方噉名者爭走其門。奸人陸文聲、周之夔先後訐其事於朝。烏程相惡之，下所司，禍幾不測。溥沒後，惡者猶喋喋不已，采上《辨復社疏》：

復社非臣事，然臣與溥生平相淬勵，死避網羅，負義圖全，誼不出此。念溥日夜解經論文，矢心報秤，未嘗一日服官。懷忠入地，即今嚴綸之下，並不得泣血自明，良足哀悼。

評：宛轉得體，未嘗不露骯髒味，其吐屬似得諸東漢。

趙士春

士春，用賢孫，字景之，崇禎進士，授編修。崇禎十一年，楊嗣昌奪情，復謀入閣。士春抗疏劾之，忤旨，謫布政司照磨。後復官，終左中允。

左懋第

懋第，字蘿石，萊陽人，官至兵部侍郎，後以使此殉節死。當崇禎十三年三月，大風霾，烈皇帝布袍齋居，禱之不止。懋第官戶科給事中，上《請以實惠加民疏》。

汪　偉

偉，字叔度，休寧人，以知縣特旨擢翰林檢討，死甲申之難，謚文毅。崇禎十六年賊陷承天、荊、襄，偉以留都根本之地，上《江防綢繆疏》。

祝　淵

淵字開美，海寧人，崇禎癸酉舉人。會試入都，適劉宗周廷諍，姜埰、熊開元削籍，淵抗疏：

宗周戇直性成，忠孝天授。受任以來，蔬食不飽，終宵不寢，圖報國恩。今四方多難，貪墨成風，求一清剛臣以司風紀，孰與宗周？宗周以迂戇斥，繼之者必洩沓；宗周以偏執斥，繼之者必便捷。洩沓、便捷之夫進，必且營私納賄，顛倒貞邪，乞收還成命，復其故官，天下幸甚。

評云：開美未嘗識念臺，蓋激於義而勸者。後亦殉難。

姜曰廣

曰廣，字居之，新建人，官至大學士，後殉節。當福王居江南，曰廣與高宏圖同心輔政，而馬士英深忌之，特薦起阮大鋮，曰廣力爭不得，遂乞休。

袁繼咸

繼咸，字臨侯，又字季通，宜春人，官至總督。福王時居江南，繼咸上《論江南國事疏》。

萬元吉

元吉，字吉人，南昌人，官至總督，殉節死。當福王居江南，元吉爲兵部職方郎中，上《前事之失爲後事之師疏》。

熊汝霖

汝霖，字雨殷，餘姚人，官至大學士。福王居江南，汝霖兩上《論江南朝政疏》。

陳潛夫

潛夫，字元倩，錢塘人，官至大理寺少卿。京師失守，潛夫在河南慟哭誓師，結土寨兵，圖恢復，大破賊將陳德於柳園。福王立南京，潛圜傳露布至，自推官擢監軍御史巡按河南，潛夫入朝上《汴梁情形疏》。

錢用任

用任，字誠夫，元南榜進士第一，洪武元年拜禮部尚書。太祖諭廷臣以來春舉行耤田禮，於是禮官錢用任等上《祀先農並耕耤議》。

朱　善

善，字備萬，豐城人，官至文淵閣大學士，謚文恪。初爲翰林待詔，上《論婚姻律》。

任亨泰

亨泰，襄陽人，洪武二十一年進士，官禮部尚書時，日照民江伯兒以母病，故殺其三歲子祀岱嶽。有司以聞，太祖怒其滅絶倫理，杖百，戍海南。因命亨泰定旌表孝行事例，亨泰上疏：

人子事親，居則致其敬，養則致其樂，有疾則僅其醫藥。臥冰割股，事非恒經。割股不已，至於割肝。割肝不已，至於殺子。違道喪生，莫此爲甚。墜宗絶祀，尤不孝之大者，宜嚴行戒諭。倘愚昧無知，亦聽其所爲，不在旌表之例。

評：『聽其所爲，不在旌表之例』最爲允當。未嫁守節，亦當推此例定之。

張　籌

籌，字惟中，無錫人。太祖以社稷分祭，配未當，下禮官議。籌上疏。

馬文升

文升，字負圖，鈞州人，官至吏部尚書，謚端肅。弘治十六年，上《帝后忌日議》。

汪　俊

俊，字抑之，弋陽人，官禮部尚書，謚文莊。嘉靖三年正月，獻王已加帝號矣，主事桂萼後請稱皇考，命廷議。俊繼毛澄爲禮部，集廷臣七十三人，上禮議。

吴一鵬

一鵬，字南夫，長洲人，官至吏部，謚文端。世宗從璁、萼議稱興獻帝爲考，詔别建廟於奉先殿側。一鵬以禮部侍郎署部事，集臣上《駁張、桂議》。

李承勳

承勳，字立卿，嘉魚人，官至兵部尚書，謚康惠。嘗因河決，與黄綰、霍韜、胡世寧各上疏。

夏　言

言，字公謹，貴溪人，官至大學士，後被誅。嘉靖九年，世宗既定明倫大典，益覃思製作之事，郊廟百神咸欲釐正舊典。言乃上疏。

徐貞明

貞明，字儒東〔一〕，貴溪人，官尚寶司丞。初貞明爲工科給事中，上水利、軍班二疏。

【校記】

〔一〕《明史》卷二二三作『孺東』。

楊　璟

璟，合肥人，以功封滎陽侯。洪武元年冬，太祖遣平章楊璟諭明昇歸命，昇不從，璟復遺書。

王叔英

叔英，字原采，黃巖人，官翰林修撰，後殉難。叔英與方孝孺友善，以道義相切劘。建文初，孝孺欲行井田，叔英遺之書。

羅汝敬

汝敬，名簡，以字行，吉水人，學士羅復仁之孫也，累官工部右侍郎。宣宗初上書大學士楊士奇。

徐一夔

一夔，字大章，天台人。洪武二年，一夔與修禮書，既成，明年將續修《元史》，王禕爲總裁官，以一夔薦，一夔遺書。

羅欽順

欽順，字允升，號整庵，泰和人，官至吏部尚書，謚文莊。時王守仁以心學立教，才知之士翕然師之，欽順致書。

魏校

校，字子材，號莊渠，昆山人，官至太常卿，謚恭簡。嘗與余祐論性。祐，胡敬齋之婿也。

李騰芳

騰芳，字子實，湘潭人，官至禮部尚書。三王並封旨下，朝臣譁然，騰芳時官庶吉士，爲書詣朝房，投大學士王錫爵。

左良玉

良玉，字昆山，臨海人，以武功拜平賊將軍，封寧南侯。崇禎十三年閏正月，良玉擊敗張獻忠，乃請從漢陽西鄉入蜀，督師楊嗣昌檄之，良玉報之以書。

馬世奇

世奇，字君常，無錫人，官左庶子，死甲申之難，謚文肅。先是兵部主事成德將死，貽書世奇，以『慷慨』、『從容』二義質焉，世奇因答書。

汪　偉

寄友人書

真定游擊謝加福殺巡撫徐標，迎流賊。偉泣曰：『事至此乎？』作書寄友人：

賊據真定，奸人滿都城，外郡上供，絲粟不至，諸臣無一可支危止者，如聖至何？平時誤國之人，終日言門戶，而不顧朝廷，今當何處伸狂喙耶？

評：深痛不可讀。

申佳允

佳允，字孔嘉，永寧人，官太僕寺丞，死甲申之難，謚端愍。李自成破居庸，歎曰：『京師不守矣。』遍謁諸大臣畫戰守策，皆不省。貽子涵光書：

行己曰義，順數曰命。義不可背也，命不可違也。天下事莫不壞於貪生而畏死。死於疾，死於利，死於刑戮，於房幃，於鬭戰，均死也。死數者不死君父，蓋亦不善用死矣。今日之事，君父之事，死義也，猶命也，我則行之。

薛　蕙

蕙，字君采，號西原，亳州人，官至吏部考功郎中。嘉靖二年，廷臣數爭大禮，與張、桂相持不下。張、桂言帝以倫序承大統，與爲人後者不同。蕙心非之，撰《爲人後辨解》，有上下二篇，推明大宗義。其辨云。

尹　直

直，字正言，泰和人，官至大學士，謚文和。成化初編修，與修《英宗實録》，總裁欲革去景帝號，引漢昌邑、更始爲比，直辨不宜去帝號。

于慎行

慎行，字無垢，東阿人，官至大學士，謚文定。先是，嘉靖中孝烈后升祔，祧仁宗；萬曆改元，穆宗升祔，祧宣宗。慎行作《太廟祧遷辨》。

范　常

常，字子權，滁州人，官至翰林直學士兼太常卿。太祖以四方割據，戰爭無虚日，命常爲文禱於上帝：

今天下紛紜，生民塗炭，不有所屬，物類盡矣。倘元祚未終，則羣雄當早伏其辜。某亦在羣雄中，請自某始。若已厭元德，有天命者宜歸之，無使斯民久阽〔一〕。存亡之機，驗於三月。

評云：念念生民，從肺腑流出，所以能感動上帝，文簡樸不支，落落高品也。

【校記】

〔一〕《明史》卷一三五多『危苦』二字。

附录

附録一

年譜

鄧漢儀簡譜

王卓華

鄧漢儀（一六一七—一六八九），字孝威，號舊山，别署舊山農、舊山梅農、鉢叟等，郡望南陽，原籍吳縣洞庭之綺里，家泰州。康熙十八年被迫舉博學宏詞，以年老授內閣中書銜回籍。康熙二十八年卒，年七十三歲。

鄧漢儀有子四人：長子鄧勖采，字扶風，號次德，諸生，著有《我笑軒稿》；次子鄧劭榮，字若雍，號顧亭，著有《鄧尉山人稿》；三子鄧勱相，字方回，號冠城，著有《文選樓稿》；四子鄧勱秀，字七友。其長女，不知名，婿沈壽焻，字寶永。次女，不知名，婿姚諲昉，字恭士，號舒恭，江都人，著有《康山草堂集》。《詩觀》初集十二卷目録姓氏終所載『較訂姓氏：滄州門人戴晏丹敬、泰興門人朱慧曉裴東、泰州門人喬承璜特簡；子婿沈壽焻寶永、姚諲昉舒恭；男勖采扶風、劭榮若雍、勱相方回、勱秀七友。』

明萬曆四十五年丁巳（一六一七）　一歲

鄧漢儀生。夏荃《退庵筆記》（清鈔本）卷一：孝威先生「（康熙）十八年己未三月赴試，四月授内閣中書舍人銜，五月謝恩還山。時公年六十三矣」。由此推知鄧漢儀生於是年。

此前一年，清太祖建元天命。兩畿、山東、河南大饑。（《通鑒輯覽》）是年明廷考察京官，盡斥東林。時言官多屬齊、楚、浙三黨，專以攻東林爲事。

是年，與鄧漢儀有關或其詩爲鄧漢儀所選之人物，其年歲可考者：

林古度三十八歲（據《國朝古文匯鈔》卷一五）。

錢謙益三十六歲（據葛萬里《錢牧齋年譜》）。

孫奇逢三十四歲（據魏裔介《孫徵君先生奇逢傳》、方苞《孫徵君傳》及《孫徵君年譜序》）。

釋讀徹三十歲（據陳乃乾《蒼雪大師行年考略》）。

邢昉二十八歲（據湯彦仍《邢孟貞先生年譜》：萬曆十八年庚寅七月十八日辰時，先生生於石臼湖南薛城古里）。

王時敏二十六歲（王寶仁《奉常公年譜》）。

吳應箕二十四歲（據吳應箕《樓山堂遺書》附夏奕《吳次尾先生年譜》）。

李元鼎二十三歲（據《康熙青原志略》卷六李元鼎《青原山觀瀑小記》）。

徐汧二十一歲（據《三續疑年録》佚名《徐九一先生年譜》）。

王猷定十九歲（據《四照堂集》卷五《祭梁君仲木文》）。

周榮起十八歲（據陳乃乾《蒼雪大師行年考略》）。

查繼佐（鄧漢儀師）十七歲（據沈起《查東山先生年譜》）。
王崇簡十六歲（據王氏自撰《青箱堂年譜》）。
閻爾梅十五歲（據魯一同編《白耷山人年譜》，嘉業堂叢書本）。
萬壽祺十五歲（據羅振玉《萬年少先生年譜》）。
程邃十四歲（據《宋元明清書畫家年表》）。
鄭元勳十四歲（據杭世駿《明職方司主事鄭元勳傳》）。
傅山十一歲（據丁寶銓《傅青主先生年譜》）。
姜埰十一歲（據姜埰、姜安節《姜貞毅自著年譜、續譜》）。
李雯十歲（據李雯《蓼齋集》）。
梁以樟十歲（據王源《梁鶴林先生墓表》）。
馮溥九歲（據《國朝耆獻類徵初編》卷三）。
吳偉業九歲（據顧師軾《吳梅村先生年譜》）。
彭士望八歲（據彭士望《恥躬庵文鈔》卷七《魏季子五十一序》）。
杜濬八歲（據杜濬《變雅堂集》）。
冒襄七歲（據冒廣生《巢民先生年譜》）。
周亮工六歲（據周在浚《周櫟園先生年譜》）。
方文六歲（據《閻古古全集》及方文《嵞山集》）。

錢陸燦六歲（據《調運齋集・詩・秋冬之間雜詩三十首》）。

宋之繩六歲（據宋之繩《載石堂詩稿》附《柴雪年譜》）。

孫默五歲（據汪懋麟《百尺梧桐閣文集》卷五《孫處士墓志銘》）。

曹溶五歲（據《鶴徵錄》卷三等）。

陸圻四歲（據《疑年錄彙編》卷八）。

宋琬四歲（據王熙《通議大夫四川按察使司按察司宋公琬墓志》）。

歸莊五歲（據歸曾祁《歸玄恭先生年譜》）。

姜垓四歲（據徐枋《居易堂文集》卷一二《姜如須傳》）。

龔鼎孳三歲（據《定山堂文集》附嚴正矩《大宗伯龔端毅公傳》）。

余懷二歲（據《續疑年錄》）。

魏裔介二歲（據《畿輔叢書》本魏荔丹《魏貞庵先生年譜》）。

徐作肅二歲（據《國朝耆獻類徵初編》卷四二六）。

是年四月初九，杜岕生。岕，字蒼略，號些山，湖北黄崗人，享年七十七。五月初四日，陸求可生。求可（康熙十八年卒），字咸一，號密庵，江蘇山陽人，順治十二年三甲進士，有《方城》、《閩中》諸集；《詩觀》初集卷一〇收其詩十九題，二集卷九收十八題。九月二十日，魏象樞生。象樞，字環極、環溪，山西蔚州人，順治三年二甲進士，有《望雲》、《病夫》二稿；《詩觀》二集卷九收其詩八題。是年，嚴沆生。沆（卒於康熙十七年），字子餐，號顥亭，浙江仁和（一作餘杭）人，清順治十二年二甲進士，有《嚴顥亭詩》等；《詩觀》初集卷三收其詩十二題，二集卷九收一題。

明萬曆四十六年戊午（一六一八） 二歲

是年，侯方域生。方域（卒於順治十一年）字朝宗，河南商丘人，順治八年副榜貢生，有《四憶堂詩集》、《壯悔堂文集》；《詩觀》二集卷七收其詩十四題。四月十四日，尤侗生。侗（卒於康熙四十三年），字同人、展成，號悔庵，江南長洲人。《詩觀》初集卷一〇收其詩一題，二集卷一〇收四題，三集卷五收二題。九月二十二日，吳嘉紀生。汪懋麟《吳處士墓志》云：『處士生於明萬曆戊午九月二十二日。』嘉紀（卒於康熙二十三年），字賓賢，號野人，江蘇泰州人，有《陋軒詩》等；《詩觀》初集卷一一收其詩九題，二集卷五收十六題。十一月二十一日，施閏章生。閏章（卒於康熙二十二年），字尚白，號愚山，江南宣城人，順治六年二甲進士，有《越遊》、《觀海》、《青雲樓》等集；《詩觀》三集卷二收其詩二十二題。是年，張九徵生。九徵，字公選、湘曉，江南丹徒人，順治四年三甲進士，《詩觀》三集卷二收其詩二題。李瀅生。李瀅（卒於康熙二十一年），字鏡月，號鏡石、劬庵，江南興化（一作高郵人），順治二年舉人，有《敦好堂集》；《詩觀》初集卷六收其詩七題，二集卷一二收六題。黎士弘生。士弘（卒於康熙三十六年），字媿曾，福建汀州人，順治十一年中式舉人，有《托素齋詩集》等；《詩觀》初集卷五收其詩四題。

是年，後金汗努爾哈赤以『七大恨』誓師告天，興兵反明，燬撫順，秋七月拔清河堡（在撫順東南）。

九月明廷加天下田賦。

明萬曆四十七年己未（一六一九） 三歲

是年八月初四日，于覺世生。覺世，字子先，號赤山，山東新城人。《詩觀》二集卷一一收其詩一題，《詩觀》三集卷七收其詩一題。九月初一日，王夫之生。夫之，字而農，號薑齋，湖南衡陽人。十一月三十日，申涵光生。按：申涵光《聰山文集自序》云：『甲申，予年二十有六。』申涵煜、申涵盼等《申鳧盟先生年譜略》載：『明萬曆四十七年己未冬十一月三十日丑時公生。』『（康熙）十六年丁巳公五十九歲，六月初六日辰時無疾而卒。』涵光，字孚孟、符夢，號鳧盟、聰山，直隸永年人，有《聰山集》；

《詩觀》初集卷三收其詩三十題，二集卷一收三題，三集卷一收五題。吴綺生。綺，字薗次，號豐南、聽翁，江南歙縣人，江都籍，順治十一年拔貢生，有《亭皋集》；《詩觀》初集卷八收其詩十九題，二集卷六收十一題。張惣生。惣，字僧持，號南村，江南江寧人，有《江上詩》；《詩觀》二集卷一一收其詩四題。是年顧有孝生。《蒼雪大師行年考略》：萬曆四十七年己未，顧茂倫（有孝）生。（民國二十九年刊《蒼雪大師南來堂詩集》卷首）有孝，字茂倫，晚號雪灘釣叟，江南吴江人。《詩觀》初集卷六、二集卷一一各收其詩一題。

是年，明廷命楊鎬率四路之師攻後金，大敗。《明季北略》：『萬曆四十七年己未仲春二十有二日，楊經略鎬用古行師不刻日編陣，一軍出西方，一軍出西北，一軍與北關會，擾東夷之北。』《明史》卷二五九：『未出京，開原失……甫出關，鐵嶺復失。瀋陽及諸城堡軍民盡竄，遼陽洶洶。』

明萬曆四十八年庚申（一六二〇）四歲

是年正月，沈謙生。謙，字去矜，浙江仁和人。《詩觀》二集卷一一收其詩一題。五月初六日，王時敏次子王揆生。王寶仁《奉常公年譜》卷一：『萬曆四十八年庚申五月初六日王時敏次子揆生。』揆，字端士，江南太倉人，順治十二年三甲進士，有《芝廛集》；《詩觀》初集卷九收其詩五題。按：王揆生年，《清代人物大事紀年》作明天啟二年，即一六二二年；《中國文學家大辭典·清代卷》及《清人別集總目》作一六一九年，即明萬曆四十七年。卒年亦有兩説：《中國文學家大辭典·清代卷》作一六八九年；《江蘇藝文志》蘇州卷、《清人別集總目》作一六九六年。六月二十四日，魏際瑞生。際瑞，一名祥，字善伯，號東房，江西寧都人。《詩觀》二集卷四收其詩二題。八月十二日，楊思聖生。思聖，字猶龍，直隸鉅鹿人，清順治三年二甲三十三名進士。《詩觀》初集卷三收其詩七題。九月二十二日，趙進美生。進美，字嶷叔，號韞退、清止，山東益都人，有《清止閣集》。《詩觀》初集卷五收其詩十題，三集卷五收二題。十月初二日，郭士璟生。士璟（卒於康熙三十八年），字飲霞，號眉樞，陝西涇陽人，江都籍，順治十二年三甲進士。《詩觀》初集卷四收其詩十二題，二集卷一〇收十題；是年，梁清標生。清標，字玉立，號蕉林、蒼岩，直隸真定（今河北正定）人，崇禎十六年進士，有《蕉林文集》、《蕉林詩集》、《棠村詞》等；《詩觀》初集卷三收其詩十一題，二集卷二收四十九題，三集卷二收五十三題。柯聳生。聳，字素培，號岸初，浙江嘉善人，順治六年三甲進士。《詩觀》初集卷四收其詩三題，二集卷九收九題。黄與堅生。與堅，字庭表，江南太倉人，有《忍庵集》；《詩觀》初集卷五收其詩七題，三集卷一收七題。好友孫枝蔚生。枝蔚，字豹人，陝西三原人，有《溉堂集》；《詩觀》初集卷一收其詩十四題，二集卷一收十三題。洪琮生。琮（卒於康熙二十四年），字瑞玉，號穀一，江南歙縣人，順治九年三甲進士。《詩觀》二集卷八收其詩一題。宗元鼎生。元鼎，字定九，號梅岑、小香居士，江南揚州人，有《芙蓉集》；《詩觀》初集卷七收其詩二十九題。陸嘉淑生。嘉淑，字冰修，號射山、辛齋，浙江海寧人。《詩觀》二集卷一四收其詩一題。顧大申生。大申，字震雉，號見山，江南華亭人，順治九年二甲進士，有《鶴巢集》；《詩觀》初集卷四收其詩四題。

是年七月，明神宗死。八月，皇太子常洛即位，是爲光宗，宣佈明年改元泰昌。九月朔，光宗死，皇長子由校即位，是爲熹宗，明年改元天啟。

明天啟元年辛酉（一六二一）　五歲

是年八月初七日，顧景星生。景星（卒於康熙二十六年），字赤方，號黄公，別號金粟道人，湖廣蘄州人。明貢生，授推官。入清隱居，私謚文靖，有《白茅堂集》等；《詩觀》三集卷三收其詩八題。十月十七日，史大成生。大成（卒於康熙二十一年），字及超，號立庵，浙江鄞縣人，清順治十二年狀元，有《八行堂集》。《詩觀》初集卷八收其詩二題。是年，王孫蔚生。孫蔚，字茂衍，陝西臨潼人，順治九年二甲進士。《詩觀》三集卷三收其詩三題。宋實穎生。實穎，字既庭，號湘尹，江南長洲人，順治八年舉人，有《過江集》、《老易軒詩集》等；《詩觀》初集卷一〇收其詩一題，二集卷五收三題，三集卷一收五題。黄永生。永，字雲孫，號艾庵，江南太倉人，順治十二年二甲進士，有《艾庵存稿》等；《詩觀》初集卷六收其詩二題。

是年，馮夢龍話本小說集《喻世明言》刊行。

春，東林黨人劉宗周等入朝。後劉宗周上疏劾魏忠賢，遭停俸半年之罰。《明史紀事本末》卷六六：「（天啟元年）三月，起劉宗周禮部主事。」《明史》卷二五五：「（劉宗周）疏言：『魏進忠導皇上馳射戲劇，令奉夫人出入自由。一舉逐諫臣三人，罰一人，皆出中旨，勢將指鹿爲馬，生殺予奪，制國家大命。』……進忠者魏忠賢也。大怒，停宗周俸半年。」

是年，後金（清）攻陷瀋陽、遼陽，並遷都遼陽。《明史》卷二二：「（天啟元年）大清兵取瀋陽，總兵官尤世功、賀世賢戰死。」「大清兵取遼陽，經略袁應泰等死之。」以王化貞巡撫廣寧。六月起熊廷弼經略遼東。（《通鑒輯覽》）

明天啟二年壬戌（一六二二）　六歲

是年三月二十二日，徐枋生。枋，字昭法，江南吳縣人，崇禎十五年舉人。《詩觀》二集卷八收其詩一題。　四月初二，鄧漢儀好友李鄴嗣生。鄴嗣，名文胤，字鄴嗣，號杲堂，以字行，浙江鄞縣人，有《笑讀齋詩稿》等；《詩觀》初集卷五收其詩九題。六月十九日，杜濬生。濬，字子濂，號湄村，山東濱州人，順治四年三甲進士，有《湄湖吟》等；《詩觀》初集卷四收其詩二題，二集卷四收一題；　十一月初二日金鎮生。鎮，字又鑣，號長真，順天宛平籍，浙江山陰人，有《清美堂稿》；《詩觀》初集卷九收其詩九題，二集卷二收二十九題。　是年，張烈生。烈，字武承，浙江東陽籍，直隸大興人。《詩觀》二集卷九收其詩二題。　佟鳳彩生。鳳彩，字高岡，漢軍正黃旗，佟佳氏，奉天遼陽人，有《名家詩鈔》；《詩觀》初集卷四收其詩五題，二集卷三收其詩六題。胡在恪生。在恪（卒於康熙四十二年），字念蒿，湖廣江陵（今湖北荊門）人，順治十二年二甲進士，有《梁宋遊草》、《真懶園稿》；《詩觀》初集卷八收其詩二題，二集卷二收其詩十一題。

是年，李元鼎中進士。元鼎，字梅公，江西吉水人，有《石園詩集》等；《詩觀》二集卷一三收其詩十五題，三集卷一收八題。是年喬可聘中進士。可聘字君徵，號聖任、陶庵，江南寶應人（今屬江蘇）。《詩觀》初集卷一一收其詩四題。

是年，清兵取西平堡。王化貞棄廣寧，與熊廷弼入關。清兵入廣寧，凡下四十餘城。八月以孫承宗經略薊遼，九月封朱由檢爲信王。（據《通鑒輯覽》）

明天啟三年癸亥（一六二三）　七歲

是年，鄧漢儀七歲，當於蘇州讀書。《慎墨堂筆記》：「僕幼時讀書吳門之西郊。」

是年，王崇簡二十二歲，以應童子試受知於督學御史左公光斗。（王崇簡《青箱堂年譜》）：王崇簡（生於萬曆三十年），字敬哉，直隸宛平人，崇禎十六年進士。有《青箱堂詩集》等；《詩觀》初集卷三收其詩十三題，二集卷二收二十七題。

是年正月初一，王時敏第三子王撰生。（據王寶仁《奉常公年譜》卷二）《詩觀》初集卷一〇收其詩一題。十月初五日，毛奇齡生。奇齡（卒於康熙五十五年），字大可、齊於，號西河、秋晴、晚晴，浙江蕭山人，有《西河全集》；《詩觀》三集卷五收其詩二題；閏十月初三日，唐賡堯生。賡堯，字載歌，號寓庵，浙江山陰人，順治九年二甲進士，有《城山園歷遊集》；《詩觀》二集卷一三收其詩五題；十一月十六日，葉封生。封，字井叔，號晉原、慕廬、退翁，湖廣黃陂籍，浙江嘉興人，有《遊嵩山詩》；《詩觀》二集卷九收其詩二十題。是年，王日藻生。日藻，字印周，號卻飛，江南華亭人，順治十二年二甲進士。《詩觀》二集卷四收其詩一題。徐倬生。倬，字方虎，浙江德清人，有《道貴堂稿》、《蘋村詩稿》等；《詩觀》初集卷四收其詩一題，二集卷九收五題，三集卷一收十四題。嚴繩孫生。繩孫，字蓀友，號藕蕩漁人，江南無錫人，有《秋水集》；《詩觀》二集卷六收其詩三題，三集卷三收三題。笪重光生。重光，字在辛，號江上、鬱岡，江南句容人，順治九年二甲進士。《詩觀》三集卷九收其詩二題。郝浴生。浴（卒於康熙二十二年），字冰滁，號復陽、雪海，直隸定州人，順治六年二甲進士。《詩觀》二集卷一收其詩二十六題。梅清生。清（卒於康熙三十六年），字淵公，號瞿山，江南宣城（今屬安徽）人，順治十一年中式舉人，有《天延閣詩前後集》；《詩觀》初集卷一〇收其詩一題，二集卷六收十題，三集卷一〇收六題。費密生。密（卒於康熙三十八年），字此度，號燕峯，四川新繁人，有《燕峯集》；《詩觀》初集卷五收其詩六題，二集卷六收四題。郭棻生。棻（卒於康熙三十年），字芝仙，號快圃，直隸清苑人，順治九年三甲進士，有《快圃詩鈔》；《詩觀》二集卷四收其詩十題。

是年，明文學家袁中道死。中道（一五七〇—）字小修，湖北公安人。與兄宗道、宏道爲「三袁」，公安派代表，有《珂雪齋集》。

是年初，魏忠賢謀結外臣以助己，顧秉謙、魏廣微等四人入閣。年底，魏忠賢提督東廠。《明通鑒》卷七八：「是時，魏忠賢用事，以言官數攻之，乃謀結外廷諸臣以助己，而顧秉謙與魏廣微率先諂附。」「初，神宗末，刑罰馳縱，而廠衛緝事亦漸稀簡，詔獄至生青草。及是忠賢以司禮秉筆領東廠事，車馬儀衛，僭擬乘輿。已而任用田爾耕掌衛事，許顯純爲鎮撫理刑，羅織鍛煉，嚴刑殘酷，廠衛之毒至此而極。」

明天啟四年甲子（一六二四）　八歲

是年，鍾惺卒。惺（生於萬曆二年），字伯敬，竟陵（今湖北天門）人，著有《隱秀軒集》，爲晚明竟陵派代表人物之一。

是年正月十三日，魏禧生。禧（卒於康熙十九年），字冰叔，號叔子、裕齋、勺庭，江西寧都人，有《勺庭詩鈔》等。彭士望《恥躬庵文鈔》（咸豐二年刻本）卷七《魏叔子五十一序》云：「甲寅春正月上元之先二日，（魏禧）年五十有一。」《詩觀》初集卷一一收其詩二題，二集卷七收二題。是年正月十六日，汪琬生。琬（卒於一六九一年），字苕文，號鈍庵，晚號鈍翁，江南長洲人，順治十二年進士，有《駢拇集》等；《詩觀》初集卷七收其詩十二題。二月二十五日，曾王孫生。王孫（卒於康熙三十八年），字道扶，浙江秀水人，有《清風堂集》；《詩觀》二集卷一一收其詩二題。九月二十四日沈荃生。荃（卒於康熙二十三年），字貞蕤，號繹堂、位庵、充齋，江南華亭（今上海松江）人，順治九年一甲三名進士。有《南帆雜詠》、《充齋集》等；《詩觀》初集卷七收其詩九題、二集卷三收十二題。是年，蔣超生。超（卒於一六七三年），字虎臣，號綏庵，江南金壇人，順治四年一甲三名進士，有《綏庵詩稿》；《詩觀》初集卷一一收其詩一題。姚啟聖生。啟聖（卒於康熙十二年），字熙之，號憂庵，遼東杏山人，原籍浙江會稽。有《放歌》等；《詩觀》二集卷八收其詩九題。譚吉璁生。璁（卒於康熙十九年），字舟石，浙江嘉興人。《詩觀》二集卷一一收其詩一題。宗元豫生。元豫（卒於康熙三十五年），字子發，江南興化人，有《澤畔稿》；《詩觀》初集卷一一收其詩一題，二集卷八收二題。彭師度生。師度，字古晉，號省廬，江南華亭人。《詩觀》初集卷一一收其詩一題。程可則生。可則（卒於康熙十二年），字周量，彥揆，號湟榛、石臞，廣東南海人，順治九年一甲進士，有《遙集樓集》、《海日堂集》；《詩觀》初集卷七收其詩七題，二集卷三收十七題。

是年冬，太倉人張溥、張采在常熟成立應社。朱倓《明季南應社考》：『應社始於天啟甲子，亦倡於常熟。』朱彝尊《靜志居詩話》附錄：『張受先（采）云，甲子冬，與天如（溥）同過唐市，問子常廬，麟士館焉，遂定應社約，敘年子常居長。』張溥（一六〇二—一六四一），初字幹度，改天如，號西銘，江蘇太倉人。張采（一五九六—？），字受先，江蘇太倉人。

明天啟五年乙丑（一六二五） 九歲

是年，李霨生。霨（卒於康熙二十三年），字景霱，號坦園，直隸高陽（今屬河北）人，順治三年二甲進士，有《心遠堂詩集》；《詩觀》初集卷三收其詩十題，二集卷二收四十五題。鄭重生。重（卒於康熙三十三年），字威如，號山公，福建建安人，有《霞園草》；《詩觀》初集卷八收其詩十四題。鄧漢儀好友陳維崧生。維崧（卒於康熙二十一年），字其年，江南宜興（今屬江蘇）人，有《湖海樓詩稿》；《詩觀》初集卷五收其詩三十題，二集卷一〇收九題，三集卷五收三題。朱廷璟生。廷璟（卒於康熙十六年），字山暉，號嵐坪，陝西富平人。《詩觀》初集卷一一收其詩一題。好友許東生。東（卒於康熙十五年），字甫草，號改亭，江南吳江人，順治十四年舉人，有《名家英華》、《關塞集》等；《詩觀》初集卷八收其詩七題，二集卷六收一題，二集卷一二收九題。韓純玉生。純玉（卒於康熙四十二年），字子蘧，號蘧廬居士，浙江歸安人。《詩觀》二集卷四收其詩三題。

是年，王永吉中進士。永吉，字修之，號鐵山，江南高郵人，有《丙申稿》；《詩觀》二集卷一收其詩四題。

是年，魏忠賢興大獄，迫害東林黨人。秋，東林六君子楊漣、左光斗、魏大中、袁化中、周朝瑞、顧大章先後慘死詔獄。《明史紀事本末》卷七一：『秋七月，下楊漣、周朝瑞、左光斗、顧大章、袁化中於北鎮撫司。』『比時累累跪階前，呵詬百出，裸體辱之。弛扭則受拶，弛鐐則受夾，弛拶與夾，則仍戴扭鐐以受棍。』『殘酷之狀，見者無不切齒流涕。』楊漣（一五七二—），字文孺，號大洪，湖廣應山（今屬湖北）人；左光斗（一五七五—），字遺直，號浮丘生，弘光時追謚忠毅；魏大中（一五七五—），字孔時，號廓園，嘉善（今屬浙江）人，崇禎初謚忠節；袁化中，字民諧，武定人，弘光時追謚忠愍；周朝瑞，字思永，山東臨清人，弘光時追謚忠毅。顧大章，字伯欽，常熟人，弘光時追謚裕湣。是年三月，清建都瀋陽。（《通鑑輯覽》）

明天啟六年丙寅（一六二六）　十歲

三月二十五日，王士祿生。士祿（卒於康熙十二年），字子底，號西樵，山東新城人，順治十二年三甲進士，有《司勳五種集》、《十笏草堂集》等；《詩觀》初集卷七收其詩四十七題，二集卷三收七題；是年，宋德宜生。德宜（卒於康熙二十六年），字右之，號蓼天，江南長洲人，順治十二年二甲進士。《詩觀》二集卷二收其詩四題。倪燦生。燦（卒於康熙二十六年），字闇公，號雁園，江南江寧人。《詩觀》三集卷五收其詩一題。孫暘生。暘（一六二六—？），字寅仲，一字赤崖、赤霞，號蔗庵，江南常熟人，清順治十四年丁酉舉人。有《蔗庵詩選》等；《詩觀》二集卷一四收其詩一題。王澤弘生。澤弘（卒於康熙四十七年）（按：澤弘享年八十三歲，由此推當生於一六二六年），字涓來，號昊廬，江西鄱陽籍，湖廣黃岡人，順治十二年二甲進士，有《鶴嶺山人詩集》；《詩觀》二集卷九收其詩十四題。

是年，魏忠賢繼續殘酷迫害東林黨人，逮高攀龍、周順昌等。攀龍自沈於池，順昌等下獄死。閏月，建魏忠賢生祠。（《通鑑輯覽》、《明史》）是年，清努爾哈赤死，四貝勒皇太極嗣位，是爲清太宗，以明年爲天聰元年。《明季北略》卷二：『天啟六年，丙寅，八月初十日，清朝天命止。至今年丁卯，改元天聰元年，即天啟七年也。』

明天啟七年丁卯（一六二七）　十一歲

是年，王崇簡應順天鄉試，中式第十三名。（據王崇簡《青箱堂年譜》）

是年九月二十九日，葉燮生。燮（卒於康熙四十二年），字星期，號已畦，江南吳江人，浙江嘉善籍，有《已畦西南行草》等；《詩觀》二集卷六收其詩一題，三集卷一二收三題。是年，胡兆龍生。兆龍（卒於康熙二年），字予衮，號具茨、宛委，直隸宛平（今北京）籍，浙江山陰人，清順治三年進士，有《息遊堂詩集》；《詩觀》三集卷一收其詩七題。繆彤生。彤（卒於康熙三十六年），字歌起，號念齋，江南吳縣人。《詩觀》二集卷二收其詩一題。季開生生。開生（卒於清順治十六年），字天中，號冠月，江南泰興人，順治六年三甲進士，有《出關草》；《詩觀》初集卷三收其詩十六題。王昊生。昊（卒於康熙十八年），字維夏，號碩園，江南太倉人，有《碩園集》等；《詩觀》初集卷六收其詩二題，三集卷五收二題。

三月，陝西澄城饑民數百人起義，殺知縣張斗耀，明末農民大起義始此。《明通鑒》卷八〇：『（天啟七年三月）陝西澄城民變，殺知縣張斗耀。』

八月，熹宗崩，皇五弟信王由檢嗣位，是爲思宗（南明謚）。十一月，宣佈魏忠賢罪狀，安置於鳳陽，魏自盡於途中。魏黨『五虎』之首崔呈秀亦自縊。《明史紀事本末》卷六六：『七年（丁卯，一六二七）八月，上崩，無嗣，遺命以信王入繼大統。』《明史紀事本末》卷七一：『十一月甲子，安置魏忠賢於鳳陽，籍其家。』『魏忠賢宿阜城尤氏邸舍，其黨密報上旨，知不免，夜同李朝欽自經。』『呈秀歸薊州，列姬妾，羅諸珍異器，縱飲，飲一巵，即擲壞之。飲已，自經。』

明崇禎元年戊辰（一六二八）　十二歲

是年，閻爾梅以恩選入都寓真空寺，與徐汧、萬壽祺等談藝雙松下，極文章交遊之盛。（《白耷山人年譜》）爾梅（一六〇三—一六七九），字用卿，號古古、白耷山人，江南沛縣人。《詩觀》初集卷一〇收其詩二題，二集卷一收其詩八題，詩觀三集卷一收三題、卷一三收十五題。

是年三月初三日，王抃生。抃，字懌民，太倉王時敏第五子。《詩觀》初集卷一〇收王抃詩一題。七月初八日，王熙生。熙（卒於康熙四十二年），字子雍、子撰，號胥庭、慕齋，直隸宛平人，王崇簡子，順治四年三甲進士，有《寶翰堂詩集》、《聽山選本》

等;《詩觀》初集卷二收其詩一題,二集卷三收十七題。是年,項景襄生。景襄(卒於康熙二十年),字去浮,號眉山,浙江秀水籍,錢塘人,順治十二年二甲進士。《詩觀》初集卷六收其詩二題,二集卷九收七題。趙吉士生。吉士(卒於康熙四十五年),字天羽、漸岸,號恒庵、恒夫、寄園,原籍安徽休寧,浙江錢塘人,順治八年舉人,有《萬青閣歸隱詩》等;《詩觀》初集卷一〇收其詩一題,二集卷五收十題,三集卷七收五題、卷一三收十二題。姜宸英生。宸英(卒於康熙三十八年),字西溟,號湛園,浙江慈溪人。《詩觀》二集卷六收其詩十題。好友閔麟嗣生。麟嗣(卒於康熙四十三年),字賓連,號檀林,江南歙縣人,揚州籍。有《植雪草堂詩集》、《南郭草堂詩》等;《詩觀》初集卷六收其詩二十二題,二集卷六收十五題,三集卷四收二十四題、卷一三收十一題。鄧漢儀評閔麟嗣詩云:『賓連論詩最嚴,而己所撰著亦一字不肯苟下。諸作既高嚴而華秀,復蒼朴而清真,蓋伐毛洗髓之後者。』(《詩觀》三集卷四)『詩以空清樸老爲上,艱僻與俚滑俱失之。賓連自歸新安,洗盡鉛華,獨標本質;而靈秀澹遠之氣,霏霏自露行間。此水落石出,其境候未易造也。』(《詩觀》三集卷一三)是年黄虞稷生。虞稷(卒於康熙二十九年),字俞邰,號楮園,福建晉江人,江南江寧籍,有《我貴軒集》等;《詩觀》初集卷九收其詩一題,二集卷一四收六題。

是年,方拱乾中進士。拱乾(一五九六—一六六七),字肅之,號坦庵、甦翁,江南桐城人。有《何陋居草》等;《詩觀》二集卷一三收其詩十二題。是年譚貞默中進士。貞默,字梁生,號埽庵,浙江嘉興人。《詩觀》二集卷一二收其詩七題。劉正宗中進士。正宗(生年不詳,約卒於康熙元年前後),字可宗、憲石,山東安丘人,有《逋齋西征詩》等;《詩觀》二集卷八收其詩十一題。

十月,會推閣臣,廷臣列錢謙益等名以上。溫體仁疏訐謙益爲考官時關節事。帝怒,罷謙益官。金鶴沖《錢牧齋先生年譜》(《錢牧齋全集》附録)云:『十月,會推閣臣。』『廷臣列成基命及先生等十一人名以進。周延儒、溫體仁望輕不與。而黨人乃誣先生授意給事中瞿式耜言於當事者而擯之。體仁引浙闈事爲詞,謂其結黨受賄。帝久疑廷臣植黨,聞體仁言,輒稱善。』『首輔李標等俱奏千秋關節,與謙益無涉。執政皆言謙益無罪。體仁、延儒乃言滿朝多謙益之黨。帝果偏聽而不信公論。次日,先生奉命革職回籍聽勘。』

是年，陝西又遭旱災。高迎祥、李自成、張獻忠等揭竿而起。彭遵泗《碧蜀》卷一：『冬，十有二月，陝西賊大起。陝西連歲大祲，平凉延安間，饑民相繼爲盗。』『督府討之，久無成功。其後並小爲大，李自成、張獻忠虎視鴟張，秦楚豫蜀之間，戰無堅陣，攻無堅城，肝腦塗中原，而明社危矣。』

明崇禎二年己巳（一六二九） 十三歲

是年正月二十日，瞿時行生。時行，字見可，號止園，江南江都人，有《止園草》；《詩觀》二集卷一〇收其詩十三題。四月初八日，趙士麟生。士麟（卒於康熙三十八年），字麟伯，號玉峯，雲南河陽人，有《金客詩》。《詩觀》二集卷一一收其詩二題。七月初二日，蔣弘道生。弘道（卒於康熙四十二年），字扶之，號裕庵，直隸大興人，原籍山西臨汾，有《來仲軒詩草》；《詩觀》二集卷九收其詩二題。八月二十一日，朱彝尊生。彝尊（卒於康熙四十八年），字錫鬯、竹垞，號驅舫、小長蘆、釣師，浙江嘉興人，有《潛采堂詩》等；《詩觀》初集卷一一收其詩八題，二集卷七收十七題，三集卷九收三題。十一月初五日，王遵訓生。遵訓（卒於康熙二十七年），字子循，號信初、湜庵，河南西華人。《詩觀》二集卷四收其詩五題。十一月十一日，茆薦馨生。薦馨，字楚畹，號一峯，浙江長興籍，江南宣城人，有《畫溪草堂遺稿》；《詩觀》三集卷一一收其詩五題。是年，李澄中生。澄中（卒於康熙三十九年），字渭清，號雷田、漁村，山東諸城人。《詩觀》二集卷六收其詩二題，三集卷九收其詩二題。梁佩蘭生。佩蘭（卒於康熙四十四年），字芝五，號藥亭，廣東南海人。《詩觀》二集卷一二收其詩二題。魏禮生。魏禮（卒於康熙三十六年），字和公，號季子，江西寧都人，有《翠微山房稿》；《詩觀》初集卷一〇收其詩一題，二集卷七收四題。

是年正月二十一日，呂留良生。留良（卒於康熙二十二年八月十三日），字莊生，號晚村，浙江石門人。

是年，張溥聯合諸文社，成立復社，並召開復社第一次盛會——尹山（今江蘇吳江）大會。《靜志居詩話》：『崇禎之初，嘉魚熊開元宰吳江，進諸生而講藝。于時孟朴里居，結吳翻扶九、吳允夏去盈、沈應瑞聖符等，肇舉復社。于時雲間有幾社，浙西有聞社，江北有南社，江西有則社，又有歷亭席社，崑陽雲簪社，而吳門別有羽朋社、匡社，武林有讀書社，山左有大社，僉會于吳，統合於復社。復社始於戊辰，成於己巳，其盟書曰：「學不殖將落，毋蹈匪彝，毋讀非聖書，毋違老成人，毋矜厥長，毋以辯言亂政，毋干進喪乃身。嗣今以往，犯者小用諫大者擯。」僉曰「諾」。』《復社紀略》卷一：『吳江令楚人熊魚山開元，以文章經術爲治，知人下士，慕天如名，迎致邑館。』『於是爲尹山大會，苕、霅之間，名彥畢至。未幾，臭味和翕集，遠自楚之蘄黃，豫之梁宋，上江之宣城、寧國，浙東之山陰、四明，輪蹄日至。比年而後，秦、晉、閩、廣，多有以文郵致者。』

冬，清兵犯關，京師告警。《明通鑒》卷八一：『（崇禎二年）冬十月戊寅，大清兵分三道：一入大安口，一入龍井關，一入洪山口，皆克之。』『乙酉，大清兵攻遵化，守陴兵潰。』『丁亥，大清兵越薊州而西，徇三河、臨順義城，大同總兵官滿桂，宣撫總兵官侯世祿各率所部入援，戰於城下，俱敗奔京師，城遂下。進至通州，渡河，營於城北。』『辛丑，大清兵薄德勝門，營於城北土城關之東。』『時京師戒嚴。』

明崇禎三年庚午（一六三〇）　十四歲

是年，吳應箕、沈士柱等在南京結國門廣業之社。劉世珩《劉先生年譜》：崇禎三年庚午秋，『應南都試不第，與吳次尾、許德先（元愷）、蕪湖沈昆銅（士柱）舉國門廣業之社。上下江名士畢集，而先生（劉城）爲之倡』。

是年四月初八日，王清生。清（卒於康熙十一年），字素修，號冰壺、思齋，山東海豐人，有《留餘堂詩》；《詩觀》初集卷一一收其詩一題，二集卷二收二十二題。八月初九日，臧振榮生。振榮（卒於康熙三十三年），字君仁，號岱青，山東諸城人，有《太古園詩》；《詩觀》三集卷一〇收其詩十題。九月初五日，屈大均生。大均（卒於康熙三十五年），字介子，號翁山，廣東南海（今廣東番禺）人，有《翁山詩外》等；《詩觀》初集卷八收其詩十九題，二集卷一收其詩七題，三集卷二收其詩十九題。十一月初二日，陸葇生。葇（卒於康熙三十八年），字次友，號義山，浙江平湖人。《詩觀》二集卷一二收其詩一題。徐旭齡生。旭齡（卒於康熙二十六年），字元文，號敬庵，浙江錢塘人，順治十二年二甲進士。《詩觀》初集卷一一收其詩一題，二集卷五收二題。楊素蘊生。素蘊（卒於康熙二十八年），字筠湄，號退庵、芳臣，陝西宜君人，有《見山樓詩集》等；《詩觀》三集卷二收其詩五十八題。季振宜生。振宜（卒於康熙十三年），字詵兮，號滄葦，江南泰興人。《詩觀》初集卷一收其詩二十九題。

是年，殷岳中式舉人。殷岳（一六〇〇—一六六七），字伯岩、宗山，直隸雞澤人，有《留耕堂詩稿》；《詩觀》初集卷八收其詩六題。王弘祚中式舉人。弘祚，字懋白，號玉銘、思齋，雲南保山籍，陝西三原人，有《願庵詩集》；《詩觀》二集卷一二收其詩六題。閻爾梅舉京兆試。萬壽祺中式舉人，考官爲姜曰廣。壽祺（一六〇三—一六五二），字年少，江南徐州人，有《隰西草堂詩集》等；《詩觀》二集卷一收其詩十九題。陳子龍與夏允彝等同舉應天鄉試。《蒼雪大師行年考略》：「崇禎三年庚午……萬年少舉于鄉，鄭敷教與楊維斗（廷樞）、陳臥子（子龍）、夏彝仲（允彝）等同舉應天鄉試。

是年，陝西農民起義軍聲勢日壯。《明季北略》卷六：「（庚午）六月，給事劉懋上言：『秦之流賊，即延慶之兵丁、土賊也。邊賊倚土寇爲鄉導，土寇倚邊賊爲羽翼。始數不多，至近年荒旱頻仍，愚民影附，賊勢始大。』」

明崇禎四年辛未（一六三一）　十五歲

是年二月初二日，蔣伊生。伊（卒於康熙二十六年），字謂（或作「渭」）公，號莘田，江南常熟人，有《莘田文集》等；《詩觀》二集卷一一收其詩二題。五月初三日，范必英生。必英（卒於康熙三十一年），原名雲威，字龍仙、秀實，號伏庵、秋濤，江南長洲（吳縣）人，有《痦言集》；《詩觀》三集卷五收其詩一題。五月初四日，彭孫遹生。孫遹（卒於康熙三十九年），字駿孫，號羡門，浙江海鹽人，有《柏悅堂集》；《詩觀》初集卷六收其詩三題，三集卷九收一題。九月二十五日，陳恭尹生。恭尹（卒於康熙三十九年），字元孝，廣東南海（今廣東順德）人。《詩觀》初集卷一一收其詩四題。十一月初二日，徐乾學生。乾學（卒於康熙三十三年），字原一，號健庵、澹園，江南昆山人，有《歷遊草》等；《詩觀》初集卷六收其詩二題，二集卷二收二十三題，三集卷一收四題。十一月，吳兆騫生。兆騫（卒於康熙二十三年），字漢槎，江南吳江人，順治十四年舉人，有《秋笳集》；《詩觀》三集卷二收其詩十二題。是年，楊雍建生。雍建（卒於康熙四十三年），字自西，號以齋，浙江海鹽人，順治十二年三甲進士。《詩觀》二集卷一一收其詩二題。徐嘉炎生。嘉炎（卒於康熙四十二年），字勝力，號華隱，浙江嘉興人。《詩觀》三集卷五收其詩一題，卷八收一題。周金然生。金然（卒於康熙四十三年），字廣居，號廣庵，江南上海人，有《西山紀遊》；《詩觀》二集卷七收其詩一題。李因篤生。因篤（卒於康熙三十一年），字天生，號子德，陝西富平人。《詩觀》初集卷四收其詩一題，二集卷四收其詩二題，三集卷五收十二題。朱克生生。克生（卒於康熙十八年），字周禎（《國朝詩人徵略》初編卷五作『朱禎』），秋崖，江南寶應人，有《環溪詩集》；《詩觀》初集卷一一收其詩十一題。徐善生。善（卒於康熙三十年），字敬可，號菡谷，浙江嘉興人。《詩觀》二集卷七收其詩一題。

是年，張溥中進士。吳偉業舉會試第一、中一甲二名進士。《蒼雪大師行年考略》：『崇禎四年辛未……吳駿公舉會試第一、殿試第二。』姜埰二十五歲，中三甲一百六十三名進士，授密雲縣知縣未赴任。柳寅東中進士。寅東，字鳳瞻，四川梓潼人，有《來鶴堂詩》；《詩觀》三集卷一收其詩五題。張縉彥中進士。縉彥，字坦公，號大隱，河南新鄉人，有《歸雲軒稿》；《詩觀》二集卷八收其詩七題。張若麒中進士。若麒（？—一六五六），字振公、天石，山東膠州人，有《止足軒草》；《詩觀》二集卷八收其詩十九題。熊文舉中進士。文舉（一五九五—一六六八），字公遠，號雪堂，南昌新建（今屬江西）人，有《雪堂選集》等；《詩觀》初集卷五收其詩十六題。李猶龍中進士。猶龍，字紫函，陝西洵陽籍，江西吉水人，有《强善堂詩》；《詩觀》三集卷四收其詩五題。

是年，山西義軍發展爲三十六營、二十餘萬人。明政府以招撫農民起義軍失敗，逮捕總督楊鶴，以洪承疇總督三邊軍務。《明通鑒》卷八二：『是月（秋七月）山西賊復熾。』『黑煞神等及高迎祥、張獻忠，復聚于晉。點燈子亦率六千餘衆東渡山西，過天星諸賊俱自秦來會，共三十六營，衆二十餘萬，而闖將李自成乃因之起。』『先是朝廷得鶴報，言「慶陽賊就撫，散遣俱盡」，旋聞中部陷，久不下，御史謝三賓劾鶴欺罔，謂：「中部之賊寧自天降！」疏下巡按御史吳甡核奏。甡奏「鶴主撫誤國」，上怒，遂逮鶴。尋論戍袁州，以巡撫洪承疇總督三邊軍務。」

明崇禎五年壬申（一六三二）　十六歲

是年二月十六日，孫蕙生。蕙（卒於康熙二十五），字樹百，號笠山，山東淄川人，有《笠陽詩草》、《玉雞堂詩》等；《詩觀》初集卷六收其詩二十三題，二集卷三收二十四題。九月二十日，崔華生。華（卒於康熙三十二年），字蓮生，直隸平山人，有《公餘詠》；《詩觀》二集卷二收其詩十二題。吳興祚生。興祚（卒於康熙三十七年），字伯成，號留村，遼東清河人，有《巡海集》等；《詩觀》初集卷一〇收其詩二題，二集卷八收二題，三集卷二收二十七題。吳農祥生。農祥（卒於康熙四十七年），字慶伯，號星叟，浙江仁和人。《詩觀》三集卷三收其詩三題。朱爾邁生。爾邁（卒於康熙三十二年），字人遠，浙江海寧人，有《玉山堂稿》等；《詩觀》二集卷一一收其詩二題，三集卷八收一題。

是年，河決孟津口。自上年原武決後，海口淤塞，至此伏秋水發，黃淮汎濫，興化、鹽城水患嚴重，海潮又衝激范公堤，軍民及商灶戶死者不計其數，災民流離江北各地。

是年，徐孚遠有《幾社會議初集》、《幾社壬申文選》、《幾社六子詩》諸刻。按：幾社由六人漸擴至百人。初專治舉業，後兼爲詩古文辭。見於《壬申文選》者十一人：夏彝仲允彝、陳臥子子龍、李舒章雯、彭燕友賓、朱宗遠灝、顧偉南開雍、周勒卣立勳、王默西元玄、宋尚木存楠、宋子建存標及徐闇公孚遠。（據杜登春《社事始末》）

明崇禎六年癸酉（一六三三）　十七歲

是年二月初七日，梅文鼎生。文鼎（卒於康熙六十年），字定九，號勿齋，江南宣城人，有《勿庵詩集》；《詩觀》三集卷一二收其詩二題。五月二十五日，閻若琛生。若琛（卒年不詳）字紫琳，山西太原人。《詩觀》二集卷一一收其詩一題。是年徐秉義生。秉義（卒於康熙五十年），字彥和，號果亭，江南昆山人。《詩觀》三集卷一收其詩一題。是年，毛際可生。際可（卒於康熙四十七年）字會侯，號鶴舫，浙江遂安人。《詩觀》二集卷三收其詩二十題。

是年春，張溥南歸至蘇州，於蘇州虎丘召開復社大會，到會者數千人，觀者歎爲前所未見。眉史氏《復社紀略》：『癸酉春，溥約社長爲虎丘大會。先期傳單四出，至日山左、江右、晉、楚、閩、浙以舟車至者數千餘人。大雄寶殿不能容，生公臺、千人石鱗次布席皆滿，往來絲織，游於市者，爭以復社命名，刻之碑額，觀者甚重，無不詫歎，以爲三百年來，從未一有此也。』

九月初三，徐波訪蒼雪大師於中峯禪院。《蒼雪大師行年考略》：『崇禎六年癸酉……秋九月初三，姚現聞偕長子文初及徐元歎過中峯留宿一滴齋。』徐波（一五九〇—一六六三），字元歎，號頑庵，江蘇吳縣人。明亡後居天池，構落葉庵，以枯禪終。有《徐元歎先生殘稿》、《天池落木庵存詩》等。波與釋讀徹等交往。錢謙益、王士禛均稱其詩。《詩觀》二集卷一收徐波詩四題。釋讀徹（一五八八—一六五六），字蒼雪，原姓趙氏，雲南呈貢人，蘇州中峰寺僧，有《南來堂詩集》等。錢謙益撰《蒼雪法師塔銘》述其事蹟甚詳。《詩觀》二集卷一收讀徹詩六題。

明崇禎七年甲戌（一六三四）　十八歲

是年，鄧漢儀仍居蘇州。

閏中秋日，林雲鳳（若撫）訪釋讀徹於中峯禪院，留宿山中。《蒼雪大師行年考略》：『崇禎七年甲戌……秋閏中秋日，林若撫（雲鳳）、陳季采過訪留宿山中。』黃宗羲《思舊錄》：『林雲鳳，字若撫，長洲人，詞人之耆舊也。是時南中詞人汪遺民（逸）有《鍾伯敬批評集》，張隆甫有《朱（之蕃）張唱和集》，閔士行（景賢）有《快書》，皆與余往還，而若撫最親，贈余詩亦最多。吳子遠（道凝）、周元亮（亮工）與余同庚，若撫因作詩，有「誰家得種三株樹，老我如登羣玉峯」。流傳詩社。其後出處殊途，元亮猶寫此詩以見寄。若撫寓報恩寺，余與之登塔九重及游城南七十二寺，皆有詩唱和。』中峯禪院，即蘇州支硎山中峯寺。北宋《吳郡圖經續記》：『報恩山，一名支硎山，在吳縣西南二十五里。昔有報恩寺，故以名云。所謂南峯、東峯，皆其山之別峯也。今有楞伽、天峯、中峯院建其旁。』《詩觀》二集卷四收林雲鳳詩。

冬，鄧漢儀訪尹子求（伸）先生於蘇州胥門。《慎墨堂筆記》云：『甲戌冬，余訪尹子求（伸）先生於胥門舟中。先生出《東遊草》見贈。』尹仲，字子求，號星鹿、康樂堂等，明末宜賓人。

是年正月二十二日，曹貞吉生。貞吉（卒於康熙三十七年），字升六，實庵，山東安丘人，康熙三年進士，授內閣中書，官至禮部員外郎。有《珂雪集》、《朝天集》等；《詩觀》初集卷三收其詩十四題，二集卷六收六題，三集卷八收十九題、卷九收二十二題、卷一三收一題。正月二十六日，宋犖生。犖（卒於康熙五十二年），字牧仲，號漫堂、綿津山人，河南商丘人，有《柳湖草》、《古竹園詩》等；《詩觀》二集卷一一收其詩一題，三集卷七收十題。閏八月二十八日，王士禛生。士禛（卒於康熙五十年），字子真，貽上，號阮亭、漁洋山人，山東新城人。有《阮亭詩鈔》等；《詩觀》初集卷七收其詩二十八題，二集卷三收十題，三集卷二收二十四題。九月十四日，徐元文生。元文（卒於康熙三十年），字公肅，號立齋，江南昆山人。《詩觀》初集卷四收其詩一題。是年，高層雲生。層雲（卒於康熙二十九年），字二鮑，號謖園，江南華亭人。《詩觀》二集卷六收其詩二題，三集卷三收三題。

是年，趙開心中進士。開心，明萬曆三十八年庚戌九月初五日生，清康熙三年甲辰卒，字靈伯，號洞門、簷篔，長沙縣人。（《清史稿》卷二四四、同治《長沙縣志》人物一）。《詩觀》二集卷二收其詩二題。戴明說中進士。明說（？—一六六〇），字道默，號巖犖，直隸滄州人，有《定園詩集》；《詩觀》初集卷四收其詩二十二題。好友龔鼎孳中進士。鼎孳（一六一五—一六七三），字孝升，號芝麓、定山，江南合肥人，有《尊拙》、《香岩》、《春帆》諸集；《詩觀》初集卷二收其詩七十題。

是年，清兵入上方堡，攻宣府，威脅京師。《明通鑒》卷八四：『秋七月，壬辰，大清兵入上方堡，至宣府。』『辛丑，京師戒严。』

明崇禎八年乙亥（一六三五）　十九歲

是年，鄧漢儀補吳縣博士弟子員。沈龍翔《鄧徵君傳》：『徵君姓鄧氏，名漢儀，字孝威，號舊山……十九歲補吳縣博士弟子員。』王揆、王撰同補太倉博士弟子員。據王寶仁《奉常公年譜》卷二。

是年正月初一日，王攄生。王攄，字虹友，太倉王時敏第七子（王寶仁《奉常公年譜》卷二），有《步簷集》；《詩觀》初集卷一〇收其詩一題。正月二十四日，李天馥生。天馥（卒於康熙三十八年），字湘北，號容齋，江南合肥籍，河南永城人，有《容齋新舊稿》、《容齋詩》等；《詩觀》初集卷一收其詩六十題，二集卷九收三十題，三集卷七收二十題。五月二十三日，田雯生。雯（卒於康熙四十三年），字綸霞，號漪亭，山東德州人。有《亦政堂詩集》、《山薑書屋詩稿》等；《詩觀》二集卷九收其詩二十七題，三集卷四收二十三題。六月二十九日，李良年生。良年（卒於康熙三十三年），字武曾，浙江嘉興人，有《秋錦堂集》等；《詩觀》初集卷一〇收其詩一題，二集卷七收一題、卷一二收六題，三集卷四收十五題。是年，王又旦生。又旦（卒於康熙二十四年），字幼華，號黃湄，陝西合陽人，有《山中集》、《蔚庵詩》等；《詩觀》初集卷六收其詩三題，二集卷五收五題，三集卷二收七題。曹申吉生。申吉（卒於康熙十九年），字澹餘，號逸庵，山東安丘人，順治十二年進士。有《杜鵑亭稿》等；《詩觀》初集卷六收其二十二題，三集卷九收五十一題。江皋生。皋（卒於康熙五十四年），字在湄，號磊齋，江南桐城人，有《越閩遊草》；《詩觀》初集卷一一收其詩二題。

是年，明廷詔洪承疇、盧象昇分討流賊。（《明史》）

明崇禎九年丙子（一六三六）　二十歲

是年，邢昉與江寧顧夢游（與治）、桐城方文（爾止）、震澤葛震父、姑蘇楊曰補、吳江史弱翁、四明薛千仞等數十人結社秦淮。（據《邢孟貞先生年譜》）萬年少壽祺亦開文社於金陵，數爲大會。與會者沈眉生（壽民）、冒辟疆（襄）、劉伯宗（城）、陳則梁（梁）、張公亮（明弼）、呂霖生（兆龍）、劉魚仲（履丁）、張芑山（自烈）、顧子方（杲）、侯雍瞻（岐曾）、方密之（以智）、孫克咸（臨）、沈昆銅（士柱）、麻孟璿（三衡）、梅惠連（之煐）、劉湘客（湘）、周勒卣（立勳）、李舒章（雯）、顧偉南（開雍）、徐闇公（孚遠）、宋子建（存標）、陳百史（名夏）、陸子玄（慶曾）等。（冒襄《吳樓山先生集序》）

十月十四日，閻若璩生。若璩（卒於康熙四十六年），字百詩，號潛丘，江南山陽籍，山西太原人，有《眷西堂詩集》；《詩觀》二集卷一二收其詩一題，三集卷一一收二題。是年，徐釚生。釚（卒於康熙四十八年），字電發，號虹亭、拙存，江南吳江人，順治監生，舉康熙十八年己未博學宏詞，授翰林院檢討，兼修明史。有《南州草堂集》等；《詩觀》二集卷六收其詩五題。汪楫生。楫（卒於康熙三十八年），字舟次，號悔齋，江南休寧人，揚州籍，再遷江南儀真，有《山聞集》等；《詩觀》二集卷五收其詩三十題，三集卷一收四題。

是年，吳偉業主試湖廣。

沈奕琛中舉。奕琛（一六一三—？），字石友，貴州普安籍，高郵人。《詩觀》初集卷一〇收其詩一題，二集卷一一收其詩一題。

四月，皇太極即皇位，國號大清，改元崇德。《明通鑑》卷八五：『是歲，夏四月，大清太宗文皇帝建國號曰大清。改元崇德元年。』《明季北略》卷一二：『天聰自天啟七年丁卯爲元年，至今歲丙子止，凡在位十年。是歲，崇德立，即改元崇德元年，實爲丙子歲，即清之天聰十年，明之崇禎九年也。』

十月，關中農民起義軍以高迎祥死而擁李自成爲闖王。《明通鑑》卷八五：『關中賊以高迎祥死，復推李自成爲闖王，連犯階、徽、汧、隴、鳳翔。於是自成、獻忠分寇西南，各爲雄長矣。』

明崇禎十年丁丑（一六三七） 二十一歲

約於是年，鄧漢儀與宮偉鏐開始以詩文相交。偉鏐（一六一一—？），字紫陽，一字子元，號紫懸、組弦，江南泰州人，崇禎十六年進士，有《采山外紀》、《前入燕詩》等；《詩觀》初集卷八收其詩十三題。《詩觀》三集卷九宮鴻曆詩後附云：『余與紫陽先生以文事相切劘者五十年，而聯聲氣、倡風雅，則於海陵有手辟蠶叢之功焉。』宮鴻曆詩選入《詩觀》三集卷九當在康熙二十六年。

是年正月二十日，李彥瑁生。彥瑁（卒於康熙五十二年），字輯五，號華西，陝西三原人。《詩觀》二集卷一二收其詩一題。五月二十五日，王潔生。潔（卒於康熙三十年），字汲公，號洧盤，直隸大興人，有《幽居山房稿》；《詩觀》二集卷一一收其詩一題。七月初五日，邵長蘅生。長蘅（卒於康熙四十三年），字子湘，江南武進人，有《青門集》；《詩觀》二集卷九收其詩二題。十二月十六日，張英生。英（卒於康熙四十七年），字敦復，號夢徵、樂圃，江南桐城人。《詩觀》二集卷九收其詩一題。是年，韓菼生。菼（卒於康熙四十三年），字元少，號葭人、慕廬，江南長洲人。《詩觀》二集卷六收其詩一題，三集卷一收一題。秦松齡生。松齡（卒於康熙五十三年），字漢石，一字次椒，號留仙、對岩，江南無錫人，順治十二年三甲進士。康熙十八年己未舉博學宏詞，官至左春坊左諭德。告归里居二十年，詩酒唱和并专心于《毛詩》，亦工詞。有《蒼峴山人集》等；《詩觀》初集卷一一收其詩三題。嵇永仁生。永仁（卒於康熙十五年），字留山，江南無錫人。《詩觀》初集卷四收其詩一題。

是年，陳之遴中一甲二名進士。之遴（一六〇五—一六六六），字彦升，號素庵，浙江海寧人，有《浮雲集》等；《詩觀》二集卷四收其詩五題，三集卷一收其詩四題。曹溶中進士。溶（一六一三—一六八五），字潔躬、鑒躬，號秋嶽，浙江秀水人，有《靜惕庵詩集》等；《詩觀》初集卷五收其詩八題，二集卷一收三題，三集卷三收十二題。同舉進士者尚有夏彝仲允彝、陳臥子子龍。

明崇禎十一年戊寅（一六三八）　二十二歲

是年冬，女詩人吳山卜居石城。《詩觀》初集卷一二云：『戊寅冬，（吳山）始卜居石城清溪間……無何，江東亂，幾致覆巢。』

是年，吳苑生。苑（卒於康熙三十九年）字楞香，號鱗潭、鹿園，江南歙縣人。《詩觀》三集卷六收其詩十五題。葉映榴生。映榴（卒於康熙二十七年），字炳霞，號蒼岩、絳岩，江南華亭人。《詩觀》二集卷二收其詩一題。

七月，明逆案阮大鋮居南京，與革職巡撫馬士英同謀起用，復社諸生黃宗羲、顧杲、楊廷樞、沈士柱等一百四十人列名公佈《留都防亂揭》，攻擊馬、阮。馬、阮懼而斂跡。陳貞慧《書事七則·防亂公揭本末》：『崇禎戊寅，吴次尾有留都防亂一揭，公討阮大鋮。』《小腆紀傳》卷六二：『阮大鋮，字圓海，懷寧人。萬曆丙辰與馬士英同年中會試。有才藻，機敏猾賊……皖中被寇，大鋮乃避居秦淮，傾資延納遊俠，選事之流多附之。談兵説劍，坐客常滿。比邊警日急，希將以邊才召也。時金壇周鑣，無錫顧杲，長洲楊廷樞，貴池吴應箕，蕪湖沈士柱，餘姚黄宗羲，鄞縣萬泰等，皆復社名宿，聚講南京，惡之甚，草《留都防亂揭》逐之，列名百四十人。大鋮懼，始閉門謝客，獨與戍籍馬士英爲莫逆交。』『馬士英，字瑶草，貴陽人。萬曆丙辰會試中式，又三年成進士……擢右僉都御史，巡撫宣府。任事甫一月，檄取帑金數千兩，饋遺朝貴，爲鎮守太監王坤所發，削職遣戍。時阮大鋮以逆案失官，與士英爲同年生，同寓南京。相結甚歡。周延儒之内召也，大鋮要以援己，謝不能，則舉士英屬之。』

九月，清兵攻明，北方軍事形勢緊張。清多爾袞、岳託等分路從牆子嶺（在今北京密雲東北）、青山口（在遷安東北）入長城。京師戒嚴。《明通鑒》卷八六：『（戊寅）九月辛巳，大清兵入塞，分道至牆子嶺、青山口。』『癸未，京師戒嚴。』

明崇禎十二年己卯（一六三九）　二十三歲

是年，鄧漢儀於白門應鄉試未售。《詩觀》二集卷一四黄虞稷詩後，談到與黄虞稷之父交往時云：『己卯予應南闈試，尊人海鶴先生爲國子助教，曾登龍御李，距今四十餘年矣。』《慎墨堂筆記》謂：『己卯，余應試白門，過李如轂（吴滋）憲副園，因留余飲，出扇作詩贈行。』但漢儀是科未中。《慎墨堂筆記》又記云：『余己卯下第歸，嘗過延仲飲。』按：吴延仲，字伯允。黄宗羲亦赴金陵應解試。黄宗羲《陳定生墓志銘》：『崇禎己卯，金陵解試。』

是年秋，萬壽祺至南京，與姜如須（垓）、程穆倩（邃）等交遊聯吟。（羅振玉《萬年少先生年譜》）

是年，吴偉業升南京國子監司業。

是年正月十一日，李符生。符（卒於康熙三十八年，原名李符遠），字分虎，號耕客、桃鄉，浙江嘉興人。《詩觀》三集卷七收其詩二題。五月二十日，閻中寬生。中寬（卒於康熙四十九年），字公度，號易庵，直隸蠡縣人。《詩觀》三集卷一二收其詩二題。陳廷敬生。廷敬（卒於康熙五十一年，原名陳敬），字子端，號説岩，山西澤州人，有《參野集》、《奉使詩》等；《詩觀》二集卷三收其詩十一題，三集卷七收二十題。嚴曾榘生。曾榘（卒於康熙三十九年），字方貽，號柱峯，浙江餘杭人，《詩觀》初集卷四收其詩一題。崔徵璧生。徵璧（卒於康熙五十四年），字祀功、文宿，號方厓，直隸長垣人。《詩觀》二集卷一一收其詩一題。

是年，吳山濤中式舉人。山濤（一六二四—一七一〇），字岱觀、寒松，浙江仁和籍，歙縣人，《詩觀》初集卷六收其詩一題。按：山濤事蹟見清雍正十三年刻本《西湖志》卷二一。杜濬中式副榜貢生。濬（一六一一—一六八七），字于皇，號西止、茶村、半翁，湖廣黄岡人，有《變雅堂集》等；《詩觀》初集卷一收其詩四十五題，二集卷一收八題、卷九收十七題，三集卷六收七題、卷一〇收六題。

正月，以洪承疇督薊遼，五月張獻忠叛於穀城，下熊文燦獄，以楊嗣昌代之。（《通鑒輯覽》）

明崇禎十三年庚辰（一六四〇）　二十四歲

是年，鄧漢儀游鹿城，訪朱隗。《慎墨堂筆記》云：『庚辰訪朱隗雲子於鹿城旅次。雲子時有《詩家平論》之選，極談詩指深爲雋上。』按：朱隗（生卒年不詳），字雲子，室號咫聞齋，長洲人。明天啟六年與張溥等結應社，崇禎十一年列名留都防亂公揭。入清後隱居。《詩觀》二集卷四收其詩一題。

是年，鄧漢儀有詩贈黄居中。居中（一五六二—一六四四），字明立，又字坤吾，號海鶴，晉江安海（今福建泉州）人。明萬曆十三年舉人，授上海縣教諭，遷南京國子監丞，遂舉家遷居金陵（今江蘇南京）。明末著名藏書家，著有《千頃齋藏書目録》等。《慎墨堂筆記》：『閩中黄明立先生爲南雍丞，居金陵，老而好學不倦，人士宗之。余曾有詩寄懷云：「屐聲秋欲冷，各各見無緣。遠望長干道，頻思叔度賢。江深寒到夢，春淺樹如烟。曾有青溪約，因風欲放船。」蓋庚辰年作也。』又云：『今其令嗣虞稷俞邰，博覽能世其家學，余曾向宛陵沈泌方鄴言，欲訪之金陵，尚未果。』

是年臘月，鄧漢儀入南京陽山，宿箭闕僧寮。《慎墨堂詩話》：『庚辰臘月，余冒雨入陽山，宿箭闕僧寮。山塢梅開，橫斜可愛，爲之徘徊不能去。』

是年，徐崧（松之）始與釋讀徹訂交。《百城烟水》：『崇禎末，余偕弱翁文將掌文訪靈均，留止數日，遂與靈均偏遊。始晤蒼、汰二公於華嚴講期中。』

是年正月，顔光敏生。光敏（卒於康熙二十五年），字修來，號德園，山東曲阜人，顔子六十七世孫。康熙六年丁未科進士，授國史院中書舍人，歷官禮部主事、吏部郎中，有《樂圃集》、《舊雨堂集》等；《詩觀》二集卷七收其詩一題、卷一一收四題，三集卷七收八題。正月初七日，吴之振生。之振（卒於康熙五十六年），字孟舉，浙江石門人。《詩觀》二集卷一一收其詩三題，三集卷六收三題。九月二十五日，許孫荃生。孫荃（卒於康熙二十七年），字生洲，號四山，江南合肥人，有《祖香庵詩》、《華嶽集》等；《詩觀》二集卷九收其詩十二題，三集卷七收十二題、卷一三收十七題。是年，汪懋麟生。懋麟（卒於康熙二十七年），字季角，號蛟門，江南江都人，有《百尺梧桐閣集》；《詩觀》初集卷一〇收其詩九題，二集卷二收十八題。鮑夔生生。夔生（卒於康熙三十年），字子韶，江南歙縣人，家贛州，有《江上集》；《詩觀》初集卷一一收其詩一題。

是年，黄周星中進士。周星（一六一一—一六八〇），字九烟，湖廣湘潭籍，江寧人，有《夏爲堂詩》等；《詩觀》初集卷一〇收其詩一題，二集卷一二收二題。梁以樟中進士。以樟（一六〇八—一六六五）（王源《梁鶴林先生墓表》），字公狄，號鷦民，直隸清苑人，有《印否集》；《詩觀》初集卷八收其詩一題，二集卷一收三十題。高承埏中進士。承埏（一六〇二—一六四七），字寓公，鴻一，浙江秀水人，有《稽古堂集》；《詩觀》二集卷九收其詩九題。方以智、周亮工、孫廷銓、來集之、彭而述、姜垓、趙進美等中進士。

是年，王一翥舉孝廉。《慎墨堂筆記》：『黄岡王一翥子雲，舉庚午孝廉，性孤迴，不輕與俗合。庚辰上公車，半道而返。龔孝升時爲蘄水令，訝問之，曰：「今韓城作會試主考，我可爲其門下士耶。」』《詩觀》二集卷一收其詩二題。

九月，李自成入河南，饑民爭附。《明季北略》卷一六：『時河南大饑，饑民所在爲盜，自成自鄖、均走伊、洛，饑民從者數萬，勢復大振。』

明崇禎十四年辛巳（一六四一）　二十五歲

春，鄧漢儀遇眉史於蘇州半塘。後眉史歸南京，因亂離而不得書問。《慎墨堂筆記》：『余於辛巳小春遇眉史於半塘，後歸白門。中阻亂離，不得書問者七年矣。』

是年，葉舒崇生。舒崇（卒於康熙十八年），字元禮，號宗山，江南吳江人。《詩觀》初集卷六收其詩二題，二集卷一一收一題。

是年五月，張溥卒。眉史氏《復社紀略·總綱》：『（辛巳）十四年……五月，張溥卒。』

正月，李自成圍河南，殺福王。大學士楊嗣昌以剿『寇』不力而畏罪自殺。查繼佐《罪惟錄》帝紀卷之十七：『崇禎十四年辛巳春正月，賊自成以衆圍河南。時城守多故所降賊，輒內應，執副使王應昌，開門入賊。福王常洵及世子由崧逃，士民死者數十萬。福王被跡，見害。』『辛巳三月初二丙子，嗣昌在荊，聞變，慚憤自縊於軍。時河南已陷，福王遇害，嗣昌度不免，遂自盡。』

崇禎十五年壬午（一六四二）　二十六歲

鄧漢儀與如皋冒襄，無錫唐德亮、黃傳祖，武進董文驥，江寧白夢鼎、白夢鼐，浙江陸圻、查繼佐，福建余懷，湖廣杜濬等在蘇州，參與虎丘集會。《社事始末》云：『復社自己巳至辛巳十三年中，凡三大會。至西銘之變，海內會葬者萬人。壬午之春，又大集於虎阜。維揚鄭超宗先生元勳，吾松李舒章先生雯爲之主盟。桐城方密之先生以智，伊弟其義字直之，孫振公先生中麟，合肥龔孝升先生鼎孳，溧陽陳百史先生名夏，宋其武先生之繩，江右曾庭聞先生傳燈，武林登樓諸子如：嚴子岸先生灝、嚴子問先生津、嚴子餐先生沆、吳錦雯先生百朋、陸麗京先生圻、陸鯤庭先生培、陳元倩先生朱明、吳岱觀先生山濤，禹穴張登子先生陛及錦雯之徒丁子澎飛濤，海鹽范文白先生驤、查伊璜先生繼佐、彭仲謀先生孫貽，嘉興陳子木先生恂、徐亦于先生郴臣、曹秋岳先生溶，秦中韓聖秋先生詩、楚中杜于皇先生濬，白下郭臥侯先生亮、余澹心先生懷、鄧孝威先生漢儀、葉天木先生舟、白夢調先生夢鼎、白仲調先生夢鼐，武進唐采臣先生德亮、戚价人先生藩、董玉虬先生文驥，維揚冒辟疆先生襄，吳門黃心甫先生□□（按：當爲『傳祖』）暨前所稱諸先生之子弟、雲間之後起皆與焉。』

是年，漢儀與韓孟小同遊南京燕子磯畔弘濟寺。《吳陵國風》收鄧漢儀《舟泊燕子磯重遊宏濟寺有懷韓孟小同社》，原詩題下鄧漢儀注云：『壬午同予遊此寺。』韓孟小：生平事蹟不詳，方文《嵞山集》卷一《題韓孟小母氏卷》云：『我友韓伯子，天懷本淵懿。事親以孝聞，宗黨稱其義。』

是年正月初七日，王頊齡生。頊齡（卒於雍正三年），字顓士，號瑁湖，江南華亭人。《詩觀》三集卷三收其詩三題。正月初七日，周綸生。綸（卒年不詳），字鷹垂，江南華亭人，有《石樓刪稿》；《詩觀》初集卷六收其詩五題。二月初四日，喬萊生。萊（卒於康熙三十三年），字子靜，號石林、石柯，江南寶應人，有《南歸詩》等；《詩觀》二集卷三收其詩九題，三集卷五收六題。是年，張玉書生。玉書（卒於康熙五十年），字素存，號潤浦，江南丹徒人，有《力行齋稿》等；《詩觀》初集卷四收其詩一題，二集卷七收十二題，三集卷二收一題。

是年，姜希轍中式舉人。希轍（？—一六九八），字定庵，浙江會稽人，有《雨水亭餘稿》；《詩觀》二集卷一收其詩二十題，三集卷六收一題。冒襄中副榜。襄（一六一一—一六九四），字辟疆，一字巢民，號樸庵，江南如皋人。與方以智、陳貞慧、侯方城爲『四公子』。明亡後，隱居不出，著有《樸巢詩集》；《水繪園集》等；《詩觀》初集卷四收其詩十四題。

三、四月中，李自成攻佔河南黃河以南大部分城邑。九月，決黃河灌開封城，城壞。張獻忠五月破廬州，十一月破太湖、無爲。

二月，清兵破松山，巡撫丘民仰，總兵曹變蛟、王廷臣死。洪承疇被俘，旋降。三月，祖大壽以錦州降清。十一月，清兵大舉入塞。《明季北略》卷一八：『十五年十一月，清兵大舉入塞，二十四日庚寅，入薊州。』

崇禎十六年癸未（一六四三）　二十七歲

是年，宋之繩中一甲二名進士。之繩（一六一二—一六六九），字其武，號紫雪，江南溧陽人。明崇禎十六年一甲二名進士，入清官至江西布政司參議。有《載石堂詩稿》等；《詩觀》初集卷八收其詩二題。按：計東《改亭集》卷一六有其《行狀》，其《詩稿》附有《柴雪自訂年譜》，《漁洋山人感舊集》卷四、《皇明遺民傳》卷六等有傳。陳名夏舉會試第一、廷試第三，累遷戶、兵二科都給事中。名夏（一六〇五—一六五四），字百史，江南溧陽人。明崇禎十六年一甲三名進士。有《石雲居詩集》等；《詩觀》二集卷一二收其詩一題。王崇簡八月會試中式第一百四十五名，殿試三甲二百八十二名。是年，李呈祥中進士。呈祥（一六一七—一六八七），字其旋、吉津，號木齋、東村，山東沾化人。《曲江》、《唐城》二稿及《乙卯南遊稿》等；《詩觀》初集卷四收其詩四題，二集卷三收三題。成克鞏中進士。克鞏（一六〇八—一六九一），字子固，號青（一作『清』）壇，直隸大名人。《詩觀》二集卷九收其詩一題。高珩中進士。高珩（一六一二—一六九七），字蔥佩，號念東，別署紫霞道人，山東淄川人，有《棲雲閣詩》等；《詩觀》初集卷一收其詩二題。嚴正矩中進士。正矩（一六一〇—？），字方公，號絜庵，湖廣孝感人，有《芸暉堂詩集》等；《詩觀》初集卷六收其詩二題。

八月，清太宗卒。禮親王代善等奉太宗子福臨嗣位，是爲世祖。

十月，李自成破潼關，旋破西安，改長安，號西京。

明崇禎十七年清順治元年甲申（一六四四）　二十八歲

是年正月，李自成在西安稱王，國號大順，年號永昌。二月，大順軍入山西，破太原等地。三月十九日，攻破北京城，崇禎帝自縊死，明亡。五月，清兵入北京，李自成西走。馬士英、史可法等擁立福王朱由崧於南京繼統，改元弘光，建南明政權。十月，清世祖即皇帝位，定鼎北京。

五月二十一日，崇禎帝亡之哀詔到池州，吳應箕等哭於郊野。

是年，朱隗（雲子）選刻《明詩平論》選及釋讀徹詩。釋讀徹詩集有《朱雲子明詩平論選及拙作》詩。

約於是年，鄧漢儀放棄吳縣諸生籍。

吳鑽姬、黃家瑞、馬鳴騄在揚州倡義社，邀鄧漢儀共事，不果。（《慎墨堂筆記》）

是年，孫在豐生。孫在豐（一六四四—一六八九），清同治十三年刊本《湖州府志》卷七〇《人物傳》列傳七：『孫在豐，字屺瞻，德清籍，世家歸安之菱湖。康熙九年一甲二名進士，授翰林院編修。』『二十二年擢內閣學士兼禮部侍郎，調掌院學士，遷工部左侍郎兼翰林院學士銜。二十六年，上念淮揚鹽城、興化諸縣當河下衝，民苦昏墊，慨然欲修治之。命在豐赴淮揚開濬河口，鑄給監修下河工部印。』『雋秩，授翰林院侍讀學士，已而仍遷內閣學士兼禮部侍郎。卒年四十有六。』『著有《扈從筆記》、《東巡日記》、《下河集思錄》、《尊道堂詩文》各若干卷。』《詩觀》三集卷一收其詩三十五題。　吳雯生。雯（卒於康熙四十三年），字天章，號蓮洋，山西蒲州人，有《蓮洋詩》等；《詩觀》初集卷一〇收其詩一題，二集卷六收二題，三集卷四收十六題。

清順治二年乙酉（一六四五）　二十九歲

是年五月，清豫王兵至南京，南都遂破。忻城伯趙之龍、魏國公徐允爵、大學士王鐸、禮部尚書錢謙益等迎降。（《通鑑輯覽》、《明通鑑》）

吳應箕起兵於泥灣，爲清兵所執，不屈死於石灰沖。（劉世珩《劉先生年譜》）

是年，丁日乾中舉進京，鄧漢儀有詩相贈。《慎墨堂詩拾》卷七有鄧漢儀《乙酉聞丁漢公登賢書將從白門入燕賦此寄贈》七絕四首。其一云：『風流才藻世無雙，新載雄文過大江。更報燕姬春酒熟，待郎繫馬醉銀缸。』阮元《淮海英靈集》二十二卷（清嘉慶三年小琅嬛仙館刻本）之卷一：『丁日乾，字謙龍，號漢公，泰州人。順治乙酉舉人。』

夏，劉孔中爲揚州牧，成立詩社課士，常招鄧漢儀等飲酒賦詩。鄧漢儀師事劉孔中，並深爲其賞識。《退庵筆記》卷六：『公名孔中，濟南長山人。崇禎相劉鴻訓之子。公順治二年任，本朝州有牧自公始，州有詩選亦自公始。《州志・名宦》稱「公創吳陵社課士，刻有《吳陵詩選》」是也。』劉孔中《官梅集序》：『余以己酉來蒞吳州……余因采風而人士輩出，貼經之餘，吟望不輟。余亦不能開何遜之閣，設孔融之尊，然竊有願焉。戶外之屨，亦遂幾滿。而鄧子孝威則拔其尤者歟？鄧子姿才敏贍，妙絶時人。每清風朗月，坐余弦酒官梅之下，風流轉佳，引人著勝。』（《官梅集》卷首）

六月，彭士望攜家眷由南昌避地南下至寧都，在寧都與魏叔子相遇且『立談定交』。是年，魏叔子二十二歲。彭士望（一六一〇—一六八三），本姓危，字躬庵，又字達生，江西南昌人。『易堂九子』之一，著作有《手評通鑒》、《春秋五傳》、《恥躬堂詩文集》、《恥躬庵文鈔》等；《詩觀》初集卷一〇收其詩一題、二集卷六收一題。陸麟書《彭躬庵先生傳》（《恥躬庵文鈔》卷首附，清咸豐二年刻本）：『閣臣史可法督師揚州，招士望，時斌元亦先在。士望至，則進奇策，請用高左兵夾攻，清君側之惡，斌元助之。可法駭曰：「君年少氣鋭，果爾得爲純乎？」由是憚兩人，兩人辭歸。時乙酉歲四月也。六月金聲桓入南昌，士望挈妻子走建昌，因之寧都依魏禧，居翠微峯巔。』《恥躬庵文鈔》（清咸豐二年刻本）卷七《魏叔子五十一序》云：『憶予乙酉六月自南昌攜儷停許灣，身三駕寧都。』與魏叔子相見後，叔子『攜持入小東園，語不可斷』。『比夜漏下三十刻，予曰：「定矣，吾決攜家就子矣。」』《魏叔子文集》卷一一《彭躬庵七十序》：『余乙酉年二十二，交躬庵先生，至今三十五年如一日……初，先生以福清林退庵言知予，立談定交，決計與朱用霖攜妻子相就。』

閏六月十一日，徐汧於蘇州死難。徐汧，字九一，號勿齋，江南長洲人。崇禎戊辰劉若宰科進士，改庶吉士。屢遷官至右春坊右庶子，充日講官。《南雷學案》卷四《詹事徐九一先生》：『及南京再亡，虜兵攻破蘇州，下令薙髮。先生誓曰：「矢不以被髮屈膝之身見先人於地下！」且作書戒其子，肅衣冠，北向稽首，投虎丘新塘橋下。閱三日，顏色如生，郡人赴哭者數千人。時弘光元年乙酉閏六月十一日也。』《愼墨堂筆記》：『乙酉，大兵至姑蘇，徐宮詹汧於六月初六日繞行尹樹堂中，惟曰：「三百年綱常，一身名節。」既而曰：「綱常名節，總不必言，只此心難昧耳。」又六日，自沈於虎丘新塘橋河而死。』乙酉即清順治二年乙酉，西元一六四五年。

《詩觀》二集卷一收徐汧詩一題。

八月，江南抗清義師潰敗，萬壽祺被執，囚繫兩月脫，歸江北。陳名夏避仇北行，清廷授修撰，尋擢吏部侍郎。陳乃乾《蒼雪大師行年考略》：『順治二年乙酉……八月，江南義師潰，萬年少被執，囚繫兩月脫，歸江北。陳百史避仇北行，清廷授修撰，尋擢吏部侍郎。』

冬，鄧漢儀侯汸爲釋讀徹所救。《蒼雪大師行年考略》：『順治二年乙酉……清兵破蘇州，師（釋讀徹）避跡喝獅窩，冬仍歸……嘉定侯記原（汸）避兵入中峯依師（釋讀徹）。』侯汸：侯震暘之孫，汸字彥直，一字記原，明諸生，侯岐曾長子，其與弟侯洵、侯浤皆爲復社成員。《詩觀》二集卷八收其詩一題。汪琬《侯記原墓志銘》：『嘉定前左通政侯峒曾既以城陷，不屈死，其子演、潔皆從死。已其弟太學公又以事被執。太學家子柜圃府君與通政公幼子瀞適在他所，故不及於禍。不移日而名捕瀞之令下，君不暇顧家，竟挾瀞以逃，達于支硎之中峯。訛言追者將至，瀞大懼，欲歸就死。君持之泣曰：「不可！女死，我世父目不瞑矣。女速行，吾代汝死！」立遺瀞而身登小舟，攜酒痛飲。解其腰間金以與舟人，揮之去。乃大書瀞姓名於衣襟殆遍，躍入水。自分必死矣。會有泅而拯之者。出水良久始蘇。士人詢知其故，歎曰：「此忠義家也！盍留故衣水次，儻有追者，當以示之，紿令求屍水中耳。」君從其言，易服夜走。吳山有老僧薙君髮，更其名一正。授以缽曰：「女勿留此，吾誓不女泄也。」復至中峯。中峯僧匿之。而瀞亦薙髮亡命，間道渡江，匿於揚之天寧寺矣。事甫定，君母弟掌亭先生跡知君在所，遺書勸君還，君乃謝中峯僧，變姓名往來昆山、常熟間。』

是年五月初九日，彭定求生。定求（卒於康熙五十八年），字勤止、凝祉，號訪濂、省軒，江南長洲人，有《南鳩鳴和》等；《詩觀》二集卷一三收其詩二題。八月初三，王鴻緒生。鴻緒（卒於雍正元年），原名度心，字季友，號儼齋，江南華亭人。《詩觀》二集卷一一收其詩二題。王掞生。掞（一六四五—一七二八），字藻儒，號顓庵，江南太倉人。《詩觀》二集卷六收其詩一題。高士奇生。士奇（卒於康熙四十二年），字澹人，號瓶廬、江村，浙江錢塘人，有《蔬香集》；《詩觀》二集卷七收其詩七題，三集卷七收四題。衛既齊生。既齊（卒於康熙四十年），字爾錫，號伯嚴，山西猗氏人；《詩觀》二集卷一一收其詩一題。王吉武生。吉武（卒於雍正三年），字憲尹，號冰庵，江南太倉人。《詩觀》初集卷一一收其詩一題。吳之騄生。之騄（卒於康熙五十五年），字耳公，號達庵，江南儀真籍，歙縣人，有《芝瑞堂詩》；《詩觀》二集卷四收其詩九題。魏世傑生。世傑（卒於康熙十六年），字興士，江西寧鄉人。《詩觀》二集卷一一收其詩二題。

女詩人張昊生。昊，字玉琴，號槎雲，錢塘人，孝廉壇女，祖望妹，舉人胡大瀠室。有《趨庭詠琴樓合稿》；《詩觀》初集卷一二：『昊字槎雲，浙江錢塘人，孝廉張步青諱壇之長女也……癸卯年十九，歸胡生名大瀠字文漪者，倡和極諧。』癸卯年即康熙二年，由此推知，張昊生於順治二年乙酉。

是年，女詩人黃媛介遭亂後，轉徙於蘇州和金陵。《詩觀》初集卷一二云：『媛介，字皆令，浙江嘉興人，楊世功之配也。產自清門，兄姊皆好文章，皆令遂嫻詩詞，且工畫。吳祭酒梅村曾制《鴛湖閨詠》四章贈之。乙酉遭亂，轉徙吳閶，羈白下。』

是年劉儀恕中式舉人。儀恕（生卒年不詳），字喻人，號推庵，陝西涇陽人。有《琅函近稿》。《詩觀》二集卷一二收其詩九題。

清順治三年丙戌（一六四六）　三十歲

夏葉襄（字聖野）與鄧漢儀於蘇州相交。二人論詩極合，對鍾惺、譚元春《詩歸》不錄元微之《連昌宮詞》和白樂天《長恨歌》提出異議。《慎墨堂筆記》云：『葉襄，字聖野，曾刻《紅藥堂詩》行世。與余論詩極合。丙戌訪余吳趨，語余云：「元微之《連昌宮詞》、白樂天《長恨歌》皆唐人極有關係詩，而鍾、譚不錄，所以爲舛。」』葉襄丁亥年之《序官梅集》云：『客夏鄧子孝威來吳門，訪余於采山別墅，意況慘悴。兩人各出袖中詩讀之，不禁淚淫淫欲下也。迨別去寒暑載離，而孝威以《官梅》一編見寄，江楓朗月，把誦徘徊，寧無情之概於中耶？』

秋，龔鼎孳自京師扶服南還。龔鼎孳有《丙戌秋扶服南還抵清源則已爲中秋前二日……》（《定山堂詩集》卷三三）

冬，與何煜相晤。《吳陵國風》有鄧漢儀《贈別何寤明》詩，原詩題下注云：『寤明聞聲最久。丙戌冬乃僅一晤，各道相思，旋以送秋浦姬人，南棹惜別，悤悤賦此以道意。』按：何煜，字瘖明，江南青陽人。明末遺民，有《雙柑園詩》；《詩觀》初集卷五收其詩二題。

是年，潘耒生。耒（卒於康熙四十七年），原名棟吳，字次耕、力田，號稼堂、稼山，江南吳江人。康熙十八年舉博學宏詞，授翰林院檢討。有《遂初堂集》等；《詩觀》二集卷七收其詩一題，三集卷三收二題。魏坤生。坤（卒於康熙四十四年），字禹平，號水村，浙江嘉善人。《詩觀》二集卷一三收其詩一題。是年三月，黃道周殉節金陵。

正月，王崇簡考選庶吉士，授內翰林國史院庶吉士，纂修《明實錄》。

是年，梁清寬中二甲一名進士。清寬（生卒年不詳），字敷五，直隸真定（正定）人，有《梁敷五詩》等；《詩觀》初集卷三收其詩二題。法若真中二甲十一名進士。法若真，字黃石，山東膠州人。《詩觀》初集卷六收其詩一題。王無咎中二甲十七名進士。無咎，字藉茅，河南孟津人，有《續孟津詩》等；《詩觀》初集卷五收其詩五題。傅維鱗中二甲六十二名進士。傅維鱗，字掌雷，直隸靈壽人。《詩觀》初集卷三收其詩二題。艾元徵中三甲二名進士。艾元徵，字長人，山東濟陽人。《詩觀》二集卷九收其詩一題。李霨中三甲五十四名進士。李霨，字坦園、台書，直隸高陽人。有《心遠堂詩集》；《詩觀》初集卷三，二集卷二共收其詩五十五題。陳協中三甲第七名進士。協，字念蓋，北直文安人。《詩觀》二集卷八收其詩二題。石申中三甲一百五十六名進士。申，字仲生，直隸灤州人。《詩觀》二集卷九收其詩一題。張汧中三甲一百九十六名進士。汧，字蕙嶸，號壺陽，山西高平人，官湖北巡撫。《詩觀》二集卷九收其詩五題。

清順治四年丁亥（一六四七） 三十一歲

正月十五，鄧漢儀至柏庵草堂，與劉懋賢等飲宴賦詩。《慎墨堂詩拾》卷三有鄧漢儀《丁亥元夕劉愚公招同毗陵譚衷夫令弟僅三長君鼎九集飲於柏庵草堂即席賦送衷夫南渡》。按：劉懋賢，字愚公，江南泰州人，有《檗庵詩》；《詩觀》二集卷一一收其詩三題。劉懋贄，字質公，僅三，江南泰州人，《詩觀》初集卷四收其詩十一題。

二月，在揚州與宋之繩唱和。《官梅集》（丁亥詩編）有鄧漢儀《和宋其武太史舟見新柳原韻》。

二月二十六日，同其師劉孔中問宿天寧寺，時浙師北旋，駐揚州。《官梅集》（丁亥詩編）有鄧漢儀《二月念六浙師北旋小牧邗上和劉嶧龍師問宿天寧寺原韻二首》。

春，女詩人吳山隨龔鼎孳及其夫人徐横波遊歷、唱酬。《詩觀》初集卷一二云：『丁亥春，（吳山）乃攜詩囊書篋，附龔奉常孝升舟出關，與徐夫人智珠登金、焦，遊虎阜，已乃之明聖湖，縱覽孤山、葛嶺之勝，詩篇日益富焉。』

仲夏，丁耀亢游吳陵，鄧漢儀約此時與丁耀亢交。按：丁耀亢，字西生，號野鶴，山東諸城人，有《逍遥遊》。丁耀亢《逍遥遊》卷二之《吳陵遊》（清順治刻本）小序云：『丁亥仲夏，丁子家居，鬱鬱不得志，泛舟淮海，孑然無侶。聞故人劉君吏隱海陵，乘興訪戴。』丁耀亢訪劉孔中於海陵，而此時鄧漢儀正寓劉孔中幕。鄧漢儀與丁耀亢時有唱酬並討論杜詩。丁耀亢《逍遥遊》卷二《吳陵遊》有《和鄧孝威見贈四章元韻》詩，其二云：『把臂從誰共入林，鷗盟空見古人心。劍因少氣終難舞，詩爲多悲不敢吟。潘岳豈知亡白髮，王陽無術點黃金。江干久駐非彈鋏，館客何勞聽扣鐔。』丁耀亢有《約鄧孝威共訂杜詩名以清歸破時調也因次元韻》詩。其一云：『對酒當歌我未能，攜將古樂問延陵。長江水響魚如馬，遠浦沙明月似燈。詞自晉隋家尚豔，人詩王謝氣難懲。傳聞吳越佳山水，欲借天丁劈翠嶒。』其二云：『談詩久已謝時能，新調空傳説竟陵。』

立秋日，鄧漢儀於揚州西庵與沈復曾詩酒唱酬，發隱居避世之情。《官梅集》（丁亥詩編）有鄧漢儀《立秋日復同林公飲西庵用前韻》：『策杖重尋水一方，暮雲殘葉報秋涼。城過白雨寒螿急，湖帶青畦野稻香。酒熟不妨來栗里，詩成豈教泣河梁。傳聞孔禰同時盡，避世何能學楚狂。』按：沈復曾，字大復，號林公，江南泰州人，有《旦園詩集》。

初秋，鄧漢儀同龔鼎孳、丁耀亢、劉懋賢、劉懋贄、陸舜、宗元鼎、朱清瑟等社集唱酬。《官梅集》（丁亥詩編）有鄧漢儀《新秋同丁野鶴朱清瑟劉愚公僅三陸玄升宗定九邀龔孝升奉常社集柏庵草堂分韻》。按：陸舜，字玄升，號吳州，江南蘇州人，泰州籍，有《四遊草》。宗元鼎（一六二〇—一六九八），字定九，號梅岑，江南揚州人。康熙初，貢太學，銓注州同知，未仕卒。元鼎與從弟元豫、元觀，從子之瑾、之瑜皆工詩，有『廣陵五宗』之目，有《芙蓉集》等。朱清瑟，籍里及生平事蹟不詳。

初秋，鄧漢儀曾訪丁耀亢於貝葉庵。時聞東警，丁耀亢歸鄉之心甚迫。鄧漢儀賦詩四首奉贈，發故國之思。《官梅集》（丁亥詩編）有鄧漢儀《新秋訪丁野鶴於貝葉庵聞東警歸甚迫再疊前韻奉贈》四首。

雨日，鄧漢儀與龔鼎孳在劉懋賢、劉懋贊兄弟寓所賦詩。《定山堂詩集》卷三三有龔鼎孳《雨集愚公僅三齋中即席同孝威賦分得九青韻》、《又和孝威元字韻》。

八月六日，鄧漢儀師劉孔中招同龔鼎孳、劉懋賢、丁日乾、張幼學、朱清瑟、陸舜、劉懋贊、鄧漢儀等集陳園限韻賦詩。《官梅集》（丁亥詩編）有鄧漢儀《八月六日劉藥生老師招同龔孝升奉常同劉愚公丁謙龍張詞臣孝廉朱清瑟徵君陸玄升劉僅三茂才雅集陳園限韻分賦》四首。按：張幼學，字詞臣，號曉庵，江南泰州人，有《雙虹堂稿》；《詩觀》初集卷九收其詩一題。

八月十一日，鄧漢儀同里社諸子邀其師劉孔中夜集劉懋賢草堂，游金、焦二山，並有詩唱酬。《官梅集》（丁亥詩編）有鄧漢儀《八月十一日同里社諸子邀劉藥生師夜集愚公草堂尋放舟攬金焦之勝有詩見寄即事奉答》。

八月二十四日，鄧漢儀同龔鼎孳等夜集抽慶堂觀劇。《官梅集》（丁亥詩編）有鄧漢儀《仲秋念四日龔孝升奉常招同楊贊皇職方成石生侍御儲中游大令劉愚公孝廉袁天遊上舍劉僅三文學夜集抽慶堂觀劇兼以敘別即事賦贈》。

是年，鄧漢儀詩被劉藥生編入《吳陵國風》刊行。同時，鄧漢儀爲《吳陵國風》作序。《退庵筆記》卷六：『《吳陵國風》八卷，順治四年州牧劉公藥生選刻……卷首有唐祖命允甲、鄧孝威及公自序。所選凡十八人。宮鶩鄰繼蘭、沈林公復曾、潘曉青乾、劉愚公懋賢、宮紫玄偉鏐、童蟬孫希舜、王驄馬孫驄、張詞臣幼學、吳七超家駒、杜呂公維甫、王子禺礪品、丁漢公日乾、鄧漢儀孝威、方白英苞、陸玄升舜、劉僅三懋贊、黃仙裳雲、宗定九玄升……若論詩筆，則以林公、孝威、詞臣、仙裳四家稱翹楚，餘子不逮。』

鄧漢儀次本年與友人唱酬之詩爲《官梅集》，龔鼎孶、劉孔中、葉襄、方苞、陸舜等爲之序。清無近名齋鈔本等《官梅集》收鄧漢儀丁亥詩編一百一十八首，諸如《題劉嶧寵師官閣讀書圖》、《劉藥生老師招同唐祖命中翰丁野鶴司李張詞臣丁謙龍孝廉崔子荊山人殷不侮幕客唐髯孫陸玄升茂才宴集芙蓉署齋限韻二首》、《壽劉藥生師》等，多酬贈其師劉孔中及同社諸子詩。

是年，鄧漢儀與復社成員陳丹衷交。《官梅集》有《喜晤陳涉江侍御賦贈》詩。清吳山嘉《復社姓氏傳略》卷二：『陳丹衷，字敏昭，號涉江，上元人。事母以孝聞。爲文閎奧，自成一家。詩原本《離騷》，出入少陵、長吉，尤工書畫，崇禎庚辰成進士，授河南道御史。招募苗兵，甫持節而國變，著《魂遠遊賦》以自傷。又爲《秋拍詩》二百餘章。晚年一意禪悅，一飯一豆終其身。有《蔗渣藁》二十餘卷。』

是年，與金鎮交。《官梅集》有《送金又鑣視篆秦郵》詩。金鎮（一六二二—一六八五），字又鑣，號長真，順天宛平籍，浙江山陰人。明崇禎十五年舉人。入清歷官山東曹縣知縣、刑部郎中、河南汝寧知府。康熙十二年任揚州知府，十四年升江蘇按察使。

與李盤交。《官梅集》有《隔江李小有大令》（詩題注云：『時以明月篇見寄。』）、《李小有盟長復來吳陵以飢驅拙言見示》等詩。李盤（？—一六五七），鄧之誠《清詩紀事初編》卷一：『李盤，原名長科，字根大，號小有。興化人，春芳孫。兄弟皆登科，獨盤落拓不第。崇禎末，以薦授廣西懷遠知縣，入清以隱逸終。』『撰《李小有詩紀》二十五卷。』大令：戰國至宋以前，縣官都稱令，秦漢以後縣官一般也稱令。鄧漢儀《贈同盟七子詩》小序云：『志班荊也。沈子林公示余七子蘭言，爲昭陽李小有，白門向遠他，會稽金又鑣，同里宮紫玄、方白英、陸玄升，因賦以答。』

與余懷、唐允甲交。《官梅集》有《余澹心來吳陵邂逅於唐祖命邸中賦贈》、《余澹心來吳陵即返棹郡城載桃葉東去因次祖命催妝韻奉贈》等。余懷（一六一六—一六九六），字澹心，一字無懷，廣霞，號曼翁、鬘翁、寒鐵道人、老樹道人等，福建莆田人，江南江寧籍。有《味外軒詩輯》等。唐允甲，《漁洋山人感舊集》卷六：『允甲，字祖命，號畊塢，江南宣城人。官中書舍人，有《畊塢山人集》。』

與唐允甲子唐念孫交。《官梅集》有《贈送唐祖命游雲陽兼柬令嗣髯孫用玄升韻》、《題唐髯孫區室》等。唐念祖，字髯孫，宣城人，唐允甲子。

與來鎮之交。《官梅集》有《來威遠郡丞以愚公席上限韻詩屬和賦寄》。來鎮之，字威遠，生卒、籍里不詳，順治初任泰州州同。

與成友謙、吳之漢交。《官梅集》有《劉愚公孝廉招同成石生侍御吳源長觀察龔孝升奉常向遠他軍諮夜集蕭齋分賦》。成友謙，字六吉，號石生，南直隸通州海門人。崇禎七年甲戌進士，官閩中令，以卓異擢御史，後歸里。事蹟見《復社姓氏傳略》卷四。吳之漢，盛叔清輯《清代畫史增編》卷四：『吳之漢，字源長，號涉江，元和人，國子生，工畫梅。詩有《生寄軒遺稿》。』

與周亮工交，並師事之。《官梅集》有《周元亮老師招同唐祖命中翰張詞臣劉愚公丁謙龍孝廉宗定九茂才夜集署齋賦謝》、《唐祖命復招同詞臣謙龍玄升定九陪周元亮歸夜集觀劇》。周亮工（一六一二—一六七二），鄭方坤《清名家詩鈔小傳》卷一《賴古堂詩鈔》小傳：『周亮工，字元亮，一字減齋，又別自號櫟園。學者稱之曰櫟下先生。』《雍正揚州府志》卷一八：『周亮工，祥符人，進士，（順治）二年任（兩淮都轉鹽運使司運使）。』十九卷：（順治）三年任揚州分巡兵備道。』

是年，周亮工遷福建按察使，鄧漢儀以詩送之。《官梅集》之《賦得一路春到武夷呈贈周元亮老師之閩臬》。

與梁大年、紀映鍾交。《官梅集》有《衙齋雨後喜梁大年自秦淮來》、《衙齋同梁大年陸玄升坐月》、《贈送梁大年之白門兼寄澹心遠他伯紫》等詩。周亮工《印人傳》卷一：『梁大年，其先蓋廣陵人，流寓白門。臞而修長，常有目疾，又短視。好作印，每構一印，必精思數時。』『君又能辨別古器款識。家固赤貧，晚益窘。』紀映鍾（一六〇九—？），字伯紫，又作伯子、檗子，號戇叟，自稱鍾山遺老，上元（今南京江寧）人。明諸生。崇禎時，曾主金陵復社事。明亡後，棄諸生，躬耕養母。有《真冷堂集》、《補倉集》、《檗堂詩鈔》、《戇叟詩鈔》等。

與李玉、陸蓂兩、劉超玄、僧心鑒等交。《官梅集》有《同沈林公陸蓂兩照四劉超玄僧心鑒納涼大樹集飲風雨驟至晚即宿李元玉齋頭》詩。李玉，字玄玉，號一笠庵、蘇門嘯侶。約生於明萬曆末，卒於康熙十年以後。長洲（今江蘇蘇州）人。崇禎末中鄉試副榜，入清後絕意仕進專事戲曲創作，有《一笠庵四種曲》等。陸奠兩、劉超玄、僧心鑒，生平、籍里均不詳。

與戚藩交。《官梅集》有《劉愚公僅三招同龔孝升奉常戚价人茂才雨集山園即席限韻》詩。戚藩（一六一八—？），字价人，江南江陰人。順治十二年乙未科進士。有《名山隨筆》。

與王相業交。《官梅集》有《王雪蕉先生解滁和兵備任來憩吳陵以詩集見貽賦此寄》詩。《乾隆江南通志》卷一〇六《職官志·文職》：「王相業，榆林人，貢生，順治二年任鳳泗兵備道（至四年，此道順治五年裁）。」

是年，嵇宗孟訪鄧漢儀。《官梅集》有《嵇子震中翰顧余草堂賦贈》。嵇宗孟（一六一三—），字子震，又字淑子，江南山陽人（一說安東人）。明崇禎九年丙子舉人。清初任溫州司李，有政聲。康熙二年癸卯科中進士，官至杭州知府。有《立命堂初集》、《立命堂二集》等。

與郭礎交。《官梅集》有《吳陵晤郭石公賦贈》等詩。郭礎（一六二四—？），字石公，號橫山，陝西涇陽人，江都籍。順治九年壬辰科進士，官至順德知府。有《瓊花草堂集》；《詩觀》初集卷一〇收其詩十二題。

與黃雲交。《官梅集》有《題黃仙裳樵青圖》等詩。黃雲（一六二一—一七〇二），字仙裳，號舊樵，江南泰州人。有《桐引樓集》等。

與宮偉鏐交。《官梅集》有《題宮紫玄春雨草堂四首》等詩。宮偉鏐（一六一一—？），字紫陽，又字紫玄、紫懸、組弦，號春雨草堂等，江蘇泰州人。明崇禎十六年癸未科進士，入清不仕。有《采山外紀》、《前入燕詩》等。

十月初四日，尤珍生。珍（卒於康熙六十年），字謹庸，號慧珠、滄湄，江南長洲人，有《京邸偶吟》；《詩觀》三集卷九收其詩三題。十一月初七日，金世鑒生。世鑒（卒於康熙二十八年），字萬含，遼東鐵嶺人，漢軍正黃旗。《詩觀》二集卷四收其詩一題。耿願魯生。願魯（卒於康熙二十一年），字公望，號又朴、韋齋，山東館陶人，有《種松軒詩》；《詩觀》二集卷一二收其詩七題。

是年冬，好友彭而述守永州。《讀史亭文集》卷一《任運賦》小引云：『予自順治四年冬來守永州。』

是年，馮溥中二甲進士。溥（一六〇九—一六九一），字孔博，號易齋，山東益都人，官吏部尚書、文華殿大學士，有《闈中倡和詩》、《佳山堂詩集》；《詩觀》二集卷二收其詩一題。錢朝鼎（碑錄作唐朝鼎）中二甲進士。朝鼎，字禹九，號黍谷，江南常熟人，官刑部主事、左副都御史。《詩觀》初集卷六收其詩二題。曹垂璨中三甲進士。垂璨，字天淇，號綠岩，江南松江人，有《片玉齋集》；《詩觀》二集卷一四收其詩二題。方亨咸中三甲進士。亨咸，字吉偶，號邵村，江南桐城人。《詩觀》二集卷一三收其詩五題。胥庭清中三甲進士。庭清，字永公，江南江寧人。《詩觀》二集卷一一收其詩二題。史樹駿中三甲進士。樹駿，字光庭，號庸庵，江南武進人。《詩觀》初集卷六收其詩二題。

是年，李雯卒。雯（一六〇八—），字舒章，江南華亭人，明崇禎十五年進士，有《蓼齋集》、《蓼齋後集》等；《詩觀》二集卷四收其詩二題。《林屋文稿》卷一〇《雲間李舒章行狀》：『至冬間，舒章竟以疾卒于燕邸。』是年，夏完淳、陳子龍等死節。

清順治五年戊子（一六四八） 三十二歲

是年，劉孔中任阜陽兵備道。（清道光九年刊本《阜陽縣志》卷八）

立秋日，鄧漢儀送姜垓至蘇州。《詩觀》二集卷一有姜垓四首《和鄧孝威立秋日送余赴吳會兼懷葉聖野之作》。詩後鄧漢儀云：『四詩如須作於戊子。』同卷葉襄有《和廣陵鄧孝威秋日送姜如須赴吳兼承見懷之作》，葉詩後鄧漢儀記云：『握別邗江，僕與如須擊缽揮毫，一時傳爲盛事。』三集卷一三閔麟嗣《虎丘萊陽二姜先生祠二首》詩後，鄧曰：『二公皆與余善，余亦有祠堂詩而不及賓連之老健。』

冬，鄧漢儀在揚州與方文、姚仙期飲於吳綺臘梅花下。方文《嵞山集》卷三《廣陵同姚仙期鄧孝威飲吳薗次臘梅花下》云：『百花之長山中梅，謂其能犯霜雪開。梅花開時春已動，臘月梅蘂方含胎。不如臘梅更孤絕，窮冬乃能傲霜雪。……虎丘姚師衣破衲，廣陵鄧生披短褐。爾汝俱稱物外交，要我同行意軒豁。』此詩寫於順治戊子，是其入清後遺民生活與品格的寫照。按：方文，字爾止，江南桐城人，有《嵞山集》。

是年，陳名夏擢吏部尚書。陳增新中式舉人。增新，字子更，號除庵，浙江嘉善人。《詩觀》二集卷八其詩收一題。魏學渠中式舉人。學渠，字子存，號青城，浙江嘉善人。《詩觀》初集卷八收其詩七題。

是年，林雲鳳（若撫）卒。

清順治六年己丑（一六四九）　三十三歲

早春，鄧漢儀與趙而忭、紀映鍾、吳綺、黃雲、宗元鼎等於揚州天寧寺泛舟至平山堂踏青並分韻賦詩。龔鼎孳《定山堂詩集》卷三〇有《早春友沂招同伯紫孝威菌次仙裳定九諸子由天寧寺泛舟至平山堂踏青記事五十韻分得虞字》。按：趙而忭，清鄧顯鶴輯《沅湘耆舊集》卷四八（清道光二十三年刊本）：『而忭，字友沂，長沙人，以父蔭授中書舍人。詔入明史館纂修，未四十卒。著有《孝廉船》、《虎鼠齋集》。友沂爲洞門尚書之子，少負異才，一時巨公名宿如吳駿公、龔孝升、杜茶村、郭幼隗諸老，皆樂與之交。』

春，鄧漢儀參與沈復曾等諸子的詩社活動。《詩觀》初集卷五沈復曾《己丑仲春同孝威諸子合社小集即事》。

上元陳丹衷（金陵人），張可仕（孝感人）與邢昉（字孟貞，江南高淳人）、紀映鍾、杜濬、余懷、鄧漢儀等在金陵容與臺作重九會，聽丁繼之、張燕筑歌曲。重九會日還有龔鼎孳、趙開心、趙而忭、陳涉江、張紫淀、何煜（字寤明，江南青陽人）、宋又韓、白夢鼎、白夢鼐、姚寒玉。龔鼎孳《定山堂詩集》卷三三有《九日邀趙洞門友沂陳涉江張紫淀何寤明宋又韓邢孟貞杜于皇鄧孝威紀伯紫余澹心白孟新仲調姚寒玉登容與臺時張燕筑丁繼之王公遠諸君度曲角技趙玉林徐欽我文漪介玉叔氏鳴玉家弟孝積並下榻市隱園集飲甚歡》詩。

是年，遊壽春。《詩觀》三集卷四謝開寵詩後，鄧謂：『己丑余游壽春，觀長淮之浩瀚、八公山之雄奇，而識是中有異人，顧忽忽別去。』

秋，鄧漢儀客居金陵龔鼎孳寓所，與龔鼎孳、徐橫波、吳綺、杜濬等交遊唱酬。《詩觀》初集卷一二：『憶己丑秋，予同吳子薗次下榻龔芝麓奉常之寓園，園名市隱，距秦淮甚近。奉常每從他處飲，則夫人緘題，屬予與薗次同賦。是日坐中林堂，雨聲淅瀝，予與芝麓、薗次銜杯剪燭，而和是詩。』此後，龔鼎孳還憶及與鄧漢儀己丑同客南京之事。《詩觀》初集卷二龔鼎孳《燕邸和答鄧孝威見懷》其三云：『寒月中林夜，高歌興不遲。登臨寬白眼，感慨到烏衣。欲別愁明月，綠流戀落暉。盍簪如可老，吾病爲君稀。』鄧漢儀於其詩後記云：『此己丑同客白門時事也，讀之黯然。』

客居南京期間，鄧漢儀與杜于皇等於南京龔鼎孳寓園市隱園，飲宴並觀秋水演劇。（《慎墨堂筆記》）

是年，馬翀生。翀（卒於康熙十七年），字雲翎，號蝶園，江南無錫人，有《蝶園詩》：《詩觀》二集卷一三收其詩一題。

是年，張天植中一甲三名進士。天植，字飲先，號蘧林，浙江秀水人。《詩觀》初集卷一〇收其詩一題。張習孔中二甲進士。習孔（一六〇六—？），字黃嶽，江南歙縣人。有《詒清堂集》。《詩觀》三集卷三收其詩二十八題。周體觀中二甲進士。體觀，字伯衡，直隸遵化人，家浚縣。有《晴鶴堂詩》、《晴鶴堂楚吟》；《詩觀》初集卷一〇收其詩三題，二集卷一三收十五題。吳之紀中二甲進士。之紀（一六二九—？），字天章，號小修、慊庵，江南吳江人。《詩觀》二集卷一一收其詩一題。王廣心中二甲進士。廣心（一六一五—一六九一），字伊人，號農山，江南松江人，有《蘭雪堂詩稿》等；《詩觀》初集卷四收其詩一題。張新標中二甲進士。新標（一六二八—？），字鞠存，號淮山，江南山陽人，官內閣中書，吏部主事，康熙戊午薦應鴻博，有《淮山詩選》；《詩觀》初集卷八收其詩八題。林嗣環中三甲進士。嗣環，字鐵崖，福建晉江人，有《燕來詩》；《詩觀》初集卷七收其詩六題。薛信辰中三甲進士。信辰（一六二七—？），字園符、侯執，江南武進人。《詩觀》二集卷七收其詩三題。王庭中三甲進士。庭（一六〇七—一六九三），字言遠，號邁人，浙江嘉興人，有《秋閑詞》；《詩觀》二集卷四收其詩二題。陳上年中三甲進士。上年，字祺公，號松庵，直隸清苑人。《詩觀》三集卷六收其詩一題。朱廷燝中三甲進士。燝（一六二五—一六七七），字山暉（一作輝），陝西富平人，有《循寄堂詩稿》；《詩觀》初集卷一一收其詩一題。徐惺中三甲進士。惺（一六三〇—？），字子星，號鑰園（一作元），江南江寧人，有《雨梧堂詩》、《來鹿軒集》；《詩觀》二集卷九收其詩四題、卷一二收六題。

清順治七年庚寅（一六五〇）　三十四歲

春，好友冒襄四十歲生日，鄧漢儀賦詩祝賀。同賀者有韓四維、趙開心、杜濬、王猷定、惲向、黃傳祖、龔鼎孳、張惟赤、彭孫貽、姚佺、吳綺、申維翰、卞元鼎、張恂等。《同人集》卷一〇收鄧漢儀《庚寅春辟疆先生四十覽揆》五首，見《詩拾》卷六。

是年，鄧漢儀遊於虞山（今江蘇常熟西北），欲見眉史而無緣，不勝惆悵。有詩云：『無何扁舟來，訪重過橫塘。』（《慎墨堂筆記》）

七夕，女詩人葉子眉遭亂後，北行至衛輝，作《題衛輝旅壁》二首。此二詩收入鄧漢儀《詩觀》初集卷一二。

中秋夜，與子俶、九日、鴻調集王昊太倉齋中。王昊有《中秋夜子俶九日孝威鴻調集齋中》（《碩園詩稿》卷八庚寅稿）。

秋，鄧漢儀有詩寄贈龔鼎孳，《定山堂詩集》卷八亦有《和孝威秋懷》詩十首。

是年，方以智（密之）於粵爲僧。

是年，查升生。升（卒於康熙四十六年），字仲韋，號聲山、漢中，浙江海寧人，有《淡遠堂集》；《詩觀》二集卷三收其詩二題。汪文楨生。楨（卒於雍正九年），字周士，號歐亭、六州，江南休寧人，寓桐鄉，有《繽林集》、《噴飯集》等；《詩觀》二集卷八收其詩一題、三集卷四收十七題。佟世思生。世思（卒於康熙三十年），字儼若，號葭沚、退庵，奉天遼陽人（漢軍正藍旗），佟佳氏，有《與梅堂詩》；《詩觀》二集卷七收其詩一題，三集卷六收六題。

清順治八年辛卯（一六五一）　三十五歲

春，冒襄妾董小宛卒。《同人集》卷六張恂《詩畫小序》：『宛君以文慧事辟疆社盟兄，人詠小星君歌伐木矣。辛卯春忽焉乘鸞長往，辟疆哀不勝情。』

夏曆正月初，許承欽妾張粲病逝。張粲，字疏影，江寧人。農部許承欽副室，僑居泰州。有《適燕吟》；《詩觀》初集卷一二：『庚寅十月，感痰嗽，醫藥罔效。比歲除，姬知是日必逝，戒農部無他往。抵三更，更謂農部曰：「吾行歸矣，所不能割者，老母遠在江南及君三年相愛之情耳。」因寄聲武林諸姬，誦佛號數聲而卒，時年十八。』庚寅（順治七年）十月生病，至此年過後，即順治八年辛卯病逝。病逝時十八歲，由此推知，其生年爲明崇禎七年甲戌（一六三四）。許承欽，字欽哉，號漱雪，又號漱石，漢陽人。明崇禎丁丑進士，知灤陽縣，遷戶部主事，明亡後，移家泰州，專心治經，卓然成家。著有《漱雪集》。

是年，好友龔鼎孳回京復官。

是年，鄧漢儀北遊經河南、河北。《詩觀》初集卷一二葉子眉《題衛輝旅壁》詩後鄧記云：『此二絶，予辛卯宿衛輝南關旅壁中見之。』

鄧漢儀驅車河北，一路見女郎題壁，隨有爲其編集之意。（《慎墨堂筆記》）

是年暮，至京師，入龔鼎孳幕。《定山堂詩集》卷九順治辛卯迄丙申存笥稿有《喜孝威至都門八首》。其一云：『羅雀宜同調，驚看旅鬢涼。飄零偕雨雪，出處判滄浪。官閣花誰共，中林屐未荒。經年燕市酒，不分月如霜。』其二云：『剝啄分殘夢，蘭芳已襲裾。愁中來此客，別後著何書。河雒黃塵壯，悲歌白髮初。元龍樓臥改，湖海氣仍餘。』鄧漢儀將其中四首選入《詩觀》初集卷二，並在詩後附記云：『定山當鉤黨方興之日，聞僕至京，甫下驢即呼酒快酌，同賦八韻。嗣後霜燈促膝，情好最敦。今天各一方，把讀舊詩，猶忽忽若前日事耳。』

冬，與龔鼎孳唱酬不輟。《定山堂詩集》卷九有《雪後岱觀孝威同集春帆用少陵韻》詩。其二云：

『庭柯搖落後，霜霰況繽紛。不動孤峯月，能晴萬壑雲（是日登半隱閣眺望西山殘雪）。龍蛇春事盡，鴻雁客心聞。豈意袁安臥，柴扉閉數君。』

是年，陳名夏拜大學士。

是年，鄧廷羅考取拔貢生。廷羅（一六一三？—？），字叔奇，號偶樵，江南江寧籍，鳳陽人，有《二遠堂詩稿》、《楚遊稿》；《詩觀》初集卷二收其詩一題，二集卷六收四題、卷一二收四題。

是年，趙澐中式舉人。澐（生卒年不詳），字山子，江南吳江人，仕江陰縣教諭，有《雅言堂詩》；《詩觀》初集卷一〇收其詩一題，二集卷一一收三題。

是年，萬壽祺卒。

清順治九年壬辰（一六五二）　三十六歲

是年，鄧漢儀在京師，客居龔鼎孳家，與龔鼎孳、戴明說等諸大老交結。鄧漢儀《定園詩集序》（《定園詩集》卷首）謂：『憶壬辰歲，余浪遊燕都，客龔芝麓先生家，與岩犖先生邸相對，時時過從。』《詩觀》初集卷二龔鼎孳有《歲暮喜孝威至都門同賦》，其三詩後鄧漢儀云：『僕壬辰客燕，諸大老多折節敦布衣之好者。』

二月十五日（南方爲二月十二日）花朝節，鄧漢儀與長沙趙而忭同集龔鼎孳京城尊拙齋。龔鼎孳《定山堂詩集》卷九有《花朝友沂孝威同集尊拙齋》詩四首。

春，龔鼎孳又有《春日友沂孝威過集》三首記鄧漢儀與龔鼎孳、趙而忭等宴集。（《定山堂詩集》卷九）

二月，趙開心（洞門）因其子係南明隆武舉人，『違旨瀆請會試』，革左僉都御史職。鄧漢儀同龔鼎孳、紀映鍾送趙開心南還。龔鼎孳有《洞門罷御史大夫南還同伯紫孝威賦於席上》詩十首，時時流露這些前朝過來之人歸田之意。《定山堂詩集》卷九此詩其三云：『不堪桑海後，猶紀義熙年。日月心難昧，風波道幸全。入山歌猛虎，懷古拜啼鵑。采藥商顏志，應回興盡船。』

三月三日上巳節，與龔鼎孳等社集。龔鼎孳《上巳社集》詩云：『烟景亭臯霽，羣賢屐齒從。采蘭思水曲，藉草羨花穠。觴詠猶吴會，鶯花幾戰烽。莫教春色滿，懷抱似秋冬。』是日晚，與龔鼎孳、韓詩、丁耀亢、段雨岩、白夢鼐、趙而忭集聽王子玠度曲。龔鼎孳有《上巳韓聖秋丁野鶴鄧孝威段雨岩白仲調趙友沂過集聽王子玠度曲》。《定山堂詩集》卷二一，此詩題後原注云：『是爲順治九年。』

曹貞吉參加京城會試未售。是年春，鄧漢儀與其相識并結交。曹貞吉《珂雪詩》五卷之《珂雪二集》有《哭漢儀》詩，詩云：『壬辰之春識君面，于時鎩羽歸鄉縣。』

在京期間與閻爾梅交。據《白耷山人年譜》，閻爾梅順治八年至京師，寓真空寺，與龔孝升、韓聖秋、趙友沂等交，其中當有鄧漢儀。閻爾梅順治九年四月返沛，與鄧漢儀等相別。《詩觀》初集卷一〇云：『昔在燕京與古古別，今二十年矣。』曾於單縣陳雪石齋中見有遊藁一帙，恨未手録以歸，僅載二首，殊爲恨事。』按：閻爾梅詩被選入《詩觀》卷一〇的時間爲康熙十年辛亥。

八月十六日夜，與龔鼎孳、成二鴻集龍松館看月賦詩。龔鼎孳有《八月十六夜集龍松館看月寓懷用少陵秦州雜詩韻同成二鴻鄧孝威得二十首》。（《定山堂詩集》卷九）

是年秋夜，與龔鼎孳、成二鴻、房廷禎（興公）聽雨賦詩。龔鼎孳有《秋夜聽雨用少陵秋野五首韻同二鴻孝威興公》五首。（《定山堂詩集》卷九）

鄧漢儀旅居京師期間，與山東丁耀亢等遊，並於慈仁寺結觀文大社。鄧漢儀《丘柯村詩序》（《海陵文徵》卷一五）云：『憶壬辰客京師，與諸城丁野鶴先生寓僅隔垣。先生每於薄暮拉余入諸貴遊家。登堂大呼，閽者不敢禁。主人聞其聲輒倒屣迎，命酒，雜入座。』《詩觀》三集卷一〇臧振榮詩後附云：『壬辰余客都門，同丁子野鶴二百餘人，於慈仁寺結觀文大社。』《詩觀》初集卷一一《燕臺雜詠》其一詩後謂：『自廟市移慈仁，而松間爲之不靜。長安貴人亦時有攜樽罍鼓吹而至者，安得清蔭長伴閒人乎？

憶壬辰秋，予與韓子聖秋、吳子岱觀，日夕來松下銜杯賦詩，差足爲雙松吐氣。自今念之，忽忽如隔世事耳。」

重陽節，與龔鼎孳、何榕庵、成二鴻、吳山濤（岱觀）、韓詩、紀映鍾、李素臣、陸舜、王玉式、白夢鼐、何濮原、王燕友集慈仁寺毗盧閣登高、飲酒、賦詩。龔鼎孳有《九日邀同何榕庵成二鴻吳岱觀韓聖秋紀伯紫鄧孝威李素臣陸吳州王玉式白仲調何濮原王燕友集慈仁寺毗盧閣登高遂飲松下用少陵九日諸韻》五言律詩五首、七言律詩四首。（《定山堂詩集》卷九、卷二一）當晚，自慈仁寺歸至龔鼎孳寓所，鄧漢儀與龔鼎孳、成二鴻復飲看菊。龔鼎孳有《歸後復同二鴻孝威飲小齋看菊用空同菊韻》。（《定山堂詩集》卷九）

在京師與陳增新訂交。《詩觀》初集卷九陳釴（字雲銘）《送吳熙台年伯之任沔陽》詩後云：「壬辰與子更訂交都門，情意甚篤。後聞爲楚令，悒鬱而終，今其令嗣雲銘才藻翩翩，足繼前軌，殊令我色喜也。」

曾和陳豐陛遊。陳豐陛，字元蓋，福建晉江人。《詩觀》初集卷六有《燕京和別鄧孝威》兩首。

在京期間與洪琮交遊唱酬。《詩觀》三集卷五洪鉽詩後云：「壬辰與谷一聚京師，酬唱甚盛。今見孝儀諸什，覺春草池塘風規未遠。按：洪琮，字瑞玉，號穀一，江南歙縣人。順治九年進士，官禮部主事、陝西學政。洪鉽，字孝儀，江南歙縣人，有《嘯吟草》。

在京期間與東蔭商交並談及女詩人鄧氏情況。《詩觀》初集卷一二鄧氏小傳。東蔭商，字雲雛，陝西華陰人，鄧漢儀《詩觀》二集卷四收其詩二題。

秋，宮偉鏐來遊京師，很快南還，鄧漢儀爲賦留行、贈別各二章。《慎墨堂詩拾》卷三有鄧漢儀《留行二首爲宮紫玄先生賦》和《贈別二首爲紫玄先生賦》，其中國家圖書館藏三卷本《慎墨堂詩拾》卷上《留行二首爲宮紫玄先生賦》詩下原注云：「送宮子陽先生歸里。壬辰秋杪，紫翁先生來游京師，遽爾南歸，一時同人賦留行詩甚盛。」

龔鼎孳有和鄧漢儀送宮偉鏐詩。龔鼎孳《定山堂詩集》卷二《爲宮紫玄留行和鄧孝威》二首其一云：『問客何方來，遠道何區區。四海徵車多，遊子良嶔嶇。』《定山堂詩集》卷二《爲紫玄送別和鄧孝威》二首其一云：『久客知歲寒，日暮知他鄉。駕言返故廬，悲風相慨慷。登高眺大陸，我馬方玄黃。』

秋盡，鄧漢儀和龔鼎孳一起送徐籀之靖江，並各賦四詩。龔鼎孳《定山堂詩集》卷二二《送徐亦史之驥沙》小序云：『亦史以承明著作才，虎臥文苑，其扢揚風雅，非建安、開元莫稱焉。顧獨與余談詩甚歡，今一官南轅，高、李之袂且分，安能不徘徊歌黃鵠耶？寒鐙獨酒，與孝威各成四章，以代渭城之唱。昔弇州公與汪司馬云：「吾與公同年，十年而得公文，又十年而得公酒，可云晚合。」余於亦史其亦有歲寒之心也夫？』按：徐籀，字亦史，吳縣人。靖江古稱馬馱沙、驥沙。

冬，鄧漢儀三十六歲生日，作《述感》詩，龔鼎孳有《壽孝威即和其述感韻》二首。（《定山堂詩集》卷二二）

除夕，鄧漢儀在京師慈仁寺（今北京報國寺）守歲。《定山堂詩集》卷二二有龔鼎孳《癸巳元日和孝威除夕慈仁寺守歲韻》詩。

二月十九日，查嗣瑮生。嗣瑮（卒於雍正十一年），字德尹，號查浦，浙江海寧人。《詩觀》三集卷九收其詩亦題。

是年，王鐸卒。鐸（生於萬曆二十年），字覺斯，河南孟津人，有《孟津詩》；《詩觀》初集卷一收其詩三十題、二集卷八收十八題。

是年，吳穎中二甲進士。吳穎（一六〇〇—一六七八），字見末，號藺雪，江南溧陽人。《詩觀》初集卷一〇收其詩二題。王廷璧中二甲進士。廷璧（一六二八—？），字昆良，號蒼嵐，河南祥符人。《詩觀》三集卷四收其詩二題。吳雯清中三甲進士。雯清，字方漣，號魚山，浙江仁和籍，江南歙縣人，有《雪嘯軒詩》等；《詩觀》初集卷六收其詩十五題，二集卷九收三題，三集卷一〇收九題。胡文學中三甲進士。文學（一六三二—？），字道南，浙江鄞縣人，有《適可軒集》等；《詩觀》三集卷六收其詩一題。陳璜中三甲進士。璜（一六二八—？），字元卿，號琪園，浙江臨海人，有《良詩》；《詩觀》二集卷一一收其詩二題。

順治十年癸巳(一六五三)　三十七歲

正月初一，龔鼎孳有和鄧漢儀壬辰除夕慈仁寺守歲詩四首。龔鼎孳《定山堂詩集》卷二二《癸巳元日和孝威除夕慈仁寺守歲韻》。

二月，龔鼎孳有《探梅圖歌賦謝吴岱觀兼柬聖秋孝威》詩，柬贈鄧漢儀等。《定山堂詩集》卷四此詩云：『仲華寂寂不封侯，短裘日暮邊風愁。鄧尉千邨春雪亂，西溪一水香吹幔。林下美人白玉顏，醉眠何處無柴關。我與二子蹇裳岸幘誰賓主，同歸結屋梅花塢。』

五月，吴綺攜家至京師，適鄧漢儀將南歸。吴綺、龔鼎孳均有詩送鄧漢儀南歸。龔鼎孳有《薗次攜家入都志喜二首》，其中第二首後，龔自注云：『時孝威將歸。』吴綺《林蕙堂全集》卷一七《亭皋詩集》之《送孝威歸吴陵》云：『京雒風塵不耐看，送君五月發長安。』龔鼎孳《定山堂詩集》卷二三《孝威還邗上和薗次韻》四首其二云：『舊雨魂銷入雒裝，滹沱冰合又褰裳。身孤盗賊忘羈旅，俗薄公卿諱醒狂。此去名山深歲月，向來吾黨各風霜。難堪到日茱萸水，北望秋城雁一行』。

鄧漢儀未直接回泰州，而是到了南陽，入戴明説幕。戴明説《定園詩集》卷首之鄧漢儀《定園詩集序》謂：『先生以少司農出参宛藩，招余同往。』離京時韓詩有詩贈别，也説明鄧漢儀離開京師去了南陽。《詩觀》初集卷九收韓詩《燕市送鄧孝威遊宛南》兩首，其一：『松間酒市每同遊，正論孤行聽不休。歷盡四時春又半，而今人去獨皇州。』其二：『笑人寂寂問南陽，底事鶯花點驌驦。日暮倚廬何處望，王孫春草滯他鄉。』

離開京師時張幼學、沈復曾當在京。《詩觀》初集卷五收有沈復曾《將西同詞臣孝威賦》詩後謂：『是時詞臣遊燕，予遊豫，林公欲入秦而竟不果，然悲歌慷慨，則已神馳殽函、二華間矣。』

鄧漢儀與戴明説一路涉洹水、過鄭州，一月餘抵南陽。戴明説《定園詩集》卷首之鄧漢儀《定園詩集序》云：『余與先生涉洹水、望銅臺。尋荊卿之故居，撫韓陵之片石。爰渡黄河，登廣武，弔楚漢用兵、鴻溝割地處。昆陽戰壘，其尚有白水君臣之舊跡乎？已憩紫山，眺淯水，臥龍遺岡，寵葱在望，緬思三顧之風流，慨然久之。余與先生經月行陰燐灌莽中，皆不廢詩，而先生詩益峻。』《詩觀》初集卷一吳偉業《過鄭州》詩後記：『癸巳，予策馬過此，曾有詩寫荒涼之狀，然不及祭酒才調之高也。』

在南陽與彭而述交，並互有倡酬。《詩觀》初集卷四彭而述《高柴里》詩後記云：『昔在宛城，僕以詩示公，公爲一字評曰「大」。僕未敢當也，請還以贈公。』謝天樞《投贈彭禹峯大參》詩後鄧記云：『向與禹峯聚首臥龍岡畔，互有倡酬。後禹峯官嶺外，僕曾爲近體八章寄之。』按：彭而述（一六〇二—一六六五），字子箋，號禹峯，河南鄧州人，有《滇黔詩》、《讀史亭稿》等；《詩觀》初集卷四收其詩六十二題，二集卷八收二十二題，三集卷二收一題。謝天樞，字爾玄、星源，福建侯官人，有《嶺外詩集》；《詩觀》初集五首其詩十六題。

鄧漢儀到南陽後居住到深秋，而後離開，戴明說極力挽留。《詩觀》初集卷四戴明說《宛南秋日慰留鄧孝威》詩後云：『癸巳同公之宛南，結又茅廬以居。秋深忽忽欲別，相視和歌，至今把誦，猶憶當日綠酒紅妝，西風驪唱時耳。』戴明說有《宛南秋日慰留鄧孝威》詩六首，其四云：『猶有行歌敵勁秋，空天雁影下衡州。悲來買卜君平宅，策杖蕭蕭留鄧侯。』此詩後鄧漢儀記曰：『僕和定園此絕云：「豫山驪唱滿庭秋，明日騎驢入汴州。羽檄如飛軍饟急，空城髮白是君侯」：想見一時分袂情緒也。』

十月，鄧漢儀與汪汝爲遊常州青山莊。《慎墨堂詩話》：『癸巳十月，余同汪汝爲遊毘陵之青山莊，則梅蕊早破。誠所謂「十月先開嶺上梅」也。』

十一月，鄧漢儀到杭州，入浙江杭嚴道僉事呂翕如幕。《慎墨堂筆記》：『（癸巳）十一月抵武林，信宿呂正始之署齋，牆角梅凌寒欲綻。』呂翕如，直隸清苑人，崇禎十三年庚辰科進士，授河南杞縣知縣，順治二年仕清，任戶部員外郎，四年升江西按察使司僉事，提調學政。後轉浙江杭嚴道僉事。

在杭州，鄧漢儀與復社成員趙士春等飲於汪汝謙之不繫園。《慎墨堂筆記》：『癸巳冬日，僕同趙編修、王一森飲汪然明之不繫園。』《詩觀》初集卷一吳偉業《過錦樹林玉京道人墓》詩後云：『憶癸巳冬，汪然明招同趙月潭飲湖上之不繫園。然明言及卞生毀妝學道近事，月潭未之深信。』按：趙士春（一五九九—一六七五），字景之，號蒼霖，常熟人。崇禎初加入復社，崇禎十年進士，官編修。入清不仕。著有《保閒堂集》。汪汝謙，字然明，歙縣叢睦人，與董其昌、文徵明、陳繼儒、錢謙益諸公相友善。明末避地武林，置舟西湖，題曰「不繫園」。縱情詩酒，爲風雅領袖。所著有《春星堂》、《夢草齋》諸刻。

冬，鄧漢儀校文於吕翕如僉事署中。《詩觀》三集卷八朱爾邁詩後云：『癸巳冬校文吕僉事署中，極賞人遠作。近日徐健庵稱其詩，許生洲稱其四六，固屬兼才。』

是年，吴偉業以總督馬國柱疏薦，應詔出補祭酒，閻爾梅時被逮入獄，移書責吴。（《白耷山人年譜》）

是年，吴中慎交、同聲兩社大會於虎丘。

正月二十九日，汪森生。森（卒於雍正四年），字晉賢，玉峯，號碧巢，江南休寧人，山東萊蕪籍，寓桐鄉，有《裘杼樓詩稿》；《詩觀》二集卷八收其詩七題，三集卷四收十九題。王材任生。材任（卒於乾隆五年），字子重，擔人（一作澹人），湖廣黄岡人。《詩觀》三集卷六收其詩一題。

是年姜垓卒。垓（一六一四—），字如須，號箕篙、明室潛夫，山東萊陽人。有《佇石山人稿》；《詩觀》二集卷一收其詩十二題。十二月二十二日，邢昉卒。（湯之孫彦仍《邢孟貞先生年譜》）

是年卓天寅中式副榜貢生。天寅，字火傳，號亮庵，浙江武康（一作仁和）人，順治十一年副榜貢生，有《傳經堂集》；《詩觀》初集卷六收其詩一題，二集卷四收四題。

清順治十一年甲午（一六五四）　三十八歲

春，鄧漢儀在蘇州遇錢謙益，並出示其燕中行卷。錢謙益對其詩深加贊許。《牧齋有學集》卷四七《題燕市酒人篇》云：『甲午春，遇孝威於吴門。出燕中行卷，皆七言今體詩。余賞其骨氣深穩，情深而文明，他日當掉鞅詩苑。』

春，鄧漢儀與錢謙益同至蘇州鄭三山家訪藝人卞雲裝不果。（《慎墨堂筆記》）《詩觀》初集卷一吴偉業《過錦樹林玉京道人墓》詩後，鄧漢儀亦記云：『甲午春，予同錢牧齋宗伯往吴閶鄭翁家訪之，則樓頭紅杏照人，隔牆隱隱聞梵唄聲，屬鄭翁致殷懃，終不肯出，今已葬錦林一抔土矣，讀梅村歌爲之嘆惋。』

春，查繼佐於浙江杭州復開講敬修堂，鄧漢儀與同鄉黄雲以及江陰董志（倩迂），無錫孫仁溶（曉湖），昆山黄紘（偉房）等，先後入敬修堂從查繼佐學。按：查繼佐（一六〇一—一六七六），號東山。門人徐人五（倫）家《同學出處傳略》一卷附《敬修堂同學出處偶記目錄》（本書《詩拾》卷三《查伊璜師别去七載……》箋注已引）。

夏曆五月，趙而忭赴京，鄧漢儀與冒襄均有詩相贈。冒襄《巢民詩集》卷一之《甲午臯月送趙友沂入都四首和鄧孝威原韻》四首，其三云：『捎雲挺明玉，寧在恒流間。鐵穎戰文場，匹馬可當關。避子卓犖鋒，期子以静閑。長安百丈塵，珍重霜雪顔。況復喬嶽尊，一堂娱古歡。暮捧碧液巵，朝上桃花餐。諍聲蓋六合，功名令且完。疇儷古展禽，惟我清旁觀。時命與物理，哲人環其端。世賓直諫書，霜威六月寒。』

夏曆十二月，鄧漢儀過新城，宿三家店，録壁間湘揚女子《題新城三家店旅壁》詩。《詩觀》初集卷一二。

是年，陳名夏被劾論死。三月十四日，楊時化卒。時化（一五八五—），字季雨，號沁湄，山西陽城人。《詩觀》三集卷三收其詩一題。

順治十二年乙未（一六五五）　三十九歲

是年，鄧漢儀再客京師。鄧漢儀當於上年末至京，或再入幕龔鼎孳，已無考。此年元宵節在京城，并有《乙未都門元夕即事》詩三首。錢謙益輯《吾炙集》收鄧漢儀《乙未都門元夕即事》三詩。

在京師與魏裔介杯酒緒論。《詩觀》二集卷二魏裔介詩後附云：『乙未客京師，柏鄉相國時掌諫垣，得從杯酒獲聆緒論。』按：魏裔介，字石生，昆林，號貞庵，直隸柏鄉人，順治三年丙戌科三甲六十二名進士，有《嶼舫集》；《詩觀》初集卷三收其詩十五題，二集卷二收三十三題，卷九收十四題。

與李霨等飲戴明説京邸，見藝人胡昌。（《慎墨堂筆記》）

客京期間曾和王鑨相交。《詩觀》初集卷三王鑨《和長兄覺斯華山詩》詩後鄧漢儀云：『昔客燕京，大愚曾出此詩相示，歎爲警絶。今復披誦，益爲神悚。』

次其順治九年、十年及本年詩爲《燕臺集》，集今不傳。今存本年撰《燕市酒人篇》六首當爲《燕臺集》之一部分。錢謙益輯《吾炙集》所收鄧漢儀六詩包括《花朝飲張惟則邸中》、《乙未都門元夕即事》三首、《過泡子河感舊》、《三月十九日感事》。《過泡子河感舊》云：『一水逶迤滿塞沙，昔年曾此鬬繁華。』《三月十九日感事》云：『腐儒兩度滯京華，日落園陵慘暮笳。一似東風能解意，韋祠不放海棠花。』由『腐儒兩度滯京華』，也可知鄧漢儀已是二度做客京師了。

是年，好友龔鼎孳在仕途上屢遭挫折。十月，龔在都察院對法司審擬各案『往往倡爲另議，若事系滿洲則同滿議，附會重律，事涉漢人則多出兩議，曲引寬條』。（龔鼎孳《龔端毅公奏疏》卷三《明白回話疏》）被認爲執法時偏向漢人，降八級調用。十一月，被再降三級。

是年，顧圖河生。圖河（卒於康熙四十五年），字書先（一作『書宣』），號花翁、硯穎，江南江都人。有《甲子乙丑近詩》等；《詩觀》三集卷五收其詩十一題。

是年，王士祿以殿試與王士禛同上公車，王士祜亦以太學生廷試入都，始與海内聞人縞紵論交，時號『三王』。鄧漢儀與王氏兄弟已有交往，曾與計東、宗元鼎、王士祜等遊於湖州、杭州間，並論及王漁洋三兄弟。王士禛《漁洋山人自撰年譜》卷上於是年引計甫草《廣說鈴》云：『予同年王子側居西樵、阮亭間，才堪頡頏。予與鄧孝威、宗鶴問諸公，偕子側遊苕、霅山水間，子側詩援筆輒成，多見警拔。同人每相太息曰：「濟南二王才故奇，亦以蚤貴，聲譽先布。子側才何嘗肯作蜂腰哉？」人以爲知言。』（清紅豆齋刻本《漁洋山人自撰年譜注補》卷上）按：苕，即苕水，一名苕溪。發源於浙江天目山，出天目山之南者爲東溪，出天目山之北者爲西溪，兩溪合流後匯入太湖。霅，即霅溪，一名霅川，在今浙江湖州境内。霅溪合包括苕溪在内的四水爲一，流入太湖。

是年，戴王綸中一甲二名進士。王綸（一六三六—？），字彣極，號經碧，直隸滄州人。《詩觀》初集卷六收其詩一題，二集卷九收三題，三集卷五收一題。秦鉽中一甲三名進士。鉽（一六二二—一六八七），字克繩，號補念，江南長洲籍，無錫人。《詩觀》二集卷一一收其詩一題；孫光祀中二甲進士。光祀（一六一四—？），字作庭，號溯玉，山東平陰人（一作歷城人），有《澹餘軒集》。按：由唐夢賚《志壑堂集》卷一二迎駕詩，知康熙二十八年南巡，光祀與前大學士李之芳等在德州跪迎，問及年齒，爲七十六。據此可推其生年在明萬曆四十二年，即公元一六一四年。《詩觀》初集卷四收其詩一題。是年許之漸中二甲進士。之漸（一六一三—一七〇〇），字儀吉、青嶼，江南武進人，有《槐縈堂詩鈔》；《詩觀》初集卷一〇收其詩一題，二集卷九收三題。劉祚遠中二甲進士。祚遠（一六一一—一六七三），字子延，號石水，山東安丘人，有《鶴林集》；《詩觀》初集卷一一收其詩八題。沈世奕中二甲進士。世奕（一六二九—？），字韓倬，號青城、竹齋，江南長洲人。《詩觀》二集卷一一收其詩一題。何元英中三甲進士。元英（一六三一—？），字蕤音，浙江嘉興人。《詩觀》初集卷一〇收其詩一題。周令樹中三甲進士。令樹（一六三三—？），字計百，河南延津人。《詩觀》初集卷一〇收其詩二題。馮雲驤中三甲進士。雲驤（一六二八—一六九八），字訥生，號約豹，山西振武衛（今代縣）人，順治十二年三甲進士，有《曠嘯》、《蜀遊稿》等；《詩觀》初集卷八收其詩一題，二集卷八收二題，三集卷二收十三題。梁鋐中三甲進士。鋐（一六二二—一七一五），字子遠，號仲琳，陝西三原人，順治十二年進士。《詩觀》初集卷一一收其詩一題。王揆（端士）中進士。蒼雪大師有《送王孝廉北上》詩。

順治十三年丙申（一六五六）　四十歲

約於是年初，離京返揚州，鄧廷羅以詩相贈。鄧廷羅《燕京送家孝威南還》云：『日日聞君去，遲遲卻爲何？因人良不易，作客豈宜多。湖澥吾徒在，風塵半世過。草堂歸計決，莫更誤烟羅。』（《詩觀》初集卷二）按：鄧廷羅，字叔奇，號偶樵，江南江寧人。《詩觀》初集卷二收其詩一題，二集卷六收四題、卷十二收四題。

是年初，自京師還後於揚州再遇詩人方文。方文對鄧漢儀遊京師而未事新朝表示讚賞。方文《嵞山集》卷三之《揚州遇鄧孝威有作（丙申）》云：『八年前作廣陵遊，一時聚集皆名流。君齡未壯便隱逸，賦詩贈我深相投。亡何風雨各飄散，我去山中君海畔。忽聞驅馬入京師，定知采筆干霄漢。聲名籍甚公卿間，掇取科第如等閒。雖曰從軍不肯嫁，木蘭仍以處子還。適我避雠來水國，舊友凋零空嘆息。豈料君從北地歸，古寺同棲正歡劇。日夜相過不厭頻，狂吟豪飲任天真。殘冬且莫輕離別，直待關中孫豹人。』按：鄧漢儀與方文『古寺同棲』，談詩論道。在詩歌創作上，鄧對方文創作中俚俗的一面曾提出批評。《詩觀》初集卷五云：『爾止詩專學長慶，僕昔與之論詩蕭寺，頗有箴規，爾止弗善也。要汰其俚率，存其蒼老，斯爾止爲足傳矣。』方文另有《梁仲木招同鄧孝威飲瓊華觀醉後作歌兼懷令弟公狄》記其此期交往。

是年，於蘇州再遇錢謙益，錢謙益爲評《燕市酒人篇》。錢謙益撰《題燕市酒人篇》評其詩。《牧齋有學集》卷四七《題燕市酒人篇》云：『今年復遇之吳門，見《燕市酒人篇》。學益富，氣益厚，骨格益老蒼。未及三年，孝威之詩成矣。』又見《慎墨堂筆記》第五十條、《詩觀》初集卷一第一條。

冬，隨龔鼎孳到廣東，次此期詩爲《過嶺集》。時龔鼎孳以左都御史謫中林丞，奉使嶺南。鄧漢儀《慎墨堂名家詩品・梁清標詩序》：『丙申冬日，儀曾陪合肥先生之嶺南，而合肥則從兵革豺虎中與儀刻燭聯吟，夜分不寐。各著有《過嶺集》。』《退庵筆記》卷六云：『順治丙申，龔端毅奉使嶺南，邀孝威俱，往返萬里。倡和極多，刻爲《過嶺集》。』

隨龔鼎孳使嶺南出發經過蘇州，龔鼎孳有《吳門雪後舟行即事》紀其事。《定山堂詩集》卷一一此詩其中第三首云：『孤蓬憐襆被，萬里共心期（謂孝威也）。』

鄧漢儀隨龔鼎孳一路南行，曾經浙江桐鄉崇福鎮（古城語溪）。龔鼎孳有《語溪夜泊同孝威用秋岳舊韻》紀其事。龔詩云：『更闌淚暗窮交酒，地僻江寒戰士船。醉李自增傾國恨，夫椒應著復讎年。』

農曆十一月十六日，錢塘江舟中與老友紀映鍾見。龔鼎孳有《喜伯紫來晤舟中時仲冬望後一日也率爾言別即事二首》紀其事。《定山堂詩集》卷二四此詩其一云：『一自蒲葵分急雨，三年鬢髮老危塗。眼看畫槳回魴鯉，歸到春愁訴鷓鴣。羨汝柴荊堪卒歲，天涯明月有懸弧（次日爲余生日）。』按：龔鼎孳生日爲陰曆十一月十七日。其二云：『同心幸藉烟霞侶，念汝還開篋笥文。錢武江頭漫回首，西風霜雁落紛紛（時同舟有孝威、介玉）。』按：王國璽，字介玉，福建閩縣人。清初三十二芙蓉齋刻本龔鼎孳《過嶺集》卷首之紀映鍾《過嶺集序》云：『客歲秋冬之際，孝升先生將有東粤行，時予適寓武林。軺車至，迓之北關，先生留予宿舟中。』

農曆十一月十七日，自錢塘江發舟南行。龔鼎孳作於順治十四年返程途中的《十八灘病中口號》（《定山堂詩集》卷三九）自注云：『時爲仲春十七日，距錢塘發舟恰三月矣。』

經桐廬（今屬浙江）。鄧漢儀有《桐廬舟進》，見《詩拾》卷六第一首。

歷上灘（今浙江開化境内）。《詩觀》二集卷二梁清標《上灘行》詩後，鄧漢儀記云：『丙申同合淝過此，沿途縣令無有不攢眉出涕，力訴地方之窮苦者。』

過玉山（今江西玉山縣）。《詩觀》三集卷一二葉燮詩後鄧記云：『余丙申至玉山，見滿城皆荊棘，廬舍盡被火燒，想閩亂之後益甚。』龔鼎孳《定山堂詩集》卷一一亦有《玉山道中》。

次南昌，泊舟滕王閣下。《詩觀》初集卷二龔鼎孳《送戴經碧太史督糧江右》詩云：『滕王高閣臨江浦，沙月曾停萬里船。』句後自注云：『予丙申奉使嶺南，曾泊舟閣下。』

在南昌遇談允謙，並共約訪。《淮海英靈集》丁集卷一所收鄧漢儀有《章門逢談長益約同訪徐巨源陳士業不果》，見《詩拾》卷六第二首。章門：南昌（贛州）之別稱。漢時南昌屬豫章郡，故稱南昌爲章門。談長益：即談允謙。談允謙，字長益，江南丹徒人，有《樹蘐草堂集》。徐世溥（一六〇八—一六五七），字巨源，江西新建人。明邑諸生，明亡後山居晦跡，不復應舉。世溥工諸體詩，善書法。有《易繫》、《榆溪集》等。陳鴻緒，一作陳弘緒。《慎墨堂詩拾》三卷本原題下有案語云：『陳鴻緒，字士業，江西新建人。以薦舉官晉州知州。著有《石莊》、《寒崖》、《山吾齋》等集。』

途新淦（今江西新干縣）道中。《定山堂詩集》卷二五有《新淦道中見新月》。

沿贛江過吉水，望吉水贛江邊之玄壇觀。《定山堂詩集》卷二五有《望玄壇觀》。

抵萬安（今屬江西）之百嘉邨。《慎墨堂詩話》：『丙申十一月余同龔定山之粤東，抵萬安之百嘉邨，則梅花爛熳已極。』

觀廬陵（今江西吉安）戰場。《詩觀》三集卷二吳秉謙《過廬陵觀戰場有感》詩後，鄧漢儀記云：『予丙申過廬陵，見荒磷滿地。』

逆安仁（今湖南安仁縣）。《定山堂詩集》卷二五有《風逆晚抵安仁》。

遊清遠峽山寺（今廣東清遠飛來寺）。《定山堂詩集》卷二五有《游峽山寺》。

是年，好友宮偉鏐八子宮鴻曆生。鴻曆（卒於康熙五十七年），字友鹿，江南泰州人，直隸靜海籍，有《棣園稿》等；《詩觀》三集卷九收其詩七題，並附記云：『余與紫陽先生以文事相切劘者五十年，而聯聲氣、倡風雅，則於海陵有手辟蠶叢之功焉。令嗣友鹿，篤切嚶鳴，有懷古業，爲吾黨匡贊不細。錄詩數章，未足盡友鹿也。』

閏五月二十二日，釋讀徹疊膝坐化。（陳乃乾《蒼雪大師行年考略》）

順治十四年丁酉（一六五七）　四十一歲

春，隨龔鼎孳客嶺南。

春節，在廣州渡過。龔鼎孳《定山堂詩集》卷二五之《嶺南元旦次秋岳韻》云：『雲書瑞筴海天晴，虎拜南荒及罷兵。宮柳歲移違曉仗，蠻花春滿出雙旌。』

在羊城與張陛、胡文蔚遊。鄧漢儀有《張登子招集喜遇胡豹生感賦》二首見《詩拾》卷六。按：張陛，字登子，浙江山陰人，《詩觀》初集卷二著錄其有《靜遠居詩選》。夫人胡應嘉，字季貞，亦能詩。《明代千遺民詩三編》卷九：『張陛，山陰人，崇禎庚辰歲大饑，劉宗周及祁彪佳皆里居。宗周倡議煮粥，彪佳倡議平糶。陛更出其家粟五百石佐二人所不及。又撰《救荒事宜》一書，具有條理，全活甚眾。』。胡文蔚，字豹生，約庵，浙江錢塘人，《詩觀》初集卷五著録其有《嶺南集》。

正月初七人日，與龔鼎孳、張陛同遊海幢寺（今廣州海珠區海幢寺），並訪澹歸上人。龔鼎孳《定山堂詩集》卷二五之《人日同張登子鄧孝威遊海幢寺訪澹歸上人》。按：釋今釋，號澹歸，本名金堡，字衛公，又字道隱。明朝萬曆四十二年出生，浙江仁和人。崇禎十三年進士，授臨清知縣。明亡後曾參與組織抗清，失敗後削髮爲僧。

澹歸上人有詩與鄧漢儀贈答。《遺民詩》卷一二收澹歸和尚《人日龔芝麓鄧孝威張登子垂訪海幢寺奉和》云：『勝流坐對即空山，未礙梅花笑往還。風雨雜陳今昔夢，松筠長護死生關。珠川定瀉何年淚，玉竹猶分一樣斑。此去相思無近遠，曹溪原不隔人間。』

此時，曹溶在嶺南。龔鼎孳邀曹溶同遊海幢寺，曹溶以事未赴。《詩觀》初集卷五有曹溶《人日芝麓邀遊海幢寺以事不克赴》云：『西望禪宮碧草陰，故人多難此抽簪（謂道隱）。寧嫌窮海齋廚冷，卒負初春屐齒尋。花隱豸冠高座合，沙移玉節晚鐘深。何來放屈淒然地，遠眺長留物外心。』

登粵秀山。《詩觀》三集卷一徐倬《題鎮海樓疊韻》詩後鄧謂：『余登粵秀山，望五層樓，未之登也。』

遊海珠寺，登丹霞臺。《淮海英靈集》丁集卷一收鄧漢儀《遊海珠寺登丹霞臺眺望》詩云：『晚岸潮生擊汰回，驚看萬水觸墩台。不知何代琳宮廢，竟作軍營鐵炮開。健卒自吹橫海角，曇瞿難拭戰場灰。茫茫春浪占城遠，獨自浮鷗日暮來。』曹溶未與遊，但有《遥同芝麓孝威海珠寺之作》與龔鼎孳、鄧漢儀相和。詩云：『近郭青同島嶼浮，自驚拙宦減春遊。懷箋不異看芳渚。拂袖終期共葉舟。潮卷艅艎軍帳黑，樓開蛟蜃石幢秋。興移釀酒磯前水，欲忘南荒自古愁。』

在嶺南期間鄧漢儀曾同曹溶論詩。《詩觀》初集卷五曹溶《送李雲田還漢陽》詩後鄧云：『昔在嶺南與秋岳論詩，於七言古必以突兀頓挫爲長。此篇敘置殊有蒼虯天矯之勢，固與時手平得者不同。』

初春（約正月下旬），陪同龔鼎孳自嶺南歸。龔鼎孳《定山堂詩集》卷三九之《舟發珠江》。自廣州，經三水、清遠、曲江、韶關、南雄，過大庾嶺，經江西南康至贛州，沿贛江水路北上，到達湖口後順長江水路直到金陵。

龔鼎孳有《三水舟中和曹秋岳制硯韻留別》。陰曆正月三十日，過清遠湞陽。龔鼎孳《定山堂詩集》卷三九之《湞陽道中晦日》。

經曲江，雨宿南華寺。龔鼎孳《定山堂詩集》卷三九之《雨宿南華方丈》。

還舟泊南康，昏夜同龔鼎孳訪王一翥。（《慎墨堂筆記》）

自南康乘風放舟北上。龔鼎孳《定山堂詩集》卷三九之《抵南康後舟中漫興十首》其一云：『斜風細雨落星灣，石磴難尋積翠攀。天外芒鞋遊福過，卻留薄幸到廬山。』並注謂：『乘風放舟，未及登山，念之悵惘。』

雨中至贛江。龔鼎孳《定山堂詩集》卷三九《雨抵贛江》。

二月十七日，過贛江十八灘。龔鼎孳《定山堂詩集》卷三九之《十八灘病中口號》云：『碧草吳天入望孤，南鴻三月一行無。正知嶺北春零亂，十八灘頭過病夫。』其題下原自注：『時爲仲春十七日，距錢塘發舟恰三月矣。』

清明節，由萬安舟行至南昌。阮元《淮海英靈集》丁集卷一有鄧漢儀《萬安道中病臥至章門小差時值清明》，見《詩拾》卷六。龔鼎孳有和詩《定山堂詩集》卷三九《見孝威清明詩補一絕句》。

清明後一日，與省齋太史及其令兄次德於吳城（今江西省樟樹市西北吳城鄉）道上相遇，且有詩贈答。龔鼎孳《定山堂詩集》卷三九有《省齋太史同令兄次德省其尊人於虔州相值吳城道上時爲清明後一日匆匆夜話遂別去將抵皖城見孝威四絕句因補和如數》四首。

上巳節前（三月一日），過金陵。龔鼎孳《定山堂詩集》卷三九之《上巳將過金陵》，已透露將與鄧漢儀分別的信息，其詩後更自注云：『孝威將於真州別去。』

是年穀雨節，鄧漢儀與龔鼎孳在真州（今江蘇儀徵）分別，依依情深。龔鼎孳《定山堂詩集》卷三九有《孝威江上紀别》二首，其二云：『清音山水動朱絲，燈火篷牕倚醉時。江雨蠻雲揮翰遍，一春閣筆嶺南詩（孝威嶺南雜詩最佳，予心折不能和也）。』《皇清詩選》卷一七收鄧漢儀《穀雨與芝麓龔公相别江上蒙以三詩贈别奉酬一章》，見《詩拾》卷六。

龔鼎孳返後曾客居揚州。冒襄《巢民詩集》卷四『丁酉』詩有《客海陵聞龔孝升先生將至邗上先寄二首》。另有《許力臣席上同孝升先生仍用海陵樓頭韻》。

鄧漢儀自嶺南返回後往來於蘇州、揚州間。《慎墨堂筆記》云：『丁酉，余過吳門，則雲子（朱隗）化去久矣，其弟陵望子，收拾所遺詩文，手録成帙，索余爲序，余以悤悤去廣陵，未之能應。』

冒襄過泰州，有詩贈鄧漢儀。鄧漢儀有和冒襄詩。《同人集》卷六丁酉年秦淮倡和詩有鄧漢儀《和辟疆先生過海陵見贈四首》，見《詩拾》卷六。

是年，周肇中式舉人。肇（一六一五—一六八三），字子俶，江南太倉人，順治十四年舉人，爲『太倉十子』之一，有《東岡集》；《詩觀》二集卷一二收其詩一題。田茂遇中式舉人。茂遇，字髴淵，號楫公，江南華亭人。順治十五年舉人。《詩觀》初集卷一〇收其詩一題。錢陸燦中式舉人。陸燦（一六一二—一六九八），字爾弢，號湘靈，江南常熟人，有《圓硯居詩集》等；《詩觀》初集卷七收其詩七題。

順治十五年戊戌（一六五八）　四十二歲

是年，周亮工以被讒至閩，自閩復赴都。陳潤龍作於順治十八年的《周公南還記》云：『蓋公以被讒至閩，自閩復赴都，則在十五年，於兹四載矣。』

八月，楊思聖（字猶龍，巨鹿人）訪孫奇逢於輝縣夏峯之兼山堂，時殷岳（字伯岩，號宗山，雞澤人）、申涵光等同聚。（《徵君孫先生年譜》卷下）

是年九月初七日，曹寅生。寅（卒於康熙五十一年），字子清，號雪樵、楝亭等，奉天遼陽人。有《楝亭集》等；《詩觀》二集卷一三收其詩三題。

是年，好友沈復曾卒。（《慎墨堂筆記》）

是年，受劉孔中之邀遊潁州，並次其遊潁州之作爲《濠梁集》。清乾隆十七年刻本《潁州府志》卷八：『鄧漢儀，字孝威，泰州人，嘗選《名家詩》刊行，當世人服其精當。順治中，劉觀察招至潁，寓鼂藻園，有與潁人倡和詩。』清道光九年刊本《阜陽縣志》卷一三：『鄧漢儀……順治中按察使劉孔中相招至潁，寓鼂藻閣，有與潁人士倡和詩。』《乾隆江南通志》卷一〇六《職官志·文職》：『劉孔中，順治十五年任整飭潁州兵備道。』沈龍翔《鄧徵君傳》記鄧漢儀：『遊潁有《濠梁集》。』

是年，孫一致中一甲二名進士。一致（一六三二—？），字惟一，號止瀾、擇庵，江南鹽城人。官至侍讀學士。《詩觀》初集卷一〇收其詩一題。

順治十六年己亥（一六五九） 四十三歲

深秋，鄧漢儀與黃陽生坐家園，並有詩歌唱酬。《詩觀》初集卷一一黃陽生有《己亥秋深與鄧孝威先生坐家園》：『亂後來深院，荒林落葉平。秋風欺破屋，朔雁哭寒城。酒傍陶家灑，詩同謝客清。豈知鼙鼓震，幽興爲君生。』按：黃陽生，字屺懷，號月舫，江南泰州人，鄧漢儀好友黃雲子，有《念祖》、《郁李》、《吳越》諸集。

順治十七年庚子（一六六〇） 四十四歲

別其師查繼佐先生已七年，鄧漢儀有詩懷查先生和當時於西子湖畔結社的同學，感嘆歲月流逝。《慎墨堂全集》卷一有鄧漢儀《查伊璜師別去七載懷之以詩兼示曉社諸子》，見《詩拾》卷三。

三月，好友冒襄及妻蘇氏五十雙壽，鄧漢儀賦詩爲其祝賀。《如皋冒氏叢書》俞樾序：『冒巢民先生生於明萬曆三十九年三月十五日。』《同人集》卷二有陳維崧《奉賀冒巢民老伯暨伯母蘇孺人五十雙壽序》：『冒先生五十而戒閽者勿納賀者觴也。是年伯母蘇孺人亦稱五十云。』《同人集》卷一〇有鄧漢儀《庚子暮春祝巢民先生、蘇夫人五十雙壽》詩三首，其三談到他們過去交遊的情況，也寫到『依林丘』的共同志向，見《詩拾》卷三。

冬，鄧漢儀過如皋冒襄水繪園，與陳維崧倡和，並與諸子結學詩之社。《同人集》卷六有鄧漢儀《庚子冬日過水繪庵次其年原韻》詩八首。其七有句云：『曬藥門長閉，吟詩客數來。居然天寶意，不棄建安才。』句後鄧漢儀自注：『時諸子結學詩之社於庵中。』

秋，冒襄過泰州，與鄧漢儀話舊，且有詩倡和。冒襄《巢民詩集》卷四『庚子』詩《過海陵與鄧孝威話舊得四首》，其一云：『十年詩賦共琳琅，昨歲秋風失雁行。』

冬，鄧漢儀過某氏廢園，無限感慨，並賦有絕句一首，陳維崧讀其詩，爲之動容。《詩觀》初集卷二黃雲《過花月山堂舊址》詩後，鄧注曰：『庚子冬日，僕過某氏廢園有絕句云：「蕭蕭梧竹此城隅，腸斷西風淚眼枯。畫屧粉妝何處是，雕欄夜夜走鼯狐。」「柴市淒涼暮雨愁，從軍小隊更邊州。忽經綠野平泉地，始識君恩萬古流。」陳子其年讀之流涕，惜猶未見仙裳此作耳。』

是年，顧景星有《贈徐亦史步鄧孝威韻》。（顧景星《白茅堂集》卷一一）

順治十八年辛丑（一六六一）四十五歲

二月，戴明說於輝縣夏峯問學於孫奇逢先生。（《徵君孫先生年譜》卷下）

春，好友王猷定於杭州西湖去世。《查東山先生年譜》：『（辛丑）春，豫章王于一捐館西湖，先生（查繼佐）偕同人爲治喪。』按：王猷定，字于一，號軫石，江西南昌人，選貢生，曾入史可法幕。明亡不仕。有《四照堂集》。

是年，與吳綺同客秣陵（今南京）。冬，鄧漢儀因生計，欲至壽春入幕，吳綺有詩送行。《詩觀》初集卷八收吳綺《客秣陵送鄧孝威之壽春》，詩云：『天未起寒雲，涼飆動砧杵。愛此秦淮秋，後先作行旅。故人敦素盟，授館得羣處。蕭條白板床，一燈夜中語。兩見明月出，行歌互爾汝。何來歲暮心，催君下西楚。譬彼兩黃鵠，乘風一軒翥。徘徊顧山椒，零落在毛羽。憂心從中來，默默如可數。壽春爭戰場，今古具樓櫓。君去得所依，長吟入軍府。嗟哉沿江屯，衣帶亦成阻。我去苦未能，新寒薄絺紵。離魂難奮飛，翻爲悔歡聚。』鄧漢儀於詩後曰：『爾時葉落青溪，一樽話別，正自蕭摵，不能爲懷。今讀此，忽忽發我十年之夢也。』鄧漢儀評吴綺詩入《詩觀》初集卷八的時間當在康熙九年，故客秣陵的時間當在順治十八年辛丑。

是年，周亮工冤獄大白，且逢五十大壽。鄧漢儀、陳維崧、程穆倩議爲先生壽。清端方《壬寅消夏錄》載陳維崧《贈櫟園先生序》云：『櫟園先生頌繫之五年，天子憐其冤，事大白，先生即脱獄南還至廣陵……時孝威鄧子、穆倩程子曰：今年先生正五十，揚人士思有以觴之，即以子言爲先生壽。』

康熙元年壬寅（一六六二）　四十六歲

是年，有書信寄彭而述。彭而述《讀史亭詩集》卷一三之《桂林和鄧孝威見懷元韻》其一云：『秦淮近況復如何，往日繁華六代多。百戰關山傳鐵馬，三宮粉黛付烟蘿。文章不朽知誰信，瘴癘炎荒老更過。近接揚州書一紙，猶然憔悴説干戈。』

是年，曾參與校訂劉榮嗣《簡齋先生集》詩選十一卷、文選四卷。據清華大學圖書館所藏康熙元年劉佑刻本之劉榮嗣孫劉佑跋云：『此予先大父司空之遺詩也……小子薄宦浠川、海陵間，簿領之暇，因取諸集，細爲編葺，即屬黄子美中、鄧子孝威，詳加較讎，付之剞劂。』『時康熙元年陽月朔日。』

十二月，鄧漢儀與冒襄、陳維崧、杜世農同在豔月樓賞梅。《巢民詩集》卷五《豔月樓臘梅盛開與孝威其年輟耕諸子即席分韻》（詩入『壬寅稿』）。按：杜世農，字輟耕，湖廣黄岡人。《詩觀》初集卷一〇收其詩二題。光緒《黄岡州志》卷二五《隱逸》：杜濬有『二子，世農，字湘民；世夏，字柏梁。世夏早夭，所傳《燕子磯懷古》有「鐵積千年石，潮歸萬古恨」之句者。世農性孝友，賦《斷雁吟》哭之，目欲眢。可謂至性過人者矣。亦先濬卒。』

是年，好友趙而忭卒。冒襄《巢民詩集》卷三『壬寅』詩有《哭趙友沂十首次其年元韻》其二云：『十四年來事，交情迥不迷。萍蹤盟白石，風雪命青驪（原注：『戊子冬與友沂定交，後尊大人同友沂衝雪三百里過余』）。神采淩霄漢，豪酣壓鼓鼙。飛揚兼跋扈，爲我首重低。』戊子，即順治五年，至康熙元年壬寅恰十四年。

是年，韓詩卒，鄧漢儀與朱克生共吊之。《揚州府志》載有鄧漢儀《韓聖秋職方歿後其姬歸寶應爲尼和朱秋崖韻吊之》詩六首，見《詩拾》卷九。雍正《揚州府志》卷三一：『朱克生，字秋崖，寶應國學生，攻舉子業，承淩溪射陂家學，尤肆力於詩。』『所著《秋厓集》，汪琬爲之序。』

康熙二年癸卯（一六六三）　四十七歲

六月初二日，爲申涵光《聰山集》作序，述及自己的詩學觀。是序見申涵光《聰山集》卷首（清康熙刻本，渾脱居藏板），既評其詩，也述及和申涵光相交情況，又有對河朔詩派的肯定和鼓勵，同時也比較集中地反映了鄧漢儀本人以『詩教』爲核心的詩學觀。序見本書《佚文》之《申鳧盟詩選序》。

是年，女詩人張昊出嫁。《詩觀》初集卷一二張昊小傳謂：『癸卯年十九，歸胡生名大瀠字文漪者，倡和極諧。』《詩觀》初集卷一二收其詩八題。

十月，清兵克廈門、金門，鄭成功子鄭經走臺灣。

年底，與冒襄唱和。冒襄有《巢民詩集》卷三『癸卯』詩有《冬杪偶集草堂玩籠中所蓄諸鳥遞爲倡和》，其中第二首《鸜鵒》題注爲『次孝威原韻』，鄧漢儀參與此次倡和。

康熙三年甲辰（一六六四）　四十八歲

上巳節，受宮偉鏐招，同劉佑等於泰州小西湖修禊。《慎墨堂詩拾》卷六有鄧漢儀《甲辰上巳宮紫玄招同劉雲麓使君楊恂庵田樹百及令子武承於小西湖修禊次劉雲翁韻》。劉佑（一六二一—一七〇二），字孟孚，一字雲麓，直隸曲周（今屬河北）人。康熙元年任泰州知州。有《尋遠樓近詩》等。小西湖，在泰州治泰山下，宋紹定二年，州牧陳垓重濬。週一百八十七丈，爲長堤，植芙蓉、桃、李，仿佛如西湖云。

十一月，王士祿來揚州，鄧漢儀、孫枝蔚、宗元鼎、陳維崧等常與之遊。《漁洋山人自撰年譜》惠棟注引《考功年譜》云：『（康熙三年）十一月，至揚州，士禛以舟逆於秦郵。』

是年，好友曹貞吉中進士，授内閣中書。

康熙四年乙巳（一六六五） 四十九歲

二月，戴明説請孫奇逢先生至滄州定園問學。（《徵君孫先生年譜》卷下）

是年，鄧漢儀游山東並與顔光敏相遇於曲阜。《海陵文徵》卷一五鄧漢儀《樂圃集序》，見本書《佚文》。

遊山東時曾過濟北，走聊城。初集卷一一趙貞《雨後望濟上諸山》詩後鄧云：『僕乙巳策蹇行濟北道上，望山色菁蔥，無能作一好語。讀松一此作，如我意中之所欲云。』《古聊城》詩後鄧云：『予過東昌有絶句云：「火牛即墨戰如雷，燕將丹心死不灰。何事只今聊攝路，行人惟説射書臺。」蓋與松一此作同一意。』

初夏，遊河南商丘。傷嘆陳希稷去世，見詩人徐作肅亦不得。《慎墨堂筆記》第十六條云：『乙已春日，偶遊東村。』『是年初夏，余過商丘，則簡庵於是春已歿。溪南之訪竟爲虚語，能無泫然？』陳希稷，字育民，一字蓮生，號簡庵，河南夏邑人。明末諸生。《詩觀》二集卷一一收其詩一題。《詩觀》初集卷八計東《别徐恭士長歌》詩後鄧漢儀云：『僕駐梁園三日，即驅車入汝南，竟未及見恭士。讀甫草是篇，令我想見平原氣誼，恨當時不披帷索晤，坐失此良友也。』徐作肅（一六一六—一六八三），字恭士，河南商丘人，順治八年舉人。《詩觀》初集卷九收其詩二題。

秋，與金敬敷同客汝南。《詩觀》二集卷五金敬敷詩後鄧謂：『乙巳秋客汝南，同在五策馬南歸，距今十載矣。』按：金敬敷，字在五，浙江山陰人。《詩觀》二集卷五收其詩五題。

是年，好友彭而述卒，李敬卒。敬，字聖一，號退庵，江南六合人，江寧籍，順治四年進士，有《退庵詩集》。鄧漢儀《詩觀》三集卷四收其詩四題。

康熙五年丙午（一六六六） 五十歲

三月，王士祿來遊揚州，漢儀在揚州與王士祿、孫默、王巖、雷士俊、杜濬、孫枝蔚、程邃、陳世祥、宗元鼎、陳維崧、王又旦、汪懋麟、吳嘉紀、汪楫、孫金礪輩，數遊燕於平山堂、紅橋，刻《紅橋唱和集》。（《王考功年譜》、《國朝名家詩餘》附刊《紅橋唱和集》。）陳世祥，字善百，號散木，江南通州人。《詩觀》初集卷一一收其詩一題。

是年，友人戴王縉任揚州推官。嘉慶《揚州府志》卷三八：『戴王縉，滄州人，進士，（康熙）五年任揚州府推官，六年缺裁。』是年夏，鄧漢儀受戴王縉招飲於揚州抱經堂。出龔鼎孳送行二詩於鄧漢儀。（《慎墨堂筆記》）王縉，字紳黃，號雲極，直隸滄州人，戴明說子，有《蕭雲齋集》、《蕭雲閣詩草》等。《詩觀》初集卷六收其詩二題，二集卷六收九題。

秋，鄧漢儀與宋琬晤，並評論泰興季振宜詩。《詩觀》初集卷一季振宜詩後附云：『憶丙午秋，與宋荔裳把晤於福緣僧舍，荔裳極口滄葦詩不置，稍從諸選得見數篇，未免有嘗鼎一臠之恨。及方石盡以全帙見寄，乃得縱橫觀之。』

與孫枝蔚、陳維崧同王士祿、宋琬、楊執玉等遊，並有詩相贈酬。孫枝蔚《溉堂續集》卷一丙午七言古詩《西湖三舟圖王西樵司勳屬題兼呈宋荔裳觀察楊執玉太常》有云：『西湖風景吾懶述，陳鄧諸君詩頗悉。』句後注曰：『其年、孝威諸子各有詩。』楊璥，字執玉，北直隸順天府宛平縣人。明崇禎十六年登進士，後降清，授禮部祠祭清吏司主事。順治二年，任陝西學政；四年，任山西布政使司參議，分巡冀北道。七年，改湖廣布政使司參議，分守下湖南道。次年，改任山東按察副使分守登萊道。十一年，任江南布政使司參政，分守江寧道。十四年，改河南布政使司參政，分守汝南道。次年，任太常寺少卿，提督四譯館。康熙二年，擔任山西鄉試正考官。

九月，睢州湯斌訪孫奇逢於輝縣夏峯。（《徵君孫先生年譜》卷下）

深秋，鄧漢儀與陳維崧、孫枝蔚、宗元鼎、汪楫、沈泌、季公琦、范國祿、陳世祥同在揚州賞菊。陳維崧《迦陵詞全集》卷一七有《念奴嬌·被酒呈荔裳、顧庵、西樵三公，並示豹人、孝威、梅岑、舟次、方鄴、希韓、汝受、散木諸子，仍用原韻》，其中有句云：『幸遇袞袞羣公，憐而召我，共看東籬菊。』按：范國祿，字汝受，十山，江南通州人，有《江湖遊草》等。鄧漢儀《詩觀》初集卷一一收其詩六題，二集卷七收七題。

十月，與冒襄、王士祿、曹爾堪、李長祥、陳世祥、宗元鼎、陳維崧、宋琬、朱一是、季公琦、方孝標等四十五人宴集於紅橋，填詞紀事。《清平詞選》有鄧漢儀《念奴嬌·小春同諸公紅橋宴集，時有魚校書在座》，見《青簾詞》之《念奴嬌·感舊》。《同人集》卷七《紅橋宴集》有曹爾堪《丙午紅橋宴集，同巢民諸子同限一屋韻，時有魚校書在座》、王士祿《紅橋宴集，同限一屋韻》，宗元鼎《芙蓉詞》有《念奴嬌·小春紅橋陪王西樵先生及諸公宴集，同限一屋韻，時有魚校書在座》。陳維崧《迦陵詞全集》卷一七有《念奴嬌·紅橋園亭宴集，同限一屋韻，時有魚校書在座》，宋琬《二鄉亭詞》有《念奴嬌·丙午小春，善伯、希韓招諸同人宴集紅橋之韓園，分韻》，《西陵詞選》有朱一是《念奴嬌·同陳其年、李研齋、宋荔裳、方樓岡集韓園分賦》，《廣陵倡和詞》有季公琦《念奴嬌·丙午紅橋宴集，同巢民諸子同限一屋韻，時有魚校書在座》。陳世祥《含影詞》有《念奴嬌·小春紅橋園子宴集，同限一屋韻，時有魚校書在座》。王士祿《十笏草堂上浮集》卷四、丙集二《丙午詩九十首》有《小春宴集紅橋園亭，即席分賦，得陳字公字》，題下注：『同集爲李研齋諸公三十五人，主人爲陳散木諸公，凡十人。』故是此宴集在四十五人以上。按：李長祥，字研齋，四川達州人，有《天問閣集》。朱一是，字近修，號欠庵，崇禎壬午舉人，浙江海昌人，徙居海寧，有《爲可堂集》。季公琦，字希韓，號方石，江南泰興人，季振宜弟。

同月，王士祿長女卒，遂由揚州返里。王將告歸，鄧漢儀等一干友朋置酒揚州城北之墅前，行酒、限韻賦詩爲王士祿送行。《王考功年譜》：『西樵在廣陵，樂與諸貧士遊。四方文士倉促緩急，往往殫楮周給之，不以有無爲解。居歲餘，困頓不能置裝。會長女適鄒平成氏者又死，遂於十月返里。』清康熙間莘樂草堂刻本雷士俊《艾陵文鈔》卷六之《北歸錄別詩序》謂：『西樵先生旅于揚州者十有五月，將告歸，置酒城北之墅前，期徧誠於交遊。及期，灑掃早治具再速。頃之，累累而至。籩豆既列，獻酬迭行。酒半，先生揖而請曰：「余之歸，有日矣，盍贈以詩！」於是取江文通之《別賦》三十六字，人各鬮之。體五言古，限以十韻。遂酣醉盡驩而退。翼日羣致其所爲詩者，江南則王式之、白仲調、陳散木、吳野人、鄧孝威、李若金、卞雲郭、宗梅岑、華龍眉、許師六、汪左嚴、汪叔定、王仔園、汪季角、蕭靈曦、夏次功、程穆倩、孫無言、汪長玉、查二瞻、吳西崖，浙江則李山顏、黃復仲、孫介夫、姚端木、邵天自、張祖能、姜綺季，江西則涂子山，湖廣則許漱雪、杜茶邨，福建則黃帥先、高雲客，山東則孫道讓，陝西則王築夫、雷伯籲。而郭飲霞、高小卻又自爲韻云。名曰北歸錄別詩，先生之留別必以來字者，諸君之離合不常，冀其來，以爲深幸也。康熙丁未秋，艾陵居士雷士俊序。』

是年，朱一是返海寧，鄧漢儀與陳維崧、季公琦等有詞送行。《廣陵倡和詞》有鄧漢儀《念奴嬌·送朱近修歸海昌，兼懷宋既庭先還吳門》，見《青簾詞》。陳維崧《迦陵詞全集》卷一七有《念奴嬌·送朱近修歸海昌，兼懷丁飛濤之白下，宋既庭返吳門，仍用顧庵韻》，《廣陵倡和詞》有季希韓《念奴嬌·送朱近修歸海昌，兼懷宋既庭還吳門，次學士韻》。

初冬，陳維崧還宜興，鄧漢儀同曹爾堪、王士祿、沈泌、汪楫、季公琦、陳其祥、李以篤等有詞送之。《廣陵倡和詞》有鄧漢儀《念奴嬌·送陳其年歸陽羨》，見《青簾詞》。《廣陵倡和詞》另有季公琦《念奴嬌·送陳其年歸陽羨，兼索烏絲全集，次學士韻》。陳維崧《迦陵詞全集》卷一七有《念奴嬌·曹顧庵、王西樵、鄧孝威、沈方鄴、汪舟次、季希韓、李雲田、兄散木皆有送予歸陽羨詞，作此留別》。按：李以篤，字雲田，太倉守世鼇孫。

是年，與沈泌同客揚州並有倡和。約於是年末，沈泌還宣城，鄧漢儀與陳維崧等均有詞相送。《廣陵倡和詞》有鄧漢儀《念奴嬌·送沈方鄴還宣城，兼寄唐祖命》，見《青簾詞》。陳維崧《迦陵詞全集》卷一七有《念奴嬌·送沈方鄴還宣城，兼懷耕塢、施愚山、梅子長，同西樵，用孝威韻》。按：沈泌，字方鄴，江南宣城人，有《雙羊集》；《詩觀》初集卷九沈泌詩後鄧漢儀記云：『方鄴篤於聲事，荔裳、愚山、西樵諸公交推之。丙午同客邗上，唱和甚多，惜未留其稿。』

康熙六年丁未（一六六七） 五十一歲

客吳興苕上，羅霆章鏡庵以《從征》等詩見示。鄧與戴岩犖坐茅氏之聚星堂，共爲點定。（《慎墨堂筆記》）期間曾日遊湖州碧浪湖、夾山漾。《詩觀》初集卷一〇釋成德（友松，江南江都人）《舟過吳興》詩後鄧漢儀記云：『昔人顛浮家泛宅，往來苕霅間。僕丁未過此，日遊碧浪、夾山，乃知前人寄託之妙。讀友公詩又令人忽忽思往事也。』按：碧浪湖，在湖州城南，屬東苕溪。以在觀山前，又名峴山漾，一名玉湖。夾山，即夾山漾，湖州城南另一湖泊。

夏曆五月底，寓居揚州天寧寺，爲滄州戴明説《定園詩集》作序。《定園詩集》卷首之鄧漢儀《定園詩集序》不僅談及作序緣由，更述及二人交遊情況。序見《佚文》。

十月十六日，鄧漢儀與周亮工相會於揚州，並爲其《書影》撰《跋》。《海陵文徵》卷一五鄧漢儀《跋周櫟園先生書影後》云：『丁未十月既望，覯公於秦淮，公飲之酒。酒間出是書授儀。』

冬，鄧漢儀讀吴梅村《邵僧彌墓志》，嘆其後裔凋零。（《慎墨堂筆記》）邵彌，字僧彌，號頤堂、瓜疇居士。受業於錢謙益，好學多才藝，精於詩、書、畫。《吴梅村全集》卷四六有《邵山人僧彌墓志銘》。

冬雪後，鄧漢儀至南山寺寂香庵，見堂前龔大器《秋日南山寺訪季公孟》詩。（《慎墨堂筆記》）

是年，宋徵輿卒。徵輿（一六一八—），字轅文，號直方、林屋，江南華亭人，順治四年二甲進士，有《林屋文稿》；鄧漢儀《詩觀》三集卷五收其詩一題。

是年，詩人張壇卒。張壇，字步青，浙江錢塘人，有《孤山草堂詩》；《詩觀》初集卷一二：『昊，字槎雲，浙江錢塘人，孝廉張步青諱壇之長女也……丁未步青赴春官試，卒于京師。訃音至，槎雲痛悼欲絶，有「孤山何太苦，變作我親丘」之句，讀者憐之。』鄧漢儀《詩觀》二集卷六收其詩一題。

康熙七年戊申（一六六八）　五十二歲

春，鄧漢儀遊蘇州。一日舟泊虎丘，有懷顧苓塔影園。《慎墨堂詩拾》卷六收有鄧漢儀《戊申春日舟泊虎丘有懷顧云美塔影園》詩一首。按：顧苓，字云美，江南吴縣人，有《塔影園稿》；《詩觀》二集卷四收其詩一題。顧苓當爲鄧漢儀友，二人交遊情況不詳。

是年，鄧漢儀客遊吴興（今浙江湖州）入吴綺幕，並與吴綺同選《唐詩永》。《詩觀》初集卷七宗元鼎詩後記、同卷汪琬《送吳薗次守吳興》詩後記。

十月二日，吳薗次招同鄧孝威與王昊、宋琬遊吳興夾山並分韻賦詩。王昊《碩園詩稾》卷二七康熙戊申詩有《孟冬二日吳薗次郡伯招同宋荔裳觀察于鱗斯郡丞暨白仲調鄧孝威孫坦夫介夫泛舟夾山以停車坐愛楓林晚霜葉紅於二月花平聲爲韻得林字》：『溪流沿處得楓林，畫舫經行趁夕陰。最愛湖山成勝事，即論絲竹亦清音。謝安碁局陪高興，陸羽茶鐺助苦吟。天與烟波供地主，百壺寧惜屢相尋。』

後吳綺又招同鄧漢儀與王昊、宋琬等於愛山臺，席間分韻賦詩。王昊《碩園詩稾》卷二七康熙戊申詩有《愛山臺薗次郡伯席偕宋荔裳觀察謝星源司李暨鄧孝威徐碩林孫介夫陳子壽茆載馨羅弘載賦得今日良宵會》：『今日良宴會，振策登高臺。烟嵐足娱目，野色蒼然來。軒窻富遊覽，滿引黄金罍。名彦羅四筵，詞賦皆警才。長歌送西輝，笙歌以徘徊。須臾圓魄升，張燈益心開。緬懷昔賢人，此意何悠哉。』同時又有《又分韻得二蕭》詩云：『郡國開文燕，驚看萬木凋。青山淹旅況，紅燭破寒宵。酒正行三雅，歌方奏六么。擬窮茗雪勝，明日更湖舠。』

客遊吳興時，與胡會恩聽馬舜甫彈唱興衰故事。《詩觀》三集卷四胡會恩詩後記。胡會恩，字孟綸，浙江德清人，有《烟帆草》。《康熙十五年丙辰科會試二百九名進士三代履歷便覽》：『胡會恩，孟綸。《詩經》。辛卯年五月二十八日生，德清人。壬子四十三名，會試五十五名，一甲二名榜眼及第，欽授翰林院編修。曾祖子晉，貢士，廣德州同知，崇祀名宦鄉賢。祖公振，太學生，誥封徵仕郎。父麒生，戊辰進士，行人，考授禮科給事中，改授兵部主事。』

康熙八年己酉（一六六九）　五十三歲

上巳節，同宮偉鏐於小西湖修禊。《春雨草堂別集》有鄧漢儀《滿庭芳·己酉上巳小西湖禊飲呈紫翁》，見《青簾詞》。

是年，遊越，與李文胤結下深厚的友誼。《詩觀》三集卷一李文胤詩後鄧記：『己酉與杲堂別於甬上，迨丁巳始復以書來，寄詩累累。不謂遽爾奄逝。』初集卷七汪琬《湖上清明有懷許傅岩蘇環中》詩後鄧云：『僕去年過湖上，意中正復有此，卻被顧庵道出。』按：鄧評汪琬詩在康熙九年。

是年，周亮工被漕運總督帥顔保以縱役侵扣等罪奏劾，遭革職下獄，論絞。鄧漢儀將至金陵探視，因無路費而未成行。黄雲《真州候潮同友人登樓作（時奔視櫟園先生）》，鄧於其後注云：「己酉冬予將至秣陵省浚儀之難，貸金不得，遂悵怏而返。仙裳毅然請行，予視之有慚色矣。」

是年，方文卒。《嵞山續集》潘江跋云：「嵞山先生以己酉之秋歿於蕪陰。」熊文舉卒。《清史列傳》卷七九本傳云：「文舉『（康熙）八年，死，賜祭葬如例。』」

康熙九年庚戌（一六七〇）　五十四歲

二月，湯斌再至輝縣夏峯向孫奇逢先生問學。（《徵君孫先生年譜》卷下）

始編《詩觀》初集。《詩觀》初集凡例：「僕歷年來浪遊四方，同人以詩惠教者甚衆，藏之行篋，不敢有遺。庚戌家居寡營，乃發舊簏，取諸同人之詩，略爲評次，蓋閱兩寒暑而始竣厥事。」

秋，鄧漢儀於陳台孫座間晤柳敬亭。《詩觀》初集卷三曹貞吉《贈柳敬亭》詩後鄧漢儀記云：「今年秋于陳階六座間猶晤柳老，意氣衰頹盡矣，尚爲一故人灑出塞之涕。讀此詩結句，令我彷徨。」陳台孫，字階六，號越庵，江南山陽人。初集卷三朱淑熹（艾人，江南泰州人）《柳敬亭自京師歸過訪吳陵感贈》詩後鄧漢儀亦記曰：「客秋遇敬亭於維揚，淚滿襟袖，蓋爲懿誦出關故也。讀艾人二詩沈痛慨激，益使人彷徨不能已。」

十月，客如皋冒襄水繪庵。

十月十三日，冒襄招集項玉筍、楊樹聲、徐章、錢岳等飲於水繪庵。《同人集》卷七『庚戌歲寒水繪庵倡和詩』鄧漢儀有《巢民集飲水繪庵共限枝字復爲長歌》。項玉筍、錢岳均有《孟冬前二日巢民先生招同楊無聲鄧孝威徐石霞飲水繪庵即席共用枝字》詩。張圯授亦有同題遙和詩。項玉筍另有《和孝威效栢梁體限枝字長歌》。按：項玉筍，字嵋雪，浙江嘉興人，有《懶真堂詩集》。楊樹聲，字無聲，福建漳州人，曾任揚州清軍同知、江防同知等，《詩觀》初集卷八收其詩二題。徐章，字石霞，江南江陰人，有《山止閣集》等；《詩觀》初集卷九收其詩二題，三集卷一〇收四題、卷一三收十一題。《詩觀》三集卷一〇鄧漢儀記在如皋與徐章相交云：「庚戌與石霞客雉皋，蕭然彈鋏，而氣誼殊殷。」張圯授，字孺子，江南如皋人，有《茗柯軒集》；《詩觀》初集卷一一收其詩八題，三集卷一一收其詩二十二題。清嘉慶十三年刊本《如皋縣志》卷一七：「錢岳，字五長，通州人。其先世多才士，至岳更奇，屢試不售，謝去舉業以著書自娛，凡五十載手不釋筆。古文詞賦無不入妙。晚年遷居如皋，日與二三老友雅集，塵事不以膺其胸。著有《漁素閣集》。其它小品奇書，凡數百卷，以千字文編次，貧不能付剞劂。」《詩觀》初集卷九收其詩一題。

十一月三日、四日，冒襄招鄧漢儀、項玉筍、徐章於得全堂宴飲倡和。《同人集》卷七收鄧漢儀、項玉筍、徐章同題詩《仲冬三日巢民招飲得全堂即席限冬宵二字》。鄧漢儀、項玉筍又有《次日又雪再集得全堂縣娱青二韻》。按：得全堂，在如皋集賢巷，原爲冒襄祖父、知州冒夢齡别業，爲冒襄與友人宴飲高會之處。冒襄輯《同人集》卷三有陳瑚《得全堂夜燕記》、李清《得全堂夜燕記跋》等。

冬至日前後，在水繪庵與釋行悦交。

冬至前一日，冒襄招釋行悦、鄧漢儀、項玉筍、徐章、佘峑、張圯授集水繪庵得全堂倡和。《同人集》卷七「庚戌歲寒倡和詩」收釋行悦《小至日巢民先生招同嵋雪孝威石霞默庵孺子集得全堂限知趨二韻》。鄧漢儀和作有《巢氏招同梅谷大師茶話即景限韻》。按：釋行悦，字梅谷，一作梅國，江南太倉人。清嘉慶十三年刊本《如皋縣志》卷一七：「行悦，字梅國，高僧也。博學工詩，行楷法魯公，張茗柯師事之。師嘗爲茗柯設三誓五願。三誓者，凡遇外誘作盲子想，凡遇人倫作處女想，凡遇侮慢作羼提想。五願者，願如寶花入而不汙，願如寶輪轉而不折，願如寶座高而不傾，願如寶瓶滿而不溢，願如寶燈光無不照。著《語録》八卷行於世。」由梅谷和尚詩，知此期倡和有佘峑，當正是此時，鄧漢儀結識了佘峑。佘峑，字默庵，如皋人。《詩觀》初集卷一〇佘峑詩後鄧漢儀記云：「予遊雉皋，得交默庵，知爲有道仁人，不僅以詞章名世。」

同期鄧漢儀與冒襄、項玉筍有倡和詩贈釋行悦。《同人集》卷七鄧漢儀《次巢民先生原韻贈梅谷和尚》，見《詩拾》

卷六。項玉筍亦有《同孝威次巢民先生原韻贈梅谷和尚》，徐章、錢岳、張圯授等均有和詩。

冬至日，鄧漢儀再遇釋行悅。《同人集》卷七有鄧漢儀《冬日再遇優硶庵訪梅谷仍次巢民韻》，見《詩拾》卷六。

寓居水繪庵期間，鄧漢儀與冒襄、黄雲、陳維崧、許承欽、陳世祥等友人於水繪園枕烟亭，聽白玨琵琶，維崧作《摸魚兒》詞，鄧漢儀亦有《枕烟亭雪集聽白三琵琶》。《詩觀》初集卷二黄雲《贈白璧雙》詩後記、《詩觀》初集卷四冒襄《寒夜聽白三彈琵琶歌》詩後，鄧漢儀云：『是冬僕遊雉皋，寓洗缽池上。憶作是題長歌，漏已三下矣。大雪迷漫，林巒池閣如畫，而巢民急遣銀鹿來蕭寺索予新詩。是夜，巢民不寐，重命侍兒焚香煮茗，圍爐而和鄙什，其詩離合詳略，起伏頓挫，備極神工，拙構遠不逮也。』初集卷一一張圯授《聽通州白璧雙琵琶歌》詩後，鄧漢儀曰：『庚戌雪夜，予同許漱石、陳散木、項嵋雪諸君在枕烟亭聽白璧雙琵琶，孺子不至，深以爲悵。今仍遇之，湘中懸溜間乃有如此風流跌宕之作，真爲快事。』按：白璧雙，即明末清初著名琵琶藝人白玨（一六二一—？），參《詩拾》卷四《寒夜飲巢氏……》箋注。

寒夜與許承欽等飲冒襄得全堂觀花燈，又轉至張宅聽白璧雙琵琶。《同人集》卷七『庚戌歲寒倡和詩』有鄧漢儀、許承欽《寒夜飲巢民得全堂觀淩璽徵手制花燈旋之張宅聽白璧雙琵琶歌》。

十一月二十五日戊寅雪後，鄧漢儀同許承欽、項玉筍、陳世祥、黄時偉、徐章、黄士瑋等集得全堂倡和。《同人集》卷七『庚戌歲寒倡和詩』有鄧漢儀《仲冬晦前五日復雪同項嵋雪陳散木黄函石徐石霞譚永瞻集巢民先生得全堂限新傍二韻》。許承欽有《仲冬晦前五日復雪同項嵋雪鄧孝威陳散木黄函石徐石霞譚永瞻集巢民先生得全堂限新傍二韻》，項玉筍、陳世祥、黄士偉、徐章等有同題和詩。同日，鄧漢儀另有《雪後同人小集得全堂巢民先生詩成有煮惠燒麞之句戲和》。按：黄士瑋，字函石，順天籍，山陰人。譚永瞻：生平事蹟不詳。

十一月三十日癸未，鄧漢儀同主人冒襄、友人許承欽、陳世祥、項玉筍等與水繪園湘中閣觀景宴飲，並聽白璧雙琵琶。《同人集》卷七『庚戌歲寒倡和詩』所收鄧漢儀《湘中閣看雪歌呈巢民先生》，見《詩拾》卷四。許承欽詩爲

《仲冬晦日巢民同令子青若招飲湘中閣看雪同散木孝威嵋雪無聲石霞永瞻再聽白璧雙彈琵琶續呼三姬佐酒歌》。

在如皋與釋序樞交。釋序樞，字立勝，江南如皋人，有《樹庵偶存》。《詩觀》初集卷八釋序樞詩後鄧云：『久別立勝，庚戌秋杪乃晤於東皋之洗缽池。行將問道堯峯，把玩新詩，殊令我惆悵白雲黄葉也。』

冬，從如皋返回後評點宗元鼎詩。《詩觀》初集卷七宗元鼎詩後鄧記云：『庚戌嘉平，從雉皋雪中歸，因呵凍書此數句。不知考功、儀曹論詩京邸，以僕言爲何如？』

冬，揚州草甚貴，影響百姓生活。杜濬有作於庚戌年十二月客維揚時之《揚州草》，詩云：『揚州草，不青復不黄。百錢買一束，難熱釜中湯。有米之家亦無飯，客子聞之仰天歎。將薪比桂桂不如，琪花瑤草誠有諸。』鄧漢儀將此詩選入《詩觀》初集，且評云：『揚州草值甚貴，而庚戌冬尤甚，此爲實譜其事。』

康熙十年辛亥（一六七一）　五十五歲

是年選《詩觀》初集，並采魏裔介詩入《詩觀》初集卷三。《詩觀》二集卷二魏裔介詩後附云：『辛亥有《詩觀》之役，僅從友人選本采十餘首登梓。』

二月二十三日寒食，漢儀錄王士禛詩二十八首入《詩觀》初集。《詩觀》初集卷七記云：『琅琊諸王，以詩名當代久矣。西樵詩半出宗子定九手訂，而僕略爲點次；阮亭則全錄其近稿，而已登《國雅》、《詩志》者不載；東亭詩篇原少，略采數首，已見一班。要一門之盛，前掩張、陸，後壓軾、轍者也。辛亥寒食，坐慎墨堂，援筆偶記，能無千里停雲之憶耶？』此次鄧漢儀除選王士祜五題、王士禄四十七題入《詩觀》初集外，自《漁洋山人新稿》選王士禛詩二十八題。

五月四日端午前夕，鄧漢儀與計東、魏禧、王巖（築夫）、孫枝蔚、汪楫、程邃（穆倩）、章淇上、孫嘉客、浦濳夫、朱雲卿、董方南等於揚州嚴沆寓所宴集。計東《改亭詩文集》詩集卷一之《廣陵五日燕集作》詩序曰：『寧都魏叔子禧、長安王築夫岩、三原孫豹人枝蔚、泰州鄧孝威漢儀、歙汪舟次楫，皆天下駿雄魁傑之士，僑客廣陵，舟車之衝，人物輻湊，諸君獨擁書鍵戶，不妄徵逐。非深相知，即當世巨公不往一見。禹航顥亭嚴先生，自其祖父總持聲教，歷先生父子四世矣。聲位通顯，益折節下賢士。故他貴人所不能致者皆來集。辛亥五月四日，會飲繡鶴堂先生寓也。諸君既至，先生故人程叟穆倩輿病來，孫無言往淮陰故不果來，浦潛夫以論《易》就先生。章子淇上、孫子嘉客，西泠耆舊，同先生來遊，(東)先生年家子朱雲卿、董方南，從先生遊者，飲酒至醉，各稱詩紀事。予退而賦，章如賓主之數，記人物交遊本末，俾後之觀者有所考焉。』其中寄贈鄧漢儀詩云：『鄧子富文藻，健筆鸞龍鱗。足跡半寓內，奇才漸能馴。北至汝與洛，南踰越與閩。登臨極冥搜，山川見精神。作者既自命，刪定今詩人。正雅竭揚厲，僞體芟荊榛。耳目一以滌，雲物瞻清新。頗憶吳興遊，正氣能嶙峋。開口罵鼠子，衡鑒澄羣倫。至今逸老堂，風流識天真。』

清康熙刻本《溉堂集》續集卷四辛亥(清康熙十年)五言古詩有《端陽前一日嚴顥亭都諫招飲江都寓宅》，魏禧有《辛亥端陽宴集詩》(《魏叔子文集外編・詩集》，稿本)。

初夏，選沈泌詩入《詩觀》初集。《詩觀》初集卷九沈泌詩後鄧漢儀記曰：『辛亥夏初，有事選政，以道遠爲艱，僅從俞部選本錄得數作，真缺事也。』

初夏，鄧漢儀於揚州選羅世珍(以獻、魯峯，湖廣漢陽人，有《紀行詩》)、曹偉謨(次典，浙江嘉興人)、張芳(菊人、鹿床，江南句容人)、高阜(康生，江南江寧人)、馮肇杞(幼將，浙江會稽人)、黃虞稷(俞邰，福建晉江人)、周在浚(雪客，河南祥符人)、周在延(津客，河南祥符人)、吳晉(介茲，江南江寧人)、周蓼恤(貞萋，湖廣江夏人)、王楫(汾仲，江南徽州人)、孫汧如(阿匯，江南六合人)、王概(安節，浙江嘉興人)、李郊(董自，江南江寧人)、杜紹凱(蒼略，湖廣黃岡人)、董含(榕庵，江南華亭人)、張彥之(洮侯、峭岩，江南華亭人)、徐奇(東來，江南長洲人)、洪嘉植(秋士，江南江寧人)等人《秦淮竹枝詞》一組入《詩觀》。《詩觀》初集卷九洪嘉植詩後鄧漢儀記云：『辛亥初夏，偶客邗江，王子仙潛授予《秦淮竹枝詞》一帙，篝燈細詠，情緒堪憐。蓋石城兵火之餘，實切烏衣王謝之感，因爲簡擇，爰播風流，固是水調新聲，豈屬巴渝舊響。』

七月，施閏章、沈荃至輝縣夏峯訪病中的孫奇逢。(《徵君孫先生年譜》卷下)

是年，鄧漢儀見女詩人吳山於揚州。吳山出其詩集《青山集》，鄧欣然題四絶句於其上，並選評其詩。《詩觀》初集卷一二記云：『辛亥客維揚，巖子以《青山集》見貽。予成四截句題其上，巖子覽之喜甚，因論次其詩，付之剞氏。』鄧漢儀《題吳巖子大家〈青山集〉》，見《詩拾》卷九。吳山，字巖子，號青山，江南當塗（今屬安徽）人。江寧卞琳妻。

冬，鄧漢儀與杜濬同客揚州，杜濬出其詩三百餘首於鄧漢儀。《詩觀》初集卷一杜濬詩後鄧記云：『辛亥冬，同客廣陵，因出其篋中稿三百餘首見示。余特拔其尤者與世共珍之。』

冬，鄧漢儀訪吳興祚於錫山。《詩觀》三集卷二吳興祚詩後附云：『辛亥冬杪，余以輕舟訪留村公於錫山，是夜即蒙招飲。余以天寒，解維急去。而公期以明春再至，余以他羈，未得踐約。嗣是公擢閩臬，又擢撫軍，又擢兩粵總制，道里遙遠，造謁維艱。』

鄧漢儀在白田與孫樹百大令、秋崖、冰壑、雨峯交。與喬邁交，喬邁很快去世。《詩觀》二集卷一〇：『辛亥冬，從溯風急霰中過白田，與孫樹百大令、秋崖、冰壑、雨峯諸君子痛飲三日而別，竟未及訪雲漸。』二集卷一〇喬邁詩後：『鈍庵淳氣高情，當代所罕。辛亥冬始于白田相晤，把手欣然，恨相見晚。而倏捐館舍，念之惻然。』按：孫蕙，字樹百，山東淄川人，有《笠陽詩草》、《玉雞堂詩》；《詩觀》初集卷六收其詩二十三題，二集卷三收二十四題。《順治十八年辛丑科會試四百名進士三代履歷便覽》：『孫蕙，樹百。《詩經》。丙子年二月十六日生，益都籍淄川人，丁酉八十七名，會試二百七十六名，二甲四十二名，刑部觀政。曾祖崇丘。祖文。父克己。』朱克生，字周禎，號秋崖，江南寶應人，有《環溪詩集》；《詩觀》初集卷一一收其詩十一題。陳鈺，字其相，號冰壑，江南寶應人，有《巢園詩鈔》；《詩觀》初集卷一一收其詩四題，二集卷一一收五題。劉中柱，字砥瀾，號雨峯，江南寶應人，有《漁山園詩集》、《燕遊集》；《詩觀》初集卷一一收其詩四題，二集卷一一收三題，三集卷一二收一題。三集卷一二其詩後鄧云：『憶昔客遊八寶，與雨峯把酒聯吟，清燈話舊，興致極爲纏綿。今致身清華，而詩愈臻高老。亟登數首，慰我停雲。』阮元《淮海英靈集》卷二：『劉中柱，字砥瀾，號雨峯，江南寶應人。以國子監官遷部郎，出爲正定府知府。與汪蛟門、陶季深、汪舟次、喬石林、朱秋厓、陳冰壑、史蕉飲、鄧孝威同時爲詩友。』喬邁，字子卓，號鈍夫、鈍庵，江南寶應人，喬可聘長子，有《東瀼堂稿》。

是年，張玉裁卒。玉裁（一六三七—），字禮存，號退密，江南丹徒人。《詩觀》初集卷四收其詩一題，二集卷其收三題。

是年，鄧漢儀好友計東應劉體仁延攬居潁上。清道光九年《阜陽縣志》卷一三：『計東……康熙辛亥，劉體仁延教其子，發明姚江良知之學，講論經書及古人文集，皆具卓識。暇則率弟子泛慧湖，登高吟眺，一載乃歸。』

康熙十一年壬子（一六七二）　五十六歲

寒食，范廷瓚推薦其侄女范姝詩於鄧漢儀，鄧漢儀將其詩選入《詩觀》初集卷一二。《詩觀》初集卷一二范姝小傳云：『壬子寒食，獻重攜其詩卷過吳陵，予夜雨篝燈，細爲評定，因得若干首，以爲閨秀之冠云。』按：范姝，字洛仙，江南如皋人，范獻重之侄女，所著有《貫月舫集》。范廷瓚，字獻重，江南如皋人，有《吳吟》、《竹西詠》、《漚莊集》。

春，徽州休寧人程端德向鄧漢儀問詩學，鄧漢儀向其推薦黃雲。《詩觀》二集卷二程瑞禴詩後，鄧漢儀云：『鼎庵篤嗜風雅，壬子春蒙折節下問，僕謝不敏，且告之曰：「此間黃子仙裳深於詩學，僕之畏友，子曷就而商千秋業。」自此兩君氣誼符洽，談詩數晝夜不倦。』程端德，字午公，古莊，號鼎庵，安徽休寧人。清康熙三十八年刊本《徽州府志》卷一一《恩蔭》國朝休寧縣：『程端德，字午公，候選知縣。歲饑，賑活萬人。居鄉置慕范書，凡婚嫁殯葬無具者，悉仿義田記行之。後以子瑞禴贈兵馬司指揮。』

暮春，黃九河薦女詩人蔣葵詩於鄧漢儀。《詩觀》初集卷一二蔣葵小傳後鄧漢儀記曰：『壬子春暮，天濤傳其詩卷至，予因采數章付諸梓。』蔣葵，字冰心，江南泰州人，鄧漢儀受業門人蔣照之妹也。冰心生而聰慧，甫識字即能解大意，爲詩無師承，輒工。

是年，刻黃媛介詩入《詩觀》初集卷一二。初集卷一二黃媛介小傳：『媛介，字皆令，浙江嘉興人，楊世功之配也。』『所著有《越遊草》。予客湖上，世功攜皆令詩及畫見贈，珍之笥篋，弗敢佚也。壬子刻諸名媛詩，爲采數章，登諸梓。』

夏，黃九河寄廣陵張氏、汪氏二女郎詩於鄧漢儀。《詩觀》初集卷一二張氏、汪氏詩後鄧漢儀記云：『此廣陵兩女郎詩，余子澹心、周子江左、何子痦明、朱子漢生、劉子旅皇，皆爲屬和。其詩如峽猿蜀鳥、楚些越吟，不可卒讀，誠騷怨之宗也。黃子眉房刻之白下，更爲《女兒行》以紀其事。』『壬子夏五，天濤以舊刻見寄，因錄附此。』

九月，鄧漢儀刻所編《天下名家詩觀》初集十二卷竣。作於『康熙壬子季秋望日』的《詩觀序》云：『《十五國名家詩觀》之選成，予反復讀之，作而歎曰：「嗟乎！此真一代之書也已。」』

冬，鄧漢儀與費密會於廣陵僧舍。費密向鄧漢儀推薦于王臣詩。《詩觀》二集卷六云：『壬子冬日，燕峯枉顧廣陵僧舍，亟稱于子及五詩清麗絕倫，予嚮往久之。』按：于王臣，字及五，江南江都（今江蘇揚州）人。《詩觀》二集卷六收其詩十二題。

是年，陳允衡卒。施閏章有《聞伯璣訃》詩，詩題下自注云：『時西江陳士業、熊雪堂、朱遂初、李梅公、徐仲光諸公相繼卒。』（《學餘堂集》詩集卷一。）周亮工卒。周茂源卒。茂源（一六一三—），字宿來，號釜山，江南華亭人，順治六年二甲進士，有《鶴敬堂集》等。《詩觀》初集卷六收其詩七題。

康熙十二年癸丑（一六七三）　五十七歲

二月，費密至輝縣夏峯孫奇逢先生處受學。後耿介、湯斌先後至受學。（《徵君孫先生年譜》卷下）

春，浙江總督李之芳招鄧漢儀入幕，未應。之芳（一六二二—一六九四），字鄴園，山東武定人。順治四年進士。康熙十二年任浙江總督。二十一年遷兵部尚書，二十三年改吏部尚書。卒謚文襄。有《李文襄公文集》二十九卷等。《詩觀》二集卷一〇，李之芳子李攀鱗詩後，鄧漢儀記曰：『尊君鄴園先生節制兩越，舟泊維揚時，招予入幕，情禮隆重。予以母老，未之許也。』清康熙刻本潘問奇《拜鵑堂詩集》卷四《悼鄧孝威中翰》其一：『耆舊襄陽尚有人，一經除蠹獨安貧。千旄入戶回司馬，魚筍終天奉老親。名到日邊曾獻賦，客歸江左竟垂綸。父書留與機雲讀，手勘蟲魚略等身。』其於『魚筍終天奉老親』下注云：『癸丑春，山左李鄴園中丞節制兩浙，過維揚，辟先生甚切，竟以母老不就。』

春，與曾畹相見於揚州。約於此年冬，曾畹去世。選於是年冬的《詩觀》二集卷一云：『庭聞詩以五言近體爲擅場。今春把晤邗關，倏爾長往。攬其遺編，可勝傷悼。』曾畹，字楚田，號庭聞，陝西寧夏籍，寧都人。《詩觀》初集卷八收其詩二十三題，二集卷一收五題。

秋，與費密再會，費密出于王臣詩於鄧漢儀，並論及蘇武功父子等人詩。《詩觀》二集卷六：『比燕峯有河北之役，未及以稿見寄。癸丑秋歸自百泉，乃手授其近作。亟爲登梓，固同人所共嗟賞也。』又云：『燕峯更爲予稱道近日詩人如蘇子武功及其令嗣易門、致開，于子俊生、上叔昆仲，陸子菊村、沙村及巨門上人，皆工於吟詠者。當次第徵收，以成盛事。』

秋，金鎮任揚州知府。汪懋麟《重建平山堂記》云：『十二年秋，山陰金公補揚州。』

是年，梅清將詩稿寄於鄧漢儀。後鄧漢儀予以印行。《小莽蒼蒼齋藏清代學者書劄》有鄧漢儀《致瞿山》云：『前癸丑所寄稿，弟已同藕長兄諸位同時授梓。』梅清（一六二三—一六九七），字瞿山，安徽宣城人，宋梅堯臣之後。英偉豁達，自力於學，以淹雅稱。順治十一年舉人，試禮部不第。朝士爭與之交，王士禛、徐元文尤傾倒焉。詩凡數變，自訂《天延閣》前後集。年七十餘，復合編《瞿山詩略》。書法仿顔真卿、楊凝式。畫尤盤薄多奇氣。嘗作《黄山圖》，極烟雲變幻之勝，爲當時所重。

冬，鄧漢儀開始選《詩觀》二集。閔麟嗣出示詩稿於鄧漢儀。《詩觀》二集卷六閔麟嗣詩後附云：『癸丑經始二集，賓連復出近稿見示。時雨雪載途，舟行白塔河，因呵凍選若干首付諸剞劂。』

九月，龔鼎孳卒。《清史列傳》卷七九本傳云：『（康熙）十二年，再充會試正考官。八月，以疾致仕。九月，死。賜祭葬如例，謚端毅。』是年其病重，施閏章曾有詩《聞龔宗伯病劇》（《學餘堂集》詩集卷一一）。

是年，姜埰卒，年六十七歲。埰（一六〇七—），字如農，號鄉墅，山東萊陽人，有《敬亭集》；《詩觀》二集卷一收其詩九題。

康熙十三年甲寅（一六七四）　五十八歲

春，再至揚州，選《詩觀》二集。《詩觀》二集自序云：『甲寅春，予復至廣陵，選《詩觀》之二集。』

年初，金鎮訪鄧漢儀。鄧漢儀有《歲朝金又鑣明府枉顧失迓賦寄》，見《詩拾》卷六。

新年初始，評定陳志諶詩。陳志諶，字君三，江南泰州籍，江西吉水人，有《嶧桐園詩稿》；《詩觀》二集卷五陳志諶詩後，鄧記曰：『甲寅獻歲，風雪杜門，而君三以近詩見寄。讀之歎其高秀風華，每進益上。因爲評定如此，以志緇衣之慕云。』

正月初五，選吴度詩入《詩觀》二集。二集卷五吴度詩後，鄧漢儀云：「叔子沈酣康樂，下筆便自神采過人。其於諸家，雖有企擬，而神韻較謝爲多。甲寅獻歲五日，於慎墨堂雪中呵凍閲之，賞其清英秀拔，殊令我作山陰道上想也。」按：吴度，字叔子，江南歙縣人，有《北征集》；《詩觀》二集卷五收其詩十三題。

三月，高士奇在京城有詩《寄鄧孝威》。清康熙刻本《城北集》卷六此詩云：「南嶽高人隱姓名（五代鄧郁有高節，隱於衡山，號南嶽先生），無雙亭畔獨吟行。爲文已變揚雄體，定論能追沈約評。有客歸當三月暮，因風寄與十年情。江花江草空相憶，愁聽枝頭穀鳥聲。」

七月，鄧漢儀陪金鎮遊平山堂，議及修復平山堂一事。雍正《揚州府志》有鄧漢儀《孟秋陪金長真郡伯遊平山堂議復舊址分韻得風字》，見《詩拾》卷三。

秋，汪懋麟攜梁清標使粤詩屬鄧漢儀評選，鄧漢儀有感，題四絶句於其上。《詩觀》二集卷二梁清標詩後鄧漢儀記。

十一月得喬邁詩。二集卷一〇喬邁詩後：「甲寅冬仲，令嗣崇禮以遺稿屬予選訂，真樸高亮，全體少陵，固今日稱傑出者。」

十一月，揚州平山堂重建完工，鄧漢儀有《金長真太守興復平山堂落成燕集紀事一百韻》。《揚州府志》載鄧漢儀《金長真太守興復平山堂落成燕集紀事一百韻》。汪懋麟《重建平山堂記》云：「揚自六代以來，宫觀樓閣、池亭臺榭之名盛稱於郡籍者，莫可數計，而今罕有存者矣。地無高山深谷足恣遊眺，惟西北岡阜蜿蜒，陂塘環映；岡上有堂，歐陽文忠公守郡時所創立，後人愛之，傳五百年，屹然不廢。康熙元年，士人變制爲寺，而堂又無復存焉矣……堂初廢，余爲諸生，莫能奪；六年釋褐，與余兄叔定爲文告守令，將議復，又迫於選人，去京師五年，而兹堂之興廢未嘗一日忘也。十二年秋，山陰金公補揚州，余喜曰：「是得所托矣！」金公諾，至郡，廢修墜舉，士民和悦。會余丁先妣憂歸里，相與蓄材量役，度景於明年之七月，經始於九月，告成於十一月。不徵一錢，勞一民，五旬而堂成。公置酒大招客，四方名賢，結駟而至，觀者數千人，賦詩落之。」

平山堂重建後，金鎮遷江寧府傳驛道。鄧漢儀有詩相送。鄧漢儀《送金公長真升江寧觀察》三首，見《詩拾》卷六。

冬，杜濬授王相業詩於鄧漢儀。《詩觀》二集卷一：『雪蕉與茶村敦古處，相視如兄弟，藏其詩稿於行篋幾二十年，祕不示人。甲寅冬，乃手授於予，予因論次若干首行世。其詩蒼健渾雅，卓矣可傳。恨幅隘，尚未能盡登也。』

寶應喬出塵自定所著《疑庵詩》，江都汪懋麟於是年冬訪得，以付鄧漢儀。《詩觀》二集卷一〇引汪蛟門語云：『疑庵自號箕山狷者，閉戶三十年，好圖書，有潔癖。不妄交一人，其意所許可，雖贈千金不惜也。今且家無四壁，口不言貧，讀書養道，沈靜如僧。平生撰著，祕不示人。甲寅冬，余造訪留雲堂，得其詩一卷，亟攜歸，與孝威共賞之，真詩中逸品也。』

冬，與王仲儒、王熹儒兄弟同客文選樓，並憶及昔年與王士祿、王士禛論詩揚州時推賞王仲儒、王熹儒兄弟情景。《詩觀》二集卷四，王仲儒、王熹儒詩後，鄧漢儀云：『昔濟南考功、農部兩公論詩邗上，謂僕曰：「予家景州、歙州風格遒上，足儷前賢。」及今冬，同客文選樓，出其近稿相示。景州英邁而多風，歙州疏快而矯逸，均詩壇中罕遘者。考功已赴玉樓，異時平山堂畔，當與農部快讀兩王子詩也。』按：王仲儒（一六三四—一六九八），字景州，江南興化人。有《夢華山房詩》。雍正《揚州府志》卷三一：『王仲儒，字景州，興化人。幼時穎異，工舉子業。淹貫經史，爲諸生領袖。中年絕意場屋，專肆力於詩。沈雄渾噩，獨步少陵，不屑道輕靡脆弱一字。弟熹儒，字歙州，以諸生貢入成均，亦擅詩文，工書法，與兄齊名，著述之富亦相埒。海內知名士游，轍所至，靡不與之結契。藝林中評品風雅，必屈指興化二王云。』王熹儒，字歙州，江南興化人。有《勿齋癸丑稿詩》。

是年，鄧漢儀與詩人程邃（穆倩）於揚州相交。《詩觀》二集卷一〇記：『甲寅客廣陵，風鶴頻驚，時時向穆倩索醉，穆倩不以爲倦。詢之，乃知爲雲漸所贈酒，穆倩一歲所得，凡數十大甕也，予爲作長歌紀其事。』

是年，得田雯《亦政堂律體》一冊，並自《八子詩略》得其古體詩，倍加讚賞。《詩觀》二集卷九田雯詩後，鄧漢儀曰：『甲寅客自燕京來，攜《亦政堂律體》一冊見示，予極賞愛，推爲詩壇宗匠，恨未得讀其古體詩。今乃從《八子詩略》中見之，五言逼真謝、鮑，七言全仿杜、韓，雄視詞場，予固非阿其所好。』

是年，得吳沛詩。《詩觀》二集卷一二吳沛詩後，鄧云：「海若先生至性篤行，當世師之，不專以經師見推，而諸鳳毛皆拔起。默岩太史與僕訂交京師二十餘年，情至渥也，甲寅遇於邗上，出西墅遺詩見示。會拙選將竣，特爲錄梓，以識高山。」按：吳沛，字宗一，號海若，江南全椒人，有《西墅草堂集》；《詩觀》二集卷一二收其詩十三題。

是年三月，宋琬卒。琬（一六一四—），字玉叔，號荔裳，山東萊陽人，順治四年二甲進士，有《安雅堂詩集》等；《詩觀》初集卷三收其詩十八題，《詩觀》二集卷三收十五題。孫廷銓卒。廷銓（一六一三—），字伯度、枚先，號道相、沚亭，山東益都人。《詩觀》初集卷一收其詩二題。

康熙十四年乙卯（一六七五） 五十九歲

是年，汪懋麟尊金鎮囑託，於揚州平山堂後建真賞樓。清嘉慶《揚州府志》卷三一：「真賞樓：康熙十三年，平山堂落成，金太守鎮遷江寧驛傳道，明年按部過揚，屬汪舍人懋麟拓堂後地爲樓五楹。取歐公「遙知爲我留真賞」之句，名曰「真賞」，祀歐、蘇數賢於上。」汪懋麟《重建平山堂記》：「（十三年）會公遷按察驛傳道，移治江寧去。明年春，公按部過郡，又屬余拓堂後地，爲樓五楹，名「真賞樓」，祀歐陽公與宋代諸賢於上，皆昔官此土而有澤於民者。」

是年末，於金陵寓金鎮幕。彭桂《慎墨堂詩品·初蓉閣集》之《歲暮送鄧孝威歸吳陵》云：「著書歲月窮吾黨，送客干戈滿路岐。雪後一帆今放艇，樽前六代幾題詩。」鄧漢儀在此詩後記云：「與爰琴在金使君幕，把酒聽歌，連床話雪，十日而別，真生平快事。」彭桂丙辰年春仍客金鎮幕。彭桂此年有《丙辰早春同吳介茲何奕美陪金長真觀察及令子在五正夏遊攝山留宿棲霞寺次日登絕頂時招方邵村侍御偕往不至貽詩次答並寄張瑤星隱君楚耘上人》，收於《慎墨堂詩品·初蓉閣集》。

年終，鄧漢儀由南京返回揚州，寓文選樓，選何嘉迪等人詩。《詩觀》二集卷一二何嘉迪詩後，鄧漢儀云：「乙卯歲盡，從白門棹雪以歸，坐文選樓，因呵凍書此。」按：何嘉迪，字惠開、耀真，浙江山陰人。《詩觀》二集卷一二收其詩十四題。

是年，陳瑚卒。瑚（一六一三—），字言夏，號確庵，江南太倉人，明崇禎十五年舉人，入清不仕。有《確庵詩鈔》等；《詩觀》

初集卷一一收其詩二題，二集卷五收四題。

是年四月二十一日，孫奇逢卒。奇逢（一五八四—），字啟泰，號鍾元，直隸容城人，明萬曆二十八年舉人，有《歲寒居集》等；《詩觀》二集卷一收其詩一題。

康熙十五年丙辰（一六七六）　六十歲

正月二十日，鄧漢儀師查繼佐去世，終年七十六歲。沈起《查東山先生年譜》：「丙辰，先生七十六歲，元旦，先生於辰時整衣冠登堂，闔家以次上壽……二十日戌時，先生終於正寢。」

是年，潘問奇客海陵，同鄧漢儀交。潘問奇《拜鵑堂詩集》卷二之《春夜同鄧孝威李箕山黄仙裳天濤小集》。

後鄧漢儀薦潘問奇客潁川。潘問奇《客潁川留别劉幼功大令》有句云：「相逢非信宿，御李自南陽。」是句後潘問奇原自注云：「余客潁上，因孝威言也。」

鄧漢儀生活極其貧困，安徽梅清爲鄧漢儀作《家徒四壁歌》。

八月，王士禛聞汪懋麟言揚州平山堂修復，有詩寄鄧漢儀等。王士禛《漁洋續集》卷九有《聞季甪言平山堂已修復賦寄豹人定九孝威舟次》。

秋，在汪懋麟百尺梧桐閣，與曹禾把酒論文。《詩觀》二集卷一一曹禾詩後，鄧漢儀記云：「丙辰秋，峨嵋泊邗上，叔定招向百尺梧桐閣，把酒論文，許以新詩見寄，望之杳然。僅從文集録此一首，殊悵怏也。」按：曹禾（一六三七—一六九九），字頌嘉，號峨嵋，江南江陰人。康熙二年癸卯科進士，授中書舍人。康熙十八年應試博學宏詞，獲二等，授翰林院編修，官至國子祭酒，二十八年解職。曹禾喜縱酒，酷愛圍棋，工詩文，與顔光敏、田雯、宋犖等稱「詩中十子」，著有《未庵初集》、《峨嵋集》等。

冬（陰曆十二月，西曆一六七七年初），鄧漢儀結拜兄弟劉體仁卒。劉體仁（一六一八—一六七七），字公㦷，江南潁州籍，河南永城人，有《七松堂詩集》。《詩觀》二集卷一劉體仁詩後鄧漢儀云：「公㦷爲予三十年來八拜之交。丙辰冬倏爾長逝。點次遺集，不勝泫然。』

是年，嵇永仁卒。永仁（一六三七—），字留山，江南無錫人。《詩觀》初集卷四收其詩一題。艾元徵卒。元徵，字長人，號允治，山東濟陽（今濟南）人，順治三年二甲進士，有《退食槐聲留餘集》；《詩觀》二集卷九收其詩一題。

康熙十六年丁巳（一六七七）　六十一歲

是年，鄧漢儀《詩觀》二集將要殺青，自泰州至揚州，時逢好友孫枝蔚自豫章幕府歸。孫枝蔚有《次韻答孝威》八首。其中第一首句注云：『余自幕府歸來恰值鄧孝威自海陵至。』第三首句注云：『孝威《詩觀》二集又將刻成矣。』

汪懋麟與其兄汪耀麟招同程邃、鄧漢儀、孫枝蔚等遊揚州平山堂、登真賞樓並飲酒賦詩。孫枝蔚《溉堂續集》卷六丁巳詩有《汪季甪舍人與令兄叔定招同程穆倩鄧孝威宗鶴問陶季深華龍眉范汝受王仔園家無言泛舟至平山堂登真賞樓樓有歐陽公木主與諸子展拜既畢乃飲酒堂上各賦七言古詩一首時予初歸自豫章幕中登覽唱和之樂二年來所未有也》。

六月六日，爲孫默《十元家詞》作序。《序》稱：『予久憩維揚之蕭樓，無言時相過從，每出同人詞稿互相商略，一語之妙必共嗟稱，一字之訛必相較訂。』按：孫默（一六一七—一六七八），字無言，江南休寧人，著有《留松閣集》；《詩觀》初集卷一〇收其詩四題，二集卷一〇收十題。默所編《十五家詞》共三十七卷，含吳偉業《梅村詞》二卷、龔鼎孳《香嚴詞》二卷、梁清標《棠村詞》三卷、宋琬《二鄉亭詞》二卷、曹爾堪《南溪詞》二卷、王士祿《炊聞詞》二卷、尤侗《百末詞》二卷、陳世祥《含影詞》二卷、黃永《溪南詞》二卷、陸求可《月湄詞》四卷、鄒祗謨《麗農詞》二卷、彭孫遹《延露詞》三卷、王士禛《衍波詞》二卷、董以寧《蓉渡詞》三卷、陳維崧《烏絲詞》四卷、董俞《玉鳧詞》二卷。《四庫全書總目提要》以爲是書：『凡閱十四年，始匯成之。雖標榜聲氣，尚沿明末積習。而一時倚聲佳製實略備於此。存之，可以見國初諸人文采風流之盛。』

陰曆六月長夏，李鄴嗣收到好友鄧漢儀寄來詩作，有詩奉答。李鄴嗣《杲堂詩鈔》卷五有《丁巳長夏得鄧孝威寄詩即韻奉答四首》，其三云：『高臥昭明閣，重編南國詩。齊梁靡曲盡，漢魏古風遺。掩卷何嘗快，當歌有所思。因持前日淚，遙寄萬年枝。』其四云：『藥鐺雜詩卷，此外事無餘。已聽先生病，惟懷老友疏。客星何處照，流草數年居。契闊真無信，方開咫尺書。』李鄴嗣詩透露出鄧漢儀生病的消息。李鄴嗣另有《再次前韻奉寄孝威俱未達四首》，其一云：「避地非無事，閑中撰述多。桃花分世界，鷗鳥主烟波。亂後文章在，人間甲子過。祇懷吾友健，翹首一高歌。」

八月十三日，金鎮率鄧漢儀、孫枝蔚、程邃、杜濬、徐乾學、宗元鼎等十九人於揚州平山堂祭祀歐陽脩並賦詩。孫枝蔚有《觀察金長真以丁巳八月十三日祀歐陽子於平山堂招客賦詩予亦與焉詩限體不拘韻》，詩題下記云：「同程穆倩、杜于皇、盛珍示、鄧孝威、方邵村、徐原一、宗鶴問、華龍眉、許師六、黃仙裳、汪叔定、季角、李倚江、王翰臣、劉彥度、趙聲伯、家無言賓主共十九人。」

此後，鄧漢儀與孫枝蔚、程邃、宗元鼎、汪懋麟、汪耀麟、孫默、范國祿、宗觀、華袞、王賓、汪士鋐、金鎮遊紅橋、平山。原擬邀陳維崧同遊，陳因病未能參加。陳維崧《迦陵詞全集》卷一七有《念奴嬌·丁巳仲秋，廣陵寓中病瘧，不獲爲紅橋平山之遊，悵然有作，柬觀察金長真先生並示豹人、穆倩、孝威、定九、鶴問、仙裳、蛟門、叔定、汝受、仔園、龍眉、爰琴、扶晨、無言諸君》。按：汪耀麟，字叔定，號北皋，有《報耒堂集》等；《詩觀》初集卷一〇收十題、二集卷一一收七題。王賓，字仔園，江都人，有《又一草亭稿》；《詩觀》初集卷九收其詩二十四題、二集卷一〇收六題。華袞，字龍眉，江都人，《詩觀》初集卷九收其詩三十九題。彭桂，後改名椅，字爰琴，江南溧陽人，有《初蓉閣詩》等；《詩觀》二集卷三收其詩十四題、二集卷五收一題。汪士鋐，原名徵遠，字扶晨，栗亭，江南歙縣人，有《稽古堂稿》等；《詩觀》三集卷三收其詩三十七題、三集卷一三收二題。

除夕，好友李鄴嗣借得《詩觀》夜讀有感，有詩贈鄧漢儀。李鄴嗣《杲堂詩鈔》卷六之《丁巳除夕從友人借得詩觀夜讀即賦二首寄孝威》。

是年，傅維鱗卒。維鱗（？—一六六六）初名維楨，字掌雷、長雷，號歉齋，直隸靈壽（今屬河北）人。《詩觀》初集卷三收其詩二題。趙賓卒。賓（一六〇八—），字珠履，號錦帆，河南陽武人，順治三年三甲一百六十七名進士，有《易庵詩選》；《詩觀》初集卷三收其詩十六題。

康熙十七年戊午（一六七八）　六十二歲

七月下旬，鄧漢儀刻所編《天下名家詩觀二集》十五卷成。《詩觀》二集自序落款爲『康熙戊午孟秋下浣』。

按：《焦山書藏目錄》同。

《詩觀》二集告竣之同時，漢儀以戶部郎中譚弘憲薦博學鴻儒，與孫枝蔚一同上京應試。夏荃輯《海陵文徵》卷一九沈龍翔《鄧徵君傳》云：『戊午春，詔舉宏博科，戶部郎中譚弘憲以先生名應。力辭不獲。是年秋，偕三原孫枝蔚應詔入都。』其應詔赴京確非本意，其《詩觀》二集自序云：『迨戊午，是選告竣。值天子下明詔，命公卿諸大臣舉宏詞博學之士，齊集闕下，以待策問。若是書之成，敷揚德化，以助流政教，有適合者。顧予實衰庸淺陋，伏在草莽，惟百里負米，以養八十之慈親。而羣下過舉，郡縣敦迫，敢不奔趨以赴盛會？賴國恩浩蕩，終放之江湖，以裒集一代之風雅。兼得勉將菽水，以遂烏鳥之私情，予也不重有慶倖哉？』只想『裒集一代之風雅』、『遂烏鳥之私情』，但最終還是被徵。

將與孫枝蔚買舟北上京師，適好友吳綺罷官過揚州。孫枝蔚《溉堂集》續集卷六戊午詩有《吳薗次罷官後重過江都值予將北上爲作此歌》。

九月九日，後抵京，寓居戴王縉舍，與戴王縉兄戴王綸朝夕倡和。鄧勷相《徵辟始末》：『家君乃與孫丈豹人共買舟至京師，孫亦無干進意。時部限八月抵京，已踰重九矣，計試期已過，不日即偕南歸也。不意試期遥遥，乃造戴公雲極家，托其覓寓。戴公喜，因留寓焉。時令兄經碧太史亦在薦列，遂朝夕盤桓相倡和爲樂。』

至京後多與施閏章、陳維崧、孫枝蔚、李良年、申維翰、汪楫、王崇簡、梁清標、宋德宜、李天馥、王士禛交。鄧勷相《徵辟始末》：『往來最厚者，祇施愚山、陳其年、孫豹人、李武曾、申周伯、汪舟次數人。』『王公敬哉、梁公蒼岩、宋公蓼天、李公容齋、王公阮亭，皆夙交神契，故往謁焉。』按：申維翰，字周伯，江南江都人，《詩觀》二集卷六收其詩一題。宋德宜，字右之，號蓼天，江南長洲人。《詩觀》二集卷二收其詩四題。

後又拜謁魏象樞、高士奇等，並與之相交。鄧勷相《徵辟始末》：

『魏環溪總憲，雅愛家君久，渴欲一面。愚山時促往會……家君乃往謁焉，隨投隨會，一見如平生，談笑半晌而別，數日後復相邀。』『高供奉士奇，常在帝左右。昔以詩緘寄，渴慕甚殷……始得會，自水乳也。』李霨急欲與鄧漢儀相晤而未得。鄧勱相《徵辟始末》：『相國李公（霨）爲學士時，曾於合肥龔公家通往來，後以全稿緘寄，選付梓人。今奉詔來京，李公急欲相晤，時向李屺瞻道及，即二戴先生（謂經碧太史、紳黄大行人）亦勸其往謁，而家君終不一往。乃持《詩觀》二集托屺瞻致之。余問勸其往謁，家君曰：「余恨不旦暮南歸，豈有意仕進，乃僕僕平津耶。」』

與吴雯交。孫枝蔚《溉堂集》續集卷六戊午詩有《夜過汪舟次寓舍適鄧孝威吴天章亦至因留飲賦詩》：『老覺同心少，宵警天氣寒。談深關出處，坐久費杯盤。賦似揚雄易，才如樂毅難。兵戈猶滿地，莫只喜彈冠。』且有注云：『客主同因被徵留長安。』

九月暮，王熙招宴賓客於京師第怡園，鄧漢儀與應鴻博試來京的陳維崧、朱彝尊、李良年、陸元輔、毛奇齡、田茂遇、周起莘同赴，兹遊甚歡。陳維崧《湖海樓詩集》卷五戊辰稿《王大司馬胥庭先生招飲怡園，同陸翼王、鄧孝威、毛大可、田髴淵、朱錫鬯、李武曾、周次修分賦》：『維時九月暮，菊瘦弄餘萼。雜遝方圓陳，飛騰羽觴錯。雪碗映駝虀，銀匙滑養酪。』李良年《秋錦山房集》卷六有《大司馬王公招飲怡園，同陸翼王、鄧孝威、陳其年、田髴淵、朱錫鬯、周起辛分賦》。按：陸元輔，字翼王，號菊隱，江南嘉定人。周起莘（一作『辛』），初名之道，字次修，浙江蕭山人，《詩觀》三集卷三收其詩一題。

十月，鄧漢儀與田茂遇、陸次雲訪王崇簡，漫談移日。王崇簡《青箱堂詩集》卷三三《鄧孝威陳其年田髴淵陸雲士來都門過談》：『鳳城霜靄蔚蒼涼，嘉客相將過草堂。十月菊籬晴尚好，百年蘭譜晚尤香。相逢意外聊尊酒，憶往談深忽夕陽。舊學喜膺徵聘典，鴻文佇見煥縹緗。』按：陸次雲，字雲士，浙江錢塘人，有《見山亭徵吟》。至京後，王崇簡數次招飲鄧漢儀，談詩論學，後忽奄逝。《徵辟始末》云：『時敬哉長相問候，數開園設席招家君飲，輒索題園詩。數以詩句請正於家君，至老好學不衰，虚心下士，真魯靈光也。昔曾以全集屬爲點定付梓，今來京已評跋詳細，王公大喜，將剞劂焉，會寢疾騎箕而止。』

十月，尤侗妻曹氏訃至京，尤侗撰《先室曹孺人行述》，鄧漢儀等諸公見而哀之，有《意難忘·爲尤西堂悼亡》詞。《漁洋山人精華録訓纂》卷八引《悔庵年譜》云：『康熙十七年，婦曹氏病亡，予驚痛欲絶……滴淚和墨，草文致祭，並撰行述一篇，悼亡詩若干首。輦下諸公見而哀之，皆賦挽章，於今刻入《哀泣集》。』《西堂全集》收有鄧漢儀《意難忘・爲尤西堂悼亡》，見《青簾詞》。

冬，施閏章於寓所招鄧漢儀、孫枝蔚、毛奇齡、汪楫飲酒賦詩。施閏章《施愚山先生學餘詩集》卷一三有《冬夕豹人大可孝威舟次枉集寓齋》，孫枝蔚《溉堂集》續集卷六有《施尚白少參招同鄧孝威毛大可汪舟次飲寓齋賦謝》。

至京後示被徵詩八首於王士禛，王士禛爲作《鄧孝威被徵八詩序》。王士禛《漁洋山人文略》卷三《鄧孝威被徵八詩序》云：『今天子崇文治，思得奇才異能之士備顧問。鄧先生褎然爲舉首，待詔公車。長安公卿大夫莫不喜其來，延致恐後。』同時鄧漢儀將初印本《詩觀》二集投贈王士禛。夏荃《退庵筆記》卷一云：『丹徒王柳村輯《羣雅集》，乞序於法梧門祭酒。祭酒答詩云：「海陵鄧孝威，選詩黄葉村。老年應徵召，襆被春明門。旅夜勤甄綜，雪寒酒弗溫。忍飢事吟嘯，坐對孤燈昏。詰朝王新城，狹巷停南軒。漁洋手校本，今尚詩龕存。」云云。自注：新城手校《詩觀》二集，余買自廠肆。考康熙十七年，《詩觀》二集刊成。是年秋，孝威先生應鴻博入都，是集必初印本。先生攜至京師，投贈新城，而新城爲之校訂者也。得祭酒此詩，後人倍加鄭重矣。』

是年，在京師遊報國寺，見報國寺雙松枯禿過半，倍感傷感。《詩觀》二集卷三黄莔若《報國寺雙松歌》詩後，鄧漢儀云：『戊午至京師，復見此松，枯禿過半，傷懷久之。』按：黄莔若，字石笥，直隸元城人，有《留笏草堂集》；《詩觀》二集卷三收其詩七題。

是年，得席居中詩全稿。《詩觀》二集卷七席居中詩後，鄧漢儀記曰：『允叔家有藏書，門無雜客，賦詩盈尺，美備諸家。戊午以全稿示予，因采其尤異者公之澥內，實未足盡允叔也。』按：席居中，字允叔，遼東錦州人，有《臥石山房稿》；《詩觀》初集卷七收其詩四題，二集卷七收三十四題。

是年，鄧漢儀母年八十，其妻患肺疾。鄧漢儀作於康熙戊午年七月的《詩觀》二集自序：『予實衰庸淺陋，伏在草莽，惟百里負米，以養八十之慈親。』鄧勱相《徵辟始末》記康熙十八年己未鄧漢儀試畢擬請還鄉時：『時祖母年逾八十，母親病肺未瘳。』

康熙十八年己未（一六七九） 六十三歲

初春，鄧漢儀與陳維崧、徐咸清、宋實穎、毛奇齡等同赴項景襄宅共飲，時年項景襄子甫十四歲。

《雨浙輶軒録》卷六有徐咸清《閣學項眉山先生於虎林幕府會面今二十餘年復見燕邸招同宋既庭毛大可陳其年鄧孝威夏宛來飲感賦》。陳維崧《湖海樓詩集》卷六己未稿《學士項眉山先生有子甫十四齡姿性秀發即席能射覆屈坐上客歌以贈之》：『長安獻歲晴色動，御河解泮層冰膠。先生緩帶甫下直，入夜爲我開春庖。』按：徐咸清（？—一六九〇），字仲山，浙江上虞人。康熙十八年舉薦博學宏詞，與試未用。據《紹興府志》：咸清爲前明兵部尚書人龍子。人龍自上虞徙居郡城之稽山。咸清一歲識字，五歲通一經。甫束髮，以宮監生應鄉舉，有文名。長娶冢宰商周祚女。女亦能詩，乃就稽山闢庭構藥欄，設長筵，發所藏書對坐縱觀。暇則抽牘，各爲詩。最精小學。嘗患宣城梅鼎祚《字彙》疏略，乃著一書曰《資治文字》。

二月十四日，應曹廣端招，鄧漢儀與徐釚、李因篤、孫枝蔚、尤侗、彭孫遹、李念慈、汪楫、朱彝尊、李良年、王嗣槐、陸嘉淑、沈皞日、陸次雲、楊還吉、李澄中、顧景星、吳雯、潘耒、董俞、田茂遇、吳學炯等人宴集園亭。

徐釚《南州草堂集》卷六有作於己未年的《花朝前一日曹正子招同李天生孫豹人鄧孝威尤悔庵彭羡門李屺瞻陳其年汪舟次朱錫鬯李武曾王仲昭陸冰修沈融谷陸雲士楊六謙李渭清顧赤方吳天章潘次耕田髴淵吳星若諸君宴集園亭二首》。按：曹廣端，字正子，號玉淵，直隸大興人，有《初暘集》、《有此廬集》；《詩觀》二集卷九收其詩十題，三集卷七收四題（都是康熙己未後收入《詩觀》的）。李念慈，字屺瞻，號劬庵，陝西涇陽人，有《谷口山房詩集》、《過嶺吟》等；《詩觀》初集卷五收其詩二十六題，二集卷五收七題，三集卷四收七題。王嗣槐，字仲昭，浙江仁和人，有《澹成堂詩》；《詩觀》二集卷一〇收其詩二題，三集卷四收四題。光緒《平湖縣志》卷一六《人物·列傳二》：『沈皞日，字融谷，號柘西。以貢授廣西來賓縣知縣，調天河，升辰州府同知。歷有治績，卒於官。少善填詞，以才勝，爲浙西六家詞之一。兼工詩。所著有《楚遊草》、《燕遊草》、《柘西精舍詞》。』楊還吉，字六謙（光緒《即墨縣志》卷九《文學》作『字啟旋』），山東即墨人，《詩觀》三集卷三收其詩一題。董俞，字蒼水，江南華亭人，有《浮湘》、《度嶺》二稿；《詩觀》二集卷八收其詩二題，二集卷一二收七題，三集卷四收五題。吳學炯，字星若，江西南城人，有《秋雨堂集》；《詩觀》初集卷一〇收其詩一題。

三月初一日，至太和殿體仁閣參加博學宏儒考試，鄧漢儀故意不按要求答卷，欲放還桑梓，負米養親。鄧勱相《徵辟始末》：『三月朔日黎明，赴部偕薦辟諸公進內聽試。叩首行禮畢，吏部引至太和殿體仁閣下，候旨命題。須臾，內閣傳旨，乃《璿璣玉衡賦》、《省耕詩二十韻》。日午，皇上命光祿賜飯，極豐其饌。吏部侍郎、掌院學士等陪飯。試畢，家君出獨早，衆訝，曰：「吾既無意仕進，復何用搜索枯腸，自苦乃爾乎？但得報罷，吾願畢矣。」時傳旨云，賦必用四六序文方中式，家君獨未用焉。』

四月初，博學宏詞榜發，鄧漢儀與孫枝蔚等落選，以年老得內閣中書頭銜。鄧勱相《徵辟始末》：『家君因未用四六，故未錄。』『家君暨王嗣槐、申維翰、孫枝蔚、丘鍾仁、王方穀數人得旨加銜。他如傅山、杜越二公以年將九旬先歸，亦在此列。』後相國馮溥薦其留史館修史，鄧漢儀不就。（鄧勱相《徵辟始末》）

五月初，鄧漢儀將南歸，施閏章與王士禛、丘象升、曹禾、喬萊、李念慈、江闓等有詩爲鄧漢儀、孫枝蔚送行。劉廷璣《在園雜志》云：『康熙十八年三月，試博學宏詞五十人，授翰林。其年老回籍者鄧漢儀、孫枝蔚等，授內閣中書舍人。』鄧勱相《徵辟始末》：『夏五，謝恩畢，束裝將去，施愚山、王阮亭、丘曙戒、曹峨眉、李屺瞻、喬石林、莊澹安、江辰六諸君子各贈以詩。』其中王士禛《漁洋續集》卷一二（又見《漁洋精華錄集釋》卷八）有《送鄧孝威授正字歸海陵再示豹人》云：『當年綺里季，曾友夏黃公。共詠紫芝曲，俱棲岩穴中。鬢眉驚漢帝，羽翼緬高風。』王士禛將四皓比鄧漢儀與孫枝蔚兩人。綺、黃相友，以喻鄧、孫神交。「共詠」、「俱棲」以喻兩人之懷才未試。詩又喻其不肯就試授職而歸隱也。謂其身如白雲，縹緲商洛，無心而出，無心而還，有可望不可及之妙。王士禛對鄧漢儀這個評價是很高的。施閏章《施愚山先生學餘詩集》卷三二亦有詩《送鄧孝威》：『不捧毛生檄，將歸卻拜官。誰知簪筆客，仍弄釣魚竿。詩卷餘編暇，江鄉晚計寬。萊衣今赤紱，白髮笑相看。』

五月初五日，丘象升招諸公集白雲草堂送孫枝蔚、鄧漢儀還山。丘象升《南齋詩集》有《午日雨中招諸子集白雲草堂送孫豹人鄧孝威兩舍人還山同用李屺瞻韻二首》。按：丘象升，字曙戒，號南齋，江南山陽人。同時南歸的孫枝蔚亦有《午日雨中丘曙戒廷尉招同諸子飲白雲草堂時余同鄧孝威南還兼承即席贈別之作賦此奉酬》記此事。（《溉堂集》後集卷二）

孫暘有詩送鄧漢儀南還。沈德潛輯《國朝詩別裁集》卷五有孫暘《送鄧孝威南還》：『誰遣徵書問鶡冠，又看蒲轂出長安。到來京洛文章貴，歸去江湖天地寬。碣石虛聞求駿骨，邗溝無恙把漁竿。臨岐珍重加餐飯，白首休歌行路難。』原詩後注云：『時孝威試鴻博不第，作詩送行，故有「歸去江湖天地寬」句。』

李念慈亦有《長安送鄧孝威還山》詩。詩中有句云：『返駕山中願不違，身名已貴尚荷衣。』其後注曰：『時先生蒙恩特授中書職銜。』

五月十五日，鄧漢儀經旱路返鄉，約於六月中旬抵家，適揚州、泰州一帶水旱災害不斷。鄧勷相《徵辟始末》：『孫豹人、申周伯兩公約偕買舟南歸，家君以水淤河涸，路多阻滯，遂卜五月之望，獨驅車出都門。未週月，遂抵家。』《詩觀》二集卷二崔華詩後附云：『己未出都，抵里門，值水旱頻仍，支吾萬狀。』

是年，鄧漢儀著《被徵集》自矜。《海陵文徵》卷一九沈龍翔《鄧徵君傳》：『（鄧漢儀）膺薦，有《被徵集》。』王士禛有《鄧漢儀被徵詩序》。

在京師期間與毛際可交，並得其近詩。後選其詩入《詩觀》二集。《詩觀》二集卷三毛際可詩後，鄧漢儀云：『鶴舫以詩領袖東南久矣，頃同被徵書，握手都下，因得讀其近製，精警之中，更饒深婉。輒拔其尤，以光拙選，固藝苑之瑰寶也。』毛際可（一六三三—一七〇八），字會侯，號鶴舫，浙江遂安人。順治十五年戊戌科進士。授彰德府推官，後歷城固知縣、祥符令。康熙十八年舉博學宏詞科不第。後坐事罷官，返里讀書著述。有《松皋文集》、《松皋詩選》等。

是年，鄧漢儀在京師，胡介祉托朱彝尊轉告，請其選刻胡兆龍詩。《詩觀》三集卷一胡兆龍詩後附云：『己未客京師，智修（胡介祉字智修）水部托竹垞（朱彝尊號竹垞）來言，云將以少宰詩稿屬余選刻。』

是年，在京師見彭而述子，得彭而述詩。《詩觀》三集卷二彭而述詩後附謂：『己未，彭子直上在京師，以禹峯先生諸刻稿見授，不下數千首，皆切近時務、關係軍旅之作。而以幅隘不能廣收，僅錄《四戰歌》以紀滇黔之事。』

是年，在京師與程化龍交。程化龍，字禹門、念蒿，江南青浦籍，休寧人。《詩觀》三集卷五程化龍詩後鄧記曰：『己未余待詔京師，與程禹門中翰爲荊高飲酒歡，忽爲族人所累，遂至謫官，閉門不揖客。余亦忽忽南轅，兩人不通音問者八載。』

在京師與胡玉栗相晤。胡玉栗字號、生年均不詳，當卒於康熙十八年或此後，荊州人。《詩觀》三集卷四收吳嶽《哭荊州胡玉栗年兄》詩，鄧漢儀於此詩後記云：『己未晤玉栗於京師，時已抱恙，不知何時竟赴玉樓之召也，爲之嘆息。』

是年，與鄧漢儀一同參加博學宏詞考試的王昊僅授中翰，鬱鬱而死，鄧漢儀頗爲感慨。《詩觀》三集卷五王昊詩後附謂：『戊午弓旌之役，維夏僅授中翰，非其志也。乃銓部疏未上而維夏死，部遂除其名。才士之不幸有如是。』

是年，與鄧漢儀同時參加博學宏詞考試的尚有湖南湘潭人王岱。王岱，字山長，號九青、了庵，湖廣湘潭人，明崇禎十二年中式舉人，有《了庵集》；《詩觀》二集卷一收其詩十四題，三集卷五收其詩五題。

自京師還後朱弦以刻本見寄，選其詩入《詩觀》。二集卷一四朱弦詩後，鄧云：『皋公詩不可得而讀，然時時在余胸臆間。己未自燕京還，皋公忽以刻本見寄，狂喜之甚。因選錄授梓，亟爲浮數大白。』按：朱弦，字皋公，江南黟縣人，有《嶽青堂詩存》。

秋，顔光敏訪鄧漢儀於揚州文選樓，鄧漢儀爲其作《樂圃集序》。《海陵文徵》卷一五鄧漢儀《樂圃集序》云：『己未秋，予以金門事竣，息軫邗江。而修來惠然訪予於昭明樓畔。』『而修來更出其詩一帙示予。』

冬，鄧漢儀於揚州遇方文。方文《嵞山集》卷三有《揚州遇鄧孝威》。

是年，與屈大均交往。冬日與屈大均、曾燦、余淼、閔麟嗣、汪士鋐等一同登揚州平山堂。《詩觀》三集卷三收汪士鋐詩《己未冬日登平山堂作》。汪、曾、余、閔均與鄧漢儀有交往。按：余淼，字生生，號鈍庵，四川青神人，有《增益軒草》等。余淼與屈大均一樣，曾參與抗清活動。全望祖《鮚埼亭集外編》卷二〇《余生生借鑒樓記》云：『鄞之西湖，以賀祕監嘗遊息於此，固有小鑒湖之目。借鑒樓者，故錦衣青神余君生生之寓寮也。生生爲太保尚書肅敏公之後，以尚書恩世襲錦衣，其自蜀而徙燕，非一世矣。生生以明經起，思由甲科進取，故錦衣之官雖上而未任。已而國亡，謀結勳衛子弟兵以殺流賊，不克，逃之江南，參人軍事，又不濟，始來鄞。其時，鄞之世家子弟喪職者多，乃相與悲歌叱吒，更唱迭和無虛日。僦居湖上，有七子詩社，詳見予所作諸公志序中。

而生生最長，社中奉爲祭酒，嘗曰：「吾敢謂此間樂不思蜀耶？爰署其居曰借鑒樓。」』

是年，好友梅清亦奉詔入翰林纂修明史。梅清作於己未年的《懷愚山先生》注云：『時與諸公奉詔入翰林纂修明史。』（《天延閣後集》卷六）約於是年末，梅清有詩懷鄧漢儀，贊賞其『名成隱益堅』之素心。梅清《天延閣後集》卷六之《懷孝威先生》云：『大雅南陽客，論詩復幾年。篋從元結述，箋許鄭公傳。老去筆何健，名成隱益堅。素心難問世，滌硯向山泉。』

是年，曹爾堪卒。爾堪（一六一七—），字子顧，號顧庵，浙江嘉善人，順治九年二甲進士，有《杜鵑亭稿》、《南溪詩集》；《詩觀》初集卷七收其詩十五題，二集卷三收十三題。

康熙十九年庚申（一六八〇）　六十四歲

是年，鄧漢儀客江寧，並與曾明新結交。曾明新，字錫侯，江南江寧人，有《楠陂存稿》；《詩觀》二集卷一四收其詩十一題，詩後鄧漢儀云：『錫侯閉戶讀書，兼精詩畫，同人交推之。庚申余客白門，乃通縞紵，尊酒之外，別有會心。詩固蒼妍，獨持風格。』

年初，崔華任揚州知府。鄧漢儀未能與其謀面。雍正《揚州府志》卷一九：崔華『康熙十九年任揚州知府』。嘉慶《揚州府志》卷四五《宦績三》：『崔華，字蓮生，直隸平山人，進士。康熙十九年知揚州府，慈愛明察。』《詩觀》二集卷二崔華詩後，鄧漢儀云：『會有文章太守如公來蒞邗江，亦未遑修謁。』

是年，魏禧病逝。魏禧好友彭士望談及二人交遊。彭士望《恥躬堂文鈔》卷二《與門人梁份書》云：『叔之人，非常人，吾與叔之交，非常交。』

是年，好友李文胤（鄴嗣）去世。是年六月十七日，王時敏去世。按：王時敏官至太常寺少卿，授中憲大夫，以八子揆官，清朝封徵仕郎、內宏文院庶吉士，晉封儒林郎、翰林院編修加一級。

康熙二十年辛酉（一六八一）　六十五歲

鄧漢儀往來於揚州和泰州之間。

立夏，鄧漢儀子鄧勷相著《徵辟始末》，記述鄧漢儀受徵博學鴻儒事。《徵辟始末》：『余小子不敏，叨侍家君遊京師，故歷知其詳，不揣固陋，謹述其薦辟顛末，並皇上擢銜盛意，用志勿諼。時辛酉立夏，三男勷相恭記。』

是年，王士祜卒。士祜（一六三三—一六八一），字子側，號東亭，山東新城人。鄧漢儀《詩觀》初集卷七收其詩五題，二集卷一四收其詩一題。

是年，友人吳苑中進士。吳苑（一六三八—一七〇〇），字楞香，號鹿園，江南歙縣人。康熙二十年辛酉進士。改翰林院庶吉士，授檢討。超擢國子祭酒。嘗與纂《一統志》、《明史·禮志》、《禮經講義》，皆能稱旨，後以母老乞歸。有《北黟山人集》、《大好山水錄》等。《詩觀》三集卷六收其詩十五題，詩後鄧漢儀記云：『楞香爲吾友戴紳黄所得士，故定交最久。』

康熙二十一年壬戌（一六八二）　六十六歲

是年距其師查繼佐去世已七年，鄧漢儀有《查伊璜師別去七載懷之以詩兼示曉社諸子》。詩，見《詩拾》卷三。

是年春，田雯於揚州招鄧漢儀至郭外寓園看花，並出其詩於鄧漢儀。《詩觀》二集卷一喻成龍詩後鄧記云：『壬戌春，田綸霞學使來維揚，雨中招予往郭外之寓園看花。酒間談及池陽太守之韻，云曾坐其艇子渡江，石尤大作，舟中寂寥殊甚，而太守貯書盈複壁間，爐硯壺觴畢具，賴是以送晨夕。』《詩觀》三集卷四田雯詩後，鄧漢儀謂：『綸霞先生南遊諸詩，久爲江東傳誦。壬戌春日，駐維揚北郭園亭，酒次，更以笥中祕稿見示。』

春，與太守崔華相識，並自黃雲處獲崔華《公餘詩》。《詩觀》二集卷二崔華詩後，鄧云：『己未……會有文章太守如公者來蒞邗江，亦未遑修謁。壬戌春，始得覲慈顏；而公歡然倒屣，有如舊識。吾友黃仙裳亦出其《公餘詩》見示，蒼古秀雅，獨造峯顛；且忠愛悱惻之意，具形毫楮。其六一芳風，再見今日乎？宜金長真、田綸霞兩公爲我稱道不置。」

五月七日，陳維崧卒於京師，後返葬於里。《迦陵詞全集》卷一〇《愁春未醒·牆外丁香花盛開感賦》下有陳宗石原注：「先兄即五月初七日捐館。」徐乾學《憺園全集》卷二九《陳檢討志銘》：「余偕舊相益都公及諸大夫出資，助含斂治喪，無缺於禮。又議立其仲兄子履端爲後，然後得僦舟歸柩于故里陽羨之某原。」七月十五中元節，冒襄率兩子及諸孫祭祀其年於定惠寺，作悼詩二十餘首。阮元《廣陵詩事》卷一〇：「壬戌中元日，巢民率兩子諸孫㩳祀其年于定惠寺。爲之哭之，並有和其年前詩，疊韻至二十餘首。與其年交者皆有和詩。」鄧漢儀有悼陳維崧的詩作。《同人集》卷九『哭陳太史詩』有鄧漢儀《予已有七律挽其年矣穀梁至邗出尊君巢民先生定惠寺中元追薦其年五律次韻二十首見示索余再和余因走筆聊跋佳吟至陽羨交情詩豈能悉》，見《詩拾》卷五。

秋，在揚州文選樓有詩奉贈冒襄。《同人集》卷七有鄧漢儀《後演劇行爲巢民先生作在維揚選樓秋雨中制有此歌付穀梁兄奉寄》。

冬，如皋冒襄招同鄧漢儀、檇李曹溶、湖廣許承欽、江寧張總、武進許之漸、興化王仲儒、王熹儒、泰州張崟（石樓）、宮鴻曆、宮鴻營（東表）等四十九人會海陵寓館，宴集倡和。《同人集》九有曹溶、張總、鄧漢儀等人此時倡和詩。其中張總有《壬戌孟冬巢民先生招同諸君名賢四十九人爲海陵宴集漫賦柏梁體紀勝》寫當時宴遊盛况有句曰：「天水使者持文衡，海陵絡繹臻羣英。是時寓公多班荊，三吳楚蜀聯簪纓。有客高懸月旦評，鄴下况來主會盟。水繪老人殊錚錚，風流矍鑠餘閒情。招游四座雄風生，詞壇酒政飛兕觥。」鄧漢儀《壬戌冬日巢民招同曹秋岳諸公大集海陵寓館即事》，見《詩拾》卷四。張崟，幼學子。宮鴻營，偉鏐子，所著有《涉園集》、《閑好軒口吟》六卷。

是年，申涵盼卒。涵盼（一六三八—），字隨叔，號聽山，直隸永年人，有《定舫詩草》；《詩觀》二集卷一三收其詩四題，三集卷二收其詩三題。

是年，來集之卒。集之（一六〇四—），字元成，號樵道人、元成子，浙江蕭山人，有《倘湖詩》等；《詩觀》三集卷四收其詩一題。

康熙二十二年癸亥（一六八三）　六十七歲

是年正月，汪楫奉使琉球路過揚州，鄧漢儀有詩爲其送行。《慎墨堂詩拾》卷四有鄧漢儀《送汪舟次太史奉使冊封琉球》。《清史稿》卷四八四本傳：『汪楫，字舟次，江都人，原籍休寧。（康熙）二十一年，充冊封琉球正使，宣佈威德。瀕行，不受例饋，國人建卻金亭志之。歸撰使琉球錄，載禮儀暨山川景物。又因諭祭故王，入其廟，默識所立主，兼得琉球世纘圖，參之明代事實，詮次爲中山沿革志。』《揚州足徵錄》卷一八所收毛際可《送汪舟次使琉球序》謂：『癸亥春王，余旅泊邗江，適檢討汪君奉璽書使琉球，道過里門，虎節龍旌照耀鷁首，父老咸踴躍聚觀，以爲盛事。而汪君間出其贈言相示，則自大學士高陽李公以下，爲詩文以壯其行，多至數百餘篇。』

鄧漢儀與昆山蔡方炳，鹽城宋曹，常熟嚴熊、薛熙，上元倪粲，江寧白夢鼎，泰州黃雲，興化宗元鼎、宗觀，華亭王廣心、許纘曾、林子卿、董俞，吳縣黃始，丹徒何絜，如皋冒丹書，安徽梅清等在南京共纂《江南通志》。（乾隆《江南通志》附表）梅清《天延閣後集》卷八癸亥詩有《癸亥秋應聘纂修江南通志院中紀事限秋字同局者五十三人》，其小序：『附纂修姓氏：陳滁涔焯、鄧舊山漢儀、宋射陵曹、白孟新夢鼎、顧岕在芳菁、黃僊裳雲、歸薪傳聖脈、黃靜禦始、蔡息關方炳、宗崔問觀、史東崖秉直、程奇玉式琦、施則魯洛遷、許傳舟維棹、張沖乙昊、史耳翁逸孫、光文翰宏賁、劉曉滄銘、王珂雪琳徵、金雪鴻夢先、董蒼水俞、金輝鼎闇之、邵幼常允彝、嚴武伯熊、徐肇伊程叔、洪謂韶宮諧、戈闇生標、王嘉俊翹、薛孝穆熙、姚錫元錄、陳秉文希昌、葉芥洲其荃、唐秩臣廷伯、陳綏四台署、方子壯學仕、金畹芳蘭、吳専公聖修、胡孝珍先璉、錢武子德震、林安國子卿、端燧承肇震、許禹若用世、宗定九元鼎、胡瞿又璉、徐希南遠、孫子寬麟定、江稚圭桐、何雍南絜、戴無忝移孝、吳山賓非、王安節槩、宋穉恭恭貽、冒青若丹書及瞿山清共五十三人。』《詩觀》三集卷五程祿詩後，鄧漢儀於丙寅七夕雨後跋云：『癸亥江南有《通志》之役，余與兩江制府于公周旋者三閱月，見其守己之嚴，自奉之儉，待士之謙，蓋近今一賢士大夫也。而其幕客往往以不耐淡泊，紛紛各去。子天相依最久，終始弗渝，可謂秉心至誠者，詩之工，特其一端耳。而余所錄數章，皆整煉秀逸。世有明眼，當自見之。』《詩觀》三集卷五錢岳《贈穆倩先生》詩後，鄧云：『垢道人今年八十矣，聞體中尚健，詩情酒興不減。癸亥，予在白門時攜江鯉就之，夜酌繾綣良深。蓋白髮故人今漸少矣。』錢岳，字蘊生，號十青，江南吳縣人，有《錦樹堂集》。

八月十三日夜，在南京與梅清、黃雲、蔡方炳、宗觀、張昊等燕集並漫步秦淮河上。《天延閣後集》卷八癸亥詩有《中秋前二日燕後同鄧舊山黃僊裳蔡息關宗鶴問張沖乙金雪鴻吳雋公徐程叔諸子出院步秦淮河上仍用秋字》。其詩有句云：『公堂開燕近中秋，酩酊追陪出院遊。』

八月十七日，與梅清、黃雲、蔡方炳、宗觀等諸子復於秦淮泛舟賦詩。《天延閣後集》卷八癸亥詩有《中秋後二日同陳滁岑鄧舊山白孟新黃僊裳宗寉問蔡息關黃靜禦何雍南張沖乙吳雋公孫子寬端燧承戴無忝金雪鴻徐程叔陳綏四徐希南諸公秦淮舟泛分得九青》。

重陽節，在南京。金鎮招集鄧漢儀等登高，時金鎮仍任江蘇按察使。《同人集》卷一〇收鄧漢儀作於康熙二十三年甲子的《巢民先生招同諸子於匿峯廬登高四首奉政效合肥宗伯以重陽登高四字爲韻》第四首有句云：『忽憶金陵宴，蕭條已節旄。』句後鄧自注曰：『客年九月，金廉憲招集登高。』

是年，在南京與劉文照交，選劉文照詩入《詩觀》並和錢謙益《燕譽堂》二詩。《詩觀》三集卷一劉文照詩後，鄧漢儀記云：『憶癸亥客秦淮時，（劉文照）曾以近稿見示，兼以錢虞山《燕譽堂》二首屬和。余爲選其詩，並步錢韻。』

秋，冒辟疆客揚州。《同人集》卷一〇如皋知縣盧綖有《辟翁冒老先生久客邗上小詞奉懷兼訊歸帆》詞，詞後記云：『癸亥秋，辟翁久客邗上，余戲作前詞，兼寫《蒹葭秋水圖》奉寄，以促歸棹，今逾年矣，因復圖此並錄前詞以見交好之情而彌篤云。』冒襄有《調寄夢揚州·奉和菽翁老父台見懷原韻》。

鄧漢儀是年有《夢揚州·和巢民先生酬菽翁見懷原韻》。詞見《青簾詞》。盧綖，字菽浦，湖廣黃安人。順治丁酉舉人，康熙九年庚戌科二甲十五名進士，康熙二十年至二十四年任如皋知縣。

約於是年秋末冬初，修志將歸，鄧漢儀爲梅清作畫松歌。《天延閣贈言集》卷三有鄧漢儀《畫松歌贈瞿山先生》。

《詩觀》三集卷三汪士鋐《瞿山畫松歌》後，鄧漢儀記云：「長安如愚山、阮亭諸公皆有贈瞿山畫松詩，極夭矯森拔之致，僕在秦淮亦效顰一首，然不若栗亭之亭亭獨上也。」一同修《江南通志》之張昊（沖乙）亦有《贈瞿山先生畫松歌》，其小引云：「瞿山先生善詩、古文、詞，名噪海內。廿年景慕，得瞻拜于秦淮鎖院，深契素心。倏爾言歸，魂銷黯黯，寧僅渭城楊柳悲唱驪駒已耶。適出示畫松，益見才人遊戲翰墨，無所不能。諸名流作歌相贈，予僅步後塵。」收入同書卷三之贈梅清畫松歌者，尚有白夢鼎、宗觀、何絜、吳非、金夢先、宋恭貽、戴移孝等人。

是年，孫宗彝卒。宗彝（一六一二—），字孝則，號虞橋，江南高郵人，順治四年三甲進士，有《愛日堂存稿》；《詩觀》初集卷四收其詩十三題。鄧旭卒。旭（一六〇九—），字元昭，江南壽州籍，吳縣人，有《林屋詩集》；《詩觀》初集卷二收其詩二題，二集卷六收一題。彭士望卒。陸麟書《彭躬庵先生傳》云士望「卒年七十四」。（《恥躬庵文鈔》卷首附，清咸豐二年刻本）

康熙二十三年甲子（一六八四）　六十八歲

春，鄧漢儀遊杏花村，並有詩作。《慎墨堂詩拾》卷九有鄧漢儀《甲子春遊杏花村》七絕四首。其一云：「雨晴正值看花時，村裏曾無花一枝。日暮秀山門外望，牧童猶唱杜家詩。」

夏至後一日，鄧漢儀看到三子鄧勷相所著《徵辟始末》並題字於後。《徵辟始末》後附鄧漢儀跋云：「徵辟之役，三男同予抵京，故見聞獨詳，敘置最確要，是他日年譜中第一段要緊文字。予還山日久，舊事都忘。甲子長至後一日得見此冊，豈不同於《東京夢華錄》、《清明上新河紀》耶？舊山叟，時年六十有八。」

初夏，鄧漢儀攜其子鄧勖采借寓如皋冒襄水繪園。《同人集》卷一〇鄧漢儀《寒碧堂贈詩跋》云：「甲子夏余來雉皋，下榻無所，巢民先生招余憩水繪庵。」《同人集》卷一〇同時收鄧漢儀《甲子初夏假寓水繪庵即事奉柬巢民先生》八首，寫到借寓水繪園的情況。而其中第八首更寫自己和冒襄的隱逸生活，見《詩拾》卷六。

寓居水繪園期間，與冒襄等倡和不輟。《同人集》卷一〇收鄧漢儀與冒襄等水繪園還樸齋倡和詩。鄧漢儀有《題巢民先生新構還樸齋兼呈青若世兄》。同唱者有南通顧道含，福建佘儀曾，如皋張圯授、石爲崧等。

按：顧道含（康熙乙丑中秋六十四歲），原名晳，字同束，號懶雲，南通人。清嘉慶十三年刊本《如皋縣志》卷一七：『佘儀曾，字羽尊，號黍村，明諸生，工詩書，書得二王家法。福建莆田人，江南泰州籍，遊如皋，冒巢民推重之。所居牕外有老柳，顏曰柳潯，著《柳潯》內外編若干卷。』同卷：『張圯授，字孺子，皋邑庠生也。寄居海安，母爲賊所害，及長，鑄一利刃，名曰張千秋，出入寤寐，必偕，遍訪其仇不可得，飲痛終身焉。善詩，著述甚富，與冒巢民交善，凡遠邇至縣訪巢民者，必訪之。』張圯授有《茗柯集》。同卷：『石爲崧，字五中，號樊山。弱冠舉於鄉，越六年，成進士。三任縣令，歷官戶部郎。』

寓居水繪園期間，與如皋令盧綖交。盧綖，字菽浦，湖廣黃安人，進士，康熙二十年任如皋縣知縣（至二十四年）有《艋莊近集》。冒襄《盧父台菽浦先生甘霖頌》小引云：『邑侯盧公天才冠世，至靜，性廉，視子民則俯心耐俗，待友朋雖竭歡能久，恒若有餘……今茲季夏亢旱五旬，稻苗焚灼，豆筴枯焦，公虔步禱甘澍，隨應。百里稍寧，一時頌滿。襄也，老甘廢棄，貧益固守，知公最深。仰體殊眾，不能自已，直述欲言，更一二好友偕丹兒倡和，皆不同於輿人也。』《同人集》卷一〇甲子倡和詩有冒襄、冒丹書、顧道含及鄧漢儀爲盧綖禱雨成功之倡和詩。鄧漢儀詩爲《盧老父台用冒青若原韻三首》，其中第一首自注云：『余寓寒碧水堂，俯臨池上。』

夏六月，適雲間女史沈雅（字倩扶）致書冒襄，冒襄招鄧漢儀、顧道含、佘儀曾、李中素等飲還樸齋並話倩扶事。鄧漢儀有《夏杪夜集見倩扶女郎寄巢民先生劄因和梅村祭酒細林舊韻巢民韻凡屢和又得三首》。同時鄧漢儀有《跋細林山館夜集送別倩扶女郎》云：『甲子夏杪，同人集飲還樸齋，巢民先生話倩扶女郎舊事，兼出寄書及梅村祭酒詩見示，同人約其共和梅村韻贈倩扶，亦一時韻事。』

六月二十四日，冒襄於水繪園荷花蕩置酒飲宴，鄧漢儀與冒襄、顧道含、冒丹書、佘儀曾倡和。《同人集》卷一〇收鄧漢儀《六月二十四日范園荷花盛開巢民先生建臺置酒於園外堤上招諸子爲花壽賦四十韻紀事》。冒襄有《孝威先生以六月二十四日荷花蕩古詩見教步和四十原韻》，顧道含、佘儀曾有同體和詩，冒丹書亦有荷花蕩侍飲詩《家大人命和孝威先生四十韻》。其中鄧漢儀詩後其自注云：『是日勝地奇葩，清歌雅韻，一時並集。惜無解事紅粉點綴其間。巢老欲迎女史倩扶，爲藕花生色。』

七夕節，冒襄訂於匿峯廬燕集，鄧漢儀臥病未至，但補作和詩以紀勝遊。《同人集》卷一〇收鄧漢儀《巢民先生招集同人於匿峯廬度七夕佳節余以病不能赴補作四律用紀勝遊》。同卷鄧漢儀《跋七夕匿峯廬倡和詩》，見《佚文》。

中秋，冒襄病。鄧漢儀於水繪庵有詩相贈。《同人集》卷一〇有鄧漢儀《中秋坐雨水繪庵聞巢民先生抱痾戲作四截句》及《無題四首爲巢民先生作》。

九月重陽與冒襄等諸子登高賦詩，透露歸意。《同人集》卷一〇鄧漢儀《如皋縣九日倡和詩小跋》，見《佚文》。

夏曆十月上旬，鄧漢儀仍寓居水繪庵。《同人集》卷一〇收鄧漢儀寫於水繪庵之寒碧後軒之《寒碧堂贈詩跋》落款爲『小春上浣』。按：夏曆十月又稱小春月。

是年，老友孫枝蔚與宗元鼎俱六十五歲。孫枝蔚《溉堂後集》卷六甲子年詩《贈宗定九呂渭叟》序云：『親友中惟定九渭叟與余同生庚申年，今皆六十五歲人矣。』

是年，吴嘉紀卒。汪懋麟《吴處士墓志》云：『處士生於前明萬曆戊午，歿於國朝康熙甲子春三月，年六十有七。』是年徐作肅卒。施愚山卒。

康熙二十四年乙丑（一六八五）　六十七歲

是年春，好友汪懋麟自京師還揚州。

是年，寓居揚州董子祠。編成《詩品》並開始選評《詩觀》三集。《退庵筆記》（清鈔本）卷一云：『二十四年乙丑復至郡，寓董子祠，選《詩觀》三集。』作於康熙己巳春的《詩觀》三集自序云：『彙集天下名家詩稿，細加評訂，既慎且嚴。歷五載始告厥成。』《詩觀》三集卷一李元鼎詩後附謂：『余既勒成《詩品》，兹營《詩觀》三集。』《詩品》即《慎墨堂名家詩品》，今國家圖書館藏本僅存六卷。《詩觀》三集開始編選的時間當在是年秋天。《詩觀》三集卷五蕭説詩後鄧漢儀附記云：『乙丑秋，余有《詩觀》三集之役。』

秋，好友曹貞吉由內閣中書出爲徽州府同知，路過揚州，看望正在編選《詩觀》三集的鄧漢儀。清康熙三十八年刊本《徽州府志》卷三：『曹貞吉，……康熙二十四年任（徽州府同知）。』鄧漢儀於《詩觀》三集卷八曹貞吉詩後附記云：『實庵先生之從中祕出補新安郡司馬也，朝臣共惜之。抵維揚小泊，瀕行，知余在董子祠，肩輿過訪。時落葉滿地，霜雪在眉，念余貧不能振，太息而去。』曹貞吉《哭漢儀》亦追記二人見面時的情況：『頰頷風塵千里間，入門下馬恣歡謔。斗酒相看脫寶刀，鬚眉顧盼真人豪。淳于意氣東方舌，笑談磊落輕時髦。荏苒公車二十年，春明常放孝廉船。相逢寂寂對無語，顧予每惜終寒氈。』（《珂雪詩》五卷之《珂雪二集》，康熙刻本）

冬，與張潮共同商量選詩事宜，並將杜濬詩七題選入《詩觀》三集卷六。《詩觀》三集卷六杜濬詩後附云：『茶村以是冊（按：指《春日遣心近詩》）授余點定，精選得七章，藏之篋衍，未付剞劂。乙丑初冬，與張子山來共商選事。山來見而愛賞，亟命登之棗梨，曰：此詩壇老將，時流即工辭采，其識力高邁，誰能及之？』

是年，經崔華介紹得謝開寵《花隱軒》詩集，並選其入《詩觀》三集卷四。《詩觀》三集卷四謝開寵詩後，鄧漢儀紀云：『乙丑余來邗江，復有《名家詩觀》三集之選。適觀察崔公枉顧蕭寺，曰晉侯方在署。余急索其詩，得惠教《花隱軒》一帙。讀其詩，既樸老如杉松，復深邃若金石，于時流奔趨之外，另開心眼，獨辟乾坤。因登若干首，以志企尚。』按：謝開寵，生於明崇禎十一年戊寅（一六三八）字近侯，壽州人。順治十六年（一六五九）己亥科會試三百五十名進士，有《花隱軒集》。《詩觀》三集卷四收其詩二十二題。

冬，得好友孫志喬詩，選十八題入《詩觀》三集。《詩觀》三集卷六孫志喬詩後，鄧漢儀曰：『憶十年前孫君無言攜詩一冊見示，余極賞其英邁。無言曰：此余猶子崧仞作也。繼乃訂交，則翩翩華秀，不減張緒、王恭；而深沈讀書，交遊不濫，有過人者。今乙丑冬，乃得見其近什，益進而蒼拔，不肯走入畦徑，此道中將來能拔幟者。選以示通國，當知漸江又有此俊。』按：孫志喬，字崧仞，江南休寧人，孫默侄，有《懷硯齋稿》。

中秋，好友顧道含六十四歲。《同人集》卷一〇丁卯倡和詩有冒襄《壽顧同束》詩云：『六十稱觴又四年，兩人人外獨纏綿。』詩後冒襄自注曰：『同束誕日正及中秋。』

是年，王又旦卒。鄧漢儀於是年選王又旦詩七題入《詩觀》三集，並記云：『余三選黄湄詩，詩凡屢進。昨由嶺外過邗江，特解囊救孫豹人之困、治吳野人之喪，蓋行事有過人者。今忽淪喪，可勝悼嘆。』

康熙二十五年丙寅（一六八六）　七十歲

寒食節，鄧漢儀與好友張潮共坐揚州董子祠，選靳治荊詩。《詩觀》三集靳治荊詩後，鄧云：『丙寅寒食，積雨初晴，坐董子祠樓，乃爲精遴，得若干首，用光拙選。張子山來把誦其詩，不禁仰溯惠風，有返輞烏聊、托蔭仙梟之意。』按：靳治荊，字熊封，奉天遼陽人，有《紫蓋山樓詩》。

夏，吳孟堅訪冒襄於如皋，跪請追述其父吳應箕往事。《同人集》卷一〇丙寅季夏倡和詩有吳孟堅《丙寅夏旱水陸至如皋奉謁巢翁老伯大人》。冒襄有《子班世兄衝暑重訪見贈五字三律原韻》三首。其二有句云：『紀事三千字，包羅數十秋。』句後，冒襄自注曰：『壬戌春子班徒步入都，爲尊大人求以忠義表彰，付史館，竟蒙浩蕩。歸過余，跽請追述往事者三日。余爲作《樓山紀事本末》，字溢三千，人存百餘，頗盡當年節義。』按：吳孟堅，字子班，江南貴池人，吳應箕子，有《湘潭行吟》、《偶存草》；《詩觀》二集卷七收其詩一題，三集卷一二收其詩四題。

是年，於揚州寓所選黄朝美詩。三集卷四黄朝美詩後，鄧漢儀云：『竦塘黄氏爲新安右族，勺泉先生負奇才異行。曾與友共事，友被讎陷，當戍邊，先生慨然代之，遂遨遊燕、代、齊、趙之墟。所過山川城郭，指畫多勝算。爲詩磊落有氣，想其人當在馬文淵、班定遠之間，而時不能用。聞孫清持翁僅拾其殘章零句以傳，可嘆也。清持翁雖居闤而愛靜讀書，晚年學道參禪，有蕭然物外意。教諸子以文武成大名。喜爲詩，清秀閑遠。年雖七十餘，而詞煉氣足，正使少俊家有所不能及。杜茶村、魏叔子爲序而行之。丙寅余客邗，樓居岑寂，因選其詩，與勺泉公並垂。』按：黄朝美，字蓋臣，號清持，江南歙縣人，有《拳石居詩集》。

詩人程化龍於是年初秋看望其弟程瑞禴（字孚夏）時，與正在揚州文選樓選詩的鄧漢儀相遇。二人約定，程化龍自松山還後與鄧漢儀於揚州平山堂畔論詩。《詩觀》三集卷五程化龍詩後鄧漢儀記云：「丙寅初秋，禹門過海陵，訪令季孚夏，乃與余相遇於維揚，酒興詩懷如故。而念湟榛職方死於亂，青立李丞死於貧，感慨唏噓不置。今孚夏以其《閩粵遊草》並新詩數章囑余論次，余時舟下茱萸灣，涼雨初過，因拔其尤者，登諸拙選。而禹門約自雲間還，與余輩論詩平山堂畔，正當有日也。」清康熙三十八年刊本《徽州府志》卷十一《舍選》：「程瑞綸，字孚夏，率口人，上元籍。貴州布政司經歷。」鄧漢儀與程化龍、程瑞綸等有詩倡和。《詩觀》三集卷五程化龍詩後，附錄有其倡和詩。鄧漢儀《丙寅秋日酬禹門中翰過寓樓話舊》詩云：「京師把酒正從容，忽地風波泠宦蹤。祭典祇因親串累，詩情轉以謫官濃。天都久臥千崖雪，靈峽新辭萬壑松。歸到揚州旋惜別，觀濤時節可重逢。」程瑞綸有《和鄧孝威家禹門兩舍人邗關寓樓話舊原韻》詩云：「十年非復舊形容，千里攜筇訪隱蹤。宦遇滄桑情自深，酒因萍梗興偏濃。大江帆落雙峯月，白嶽雲迷百丈松。彼此東山難臥穩，鳳池早晚又相逢。」又有《禹門家兄入粵訪伯氏遺骸著有粵遊詩聞者哀之用鄧舍人前韻》：「尋兄何處得音容，瘴海烽烟失旅蹤。宦謫不忘鴒誼重，囊空剩有淚痕濃。掃開峭壁題蒼蘇，聽徹哀猿出亂松。最苦越王臺上月，清秋不與雁行逢。」

七夕，雨。雨後評跋程祿詩。《詩觀》三集卷五程祿詩後，鄧漢儀跋云：「癸亥江南有《通志》之役，余與兩江制府于公周旋者三閱月，見其守己之嚴，自奉之儉，待士之謙，蓋近今一賢士大夫也。而其幕客往往以不耐淡泊，紛紛各去。子天相依最久，終始弗渝，可謂秉心至誠者；詩之工，特其一端耳。而余所錄數章，皆整煉秀逸。世有明眼，當自見之。丙寅七夕雨後跋。」

初秋，吳孟堅過海陵，鄧漢儀與其有倡和之作。《慎墨堂詩拾》卷六有鄧漢儀《丙寅新秋吳子班過海陵依韻奉酬》，詩後鄧亦有注云：「時尚有言明季黨事者，意借樓山先生以自重，不知所重不在此也。」

秋，諸城丘元武訪鄧漢儀於鑾江（今江蘇儀徵）舟中，鄧漢儀爲其作《丘柯村詩序》。《海陵文徵》卷一五鄧漢儀《丘柯村詩序》云：丘柯村「丙寅秋來訪舊交於淮上，特棹扁舟訪余於鑾江，出詩見示」。「余既登君之作於《詩觀》、《詩品》而復勒全詩以告當世」。按：丘元武，字龍標，號柯村，別稱慎清，室名烟鬟草亭，山東諸城人。順治十六年己亥科進士。《詩觀》三集卷一〇著錄其有《烟鬟草亭集》。

冬，再會丘元武於白沙道上。《詩觀》三集卷一〇丘元武詩後，鄧云：『丙寅冬日，柯村以扁舟訪我於白沙道上，出詩見示。余爲爬搜品識，劍光珠氣，出土衝天，當爲快事。』鄧漢儀以丘元武薦，選臧振榮詩入《詩觀》三集。《詩觀》三集臧振榮詩後附云：『丙寅丘君柯村來邗江，以岱青稿屬選。余睹其姓字甚熟，久而憶其爲三十餘年前結雞壇牛耳之盟者。余喜岱青登上第，蒞方州，且深心古業，是能卓立簪紳中而克繼前武者。然非柯村，余亦竟失之。』

秋，朱光巒寄詩於鄧漢儀，鄧選其詩入《詩觀》。《詩觀》三集卷七朱光巒詩後，鄧謂：『丙寅秋，予客廣陵之董樓，復以新篇見寄，既爾婉麗，更極高超，斯真得漢唐之遺法者矣。因錄數章，以公海內。青岳爲吾友艾人先生子，劉君玉少婿。羲、獻、樂、衛，其源流固自不爽。』按：朱光巒，字青嶽，號竹村，江南泰州人，有《牧鶴軒近詩》；《詩觀》三集卷七收其詩十八題。

秋，宗觀自貴池任返揚州，離開揚州返任時，鄧漢儀、吳綺、孫枝蔚等聚汪懋麟處爲其送行。清康熙刻本《百尺梧桐閣遺稿》卷八丙寅詩有汪懋麟《鶴問至自秋浦邀同孝威薗次豹人集小齋即送還任》，詩云：『青鬢看如昨，朱顏念已非。君從何日返，我是去年歸。舊雨浮雲散，新晴落木飛。閉門慵報客，特爲啟岩扉。』其二曰：『地借崔秋浦，官憐鄭廣文。八年才一見，渭樹與江雲。及此黃花爛，何辭綠酒醺。秋風垂隴外，容易賦離羣。』

與好友王猷定子王孫茂會於海陵。《詩觀》三集卷一一：『曩時尊君于一先生僑居廣陵，與梁仲木、公狄、李小有、惲道生、杜于皇諸君，交情極洽，而余亦竊附嚶鳴之好。迨于一客死武林，而令嗣漢卓依人入蜀，久不得其消息。丙寅來海陵，把晤甚歡。出其詩篇見示，沈毅有家法。且聞其擔簦遠遊，而周旋骨肉，罄囊不厭，豈惟工文，而至行非人可及，能無敬美？』按：王茂孫，字漢卓，江西南昌人，有《楓林草堂稿》。

山東孔尚任隨孫在豐南行勘察河工，設署泰州，旋至揚州。是年八月，孔有《渡黃河》云：『踟躇何計救桑麻？立馬堤頭喚渡槎。八月荒蒲飛白鳥，孤城落日照黃沙。南開清口分淮少，東阻雲梯去海賒。此處源流誰探取？秋風初動使臣嗟！』（《湖海集》卷一）是年十一月底鄧漢儀同如皋冒襄、泰州黃雲、華亭倪匡世（永清）、吳縣錢岳（十青）、吳江吳鏗、安徽張潮等與孔尚任會。正是這次聚會，結識了孔尚任，遂有三年之交。孔有《仲冬如皋冒辟疆青若泰州黄仙裳交三鄧孝威合肥何蜀山吴江吴聞瑋徐丙文諸城丘柯村松江倪永清新安方實臣張山來諧石姚綸如祁門李若谷吴縣錢錦樹集廣陵邸齋聽雨分韻》：『雅會名流盡折巾，江南江北聚芳鄰。催詩淅瀝來山雨，剪燭蕭條獻水尊。痛飲須教肝膽露，堅留祇有性情真。滿囊珠玉輕帆去，從此邗關話一新。』其中後二句，黄仙裳評曰：『此先生在廣陵第一會也。予親與其勝，一時江南北傳播，風氣頓開。』按：冒丹書，字青若，號卯君，冒襄子，貢生，官同知，著有《枕烟堂集》。黄泰來，字交三，泰州人，號岱雲樓，黄仙裳之子。何蜀山，即何五雲，字鄗公，號蜀山，合肥人，曾任泗水知縣，因恃才傲物而罷官。著有《末齋詩文集》。吴鏗，字聞瑋，一字玉川，吴江人，好遊喜詩，著有《復復堂稿》。徐時夏，字丙文，號常於，吴江人。其時正住在揚州孔尚任治河署中搜集尺牘，編爲選集。丘柯村，即丘元武。倪匡世，字永清，松江人，輯《詩最》，梓行孔尚任《湖海集》以前遺詩二十餘首。《金陵通傳》卷二三：『方淇藎，字實臣，原名夏，又名兆瑋，其先籍徽歙，祖伯闇大理卿，父裕昆始定居金陵，遂爲江寧人。淇藎工詩，與兄望子弟乘六、自西齊名，以諸生受知於萊陽趙南星，國變後顧夢游、王潢引爲忘年交，四方遊金陵者，無不願識其面，著有《直學録》。』張潮，字山來，號心齋，歙縣人，康熙貢生，流寓揚州，著有《心齋聊復集》、《心齋雜俎》、《奚囊寸錦》、《筆歌》等。編有《虞初新志》、《昭代叢書》。張韻，字諧石，號浮丘，江都人，工詩善畫，有《城東草堂集》。孔尚任爲之作序。姚綸如，新安人，詩人，作有《廣陵雜感》。錢錦樹，名岳，吴縣人，字藴生，號十青、錦樹堂。孔尚任《湖海集》卷八《廣陵聽雨詩序》：『今予以使客之槎，久繫邗上，興懷往跡，遊覽幾遍，凡騷人墨客，皆得通名刺焉。乃於仲冬晦前，修五簋於行署，如約集者十有六人。於是考世籍，序年齒，長者安父兄之尊，少者執子弟之禮。洗爵獻斝，禮儀卒度。維時暮雨忽來，早梅漸放，剪燭對之，興會佳絕，坐上客信手分韻，以志不忘。』

約於是年冬，鄧漢儀在泰州晤孫在豐，與之論詩，且將其詩選入《慎墨堂名家詩品》，後又選其詩三十五題入《詩觀》三集。《詩觀》三集卷一云：『司空先生以治河之節開府泰州，予與之論詩，因得請其稿，勒爲《詩品》。茲有《詩觀》之役，復蒙傾篋見授。凡紀恩、扈從、倡和、贈答、遊覽之詩，約略具備。』

十二月，孔尚任往訪鄧漢儀，時鄧漢儀正選《詩觀》三集。孔尚任《湖海集》有《江都董子祠訪鄧孝威時選詩觀三集》詩。詩云：『選樓筆硯久淒涼，董子帷前草更荒。藥裹經冬同客住，茶烟到晚爲詩忙。采風一卷添齊魯，主社十年接李王。垂老能吟梁父句，不妨雪雨撲匡床。』其時，鄧漢儀病中在董子祠編選《詩觀》三集。

是年，選王士禛詩二十四首入《詩觀》三集卷二。《詩觀》三集卷二王士禛詩後，鄧漢儀記云：『漁洋先生以宮詹奉使南海，與豹人遇於匡廬之麓。索其嶺南之詩，不肯出。而曹司馬實庵向余極稱嶺外之作，然苦不得見也。於司馬行篋中搜得《漁洋續稿》，亟爲選入三集。餘當俟其郵寄，再爲丹黃。丙寅舊農識。』

是年，選孔尚任詩十七首入《詩觀》三集。《詩觀》三集孔尚任詩後，鄧漢儀附云：『丙寅秋，宸衷注切狂瀾，將疏海口，以泄水勢。東塘遂膺命南來，佐少司空以底厥績。訪余維揚，因出詩見示。』《淮海集》卷一有《答鄧孝威》。

是年，徐章寄其詩於鄧漢儀。《詩觀》三集卷一三徐章詩後，鄧記云：『與石霞別二十年，丙寅郵其詩來，爲拔其尤者登諸選集。』

約於是年，好友潘問奇有《懷鄧孝威》。按：《拜鵑堂詩集》卷三此詩列《丙寅秋九月旅雁有自北來者一雌病不能隨遂落羣兒手維縶之明日厥雄亦來就其偶悲鳴不去竟死其傍元弗爲余言之並索短章聊以紀異》之後，詩見附錄三。

是年，魏裔介卒。

康熙二十六年丁卯（一六八七）　七十一歲

是年正月初一日，鄧漢儀友孫枝蔚病逝，年六十八。孫匡《溉堂後集序》。另，《清史列傳》卷七一作正月初八卒，未知何據。孔尚任《湖海集》卷二有《挽孫豹人》。

三月九日，鄧漢儀與許漱石、黃仙裳、黃交三、黃上木、朱魯瞻、徐夔攄、徐小韓、柳長在、徐浴咸、徐丙文、閔義行、冒青若、楊東子、查秋山、成陟三、孔樵嵐等詩人與孔尚任大會於海陵宮氏北園之行署。孔尚任《海陵登樓記》云：『丁卯三月九日，自海上還，乃命園丁，稍拂塵埃，時一登之……又復大招賓客登之，騷墨聲伎，各極其長，一日之間，吟詩二十二篇，畫一幀，琴二操，琵琶三曲，吳歌七奏，而賓客從容遊息，至夜分不去。』孔尚任同時有《暮春張宴署園北樓上大會詩人漢陽許漱石泰州鄧孝威黄仙裳交三上木朱魯瞻徐夔攄山陰徐小韓遂寧柳長在錢塘徐浴咸吳江徐丙文江都閔義行如皋冒青若彭縣楊東子休寧查秋山海門成陟三家樵嵐琴士興化陸太丘畫士武進李左民泰州姜尺玉琵琶客通州劉公寅時閔義行代余治具各即席分賦》詩紀其事，詩云：『高宴櫻筍借郇庖，四面晴光接遠郊。野燕初來黄菜圃，飛綿漸起緑楊梢。客中老淚逢絲竹，座上遺賢到許巢。望國思鄉無限意，沈吟寫向歲寒交。』

春，選吳興祚詩二十七題入《詩觀》三集。《詩觀》三集卷二吳興祚詩後附云：『丁卯春，公之小阮葴山水部，奉命來海陵督河，與余論交極洽，因出公《巡海詩》見示。高渾英奇，珠玉照耀。即點次而付諸梓，兼製俚言六章，用志景仰。園次、椒峯冊子而外，此爲寄詩者三，總未足揄揚萬一也。』

暮春，孔尚任再之海上（治河），鄧漢儀與同社許漱石、黄仙裳等爲其釀金張宴、折柳送别。孔尚任有《將之海上同社許漱石鄧孝威黄仙裳上木儀逋交三徐小韓浴咸丙文夔攄柳長在繆墨書陸太丘楊東子朱魯瞻宫敘五姜尺玉家樵嵐釀金張宴折柳贈别即席分韻再倡疊和》詩記其事。『四座銷魂改舊歡，落紅飄絮欲離難。何須惆悵攀楊柳，且對笙歌賞牡丹。近郭湖光連夜雨，侵樓海氣一春寒。羣公偉餞多佳句，攜上孤舟到處看。』詩後鄧漢儀記云：『是日折柳，又以闕里先生爲絶唱。』按：黄逵，字儀逋，浙江山陰人，能詩文。事蹟見孔尚任《湖海集》卷八《黄生傳》。徐夔攄，泰州人，詩人。徐小韓，山陰人，詩人。繆肇甲，字墨書，號補山，泰州人。徐旭旦，字浴咸，號西冷，錢塘人，拔貢，康熙十八年舉博學宏詞科未中，後河道總督靳輔薦入河署。工詩，喜作曲，著有《世經堂初集》、《世經堂詩詞抄》。楊東子即楊岱，『岱字東子，彭縣人，康熙丙午舉人，十九歲，氣宇深沈，似有道者，事父能先意承志，人稱其孝，著有《村山詩集》，氣力雄健，天才峻發，爲時所推。』（《彭縣志》卷七《鄉賢志》）查秋山，休寧詩人。成陟三，海門詩人。家樵嵐，即孔樵嵐，句曲人，孔子六十六世孫，著有《迂立堂詩》，孔尚任爲之作序。李左民，名泰，字左民，如皋人，畫士，姿性豪爽，於京師護國寺畫如來像而聞名。見《如皋縣志》。

三、四月間，孔尚任與孫在豐因未嘗留心河務，九卿議決撤回差往各官，孔被召至揚州待命返京，有《海陵留别鄧孝威將之都門》（《湖海集》卷二）。詩云：『半截乘槎鷗鷺灘，幾番離會送春殘。病身久苦滄江氣，好友皆憐襆被寒。樓上酒籌須記憶，缾中花片未闌珊。風帆早起懷人處，自寫新詞衹自看。』鄧漢儀在其詩後記云：『君之行也，不名一錢，惟有詩卷。余贈別有「蕭條襆被原臣節，辛苦詩篇在使車」之句。』

四月，孔尚任在揚州待命還京，生活也很艱難。鄧漢儀由揚州返泰州，孔尚任仍特意送鄧漢儀一隻銀酒杯，作爲舟資。《淮海集》卷一一有《與鄧孝威》云：『聞即刻返海陵，僕明日欲作一小東，不知可停帆否？羞澀客囊，無以增行色，小杯一隻，聊爲舟資。登樓諸作，乞於舟中録賜。杯不大，恐買舟未必穩也。』

夏，炎熱異常，鄧漢儀病。

七夕後，程瑞禴來訪。《詩觀》三集卷一三程瑞枋詩後鄧漢儀記：『丁卯夏酷熱異常，余閉戶不能見一客，筆墨都廢，因之百病交作。七夕後，天忽風雨，涼氣襲人，而孚夏攜其令弟宗衍新詩至。讀之清新雅上，如松濤萬頃，謖謖吹人，尤一服清涼散也。』

中秋，鄧漢儀爲孔尚任《湖海集》作序。孔尚任《湖海集》卷首鄧漢儀《湖海集序》，見《佚文》。

秋盡，李淦招飲鄧漢儀與冒襄等至興化拱極臺。《同人集》卷一〇『海陵昭陽倡和』有鄧漢儀《丁卯秋盡李礪園先生招飲拱極臺》，冒襄《礪園先生邀集拱極臺和孝威原韻》。按：李淦，字季子，號若金，江南興化人，有《礪園稿》；《詩觀》初集卷一一收其詩七題。

九月初一，鄧漢儀選楊素蘊詩入《詩觀》三集。《詩觀》三集卷二楊素蘊詩後有鄧漢儀附記。

九月中旬，鄧漢儀與如皋冒襄等到興化訪孔尚任，謀舉花洲社，不果。孔尚任《湖海集》卷三有《暮秋喜冒辟疆鄧孝威諸耆舊集昭陽俞錦泉中翰亦挾女部至欲作花州社不果悵悵賦此》詩記其事。冒廣生《冒巢民先生年譜》：『康熙二十六年丁卯七十七歲，秋過昭陽。』按：昭陽，即今興化市所在地。

小雪，程化龍寄程鼎詩於鄧漢儀，程瑞禴促鄧漢儀評次授梓。三集卷一二程鼎詩後，鄧漢儀曰：『耳臣浮家姑蘇，喜吟詠，愛賓客。所著《寄園詩草》，曾子青藜序而行之。丁卯小雪，程君禹門郵其詩至海陵。讀之清拔韶令，風骨自超。孚夏促余選次，且授之梓。其均有揚美之意乎？』按：程鼎，字耳臣，江南休寧人，流寓蘇州，有《寄園詩草》；《詩觀》三集卷一二收其詩十題。

冬，詩人方淳至揚州登鄧漢儀選樓，推薦方象瑛詩。《詩觀》三集卷一一記云：『方君樸士古道照人，不屑通刺冠蓋。而雪岷明府雖門地鼎盛，才譽飆馳，澹然如寒素，與樸士正有針芥之合。丁卯登余客樓，促余選梓雪岷之詩。時積雪滿山，照人帷幕，披覽詩卷，同其潔超，是一則快事。』按：方象瑛，字雪岷，浙江遂安人。《詩觀》三集卷一一收其詩十一題。

冬，通過王汶江寄書范遇，覓李傑詩。三集卷五李傑詩後，鄧漢儀云：『丁卯殘臘，崇川王汶江見過邗樓。予有書寄范子廉夫，托覓李君若士詩稿，謂可速至，必無洪喬之失。豈意竟至浮沈。今乃次第得其佳篇，伏枕中，亟爲點次，付之剞劂，尚以全稿未至爲憾也。』按：李傑，字若士，奉天遼陽人。范遇，字廉夫，江南通州人。

臘月，與徐倬、孔尚任、宋實穎作《爲巢民先生題米南宮半岩飛瀑圖歌》。《同人集》卷一〇丁卯倡和詩收三人同題詩，其中徐倬詩有句曰：『明鐙臘酒憶疇昔。』

年終，自揚州返海陵度歲，遣其子至孔尚任署問候並投贈詩作。孔尚任《湖海集》卷一一有《與鄧孝威》書云：『歲云暮矣，聞先生返海陵度歲，乃不勝離羣之感。諸郎濟濟過署，皆爲象賢之英。投贈佳篇，琳琅滿壁，乃先生平日樂飢之具也。寧不爲先生稱快哉！』孔尚任是年寫給鄧漢儀的另一書也談到這一情況，同時也談到他們在蘇州滄浪亭畔交遊情況。『滄浪亭畔，追隨旬月。欣風雅之有托，兼縞素之難忘。東道疏闊，寔增慚愧。別來海風湖雨，無限悽楚。忽接手教，驚讀佳詠，侄杖乃附不朽矣。繪事雖細，技亦必遠遊而後成。文章道德，豈杜門逐客者所能真悟乎？領台教，所得多矣。』（《湖海集》卷一一）

是年，陳忠靖卒。忠靖，字念其（一字爾位），號曉堂，江南泰州人，有《曉樓詩集》。《詩觀》初集卷五收其詩十九題。

康熙二十七年戊辰（一六八八）　七十二歲

春，選陳大謨詩入《詩觀》三集。《詩觀》三集卷一一陳大謨題下引謝晉侯言云：『戊辰春，攜陳子詩稿過維揚，值孝威鄧先生選《詩觀》三集將竣，謹繕其遺草數篇，冀一表彰之志。』

春，鄧漢儀做客蘇州學政署，得學政李振裕詩。《詩觀》三集卷一三李振裕詩後，鄧云：『戊辰春雨不輟，醒齋先生招飲署齋，出新詩一卷見示，乃督學江南時所作者。其詩較前一變，渾樸蒼老，迥絕時蹊，正非劍南所能望其壁壘。』按：李振裕（一六四二—一七〇九），字維饒，號醒齋，江西吉水人，有《白石山房稿》。錢國祥《蘇州府長元吳三邑諸生譜》卷首《歷任學政題名》康熙朝：『李振裕，字醒齋，江西吉水人。庚戌進士，翰林院侍講。（康熙）二十四年任。』

春，宗元鼎持呂磻、祖應世、傅澤洪等三人詩訪鄧漢儀於揚州董子祠。《詩觀》三集卷三傅澤洪詩後，鄧云：『梅岑嚴子，論詩不輕許人。戊辰春自北平歸，訪余董子祠。余曰：子足跡遍天下，擅場風雅者爲誰？梅岑首舉呂子大風、祖子夢岩、傅子育庵，余神往者久之。予時值三集將竣，梅岑始持三君詩見示。清真秀逸，出入韋、陶。因登卷末，與世共賞。』按：呂磻，字大風，奉天遼陽人，《詩觀》三集卷三收其詩四題。祖應世，字夢岩，奉天范陽人；《詩觀》三集卷三收其詩五題。傅澤洪，字育庵，奉天遼陽人，有《潭上偶吟》；《詩觀》三集卷三收其詩十題。

三月三日上巳節，鄧漢儀在揚州與孔尚任、吳綺、費密、李沂、黃雲、宗元鼎、查升、閔賓連等名士二十四人泛舟紅橋修禊。《湖海集》卷九《紅橋修禊序》云：『康熙戊辰春，揚州多雨雪，遊人罕出。至三月三日，天始明媚，士女祓禊者，咸泛舟紅橋。橋下之水，若不勝載焉。予時赴諸君之招，往來逐隊，看兩陌之芳草桃柳，新鮮弄色，禽魚蜂蝶，亦有暢遂自得之意，乃知天氣之晴雨，百物之舒鬱系焉……予今者大會羣賢，追蹤遺事，其吟詩見志也，亦莫不有暢遂自得之意。蓋欣賞夫時和者猶淺，而興感于盛世者則深。因序述諸篇，爲之流傳，俾讀者知吾黨舞蹈所生，有非尋常跡象之可拘耳！』阮元《廣陵詩事》卷七云：『紅橋爲詩人聚集之地，王阮亭、宋荔裳皆嘗觴詠於此。後孔東塘在廣陵時，上巳日，招同吳園次（綺）、鄧孝威（漢儀）、費此度（密）、李艾山（沂）、黃仙裳（雲）、宗定九（元修）、宗子發（元豫）、查二瞻（士標）、蔣前民（易）、閔賓連、王武徵（方岐）、喬東湖（寅）、朱其恭、朱西柯、張諧石（韻）、楊爾公、吳彤本、卓近青（爾堪）、趙念昔（允懷）、王孚嘉、王楚士、王允文、閔義行共二十四人，紅橋修禊，賦詩紀事。』（按：袁世碩《孔尚任年譜》作丁卯年三月三日，誤。）又云：『曲阜孔東塘（尚任）官揚州時，屢爲文酒之會。嘗與鄧孝威（漢儀）、吳薗次（綺）、蔣前民（易）、宗梅岑（定九）、桑楚執（豸）梅花嶺登高賦詩。』一時觴詠之盛，不亞於王阮亭、宋荔裳。《揚州畫舫録》卷一〇：『爾堪，江都人。嘗從李文襄公討耿逆，爲右軍前鋒，有桃花嶺、當山、玉山並壓潮源口諸險之戰。六年以母老辭歸，放情山水。嘗於上巳日與孔東塘、吴薗次、鄧孝威、李艾山、黄仙裳、宗定九、子發、查二瞻、蔣前民、閔賓連、王武徵、景州、歙州、喬東湖、朱恭、朱西柯、張楷石、楊爾公、吴彤本、趙念昔、王孚嘉、楚士、允文、閔義行紅橋修禊。此在漁洋之前，東塘爲主人。鹿墟詩云：「晴暖正逢修禊日，泛舟難得使君閑。廟堂有議還開海，賓客乘時且看山。隋苑池塘青草外，杏花樓館緑楊間。笙歌更逐輕鷗去，遍采芳蘭水一灣。」』（按：與《廣陵詩事》所載參與修禊人員略有出入。）

約於春末，《詩觀》三集選事竣後，鄧漢儀忽自郵筒得許孫荃《華嶽集》，復采其十七題附入。《詩觀》三集卷一三許孫荃詩後附云：『四山先生督學秦中，數載不得其音問。戊辰從郵筒兩得其《華嶽集》。時選事已竣，采其高篇，復爲附入。較士方亢，乃能吟詠如許之多，而且高華沈鬱，俯照詞壇，其胸次何如也。』

春，於孫在豐署館識孫又玠。孫又玠，字六良，懷濱，江南休寧人。有《觀遠堂集》。《詩觀》三集卷一二孫又玠詩後鄧漢儀記云：『戊辰小春，與孫君六良飲茗上司空署館，竟夕不知其爲詩人。明日，以《觀遠堂詩》一冊來，屬余評次，因貯之敝篋。舟行宜陵道中，寂寥無事，爲一披閱。其幽秀閑遠，絶去埃塵，頗令人神移心賞。』

五月六日，鄧漢儀在泰州與孔尚任、黄仙裳、黄交三、楊古存（名瑚璉）、俞陳芳（名楷）、陳鶴山等集繆肇甲家觀葵。孔尚任《湖海集》卷五有《五月六日集繆墨書宅觀葵同鄧漢儀黄仙裳交三楊古存俞陳芳陳鶴山分韻》記其事。詩云：『五月不知端午節，高宴今日見葵花。杯中眼淚多於酒，客裏人情熱似家。近宅湖平無麥事，當窗樹密有蜂衙。應因泛海槎遲到，留得菖蒲酒味嘉。』

五月末，孔尚任再之海陵，鄧漢儀、許承欽與之飲酒賦詩。孔尚任《湖海集》卷五有《又至海陵寓許漱雪農部間壁見招小飲同鄧孝威黄仙裳戴景韓話舊分韻》詩紀其事。詩云：『開甕牆頭約，天涯似耦耕。柴桑閑友伴，花草老心情。所話朝皆换，其時我未生。追陪炎夏夜，一半冷浮名。』按：此詩後鄧漢儀記云：『漱翁以八十四老人，詩酒之興不減。』由此知，許承欽是年八十四歲。

六月中，鄧漢儀與孔尚任等再會於海陵。孔尚任《湖海集》卷五有《海陵寓邸沽酒留許漱雪鄧孝威黃仙裳儀逋月舫交三戴景韓徐西泠朱天錦小飲兼索詩送予還廣陵分得四豪》詩，詩云：『僑居閑宅滿階蒿，長夏留賓典葛袍。官冷應須交舊隱，囊羞何自得香醪。幾番好句當宴贈，每夜孤舟冒雨操。使客勞勞江上路，三年迎送改顛毛。』

秋初，孔尚任得知鄧漢儀病已兩月，有書信問候，並玩笑戲之。《湖海集》卷一二《與鄧孝威》云：『沽酒一醉，次早西發，瞻望台旌，倏及兩月，竟不知爲瘧鬼所困。此鬼特怕詩人，昔杜子美贈以佳句，而瘧鬼遠遁。今海内推先生爲斬瘧鬼之渠魁，何至臨陣忘刀耶？一笑。』

深秋霜降之日，爲黃雲評點詩歌。《詩觀》三集卷一二黃雲詩後：『戊辰夏日，仙老以詩見投，促余評次。豈知余病經秋，困憊已極。每思搦管，輒又罷去。蓋老友詩篇不敢苟且，此意惟仙老諒之。重陽抵維揚，人事筆墨，紛不可了。秋盡冬歸，舟中無一雜人，無一雜事，乃能恣意丹黃，白雲黃葉，斜陽遠水中，閱此一卷妙詩，真屬旅途一樂。霜降之夕，舊山叟書於舟中。』

九月一日，鄧漢儀大病初愈後往訪孔尚任。孔尚任有《喜鄧孝威中祕病癒來尋》詩記其事，詩云：『九月今日始，别君六月中。相隔未三月，千百思何窮。雜花遍秋色，涼雨早濛濛。開戶君到戶，病餘仍健翁。雙眼厭時態，所幸耳稍聾。南鄰迓朱轂，北鄰縶青驄。破廨草盈尺，經秋路不通。君病未來時，我獨坐西風。』按：詩後鄧漢儀注云：『予與孔公爲忘形交。』

九月九日重陽節，鄧漢儀受孔尚任邀，與吳綺、宗元鼎等人登梅花嶺。《湖海集》卷五有《九日同人邀梅花嶺登高分韻》、《登高席上酬諸同人》詩記其事。前詩云：『攜手荒臺日未低，四周烟樹意淒迷。不知何代行宮路，只見今秋種菊畦。脱帽頻搔衰鬢笑，看山忽爲古人蹄。登高宴上同飲者，一首新詩醉似泥。』詩後鄧漢儀記云：『登高之會，人如觀濤，詩則較勝。』阮元《廣陵詩事》卷七謂：『曲阜孔東塘（尚任）官揚州時，嘗與鄧孝威（漢儀）、吳薗次（綺）、蔣前民（易）、宗梅岑（定九）、桑楚執（豸），梅花嶺登高賦詩。』《湖海集》卷一二孔尚任《答端梅庵》云：『梅嶺登高，未免有「遍插茱萸少一人」之感。是日到者二十人，孝威、薗次、前民皆在焉。即席詩俱成，雖衆珠爭輝，究竟待佳詩作夜光耳。』是日，方淳母病篤，急歸新安，臨行囑鄧漢儀選刻其詩。《詩觀》三集卷一三方淳詩後，鄧記云：『樸士論詩頗與時別，而每有著作，必過質於余。曾録其新舊詩一册授余，余久藏之篋衍。戊辰九日，以尊慈在新安病篤，踉蹌急歸，瀕行囑余曰：「倘有續刻之例，幸勿遺忘。」余感其意，因載此數首。』

秋，孔尚任乞詩於鄧漢儀。《湖海集》卷一二《與鄧孝威》云：『秋風促衣，歸思紛如。偶憶先生舊作數首，乞各書一紙，歸之行篋！零珠散翠，貧女皆有用處也。』

冬初，與徐章相晤於如皋江上。《詩觀》三集卷一三鄧記云：『戊辰予以訪舊來江上，石霞拉我宿其高齋，晨夕聚首。因更以新舊詩示予，不能割此珠玉，乃更丹鉛，公諸同志。』三集卷一三徐章《喜鄧孝威至江上》：『蕭然襆被雉城東，霜雪寒宵羈旅同。兵火十年愁病劇，關河兩地夢魂通。棹移古渡迎殘照，梅落荒園怨晚風。卻喜燈前雙白髮，天涯聚首話難窮。』

冬，與孫又玠再晤於揚州寓所。《詩觀》三集卷一二孫又玠詩後鄧記云：『戊辰冬日，六良送司空孫先生渡河北上抵淮而返，晤于邗樓，出送行四詩見示，不獨風藻連翩而情旨更爲深穩，是華寔並茂之作。余深喜之，特録附此。』

仲冬，與倪匡世（永清）相晤。倪氏將吳宗渭詩示於鄧漢儀，鄧選十二首入《詩觀》三集卷八。《詩觀》三集卷八吳宗渭詩後：『天都吳姜綸先生絶意科舉，闡明朱、陸異同，鵝湖、鹿洞間應置一席。乃講學之餘抒寫吟嘯，類皆清新俊逸，兼開府、參軍之長。所謂仁義之人，其言藹如者非耶。戊辰仲冬，倪子永清相晤問，以先生舊作數首見示。予亟爲丹黄，載之《詩觀》。惜未覩全稿，殊爲恨事。』（據《詩觀》乾隆深柳堂重輯本）按：吳宗渭，字飛瑢，一字姜綸，江南上元籍休寧人。

冬，陳于王訪鄧漢儀，並授之以詩。《詩觀》三集卷一二陳于王詩後鄧漢儀記云：『客冬陳子健夫過我，以數詩見授，皆深青古奧，極慷慨悲歌之氣，余甚爲擊節不置。尚有數作，值余病臥，未能披覽付梓。』按：陳于王，字健夫，直隸宛平人。

康熙二十八年己巳（一六八九）　七十三歲

春末，鄧漢儀編《天下名家詩觀》三集十四卷基本完稿。（《詩觀三集》自序落款爲『己巳春杪』。）

春，鄧漢儀病，且病情不斷加重。孔尚任多次看望，由於自己無錢，遂向崔華（連翁）代求六金以爲藥資。《湖海集》卷一三《與鄧孝威》云：『在海陵時，屢候尊體，不獲一至榻前，皆閽者拒客，非出先生意也。聞先生病後，不但耳聾，兼且目瞶，僕即得至榻前，無聲無形，先生知我爲誰耶？獨憐先生抱經世大略，閉戶著書，止收天下之名耳，而天亦且奪其聰明；我輩庸庸碌碌，月食米一石者，將何以自恕哉！昨向崔連翁言先生貧病之狀，蒙饋藥資六金，敬以短劄齎去。先生既不能展閲，又不能傾聽，寫劄畢，付之慨嘆！』

秋，鄧漢儀去世前，程瑞禴寄廖騰煃詩促其點訂。《詩觀》三集卷四廖騰煃詩後有：『己巳秋，雲峯緘寄詩篇三十餘章，屬予點訂。特録其性情貞潔、詞調雅正者若干首，以見先生之詩因人而傳，而雲峯與先生尤有針芥之合云。舊山。』按：廖騰煃，字占五，號蓮山，福建將樂人，有《浴雲樓詩集》；《詩觀》三集卷四收其詩十二題。

九月，鄧漢儀逝世，年七十三。孔尚任《湖海集》卷七有《哭鄧孝威中翰》，詩云：『吾從先生遊，非但論風雅。舉世慕浮雲，誰爲最真者？每於稠人中，服君笑容寡。有時發大言，是非不稍假。交遊盡名卿，帶索出無馬。往往扶童肩，就我索杯斝。飲少醉易成，拭眼淚盈把。逢君垂白年，有胸不及寫。塊然已就棺，無旌辨董賈。酹酒呼先生，從茲喉舌啞。』『塊然』二句：意謂鄧孝威就這樣孤獨無聞地死去了，也沒能像董仲舒、賈誼那樣受到朝廷旌表。好友曹貞吉亦有《哭漢儀》，追悼這位『志大寧甘伏櫪羞，形癯猶擅雕龍事』的出版家。（康熙刻本《珂雪詩》五卷之《珂雪二集》）

是年，徐乾學爲副都御史許三禮所劾。

康熙二十九年庚午（一六九〇）

鄧漢儀好友潘問奇聞其長逝，作《悼鄧孝威中翰》四首，既是悼念老友，亦是對鄧漢儀一生的中肯評價。潘問奇《拜鵑堂詩集》卷四《悼鄧孝威中翰》詩，其一云：『耆舊襄陽尚有人，一經除蠹獨安貧。千旄入戶回司馬，魚筍終天奉老親（癸丑春，山左李鄴園中丞節制兩淛，過維揚辟先生甚切，竟以母老不就）。名到日邊曾獻賦，客歸江左竟垂綸。父書留與機雲讀，手勘蟲魚略等身。』其二云：『寄跡河干自伐輪，衡門負米性情真。土憐慈母營三尺，齒值先生近七旬。竹杖逢迎磨鏡具，麻衣答拜祝龔人。從來野史闕風義，爲紀南陽四世春（先生齋中聯有『六經千古業，四世一堂春』之句）。』其三云：『鹿走乾坤飽甲兵，伏虔猶是老經生。三間屋破牽蘿補，十畝田荒仗筆耕。瓦灶烹茶譚世事，金釵畫壁醉詩名。葵丘壇坫存邾莒，牛耳還堅大國盟（先生《詩觀》次集登僕詩甚多）。』其四云：『朅來吾欲走踆踆，策蹇歸尋舊隱淪。尚擬琴尊聯幾席，豈期眉宇失江濱。壁餘六一堂中句，書揜昭明閣上塵。同調不堪君見否，十年鬢髮已如銀。』

乾隆十三年戊辰（一七四八）

如皋仲之琮（蒼璧）得到浙江胡裘錞（西垞）的幫助，取鄧漢儀《詩觀》舊版補訂刊行。《退庵筆記》卷一云：『乾隆十三年，如皋仲蒼璧先生（之琮）來吾邑，購《詩觀》全板去。板已殘朽，先生鳩工于家，殘者補之，朽者易之，板復完好，印本盛行。如皋黄丈楚橋（學圯）告余：蒼翁之購詩板，由胡先生西垞（裘錞）慫恿之。西垞遊泰，久稔知鄧氏板可售，及至皋，下榻蒼翁古樹園，偶言及，翁欣然購之，價止八十金。其修補盡出西垞手。後因書禁嚴，仲氏舉板繳縣解司。然集内只應禁之人，奉旨抽毁，原書仍准行世。惜抽毁後仲氏懼禍，竟未領回。聞全板久貯江寧夫子廟中，悉歸煨燼矣。』

附錄二

傳記資料

徵辟始末

鄧勤相

家君謝棘闈事數十年矣，四壁蕭然，手不釋卷。近發篋中稿，丹黄以付剞劂。四方郵筒所寄，彙稿充棟，披閱無暇晷。時往來邗江，寓文選樓中，有終焉之意。

戊午春，余侍家君來揚。雨中，程穆倩先生忽投一札云：『昨宵汪蛟門舍事席上見報云：皇上有徵辟之典，中堂已呈薦曹溶等名。』且云『將來源源推轂，未有不首舉先生』之説。家君哂之，曰：『諸公皆素列青紫者，未嘗下及布褐之流。且我輩泉石烟霞，家貧親老，安能遠作數千里之遊乎？』未幾，宗鶴問云：『有李因篤、陳維崧等名。』一時維揚諸名鉅俱有彈冠之意，而家君澹如也。

一日東歸掃墓，始抵家，喘未定，而户外轟然剥啄甚急，心竊怪之。及啓户，乃知爲薦舉人。時薦家君者，乃刑部譚公宏憲也。譚公素與家君一面耳，當時輦上諸公通聲氣者不一人，而譚公獨有此舉。家君意獨鬱鬱，以祖母春秋高也。乃至金陵，商於金副憲，懇其轉達慕公題疏，終隱以遂厥志。金公訝曰：『此何心哉？我本職宜開薦，今未薦君，反阻其事耶？雖然，君北上乏貲，舟車之費，義所不辭。』乃分俸勸駕，意極殷殷。

歸家，府縣敦迫，親友咸勸行甚力，家君乃與孫丈豹人共買舟至京師。孫亦無干進意，時部限八月抵京，已踰重九矣。計試期已過，不日即偕南歸也。不意試期遥遥，乃造戴公雲樞家，託其覓寓。戴公喜，因留寓焉。時令兄經碧太史亦在薦列，遂朝夕盤桓，相倡和爲樂。家君素有足疾，意厭塵囂，長閉門嘯詠自怡。而長安道上車馬輿蓋，賓客雜遝，日常數十次迎送，起居殆無停晷，幾與吐哺握髮相似。好事者日僕僕於黄沙中，延門造謁，傴僂鞠躬於王公大人前。或廣筵拘攣、煩文苛禮；或酒不終席，日常數家。較之鄉居時，偕一二知心，把酒嘯傲於蓬蒿間，解衣磅礴，談古今事，醉或賦詩起舞，如嵇、阮輩，以彼易此，真不啻霄壤也。家君因謝絶雜賓，不妄投刺，以是稍得清静。性尤畏與冠蓋相接，而往來最厚者，祇施愚山、陳其年、孫豹人、李武曾、申周伯、汪舟次數人。即輦上諸大老，非素稱神交者，未嘗一通姓字。如王公敬哉、梁公蒼巖、宋公蓼天、李公容齋、王公阮亭，皆夙交神契，故往謁焉。時敬哉長相問候，數開園設席，招家君飲，輒索題園詩，數以詩句請正於家君，至老好學不衰，虚心下士，真魯靈光也。昔曾以全集屬爲點定付梓，今來京已評跋詳細。王公大喜，將剞劂焉，會寢疾騎箕而止。老成耆舊，固已音塵歇絶矣。又魏環溪總憲雅愛家君文，渴欲一面，愚山時促往會。家君曰：『吾素性懶於曳裾，以彼總憲門庭車馬赫奕，公事鞅掌，吾一介單寒，奚必晉謁爲煩？即魏公，亦豈以余不謁爲罪哉？』施公曰：『不然，魏君者，乃公卿之最賢者也，雖門庭如市，而心實如水。彼位列中丞，豈少貴游？而獨慕君與其年，各思得一面而交歡，豈常人耶？君不可不往。』家君乃往謁焉。隨投隨會，一見如平生，談笑半晌而別。數日後復相邀，至則無貴人，惟薦辟三四君，殽核簡濟，數簋而已。語客曰：『長安道上，非無五侯之鯖，余蕭然杯酒，屈諸君，聊敘闊衷耳。』家君啖之殆盡，相與談敘甚歡，魏公亦大喜。又相國李公霨爲學士時，曾於合肥龔公家通往來，後以全稿緘寄，選付梓人。今奉召來京，李公急欲相晤。時向李屺瞻道及，即二戴先生謂經碧太史、紳黃大行人亦勸其往謁，而家君終不一往，乃持《詩觀》二集託屺瞻致之。余問勸其往謁，家君曰：『余恨不旦暮南歸，豈有意仕進，乃僕僕平津耶？』又高供奉士奇，常在帝左右，昔以詩緘寄，渴慕甚殷，豫使人於慈仁寺相尋未得，及晤其年先生，始知來京，屬以必欲相晤，並手書亦然。家君終未之會。其年曰：『彼亟思一聚，以出入綸扉，從未出外城會客。君若會渠，須隔晚進內城臥，始得會，自水乳也。』家君曰：『渠忙甚，吾不便相擾，且道途甚遙，步履爲艱，吾與若心相結可也。』時都中喜招客聚飲者，若司馬宋公德宜、學士李公天馥、宮詹沈公荃等，讌集至數十人，皆一時名流，號稱盛舉。而宮詹酒半，復出所藏皇上御書大字示客，索題觀御書詩，家君遂得七言古一首記之。又主政曹正子，與家君稱夙契，亦屢會賓客，常數十人，大有孟嘗意。家君序其詩甚詳。

家君間與余過龔公宅，每指其居，黯然久之。曰：『昔余遊京華，下榻合肥家。時公爲總憲，門庭喧雜，賓客煩劇，而公尚與余賦詩飲酒，殊豪上也。後屢招渡盧溝，吾以親老爲辭，意從此不復夢見長安。豈期忽有此舉，乃重至西州耶！』今龔公久已化去，雖翟公之門無恙，而人琴之痛實深，遂成絕句，以述感云。時秋將盡，落葉滿地，邊風漸勁，黃沙十丈，泥人面目，透入衣襟，遍體都黑。家君益畏奔馳，時向慈仁松下小憩半刻，徐步而歸。

及冬，風聲轉厲，朔雪時飛，擁爐呼酒，猶覺嚴寒。常慮家下釜魚無以將母爲念，時矯首南望。不賴聖恩深厚，俯念寒儒旅食無資，時詔司農月給銀米若干，庶得覓便緘寄，用充薪水。時祖母年逾八十，母親病肺未瘳，而家書罕至，故常憔悶。夏子九敘公車北上，始得家書，知其平安，乃益喜。

冬盡，客京師已四閱月，而試期尚杳。戴太史曰：『皇上以天氣嚴寒，稍待陽春，乃有期耳。』至己未仲春，旨下，命吏部點名，以便考試。時徵辟諸君不願進考者紛紛陳詞，若杜越、傅山等以老免，嵇宗孟等以病免。而李因篤以親老乞免，屢控未允，至是復欲陳詞。家君曰：『是可以援例矣。』爰謀於豹人曰：『渠若能免，吾輩即行此事，得放歸山林，與子解維南發，豈不大快。』因往詢李公天生，曰：『君且勿急，稍俟余行，昨已投詞銓部矣，若蒙俞允，即可效尤耳。』未幾，銓部不允，云：『非真正耄耋及病廢者不准。他如養親等例，不敢上奏。』家君因勢不能免，遂於三月朔日黎明赴部，偕薦辟諸公進內聽試。叩首行禮畢，吏部引至太和殿體仁閣下，候旨命題。須臾，內閣傳旨，乃《璿璣玉衡賦》、《省耕詩二十韻》。日午，皇上命光祿賜飯，極豐其饌，吏部侍郎、掌院學士等陪飯。試畢，家君出獨早，衆訝。曰：『吾既無意仕進，復何用搜索枯腸，自苦乃爾乎？但得報罷，吾願畢矣。』時傳旨云：『賦必用四六序文，方中式。家君獨未用焉。次日，聖駕出回，乃命內閣閱卷，得若干人；皇上復翻卷，定前後去取，得若干人。時內閣馮公議，以欽取諸人纂修《明史》，用光盛典。疏奏之，可之，下部議行。吏部議以諸人俱用原銜修史，修成議敘，皇上徑除翰林院。諸公相慶，以爲百年盛事云。

家君因未用四六，故未錄，遂益喜，以爲『聖恩寬厚，得放還桑梓，負米養親，以克副初願，吾之不取，勝於取者多多矣』。計欲覓伴南歸，遍謝長安諸友，束裝將去，不意吏部復傳旨。時過友人江辰六寓，江君亦在未取之列，云：『吏部明晨傳諸公宣旨，吾輩雖未收錄，亦不可不往。』家君曰：『夫宣旨者，乃欽取諸公；若我輩，似不必多此一行也。』是夕，關中王公孫蔚招飲，座中有屺瞻、豹人兩公。語及宣旨，家君與孫先生意不欲往，王公力勸其行，家君謹諾。語余曰：『諸公勸余輩聽旨甚切，吾可不一往耶？』明日赴銓部，諸公俱在。宣罷，諸公欲散，家君亦下階將歸，忽文選郎楊公名耀疾呼副郎于公沚，拉家君至堂上曰：『皇上有美意，命部院會議，擇年老有才學名望者，優加職銜，以寵諸君。諸君奈何自匿？而且職銜之榮非冠帶比，君才學素著，豈能沒沒耶？』即引見。冢宰彙名起奏，惟家君暨王嗣槐、申維翰、孫枝蔚、丘鍾仁、王方穀數人得旨加銜。他如傅山、杜越二公以年將九旬先歸，亦在此列。後數日，復傳未錄諸公俱到吏部，又傳薦舉人員俱至午門外，命閣下部院審視，終未收一人，其慎重如此。至四月，部議除府學教授。上以所擬輕，命更議，復晉詹事府司經局正字，上猶以職銜輕。馮相國在旁曰：『加他翰林院待詔可也。』皇上意未可，遂徑授內閣中書舍人銜，下部施行。皇上復褒嘉，云『才學素著，因其年邁，優加職銜，以示恩榮』等語。人咸異之，以爲聖心極重此舉，優待諸公，皆是殊禮，有出於人情願望之外者。即如給俸、賜饌等事，皆出自上意，非羣臣讚勷之力。諸君感頌，又烏可已。

時益都馮相國館客王仲昭來言，故歷知聖意隆厚如此。仲昭先生復偕申周伯至寓舍云：『聖恩不可測，益都公有美意，欲奏留我輩史館修史。臺垣頗聞，有人亦欲奏留。此良機也，諸君可勉爲之。』家君意怫然，遂偕至豹人先生寓，曰：『我輩年高學深，家有老親，恨不旦夕驅車疾返，豈能喔咿囁嚅於翰院諸公下乎？使我實有雄飛之志，久已閉門磨礱，當場逞雄角勝，一展生平之長耳。何至日飲酒與諸故人遊，以撩草應試耶？行矣，南歸！勿復以我爲念。』王先生知志不可奪，又難獨行其事，遂告馮公寢其議。夏五謝恩畢，束裝將去，施愚山、王阮亭、丘曙戒、曹峨眉、李屺瞻、喬石林、莊澹庵、江辰六諸君子各贈以詩。一時四方之士聞之，曰：『若鄧、孫數人，皆海内切望，今遽税駕返故山，不復珥筆承明、上列班馬之儔耶！』咸爲歎息。孫豹人、申周伯兩公約偕買舟南歸。家君以水淤河涸，路多阻滯，遂卜五月之望，獨驅車出都門，未周月遂抵家云。

余小子不敏，叨侍家君遊京師，故歷知其詳。不揣固陋，謹述其薦辟顛末，並皇上擢銜盛意，用志勿諼。時辛酉立夏，三男勱相恭記。

徵辟之役，三男同予抵京，故見聞獨詳，敘置最確要，是他日年譜中第一段要緊文字。予還山日久，舊事都忘。甲子長至後一日得見此册，豈不同於《東京夢華録》、《清明上新河紀》耶？舊山叟書，時年六十有八。

清夏荃編《辟蠹山房叢書》，泰州圖書館藏清鈔本

傳記雜録

徵君姓鄧氏，名漢儀，字孝威，號舊山。蘇州人，徙家泰州。少穎悟，讀書日記數千言。長，工屬文，十九歲補吴縣博士弟子員。廬州太守某稱文章宗匠，決龔宗伯鼎孳中式不爽；見先生文，許其必遇。而是科忽以足疾輟試，遂棄去。生有至性，孝於親，友於昆弟，尤好施與，立身則嶄然不可撼。一

日過南陽，宿荒店，時流賊殘破之後，居民家室不全。僕役乘間出飲，漏下二鼓，忽一婦闖入戶，先生叱之不爲動。生平著述甚富，遊淮有《淮陰集》，居揚有《官梅集》，遊粵有《過嶺集》，遊潁有《濠梁集》，遊燕有《燕臺集》，遊越有《甬東集》，膺薦有《被徵集》。皆逐年編紀，手自删定。詩餘、古文數百篇，藏於家。所選《天下名家詩觀》初、二、三集，搜羅富而抉擇精，同時司選事者無慮十數，皆海內聞人，咸斂手拱服於先生。嘗與虞山宗伯論詩，大旨主於清和。其言曰：『孤桐片玉，自有天律，清也；朱弦疏越，一唱三歎，和也。』宗伯深韙其言。與修《揚州府志》、《江南通志》，公以其言爲論定。戊午春詔舉宏博科，戶部郎中談皆宏憲以先生名應，力辭不獲。是年秋，偕三原孫枝蔚應詔入都。己未三月廷試時，奉旨賦用四六序方入格，先生未用，遂不錄。與枝蔚均以年老學優，賜內閣中書舍人銜。當軸惜其才，欲薦入史館，以母老端歸。盤舞膝下，徜徉吟詠。康熙己巳卒於家，年七十有三。

沈龍翔《鄧徵君傳》，《海陵文徵》卷一九，道光二十三年刻本

鄧漢儀，孝威，泰州人，吳縣籍。有《輟耕堂詩餘》。

鄒祗謨《倚聲初集》卷四韻辨一，順治十七年刻本

鄧漢儀，孝威，泰州籍，吳縣人。由博學宏詞科授中翰。

郎遂《杏花村志》卷五，康熙二十四年刻本

鄧漢儀，字孝威，江南泰州人。舉博學鴻詞，以年老授中書舍人回籍。有《過嶺集》。

王士禛《感舊集》卷一四，乾隆十七年刻本

鄧漢儀，字孝威，泰州人。淹洽通敏，貫穿經史百家之籍，尤工詩學，爲騷雅領袖。太倉吴偉業、合肥龔鼎孳皆與爲倡和，登壇執牛耳者數十年。康熙己未舉博學宏詞科，漢儀奉召赴京試，授中書舍人，即辭歸。偃仰山林，日以吟觴自適。暇或扁舟至郡，坐卧董子祠中，執經問業者車馬塞衢巷。念詩學荒蕪，乃品次近代名人之詩爲《詩觀》，凡四集。别裁僞體，力追雅音，海内言詩之家咸宗焉。

雍正《揚州府志》卷三一

鄧漢儀，字孝威，泰州人。少工詩。應博學宏辭科，授中書舍人。所著有《詩觀》全集。

乾隆《江南通志》卷一六六

鄧漢儀，字孝威，泰州人，嘗選名家詩刊行，當世人服其精當。順治中，劉觀察招至潁，寓鼂藻園，有與潁人倡和詩。

乾隆《潁州府志》卷八

鄧漢儀，字孝威，泰州人。博洽通敏，尤工於詩。與太倉吴梅村主盟風雅者數十年。康熙十八年舉博學宏詞，以年老授中書舍人。歸寓董子祠，執經就問，車馬塞市。其《過梅嶺》詩『人馬盤空細，烟嵐返照濃』，王文簡極稱之。嘗論近代人之詩爲《詩觀》若干卷。中有應禁之人，奉旨抽燬行世。

阮元《淮海英靈集》丁集卷一，嘉庆三年刻本

鄧漢儀，字孝威，號舊山。博洽通敏，尤工於詩。與太倉吳偉業主盟風雅者數十年。康熙十八年舉博學宏詞，以年老授中書舍人。與修《揚州府志》、《江南通志》，皆以其言爲論定。詩主清和，嘗云：『孤桐片玉，自有天律，清也；朱弦疏越，一唱三歎，和也。今之爲詩者，望車塵，乞泠炙，有市心焉。其詩以俗氣應之，如商女賛高，不復能唱渭城也。競錐刀，飾竿牘，有爭心焉。其詩以沴氣應之，猶心在捕蟬，殺氣著於弦上也。故詩必無流辟，無噍殺，瀏瀏乎其音，溫溫乎其德，庶幾詩人之清和，可以語溫柔敦厚之教歟！』卒年七十有三。著有編年詩、各體文若干卷，詩餘一卷。又輯近代人之詩爲《詩觀》四集，中有應禁之人，奉旨抽燬行世。

道光《泰州志》卷二四

鄧孝威，名漢儀，號鉢叟，泰州人。著有《過嶺集》。康熙己未召試，以年老授中書舍人。嘗坐文選樓選詩，爲《詩觀》初、二、三集，別集《蕭樓集》。

張穆《閻潛丘先生年譜》，道光二十七年刻本

有鄧漢儀者，字孝威，泰州人也。己未召試，以年老授官正字歸。與國初諸老遊，洽聞廣見。所選《詩觀》凡四集，投贈稱盛。其《度梅嶺》詩，爲漁洋尚書所激賞。

李元度《國朝先正事略》卷三九，同治八年刻本

時同舉鴻博，又有泰州鄧漢儀，字孝威，以年老授中書舍人，亦工詩。遊跡所至，輒以名集，逐年編紀，凡七集，詩家咸推重之。

《清史稿》列傳二七一

附録三

序跋題記

蕭樓集序

尤侗

昔昭明太子《文選》，如唐山夫人、甄后、昭君、文君、文姬之詩，徐淑之書，蘇蕙之迴文，皆不録。所收者惟班婕妤《怨歌》、曹大家《東征賦》耳。抑何於婦人薄與？即徐陵《玉臺新詠》，亦非皆女子作也。予嘗謂，古今文人才士，其代爲閨情閨怨者，狎昵纏綿，深入兒女三昧；而絕世佳人，反不聞唱同聲之歌，壘相思之曲，豈其才盡？亦欲爲畫眉諱耳！譬之畫師，寫人好醜、老少，皆得其真，鮮有能自貌者。然使吴道子、顧虎頭輩對鏡寫照，其妙當如何矣？大抵閨房之作固少，雖有，或祕不傳，如《草堂詞》，自孫夫人、李居士外，亦不多見。而吾友王西樵所輯《燃脂集》，有詞數卷，是知傳者少也。鄧子孝威坐文選樓選《詩觀》，四方郵筒日至，而香奩彤管亦附以來，乃乘暇采爲《蕭樓集》。自此，黄絹幼婦當與紅杏尚書、花影郎中爭妍鬭麗，豈止『緑肥紅瘦』、『柳帶同心』豔吟千古哉！集成，幸持獻太子，太子見之必曰：『嗟乎！使吾早從先生遊，《閒情賦》可不刪矣。』

【箋注】

《蕭樓集》爲鄧漢儀專選清初女詩人之詩歌選集，集今不見傳本，但《詩觀》初、二、三集均附《閨秀別卷》，亦可見鄧漢儀對女詩人之重視。此序系尤侗爲《蕭樓集》所作序，見尤侗《西堂雜組》雜組三集卷三，清康熙刻本。尤侗（一六一八—一七〇四），字展成，一字同人，蘇州府長洲人。少補諸生，以貢謁選，除永平推官。康熙十八年舉博學宏儒，授翰林院檢討，與修《明史》，居三年告歸。有《西堂全集》。鄧漢儀與尤侗長期交遊，但康熙十七至十八年膺薦博學宏詞在京師候考期間最爲頻繁。康熙十七年十月，尤侗妻曹氏訃至京，尤侗撰《先室曹孺人行述》，鄧漢儀等諸公見而哀之，鄧漢儀有《意難忘・爲尤西堂悼亡》詞，被收入尤侗《西堂全集》。康熙十八年二月十四日花朝前一日，應曹廣端招集眾賓客宴集園亭，鄧漢儀與尤侗、徐釚等多人參加。《詩觀》初集卷一〇收尤侗詩一題、二集卷一〇收四題、三集卷五收兩題。鄧漢儀評其詩《送曾道扶司李漢中》云：『典雅流逸，知博奧家必無儉態。』以爲『蒲鞭約法隨羌俗，驄馬威儀近漢家』雅貼。二人關係殊厚。尤侗《蕭樓集序》當成於康熙十八年後。

蕭樓集序

吳綺

帷中續史，雅聞班有大家；閣下傳經，允賴伏存女子。中郎書冊，寫之仍屬猜弦；太傅家風，傳者多稱詠絮。人皆有集，還誇劉氏三娘；世豈無才，盡道李公一妹。代威明而作答，羣僚翻訝其工；

與闕圖以齊名，進士何妨不櫛。蓋辰分星月，皆有助於陽燧之光；而天有雲霞，必俯藉乎山河之氣。芙惟去草，雖入夢以成夫；蘭自有花，必含香而待女。此非偶爾，彼亦宜然。豈有筆解畫眉，定有殊於青鏤；人堪傳粉，反不坐於絳紗者乎？吾友鄧子孝威，既登文選之臺，獨樹《詩觀》之幟。窮搜月露，壇方列於四唐；遐慕林風，席更分於三孝。爰成一集，命曰《蕭樓》，將由〔一〕地以傳人，實因今而溯古。攬其雪詠，盡載瑤函；考厥星源，半生珂里。或琅琊之新婦，原配參軍；或魯國之逸妻，早歸丞相。或伯鸞同隱，賃舂於高士橋邊；或司馬偕歸，聽曲於長卿筵上。玉窗窈窕，原屬神仙；金鎖葳蕤，盡藏書畫。當年借硯，香分玳瑁之斑〔二〕；盡日含毫，墨點胭脂之暈。水晶簾下，纔看妝梳；軟玉屏中，旋聞揮灑。於是紅窗晝永，碧檻春深。六六蓮陂，問鴛鴦而有對；三三竹徑，說鸚鵡之無聊。則有絳樹諧聲，青蓮協律。剪綵花而寫志，步羅襪以含情。翠幕紅橋，有贈郎之作；玉樓朱戶，成寄妹之篇。嘲伊字之無人，笑影兒之與我。則黃花九字，欲登才子之壇；白雪一編，可奪詞人之席矣。其或飄零異地，寄托非人。既所遇之不辰，亦有思而未遂。聞杜鵑於馬上，何日成歡；聽蟋蟀於燈前，非秋亦感。則有篇名《落魄》，集號《斷腸》。攜手無人，豈謂風能吹恨；畫眉何事，那知山可留愁。斯則染蜀井之箋，原同血色；把湘江之管，總是淚痕也。鄧子既掇其華，復裁於古，凡收各調，悉准大晟。拈天女之花，都成寶鬘；拾鮫人之淚，用作明珠。香分麝月，有墨皆芬；彩擷蠶霞，無思不豔。譬之青鸞對鏡，衹現〔三〕分身；遂使朱鳥臨窗，如將寫照。黦雲笑雨，無不極其妍情；夢峽啼湘，都欲呈其慧態。鐫之琬琰，宜藏金屋之中；函以瓊瑤，當置玉臺之上矣。

【校記】

〔一〕『由』，《海陵文徵附録》卷二八作『藉』。

〔二〕『斑』，《海陵文徵附録》卷二八作『班』。

〔三〕『現』，《海陵文徵附録》卷二八作『見』。

【箋注】

此序原不見《慎墨堂詩拾》，今據吴綺《林蕙堂全集》（康熙三十九年家刻本）卷四輯録。又見《海陵文徵附録》卷二八。吴綺（一六一九—一六九四），雍正《揚州府志》卷三一：『吴綺，字薗次，江都人。五歲能詩，長益淹貫，尤工駢體。順治九年以拔貢生授中書舍人。奉詔譜楊繼盛樂府，遷兵部主事，歷兵部郎中，湖州知府。』『所著有《林蕙堂集》、《唐詩注》、《記紅集》、《宋金元詩永》等書。』鄧漢儀與吴綺交遊時間較久，如早在順治五年冬，鄧漢儀在揚州與方文、姚仙期飲於吴綺臘梅花下（方文《嵞山集》卷三《廣陵同姚仙期、鄧孝威飲吴薗次臘梅花下》）。康熙六年至七年，鄧漢儀又客吴綺湖州知府幕，曾與之共事《唐詩永》之選。《詩觀》初集卷七宗元鼎詩後云：『戊申（即康熙七年戊申）秋杪客苕上，與薗次有《唐詩永》之選。』同時鄧漢儀還校訂過吴綺選《宋金元詩永》。直到鄧漢儀去世前一年（即康熙二十七年），吴綺和鄧漢儀還有交遊紀録。據《湖海集》卷九《紅橋修禊序》，康熙二十七年三月三日上巳節，鄧漢儀尚在揚州與孔尚任、吴綺、費密、李沂、黄雲、宗元鼎、查升、閔賓連等名士二十四人泛舟紅橋修禊。吴綺與鄧漢儀長期交好，熟悉其編選《蕭樓集》情況，此序亦當成於康熙十八年後。

謝晉侯詩品序

吴　綺

三百篇以來，詩獨盛於仙李；十九首以後，格莫老於浣花。蓋開元之時，亂離多有，而少陵之世，艱險備嘗。故矢諸詠歌，多情深而意厚；見之慨歎，常旨遠而思真。所以天貺神符，有詩王之目；人推傑作，得詩史之稱。壽春晉侯謝先生，蓼草華宗，粲花碩彦。廣川射策，遂鼓棹於瀘江；蠻府參軍，乃彈琴於僰道。啼鵑聲裏，僅分百里之符；戰馬叢中，已繪三年之像。而驚傳鼙鼓，影匿烽烟，流離於玉壘山邊，轉徙於錦官城外。比之彭衙竄月，徒有吟魂；與夫寒峽凔冰，尤增哀意。迨乎羈蹤歷歲，乃得返跡舊都。故壘荒涼，遂觸懷而多感；故山寥落，亦遇物以興思。凡所行遊，率多篇什。兹者吾友鄧子孝威，見其真摯之辭，謂略同於杜老，因加刪定之役，遂耑授於棗人。覽之信然，未爲妄也。夫晉侯先生遇好文之主，讀其賦而願見長卿；以可爲之才，試其能而無殊宓子。行將待以不次，豈但等於能言？獨是子美值安史之秋，麻鞋獨往；而晉侯當滇閩之際，皂帽空存。而卒也蜀道羈棲，終數奇於葱肆；淮山招隱，還志阻於桂巖。蓋惟其遇之同，是以其語之似也。歲行盡矣，方將作別賦數章；子之往兮，願以代歌騷一卷。

【箋注】

序原不見《慎墨堂詩拾》，據《林蕙堂全集》卷四輯録。三十九年家刻《慎墨堂名家詩品》，或稱《慎墨堂詩品》、《詩品》，爲鄧漢儀《詩觀》外輯評并刊刻之另一部大型詩歌總集。《詩品》共選多少人、多少卷，已不可考知。今中國國家圖書館僅存《詩品》六卷，包括：《初蓉閣集》二卷，清彭桂撰；《愚山詩鈔》二卷，清施閏章撰；《使粤詩》二卷，清梁清標撰。謝開寵詩也收入了《詩品》，但卷數不知。《謝晉侯詩品序》爲吳綺所撰鄧漢儀《慎墨堂名家詩品》謝開寵詩卷之序。謝開寵，字晉侯，寿州人，順治十五年戊戌科進士，有《花隱軒集》。

跋日損堂詩海陵本

王士禛

節之詩，天才奇恣，元刻載之備矣，後屬唐畊塢。鄧孝威重刻於海陵，刪其拗句、拗字不合者，不爲無功，然本色亦稍減矣。即此本是也，并存之，仍題數語以眎識者。

【箋注】

此跋原不見《慎墨堂詩拾》，今據《帶經堂集·蠶尾續文集》（清康熙五十七年程哲七略書堂刻本）卷二〇輯錄。劉孔和，約生於公元一六一三年，卒於一六四四年，字節之，長山人，崇禎内閣大學士劉鴻訓次子。節之明末棄諸生從戎，隸劉澤清麾下，後爲劉所殺，時年三十一。著有《日損堂詩集》。鄧漢儀於泰州所刻《日損堂詩》今不見傳本。

重輯詩觀序

仲之琮

詩發源於《三百篇》，其後遞爲升降，以迄於今。漢魏一升，六朝一降；唐又一升，宋元明又一降；國朝之詩格高而韻遠，體大而味深，軼宋元明而接唐人，至是又一升矣。國朝操選政者不下數十家，然佳者未尝數數覯。如《詩存》、《詩永》、《詩最》之類，妍媸並登，多繁蕪，未經精擇，正如西子、無鹽同貯金屋，蒹葭、玉樹並植雕欄，令閱者排沙簡金，見寶無多。《篋衍》一選最爲矜貴，然拘于一偏，所收過少，不免論甘忌辛、好丹非素之誚。惟鄧孝威先生《詩觀》初集、二集、三集，廣搜博採，去取允當，諸選無出其右者。曩得其書讀之，或清而腴，或淡以遠，或樸茂溫厚，或瑰奇風藻，或渾然天成，或雕琢精工，或氣韻沉雄如幽燕老將，或風流自賞如三河少年。玄圃積玉，無非夜光，誠大觀也哉！雖起唐人於今日，擘牋沫墨於詞場騷壇間，其格力風調亦必無以相過，皆先生精擇之力也。先生即沒，其書久不行世，論者皆以爲憾。予於戊辰春過吳陵，購求得之。其中多殘缺不全，且木有腐朽者，字畫亦或模糊，不辨魚魯豕亥。數年來徧爲蒐求，召剞劂氏於家，殘缺者補之，腐朽者易之，模糊者修之，乃如珠之還、劍之合，復得完善如初。雖後來數十年之詩未得並入集中，能裒集當代才子鉅公佳制，以鳴一時之盛，亦未嘗不可與唐人之《英靈》、《間氣》諸選並垂不朽也。於是不敢藏弆篋中，爲之弁數言於簡端，而以公諸世。

時乾隆十有五年春王正月，如皋後學仲之琮蒼璧題於深柳讀書堂。

【箋注】

此文原《慎墨堂詩拾》未收，輯自復旦大學圖書館藏清乾隆深柳讀書堂刻本《詩觀》初集卷首。清嘉慶十三年刊《如皋縣志》卷十七記：『仲之琮，字蒼璧，號柳原，候選州同，美須髯，能詩，時寫墨菊一兩幅，好善樂施。置文廟祭器，助書院膏火，輸貲恐後。有古樹園，山陰胡裘錞嘯詠其中，數年死，即葡園側地葬焉，人以爲義。』自乾隆四十五年始，《詩觀》遭到抽禁甚至禁毀後，康熙慎墨堂刻本流傳漸稀，仲之琮在康熙慎墨堂刻本的基礎上，於乾隆十五年至十七年重輯印行了乾隆深柳讀書堂本。此序及以下二集、三集序均輯自乾隆深柳讀書堂本。清抄本夏荃《退庵筆記》卷一：『乾隆十三年，如皋仲蒼璧先生（之琮）來吾邑，購《詩觀》全板去，板已殘朽。先生鳩工于家，殘者補之，朽者易之，板復完好，印本盛行。如皋黄丈楚橋（學圯）告余：蒼翁之購詩板，由胡先生西垞（裘錞）慫恿之。西垞遊泰，久稔知鄧氏板可售。及至皋，下榻蒼翁古樹園，偶言及，翁欣然購之，價止八十金。其修補盡出西垞手。後因書禁嚴，仲氏舉板繳縣解司。然集内只應禁之人奉旨抽燬，原書仍准行世。惜抽毁後仲氏懼禍，竟未領回。聞全板久貯江寧夫子廟中，悉歸煨燼矣。今諸集字跡明淨，無仲序者，原板也。字跡稍模糊，有仲序者，修板也。』

重輯詩觀二集序

仲之琮

明季鍾、譚，以淒清幽獨之調，矯七子之弊，海内靡然從之。三十年間相率以不讀書之枵腹，求爲意表之言、物外之象，夢入鼠穴，幻之鬼國，詩道熸息，而國運從之。我國家鼎新以來，文明日啓，詩教大盛，哲匠宗工森起於其間，根柢深厚，音節和平，一變勝國之陋派，而陳於大雅。於是淫哇絕響，復聞正始之音矣。夫七子詩學盛唐，竟陵見其正於匡廓所由，乘隙而起，而謬種流傳，貽害天下。國朝諸公乃力持唐調以挽之，其以唐人爲師，似與七子無異，而詩則若涇渭薰蕕，不可同日而語，何者？彼以剽賊，此以性靈。剽賊則形骸之外，去之更遠，黄茅白葦，彌望皆是，見者易出厭心。性靈則開闔變化，縱横百出，如喬嶽聳峙，千巖萬壑，令人登陟不窮；又如大海萬里，魚龍出没，萬怪惶惑，渾渾乎，茫茫乎，非可一覽而悉。孝威鄧先生學植淵宏，識解超異，方執大稱以稱量天下。《詩觀》初集裒輯雖富，猶未足以盡其美，是以復有二集之選。初集中所登，多得之《國雅》、《詩志》諸選，二集則諸選屐齒之所未及者，復采擷薈萃，且加以壬子後六載中，士大夫及騷人墨客、方外之徒之郵筒而得若干篇，其多幾與初集相埒。後之學者縱觀其盛，洛誦之餘，如玉果璚珠、銀燭金膏，皆可披圖而視，其亦可以飫目而饜心矣夫？

時乾隆十有五年秋八月上浣，如皋後學仲之琮蒼璧氏題於深柳讀書堂。

重輯詩觀三集敘

仲之琮

二集以戊午告竣，至己巳又歷十有一寒暑矣。其間清辭麗句，逸韻雄篇，積累日益多。先生汰其沙礫，採其菁華，彙而輯之，以爲三集。而前之滲漏而未登初、二集者，更蒐補於其中。由是滄海無遺珠，而令人有觀止之歎矣。予既卒業，爲掩卷㬥欷者久之。當楚咻初息之時，別裁僞體，復歸於正。或且厭棄唐人，以爲離之始工，而轉入宋人之流派。高者師法蘇、黄，下乃效及楊、陸諸人。甚且遺其神明，而獨拾瀋滓，是何異越人之學遠射參天，而發適在五步之内也。先生是選，嚴於採擇。其收入集者，一循唐人之風格，有入於宋人罷厲之習者，皆屏弗取。是書出，而數十年來學者如得指南車而不迷於所向，於是郊廟之詩肅以雝，朝廷之詩宏以亮，贈答之詩温以遠，山藪之詩幽以曠，刺譏之詩微以顯，哀悼之詩愴以深。莫不得唐人之神髓，而不僅襲其皮毛，風氣遂直接四唐，而超出於宋元明之上，則先生是選之感人心而端世教者，其功誠不容沒也。余於國初之詩，常欲與海内詩人共俎豆是選，而奉以爲雅宗，此豈余之阿好也哉？

時乾隆十七年八月既望，如皋後學仲之琮題於避喧書屋。

【箋注】

以上兩篇，分別輯自復旦大學圖書館藏清乾隆深柳讀書堂刻本《詩觀》二集、三集卷首。

詩觀題記

鮑倚雲

《詩觀》初集，時論以爲最嚴而覈。要自諸老及十數名家外，附刻者其周旋爲不少矣。是本計十冊，得之書賈亂紙堆中，重加裝整。中間丹墨塗乙，亦似老於此道者，惜太簡略。余苦病餘不能讀書，詩興亦闌，舊學遺忘都盡。乾隆丁丑、戊寅間館於岑南，偶作銷夏之課，研朱點勘一過，有選而不加筆者，尊刻本也。

戊寅九月晦日，退餘居士識於�西半舫。

【箋注】

此題記原見臺北『中央』圖書館藏《詩觀》本，轉引自南京大學出版社一九九八年版謝正光、佘汝豐《清初人選清初詩彙考》。鮑倚雲（一七〇八—一七七八），字薇省，號蘇亭，歙縣（今屬安徽）人。乾隆南巡召試，以病未就。年四十以經學教授於鄉，其徒多發科成名，金榜爲尤著者。著有《壽藤齋詩集》四十卷及《退餘叢話》等，姚鼐《惜抱軒文集》卷一三有《鮑君墓志銘》記其事跡。

附錄四

友人贈答倡和

九日龔孝升社集秦淮市隱園同鄧孝威杜于皇限三十韻

邢　昉

林疏穿景落，葉老戰風涼。倚欄一池綺，登臺九日觴。溟濛疑極浦，綽約尚垂楊。芰爛通魚笱，町閒借鹿場。芙蓉濡淡露，月令近微霜。暗徑苔偏濕，遙叢荔有香。相尋俱道故，太息一何長。屐散修篁閣，書攤深柳堂。籠鵝開祕帙，巢燕去文梁。即次賓皆集，臨流興不忘。吐辭俱結綠，逸駕盡乘黃。雅可聞吳詠，良宜著楚狂。豫愁蒙雨雪，猶未授衣裳。瓜槁青門外，塵淄大道旁。偶因憐兔魄，忽憶在魚航。賴得偕朋好，真成慕潁陽。如何憂浩蕩，還欲闘篇章。碧靄浮堤樹，朱絲冷石牀。芳時恒恐失，禁夜直須防。闔隱流三雅，絃催度曲廊。籬根探菊綻，波際識葭蒼。白髮此中客，黃頭何處郎。以遨原不厭，無已詎爲康。獨惜占兵氣，頻聞裹箭瘡。亭皋壺榼有，野戍稻田荒。鴈嶼聊傷目，牛山合斷腸。漉乾彭澤酒，春賃伯通糧。汩汩遭危世，皇皇避沸湯。乍堪簾下卜，翻笑橘中藏。且復看萸紫，登高一望鄉。

《石臼集》後集卷五，清康熙刻本

和鄧孝威見贈四章元韻

丁耀亢

江蘺溪杜各驚秋，繫纜南陵天盡頭。汗漫自來尋海澨，陸沈何必問神州。雲生忽過半江影，月出能生遠樹愁。久住函關忘氣紫，路迷何處覓仙牛。

把臂從誰共入林，鷗盟空見古人心。劍因少氣終難舞，詩爲多悲不敢吟。潘岳豈知亡白髮，王陽無術點黄金。江干久駐非彈鋏，館客何勞聽扣鐔。

積雨繩床改舊詩，夢回啼鴂憶家時。高冠例禁方山子，賣屨堪疑大耳兒。客向江湖休説傲，秋生天地敢言悲。繇來黄綺非甘隱，不是商山但采芝。

壁燬經殘道未亡，山川豈以阻遐長。延陵博雅知聲樂，魯國遺民記典章。今古波瀾難大雅，衰殘文物易顛狂。應知吳練皆天馬，莫採芙蓉但繡裳。

約鄧孝威共訂杜詩名以清歸破時調也因次元韻

丁耀亢

對酒當歌我未能，攜將古樂問延陵。長江水響魚如馬，遠浦沙明月似燈。詞自晉隋家尚豔，人誇王謝氣難懲。傳聞吳越佳山水，欲借天丁劈翠嶒。

談詩久已謝時能，新調空傳説竟陵。春蟪有聲吹細響，乾螢無火續寒燈。亂鳴郊島終難似，厚格楊盧豈合懲。千古高深惟五嶽，君看何處不崚嶒。

以上《逍遥遊》卷二《吴陵遊》，清順治刻本

寄懷鄧孝威

王宗簡

京國相逢憶昔年，何時歸老臥江烟。惟因風雅情偏切，卻慮驚人句不傳。歌哭未銷今古恨，行藏卻斷死生緣。每思跨鶴尋君去，釃酒崑崙月正圓。

《青箱堂詩集》卷二九，康熙刻本

送酒歌和鄧孝威韻寄贈喬雲漸兼示宗鶴問

程邃

杯中物來淮南濱，伏臘遽生千載春。達哉喬子歲寒餉，飲醇久久篤斯人。每一相思一水路，懸諸寤寐美無度。孰與齊歡感慨多，羣兒行酒晨兼暮。年來敬信老直聲，紙窗竹屋土環楹。菽瓢虀鉢任真性，麄糲自可腴彝倫。指揮六甕細斟酌，把此問天天窅冥。清言法言言弗窮，五嶽方寸漫隱約。文章光燄破重昏，我撫貧家碎瓦盆。霜中霧中冬乃燠，八年月令異寒温。古今酒德陶劉輩，山公二阮加確論謂子毅、石林兩大阮也。軒渠絕倒齒忽略，七十顛毛不待髡。要知大道賴麴液，司命憑藉安魂魄。露華雨澤之神化，即時朋友後兒孫。我教不耕又不讀，劫波劫火紛乾坤。還壇屹彼文選閣，同理同心同所源。宗生

頡頏通人己，執筆參合標酒史。陸沈無損灑酒巾，得失何容亂嗔喜。詩注中山醖釀功，夢叶蛟龍期董子。

聞警和鄧孝威韻柬金長真高蒼巖兩使君

程邃

三春浩浩長吟客，依依還往相晨夕。洗髓澆胸美酒杯，笑笑浮家而泛宅。身經治亂半生多，風外江河波復波。人民競徙如烟動，家家門巷互懸羅。聞聞見見稱好好，中懷可道不可道。吳頭楚尾想桃源，沈思去就難草草。心旌戰戰并搖搖，萬里横戈紛大纛。自爾乾坤金石儔，驚代同指第一流。苟全莫漫憎時命，著蔡茫茫且唱酬。意重泰山輕，欣然止則止，只今親見晉郗公。焉得戴逵，膺彼美名。世屬伊人，況復交深古道民。目光閉學垂眉佛，休更傍觀曲突薪。

以上《詩觀》二集卷九

仲冬晦前五日復雪同項嵋雪鄧孝威陳散木黄函石徐石霞譚永瞻集巢民先生得全堂限新傍二韻

許承欽

東皋明霽雪，積素照華裀。助冷催遊子，澆愁賴故人。食蔬分鴈味，情話引清樽。沾碎梅花側，白頭尚似新。

臂粟轉回廊，寒風送古香。六花留素影，四座襲清光。遊憶瓊樓畔，人疑錦瑟傍。觀巢民故姬楷書唐詩絶句。良朋拘忌絶，夢語任荒唐。

《同人集》（清康熙冒氏水繪庵刻本，下同）卷七

桂林和鄧孝威見懷元韻

彭而述

秦淮近況復如何，往日繁華六代多。百戰關山傳鐵馬，三宮粉黛付烟蘿。文章不朽知誰信，瘴癘炎荒老更過。近接揚州書一紙，猶然憔悴説干戈。

灕江南下水潺潺，海國樓船震百蠻。黄葉爭飛五嶺路，馬頭忽見萬重山。獨憐遲暮常爲客，何事馳驅尚未還。往日提戈兼躍馬，竟無大業著人間。

欲附青雲愧白頭，無端更作桂林遊。公卿洛下吹嘘少，仕路天邊魍魎稠。秦帝障亭留小尉，漢家符璽過交州。風烟舛互華彝隔，一水中分南北流。

巖關萬里真邊塞，歲事崢嶸薄季冬。略記當年白水驛，飛觴共對大司農。謂戴岩犖。章陵蕪沒聞鳴雉，梁父悲吟感臥龍。醉眼昏花鴻雁杳，三山五嶺隔重重。

雪涕前王憶舊恩，深宫一炬燄朱門。鵂鶹啼罷香魂盡，薜荔苔封戰骨存。節度何來還繫馬，舍人帶酒一窺園。不堪重弔經行地，獨秀山高落葉繁。往戊子，定南特疏題予撫黔。

周郎謂周元亮遇赦東歸日，聞道與君共酒卮。白首欣逢張儉在，當尊更賦李陵詩。維揚自古多金

粉，瓜步年來少戰旗。倩爾南遊無不可，黄柑秋熟正離離。

十年鎩羽知何意，半世蹉跎走帝京。誰解當歌憐甯戚，忽教一語識然明。人材未盡山公死，天上常懸吏部名。每向秦淮思往事，白頭賓客獨沾纓。謂高郵鐵山相公。

《讀史亭詩集》卷一三，清康熙四十七年刻本

學圃歌贈鄧孝威　紀映鍾

我爲東湖樵，子學南山圃。相逢大道傍，雪涕問勞苦。我逢冬青樹，再拜不敢斧。子有東陵瓜，屢潰深秋雨。生事尚飢寒，吟詩坐蒿堵。

《詩觀》初集卷二；《遺民詩》卷一一，清康熙刻本；

《皇清詩選》卷三，清康熙二十九年鳳鳴軒刻本

次韻贈鄧孝威　紀映鍾

荒途渺渺友聲求，文舉曾知有豫州。屠狗可憐長結客，爛羊終日聽封侯。如銜石闕難爲語，屢卸金貂不破愁。六代風流誰可續，好吹鐵笛到江頭。

《詩觀》初集卷二；《遺民詩》卷一一

喜孝威來白門

紀映鍾

海嶠麻鞋隔數峯，霜高來聽白門鐘。漁樵推罵無人識，風雨沈冥特地逢。任醉石牀秋被共，尋詩山屐白雲從。道書地肺藏空闊，與子何年啟雪封。

《戇叟詩鈔》卷一，清長嘯軒鈔本

海陵訪舍弟孝威有作

鄧 旭

聚散總非偶，懷人共一天。早花迷野堠，春草塞平川。詩句何時寄，征帆此日懸。蒼茫來海國，端擬對牀眠。

《詩觀》初集卷二

春孟同匡侯孝威孟新致巢諸子怡園分韻

杜 濬

芳草猶未遍，嬌鶯亦未啼。春風滿園景，欻吹使人迷。偕我二三友，樂此赴招攜。輕陰幕華筵，焉知白日西。矧復繼明燭，所未聞晨雞。歡來好沈飲，往往醉如泥。主人本風雅，欣然請命題。愛爾綠梅花，庭前好端倪。林扇如可叩，吾將再杖藜。

二月十二日李匡侯招同鄧孝威范汝受於高座上人房同用青字 是日郊外仙子事甚鬧　杜濬

晨起憶夙約，乘霽遊郊坰。道路何擁塞，皆言求仙靈。仙靈如可求，秦漢有遺型。我自愛陶潛，近亦慕劉伶。達人具尊酒，蕭寺埽閒庭。梅花雖已殘，猶勝客飄零。芳草有奇氣，人烟爲之青。緇素四五人，談笑都忘形。咫尺有喧卑，隔絕不入聽。寧知真炳朗，乃在古沈冥。奈何白日下，夢者更不醒。

以上《變雅堂遺集》詩集卷一光緒二十年，黄岡沈氏刻本；《詩觀》三集卷六

早春同匡侯孝威飲劉氏園　杜濬

再至仍霑醉，悠悠十載期。陰晴分柳態，前後總花時。雲壑憐真隱，山莊揀畫師。老蒼俱在座，來者慎吟詩。

《變雅堂遺集》詩集卷三

秋日登周處臺同孝升孝威伯紫友沂園次赤方

杜濬

半生老作金陵客，訪古今登周處臺。疏樹萬家秋更落，夕陽千里暗還開。虛傳戰伐能揮劍，如此江山只舉杯。寂寞草堂遥在眼，蒼茫指點朔風來。

《變雅堂遺集》詩集卷七；《詩觀》初集卷一

甲午臯月送趙友沂入都四首和鄧孝威原韻

冒襄

鴻儔冥塵跡，夙契謝岐言。平生肅心交，于子得其原。朱夏握香蘭，展孝馳幽燕。採艾酌玉椀，揮手黃金鞭。膝前咨出處，萬里豈徒然。彩筆騁凫藻，吐欱生雲烟。馬首指顧間，奇峯槩蒼天。君搴桂苑旗，余臥女蘿絃。

緊余古巢民，茫然狎平楚。升沈世態心，跡遠見真侶。韻宇蓄宏深，風檢峻霞舉。素枉鮑叔知，荷鋤匹樽俎。酌子巨叵羅，椒桂充芳醑。君豈浮雲姿，隨時閱寒暑。丈夫念疇昔，劃然眷孤許。望古惓遥岑，暮遠依修渚。把手白雲外，躊躇當深語。恐世嗔余也蓬蒿人。

捎雲挺明玉，寧在恒流間。鐵穎戰文場，匹馬可當關。避子卓犖鋒，期子以靜閒。長安百丈塵，珍重霜雪顏。況復喬嶽尊，一堂娱古歡。暮捧碧夜巵，朝上桃花餐。諍聲蓋六合，功名令且完。疇儷古展禽，惟我清旁觀。時命與物理，哲人環其端。世寶直諫書，霜威六月寒。

黄鵠奮霄漢，衝暑事遐征。邁往不可攀，俯視青雲平。英風發麗藻，大業何崢嶸。惟余悵臨岐，一樽百感生。長歌招隱篇，同送幽燕城。男兒重久要，寧戀世上名。毫髮歸蹇修，褆躬以貞榮。遲子勒銘後，還山冀耦耕。

《巢民詩集》卷一，清康熙刻本

過海陵與鄧孝威話舊得四首

冒 襄

十年詩賦共琳瑯，昨歲秋風失雁行。南國上書聊復爾，西園一晤渺相望。錦衫入月翻埋照，丹桂攀天落異鄉。何似草玄仍寂寞，故人重對倒壺觴。

蕭條世外與天遊，陡地狂猘竟作讐。幻影山魈憑惡夢，無風波浪到虚舟。破家此日元爲福，下石何人未敢尤。閉口磨兆兼閉戶，偶來文晤已深秋。

浩空望氣俯層霄，客舍中秋共寂寥。十載清溪重得月，幾人藻思湧如潮。百蠻開詔偕仙侶，憲署題詩憶舊寮。金馬浮沈音信杳，燕雲翹首倍魂銷。

顔子扁舟過我時，持君尺素定相知。追隨舊社名人輩，熟讀昭明文選詩。說項三年稱巨擘，爲韓一日置蛾眉。于今名振家成後，翻有微辭憾敬之。

《巢民詩集》卷四

豔月樓臘梅盛開與孝威其年輟耕諸子即席分韻

冒　襄

小樓縹緲倚深閨，手種黄梅一樣齊。天與檀心娱歲臘，月來椒壁映東西。即花是蜜蜂俱化，有色因香雪不迷。折向曉粧臨玉鏡，眉間額上費端倪。

《巢民詩集》卷五

寓園留酌張天任丁漢公劉膚公黄仙裳鄧孝威

周亮工

旅舍頻相過，閒堦草木叢。甘蕉真壯語，楊柳故柔風。夢破人能老，書焚賦未工。夕陽同失笑，天外數歸鴻。

《賴古堂集》卷六，清康熙十四年刻本

廣陵同姚仙期鄧孝威飲吴薗次臘梅花下

方　文

百花之長山中梅，謂其能犯霜雪開。梅花開時春已動，臘月梅蘂方含胎。不如臘梅更孤絶，窮冬乃能傲霜雪。根幹雖無古松勁，芬馨頗似秋蘭烈。我友吳子蕪城東，獨賞此花樹庭中。門逕不許俗人到，氣味白有賢妻同。虎丘姚師衣破衲，廣陵鄧生披短褐。爾汝俱稱物外交，要我同行意軒豁。入門呼酒復呼茶，蕭然環堵類山家。他人富貴足悲歎，我曹貧賤還驕奢，君不見臘梅花。

揚州遇鄧孝威有作　方　文

八年前作廣陵遊，一時聚集皆名流。君齡未壯便隱逸，賦詩贈我深相投。亡何風雨各飄散，我去山中君海畔。忽聞驅馬入京師，定知綵筆干霄漢。聲名籍甚公卿間，掇取科第如等閒。雖曰從軍不肯嫁，木蘭仍以處子還。適我避饑來水國，舊友凋零空歎息。豈料君從北地歸，古寺同棲正歡劇。日夜相過不厭頻，狂吟豪飲任天真。殘冬且莫輕離別，直待關中孫豹人。

梁仲木招同鄧孝威飲瓊華觀醉後作歌兼懷令弟公狄　方　文

梁公五十鬚皓白，其鬚雖白心則赤。少年出入戎馬場，雄文欲勒燕然石。蹉跎壯歲不得志，南游且作諸侯客。忽逢世變神愈傷，秋水蒹葭渾浪跡。君家兄弟本燕人，墳墓田園在京國。其性乃如鷓鴣鳥，飛必向南不向北。以此流落江淮間，縱酒沈冥人不識。與余相慕二十年，今朝忽喜見顏色。瓊花觀中促沽酒，霜天痛飲懽無極。況有鄧生同氣人，話到京師淚沾臆。侵晨便欲秦郵去，十日仍來邗水側。令弟藏身射陽湖，潛螭不見更奇特。我欲從之烟水迷，非君共艇求安得。

以上《畬山集》卷三，清康熙刻本

偕姚仙期王尊素紀伯紫趙友沂鄧孝威吴薗次劉玉少龔半千李秀升集龔孝升寓齋爲别限韻

方　文

四海無家何處歸，輕裝亦逐片帆飛。月明江上空懷古，雪滿人間未授衣。戎馬再來芳草歇，河橋一别素心違。蔣山西望夕陽没，松栢凋零麋鹿稀。

《畬山集》卷七

懷鄧孝威

曹　溶

邗溝昔日話霜篷，轉眄留人戍管中。一出自慚成馬走，久安無取賦車攻。行山東去埋芳草，滹水南流送遠鴻。與爾浩歌期莫定，燈明傳舍已衰翁。

曹溶《静惕堂詩集》卷三四，清雍正刻本

雜憶平生詩友十四首（其六）　曹溶

分部甘陵起愛憎，人間甲乙事難憑。男兒也叶秤量夢，文選樓中半夜燈。鄧孝威有《詩觀》之刻。

曹溶《靜惕堂詩集》卷四四

遥同芝麓孝威海珠寺之作　曹溶

近郭青同島嶼浮，自驚拙宦滅春遊。懷賤不異看芳渚，拂袖終期共葉舟。潮捲艅艎軍帳黑，樓開蛟蜃石幢秋。興移釀酒磯前水，欲忘南荒自古愁。

《詩觀》初集卷五

燕京送家孝威南還　鄧廷羅

日白聞君去，遲遲卻爲何。因人良不易，作客豈宜多。湖澥吾徒在，風塵半世過。草堂歸計決，莫更誤烟蘿。

《皇清詩選》卷一四

春日招杜于皇鄧孝威遊長干里用杜少陵集遊園韻

李贊元

長干自昔號蕭爽，春風披拂百花長。木末亭頭眺遠空，鍾陵峯巒列如掌。錦馬香車無盡期，名園翠墅恣歡賞。可憐六季紛鬬爭，烽火燒散端門仗。猶存巍煥祇園宮，朱墻畫棟黄金榜。乘興揮觴花柳前，酒酣且向層臺上。憶昔邊疆鋒鏑時，四郊枯骨亦堪悲。幸全餘生丘壑下，藜杖芒鞋安足辭。宴遊原因聖主賜，白髮亦屬九天慈。春光此日難相負，握手分題共賦詩。

冬日鄧孝威見過集飲次韻

李贊元

草筵卻好值華辰，濁酒芹羹亦故人。握手長歌林下興，何如醉夢困風塵。

以上《詩觀》二集卷一四

冬日同杜茶村鄧孝威宗鶴問登遯園草亭

李贊元

小築層巒頂，攀躋豈厭勞。俯看飛鳥影，臥聽大江濤。但覺烟雲近，不知霄漢高。西方落照下，極目見秋毫。

《詩觀》三集卷一〇

贈鄧孝威

姜 垓

攜客延陵舊，逢君鶴郡前。江淮餘部曲，吳楚接烽烟。失路横關輔，占星暗斗躔。西風聞短篴，寒雨擊空舷。杜甫無家别，陳王白馬篇。歌音超近體，琴操會無絃。終若塵難蔽，何妨磬屢懸。虚存徐穉榻，誰羡李膺船。廟社非人力，乾坤只自憐。隋宫花覆地，朔塞草連天。皂帽堪長策，青天亦宿緣。河梁孤客恨，冰雪遠書傳。跡曠孫登嘯，懷留祖逖鞭。種瓜還故業，栽竹傍廉泉。養婢千頭橘，娱親一膾鯿。桃源雖絶世，漁父未徒仙。木葉蕭蕭下，萍心冉冉牽。獨傷烏鵲繞，常對鷺鷗眠。麥秀周京道，秔收賃廡田。報恩三尺劍，托命五花韉。暇日開襟少，新亭置酒偏。官梅何遜興，鄧有《官梅》諸集。書草子雲玄。衣帶芙蓉冷，餱糧杜若搴。淒涼情易老，蕪穢隱能專。莽澤元龍遯，鹽車赤驥綿。渡河期鄧禹，奉使媿張騫。一别惟青眼，雙魚有素箋。挂帆秋色早，萬樹亂鳴蟬。

《皇清詩選》卷二五；《詩觀》二集卷一

和鄧孝威立秋日送余赴吳會兼懷葉聖野之作

姜垓

蒼茫鐵甕海門涯，秋蒂芙蓉水作花。楊惲放懷蒙污濁，阮咸工曲弄琵琶。園林日落玄猿哭，關輔霜深白鴈嗟。試向吳王臺上看，月明閶闔萬人家。郡國供輸百戰餘，中原消息竟何如。吳風晚對關橋宿，芳草晴隨舫屋居。秋色二陵連沛泗，白雲千里入青徐。西風江口龍蛇動，遺廟栖鴉弔子胥。城上栖栖頭白烏，月明水驛更啣驢。歌逢南國生紅豆，人老成都舊酒壚。蘿雨野墻千葉主，橘香秋頃萬株奴。烟霞客處猶無恙，攜杖過橋送玉壺。淮海輪蹄十載多，故人蹤跡半烟蘿。雨花淅淅燕還宿，木葉蕭蕭江欲波。季札終留三尺劍，伯鸞猶作五噫歌。此行勿負歸湖志，桂楫荷風老釣蓑。

《詩觀》二集卷一

吳薗次招同白仲調鄧孝威王惟夏孫坦夫介夫泛舟夾山漾分韻

宋琬

杪秋風物莽蕭疏，太守行廚載酒初。烏柏新紅迎屐齒，青山積翠溼巾車。上方佛閣烟纔暝，隔岸人家畫不如。更欲尋源迷去所，且停五馬問樵漁。

《安雅堂未刻稿》卷四，清乾隆三十一年刻本

爲宮紫玄留行和鄧孝威

龔鼎孳

皎皎長安月，素琴奏清娛。上客登空堂，衿佩芳蘭俱。問客何方來，遠道何區區。四海徵車多，遊子良嶔嶇。嘉會不可常，合并忘天隅。傾我濁酒樽，欲去雙躊躕。輦路盛華軥，入宮嗤濫竽。智士一虎變，將爲時所須。含情向晨風，願言緩前驅。

玉堦碧露滋，流螢滿金殿。奉帚立中庭，涎涎過雙燕。明珠結芳襦，攬裳中自羡。婉孌實未嫁，含愁發幽倩。牽衣一徘徊，强理白團扇。豈無蹇修言，懼因合歡賤。金石信長保，筦簟羞急薦。當風執素手，飛蓬有深春。

爲紫玄送別和鄧孝威

龔鼎孳

久客知歲寒，日暮知他鄉。駕言返故廬，悲風相慷慨。登高眺大陸，我馬方玄黃。長跪告執綏，斗酒當盈觴。壯夫志萬里，奚爲急晨裝。鴻雁已南稻，執轡愁雨霜。宮闕鬱岧嶤，百感迴孤腸。一奏伏櫪歌，天地爲低昂。君子勖令名，達人娛景光。

荊璞栖巖阿，物以知希珍。時運有往復，傑士寧長貧。入燕弔漸離，遊趙哂劇辛。深懷管樂志，絲竹怡芳晨。高鳥得安巢，潛龍無損鱗。尺素墮雲中，馳情若比鄰。上言樂未央，下言思故人。

以上《定山堂詩集》卷二，清康熙十五年吴興祚刻本

探梅圖歌賦謝吴岱觀兼柬聖秋孝威

龔鼎孳

我尋吴子古寺頭，寺門一逕松杉幽。僧扉反鎖客敗意，吴子忽從門外至。攜手共踏中林霜，相與譚笑言韓郎。韓郎油壁來江左，謝客鏡臺兼避我。勿辭團扇遮風塵，荊卿酒罏多酒人。我怪吴子太羞澀，排闥逡巡欠一揖。歸來客舍無歡娱，爲我卻掃探梅圖。灞橋烟月銜寒早，幅巾一老攜筇好。蕭條筆墨耽高寒，蒼巖碧壑生長安。長安名士羈栖久，枚馬相看竟衰醜。仲華寂寂不封侯，短裘日暮邊風愁。鄧尉千邨春雪亂，西溪一水香吹幔。林下美人白玉顔，醉眠何處無柴關。我與三子褰裳岸幘誰賓主，同歸結屋梅花塢。

鴛水夜泊楊扶曦枉送招同孝威諸子小集舟中用少陵湖城韻

龔鼎孳

布颿一宵隔鄉縣，江口送客客重見。是時軍舸正匝地，雪壓江岸風吹面。楊郎同舍與我好，柳老

方罷軍中宴。鄧子徐子偕入座，買魚沽酒夜行饌。男兒可憐道塗老，君宗已懶玄黄戰。未愁海雨暗征軺，實愛春衣迴搗練。身世艱難非五嶺，詞名赫奕曾三殿。看鬢人驚霜入鏡，臨岐話祝壺添箭。歸到金閶更高會，梅花使節飛香霰。

以上《定山堂詩集》卷四

劉藥生使君招同鄧孝威徐欽我諸子讌集陳園各拈三韻

龔鼎孳

虞字

政古人多暇，樽深興不孤。秋花紛度曲，疏竹晚行廚。世事消箕踞，林風散醉呼。嘯樓清吹迴，城樹遍棲烏。

佳字

何地無佳月，此宵幽事偕。彭宣褰絳帳，嚴武到籬柴。坐爲清言密，名從濁酒埋。杯行喧一笑，侍史當金釵。

陽字

星高楊柳苑，人坐薜蘿房。華燭搖清露，秋蟲響暮堂。乾坤子野笛，江海庾公床。憑仗淮南桂，招魂入醉鄉。

《定山堂詩集》卷五

伯紫穆倩見過時寓後荒園新啟命僮子縛帚掃除月下邀同秀升讌集適孝威蘭次繼至即席限韻

龔鼎孳

每當幽吹發，秋草憶空園。不意孤亭月，初來高士言。林荒迴鴈夕，人淡早梅軒。薜荔喧燈火，棲烏整欲翻。

秉鋤誠悔晚，生事客中微。意外聊三徑，天涯又一扉。菊松徵士集，橡栗杜陵稀。今夜繁霜下，何辭薄醉歸。

墻東能避世，欲廢楚臣騷。短鬢愁徵角，人情厭布袍。歲寒諸子在，處士一星高。樽酒深林出，應呼擊筑豪。

過江人欲盡，此地得旗亭。花冷銀虬夜，歌横金馬星。戰場南國遠，芳草北山青。嵇阮神交異，寒閨倒玉缾。

《定山堂詩集》卷七

與治孝威園次伯紫集飲木末亭共用秋字韻予未克赴悵焉補作

龔鼎孳

城南黄葉路，載酒羨羣遊。鴈下連江樹，鐘寒落日樓。懶深遲倚榻，天闊轉悲秋。極望連雲物，還依鳷鵲浮。

其二　偶感遜國時方正學往事

革除無帝紀，叩馬一編留。松柏知何社，衣冠尚故丘。不辭筇杖晚，愁對寢園秋。十族應澆恨，人爭羨徹侯。

容與臺即事同孝威瑞涵諸子限韻

龔鼎孳

檲栝秋陰下，樓臺戰伐餘。閒餐彭澤菊，快比武昌魚。遠岫青横几，雲鬟碧映書。一簾烟水闊，的的長芙蕖。

不謂藤蘿窟，平翻鴈鶩池。曲廊低野竹，流水咽哀絲。烟雨鴟彝宅，江山謝客詩。入林幽事集，無暇傲當時。

愛闢求羊徑，蓬蒿客路中。秋深巖壑變，興遠寂寥同。砧亂千林葉，霜高一笛風。登臺重矯首，天地有征鴻。

乍驚荷雨急，魴鯉戲中流。古堞斜過鳥，寒山半隔樓。鄰扉齊落葉，臥閣等扁舟。莫訝軒車寂，貧家到白鷗。

中林堂聽雨同孝威薗次作

龔鼎孳

青林寒響急，秋色老幽尋。哀鴈此時斷，白鷗相與深。旅燈疏似昔，菊蕊冷從今。不惜支扉臥，蓬蒿倍鬱森。

即不悲搖落，蕭蕭此夜聲。秋深孤枕客，雲暗一江兵。荷芰晚仍勁，烟林側復橫。盃乾忘未夕，清漏迥難明。

長干秋興

龔鼎孳

是日同友沂出南郊坐雨花臺，慨然有感。未幾澹心、寤明、孝威來，未幾仲調來，未幾于皇來。不期而集，遂不減旗亭高會。偶簡得空同河上秋興十首，各用韻賦如數。

烟樹南朝闊，征鴻自遠方。屐逢晴日健，鬢對老秋蒼。孫楚樓千載，桓伊笛一航。登臨幽興愜，爲勸緩浮湘。友沂時將返楚。

倚石雲蘿密，橫空碧岫長。川原猶景物，天地正戎行。秋好安蕭瑟，臺高逼混茫。澄江銷客恨，不擬醉爲鄉。

天空秋杵急，林僻午鐘微。故國經霜早，青山到客稀。開樽先落帽，聽鴈試沾衣。俯仰來吴楚，寒濤夾岸飛。

莫送凭高目，臺城有暮烟。烏衣人欲盡，璧月語空妍。雲臥何年事，江撑半壁天。儘知滄海異，平楚竟蒼然。

新亭杯酒後，哭歎已無人。斜日樓臺出，行歌蕙草春。圍碁消幾屐，舉扇障何塵。採藥千峯晚，蕭條惜此身。

花月長干里，歡娱子夜歌。何年清角動，一望野雲多。故老晨星散，餘生醉夢過。悠悠滄海上，羽檄亂烟蓑。

殘僧秋院寂，木杪見柴關。幘岸陶潛酒，樓平謝客山。日攜笻杖出，看罷菊花還。他夕扁舟夢，能忘白鷺灣。

百戰樓船地，三秋橘柚天。高雲孤鳥沒，古道夕陽懸。虎踞遺雄跡，鷗行媚遠川。關河王氣外，落木浩無邊。

宋玉悲生事，登臺萬里秋。即今芳草暮，終古大江流。紫鴿翔朱塔，黄雲吐戍樓。諸君南渡日，醉夢已封侯。

欲采芙蓉去，風波不可行。幽花偏繞寺，衰柳故臨城。世事愁難老，秋潮晚自鳴。茫茫關百慮，洗馬若爲情。

送秋兼送客爲洞門及友沂返廣陵也是日秋盡伯紫孝威同賦

龔鼎孳

對客憐秋去，潮荒建業城。難堪江上櫓，又送鴈邊聲。砧急霜催暮，山寒月放晴。離亭盃酒外，萬馬一時行。時征兩粵兵泊城下。

楚客行吟久，江山未卜居。得歸仍繞樹，望遠一迴車。落日橫清笛，行雲託素書。琴心秋後寂，易渴馬相如。

當別翻無淚，難爲懷抱時。飄零天意定，貧賤歲寒宜。雨外丹楓路，星前白苧詞。芙蓉江水碧，渺渺信子思。

憶放揚州舸，江風二月寒。如何衰柳色，重作早春看。葉落溪山老，愁新衣帶寬。倦遊應閉戶，世態已衝冠。

前綏行且止，計晷惜高秋。天道存冬雪，人情笑敝裘。鐘分今夕夢，帆亂一江愁。歧路風瀾急，誰爲濯足流。

九秋寒露下，佳句逼陰何。弔古過陵闕，還家長薜蘿。霜青人對酒，風緊夜橫戈。太息河山後，吾儕散釣蓑。數子晨星聚，今仍參與商。飛鴻天浩浩，洗馬意茫茫。菊亂幽人徑，猿霑故里裳。關山吹角夜，秋思落何鄉。

到日林蟬滿，層陰遽報冬。同扶三月杖，長對六朝松。俗薄萍蹤拙，人狂古道容。别愁知較淺，相待隔江鐘。

邗江春暮于皇孝威薗次辟疆過集用少陵陪鄭廣文遊同何將軍山林十首之八韻

龔鼎孳

晴雲初卷幔，芳草漸平橋。客至翻紅藥，人閒即碧霄。閉門春事覺，乘興野鷗招。揚子能耽寂，玄亭路本遥。

花邊偕坦步，泉石一時清。林靄從過蝀，庭空已到鶯。茶香吳寺雨，蓴滑越溪羹。幽事宜晨夕，浮雲訝此行。

謝客容高臥，歡來不可支。殘英依石磴，飢鴈聚春池。二仲狂相就，千秋懶自知。北山松桂約，烟景正紛披。

未嫌花事減，莫負草堂開。此日猶飛絮，天涯况寄梅。幽人多不厭，晴月晚能來。屐齒經行處，香泥破緑苔。

日尋蘿薜趣，不盡戀林泉。寒食曾中酒，春衣又減綿。貧無逃世法，醉抵買山錢。生事柴門外，驚心涉大川。

鈎簾春欲暮，高閣柳花香。每愛芳吟滿，如逢五月涼。披衣詞客到，攬鏡遠山藏。心跡兼丘壑，餘歡送老蒼。

戰場多白馬，荒圃獨閒雲。湖海遊仍壯，烟霞隱白文。愁應消月午，悔已過春分。今夕偕孤賞，疏鐘夢不紛。

春江離别路，風日奈愁何。垂柳時堪折，青山事尚多。聚星嵇吕駕，對酒短長歌。花徑緣君掃，無辭策杖過。

以上《定山堂詩集》卷八

寄懷趙友沂兼柬洞翁和孝威韻時友沂南還舟滯濟上

龔鼎孳

忍淚看行色，難爲離别言。燈殘初罷酒，書到轉銷魂。細雨菰蘆舫，秋蟲薜荔門。艱難金馬意，一事不堪論。

水灌官何急，輕裝訝滯留。涼風生伏枕，世態入歸舟。鼓鬬蛟龍穴，觴停蟋蟀秋。猶留賓客在，莫怒武安侯。

已見孤雲遠，能令五嶽平。入宮讐國色，變徵雜秋聲。海闊鷗長下，天高虎自行。可堪碪杵動，搖落近江城。

勿問行藏事，俱稱憔悴人。感時雙鬢白，過眼一枰新。鴻雁天南北，龍蛇道屈伸。風波京雒滿，羡汝五湖濱。

《詩觀》初集卷二

和孝威秋懷十首

龔鼎孳

柳色長橋暗，徘徊溝水西。酒醒千里別，天闊一帆低。旅跡分棲燕，鄉心蹴舞雞。旗亭人散後，不復唱銅鞮。

日落河梁遠，空吟謝客詩。碧雲江草合，蓬鬢朔風吹。萬念灰征戰，千秋付涕洟。蒼蒼淮水上，國士已荒祠。

小隱安浮梗，何期復帝京。此行猿鶴怪，到日駃騠鳴。湖海懸歸夢，荊高奏羽聲。窮愁書欲著，人不愛虞卿。

攬茝吳陵道，亭皋秋雨涼。幾年江嶠月，同照芰荷裳。學圃留叢菊，憂時詠隰桑。出山泉自濁，今日別衡漳。

寒葉中林夜，高歌興不違。登臨寬白眼，感慨到烏衣。欲別愁明月，緣流戀落暉。盍簪如可老，吾病爲君稀。

宫城春雪散，不照舊鳴珂。碧草迴金翟，黄雲壓塞駞。避人孤憤就，慢世酒痕多。前席蒼生遠，空如涕淚何。

羽獵長楸盛，何人賦兩都。平津虚客館，西第自監奴。白日消幽巷，淩雲屈壯圖。向來飛動意，春至轉荒蕪。

路難知似昔，無策臥空林。淮泗蓬蒿合，貂裘雨雪深。壘殘西楚地，餐報故人心。莫賤長門賦，相如有賜金。時孝威有潁上之行。

不識風塵趣，滄洲一釣翁。飄零來闕下，人物憶隆中。才大宜藜閣，吾衰擬桂叢。公車油素字，早晚慰揚雄。

天涯諸子會，交態信吾真。戰後青山色，愁中我輩人。翻飛成别鵠，時俗忌祥麟。好待歸田愜，行歌潤隱淪。

以上《定山堂詩集》卷八

喜孝威至都門

龔鼎孳

羅雀宜同調，驚看旅鬢凉。飄零偕雨雪，出處判滄浪。官閣花誰共，中林屐未荒。經年燕市酒，不分月如霜。

剝啄分殘夢，蘭芳已襲裾。愁中來此客，別後著何書。河雒黃塵壯，悲歌白髮初。元龍樓臥改，湖海氣仍餘。

本無諧世意，不盡罪疏慵。蘿薜能相負，風塵或易從。醉心千里駕，雪涕五更鐘。袞袞朱輪客，羊頭命易封。

隋宮垂柳地，攀折樹仍枯。兵甲寬王粲，雲霄困左徒。狂應過夙昔，悔已甚泥塗。遠志君能信，滄江歲月俱。

行路關心日，彭衙孰有情。綈袍虛白眼，征騎動春城。作客如中酒，休官及罷兵。青郊重結伴，鷗鷺有前盟。

鋒鏑名場滿，閒居足放言。偶橫高閣屐，猶見夕陽村。綦縞心能穩，艱難友是恩。蕭蕭存故態，同避五侯門。

年年青玉案，書札慰良朋。落月顏非改，名山計可憑。倦游忻握手，感事勿填膺。虛館春風夜，篝花細剪燈。

江湖諸素侶，蹤跡隔悲歡。爲小有、于一、園次諸子。自讓侏儒飽，翻愁范叔寒。乾坤袁鳳久，冠蓋好龍難。燕趙佳公子，蒼茫落日看。

花朝友沂孝威同集尊拙齋　龔鼎孳

結交千里駕，縱酒百年身。江海謀歸計，鶯花得故人。薄游金馬倦，高臥玉窻春。雲壑移文晚，狂夫懶是真。

天意高難問，浮生事有涯。能將幾兩屐，相就一樽花。遠志輸鷗鳥，人情尚鬼車。閒居饒物色，蜂煖欲成衙。

揚州歌舞散，春色此平分。垂柳初開徑，飄蓬一醉君。玉笙江夢遠爲友沂官閣事，畫角晚愁聞。青徧蘼蕪路，歸鴻實愛羣。

明月荊卿筑，春風嬴女簫。難持憔悴意，空惜短長條。薄醉分青眼，深鐙憶翠翹。五陵游冶客，已負百花朝。

春日友沂孝威過集

龔鼎孳

不意青霞侶，重逢紫塞天。旅愁閒更出，酒態老仍顛。萬事乖金馬，三春好玉泉。坐深幽思滿，芳草入歸鞭。

車蓋京華地，誰從俠少遊。城隅紛白馬，花事早朱樓。客憶江湖滿，春經戰伐留。得歡聊永日，身世醉中謀。

賦成金欲盡，生計拙當罏。白眼難羣態，青雲薄酒徒。人爭千里駿，夢有四腮鱸。賴結荊高伴，逢春興未孤。

館卿命下孝威以詩見贈和答二首　龔鼎孳

白簡心猶悸，黄冠局不新。飢仍同曼倩，逸已愧劉驎。風俗驕焚桂，功名薄徙薪。向來薇蕨意，終是戀逋臣。

鴈鶩謀誠短，夔龍地敢論。幻頻看海市，夢亦怯天門。事過疑羊祜，時清醉屈原。側身知亢悔，柔道欲占坤。

洞門罷御史大夫南還同伯紫孝威賦於席上　龔鼎孳

合離經歲意，揮袂各難言。看世歡初服，因歸歎國門。春江鶯燕老，戰壘駃騠奔。斜日知回眺，金臺莽古墩。

未安朝市駕，頓理薜蘿衣。白簡人方妒，蒼生事竟歸。豺狼仍得食，鷗鳥或忘機。暫側憂時眼，江天有落暉。

不堪桑海後，猶紀義熙年。日月心難昧，風波道幸全。入山歌猛虎，懷古拜啼鵑。采藥商顔志，應迴輿盡船。

曾聞神武仗，氣奪惠文冠。危論長沙得，安車故老看。夢回燕市筑，恩重漢宫紈。去就天心在，無言羅雀寒。

一言兼召舍，三黜信平生。物總讐龍性，廷猶憚虎爭。誰同玄禮傳，翻藉子蘭名。看到公孫閣，柴扉福未輕。

邵伯湖邊樹，霑襟送客航。冠猶塵貢禹，印忽解周昌。感事堅雌守，要盟久醉鄉。因風謝弋者，吾道本滄浪。

膠漆雲門重，全通孔李家。三秋調藥餌，幾地逐烟霞。金石兼閨閣，風霜共歲華。可堪重雨散，嵇呂只天涯。

丹檻朱游遠，千秋惜此人。衣冠存邃古，杞宋泣孤臣。宦薄徵完節，名高累逸民。還因春水闊，垂釣大江濱。

情自當門曉，談何交戟深。人方雄鼎俎，公盍重璆琳。動色良朋事，投簪百世心。潔身兼父子，玉樹已南金。

陽關樽酒綠，爲問夜何其。世事紛難論，離情老易悲。去來同塞雁，荊楚尚征旗。勿便高龍臥，孤忠玉陛知。

八月十六日夜集龍松館看月寓懷用少陵秦州雜詩韻同成二鴻鄧孝威得二十首

龔鼎孳

只合栖青嶂，翻成燕市遊。千門涵夜色，一鴈送邊愁。光滿初分酒，天空欲下秋。夜來簫鼓急，長使桂輪留。先一夕月蝕。

露浥金僊掌，雲寒碣石宮。誰令銀漢碧，暫遣客愁空。蛣蜊淒吟漏，宵行烱避風。影娥池上望，烟草茂陵東。

萬里樓桑路，迴風捲白沙。何人吹玉笛，蕩婦怨無家。紫塞明駝疾，黄雲暮隼斜。挽弧臨皓魄，身手亦堪誇。

豈不傷揺落，乾坤及此時。難將青女意，盡入楚臣悲。古戍寒砧動，浮生白髮遲。得棲仍繞樹，烏鵲欲何之。

浪作金微客，頻看繡鬣强。角鷹捎地遠，虹劍倚天長。此事驚猿鶴，何年臥驌驦。銅龍宮樹迥，一爲立清蒼。

玉關横朔氣，日有射生歸。羽獵期門盛，風雲楯陛微。荊高人易老，王謝涕應稀。莫照金溝路，婆娑柳十圍。

憔悴天山月，頻臨歧路間。秋花過塞雨，落葉滿江關。吹角千村急，征鴻比翼還。别離添老大，日夕慘朱顔。

萬方仍水旱，天意幾時回。實望金戈靖，翻憐玉粒來。龍門秋漲勇，洱海戰旗開。惆悵清光遠，能寬庾信哀。

羅雀過羣態，何堪怒灞亭。門容秋草緑，眼對碧山青。行酒喧幽鳥，張燈聚客星。蕭蕭梧竹外，生事近巖坰。

風雨橫交戟，猶聞冠蓋繁。路誰窮阮籍，書早廢深源。藥草封秋竈，香秔搗夜村。扁舟明月去，可勝老車門。

吐茵人竟醉，膝席語難低。海上輪龍腹，人間忌燕泥。鳴鐘長樂外，賜戟閣門西。吾意安衰賤，清秋飽戰鼙。

昇平崇武略，熊館近甘泉。輦路金輿迅，檀槽法曲傳。後車應載士，萬馬正開邊。想像青天月，鳴刁夜悄然。

田竇紛成市，巢由未卜家。碧雲閒出岫，朱戶晝飛沙。地窨當門柳，秋看抱蔓瓜。冰蟾清切甚，爲照北山花。

自謝風塵趣，蓬蒿別有天。農書兵後習，羽調酒人傳。塞月迴珠勒，林風動玉泉。悲歌燕趙歇，扶杖五湖邊。

道在龍蛇日，身居彝惠間。世態工覆雨，天或恕名山。入鏡雙蛾損，驚弦獨鳥還。晴宵風露濕，衣袖亦斑斑。

歲事邊陲早，牛羊散暮羣。夜涼明獵火，城暗走征雲。葉抱青蟲細，秋從白羽分。近知沙磧外，軍鼓越關聞。

客心寒易水，往事惜田光。戰伐留城闕，邊聲入苑墻。千金虛竹館，萬里戒垂堂。遼后妝樓改，秋鐘一夜長。

公孫猶有閣，范叔幾時歸。月照長門淚，秋爭團扇輝。藍田聞虎過，白日羨鴉飛。金殿承恩夕，能忘咫尺威。

近有高牙入，因知遠馭難。地連夔峽壯，旌拂棧雲乾。南極珠崖闊，西風桂嶺寒。雄飛諸燕頷，帶月夜登壇。

霄漢人爭健，江湖樂自知。飽看金馬路，終讓羽林兒。鴛侶新瓊珮，龍吟古浴池。白榆何歷歷，偏繞向南枝。

秋夜聽雨用少陵秋野五首韻同一鴻孝威輿公

龔鼎孳

金風動綠蕪，秋影入窻虛。客夢迷今雨，浮雲暗古墟。桂從何地發，蘭任傍門鋤。自愜蓴鱸興，空堦欲上魚。

江海安蘿薜，孤心入雒違。乍憐深雨夕，似有一飄歸。濁酒閒相命，炎威欲漸非。吳峯秋色滿，應長墨胎薇。

碧草含風勁，青蟲語夜長。涼生冰簟夢，書濕露螢光。清漏聲堪續，寒花蜜欲房。燭深幽磬歇，高閣送微香。

帝城砧杵後，愁見蓼花紅。鷗鷺浮難水，蛟龍逞易風。天涯秋事早，亂後客心同。惆悵張徽曲，開元有廢宮。

空齋蔬筍儉，紉蕙感同羣。木向高天落，鴻連遠塞聞。寂寥知歲月，沾灑各風雲。入夜征幡濕，愁看玉帳軍。

九日邀同何榕庵成二鴻吳岱觀韓聖秋紀伯紫鄧孝威李素臣陸吳州王玉式白仲調何濮原王燕友集慈仁寺毘盧閣登高遂飲松下用少陵九日諸韻

龔鼎孳

散步珠林敞，蕭然自野翁。酒寬愁鬢短，人愛故鄉同。白雁霜砧外，青山戍鼓中。憑高偏涕淚，半似灑途窮。

有地安芒屩，無言世路艱。身猶工汎菊，計已拙藏山。萍聚青霞滿，花開戰血斑。江湖何寂寞，客盛五雲間。

天氣佳堪住，浮蹤晚易非。百年中散醉，幾日季鷹歸。老畏賓朋減，名埋嘯傲微。心知諸少俊，不妒芰荷衣。

千林初極目，百罰忍辭杯。閣道秋陰暗，松關碧月開。雲濤晴自落，烏鵲倦能回。莽莽河山色，金元戰後來。

諸州喧用武，一壑愧移文。衰鳳身何補，輕鷗夢不紛。鐘添秋苑靜，笛送晚愁聞。搔首青天立，呼鷹落塞雲。

歸後復同二鴻孝威飲小齋看菊用空同菊韻　龔鼎孳

月對寒峯碧，雲連落葉黄。尋香因破睡，倚醉更行觴。戰地花堪隱，籃輿客未狂。夕佳山色在，籬外是他鄉。

節物過重九，風霜足歲寒。白頭能更插，青眼惜相看。客事經秋逼，孤芳入俗難。獨持搖落意，吟望欲江干。

以上《定山堂詩集》卷九

雪後岱觀孝威同集春帆用少陵韻　龔鼎孳

暮鼓喧嚴徼，江船憶釣翁。棲烏寒繞樹，代馬勁嘶風。髮短愁俱白，燈深醉不紅。薄陰終見晛，漂泊任高空。

庭柯搖落後，霜霰況繽紛。不動孤峯月，能晴萬壑雲。是日登半隱閣眺望西山殘雪。龍蛇春事盡，鴻雁客心聞。豈意袁安臥，柴扉閉數君。

《定山堂詩集》卷一〇

寄懷孝威

龔鼎孳

高空漠漠野雲涼，望遠懷君當故鄉。别在秋燈人似夢，書來水驛菊如霜。論文不隔如餐字，得句長思載酒堂。爲報平山衰草路，也兼風雨度重陽。

《定山堂詩集》卷一八

飲園次齋中同疇五孝威得花字

龔鼎孳

星開林木動昏鴉，幽巷寒吟仲蔚家。藜榻燈深玄對艸，柴門月到白如沙。長儲斗酒淹嘉客，一遣雙鬢護晚花。韻事狂交傾倒極，病夫相顧失天涯。

《定山堂詩集》卷一九

元夕後三日孝威偕三仙裳諸子雨集寓齋送藥生觀察之潁上

龔鼎孳

望遠頻登海上臺，早春旌節傍花開。雙燈細度秦青曲，三歲難忘袁紹杯。舊雨到門重折柳，冰清照閣一題梅。芳時莫惜爲歡永，金甲乾坤玉漏催。

《定山堂詩集》卷二〇

喜孝威自廣陵至白門

龔鼎孳

隔岸斜陽下遠峯，停帆人聽瓦官鐘。愁深香草經年別，秋滿新亭一雁逢。謝朓江山愁獨往，靈均龜策擬何從。因君憶踏隋堤路，仲蔚蓬蒿迥自封。

寒雨蕭疏過秣陵，樹猶如此暮烟凝。到門客續春前話，惜夜星分醉後燈。白袷報霜秋皎皎，青谿閲世碧層層。轉蓬莫怨盧叢桂，鼓角連江臥不能。

《定山堂詩集》卷二〇；《詩觀》初集卷二

再疊前韻二首

龔鼎孳

支笻涼擬問諸峯，秋響難聞六代鐘。舊摘菊花寒未放，相憐蘿薜懶仍逢。百年身世銜杯盡，勝日杜皋把臂從。蕭瑟過江名士意，忍辭屐齒破苔封。

朱渚風烟接廣陵，夢中顏色月華凝。舫移江館三更笛，蟲亂秋堂一樹燈。戰鼓正鳴清露候，樵青莫上最高層。閉門搖落無餘事，乘興歌呼野客能。

九月八日張紫淀趙友沂杜于皇紀伯紫姚寒玉姜子翥鄧孝威家弟孝積同集容與臺

龔鼎孳

樽酒淹留落照前，亂峯青放早鴻天。爭來高閣看雲坐，爲損狂夫竟日眠。林色畫寒陶徑柳，藕香秋憶越溪船。客歲此日正在湖上。來朝興劇龍山約，買醉還分種菊錢。

和答孝威秋日得予濟上書

龔鼎孳

河上秋燈照素書，扁舟終日過征旗。懷人夢繞歸鴻月，經亂神傷入雒車。萬里雲山愁虎豹，半生蹤跡愧鱸魚。關心詞賦來江左，重憶羊腸旅恨初。

淮南千嶂逼秋青，淮北烽烟接窈冥。京國轉憐王粲賦，乾坤誰問子雲亭。雨昏別路孤帆遠，愁到天涯萬事經。何世可容金馬避，歲星終讓少微星。

碧草連江春又生，青驄猶戀竹西行。經年名士同燈火，幾日中原罷甲兵。錦瑟洞簫幽憤事，金刀玉案美人情。沾裳東閣花如雪，吹到關上笛一聲。

對策名高自廣川，仲華家世本巋然。石經虎觀烟塵後，侯印龍驤戰伐前。吾懶欲迴中散駕，情深一放孝廉船。薊門千載神京地，花滿香山月玉泉。

以上《定山堂詩集》卷二〇

上巳韓聖秋丁野鶴鄧孝威段雨巖白仲調趙友沂過集聽王子玠度曲 是爲順治九年

龔鼎孳

碧窻樽酒聚繁絃，風日依稀玉溆邊。韋曲氣佳三紀月，永和代易九爲年。招尋花事重游騎，浩蕩春情逼杜鵑。荃蕙勿憂賫菉損，當門已讓野夫先。

九日邀同何榕庵成二鴻吳岱觀韓聖秋紀伯紫鄧孝威李素臣陸吳州王玉式白仲調何濮原王燕友集慈仁寺毘盧閣登高遂飲松下用少陵九日諸韻

龔鼎孳

碧露幽林天地寬，紫螯黄菊愜清歡。興酣欲進中山酒，風急全愁神武冠。閩海檄飛鯨浪湧，吳江橘壓鱠盤寒。五陵高會笙簫起，多少雲峯冷眼看。

悲歌燕趙易傷神，風葉蕭蕭易水濱。櫪馬夜驚飛將折，碧雞雲迓大旗新。高秋自壯横汾曲，清蹕猶思諫獵人。宫闕嵯峨烟樹繞，天隅誰信暫烟塵。

千載燕昭遺霸略，黄金尚憶築高臺。三韓氣挾居庸入，萬里秋從碣石開。地赤江淮征輓迅，甲移湘楚蠟書來。期門火映金溝月，悵望銅龍不忍催。

霜青鵰急萬山哀，插羽彎弧此路迴。玉輦晝聞宫漏静，繡幢遥自海西來。三雍禮已陳經幄，九譯名應惜露臺。兵革頓消人賜復，浮生安敢負啣杯。

爲宫紫玄留行和孝威 龔鼎孳

芙蓉海國片颿歸，春霽邗江别袂揮。三歲飄萍逢舊雨，一行寒鴈澹秋暉。麻鞋往事金光憤，宫錦同時玉勒肥。悵望雲門彈寶瑟，數峯青已隔湘妃。

秋盡盧龍畫角哀，朔雲宫樹晚登臺。六朝丘壑并名士，列國文章起霸才。龍腹可容滄海卧，鳳毛又見碧山開。爲令嗣宗袞武承。十年奏賦長楊地，忍聽驪駒陌上催。

爲紫玄送别和孝威 龔鼎孳

春雨堂開賦采薇，中林瑶草憶芳菲。鳳凰枝在秋先老，虎兕歌成道不非。白首故人牽往轍，青山今日信初衣。從誇碧艇菰蘆逺，皓月曾同卧石磯。

寒楓落盡古溝頭，黄鵠吟成此壯遊。天與茅容雞黍福，世宜畢卓蟹螯謀。朝雲鏡倚雙蛾緑，夜雨書銷獨鹿愁。釣瀨一星因客重，雲臺風物已先秋。

成二鴻歸大寒樓詩以送之同孝威分賦

龔鼎孳

愛君真欲阻君行，忽漫扁舟散渚萍。留到九秋詞轉拙，話偏一夕夢難爭。燈前蓬鬢憐叢菊，別後桑乾有鴈聲。看偏五陵衣馬態，十年應不悔埋名。

王粲哀時獨倚樓，佳辰頻共酒罏遊。他鄉今夕真何夕，我輩言愁竟欲愁。檣燕濁河風漸勁，秋螢長信月空流。莫因廣武增悲慨，天下英雄此舊丘。

薜荔重栽未嫁衣，剡溪乘興送秋歸。百年兄弟紉蘭佩，九月風霜織錦機。苜蓿味難肥紫塞，蓬蒿侶已謝黄扉。滄洲日落仍迴眺，未覺狂奴擊筑非。

芳忌當門賫菉葹，青山一笑失羣喧。自憐張翰江東鱠，不牧公孫海上豚。絲竹半生同馬帳，梅花千里憶鷗村。樓高臥讓元龍穩，世路風烟未可論。

以上《定山堂詩集》卷二一

和孝威題友人旅壁韻

龔鼎孳

寺門垂柳入霜凋，客緒飄零一葉潮。季子衣裘工抵掌，休文身世薄憐腰。近傳秔稻江淮盡，何日金錢宿舍饒。亂後神仙輕將相，平津高閣幾烟銷。

壽聖秋同孝威賦

龔鼎孳

頻持如意對雞籠，紫陌重忻屐齒通。嶽色人行仙掌上，潭光家住眾香中。狂來犢鼻堪呼酒，春到蛾眉早入宮。上苑即今誇羽獵，爭看駟鐵擅秦風。

四海知名正盛年，醉眠慵上曲江船。游平書入將軍邸，杜牧吟驚上客筵。龍臥金門占大隱，鳳迴玉琯羡游仙。五陵花月旗亭侶，爲爾珊瑚絡馬鞭。

壽孝威即和其述感韻

龔鼎孳

靈均始降今何夕，草具重斟醉後觴。積雪方當明月照，青雲真讓客星狂。明山瑤草千春碧，虛館朱琴五夜張。漢殿黄金將買賦，勿言才子倦遊梁。

條風漸欲轉皇州，爲訝飛蓬歲月流。一榻喜連徐穉臥，十年猶黑仲華頭。錦驄金穴紛無賴，短筑高歌試强留。鄧尉花開雙屐健，芳辰重約醉西洲。

癸巳元日和孝威除夕慈仁寺守歲韻

龔鼎孳

甘泉日影動雲門，膠漆心從邸舍論。萬里歲華春到眼，一時江海客銷魂。椒花謝臘愁偏續，竹屋呼燈晚不喧。九域何年歡賜酺，野夫相勸只芳尊。

桑幹霜色過吳鉤，屐到松關興轉幽。百尺元龍高夜榻，一江洗馬隔春愁。何妨作客呼紅友，真羨還家耐黑頭。鄧尉官梅明聖柳，儘教風物讓皇州。

鳺鶗寒銷雪霰餘，拂龜重卜莧蘭居。交唯名士能招隱，計到容身勇遂初。賴有伏雌春社酒，莫嫌金馬故人廬。相逢大道珠鞭揖，何地侯門敢曳裾。

中罥無煩集入宮，弋人翻恐妒冥鴻。豈虞文網連三事，親見朝廷恕老翁。白石飯牛看世左，青春結伴許君同。五湖烟月堪雄長，不似平津有下中。

以上《定山堂詩集》卷二二

孝威還邗上和園次韻

龔鼎孳

惜別朱絲欲罷彈，側身天地望平安。路經分手風烟改，香忌當門出處難。鐵甕一軍江樹暗，銀簫五夜酒杯寬。離亭日落休回首，柳市車塵已耐看。

舊雨魂銷入雒裝，滹沱氷合又褰裳。身孤盜賊忘羈旅，俗薄公卿諱醒狂。此去名山深歲月，向來吾黨各風霜。難堪到日茱萸水，北望秋城鴈一行。

落花亭院久經行，芳草萋萋滯遠程。上客尊罍虛北海，清流風俗尚東京。鄉心葭菼輕鷗路，兵氣關河杜宇聲。同學十年頻雨散，牽衣那盡故人情。

迢迢林壑擬迴車，心事青燈罷酒餘。白首乾坤紛戰馬，黃塵蹤跡類枯魚。應劉里社人爭健，花月春江夢不虛。早晚長楊看奏賦，好留蔣徑結吾廬。

《定山堂詩集》卷二三；《詩觀》初集卷二

鄧孝威程穆倩宗定九申周伯姚心繩許力臣師六鄭方旦次巖李玉潤劉玉少卞雲郭高蒼巖招同于皇辟疆集衣德堂

龔鼎孳

竹西絲管賦歸年，高宴羣賢麈尾前。馬角江山迎蠟屐，雁行文酒代花鈿。戲爲于皇。蘭亭梓澤還明月，朱戶黃扉幾暮烟。久信龍門輸墊角，開樽虛擬話登僊。

《定山堂詩集》卷二四

語溪夜泊同孝威用秋岳舊韻

龔鼎孳

急槳衝冰野埃天，亂峯雲壓柁樓前。更闌淚暗窮交酒，地僻江寒戰士船。醉李自增傾國恨，夫椒應著復讎年。燈花岸草紛愁思，故壘興亡總逝川。

人日同張登子鄧孝威遊海幢寺訪澹歸上人

龔鼎孳

雨後經行祇樹林，石欄橫屐碧苔侵。佛雲不改清流色，人日偏宜海國陰。過歲白花飛蝶早，當時赤棒伏龍深。旅辰暇肯虛蓮社，一飯青精萬里心。

以上《定山堂詩集》卷二五

雨集愚公僅三齋中即席同孝威賦分得九青韻

龔鼎孳

草色牽游袂，蕭蕭六代青。樽罍千里合，離亂一身經。爭解芳蘭珮，相憐槁木形。鷗盟分几席，漁父飽清醒。深夕來江雨，高齋臥客星。荷輕翻露葉，荻蚤畫秋汀。兩部蛙何語，三更蟬可聽。涼新雲夜椀，燈綠水精屏。古磴長棲蘚，虛臺一過螢。河山誰采蕨，天地此浮萍。竹下人無恙，柴門夜不扃。接羅甘笑簡，皂帽已輸寧。白眼容疏放，頻過倒玉缾。

又和孝威元字韻　　龔鼎孳

卜夜欣開徑，違時得灌園。客懷依旅燕，往事畏啼猿。過雨重溪咽，當門老樹翻。蕭條安穩几，傾倒屬清尊。人有蓬蒿色，廬辭車馬喧。梵雲霑檻濕，高柳宿烟繁。晚磬幽連榻，秋陰綠到軒。隔牆香積寺，近市浣花邨。世肯容中聖，吾聊與放言。楚臣工作賦，望帝黯招魂。結侶寬王粲，題書詆巨源。酒消長恨日，袖忍未乾痕。是處迷桃洞，無家植稻孫。窮愁空著述，泛愛或寒暄。諸子狂相得，深宵語更溫。何妨讐禮俗，真擬共晨昏。入社攜康樂，移居就陸渾。身閒丘壑置，亂定菊松存。此興傷蕭瑟，詞陳已復吞。

早春友沂招同伯紫孝威園次仙裳定九諸子由天寧寺泛舟至平山堂踏青記事五十韻分得虞字　　龔鼎孳

戰角臨江地，東風草木枯。嶼沙隨野闊，筇杖倚晴扶。放舸排瓊瑟，留寒送玉壺。轉因連夕雨，更長幾花鬚。古寺鷗波碧，殘雲雉堞孤。橋欹看渡馬，樹斷失啼烏。蘭槳斜難疾，芒鞋緩自俱。憑高依敗壘，揮涕想援枹。故老昇平事，中原粉澤都。輦腰曾漢舞，殿脚早吳歈。祕戲親封盒，迷樓不夜珠。錦帆何裊裊，遼海太區區。論斛螺長綠，量頭鏡忽愚。雷塘虛鼓吹，星酒盡歡娛。世已消流水，人猶在畫圖。千家圍柳絮，一道約蘼蕪。捲幔香成市，鳴箏雪作膚。深燈紅靺鞈，上巳紫氍毹。翠桁交眠蝶，銀池漾浴凫。采蓮棠是櫂，選豔鳳將雛。賈舶珊瑚賤，旗亭玳瑁鋪。金丸低雀瓦，狎客老摴蒱。車騎兩京集，緡錢少府須。定知天壤內，似此一愁無。宮闕移龍馭，川原遍虎符。反裘薪勿戢，巢幕燕難呼。大將雄三輔，盈廷忌八廚。置碁危累卵，投骨怯飢狐。空復堅埤障，惟聞恨僕姑。全軍悽落日，半壁倒前驅。梅嶺還冠舄，臺城遽舳艫。士驕成殺運，物盛兆兵樞。苔蘚胭脂路，牛羊菡萏湖。有螢棲廢館，無鶴飽官租。國破迴鴻鴈，林昏響鵂鶹。鬼吟清露柝，僧拾絳羅襦。殘院鼠行飯，暝烟樵負芻。燐荒叢斷碣，霧重隱鍪弧。不唱安公子，能悲宋大夫。蕭條雙屐在，容易六朝徂。縱飲全關世，傷心欲諱儒。途偏窮鮑謝，命總薄黃虞。廣武英雄少，柴桑歲月迂。遺愁因勝友，得暇賀微軀。絲竹謀仍左，暄淒理或誣。衣偕沾杜蘗，舫漸指茱萸。別緒河梁近，崩潮建業趨。向來思擊楫，殘日送當壚。羣態紛鋤桂，諸君且據梧。菰蘆沈醉後，春興慰泥塗。

九日邀趙洞門友沂陳涉江張紫淀何寤明宋又韓邢孟貞杜于皇鄧孝威紀伯紫余澹心白孟新仲調姚寒玉登容與臺時張燕筑丁繼之王公遠諸君度曲角技趙玉林徐欽我文漪介玉叔氏鳴玉家弟孝積竝下榻市隱園集飲甚歡

龔鼎孳

天氣逢佳日，不知秋思涼。乍開叢桂徑，同泛菊花觴。折簡來芳药，停鞭到綠楊。相期臨野嶠，隨意得歡場。池館全依水，蒹葭欲犯霜。閉門人蠟屐，捲幔乍聞香。荷芰衣初接，茱萸興已長。晴峯斜帶屋，嘉樹老名堂。星聚無先後，才多競陸梁。晝宜圖晝永，言對筍蔬忘。搗練孤砧白，連雲萬壘黃。時容歌當哭，吾敢醒而狂。且側登臺帽，休褰蹈海裳。松楸霞嶼外，蟋蟀錦楓傍。淚墮開元曲，蹤浮少伯航。百年惟舊雨，六代此重陽。落葉平胥井，飛塵隔建章。竹寒邀鶴語，轂細動琴床。歲月笙簫送，艱難出處妨。醉深憑雜坐，燈綠吐迴廊。哀鴈聲如訴，明蟾色正蒼。山川餘狎客，王謝憶諸郎。攬鬢非江總，埋憂只杜康。林鴉千點亂，征馬十年瘡。不睹滄洲闊，焉知城闕荒。聽猿三下淚，橫笛九迴腸。得侶堅游癖，無田治隱糧。石泉飢自煮，廛市沸如湯。世取飄零避，身容燕惰藏。兵銷鐃節物，終約老江鄉。

以上《定山堂詩集》卷三三

省齋太史同令兄次德省其尊人於虔州嚮值吳城道上時爲清明後一日匆匆夜話遂別去將抵皖城見孝威四絕句因補和如數

龔鼎孳

秋水征帆下荻蘆，青門殘柳憶攜壺。銷魂去國無多日，送客人來聚五湖。

雲簾月簟敞瑤宮，玉露生寒入繡櫳。爲語昭陽歌舞伴，流螢容易改春風。

疏燈畫角對棲鴉，冷節江湖過野花。開篋風前憐素手，一行錦字濕琵琶。

熊轓碧草動青春，荊樹官齋繞膝新。莫向啼猿深處住，崑崙天柱也愁人。

見孝威清明詩補一絕句

龔鼎孳

輕風檣燕過江城，鶯外何村喚賣餳。依舊花朝扶病客，添衣罷酒到清明。

孝威江上紀别

龔鼎孳

水闊龍潭暗上潮，斜風無力縱歸橈。路歧緩割真州袂，别後春星易寥廓。

清音山水動朱絲，燈火篷牕倚醉時。江雨蠻雲揮翰遍，一春閣筆嶺南詩。孝威嶺南雜詩最佳，予心折不能和也。

以上《定山堂詩集》卷三九

寄鄧孝威

龔鼎孳

長安寥落，同人雨散。薗次長貧，聖秋善病。草木殘人，長齋杜門，生趣都盡。而珠桂之累，時來侵迫，如空山老頭陀尚欲開堂接眾，苦可知也。久不獲通訊知己，非緣稽嬾，憂患之餘，筆墨既廢，而亦以日日乞歸，謂故山聚首有期，筆墨剪燈聽漏，勝於鱗沈羽浮耳。不自意枯樹寒灰，起之病顙，責以馳驅。誠懼末路摧頹，貽羞同志，何以教之。

《賴古堂尺牘新鈔》二集《藏弆集》卷三

宛南秋日慰留鄧孝威

戴明說

怒茅積雨未能薅，此夜同君續反騷。纔見紫山晴月出，秋聲聊當廣陵濤。
荒城何處撞烟樓，祇有秋霜漸上頭。且緩瓊花天上棹，爲君研露畫瓜洲。
豈是劉琨避聽鷄，且尋梁父下城西。中原半屬將軍制，好賣新詩換絡鞮。
猶有行歌敵勁秋，空天鴈影下衡州。悲來買卜君平宅，策杖蕭蕭留鄧侯。
我別長安君入吳，飄零何事信吾徒。南陽自古饒魚水，且寄燕脂謝酒壚。
經秋雷電閉昆蟲，午夜敲詩嘯晚風。最是孤村燒不盡，鄉心雙照月明中。

《詩觀》初集卷四

寄鄧孝威三首

吳嘉紀

銅鑪何代冶？制古無人識。歲月磨雕文，渾然見異質。置身綺席上，豈不勝金玉？夜深吐芳氣，氤氳久不歇。奈何美人遙，寥寥自一室。然灰遂枯槁，朱火成隔絶。迷迭雖甚馨，何由爲君發。

黄鵠大羽翼，乃向蘆中翔。鼎烹奉仲谿，顧之涕盈裳。甘肥信云美，怙恃去高堂。容達事事好，不如老親傍。人生得終養，短褐庸何傷。髮白車輪邊，展轉爲餱糧。裹糧望廬返，依依暮景光。

運會今如何，紛紜執管籥。有懷不肯默，緣調發哀樂。歡娱情易靡，悲愁響易索。孰是和平奏，尚須賈人鐸。大雅久荒蕪，斯人起林薄。操持正始音，一唱諧衆作。矯矯泥澤中，何用嗟淪落。時選《詩觀》。

《陋軒詩》卷七，清道光二十年刻本

三月歸自燕京與鄧孝威集飲東園即席賦贈

劉體仁

與君把臂苦吟眉，别去飛鴻雪爪疑。久住吴儂春草夢，還家燕客海棠時。臨湍修禊羣英集，贈藥稱詩豔女思。河嶽幽尋更何處，沃洲買得憶前期。

《詩觀》初集卷七

客秣陵送鄧孝威之壽春

吴綺

天末起寒雲，涼颸動砧杵。愛此秦淮秋，後先作行旅。故人敦素盟，授館得羣處。蕭條白板牀，一燈夜中語。兩見明月出，行歌互爾汝。何來歲暮心，催君下西楚。譬比兩黄鵠，乘風一軒翥。徘徊顧山椒，零落在毛羽。憂心從中來，默默如可數。壽春爭戰場，今古具樓櫓。君去得所依，長吟入軍府。嗟哉沿江屯，衣帶亦成阻。我去苦未能，新寒薄絺紵。離魂難奮飛，翻爲悔歡聚。

搖落河上舟，蕭蕭岸傍草。明明殘日中，云是遠行道。攜手上河梁，涼風吹窈窕。相視長歎息，淒然念素縞。日月難相知，危疑速人老。豺虎橫四逵，掩戶恐不早。胡爲久行役，東西學飛鳥。子歸會有期，子行宜及曉。毋將王粲心，依依向劉表。

《林蕙堂全集》卷一三《亭皋詩集》，康熙三十九年家刻本

蛟門招同孝威豹人鶴問小集

吴　綺

別離經幾歲，相見復今年。客子頭先白，先生意獨玄。花香生酒畔，燕語落燈前。騎馬寧愁滑，蟾光正滿天。

《淮海英靈集》甲集卷二；《林蕙堂全集》卷一五《亭皋詩集》

送孝威歸吳陵

吴　綺

京雒風塵不耐看，送君五月發長安。路歸南國花初落，夢到西山雪正寒。燕市壺觴秋寂寞，吳州燈火夜團圞。丈夫莫更隨蓬轉，翹首雲霄在羽翰。

《林蕙堂全集》卷一七《亭皋詩集》

集聽鸝酒罏喜遇穆倩孝威　　吴綺

良夜誰能更獨醒，鸊鷉消得付银瓶。枯髯未肯因愁白，老眼惟堪向酒青。名士浮蹤多旅館，詩人好句在旗亭。不煩鄧禹還相笑，遙指歸鴻向紫冥。

冬至同孝威楚執飲鶴問齋頭共用杜句爲首并嘲楚執　　吴綺

年年至日長爲客，作客於今在故鄉。妻子各分燈下影，歲時空換鏡中霜。原無松菊情何戀，賴有琴樽興未忘。飽我老拳君莫笑，老夫真爲故人狂。

以上《林蕙堂全集》卷一八《亭皋詩集》

得鶴問書次同孝威趙客見憶韻　　吴綺

兩年落盡粵關梅，望遠頻登趙尉臺。郴水雲迷千里迴，洞庭風送片帆來。貧歸但有花盈逕，遠夢難同酒滿罍。深謝諸君能見憶，新詞絕勝賀方回。

擬下鷩濤惶恐灘，便來邀笛更尋桓。可堪少婦乘鸞恨，竟失良朋鱠鯉餐。碧樹常牽三月夢，黄花猶耐一秋寒。武昌泛雪能乘興，欲問齊山路幾盤。

《林蕙堂全集》卷二〇《亭皋詩集》

次孝威聞瑋原韻

吴綺

知己關心四十年，論文莫向百花前。獨憐零落羊碑後，誰作孤寒尺五天。朋舊分飛年復年，人間何事可如前。請看琴酒當時客，明月誰能共一天。河梁蘇李已經年，霜鬢蕭疏覺勝前。百尺樓頭詩一卷，碧雲何似在吴天。曾和香奩只幾年，安仁憔悴不如前。玉臺一片文心在，合向烟霞小有天。

《林蕙堂全集》卷二二《亭皋詩集》

满江红 和鄧孝威韻

吴綺

春雨桃花，見前夜苕溪初漲。喜良友東來，雙槳布帆無恙。白雪詩歌行笈裏，青霞笑語吹臺上。更舉杯邀月，有江鱸，樽堪餉。　樊川夢，情難漾。旗亭句，人空唱。看遊蜂擾擾，蜜爲誰釀。燕市漫談高士筑，鄧林本是仙人杖。問何年乞得鑒湖歸，臣無狀。

念奴嬌 孝威以予修峴山祠爲贈即次來韻

吳　綺

江湖魚鳥，笑年來浪寄，餘不溪澳。白鹿行春烟水上，難繼亭皋華躅。峴首尋碑，桐鄉拜主，羞見寒蓬緑。採蘋秋薦，偶然爲禁樵牧。　卻喜鄧尉來遊，登高懷古，正值朱櫻熟。王謝顔蘇山水在，一放横天遥矚。風雨前川，雲烟往代，冷入西窗燭。洞簫聲倚，爲君舉酒相屬。

望湘人 贈杜茶邨次鄧孝威韻

吳　綺

憶曹劉并駕，吳楚連横，狎盟曾推時語。鄧尉淒涼，杜陵漂泊，中道離羣誰與。十載分襟，一朝連袂，依然爾汝。念綈袍范叔，生平攬贈，翻成凝佇。　此地顔蘇舊處，有文章賓客，留歡林溆。肯勝跡，而今車笠，頓忘縞紵。好將烟水，收成佳句，題向城南棋墅。且莫令，千古湖山，輕笑詞人歸去。

賀新郎 送鄧孝威用辛稼軒贈陳同父韻

吳　綺

去矣無多説，記當時、英雄細數，管予君葛。偶出便知成小草，辜負剡溪夜雪。儘冷落，北山晞髪。

此地相逢同浩歎，且青尊、醉吸苕川月。爲起舞，弄柔瑟。朝來畫槳還催別。笑年來，暮雲春樹，幾番離合。落落行藏空手版，難聞圓著智骨。看柳色，紅亭淒絶。又甚日龍文虎氣，向延津，再會芙蓉鐵。酒盡也，腸堪裂。

以上《林蕙堂全集》卷二五《藝香詞》

春日同孝威仙裳天濤泛舟湖西再和草堂韻二首

白夢鼎

南山烟水板橋西，十里春光去復迷。小艇幾人牽柳過，沿溪一路聽鶯啼。藤花帶雨真堪摘，石磴穿雲尚可躋。此地灌園誠樂事，挂書牛角且支犁。

十年不見此婆娑，舊雨堂前懷友多。海岸春深人未到，岱宗雲起事如何。千秋戰馬思忠武，一代雕龍屬彥和。方在城南復城北，畫船菸草晚相過。

《詩觀》初集卷一一

客新安得鄧孝威廣陵書奉寄

施閏章

淮海三年水，陵陽一夏晴。愁深人共老，書到眼初明。文酒多時別，悲歡百折情。時痛及周晴寉、于慧男、楊商賢諸友人。浮名吾意盡，高枕臥山城。

鄧漢儀《慎墨堂詩品·愚山詩》下卷，康熙刻本；《學餘詩集》卷三一

酬鄧孝威廣陵見寄

施閏章

長夏薄人事，屏跡貪寂寞。江門尺書來，悵焉悟離索。白髮忽已繁，壯遊藹如昨。豈不思溯洄，道阻然疑作。

海嶠方戈鋋，一步成燕越。淮揚舊戰場，青燐晝未歇。霖雨一何多，春江無好月。所思誰與言，憂來劇飢渴。

五嶽跡難偏，黄山亦云美。獨遊多苦吟，言寄同懷子。耆舊復零謝，高臺成戰壘。惜哉無鍾期，絕絃誰爲理。

變雅日以繁，折衷賴時彦。披榛拾芳草，素心炯可見。蕪城文選樓，萬古月如練。鴻飛寄短章，秋聲起江甸。鄧方寓文選樓論次《詩品》。

《施愚山先生學餘詩集》卷一二，康熙四十六年曹寅刻本

冬夕豹人大可孝威舟次柸集寓齋

施閏章

飛蓬無恒處，奇樹有連枝。鑾陬方洊警，江國成垂離。豈無尺素書，拂鬱長相思。執手會京洛，顔鬢或已衰。蹀躞車馬間，怊悵私心違。微雨靜黄埃，虚室延清暉。造次具尊酒，淹留遂忘疲。纁幣賁

覊舊，策足及良時。苦慚猨鳥性，歲晏多懷歸。寒月初照地，夜永華星稀。賈傅奮鴻策，公孫終見譏。黽勉愛珪璋，曲學非所期。

《施愚山先生學餘詩集》卷一三

施閏章

杜于皇鄧孝威過宿寓樓

歲暮客心急，如何相見遲。可憐今昔會，重和去年詩。尊酒成真率，風烟促別離。連牀同不寐，各自忖歸期。

《施愚山先生學餘詩集》卷二六

施閏章

早春廿一日微雪喜孝威絳雲見過同藕長小集拈得天冬二韻

梅花難到眼，竹葉好開筵。正聚梁園客，初逢春雪天。懽場看我老，狂語畏人傳。郢曲誰當賞，壚頭且醉眠。

比鄰能晚集，薄雪自春風。把卷千秋在，銜恩永夜同。看人隨去住，驅馬倦西東。留滯成何事，山花取次紅。

送鄧孝威

施閏章

不捧毛生檄，將歸郤拜官。誰知簪筆客，仍弄釣魚竿。詩卷餘編暇，江鄉晚計寬。萊衣今赤紱，白髮笑相看。

以上《施愚山先生學餘詩集》卷三二

海陵喜遇鄧孝威有贈

孫枝蔚

邂逅常吳越，君今臥薜蘿。嶺南詩律細，韋布淚痕多。海雨催愁劇，秋風奈老何。禪堂得鄰竝，晨夕數相過。

白髮休相詫，飄蓬未敢嗔。舊交生死半，與子往來頻。古寺愁燈火，殘烽報海濱。此時對詩伯，情誼倍相親。

同鄧孝威飲錢山銘廣文齋中

孫枝蔚

客況逢余拙，交情到汝真。沈郎初病起山銘偶病，鄭老況官貧。買酒長支俸，烹魚更憶蓴。聯吟知不易，東海有詩人。

同鄧孝威飲陳鴻羣爽西堂

孫枝蔚

風物蕭條日，園深景倍幽。樽罍寬作客，文字減悲秋。微雨寒高樹，孤鴻過小樓。對君詩興發，井轄不須投。

同孝威仙裳田授飲趙乾符郡丞署中

孫枝蔚

官閒永夜喜論文，座上高陽總不羣。且和飲梅何水部，休歌行路鮑參軍。江湖歲晚書難達，鼓角天寒老厭聞。幸遇主人能愛客，平原十日敢辭醺。

十四夜雪後同鄧孝威黄仙裳飲錢山銘廣文署齋觀燈　孫枝蔚

海邦燈事少，絳帳景難虚。雪散笙歌夜，交深戰伐餘。高懷憐節物，雅會重詩書。易醉惟遊子，還言夜禁疏。

以上《溉堂集》前集卷四，清康熙刻本

午日雨中丘曙戒廷尉招同諸子飲白雲草堂時余同鄧孝威南還兼承即席贈别之作賦此奉酬　孫枝蔚

團扇應難敵兩師，槐榴沾潤倍多姿。戶纔懸艾賓先入，羹不須梟味總宜。句法巧如尋百草，交情長似續千絲。故人欲識歸人喜，免得梵山勝介推。

酒友難忘荊楚俗，詩人新滿鳳凰城。注經也欲追王逸，不醉安能學屈平。最喜淹留當永晝，忽愁離别是殘生。江山迢遞頭毛白，何日重逢舊弟兄。

閏中秋同涂子山鄧孝威查二瞻吳薗次桑楚執宗鶴問華龍眉諸子飲閔于天春星草堂

孫枝蔚

老日中秋逢閏月，回頭四十七年過。人間敢負金尊滿，天上重煩玉斧多。因與詩家添故事，唐人閏中秋詩惟黄滔絶句一首。特招狂客聽新歌。揚州兩度吹簫夜，牛渚南樓敵得麼。

以上《溉堂集》後集卷二

病後同杜于皇鄧孝威程穆倩宴集陸咸一督學寺寓分韻得聲字并和諸君之作

孫枝蔚

登筵逢老友，把酒是餘生。爛熳今朝興，呻吟屢月聲。腹難虚俊味，杜詩『病身虚俊味』。句愧難悲鳴。東坡詩『我詩如病驥，悲鳴向衰艸』。醉倒君休笑，秋風滿化城。

和孝威丹字 孫枝蔚

鄉園惟咫尺，酒食且盤桓。金盡身遲返，書成眾借看。孝威詩選初刻成。客逢賢主少，老別故交難。莫愛江南路，楓林葉葉丹。孝威云將渡江。

以上《溉堂集》續集卷四

楊吉公招同程穆倩鄧孝威林伯逸泛舟納涼分韻得川字今字 孫枝蔚

去郭園皆好，臨流暑即捐。病餘貪俊味，亂裏怪華筵。風柳搖如篳，晴荷香上船。不須卻悲慨，煬帝舊山川。

上岸入花陰，回船別竹林。歡場陪故舊，老態笑吾今。狂省主賓禮，樂知魚鳥心。只言炎晝永，不覺景西沈。

《溉堂集》續集卷五

觀察金長真以丁巳八月十三日祀歐陽子於平山堂招客賦詩予亦與焉詩限體不拘韻 同程穆倩、杜于皇、盛珍示、鄧孝威、方邵村、徐原一、宗鶴問、華龍眉、許師六、黄仙裳、汪叔定、季角、李倚江、王翰臣、劉彦度、趙聲伯、家無言賓主共十九人

孫枝蔚

古人既已往，接踵賴後賢。子輿訓尚友，子長願執鞭。歐公守此郡，惠政到今傳。當時宴飲處，遺蹟留平山。平生勤爲文，吾徒費仰鑽。如稷勤於農，冥勤於水官。干戈尚滿眼，文教廢多年。山堂久已毁，祀典誰相關。當途實不遑，書生徒慨然。繼起惟金公，瓣香何其虔。構堂復築樓，木主設中間。思齊誠無怠，化俗亦有權。重來攝鹽政，俎豆最拳拳。曰聞古名臣，英靈長在天。雖當人代換，魂魄戀山川。勝友況雲集，文詞總翩翩。迎神神所喜，曠世成周旋。祀畢還觴客，令名各勉旃。

汪季用舍人與令兄叔定招同程穆倩鄧孝威宗鶴問陶季深華龍眉范汝受王仔園家無言汎舟至平山堂登真賞樓樓有歐陽公木與諸子展拜既畢乃飲酒堂上各賦七言古詩一首時予初歸自豫章幕中登覽唱和之樂二年來所未有也

孫枝蔚

去作豫章老學究，堂甫落成樓未構。歸逢內閣賢舍人，云樓可登井可漱。井爲第五泉，新設碑亭於上。折簡忙邀十日前，著屐緩當一雨後。荷花將放荷葉焦，如夏亶妓乏長袖。對此使我感災傷，亂世蛟龍習戰鬬。高處忽令懷抱寬，隔江山色青如舊。古人亦賴文章力，盛名不隔往來宙。煬帝何曾有宮殿，歐公儼若在左右。至今真賞跡仍留，坐久何勞笙歌侑。諸君努力爭千秋，如歐繼韓爲時救。授徒自笑如劉昆，但烹瓠葉充俎豆。

次韻答孝威

孫枝蔚

熨眼看書知有無，因君起舞類狂徒。東坡《喜劉景文至》詩：「尺書真是髯手跡，起坐熨眼知有無。」余自幕府歸來恰值鄧孝威自海陵至。亂餘握手非容易，詩興況堪吞五湖。黃魯直詩：「公如大國楚，吞五湖三江。」

有負懸弧射四方，依人但願主人强。歸逢鄧禹賢苗裔，羞說艱難已備嘗。

君網珊瑚上海船，孝威《詩觀》二集又將刻成矣。我惟儲肉似寒鳶。東坡詩：「凍鳶儲肉巧謀身。」因看載酒填門戶，益覺談經讓草玄。

舊友相過省送迎，休嫌粟飯與藜羹。尋花問柳無多事，落落晨星幾箇明。

能文稚子太平多，每憶將軍昔姓何。廬山舊是藏書地，滿路軍裝載駱駝。

烽火回頭尚徹天，須將現在斗尊前。況聞紙價今如洛，省爲碑文去索錢。

非關苦憶舊鄉鄰，曾被綸巾笑幅巾。笑謂此翁誰可比，東坡三事不如人。

輪君忙處亦長閒，詩品能教謝勝顔。痛飲狂歌仍不減，藏書豈獨愛名山。

施尚白少參招同鄧孝威毛大可汪舟次飲寓齋賦謝

孫枝蔚

音息曠已久，會面復臨觴。年齒在桑榆，此樂寧易常。京洛多宴會，但見車騎忙。賓客滿華筵，形骸誰相忘。何如同心人，話舊燈燭旁。論文趣自佳，梵枯味亦長。豐膳復可驚，旅食恐須防。天馬合從東，橙橘凋北方。自知非貢禹，不敢慕王陽。日夜苦思歸，偃臥舊草堂。聚日無幾何，且慰飢渴勝。縱同弦與筈，已勝參與商。

夜過汪舟次寓舍適鄧孝威吳天章亦至因留飲賦詩

孫枝蔚

老覺同心少，宵警天氣寒。談深關出處，坐久費杯盤。賦似揚雄易，才如樂毅難。兵戈猶滿地，莫只喜彈冠。客主同因被徵留長安。

以上《溉堂集》續集卷六

燭影搖紅 同曹顧庵、鄧孝威、雷伯籲、孫介夫飲王司勳寓園，聽雲然女史度曲，分韻得六字

孫枝蔚

密坐圍爐，斜陽已挂梅花屋。解歌金縷是秋娘，勸盡樽中綠。吏部清狂絕俗，興來時，全無邊幅。佳人知否，畢卓從來，酒船千斛。

皂帽青衫，雲龍那得常相逐。歡娛休使外人聞，恐側長安目。雅會便同金谷。況揚州，偎紅倚玉。若詢歸計，五日爲期，亦何妨六。

《溉堂集·溉堂詩餘》卷二

碧浪湖同鄧孝威宗鶴問餞宋觀察還朝舟中分賦

王嗣槐

水驛仙舟發，山亭客屐來。可憐登眺興，卻是別離杯。撾鼓催詩急，乘飆列戟迴。何時重宴會，灑淚折寒梅。

淮揚陪張大隱寒河賦飲時同李仍耳馬旻騋張祖望孫豹人杜于皇鄧孝威諸駿男洪亭玉諸子

王嗣槐

垂柳亭陰夕，風輕暑氣闌。龍孫盤竹逕，鶴子啄河干。洛水清譏勝，荊潭唱和歡。醉吟江漏盡，曉月墜江寒。

以上《桂山堂文選》卷一一，清康熙青筠閣刻本

與宗子發論文兼懷王築夫鄧孝威及令兄鶴問

何絜

除夕來江上，貪看北固雲。逢僧能下榻，赴諾重離羣。昆季稱同調，朋徒喜異聞。新詩懷數卷，珍

惜說三君。三子有詩送子發兼寄余與千一。

連朝同瀹茗，今古藉評論。何李詩名盛，馬班文體尊。子發有明二十家詩并兩漢文選。長吟分竹韻，微火映花墩。寓百花墩下。高望蕪城路，江雲正復昏。

《晴江閣集》卷四，清康熙刻本

文選樓賦贈鄧孝威

何絜

蕭梁遺蹟剩危樓，游客翻書坐上頭。六代品題推帝子，一時風雅屬名流。檻憑古塔淩霄月，案擁蕪城半壁秋。爲弔高齋諸學士，較酬輸爾得夷猶。

《晴江閣集》卷五

剔銀燈　鄧孝威、毛大可、吴慶伯、汪舟次、吴志伊、徐大文集邸中小飲

梁清標

黄葉青苔滿砌，菊未老蟹螯猶美。雪苑鄒枚，江東任沈，對酒尚堪同醉。萬家樓閣，在一片鴻雁聲裏。太史應占星緯，不數山陰修禊。抵掌論文，當筵抽簟，樺燭早堆紅淚。夜涼如水，莫辜負帝鄉高會。

《百名家詞》梁清標《棠村詞》，清康熙綠蔭堂刻本

次韻寄鄧孝威

梁清標

竹西亭畔久遲留，知爾曾乘萬里舟。十九年來風物換，依然拱北有高樓。
淮海才名如子稀，緇塵不染芰荷衣。詩來每下西州淚，猶憶尚書並載歸。
蛟鼉宮中掉臂回，楚天何事颶風摧。珠官花鳥猶如昨，莫漫江頭弔刼灰。
南天燈火幾聞箏，過嶺詩移萬古情。當日山行增壯色，至今春滿越王城。

鄧漢儀《慎墨堂詩品·梁清標詩》下卷，康熙刻本

贈徐亦史步鄧孝威韻

顧景星

扁舟秋杪向臨皋，蘆絮霜華點鬢毛。赤壁何辜招刼火，青山不動閱江濤。梳盤海島三花髻，懸著中梁五尺刀。何夕剪燈鄉國話，酒痕新上舊征袍。

《白茅堂集》卷一一，清康熙刻本

海陵劉僅三招同葉予聞鄧孝威諸子飲花下　曾晼

一路清溪十畝田，半山亭畔柳含烟。友多愛酒真何遜，婢解吟詩獨鄭玄。劉有青史能詩。鵝鸛應隨高樹沒，樓臺況是大江懸。故人蝦菜忘歸得，好鎖松雲白日眠。

《曾庭聞詩》卷四，清康熙刻本

甬上秋望柬鄧孝威　李文胤

西來秋色散林坰，此日登臨共客星。遠水怳浮千鑑白，浮圖如插一峯青。夢餘臺榭迷烟嶼，歌罷漁樵下雪汀。賀監風流銷歇後，只今誰擅細湖亭。

半生留草寓乾坤，懷古山川感槩論。雙浹潮聲吞虎石，二殊島氣擁蛟門。東觀尚記秦風俗，南界空尋漢子孫。只合陶公投隱處，濁醪黄蛤老江村。

郡樓秋眺再柬孝威　李文胤

有客江城共攬衣，登臨不盡在斜暉。水從唇口中門入，山自蛾嵋半夜飛。千載純鉤餘劍草，一編越絶問漁磯。村東漸聽人聲近，知向荒崎採鮚歸。

一曲亭前衆樂場，桃源曾説在吾鄉。鶴洲烟水通凫渚，柳岸人家對藕塘。不盡城烏驚聚散，只餘廟火照興亡。相逢鄰叟歸何處，新種東田五畝桑。

以上《詩觀》初集卷五

丁巳長夏得鄧孝威寄詩即韻奉答四首

李文胤

賀監祠堂下，君來酬唱多。野花紅炤路，春水緑生波。鼓角遺民聚，江山名士過。無言此會易，千載聽悲歌。

與君同避世，老眼閲桑田。灑淚登臺日，編書閉閣年。花詢蘭里發，月憶鑑湖圓。可得還江上，來尋詠史船。

高臥昭明閣，重編南國詩。齊梁靡曲盡，漢魏古風遺。掩卷何嘗快，當歌有所思。因持前日淚，遥寄萬年枝。

藥鐺雜詩卷，此外事無餘。已聽先生病，惟懷老友疏。客星何處炤，流草數年居。契闊真無信，方開咫尺書。

《杲堂詩鈔》卷五，清康熙刻本；《遺民詩》卷一〇；《詩觀》三集卷一

再次前韻奉寄孝威俱未達四首　李文胤

避地非無事，閑中撰述多。桃花分世界，鷗鳥主烟波。亂後文章在，人間甲子過。祗懷吾友在，翹首一高歌。

天放吾儕老，同耕片石田。君方羅一代，吾更起千年。高館苔生古，空梁月過圓。愁心獨江上，憶送孝廉船。

苦被人間識，猶傳一卷詩。籜冠天亦護，藥鼎世同遺。春雁無歸信，秋蒓動客思。廣陵城外柳，莫惜向南枝。

漸昏眼尚見，頻落齒猶餘。只許形骸老，難教意氣疏。長蒿遮客逕，深柳覆吾居。持此抱知己，誰傳懷袖書。

《杲堂詩鈔》卷五；《詩觀》三集卷一；《遺民詩》卷一〇

丁巳除夕從友人借得《詩觀》夜讀即賦二首寄孝威　李文胤

除夕知遭執友嗔，上書借得一編新。燈花忽炤南朝客，詩草遙收東淛人。海内篇章留宿老，年來品目屬遺民。知君下筆昭明閣，千載容誰問後塵。

夢狎蛟龍來往頻，來年意氣各如神。吟詩直欲驅山鬼，飲酒何曾識巷人。自有網羅收一代，肯將壇墠讓千春。四明亦著先賢傳，得似先生鑒別新。

《杲堂詩鈔》卷六；《詩觀》三集卷一

口占贈余二兄鮫巽之揚州五首兼致鄧孝威

李文胤

往季猶記客邗溝，懷古蒼茫未散愁。二十四橋垂柳處，可還認得舊揚州。

是處歌臺接酒臺，烟花三月畫船開。一卮欲酹文丞相，獨向梅花嶺上來。

平生老友漸無餘，纔唱離歌即愴余。不道此行番色喜，憑君報得故人書。

撰錄名文今古收，南朝前事擅千秋。誰云玄圃風流歇，有客高眠蕭統樓。孝威近寓文選樓。

春水春風正可乘，又攜行李過西興。篋中載得先賢傳，一路看詩到廣陵。余以所選耆舊詩附致孝威。

《杲堂詩鈔》卷七

毘陵天寧寺答贈鄧孝威

釋今釋

癡愛都歸清夜猿，九招未許弔湘魂。憑君感慨詩中史，剩我蕭條物外尊。誰遣兵荒爭洞壑，尚餘衣食累乾坤。一瓢去就隨人手，片葉書懷且杜門。

《詩觀》初集卷五；《遺民詩》卷一二；《皇清詩選》卷一七

人日龔芝麓鄧孝威張登子垂訪海幢寺奉和

釋今釋

勝流坐對即空山，未礙梅花笑往還。風雨雜陳今昔夢，松筠長護死生關。珠川定瀉何年淚，玉竹猶分一樣斑。此去相思無近遠，曹溪原不隔人間。

《詩觀》初集卷五；《遺民詩》卷一二

廣陵贈鄧孝威

趙而忭

得集殘書得負樵，江山杖履且逍遥。何妨醉裏烽火盛，自愛燈前涕淚銷。客夢大都倚野屋，詩筒强半在霜船。相逢休訝秋風冷，擬采芙蓉趁暮潮。

《詩觀》初集卷五

同孝升丈即席次鄧孝威見送韻

趙而忭

自信無良策，窮年抱犢衣。春攜三月去，天放一人歸。白簡誰言事，青山願息極。深思前路好，孤艇送餘暉。

次孝威韻寄別龔丈時丈新補館卿

趙而忭

開春屐未息，杯酒事猶憐。匹馬青山下，孤蓬白日邊。餘生愁自晚，歸計幸人先。相待南城外，花高尺五天。

以上《沅湘耆舊集》卷四八，清道光二十三年鄧氏南邨艸堂刻本

寄贈南陽鄧孝威

梅清

側首懷古音，牙曠一何杳。疏越聽者誰，朱絃委蔓草。一唱起三歎，劃見南陽老。論心托古歡，論文厭機巧。蚤年耽勝遊，出入兩京道。驚塵值板蕩，掉首甘枯槁。行吟邗江濱，江水漫浩浩。歌聲激長流，嗚咽灑蒼昊。荒荒宮月秋，寂寂隴烟曉。既深弔古情，復極懷舊抱。幽尋安所期，履素以爲寶。促柱識其哀，變徵思逾皦。以此稱和歌，轉覺苦言好。我懷愾遙慕，夢寐阻江嶠。忽展雲中翰，中心畢傾倒。離居信非疏，皓首共相保。抗手迴靡波，及兹發潛藻。

家徒四壁歌贈鄧孝威

梅　清

昔聞蜀司馬，家徒四壁立。今見鄧南陽，壁立與之疋。爲語南陽莫漫苦，我且作歌君且舞。千載繁華逐電過，一一尊前尚堪數。當年交結滿京畿，迴首風流自一時。片言每折權豪角，落筆爭誇幼婦辭。秦淮畫欄真幽絶，滿壁圖書照顔色。主人置酒客吹簫，嫋嫋秦青和相接。興酣迎月捲湘簾，吟成招袖來桃葉。淮水湘簾日日春，齊名才子莫嫌貧。黄金雖盡氣偏盛，揮手雲霄等置身。恣懸犢鼻朝陽底，不惜蛾眉進酒頻。可憐世事多遷易，滄海桑田互淩替。鐵馬金戈遍地聞，朱門繡閣移時閉。歸來里巷半墟烟，負郭玄荒茅屋廢。硯匣參差中道捐，筆牀零亂驚鋒碎。一榻疏鐙四壁空，昔何燦爛今何晦。倚伏信多端，自古皆有然。無爲兒女泣，卮酒舒纏綿。君不見，景陽宫中氣蕭瑟，朱雀桁間暮烟白。狎客箋殘瑣夕風，窅娘襪冷懸虚月。瓊璫寂寞才幾年，入塵出土嗚還折。方見流鶯度敗垣，又聞飢鼠啼荒闕。何處還尋玉樹歌，幾人擊筑同嗚咽。仳離遭亂那堪擬，數子晨星亦如此。史雲官罷晝休炊，林類行吟室如洗。辟疆亭榭委荒蕪，嚮山圖畫生荊杞。茅堂太息已無聲，空將枯淚沾青史。先生有懷非世同，先生有跡甘飄蓬。囊無常物醉亦得，架有新吟室未空。愁裏著書留日月，俯仰江上聊從容。懷人唱和隔千里，天涯往往心神通。祇今平陸驚濤起，淮海無波復飢餒。安得邀君騎白龍，直窮五嶽尋仙軌，莫但空言托雙鯉。

以上《天延閣後集》卷三

懷孝威先生

梅　清

大雅南陽客，論詩復幾年。篋從元結述，箋許鄭公傳。老去筆何健，名成隱益堅。素心難問世，滌硯向山泉。

中秋前二日讌後同鄧舊山黃仙裳蔡息關宗鶴問張冲乙金雪鴻吳尃公徐程叔諸子出院步秦淮河上仍用秋字

梅　清

公堂開讌近中秋，酩酊追陪出院遊。桃葉渡浮明月上，烏衣巷轉夕陽收。沈吟錦瑟催蘭槳，寂寞珠簾捲畫樓。好把竹枝歌姓氏，他年紀事亦風流。

中秋後二日同陳滌岑鄧舊山白孟新黄仙裳宗鶴問蔡息關黄靜御何雍南張冲乙吳尃公孫子寬端燧承戴無忝金雪鴻徐程叔陳綏四徐希南諸公秦淮舟泛分得九青　梅清

燈火秦淮乍杳冥，招來孤艇放還停。清樽傾倒留今夕，老友追陪盡客星。潮氣忽浮千欄白，月光初動半溪青。遲迴古渡尋桃葉，長笛難禁醉裏聽。

以上《天延閣後集》卷八

汪舍人懋麟招同程邃孫枝蔚鄧漢儀宗元鼎陶澂王賓華袞汎舟登平山堂　范國祿

積雨牀頭濟至尺，客子飢軀門不出。西山爽氣拭明眸，欲往從之徒嘆息。侵晨折簡來相招，舍人兄弟興會高。一時把臂盡名士，挐舟泛水沿城濠。園亭歷徧尋紅橋，柳堤曲曲風搖搖。到山不過四五里，就水取便三易舠。青松夾道緣深徑，周迴卻與坡陀稱。遠岡更遞晴景來，樓閣翬飛互相映。置身其上天亦低，川原罫畫爽列眉。城郭人烟俯一髮，江山文物爭陸離。雞臺螢苑久已圮，芍藥辛夷抱芳死。寂寞隋唐幾輩人，廿四橋邊呼不起。太平遺跡溯歐蘇，疇其嗣者金大夫。鋪陳揚厲屬能事，舍人曠識歸吾徒。笑談竝叶滄洲趣，偶爾壺觴託良聚。名勝場中思盡情，願疏邗水通山路。更願自昔遊覽人，人雖往矣文章存。勒之石上嵌四壁，龍蛇飛動光芒新。噫嘻舍人腸似雪，我聞此語心惙惙。彼二文忠果有知，肯使經營費周折。舉杯酹酒向夕陽，鳥啼不歇泉發香。還載二分明月去，山高水遠風流長。

《淮海英靈集》丙集卷三

辛亥端陽宴集詩

魏　禧

辛亥端陽前一日，禹航嚴公顥亭招飲廣陵寓室，同集者長安王築夫，三原孫豹人，歙縣程穆倩，休寧汪舟次，泰州鄧孝威，嘉興計甫草，吳縣浦潛夫，吳江董方南，錢塘章淇上、孫嘉客，居停主人雲南朱雲卿。飲酒甚暢。既罷，甫草曰：『是不可無作。』於是築夫、豹人并久僑廣陵，咸謂予江右地最遠，宜倡同人，人各寫懷，不限格韻，先成一百六十字。

三月下揚州，蒲葉今瑟瑟。主人之京華，庭宇頗簡寂。新桐垂密陰，晝閒娛筆墨。互有高軒人，揖我蓬虆客。已復開蒲尊，名輩先後即。鰣魚烹鮮腴，臘酒光琥珀。酒中舉觴政，曾密於羅織。恕我不能飲，餃餌恣所食。計生口懸河，瞪目但守默。孫生昔貪杯豹人，逡巡欲避席。仰首盡杯底，覆掌無餘瀝。因材限醉醒，即此知吏職。卓哉禹航公，好士忘形跡。意氣傾北海，將罷觴再滌。緩步同孫王，歸來窗月白。

《魏叔子文集外編·詩集》，稿本

贈別孝威鄧氏

陳維崧

八紘疇豢龍，七雄競逐鹿。組練塞川坻，弓弦響平陸。中朝羃戎旃，蟬冕嬰殺戮。矧我窮巷氓，能無事莽伏。陟嶺梗熊羆，遵渚怯蛇蝮。皇塗稍以靖，回鑣理篇牘。磬折辭舊雨，浮沈媿初服。飛禽恒翾儔，行雲祇獨宿。庶隨同門友，駕言偕握粟。

同門者誰氏，鄧生實國華。飛文擅凫藻，馳翰樛枝柯。少壯京雒遊，策馬相經過。東城看桃李，西市聽絃歌。長安十二門，重關鬱嵯峨。列邸俱侯王，被服紈與羅。一朝舍茲去，杖策歸巖阿。遭時各有命，寧憂天路遐。北風惠光儀，與我相婆娑。

婆娑亦何爲，乃在廣川汜。名都出妖女，方塘出紅鯉。嚴飈激櫺軒，豐膳撰芳旨。白月升華榱，流光照君子。詎惜哀箏疲，疇令隆思彌。雜生進樂方，文綏自迤邐。人生天地間，離逖從此始。恩愛亮不虧，何必慕連理。語君且盡觴，明當戒行李。

《詩觀》初集卷五

同鄧孝威集許元錫雪脊倣康樂體

陳維崧

蕭晨憩高齋，水木迭清映。綠篠衛華廊，紅泉鑒明鏡。嚶嚶文禽喈，嗷嗷羈雌競。結衿更褰帷，疑義互譚諍。圖史何稠華，琴尊復幽靚。僕類次公狂，近傚長卿病。秉志協崎崟，抗懷謝塵穽。久客四節遒，多難百憂盛。一隨彼美遊，披藻奮妍詠。曛黑寧知疲，玉衡漸西柄。

蔣景祁輯《陳檢討集》，清康熙天藜閣刻本；《詩觀》初集卷五

王大司馬胥庭先生招飲怡園同陸翼王鄧孝威毛大可田髴淵朱錫鬯李武曾周次修分賦

陳維崧

九州饒園圃，奥府首京洛。秦晉太莽蒼，吳越極秀弱。恭惟帝王都，地脈大包絡。鴻濛相蕩潏，溟涬恣旁魄。陰陽爲洪爐，元氣佐鼓橐。風紫吼漁陽，天青洗魏博。煌煌宛平公，森爽鬱盤礴。兩世躋六卿，一門近五柞。前年拜樞密，隻手運韜略。已聞翦羆貙，亟欲徙鮫鱷。憑軾禮單寒，卷帷麾褒鄂。老謀陣魚鳥，餘興及猿鶴。觀其措置間，一一非苟作。烟霞歸部曲，沙石就鑱鑿。入門草色淨，壓架竹光薄。捫蘿歷厜㕒，剝蘚穿确硌。偃樹仰尻脽，缺崖豁齦齶。有木盡離披，無峯不拏攫。數折迴蹁恒，

千盤倏非昨。遂從羣山顛，了了見簾箔。紺壁裊迴廊，華飈蕩深幕。欄前極疏放，軒後最開拓。曲室庋琴尊，周廬匝鈴索。朱堂突崔巍，赬館倍的灼。揖客萃袿裾，張筵展諧謔。維時九月暮，菊瘦弄餘萼。雜沓方圓陣，飛騰羽觴錯。雪椀映駝羹，銀匙滑羊酪。粔籹紅旋酥，旗槍翠初瀹。主人語坐客，小築意有託。吾父太保公，遐齡壽平格。當其壯健時，愛踏登山屩。朝眠潭柘寺，晚飯來青閣。頻歲休杖屨，不欲煩腰脚。山游悵莫遂，似負平生諾。所以營丘園，於焉代巖壑。兒孫互灌花，鄰叟共行藥。娱親聊復爾，詎屑鬭粉堊。語罷客離立，四座色寂寞。仁親公所敦，曾閔古誰怍。洛陽諸苑囿，一往掃秋籜。想彼締造初，竟欲吞寥廓。豪只通賓客，鄙或縱聲樂。何如此怡園，淳意發渾噩。酒酣俯絕澗，光景益駭愕。其下百丈寬，其上十刃削。莫輕燃犀照，怕現魚龍惡。更顧坐客語，此月泉源涸。儻逢春夏交，谷簾灑瓔珞。銀牀樹杪懸，素練窗中落。豈惟垂綸釣，直可移船泊。嘉陵詎不如，斜川或相若。眾賓聞言喜，我亦起雀躍。遂復踐坡陀，旋爲渡畧彴。丹樓忽天半，華榱耀城郭。翻身使之高，飛步躡烏鵲。憑欄絕叫跳，脱帽縱狂噱。皇州但一氣，彩翠走廣漠。霜黄三殿瓦，曦赤千門鑰。曈曨飛廉鐘，翕赩觚稜爵。西山稍雰霾，未肯便綽約。餘皆色態呈，競炫腰身各。吾生遭泥塗，百事受拘縛。茲游實快意，譬望屠門嚼。獨恨日下舂，預愁街沸柝。矄黑騎馬去，秋燈睡難著。何時風中琴，再就林間酌。翻羡作園官，爲公把鉏钁。

念奴嬌　被酒呈荔裳、顧庵、西樵三公，并示豹人、孝威、梅岑、舟次、方鄴、希韓、汝受、散木諸子，仍用原韻

陳維崧

僕何爲者，是東吴愁客，最能擊筑。記得阿奴年少日，曾直高人品目。甚矣吾衰，時乎不再，一語那堪讀。朱門列戟，此中何限粱肉。　幸遇袞袞羣公，憐而召我，共看東籬菊。我意亦思歸去耳，聊葺溪干破屋。行乞歌場，爲傭屠肆，也覔三碗粥。安能谿刻，矯廉長效孤竹。

念奴嬌　曹顧庵、王西樵、鄧孝威、沈方鄴、汪舟次、季希韓、李雲田、兄散木皆有送予歸陽羡詞，作此留别

陳維崧

此諸公者，乃狂歌未已，離歌又促。僕本恨人臣已老，怕聽將歸絲竹。捩柂秋空，發船月夜，濁浪堆銀屋。我行去作，荊南山下樵牧。　被酒膝席相呼，人生長聚，那得同麋鹿。歡伯卻輸愁鬼厚，只是與人追逐。天若有情，地如埋恨，此會何難續。他時念我，杜陵男子蕭育。

念奴嬌 送沈方鄴還宣城兼懷唐耕隖、施愚山、梅子長、同西樵用孝威韻

陳維崧

歸兮何暮，歎風塵經歲，迷陽卻曲。憶我同君爲狎譺，夜夜彈絲吹竹。弟畜余髯，人呼沈瘦，側帽彈公穀。方鄴美須髯，業《春秋》。人身似此，安能仰面看屋。　故里才子都官，舍人唐老，英妙兼耆宿。更有肩吾能愛我，客舍綈袍情篤。歸見三君，雪深一尺，定理尋詩躅。尺書好寄，江船不乏千斛。

以上《迦陵詞全集》卷一七，清康熙二十八年陳宗石患立堂刻本

念奴嬌 丁巳仲秋，廣陵寓中病瘧，不獲爲紅橋平山之遊，悵然有作，奉柬金觀察長真先生并示豹人、穆倩、孝威、定九、鶴問、仙裳、蛟門、叔定、女受、仔園、龍眉、爰琴、扶晨、無言諸君

陳維崧

最無聊賴，又西風吹到，隋皇宮闕。明月橋邊烟景換，依舊玉簫淒咽。綠水全昏，黃花早瘦，往事憑誰說。江山如畫，恰逢愁臥時節。　安得桓石虔來，爲驅瘧鬼，放我眉梢結。更把杜陵奇險句，高咏子璋熱血。僕病何妨，人言可憎，笑汝揶揄物。曼聲狂嘯，碧雲片片都裂。

念奴嬌 賦得『朝雲墳在落花中』爲黄天濤悼亡姬陸羽戲作

陳維崧

南陽鄧孝威有絶句云『休啟疏簾還遠望，朝雲墳在落花中。』天濤有一扇，扇上并圖此景。

南陽詞客，慣多愁善感，最能吟寫。近爲黄郎題恨句，淒咽如聞夜話。説道江鄉，每年寒食，細雨啼山鷓。落紅萬斛，朝雲墳在其下。　更被水墨輕描，丹青澹抹，倍把愁腸惹。短短墓門花似血，點入倪迂小畫。蝴蝶成團，蘼蕪滿路，鬧殺前村社。倚樓人在，爲他淚溼銀帕。

以上《迦陵詞全集》卷一八

雲陽逢鄧孝威舟泊握手移時即解纜去因有虎丘之訂

丁日乾

吹簫城外暫停舟，共指顛毛悔壯遊。入市難逢詹尹卜，離家同抱仲宣愁。才名似爾猶彈鋏，客況如予自典裘。還發輕橈烟際去，相遲應在白公樓。

《慎墨堂詩拾》附録

喜鄧孝威至江上　徐章

蕭然襆被雉城東，霜雪寒宵羈旅同。兵火十年愁病劇，關河兩地夢魂通。棹移古渡迎殘照，梅落荒園怨晚風。卻喜燈前雙白髮，天涯聚首話難窮。

《詩觀》三集卷一三

孟冬望前二日巢民先生招同楊無聲鄧孝威項嵋雪飲水繪庵即席共用枝字　徐章

江戍高樓畫角吹，園亭列炬共啣巵。但期酩酊酬佳會，何用牢騷怨旅羈。萬點亂鴉棲古木，一輪明月漾寒池。遙聞邊徼多烽火，射雉城南好借枝。

同孝威次巢民先生原韻贈梅谷和尚　徐章

聞攜瓢笠過山庵，髮學僧裝不用簪。正喜師來臨海嶠，恰逢余未去江南。寒泉滿澗通禪意，皓月千林現寶曇。願作頭陀常受法，金輪峯上乞同參。

仲冬三日巢民招同孝威嵋雪飲得全堂即席限冬宵二字　徐章

悽悽遊蕩子，羈旅正殘冬。愁對此時酒，共聞何處鐘。論詩燒樺燭，選味薦江鱅。談劇忘寒漏，歸途雪逕封。

殘雪孤燈夜，江關極目遥。最難逢好友，莫負共寒宵。旅夢因詩遣，鄉愁仗酒銷。幽情憐客重，折簡屢相招。

仲冬晦前五日復雪同許漱雪鄧孝威陳散木黄函石項嵋雪譚永瞻集巢民先生得全堂限新傍二韻　徐章

昨夜山陰雪，霏微動遠津。天涯聊此聚，尊酒且相親。梅早香欺臘，盤陳味競新。若非賢地主，誰慰客途貧。

羣公同逆旅，頻過愛清狂。沓入吟壇裏，酣來錦瑟傍。龍文蹲古鼎，雞舌吐名香。只愁萍跡散，無術繼長房。

孟冬望前二日巢民先生招同楊無聲鄧孝威徐石章飲水繪庵即席共用枝字　項玉筍

東郭相逢盡舊知，敝裘彈鋏說當時。風塵乞食言多拙，客路依人歲易馳。賴有園林爭媚眼，更憑風月共題詩。傾尊不覺天微白，驚起寒烏繞樹枝。

和孝威傚栢梁體限枝字長歌　項玉筍

僕家江南古禦兒，少小結客工文詞。班揚劉馬直欲追，騂騮騄騄難控羈。堪笑流光曾幾時，微霜已點蒲柳姿。明光獻賦嘆數奇，窮老閉戶南山陂。種豆一頃療腹肌，年來歲儉食木皮。驅我出門滯江湄，欲歸不得徒嘘嘻。枕烟亭子在水涯，夕陽空闊堆玻璃。蘭橈搖蕩城根籬，亂石棧雲小閣攲。主人勸飲金屈巵，自嘆窮愁廢管絲。摘蔬畦圃雜莧薺，羅列蒼耳兼霜梨。海魚腹肥共朵頤，放筯一掃無留遺。使君名傳三十期，對人懷抱那不思。何意同余背時宜，反覆雲雨揮涕洟。吞聲痛飲且勿悲，志士坎坷徒爾爲。君不見羣烏飽食宿樹枝，孤鴻啄寒冰池。

同孝威次巢民先生原韻贈梅谷和尚

項玉筍

法乳燈傳自箬庵，袈裟不用又抽簪。攜瓶獨向曹溪去，飛錫歸來我道南。祇樹有園延寶筏，給孤捨宅供瞿曇。巢老許捨水繪庵爲寺。誰爭不二風幡義，好坐蒲團仔細參。

仲冬三日巢民招同孝威石霞飲得全堂即席限冬宵二字

項玉筍

采菊離鄉國，蓬飄又值冬。客程頻計日，蕭寺但聞鐘。欲雪江天暮，寒燈花影重。感君貽折柬，襆被喜相從。

昨日又今宵，團圓話寂寥。樓融殘雪淨，爐煖薄烟燒。海氣城陰結，江皋木葉凋。主人能醉客，不使嘆飄搖。

仲冬晦前五日復雪同許漱雪鄧孝威陳散木黄函石徐石霞譚永瞻集巢民先生得全堂限新傍二韻

項玉筍

數過意偏親，相逢又一新。他鄉情易合，殘歲客來頻。風雪悲蕭瑟，江關共苦辛。莫言執杯酒，矢志正松筠。

十月别維揚，輕帆挂短檣。兩經看白雪，再住逼青陽。日日登樓望，家家歸客忙。何由寄雙鯉，小立路岐傍。

小至日巢民先生招同嵋雪孝威石霞默庵孺子集得全堂限知趨二韻

釋行悦

江城初雪後，一線未添時。多士此爲樂，短筇懽赴期。松高寒鳥得，石冷暮雲知。頗勝樽中物，相看一解頤。

中峯本祖几，出示共爭趨。巢民出示天然几，是中峯法物。怪石難名狀，寒巖堪畫圖。錦囊香霧滿，金鴨冷光俱。賢主多真賞，能令賓從娱。

孟冬望前二日巢民先生招同楊無聲鄧孝威徐石章飲水繪庵即席共用枝字

錢　岳

款扉一笑慰離思，名士高僧邂會奇。恰似延津驚劍合，肯教北海倒尊遲。關山雁叫繁霜影，林莽鴉翻弔月枝。稍喜僦廬雲樹近，羣公觴咏獲追隨。

同孝威次巢民先生原韻贈梅谷和尚

錢　岳

手曳枯藤踏竹庵，頹然殘菊尚堪簪。偶因禮佛塵氛淨，不覺尋僧日影南。白石清泉澄法界，繩牀經案擬瞿曇。色空空色無窮義，且任枯花一笑參。

遙和巢民先生招同楊無聲鄧孝威徐石章飲水繪庵即席共用枝字

張圯授

白板扉扃晏坐時，東山絲竹豈相知。過墻月冷空齋樹，近硯香生晚菊枝。峯隔芙蓉雲片片，烟深秋水夢遲遲。遥知吟手俱陶謝，倚杖寒巖一和詩。

仲冬晦前五日復雪同許漱雪鄧孝威項嵋雪黄函石徐石霞譚永瞻集巢民先生得全堂限新傍二韻　陳世祥

偶爾乘孤興，相逢況故人。謀歸艱百里，取醉快兼句。樂事空懷舊，觀巢民故姬董少君小影及同人題輓。詩體每更新。諸公先至者已經數集。渾身忘在客，欲别又逡巡。

入坐樂無方，奇觀興盡狂。宿醪非是釀，發其數年藏酒色味俱别。幽菽更宜麞。以陳豉薰麞脯爲腊。楷聖絲堪擬，縱觀巢民爲侍兒所書小行楷數箑，大不盈粟，細不踰絲。針神纈有香。諸侍兒手製結繡工巧炫目。留連無箇事，爲憶酒壚傍。

仲冬晦前五日復雪同許漱雪鄧孝威陳散木項嵋雪徐石霞譚永瞻集巢民先生得全堂限新傍二韻　黄士瑋

雲凍開還合，微暘炫玉塵。盤盂無不古，肴核各爭新。肌爲天寒粟，眉因歲暮顰。清譚風類晉，慚我是陳人。

坐列無拘忌，歡然集雅堂。牙籤翻玉笈，玻盞試瓊漿。香在瓶梅外，幽生檻樹傍。異時思及此，何者可相忘。

以上《同人集》卷七

水繪庵訪鄧孝威中翰話舊

張圯授

訪舊衝泥坐綠天，相逢情話倍纏綿。幸君已入中書省，嘆我仍無負郭田。懊惱青衫凋鬢髮，消磨濁俗賴詩篇。莽煙禪榻低徊處，風景悽然變昔年。

《詩觀》三集卷一一

廣陵五日讌集作之五 贈鄧孝威

許東

作者既自命，刪定今詩人。正雅竭揚厲，僞體芟荊榛。耳目一以滌，雲物瞻清新。頗憶吳興遊，正氣能嶙峋。開口罵鼠子，衡鑒澄羣倫。至今逸老堂，風流識天真。

《改亭詩集》卷一，乾隆十三年刻本

送鄧孝威南還

孫　暘

誰遣徵書問鶡冠，又看蒲轂出長安。到來京洛文章貴，歸去江湖天地寬。碣石虛聞求駿骨，邗溝無恙把漁竿。臨岐珍重加餐飯，白首休歌行路難。時孝威試鴻博不第，作詩送行，故有「歸去江湖天地寬」句。

沈德潛輯《國朝詩别裁集》卷五，清乾隆二十五年教忠堂刻本

偕孝威令五飲子存從叔齋

王　昊

小館疏簾曉氣清，相逢寧惜玉壺傾。琅玕帶雨娟娟潤，蛺蝶迎風冉冉輕。車馬十年身世夢，鶯花三月友朋情。邀歡剩有吾徒在，長嘯還應讓步兵。謂子存叔也。

喜珍示至兼得孝威書

王　昊

得君真足慰離居，况復鄉園寄鯉魚。燈底好懷千里面，樽前苦語數行書。燕臺劇喜星初聚，吳岫還嫌夢尚虛。去住故人分兩地，只今歸計且躊躕。

孟冬二日吳薗次郡伯招同宋荔裳觀察于斯郡丞暨白仲調鄧孝威孫坦夫介夫泛舟夾山以停車坐愛楓林晚霜葉紅於二月花平聲爲韻得林字

王　昊

溪流沼處得楓林，畫舫經行趁夕陰。最愛湖山成勝事，即論絲竹亦清音。謝安碁局陪高興，陸羽茶鐺助苦吟。天與烟波供地主，百壺寧惜屢相尋。

愛山臺薗次郡伯席偕宋荔裳觀察謝星源司李暨鄧孝威徐碩林孫介夫陳子壽茆載馨羅弘載賦得今日良宵會

王　昊

今日良宴會，振策登高臺。烟嵐足娱目，野色蒼然來。軒窻富遊覽，滿引黄金罍。名彦羅四筵，詞賦皆警才。長歌送西輝，笙歌以徘徊。須臾圓魄升，張燈益心開。緬懷昔賢人，此意何悠哉。

又分韻得二蕭

郡國開文讌，驚看萬木凋。青山淹旅況，紅燭破寒宵。酒正行三雅，歌方奏六幺。擬窮茗霅勝，明日更湖舠。

以上《碩園詩稾》卷二六，清五石齋鈔本

季春客邗上過文選樓訪孝威同鶴問穆倩諸子小集漫賦

葉燮

帝子何年去，音容想像中。交遊隨世換，詞賦有誰工。綠柳平橋水，繁絃別館風。烟花滿眼地，愁見楚天鴻。

萬井喧淮市，高樓足放閒。白連隋苑雨，青老秣陵山。惜別殘春騎，銷魂碧水灣。且同詞賦客，把酒慰愁顏。

《詩觀》二集卷六；《兩浙輶軒錄》卷五，清嘉慶刻本

攜鄧孝威過嶺集入粵東還過維揚值其方營選政即事賦贈

李念慈

昔我適東粵，得君過嶺詩。攜持舟楫中，每愁蛟龍窺。南上十八灘，還下湞江谿。山川相映發，光芒何陸離。造化幻奇秀，君詩乃過之。我行亦有吟，終然寄藩籬。前有龔先生，與君作同推。粵人謬參稱，顧我顔忸怩。把詩憶昔別，夢寐見容輝。豈期再相見，復此邗江湄。巍巍文選樓，廢爲選佛基。帝儲去千載，與君互相期。篇章走海内，奇賞愜南皮。時倚百尺欄，雜陳列國詞。如踞太華巔，坐攬羣峯奇。我不見古人，來者亦如斯。薪盡火不滅，賴有後世知。何幸當吾世，評定稟良規。願言益努力，不忘入粵時。大雅賴維挽，慎勿混瑜玭。

《詩觀》三集卷四；《谷中山房詩集》卷一四，康熙二十八年楊素蘊刻本

何雲壑招同方邵村鄧孝威程穆倩宗鶴問惲正叔及令姪仲弢夜集出家樂侑酒

李念慈

筵前奏技盡吳兒，錦瑟橫吹子夜詞。密節未容狂客顧，新翻多自主人爲。諠騰竹馬粧花隊，歷亂春鐙舞柘枝。月照高城更漏下，難陳懽樂醉何辭。

自荆州軍中暫下揚州次韻答鄧孝威六首

李念慈

何意長征去，直因羽檄來。殘年親韎韐，旅食罄餅罍。霜落疏林靜，秋生遠壑哀。萬方蕭瑟盡，老眼怯登臺。

只合歸田舍，深畊臥薜蘿。老親空倚戶，遊子且橫戈。推薦才名悞，親賢豐沛多。逍遥過歲月，壯志日蹉跎。

冥冥兵氣合，迴迴陣雲高。地勢連衡嶽，江聲殷蜀濤。坑壕紓計策，將帥厭旌旄。醉眼看人事，空令困濁醪。

豈爲貧彈鋏，真傷老據鞍。霜蹄躬自伏，龍氣舞猶寒。欹帽誰憐孟，將軍未遇桓。蕪城明月好，且得放舟看。

顧曲公何在，天台賦杳然。周伯衡先已去，孫豹人在南昌。鄧詩中及之。歲時閒自記，江閣望空懸。君苦徵詩卷，吾難乞酒錢。行間催又去，別緒日綿綿。

論交先氣誼，君義邁羣倫。最惜青雲器，俱成白髮人。支離依幕下，詞賦困江津。送老征途裏，何時息戰塵。

以上《谷中山房詩集》卷一五

長安送鄧孝威還山

李念慈

返駕山中願不違，身名已貴尚荷衣。時先生蒙恩特授中書職銜。鮑昭誰信真才盡，彭澤猶嫌有昨非。聖主虛開薇省待，野人惟戀草堂歸。憐子鎩翮還縧絆，羡爾摩空得便飛。江國貧交二十年，帝京分手各相憐。增多只有新詩句，贈别仍無薄俸錢。梁苑難留枚乘老，河東卻罷季生還。白頭好會知能幾，不到臨岐已黯然。

《谷中山房詩集》卷一七

江城子 王隆吉孝廉招遊秦淮畫舫同徐子能、鄧孝威

杜首昌

好風偏向畫船生，暗潮平，遠山迎。半篙溪水，舟子莫前撑。垂柳幾絲拖欄外，拴不住，許多情。疏窗香透放蘭英，似流鶯，唤卿卿。六朝金粉，和入管絃聲。桃葉不知何處去，留渡口，想佳名。

《綰秀園詞選》，清乾隆刻本

過桐舫偕鄧孝威王仔園高治安夜集限韻　熊僎

剪燭窗西拂素箋，牙籤萬軸插芸編。桐張緑野晴光曙，月映黄流夜色妍。啼鳥落花堪共侣，怡雲醉石讓誰先。唱酬未忍輕相擲，期閏寒更作小年。

《詩觀》初集卷六

揚州喜晤程穆倩鄧孝威孫無言孫豹人越辰六李簣山諸子　彭桂

奔走天涯歲月長，别來今訝鬢俱蒼。交遊裘馬供輕薄，涕淚河山付渺茫。世事烽塵何太苦，吾曹詩酒不嫌狂。竹西歌吹淮南路，依舊春風柳萬行。

黄仙裳邀同鄧孝威范汝受何奕美小飲揚州秀野園是日餞春　彭桂

旗亭垂柳映紅窗，飛絮漫漫撲玉缸。明日春光留不住，南風吹過潤州江。

歲暮送鄧孝威歸吳陵

彭　桂

臘盡衝寒訪故知，銀燈玉塵話淋漓。著書歲月窮吾黨，送客干戈滿路歧。雪後一帆今放艇，樽前六代幾題詩。秣陵遥望吳陵渺，春水潮生倍繫思。

以上鄧漢儀《慎墨堂詩品·初蓉閣集》，康熙刻本

淮南喜晤程穆倩孫無言鄧孝威宗鶴問范汝受

彭　桂

十日淮南道，扁舟再往回。到來花事過，别後鬢毛催。共懶歸田興，俱閒草檄才。干戈與徵税，辛苦遍蒿萊。

懷鄧孝威

彭　桂

北風吹雪别蕪城，垂柳春來倍系情。江寺月明樓尚掩，海田潮退島堪耕。送窮心事寧聞道，排難風塵亦好名。何似閉門長嘯傲，一床書卷付燈檠。

以上《詩觀》二集卷三

吴江旅舍示弘仁孝威　徐乾學

伏閉江城客，支離洛下吟。慣辭熱客去，不厭故人尋。病爲酒杯劇，愁兼暑暍侵。此中饒野興，几簟接松陰。

《憺園文集》卷四，清康熙冠山堂刻本

春夜同鄧孝威李箕山黃仙裳天濤小集　潘問奇

燭烟香篆透疏櫺，歷歷年華又及丁。殘雪落來渾帶雨，野梅開到漸零星。千金此夜春難買，五客何人鬢獨青。醉唱銅鞮能幾度，卜居常怪屈原醒。

《拜鵑堂詩集》卷二，清康熙刻本

懷鄧孝威　潘問奇

昔與南陽叟，蕪城幸過從。鍾山時再望，日日對江峯。晚閉昭明閣，熒熒燈火紅。酒愛竹西路，軒渠成醉翁。論心望夜永，但訝鉦聲重。開窗視河漢，不覺霜露濃。有時事筆札，次第繙郵筒。常思興比義，騷雅無終窮。文章關世運，其勢迭汙隆。慨自正嘉後，詞壇塵霧封。竟陵與歷下，各以偏師攻。餖飣及雞肋，卒之其失同。厥後雲間子，抗懷振國風。所譏肉勝骨，未足闢蠶藂。高賢墮鬼趣，卑者如疲癃。虞山固文傑，韻府非所工。軍中左右袒，衆喙徒交訌。此豈異人任，先生能折衷。挽流奮一洗，屏翳爲之空。選語必矜貴，渙然若發蒙。深心慎甲乙，六義乃昭融。以茲惠後學，孰曰非元功。海內亦風靡，百川知所宗。維余寡道器，弱冠事雕蟲。自慚巴人調，未敢辱鉅公。何圖先生誼，不忍棄菲葑。遂令瓦缶響，亦復厠黃鐘。別來已數載，耿耿余心胸。悵此山川阻，無由託雁鴻。何時再接席，把酒陳離悰。

悼鄧孝威中翰

潘問奇

耆舊襄陽尚有人，一經除蠹獨安貧。千旄入戶迴司馬，魚笋終天奉老親。癸丑春，山左李鄴園中丞節制兩淛，過維揚辟先生甚切，竟以母老不就。名到日邊曾獻賦，客歸江左竟垂綸。父書留與機雲讀，手勘蟲魚略等身。

寄跡河干自伐輪，衡門負米性情真。土憐慈母營三尺，齒值先生近七旬。竹杖逢迎磨鏡具，麻衣答拜祝羹人。從來野史關風義，爲紀南陽四世春。先生齋中聯有『六經千古業，四世一堂春』之句。

鹿走乾坤飽甲兵，伏虔猶是老經生。三間屋破牽蘿補，十畝田荒仗筆耕。瓦竈烹茶譚世事，金釵畫壁醉詩名。葵丘壇坫存邾莒，牛耳還堅大國盟。先生《詩觀》次集登僕詩甚多。

四

朅來吾欲走踆踆，策蹇歸尋舊隱淪。尚擬栞尊聯几席，豈期眉宇失江濱。壁餘六一堂中句，書揜昭明閣上塵。同調不堪君見否，十年鬢髮已如銀。

《拜鵑堂詩集》卷四

任城寄懷鄧孝威

任璣

憶昔遇仙舟，南池物候秋。題詩依佛寺，把酒對城樓。客已頭銜貴，官仍簿領留。懷人遲歲月，白雪調難酬。

《詩觀》二集卷四

送鄧孝威授正字歸海陵再示豹人

王士禛

當年綺里季，曾友夏黃公。共詠紫芝曲，俱棲巖穴中。鬚眉驚漢帝，羽翼緬高風。一出還歸隱，白雲商洛東。

《漁洋山人精華錄》卷八，清康熙三十九年林佶寫刻本；《詩觀》三集卷一

聞季用言平山堂已修復賦寄豹人定九孝威舟次

王士禛

憶泛平山載酒隨，紅橋綠浪遠參差。玉鉤斜在餘荒冢，春貢亭蕪沒斷碑。翠羽碗涼低水鏡，溪風斜日颭船旗。傳聞名蹟還留在，十載相望兩鬢絲。

《漁洋續詩集》卷九，清清康熙五十七年程哲七略書堂刻本

賀新涼 寄鄧孝威

曹貞吉

才子生南國。坐江樓，擁書十萬，百城難敵。高密元侯門第在，伯道清風奕奕。看威鳳、鸑龍氣色。屈指騷壇誰執耳？羨葵丘玉帛長干側。千古事，名山得。　慚余潦倒東溟客。望龍門、清塵濁水，蓬蹤疏隔。八月西風吹鴈羽，漫學秋蟲唧唧。攜布鼓、雷庭偷擊。汪季比來情更好，似桃花、流水深千尺。空夢到，邗溝碧。

曹貞吉《珂雪詞》卷下，《續四部叢刊》本

哭漢儀

曹貞吉

壬辰之春識君面，於時鎩羽歸鄉縣。顛頷風塵千里間，入門下馬恣歡讌。斗酒相看脱寶刀，鬚眉顧盼真人豪。淳于意氣東方舌，笑談磊落輕時髦。荏苒公車二十年，春明常放孝廉船。相逢寂寂對無語，顧予每惜終寒氈。皇帝改元歲在癸，槐黄天碧明湖水。自愧邯鄲步未工，得失摇摇心欲死。先生長笑爲余言，第一科名今在子。桂樹秋高咫尺中，片言契合古人風。電光石火偶然耳，多君水鏡懸雙瞳。陸機入洛還年少，李廣難封嘆數窮。潦倒緇塵隨計吏，今年仍策青門騎。志大寧甘伏櫪羞，形癯猶擅雕龍事。涼宵風雨黑如盤，半醉掀髯憂失意。明珠按劍鮫人愁，毾㲪長安過夏秋。半剌知君非所願，重來或可追驊騮。詎識廣寧門外路，滔滔不返江河流。噫嘻吁！客遊已經年，還家纔一日。琴書那復陳，穉子空繞膝。悲哉山陽笛，絕□廣明筆。燕市故人爲此歌，階下秋蟲聞唧唧。

《珂雪詩》五卷之《珂雪二集》，康熙刻本

同臞庵居士過董公祠訪鄧孝威

釋行溙

一杖出蕭寺，荒祠比鄧林。樓高雲影近，井久石痕深。掩卷生禪悦，梵音静客心。我來同孝穆，戶外聽微吟。

《淮海英靈續集》辛集卷三

聽鄧孝威話平山遺址

王仲儒

黄葉城西路，頻經曳屐行。寺前秋井出，江外衆山平。自結維摩室，空傳太守名。風流如可繼，把酒一含情。

歲暮同爲客，論交愧晚收。夙心懷古跡，遠興遶滄洲。西郭霜連野，南朝月過樓。廣陵遺事在，好向暇中求。

清康熙夢華山房刻本《西齋集》選其一；《詩觀》二集卷四

雨夜懷鄧孝威二首

戴王縉

洪濛摧灝氣，霹靂振高岑。風雨千林葉，江湖萬里心。悲情沙雁語，獨夜野猿吟。侘傺荒園裏，烟霞憶遠潯。

憔悴何時已，思君苦未休。亂山殘樹影，野水暮雲秋。雨逐江聲黑，虹明夕照收。何時重把袂，清夢自悠悠。

《詩觀》初集卷六

花朝前一日曹正子招同李天生孫豹人鄧孝威尤悔庵彭羨門李屺瞻陳其年汪舟次朱錫鬯李武曾王仲昭陸冰脩沈融谷陸雲士楊六謙李渭清顧赤方吳天章潘次耕董蒼水田鬍淵吳星若諸君讌集園亭二首

徐 釚

銜杯高會廣庭中，雪後梁園授簡同。獻賦敢勞逢狗監，投竿漫擬作漁翁。堤邊嫩柳添新綠，陌上飛花印輭紅。及此香醪春正好，肯因鱸鱠憶江東。

苑杏蹊桃尚未逢，曹家亭子好從容。支牀色借珊瑚映，醉客光浮琥珀濃。愛唱春飃思畫檝，朗吟綠水過芙蓉。正子有『綠水送春飃』之句，都人傳頌。酒闌更向高臺望，殘雪西山第幾重。園有高臺，時同諸公登眺望西山殘雪。

《南州草堂集》卷六，清康熙三十四年刻本

贈鄧孝威

陳維岳

隋苑鐘聲起夕鴉，陳宮落盡綺窗花。杯酒詩卷滄桑後，閒煞山中鄧仲華。

《皇清詩選》卷二九，清康熙二十九年鳳鳴軒刻本；《詩觀》二集卷一〇

鄧孝威枉贈詩次韻奉答

秦松齡

楚澤三年客，蕪城七月來。江山連鼓角，風雨一樽罍。徒壁馬卿病，窮途阮籍哀。故人俱白首，落日屢登臺。

軍府容疏放，閒門長薜蘿。秋吟思把釣，晚醉夢横戈。烽火愁雲密，江聲戰壘多。學書曾不就，學劒復蹉跎。

文選樓依舊，堪君寄跡高。春深隋苑樹，秋急廣陵濤。静理親書卷，幽居避節旄。爲耽蕭寂甚，獨上醉香醪。

南郡棲遲日，儒生强據鞍。旗高春帳静，馬立暮天寒。古宅人傳宋，殘山蹟記桓。登樓詞賦在，感慨不能看。

與子别多載，生涯兩寂然。笙歌人盡去，觴詠意猶懸。詩苦催華髮，廬荒急賦錢。客中勞慰藉，未老病纏綿。

投我詩盈軸，清思迥絶倫。艱難念朋友，落寞向時人。林屋無歸業，雷塘空要津。尚存湖海氣，獨立出風塵。

《蒼峴山人集》卷三《然竹集》，清嘉慶四年秦瀛刻本

送泰以御歸里兼柬鄧孝威　李天馥

揚州幽夢杳江沱，笳鼓年光只逝波。滿眼詞人風雨散，驚心歸客憂秋多。君仍白帢驕林壑，予自青山負薜蘿。爲語羅浮鄧平叔，端居清興近如何。

《詩觀》二集卷九

寄鄧孝威　汪懋麟

往昔揚州白露天，池塘猶有未開蓮。此時送客同高眺，無那悲秋是别筵。酒伴更知何地會，詩名浪得幾人傳。著書能事輸君久，顧我羈栖只醉眠。

《百尺梧桐閣詩集》卷九，清康熙刻本

題鄧孝威詩卷三絕句　汪懋麟

夕陽樓下卸衣時，簾外香飄抹麗枝。直欲把君詩過日，素琴閒卻五條絲。

玉溪名與浣花香，千載何人更擅場。慎墨堂中論絕調，羣公齊讓鄧南陽。

正月風雷三月雪，湘南烽火蜀西烟。憂時心事無人識，只道狂歌向酒筵。

以上《百尺梧桐閣詩集》卷一二

許竹隱招飲寓齋看菊同穆倩孝威黄仙裳劉彦度分得中字

汪懋麟

昨日王師過，秋光劍戟中。如何戎馬地，尚有菊花叢。客舍芳尊出，行廚雋味工。遠攜妻子枉，且勿憶江東。

六月七日汎舟登平山堂作歌同宗鶴問孫無言豹人穆倩孝威仙裳汝受陶季仔園龍眉家兄叔定

汪懋麟

官湖綠漲明鏡明，疏柳著波花鴨迎。韡紋澹拖四天淨，積雨如漏烟初晴。舊日蓮塘一萬畝，荷花荷葉枝交横。紅衣翠褎儼行列，弄色直與浣女爭。奈何一夕盡顑頷，光景似已聞秋聲。洪潦之苦甚肅殺，遂令君子遭煎烹。顧此嘆息掉船去，步屧且向山頭行。山頭高堂敞雲際，頫視萬壑何其清。周遭竹木竟不暑，況有井水堪酌傾。真賞樓中坐六一，俎豆只可眉山并。後賢不敢妄窺覬，揶揄何物空彭亭。諸公大笑急命酒，酒桮落手千憂輕。山川勝槩本文賦，詎料征戰奔鼯鼪。李全昔日此高會，長槍雙拂爲縣旌。瓮門既塞淖中陷，楊氏涕落梨花名。君不見范葵義氣至今在，牧馬埜叫西門城。

《百尺梧桐閣詩集》卷一五

孝威鶴問以詩見簡平山堂依韻奉答六首

汪懋麟

嬾慢無堪只愛閒，何當高枕對青山。夜來風月無拘束，多事松門復夜關。
自顧嶔崎可笑人，高吟最喜劍南新。王陽盧駱終何物，甘與東坡作後塵。
由來文筆說王曾，我道荊公不易承。怪底此翁常執拗，獨騎驢子向金陵。
閉目尋常歌舞筵，看山只共亂書眠。倦時細展茶經讀，第五名泉肯浪艦。
經旬樓上貪高眺，縱復懷人不下山。肯使數錢呼小艇，茶瓜分與片時閒。
每聽鐘版學經行，多少牛羊下廢營。向夕陡然秋思起，一番涼雨過高城。

《百尺梧桐閣詩集》卷一五

鶴問至自秋浦邀同孝威藺次豹人集小齋即送還任

汪懋麟

青鬢看如昨，朱顏念已非。君從何日返，我是去年歸。舊雨浮雲散，新晴落木飛。閒門慵報客，特爲啟巖扉。

地借崔秋浦，官憐鄭廣文。八年才一見，渭樹與江雲。及此黄花爛，何辭緑酒醺。秋風垂隴外，容易賦離羣。

《百尺梧桐閣遺稿》卷八

贈别鄧孝威

冒正儀

蕭寺論心最有情，相逢我自愛君名。氣翻瀚海神能静，品潔秋霜望不輕。雨外登樓憐遠客，酒餘撾鼓結平生。津門尚有琴書在，何日春生共聽鶯。

《詩觀》二集卷一三

寄鄧孝威

高士奇

南嶽高人隱姓名，五代鄧郁有高節，隱于衡山，號南嶽先生。無雙亭畔獨吟行。爲文已變揚雄體，定論能追沈約評。有客歸當三月暮，因風寄與十年情。江花江草空相憶，愁聽枝頭谷鳥聲。

《城北集》卷六，清康熙刻本

贈鄧孝威

潘耒

中古富藝文，淵海浩無際。昭明曠代才，删纂功不細。一斧削羣材，屹然樹凡例。居繁有倫脊，在美能割置。獨成一家規，妙取寸心契。爾後八代遥，纂言亦相次。精嚴縱遜古，出入竝如志。輓近文彌衰，選事亦滋弊。利齒巧啖名，所録皆并世。『利齒』二句據《詩觀》補。高官枉淩壓，盛名見牽綴。汗青須有資，嫌怨亦頗避。事類入市賈，情同出疆贄。雅道遂榛蕪，識者一歎愾。鄧君文章老，才力本雄邃。激昂討風騷，薈萃存篋笥。鐘鐸賞奇音，淄澠别真味。清明大冢宰，刻覈老獄吏。獨炳無旁撓，擺落名與位。高眠文選樓，樂飢以卒歲。抗手對蕭君，雅道庶無媿。嗚呼三十年，詞客如羹沸。賴君刈蕭蒿，杜蘭吐香氣。候蟲各鳴時，變風聖不廢。輶軒或采陳，燭龍照荒裔。

《遂初堂詩集》卷二，清康熙刻增修本；《詩觀》三集卷三

苕上與鄧孝威話舊有贈

徐緘

一昨悲歌溷酒傭，十年湖海失相從。諸侯歷抵逢迎少，朋舊存亡涕淚重。月下聽猿神女廟，松間避雨丈人峯。今朝歧路懽攜手，兩鬢霜華迫暮冬。

《詩觀》初集卷五

避亂海陵喜晤鄧孝威

許承家

荒草寒雲野外身，攜來書劍總烽塵。少年川嶽經時改，良友鬚眉亂後真。荊棘路旁雙逆旅，貔貅隊裏一詩人。隋堤簫管今銷歇，擬向羅浮學隱淪。

《詩觀》初集卷四

送秦對巖太史赴荊州五首次孝威韻

許承家

孤颿千里别，憂思亂雲來。吳楚連烽火，乾坤任酒罍。吟笳何日斷，征戍幾人哀。鼓柂還惆悵，回頭戲馬臺。

王粲樓何在，登臨興自高。氣涵沙市月，淚别廣陵濤。驛路留詩卷，軍門擁節旄。瀟湘不可到，爲爾醉村醪。

雄風開郢地，儒雅據雕鞍。詔到千軍合，詞傾萬峽寒。烟塵空漠漠，貔虎正桓桓。送别吹簫路，遙從帶甲看。

祕閣當年事，回思意惘然。題詩三殿隔，讀史一燈懸。投筆紓籌策，爲官薄俸錢。從來王孟侶，江漢獨纏綿。

憶昔槃匜會，如君邁等倫。十年青眼客，一夕白頭人。夢斷蕪城柳，愁連楚水津。遥思虎牙地，風動馬前塵。《詩觀》三集卷一

仲冬如皋冒辟疆青若泰州黄仙裳交三鄧孝威合肥何蜀山吴江吴聞瑋旭丙文諸城丘柯村松江倪永清新安方寶臣張山來諧石姚綸如祁門李若谷吴縣錢錦樹集廣陵邸齋聽雨分韻　孔尚任

雅會名流盡折巾，江南江北聚芳鄰。催詩淅瀝來山雨，剪燭蕭條獻水蓴。痛飲須教肝膽露，堅留祇有性情真。滿囊珠玉輕帆去，從此邗關話一新。

江都董子祠訪鄧孝威時選詩觀三集　孔尚任

選樓筆硯久淒涼，董子帷前草更荒。藥裹經冬同客住，茶烟到晚爲詩忙。采風一卷添齊魯，主社

十年接李王。垂老能吟梁父句，不妨雪雨撲匡床。

以上《湖海集》卷一，清康熙介安堂刻本

暮春張筵署園北樓上大會詩人漢陽許漱石泰州鄧孝威黄仙裳交三上木朱魯瞻徐夔𢹂山陰徐小韓遂寧柳長在錢塘徐浴咸吳江徐丙文江都閔義行如皋冒青若彭縣楊東子休寧查秋山海門成陟三家樵嵐琴士興化陸太丘畫士武進李左民泰州姜尺玉琵琶客通州劉公寅時閔義行代余治具各即席分賦

孔尚任

高筵櫻筍借郇庖，四面晴光接遠郊。野燕初來黄菜圃，飛綿漸起綠楊梢。客中老淚逢絲竹，座上遺賢到許巢。望國思鄉無限意，沈吟寫向歲寒交。

將之海上同社許漱石鄧孝威黄仙裳上木儀逋交三徐小韓浴咸丙文夔攄柳長在繆墨書陸太丘楊東子朱魯瞻宫敘五姜尺玉家樵嵐醵金張宴折柳贈别即席分韻再倡疊和　孔尚任

四座銷魂改舊歡，落紅飄絮欲離難。何須惆悵攀楊柳，且對笙歌賞牡丹。近郭湖光連夜雨，侵樓海氣一春寒。羣公偉餞多佳句，攜上孤舟到處看。

又倡絶句　孔尚任

柳老鶯啼欲暮春，管絃聽罷倍傷神。尊前半是天涯客，卻似家園别故人。

海陵留别鄧孝威將之都門　孔尚任

半截乘槎鷗鷺灘，幾番離會送春殘。病身久苦滄江氣，好友皆憐襆被寒。樓上酒籌須記憶，缾中花片未闌珊。風帆早起懷人處，自寫新詞衹自看。

以上《湖海集》卷二

暮秋喜冒辟疆鄧孝威諸耆舊集昭陽俞錦泉中翰亦挾女部至欲作花州社不果悵悵賦此

孔尚任

盡典寒衣付酒旗，百花洲上訂秋期。畫船儘可停荷院，湖水纔能接荳籬。白髮才人鳩首杖，紅牙女部柳枝詞。一番勝事空惆悵，誰續中原絕調詩。

《湖海集》卷三

五月六日集繆墨書宅觀葵同鄧漢儀黃仙裳交三楊古存俞陳芳陳鶴山分韻

孔尚任

五月不知端午節，高筵今日見葵花。盃中眼淚多於酒，客裏人情熟似家。近宅湖平無麥事，當窗樹密有蜂衙。應因泛海槎遲到，留得菖蒲酒味嘉。

又至海陵寓許漱雪農部間壁見招小飲同鄧孝威黃仙裳戴景韓話舊分韻　孔尚任

開甕牆頭約，天涯似耦耕。柴桑閑友伴，花草老心情。所話朝皆換，其時我未生。追陪炎夏夜，一半冷浮名。

海陵寓邸沽酒留許漱雪鄧孝威黃仙裳儀逋月舫交三載景韓徐西泠朱天錦小飲兼索詩送予還廣陵分得四豪　孔尚任

僑居閑宅滿階蒿，長夏留賓典葛袍。官冷應須交舊隱，囊羞何自得香醪。幾番好句當宴贈，每夜孤舟冒雨操。使客勞勞江上路，三年迎送改顛毛。

喜鄧孝威中祕病愈來尋　孔尚任

九月今日始，别君六月中。相隔未三月，千百思何窮。雜花遍秋色，涼雨早濛濛。開戶君到戶，病餘仍健翁。雙眼厭時態，所幸耳稍聾。南鄰迓朱轂，北鄰縶青驄。破廨草盈尺，經秋路不通。君病未來時，我獨坐西風。

以上《湖海集》卷五

哭鄧孝威中翰

孔尚任

吾從先生遊，非但論風雅。舉世慕浮雲，誰爲最真者？每于稠人中，服君笑容寡。有時發大言，是非不稍假。交遊盡名卿，帶索出無馬。往往扶童肩，就我索盃斝。飲少醉易成，拭眼淚盈把。逢君垂白年，有胸不及寫。塊然已就棺，無旌辨董賈。酹酒呼先生，從茲喉舌啞。

《湖海集》卷七

同鄧孝威陳其年遊天寧寺

佚名

詞人共嬉逐，村逕興悠哉。載酒郊園入，行吟野寺開。雲隨塔影渡，風送雁聲來。醉後悲秋客，山川作賦才。

《康熙大興縣志》卷六，清康熙二十四年刻本傳鈔本

懷孝威　王曜升

聞君昨夜剡溪還，何事琴裝又客關。江上一舟銜細雨，窻中數卷對寒山。家園綠蟻應須憶，邸舍青氈好是閒。此日西堂賓客會，婆娑庭樹幾回攀。

同孝威鴻調伯兄惟夏過飲學山園得風字　王曜升

江天初暝破雙鴻，此夕相攜興未窮。近水松杉晴亦霧，穿雲樓閣晚多風。樽前氣色延津合，舌底波濤碣石雄。醉後不堪長聘望，斷烟零雨只吴宫。

懷孝威途次　王曜升

懷君常自撫庭柯，此日懸知渡濁河。三徑已荒隨鳥雀，九天猶還慎風波。孤舟銜雨雞聲早，野戍連山馬跡多。還憶故鄉時序否，逢人先寄采蓮歌。

以上吴偉業編《太倉十子詩選·東皋集》，清順治刻本

百字令 答别曹秋岳、嚴顥亭、吴方漣、張穉恭、白仲調前輩，張登子、吕錫馨、計甫草、程穆倩、鄧孝威、孫無言、魏叔子、孫嘉客、羅弘載、閔賓連、朱錫鬯諸子

越闓

天涯遊子，苦飢驅，更向瀟湘邊走。恰值雷塘花未謝，一代才人雲湊。賦逼鄒枚，詩追王孟，詞卻如辛柳。蒲帆半幅，其如此日杯酒。　從兹問月，南樓尋秋。西塞東望，顯搔首。爭似紅橋停畫舫，聽取隔簾絲竹。十里園亭，千家羅綺，春陌渾如繡。歸來未遠，正須對菊時候。

《春蕪詞》卷下，清康熙刻本

綺羅香 文選樓坐雨酬鄧孝威見贈卻和原韻

董元愷

飛絮愁紅，濕雲粘綠，做盡蕪城朝雨。竟日淒迷，斷送行人來去。望隋苑、柳澁鶯簧，聽竹西、烟迷蛙鼓。只良朋、促坐深杯，酒酣起作回波舞。　蕭樓臥君百尺，卻品優月旦，賦題鸚鵡。跋扈文壇，獨擅長城台輔。逢佳麗、擊楫投囊，遇烟花、雕龍繡虎。算從來、出水芙蓉，詩名推謝五。

《蒼梧詞》卷一〇，清康熙刻本

上巳孔東塘使君招同吳薗次鄧孝威費此度李艾山黄仙裳宗定九子發查二瞻蔣前民閔賓連王武徵喬東湖朱其恭朱西柯張諧石楊爾公吳彤本趙念昔王浮嘉楚士允文閔義行紅橋修禊

卓爾堪

結伴正逢修禊日，泛舟難得使君閒。廟堂有議還開海，賓客乘時得看山。三月鶯花紅雨外，幾家樓館綠楊間。笙歌更逐輕鷗去，徧采芳蘭水一灣。

《淮海英靈集》甲集卷一

重九後一日集翠影山樓同鄧孝威顧同東佘羽尊張孺子作

范大士

與君分手去，我醉興猶豪。涼月中天在，山林秋氣高。歌思河滿子，神往鬱輪袍。拭目鄒枚手，珠璣托彩毫。

王豫輯《淮海英靈續集》己集卷二，清道光刻本

夏日簡鄧丈孝威

陳志襄

憶與君別時，乃在客歲春。讀書江都祠，邈若越與秦。非無風帆便，託足奉清塵。姻戚相攀援，含情竟未申。去冬堅冰阻，薄作歸舟鄰。方期敘契闊，斟酌焚枯鱗。而公憂足疾，言笑苦無津。歸來當歲暮，鞅掌難爲親。遂令長者別，荏苒及兹晨。人生不相見，每嘆參與辰。矧伊金石交，能不懷酸辛。柴車夙云駕，思將良晤因。不知羲皇侶，曾否念故人。

《淮海英靈續集》庚集卷一

孝威過寓園留飲和見贈韻

席居中

習懶東遊日閉門，綠楊籬畔似山村。久知樂土一枝好，況遇騷壇四海尊。杯裏搖青疏竹影，徑邊堆雪落花存。來朝君向東郊去，不用河橋黯別魂。

《淮海英靈續集》己集卷三；《詩觀》二集卷七

柬鄧孝威

張　韻

風雨高樓戶不扃，廣川祠作子雲亭。廿年交誼頭先白，一輩詩人眼獨青。江草江花時取醉，春城春寺路初經。愁中得句須頻寄，我屋郊原空翠屏。

《淮海英靈續集》己集卷四

閣學項眉山先生於虎林幕府會而今二十餘年復見燕邸招同宋既庭毛大可陳其年鄧孝威夏宛來飲感賦

徐咸清

平津傑閣啟門東，客到剛燒樺燭紅。高會簪裾來鄴下，細聽絲竹出槐中。香浮綺席如增煖，月到金樽未照空。二十年前看晝錦，於今還是黑頭公。

與君聯轡入燕關，旋唱驪駒又送還。纔進寒衣霜早白，未封尺素淚先斑。雞聲風斷聞鄉語，馬首雲開見故山。上苑春來花盡發，何時同向帝城攀。

《兩浙輶軒錄》卷六，清嘉慶刻本

九日同鄧孝威吴薗次桑楚執查二瞻宗梅岑蔣前民孔東塘閔賓連郭皋旭盧歇庵陳健夫卓子任諸公梅花嶺登高分賦

朱 慎

佳辰肯放酒杯空，嶺路躋攀興不窮。已許科頭寬禮數，漫勞吹帽動秋風。江濤響落層城外，野樹寒生夕照中。往事不堪重記省，忽教淚濺菊花叢。

《兩浙輶軒録》卷八

訪孝威夜話

劉逢源

溪深太古兩三家，老樹遮門竹徑斜。楚楚閒窗陳筆硯，殷殷留客供茶瓜。共披竹簡尋幽事，閒坐桐陰待月華。夜靜清樽歡笑語，柳巢驚起暮棲鴉。

與孝威分韻得詩一首

劉逢源

年老閒身廿自廢，只希樗櫟可全生。世思遠避殊多事，善即堪爲忌近名。文字未能驅五鬼，庚申空自守三彭。一杯淡酒微微醉，臥向花窗聽雨聲。

別鄧孝威

劉逢源

布帆海國飽秋風，樽酒留連兩意同。贈我新詩題素扇，別君老淚濕丹楓。曾衝風雨尋精舍，每共行吟繞藥叢。他日相思淮水闊，夢中識路廣陵東。

以上《積書巖詩集》，《畿輔叢書》本

董子祠喜晤鄧孝威中翰賦贈

鄭　昂

寂寂荒祠裏，樓高好著書。能鳴昭代盛，不拾六朝餘。碧草鳳池遠，青山鶴髮疏。誰知徵辟後，蹤跡尚樵漁。

鄧孝威以客秋來潁余以今仲春至晤於凫藻閣中云欲遄歸賦此以贈

張幼學

落葉聲中憶放船，回頭芳草碧連天。兩年未聽緱山笛，千里今看潁水篇。袖裏青蛇猶闇澹，屏間紅粉最嬋娟。時狎潁中名姬。相逢又值歸時候，匹馬孤城欲黯然。

鄧孝威移家秋實園賦寄

王礪品

昔我城西遊，愛此數椽屋。一徑獨横秋，半畔惟雲宿。具足泉壑情，惜少幽人躅。今聞子作主，庶不虚松竹。士節窮愈彰，生計澹彌足。何時來訪君，池塘春草緑。

翩翩鄧子八章章八句是時海内有兩《過嶺集》焉，予見鄧子《過嶺集》異之，爲之賦翩翩鄧子

張琴

翩翩鄧子，厥世吴國。實產海陵，此維寡特。四壁如何，蕭然止息。飲酒賦詩，忘我晷刻。

自彼申冬，道逢司馬。維昔司馬，出使粵野。憂心弗寧，執手持舉。曰嗟南征，誰予偕者。鄧子既醉，載起載言。以我襆被，同爾車軒。旎指銅山，發自吳門。晨昏與依，共聽霜猿。滔滔鐃江，渺渺章水。至於湞陽，羊城是視。旌羽蔽空，赤貔蒼兕。蓋四閱月，於萬餘里。梅嶺則絕，籃輿則曳。用協司馬，番禺則濟。此倡彼和，其實孔惠。敢爲作歌，慎言交締。

文選樓贈鄧孝威先生

陳志襄

劫後樓誰在，蕭梁蹟尚存。信知文字貴，不爲帝王尊。樹古龍鱗剝，碑殘鳥跡昏。祇愁風雨夜，淒絕不堪論。

以上《慎墨堂詩拾》附錄

己丑仲春同孝威諸子合社小集即事

沈復曾

東風飄初旭，芳蕤黯江城。今日池上酌，禽鳥相趨鳴。綠莎緣曲圃，白蒻抽新榮。岸日浮陽鯉，園柳調倉庚。招我塵外蹤，締此丘中盟。三益望石友，四始聯金聲。山廚供短簌，濁酒瀉銀罌。夜午不知歸，逸爵聞喧爭。人情愜所戀，況乃衰白并。清夢餘春草，明月被柴荊。

《詩觀》初集卷五；《皇清詩選》卷五

將西同詞臣孝威賦

沈復曾

短市商歌疾，驅風此敝裘。地形趨碣石，山勢拆河流。雲策隨征鳥，春詞憶射牛。東南銷王氣，立馬向齊州。

蕭條悲物役，比首指河山。路出雲霞外，風聲虎豹間。城荒尋兔苑，木落見秦關。憑弔千秋事，縱橫客未還。

寄懷鄧孝威燕邸

沈復曾

羸馬單裘雪渡河，秋風禾黍疾商歌。昆明夜月旌旗見，瑣闈荒雲鹿豕過。河朔幾人同濁酒，江楓萬里一漁蓑。古來擊筑吹竽客，惟有荊高慷慨多。

早春懷鄧孝威邗上

沈復曾

昨在邗河草堂靜，坐臨風雪不開門。比來客到真相憶，況復梅花暗撲樽。隔歲魚書傳潁曲，三春柳色黯陶村。何緣便作飛蓬轉，薜荔園荒爾斷魂。

以上《詩觀》初集卷五

秋日鄧孝威舍人寄詩見懷次韻奉答二首

陳　誠

京洛當年稱勝遊，香塵九陌盪閒愁。幽人造戶榻常下，詞客臨樽轄數留。幾載袂分燕市月，一朝劍合秣陵秋。相逢互訝頭俱白，文酒豪懷都未休。

秦淮堤上續前遊，對酒期忘今古愁。君憶慈闈珂里去，我懷嚴命石城留。客中鶯語曾喧夏，夢裏蛩音再報秋。仕隱繇來均不易，浩然興感未能休。

乾隆重輯本《詩觀》初集卷六

贈鄧孝威

朱文心

恍惚前身略識君，鼓刀擊筑舊同羣。重來淮海訂詩社，每話肝腸到夜分。天際孤峯橫古色，人間九鼎重靈文。好將燕趙悲歌語，還與羊欣寫練裙。

《詩觀》初集卷七

秋日汎舟西渚同鄧孝威周雪山

劉懋勛

涼颸扇秋節，素波澄夕陽。擷勝諧朋好，移尊命沙棠。遵彼西山麓，眷茲喆人堂。擊節淩清漪，葭菼蔚以蒼。金粟吐蚤馥，紅蕖謝故裳。嫋嫋池邊柳，浮景生微黄。娟娟雙白鳥，上下林與塘。城隅俄畫鷁，名姝耀麗光。纖歌遏行雲，錦瑟調未央。富貴亦須臾，誰者侯與王。明月更鼓枻，中宵起彷徨。令名宜早建，詎令志士傷。

《詩觀》初集卷七

蕪城道上望京口有感同孝威漢公奠兩

劉懋勛

霜月維揚路，南徐入望初。人家鐵馬後，雉堞斷烟餘。野哭流青火，江聲跳白魚。艨艟何日静，舊業問樵漁。

《詩觀》初集卷七，《皇清詩選》卷一三

雪中鄧孝威見過小飲六鶴齋留贈一章次韻奉答

范廷瓚

雪滿江城壓近郊，名流款竹躡危巢。詩篇直欲分吴練，尊酒還應薦楚茅。飲倦疏松遲鶴步，談深殘月過林梢。蕭條蔣逕餘雙屐，門外何堪問斗筲。

《詩觀》初集卷七

秋日棹舟過鄧孝威先生舊山草堂以先子遺集求入詩選

李善樹

何妨清白子孫貧，頗有詩篇泣鬼神。父執當年存叔夜，騷壇吾黨重陽春。橋迴孤棹銜羣鶩，家住清溪繞綠蘋。多謝高賢垂採擇，遺編手捧淚沾巾。

淮陰喜晤鄧孝威

徐　梅

聞訊京華客，曾貽雙鯉魚。忽逢千里至，能使一樽虚？明月知秋好，輕寒入夜初。頻年離索意，今始爲君除。

燕市送鄧孝威遊宛南

韓詩

松間酒市每同遊，正論孤行聽不休。歷盡四時春又半，而今人去獨皇州。
笑人寂寂問南陽，底事鶯花點驌驦。日暮倚廬何處望，王孫春草滯他鄉。

以上《詩觀》初集卷九

過洗鉢池訪鄧孝威有贈

許納陛

清霜短褐到江皋，倚劍長歌興更豪。畫角孤城收夜雨，樓臺隔浦動寒濤。蕭條戎馬催殘臘，遲暮功名感二毛。詞賦頻年惟爾擅，中原誰更重青袍。

秋深喜鄧孝威見過留飲學莽同賦

許納陛

蕭蕭木葉下孤城，此夜開尊百感生。霜急疏鐘來暮閣，風吹細雨落殘更。新懷欲話逢秋老，舊夢難追藉酒成。海內知音今漸少，名山大業待持衡。時聞鄒訏士之變。

以上《詩觀》初集卷一〇

己亥秋深與鄧孝威先生坐家園

黃陽生

亂後來深院，荒林落葉平。秋風欺破屋，朔雁唳寒城。酒傍陶家漉，詩同謝客清。豈知鼙鼓震，幽興爲君生。

《詩觀》初集卷一一

將歸江南次答鄧孝威見贈

周瓊

揚袂狂歌歸去來，五湖烟月冷蘇臺。遙憐竹屋分題處，花落重門草似苔。
憎煞從來傍粉粧，素琴時伴古詩囊。傷心多少繁華地，只有殘陽麋鹿埸。
懶向人間道可憐，古來傾國盡嬋娟。花飛不煮胡麻飯，靜裏閒參柏子禪。
野草菰蒲一徑通，短篷江上趁春風。亂鴉驚起投巢去，人在遙林落照中。
高樓獨坐易傷神，莫漫悲歌生不辰。一首詩成千日謗，憐才此地卻無人。
芳草西園逐恨增，夜深讀史乞餘燈。少年裘馬多輕薄，盡日春風醉武陵。
幾許關心總不平，飄然湖海託餘生。閒雲好伴孤帆去，祖道何人唱渭城。
烟雲盡處是鄉關，喜值歸逢二月間。晴雨總宜春正好，維舟獨自占青山。

歸心不惜錦鷀泥，孤客多愁日易低。幾處漁燈依遠樹，一湖青草鷓鴣啼。

重輯本《詩觀》初集卷一二

和廣陵鄧孝威秋日送姜如須赴吳兼承見懷之作

葉襄

蟲樹蕭蕭暑氣餘，茂陵終日病相如。宮花冷落芙蓉岸，籬豆斜牽薜荔居。萬里烽烟霾北渚，千帆秋色下南徐。何當共載西園酒，醉爾青州紫蟹胥。

高臺落日叫棲烏，幾處炊烟起蘆荻。客夢已迷歌吹路，舊遊還記酒家壚。滄江歲晚眠漁父，絕塞音書待雁奴。露槿風杉隨地滿，月明閶闔共提壺。

《詩觀》二集卷一；《皇清詩選》卷一九

送汪扶晨之維揚兼懷孝威野人豹人諸子

程守

祇在江南北，離懷自覺賒。村村香是茗，岸岸綠如花。畏作侯門客，言尋世父家。登仙舟可附，依舊望無涯。

弟畜爲吾弟，山尊同行。春潮話苦辛。此行如故里，終日對詩人。歌吹憎余老，圖畫慰爾貧。歸期

原不限，堂上有慈親。《詩觀》二集卷二

何雲壑轉運席上遇鄧孝威因詢及陳藹公感賦　金憲孫

抱朴山前憶舊盟，琴尊忽漫聚蕪城。仙郎官閣饒詩興，詞客高樓薄世情。徹夜笙簫催曙色，半天風雨落潮聲。酒闌猶問元龍在，百尺依然傲未平。《詩觀》二集卷五

中秋後一日程穆倩鄧孝威宗鶴問華龍眉秦以御黄屺懷過半山樓小集分韻　張天中

十年嘗願一從遊，今日爲歡過小樓。月上碧窻三徑晚，風飄黄葉兩城秋。持杯得句爭歡笑，把臂分襟悵去留。意氣應知吾輩重，相看結伴是羊求。《詩觀》二集卷六

文選樓訪鄧孝威同葉星期作

高以位

徹耳驚風霍，君來僧舍閒。詩哦雲裏閣，酒對雨中山。楊柳隋朝樹，兵戈吳瀆灣。賴持冰雪句，惘慢一開顏。

《詩觀》二集卷七

秋日文選樓再晤鄧孝威賦贈

崔干城

即少名山約，安能問道歸。久羈慚托鉢，惟子念無衣。夜月申前夢，秋風報合圍。兵間獲風雅，此日更誰依。

白日蜀岡瘦，黃河木葉稀。吾謀適不用，世事休言非。緱嶺笙歌奏，遼東帽未歸。天寒勞注念，辛苦薜蘿衣。

《詩觀》二集卷九

祖命林公紫玄孝威汎舟西渚乘月過荒廬小酌

劉懋賢

息影入春嵐，流英照園圃。林花覺我閒，霽月紛相布。歸息定禪機，孤鐘啟清悟。烟青鴻渚間，水白導魚路。誰人移畫舫，衝彼高林霧。循潭悅空性，因之散林步。返駕攢陶眉，草樹復糾互。啟扉夜色靜，竹香侵衣屨。風期鑒各真，笑談迴如素。靜體峙巒岑，浩歌吼庭樹。遑知烟水外，赤羽横塘渡。風波不可涉，盟君指鐵墓。

《詩觀》二集卷一一

次鄧孝威見寄來韻奉懷

田作澤

寂寞郇廬長絲蒿，曾同吾子醉香醪。人逢知己情多戀，話到臨岐意不豪。才拙藏身惟稼穡，時艱覓計在弓刀。廣陵舊事荒涼甚，夢裏愁聽八月濤。

《詩觀》二集卷一二

邗上答鄧孝威見贈

周體觀

荊南回望遠，轉戰入秋高。築徧君章浦，浮驚灩澦濤。敝裘蒙葛藟，陰雨暗旌旄。老去隨征馬，空餘戀濁醪。

窮途襄鄧合，無計暫迴鞍。杳杳村烟晚，淒淒秋草寒。故人虛依托，客舍藉盤桓。獨有重陽菊，同君醉裏看。

《詩觀》二集卷一三

同白醒齋話舊有懷鄧孝威

朱紘

蕭齋往事話江東，文選樓頭憶寓公。自去何郎書便少，允恭何子。重來白傅訊初通。極天碧樹河橋外，一路春鶯水驛中。酒罷臨風各惆悵，廣陵烟草正濛濛。

鄧孝威項嵋雪許漱石陳善百諸先生集飲弘業堂共用開字

佘瓊

閒門日掩不輕開，高士何緣得得來。涉世艱危悲按劍，相逢慷慨且啣杯。諸緣難盡因臨俠，一事廿輪只愛才。南北淒涼嗟禾已，忽聞畫角動餘哀。

晉中寄贈鄧孝威　　江　斌

一代名流成大隱，半生傲骨自清貧。閒雲豈遂淹金馬，明月終歸照富春。安定祠邊容小築，羅浮山畔有高人。詩成秫熟堪娱老，不用移文换葛巾。

以上《詩觀》二集卷一四

元夕有懷鄧孝威黄仙裳俞陳芳　　李鴻霔

春城詩酒最堪憐，送我春風到海邊。烟雨不堪吟舊句，晨昏卻憶聚新年。非關扶老常攜杖，似狎浮鷗每近船。解得懷人天上月，元宵未許放初圓。

《詩觀》三集卷一

次韻酬鄧孝威徵君過訪昭陽見贈　　吴秉謙

自别吴陵後，共余每杜門。孤城聞過鴈，萬卷對清樽。暮色青溪寺，砧聲黄葉村。片帆來百里，貽贈慰吟魂。

經時悲我役，一客到高丘。烟月懸鄉夢，吳帆下楚流。相逢難久聚，後會復何由。杯酒連宵話，輕裝且滯留。

《詩觀》三集卷二

次韻答中翰鄧孝威先生寄懷四首 選二

程瑞綸

兩地同飢渴，惟憑一紙書。儼然親杖履，奚必話樵漁。以我棲荒徑，多君問索居。有時還買棹，重訪故人廬。

南浦分攜後，神交日往來。有懷同伏臘，無事獨徘徊。蛩語中宵咽，秋花兩度開。梁朝池館在，誰與共登臺。

初冬鄧孝威黃仙裳黃儀逋戴景韓黃交三鄧若雍姪天有集飲詠歸堂即席分韻

程瑞綸

張燈貰得酒盈缸，說到趨庭淚欲雙。三逕菊如迎白髮，十年書已負寒窗。霜前古戍聞吹笛，海外鑾天欲受降。寰宇昇平詞賦重，舍人依舊去邗江。堂係先子宴客處。次日舍人復遊揚州。

和鄧孝威家禹門兩舍人邗關寓樓話舊原韻　　程瑞禴

十年非復舊形容，千里攜笻訪隱蹤。宦遇滄桑情自深，酒因萍梗興偏濃。大江帆落雙峯月，白嶽雲迷百丈松。彼此東山難臥穩，鳳池早晚又相逢。

禹門家兄入粵訪伯氏遺骸著有粵遊詩聞者哀之用鄧舍人前韻　　程瑞禴

尋兄何處得音容，瘴海烽烟失旅蹤。宦謫不忘鴒誼重，囊空剩有淚痕濃。掃開峭壁題蒼蘇，聽徹哀猿出亂松。最苦越王臺上月，清秋不與雁行逢。

以上《詩觀》三集卷三

懷鄧孝威先生

程瑞袀

我歸黄山三十六峯下，間上蓮華峯絶頂。放眼不見隋家舊粉墻，萬山環列洵高迥。那得故人抱膝共長吟，遍遊山水同醉醒。餐霞吸露飽雲烟，不羡商彝與周鼎。此地論文兼論詩，追隨一似麋鹿友。我從海國數交遊，惟有南陽稱耐久。當時誇我髯絶倫，我惜先生今白首。往來神契漆與膠，彼此一誠心無垢。我歸負米養慈親，不肯折腰爲五斗。君能足跡徧天下，向慣東西南北走。兩人一别半年餘，不見兩人交情厚。天南地北路欹傾，尺幅竟沈石頭城。西風謖謖吹林樾，此夕何由達遠情。

留别鄧孝威先生即用見送原韻

程瑞袀

槖裝漸遠鄭公鄉，何日重登君子堂。爲客幾年情轉厚，倚閭白髮體還强。且迴雙槳看山月，空憶開襟倒夜觴。歸去反生離别感，秋風吹我薜蘿墻。

以上《詩觀》三集卷一三

夏日同何御鹿過興教寺訪鄧孝威未值

謝良瑜

酷暑頻移寸步艱，僧寮纔到覺幽閒。已知夏日時難近，何意高人屐未還。世藉風期存砥柱，天留辭賦耀名山。思君舊有林泉約，到此偏令一識慳。

《詩觀》三集卷五；《畦園詩集》卷三，復旦大學圖書館藏清康熙刻本

解奉天任回里次答鄧孝威

姜希轍

出關馳廣陌，脫轡且登堂。旅酒臨風盡，行衣扶劍長。雁雲看塞影，梅雪暗江香。白草思如結，幽懷滿樂浪。

歸來辭舊闕，四月發遼東。征勒銜殘雪，啼鶯變北風。射陽流水下，瓜步晚潮通。未敢停棹問，驅馳伏枕中。

《詩觀》三集卷六

贈鄧孝威舍人

朱絲

滄江西笑竟何曾，天子知公下詔徵。到闕名應高李白，還山風直并嚴陵。花林載酒扶春杖，草閣編詩坐夜燈。媿我尚虛牀下拜，龍門何似鹿門登。

九日陪孔東塘夫子及鄧孝威吳薗次蔣前民宗梅岑桑楚執諸先生梅花嶺登高

陳翼

緣郊古嶺夕陽西，佳節重來望眼迷。一水白看羣雁沒，萬山青愛隔江齊。烟荒馬鬣餘碑字，香散梅花剩菊畦。雙管也知人慷慨，聲聲吹落碧雲低。

以上《詩觀》三集卷七

鄧孝威舍人過訪梳山草堂不值有詩題壁

危映壁

春色孤亭滿，疏籬日掩扉。客來須小住，我偶值忘歸。墻矮遙嵐入，簾空乳燕飛。賞心隨處得，不信此遊稀。

孝威鶴問集飲山齋次前韻　危映壁

地僻容疏嬾，因君再啟扉。摘蔬荒圃足，覓酒小童歸。野蝶淩風亂，江雲帶雨飛。高歌當列岫，戰甲一時稀。

以上《詩觀》三集卷九

過鄧舊山寓樓適閔檀林張山來亦至即席得同字　迮俊

古跡荒祠在，先生客此中。伊予常獨往，二子忽相同。草臥殘碑綠，花飛別院紅。欣逢皆我輩，想像漢儒風。

《詩觀》三集卷一〇

苦熱行同鄧孝威宋既庭孫豹人家山子桑楚執華龍眉王椒郤次宗鶴問原韻

趙有成

頻年愁河決，今夏苦旱猛。無復涼風吹，但覺炎光永。倚徒長林中，豪興何由騁。勢烈若焚山，威劇如烹鼎。七月賦流火，涼未生簟枕。金石俱銷鑠，遑問黍禾穎。池荷乏新香，檻竹無清影。虛擬邗江濤，空汲歐陽井。沴癘繼旱菑，天心殆示警。祈禱竟無靈，片片紅霞迥。更聞蝗蔽江，食苗最堪憫。催科難遽緩，蠲賑誰再請。何日火龍升，庶見妖星隕。

《詩觀》三集卷一一

鄧孝威來遊江上花朝奉訪和原韻

趙鳴鸞

詩卷長攜復向東，酒罏心事許相同。關山舊路孤裝冷，花月春江一棹通。病榻閒聽飄瓦雨，荒齋靜掩落梅風。杜康橋畔初生草，約爾閒行興不窮。

集徐石霞之有鄰堂同鄧孝威曾止山巖庶華沙定峯華商原鄧七友潘君粲高端士賦　趙鳴鸞

新晴江郭宿雲收，芳草情深快一遊。花接好風留旅客，尊啣落日亂春愁。頻逢用里多青眼，細說開元有白頭。蹤跡天涯俱是幻，燒燈喜得醉南州。

春夜步月和孝威叔韻　鄧鶴在

忽忽春深客思迷，澄空片月照青溪。幸逢知己同樽酒，不負良宵有杖藜。芳草路連三徑外，疏鐘聲隔小橋西。流光卻惜難相借，拚與流連到曉雞。

春日同鄧孝威黄仙裳華龍眉席兒叔黄月舫遍遊西城古跡分賦　吴維翰

攜朋曾不減疏狂，共上高原引睇長。前代喬柯還倚廟，安定岳公祠有古銀杏。誰家團扇早登場。時岳武廟演劇。殘桃隔岸横青舫，畫棟臨波映緑楊。此際徘徊興未已，歸途又見下牛羊。

以上《詩觀》三集卷一二

喜鄧孝威至江上

徐章

蕭然襆被雉城東，霜雪寒宵羈旅同。兵火十年愁病劇，關河兩地夢魂通。棹移古渡迎殘照，梅落荒園怨晚風。卻喜燈前雙白髮，天涯聚首話難窮。

謝汪扶晨於鄧孝威處索補長干塔燈詩冒雪擲賜更依酬閔子賓連謝臘梅原韻見贈

方淳

鄧老乃大老，愛他作詩好。許久如參商，拈題何處討。長干塔幾微，燈景不足道。今起雪復深，雪徑更未掃。爲補索詩來，歡喜竟跌倒。遺我琳瑯篇，我凍亦不惱。三叫以謝之，勿罪我草草。李太白撫筆三叫，文不加點。

飲俞錦泉中翰東園觀家劇次鄧孝威先生原韻

程瑞社

婉轉當筵窈窕娘，應知顧盼有周郎。酒闌更唱明妃曲，斜抱琵琶撥座傍。
綽約燈前自可人，況將檀管叶朱唇。輕衫別有迎風處，不染花間半點塵。
妒殺榴花映西曛，澹粧故著藕絲裙。曾遊洛水三更月，不作巫山一片雲。

以上《詩觀》三集卷一三

燕京和別鄧孝威

陳豐陛

眼見羣公策治安，且甘清夜老漁灘。龍蛇起陸心難隱，虎豹當關夢亦寒。未有三升酬美醞，祇緣五斗了閒官。鷓鴣杜宇聲聲切，東望刀環冷眼看。
便自驅車行復行，卻吹横笛唤愁生。祇將白髮供詞賦，誰買青山累姓名。燕樹朔風勞執手，吳峯閩海記同聲。好看下瀨戈船靜，蹑屩登樓萬里情。

《皇清詩選》卷二〇；《詩觀》初集卷三

答鄧孝威

梁以樟

發舟在旦暮，期明春爲吳陵遊。湖田幾輌，春雨半犁，作十日平原也。旅懷詩淒婉幽宕，入人甚深。攜歸湖上，與寒流古木相贈答，亦可自傲其不貧耶。

《賴古堂尺牘新鈔二選藏弆集》卷一

與鄧孝威

諸九鼎

淮揚浪跡，已次星迴，籍甚欽遲，庶成握手。幽蘭雖結，道履未親，延望海陵，時深浩歎。秋間返里，行李匆遲，遇何爲奇，欣快何似！方期捉麈披襟，爲十日之快譚，揚千秋之風雅，乃伯紫使至，啟函發緘，遽爾言旋，仰屋抽思，錯愕累夕。參商既杳，參差徒吹，復承獎借，感愧未當。僕以下才處末世，自宜閉戶學道，何堪出門論交。乃佇意友聲，輒同性命，猶之學琴者，志結於望羊；習射者，心存乎懸風。以僕志意，竊云似之。雷陳之訂，敬置中心，敢不勉旃，以承高誼。又允尊集，竟不得觀，欲問子雲之奇，未發中郎之祕，悵結無已。郵緘得便，幸以相貽。翹結懃懇，想無不悉。

李漁《尺牘初徵》卷六，清順治十七年刻本

答鄧孝威

孔尚任

僕已解纜矣。接鄰旬月，僅面三次，而皆不在詩筵酒社之間，雖面猶未面也。每念先生垂老失偶，孤帳冷衾，傷神倍切！僕鞅掌風塵，竟不及持一卮以相慰，反勞垂注。於漆吏鼓歌之餘，猶屢索拙咏，若衹借以噴飯，稍解郁陶，則僕何敢久祕？但恐愛而忘醜，竟欲附之大選，則僕如野鶴乘軒，雖至榮極寵，而驚怖無措，故羞澀濡滯，不敢出之懷袖也。

與鄧孝威

孔尚任

聞即刻返海陵，僕明日欲作一小柬，不知可停帆否？羞澀客囊，無以增行色，小杯一隻，聊爲舟資。登樓諸作，乞於舟中錄賜。杯不大，恐買舟未必穩也。

與鄧孝威

孔尚任

滄浪亭畔，追隨旬月。欣風雅之有託，兼縞素之難忘。東道疏闊，寔增慚愧。别來海風湖雨，無限凄楚。忽接手教，驚讀佳咏，姪栻乃附不朽矣。繪事雖細，技亦必遠遊而後成。文章道德，豈杜門逐客者所能真悟乎？領台教，所得多矣。

以上《湖海集》卷一一

與鄧孝威

孔尚任

沽酒一醉，次早西發，瞻望台旌，倏及兩月，竟不知爲瘧鬼所困。此鬼特怕詩人，昔杜子美贈以佳句，而瘧鬼遠遁。今海内推先生爲斬瘧鬼之渠魁，何至臨陣忘刀耶？一笑。

與鄧孝威

孔尚任

秋風促衣，歸思紛如。偶憶先生舊作數首，乞各書一紙，歸之行篋。零珠散翠，貧女皆有用處也。

與鄧孝威

孔尚任

在海陵時，屢候尊體，不獲一至榻前，皆閽者拒客，非出先生意也。聞先生病後，不但耳聾，兼且目矇，僕即得至榻前，無聲無形，先生知我爲誰耶？獨憐先生抱經世大略，閉戶著書，止收天下之名耳，而天亦且奪其聰明；我輩庸庸碌碌，月食米一石者，將何以自恕哉！昨向崔連翁言先生貧病之狀，蒙饋藥資六金，敬以短札齎去。先生既不能展閱，又不能傾聽，寫札畢，付之慨嘆！

以上《湖海集》卷一二

附録五

親屬遺詩

鄧勖采

字扶風，號次德，諸生，孝威子。著《我笑軒稿》。按：鄧漢儀《詩觀》初集卷十一附刻：

『鄧勖采，扶風，江南泰州籍，長洲人。《愼墨堂學詩》。』

遊野寺

野寺人誰過，禪燈到眼微。蒼藤盤畫壁，老樹隱柴扉。僧去鴉頻喚，蟲鳴葉盡飛。難堪秋水漲，極目祇斜暉。

别姚舒恭

寂寞荒村裏，傾壺那復增。秋光連遠岸，水氣逼深燈。繫柳家家舫，沿溪處處罾。難爲分手别，款款話吴陵。

以上《詩觀》初集卷一一附刻

九日之東皋省家大人即呈巢民先生用合肥重陽登高四韻〔一〕

只爲省親急，何曾眺遠峯。帆開風落帽，潮上雨鳴鐘。竹葉荒村杳，籬花隔岸穠。無才成小賦，滕閣水重重。

亦知逢令節，客舍倒壺觴。可惜猶歧路，無由話夕陽〔二〕。夢隨雙槳動，心逐片雲長。寂寞秋江上，閒花强自香〔三〕。

秋色滿川陵，蕭條百感增。霜風欺短褐，水驛閃孤燈。栗里人何在，龍山會未曾。匿峯多勝侣，蠟屐好同登。

即未泊東皋，舟行意自豪。酒帘飄邊市，木葉走空壕。海氣蟠秋雁，江風颯布袍。遥知陶靖節，吟興一時高。

《同人集》卷十

【校記】

〔一〕此詩又見《淮海英靈續集》己集卷四。

〔二〕『無由話夕陽』，《淮海英靈續集》己集卷四作『相思入夕陽』。

〔三〕『閒花强自香』，《淮海英靈續集》己集卷四作『黄花强自香』。

登金山和壁間韻

江流浩蕩上寒潮，突兀奇峯影動摇。南北地形分六代，古今天塹限中朝。龍吟鐵甕烽初散，鼉吼金山氣未銷。惆悵只餘鐘磬冷，楚魂此日倍難招。

《慎墨堂學詩偶存》，中國國家圖書館藏乾隆重輯本《詩觀》二集卷一四卷末附

鄧劭榮

字若雍，號顧亭，孝威子。著《鄧尉山人稿》。按：鄧漢儀《詩觀》初集卷十一附刻：『鄧邵榮，若雍，江南泰州籍，吴縣人。《慎墨堂學詩》。』

梅雨

濕雲吞遠岸，時節近黄梅。梧柳搖深院，蛟龍上古臺。水奔魚自急，烟集雨頻來。且自銷愁緒，榴花映酒杯。

送舒恭之潘村〔一〕

寂寞柴門路，飄然竟放船。狂風吹野屋，急浪打荒阡〔二〕。愁思誰堪語〔三〕，荒齋只晏眠〔四〕。遥知吟句苦〔五〕，獨眺水雲邊〔六〕。

以上《詩觀》初集卷一一附刻

【校記】

〔一〕此詩又見《淮海英靈續集》己集卷四。

〔二〕『急浪打荒阡』，《淮海英靈續集》己集卷四作『湖水接遥天』。

〔三〕『愁思誰堪語』，《淮海英靈續集》己集卷四作『愁思同誰語』。

〔四〕『荒齋只晏眠』，《淮海英靈續集》己集卷四作『荒齋伴鶴眠』。

〔五〕『遥知吟句苦』，《淮海英靈續集》己集卷四作『應知苦吟客』。

〔六〕『獨眺水雲邊』，《淮海英靈續集》己集卷四作『獨立水雲邊』。

秋感

秋風颯颯落丹楓，塞北黄沙攪亂鴻。慘澹青烽猶戰壘，蕭條白骨只秋風。猿啼哀峽千村怨，草沒荒齋萬里雄。何處清砧敲永夜，關山月照北邙空。

《慎墨堂學詩偶存》，重輯本《詩觀》二集卷一四卷末附

秋日登文選樓

蕪城烟樹接蒼茫，帝子殘碑冷夕陽。望裹山川埋鼓角，坐中樓閣換興亡。畫欄雲擁書千帙，白雁天開字萬行。多少關山征戰裹，只今樽酒弔蕭梁。

夏荃輯《慎墨堂詩拾》附録；《揚州府志》

鄧勷相

字方回，號冠城，孝威子。著《文選樓稿》。按：鄧漢儀《詩觀》初集卷十一附刻：『鄧勷

相，方回，江南泰州人。《慎墨堂學詩》。』

秋日遊阿育王山謁嵩巖禪師

野花盤石路，訪道及高秋。深壑龍蛟臥，危峯虎豹遊。刧餘存古殿，梵響雜溪流。望望松篁暮，禪房且滯留。

《詩觀》初集卷一一附刻

天童寺

萬松圍古寺，虵徑勢迴環。日黑長疑雨，雲陰欲變山。仙禽穿澗浴，翠竹繞亭閑。極目窮滄海，森奇任意攀。

《慎墨堂學詩偶存》，重輯本《詩觀》二集卷一四卷末附

立秋日微雨送姚舒恭次原韻

涼秋鄭重鎖柴荊，黄葉蕭蕭泊舫輕。一代風流成舊夢，六朝詞賦只虚名。山村有路連雲合，野陌

無人帶雨耕。憐汝遠投郊外宿，客樓登望不勝情。

《詩觀》初集卷一一附刻

廣陵奉贈杜茶村先生

青山未買欲何依，閱歷深緣事事違。江海波迴書舊盡，風塵人散管絃稀。笑看彈鋏傾冠蓋，喜共論心只布衣。浪跡一生詩滿篋，百年吾道付漁磯。

身經喪亂困干戈，此日行吟意若何。滿地軒車誰顧問，一時屠狗好相過。黃金路盡頭全白，老驥歌殘淚自多。卻喜風騷猶未絕，一時高調起巖阿。

《慎墨堂學詩偶存》，重輯本《詩觀》二集卷一四卷末附

鄧勱秀

字七友，孝威子。

春日登太白樓

山銜江面出，樹壓一樓荒。猶覩風流跡，曾傳供奉觴。祠堂啼獨鳥，春色散斜陽。無那宮袍杳，千秋憶酒狂。〔一〕

《慎墨堂學詩偶存》，重輯本《詩觀》二集卷一四卷末附

【校記】

〔一〕此詩清道光刻本《淮海英靈續集》己集卷四作：『江連二水合，樹壓一樓荒。倚檻仙雲入，山花酒自香。風流真絕世，漂泊豈緣狂。咫尺孤墳在，殘碑臥夕陽。』

姚諲昉

字恭士，號舒恭，江都人。孝威壻。著《康山草堂集》。

再過廣陵

故里歸戍客，經春來往頻。風檣行處密，水月望中新。野宿香醪減，離家客夢真。昨宵兒女聚，燈

火正相親。

紅橋野望

倦極憑尊斝，閒來此地遊。有園皆面水，無數不遮樓。黃鳥春殘怨，青騎日暮愁。好尋嵇阮輩，結侶共林丘。

海陵道中阻雨夜宿白馬廟

急雨停空棹，荒村農亦歸。烟深迷去道，村墨辨孤扉。神馬何年立，禪燈永夜輝。無眠仍薄醉，鴉語送風威。

秋晚郊行

日落斷人跡，荒郊早閉門。秋墳啼舊鬼，夜月嘯清猿。雨歇青山寺，風高黃葉邨。旅情常不樂，慘慘暮雲屯。

暮春書感

春花落盡柳風涼，卻笑無家問蜀岡。半菽自甘身落拓，殘書猶擬興飛揚。幾宵愁見惟明月，十載驚聞是故鄉。門徑悄無車馬跡，空多燕子認茅堂。

送顧庶其北上

案，顧萬祺，字庶其，江南吴江縣學生。著有《三餘漫筆》。

顧況才名總絕倫，尊前邂逅即相親。旗亭客滯江南雪，驛路花飛薊北春。酒罷共憐今昔聚，歌成獨悵遠遊人。攀條莫漫傷離別，結室還擬作比鄰。顧擬卜宅東陽。

水繪園留别陳郎靈雛

吹罷文簫我奈何，將離一曲轉愁多。只今水閣垂陽外，獨客平明發棹歌。

白月紅燈酒不辭，山雲淡淡雨絲絲。懸知繡被淒涼處，無那離情夜泊時。

以上《詩觀》初集卷九

飲紅橋野園

野趣空庭得，新鶯醉後聞。壓簷低老竹，過雨淨流雲。自可攜歌板，偏宜傍妓裙。不須金谷飲，喧寂此中分。

百戰維揚日，園亭未寂寥。花光零酒幔，樹色上蘭橈。亂水侵階藥，高城壓柳條。幾時來二妙，把手醉河橋。謂桐初、梅岑也。

寒夜風雨獨酌有懷扶風

白晝荒荒風雨深，籬門寒色暗相侵。一城鼓角燒燈坐，雙眼乾坤倚醉吟。不爲衝泥遲好會，何緣秉燭失論心。停杯預想明朝聚，徙倚寒天悵夕陰。

以上《詩觀》二集卷一二

杪春同團雲蔚集朱藥圃小樓

雨過孤城暮，同儕吟眺初。客懷常卷帙，酒興只樵漁。歲月閒登閣，江山老著書。春光能幾日，試叩輞川居。

鄧七友歸自雉皋枉顧荒園夜話

懷君情正切，把酒值君歸。道路憐渠幼，風霜見面稀。鴻聲連鼓角，月色冷園扉。知爾還家意，萊衣願不違。

海陵重晤佘聖玉感舊兼憶家叔都門〔一〕

竹西亭畔月微明，曾記從君載酒行。隋苑鶯花迷一棹，草堂絲管恰三更。合離未醒當年夢，生死誰憐舊日盟。此地重逢真不意，偏深南北故人情〔二〕。

【校記】

〔一〕此詩又見《淮海英靈集》。

〔二〕『偏深』句，《淮海英靈集》作『幾回惆悵故人情』。

李雪公自如皋來

飄飄蹤跡近何如，訪舊相看淚滿裾。三世情親惟爾我，百年生事只畊漁。家連東海常高枕，身入烟霞諱著書。今日河干還握别，朔風吹雪鬢毛疏。

丘素人來海陵次舊山外父韻

老鬢婆娑客廣陵，挂帆衝斷渡頭冰。論心獨與窮交合，共剪春城雪夜燈。

廢園

野水寒烟一徑賒，斷垣老屋傍城斜。夜深月出人誰見，驚起池邊無數鵶。

以上《詩觀》三集卷七

王讓

字子謙，泰州人，孝威甥。著《菊州詩集》。

廣陵秋望

秋色蕭條四野空，蒼茫何處認隋宮。屐穿綠樹浮雲外，潮落清江暮雨中。曾憶寶釵埋廢隴，還愁金雁逐飛蓬。偶來邗水尋遺跡，山市青簾送晚風。

《詩觀》三集卷一三

主要參考文獻

鄧漢儀評選《詩觀》初、二、三集，清康熙慎墨堂刻本、清乾隆重輯本、書林道盛堂本

鄧漢儀《慎墨堂詩品》，中國國家圖書館藏康熙刻本

鄧漢儀《官梅集》，南京圖書館藏清無近名齋鈔本，泰州圖書館藏鈔本

鄧漢儀《慎墨堂詩拾》（一名《慎墨堂全集》），天津師範大學圖書館藏清鈔本，中國國家圖書館藏漢畫軒鈔本，泰州新華書店藏清《辟蠹山房叢書》鈔三卷本

鄧漢儀撰、夏荃輯《慎墨堂筆記》，清抄《慎墨堂全集》本

夏荃輯《海陵文徵》，清道光二十三年刻本

夏荃輯《退庵筆記》，清鈔本

錢謙益《錢牧齋全集》，錢曾箋注、錢仲聯標校，上海古籍出版社二〇〇三年版

錢謙益輯《吾炙集》，光緒二十八年怡蘭堂刊本

龔鼎孳《定山堂詩集》，清康熙十五年吳興祚刻本

戴明說《定園詩集》十一卷《文集》一卷，中國國家圖書館藏清康熙戴氏平山在東閣刻本

冒襄《巢民詩集》，清康熙刻本

彭而述《讀史亭詩集》，清康熙四十七年刻本

孫枝蔚《溉堂集》，上海古籍出版社一九七九年影印上海圖書館藏清康熙刻本
孫鋐輯《皇清詩選》三十卷，清康熙二十九年鳳鳴軒刻本
魏禧《魏叔子文集》，胡守仁等校點，中華書局二〇〇三年六月版
周亮工《賴古堂集》，上海古籍出版社影印清康熙刻本
丁耀亢《逍遙遊》，清順治刻本
李鄴嗣《杲堂詩鈔》，清康熙刻本
王士禛《漁洋精華錄集釋》，李毓芙等整理，上海古籍出版社一九九九年版
計東《改亭詩文集》，清乾隆十三年計瑸刻本
王昊《碩園詩稿》，清五石齋鈔本
申涵光《聰山集》，清康熙刻本
吳綺《林蕙堂全集》，文淵閣四庫全書本
施閏章《學餘堂集》，清康熙刻本
尤侗《西堂全集》，清康熙刻本
方文《嵞山集》，上海古籍出版社一九七九年影印清康熙刻本
施閏章《施愚山集》，何慶善、楊應芹點校，一九九三年黃山書社排印本
釋讀徹《蒼雪大師南來堂詩集》四卷、《遺文》一卷、《補編》四卷、《附錄》四卷，民國二十九年刊本
孔尚任《湖海集》，清康熙介安堂刻本

梅清《天延閣集》，清康熙刊本
潘問奇《拜鵑堂詩集》，清康熙刻本
高士奇《城北集》，清康熙刻本
顧景星《白茅堂集》，清康熙刻本
冒襄輯《同人集》，清康熙冒氏水繪庵刻本
王士禛《感舊集》，乾隆十七年盧見曾刊本
卓爾堪《遺民詩》，清康熙刻本
阮元《淮海英靈集》，清嘉慶三年小琅嬛仙館刻本
《全祖望集彙校集注》，朱鑄禹彙校集注，上海古籍出版社二〇〇〇年版
彭士望《恥躬庵文鈔》《詩鈔》，清咸豐二年刻本

阮元撰《廣陵詩事》，廣陵書社二〇〇五年版
張慧劍編撰《明清江蘇文人年表》，上海古籍出版社一九八六年版
陳靜璋撰《查他山先生年譜》，中華書局一九九二年排印本
任道斌編著《方以智年譜》，安徽教育出版社一九八三年版
徐應定主編《黄宗羲年譜》，華東師範大學出版社一九九五年版
蔣寅著《王漁洋事蹟徵略》，人民文學出版社二〇〇一年版

袁世碩著《孔尚任年譜》，齊魯書社一九八七年版
陸勇强著《陳維崧年譜》，中國社會科學出版社二〇〇六年版
周絢隆著《陳維崧年譜》，人民出版社二〇一二年版
張宗友著《朱彝尊年譜》，鳳凰出版社二〇一四年版
《康熙十八年博學鴻詞姓氏錄》，南京圖書館藏清鈔本
楊殿珣編《中國歷代年譜總錄（增訂本）》，書目文獻出版社一九九六年版
來新夏著《近三百年人物年譜知見錄》，中華書局二〇一一年版
朱保炯等編《明清進士題名碑錄索引》，上海古籍出版社一九八〇年版
江慶柏編著《清朝進士題名錄》，中華書局二〇〇七年版
朱彭壽編著《清代人物大事紀年》，北京圖書館出版社二〇〇五年版
江慶柏編著《清代人物生卒年表》，人民文學出版社二〇〇五年版

趙爾巽等撰《清史稿》，中華書局一九七六年版
王鍾翰點校《清史列傳》，中華書局一九八七年版
計六奇撰《明季北略》，中華書局一九八四年版
張廷玉等撰《明史》，中華書局一九七四年版
谷應泰撰《明史紀事本末》，中華書局一九七七年版

夏燮編撰《明通鑒》，上海古籍出版社一九九〇年版
查繼佐《罪惟録》，浙江古籍出版社一九八六年版
朱倓《明季南應社考》，北京大學《國學季刊》民國十九年第二卷第三號
朱彝尊撰、姚祖恩編《靜志居詩話》，嘉慶二十四年姚氏扶荔山房刊本
陸世儀撰《復社紀略》，國粹叢書本
眉史氏《復社紀略》，上海書店一九八二年據神州國光社一九五一年版復印
吳偉業撰《復社紀事》，昭代叢書本
杜登春撰《社事始末》，昭代叢書本
鄧勷相撰《徵辟始末》，泰州圖書館藏清夏荃編《辟蠹山房叢書》本，稿本
徐鼒撰《小腆紀傳》，中華書局一九五八年版
錢儀吉編《碑傳集》，中華書局一九九三年版
沈起煒編著《中國歷史大事年表》（古代卷），上海辭書出版社二〇〇一年版

跋

將鄧漢儀作品彙集成帙之初衷大約產生於二〇〇四年。因爲那時要做博士論文，所以在先師陸林先生指導下，搜集整理并閱讀了鄧漢儀的大部分存世作品，期間常常爲其作品之零落而感嘆，且有心爲其輯佚。但隨後多年爬羅剔抉，所獲也并不完整，感嘆之後又深覺遺憾。畢業離開南京，不僅遠離了業師的指導，更失去了理想的治學環境，事務性工作越來越多，擔子越來越重，當年那份願望也就一直未能實現。庚寅年春，絢隆兄來廣西講學，又談起此事，兄多所鼓勵，并爲之出謀劃策。自此，這一工作又重啟。此後雖因故多次拖延，但成果卻慢慢成形。儘管因爲自己才疏學淺，留有很多遺憾，但丁酉歲首交稿之後，總算長長鬆了口氣。

這個成果之所以能出版，確實有很多我要感謝的人，其中有師友、同事，更有默默支持我的家人。特別要說明的是，我要真誠地感謝先師陸林先生，是他幫我擬定了方向，并在整理過程中給予了很多指導。還要感謝人民文學出版社的絢隆兄。絢隆兄不僅幫我申請了項目，給予了具體指導，更無私地幫我尋找并提供了鄧漢儀的部分作品。當拿到這些材料時，那份激動與高興，無以言表。泰州武清波先生出於對鄉賢的崇敬，也無私地提供了諸如《蓋心錄》鈔本、泰州新華書店藏辟蠹山房鈔《慎墨堂詩拾》等珍貴資料，深爲感謝。成書過程中，夫人王瑞紅參與校訂，給予了很大支持，玉林師範學院黃建輝先生也多有幫助。同時，潘柏年博士、同門裴喆博士、侯榮川博士幫助審校書稿，人民文學出版社葛雲波編審給予了很多的具體指導與幫助，爲本書出版付出了辛苦努力，深致謝忱！

丁酉歲首，卓華識於洹上。

己亥季秋再識於粤西。